U0632995

公子强聚

丹青手 著

上册

长江出版社
CHANGJIANGPRESS

目录

上册

目录 下册

第一章

沈兄表字华年，与锦瑟正巧凑一句诗

客栈里，两个粗使婆子先后从屋里出来，二人走了一段路，其中一个疑惑道："咱们小姐救的这个姑娘，怎么总觉得有些古怪？"

另一个褐衣婆子回头看了一眼紧闭的房门，低声道："何止是你觉得古怪，咱们外头几个护卫可都这样说，这姑娘瞧着就是太安静了，看着人的时候，那眼神真叫人瘆得慌！"

先头开口的婆子忙将声音压得极低："姑娘家孤身一人出现在荒郊野外，身边也没个人，只怕是遇见了歹人，遭了罪……"

这个姑娘寻了个荒郊野外上吊，现下世道这么乱，想来就是这么一回事。

褐衣婆子一听，慌了神，忙伸出食指在嘴上一竖，做了个噤声的动作："这话可少说，万一叫那个姑娘听见，寻了短见，可就是咱们的不是了。咱们小姐既然救了她，自然有打算，咱们还是少打听这些。"

二人渐行渐远，嘴上却不停，一路絮絮叨叨。

弯月如刀，月色朦胧，客栈里头人不多，但多少还有人声，一门之隔的屋里，却寂静得可怕。

身穿丫鬟衣裳的女子，静静地坐在梳妆台前梳头发。

客栈的铜镜破旧泛黄，隐约映出女子的面容和屋里简陋的环境，镜中的一切

扭曲模糊。

外头婆子虽将声音压得低，依旧一字不落地传进屋里，她明明听得清楚，却没什么反应，仿佛她们嘴里说的人不是她。

姑娘玉指纤纤，执着梳子穿过乌黑的长发，窗外月光轻轻透进来，莹莹映落衣间，抬手，袖间似盛着月光。漆黑的夜中一缕轻烟缥缥纱纱，模糊的镜中桃花粉面渐渐清晰，恍惚见春花烂漫。

她面皮好看，可是眸色太黑沉，莫名显得阴冷，太过安静，安静到让人觉得诡异。

静谧的屋内，传来细微的动静，一只瘦猴模样的玩意儿从桌案底下钻了出来，爪子一伸，拿过桌案上摆着的小桃狠咬了一口，神情凶残，吃个桃倒像苦大仇深一般。

忽而一只毛茸茸的肥狐狸从房梁之上蹿下，砰的一声落在了桌案上，面无表情地看着那只瘦猴小妖吃桃子，没说要，也没说不要，就是盯着它。

片刻后，平坦的木板隔层突然凹凸起伏，现出了许多小妖怪，若是叫常人看见，只怕早被吓疯了，那姑娘依旧平静地梳着头发。

"咱们姑娘生得真好看，尤其是这乌黑的长发，和山里的吊死鬼发质一样好……"吃完桃子的猴妖瞅了一眼女子的头发，连忙开口夸道，嘴上似乎抹了蜜，只是那沙哑阴森的声音不怎么好听。

话虽是夸奖，却没夸到点子上，哪个人愿意跟吊死鬼比发质，说来多少觉着晦气。

小猴妖犹不自知，说完见煞神没反应，还身子一探，瞅了一眼，见她没多欢喜才怀疑起自己的话，感觉气氛有点儿僵，连忙岔开话头："小的刚才在外头转了一圈，听那几个地里打牌九的土地爷说上头出了一位仙帝，多了不少规矩，还是邪仙出身，以后整个九重天的神仙都要听他的，说来也是天界头一回有这么大的动作……"

一众小妖很是兴奋："邪仙？！听说邪仙行事暴戾恣睢，比妖魔更乖张，要不是占了一个仙字，恐怕还说不清是妖还是魔……天界那群神仙莫不是傻了，天上这么多神仙，偏偏尊邪仙为帝，是想天界彻底归于我们妖魔道？"

一小妖个头儿不大，白胡子倒是拖了地："莫说是归于妖魔道，别吞了我们妖魔道便已是大幸，混沌初开，天界在六界中最是高不可攀，仙力高强者不知有多少，你们可听说谁服过谁？那邪仙能被尊为仙帝，可见仙力无法估量，咱们妖界可得提防着些。"

一群小妖怪终日闲散玩闹，火烧不到身上，哪儿有这样深的了悟，很是不以为然："天界与我们可隔着十万八千里，哪儿用得着操心？不过听说那仙帝长得极为好看，若是下来管管我们，也不错！神仙面皮可比我们耐看，一个个仙气飘飘的，瞅瞅他们，再瞅瞅妖界那些歪瓜裂枣，能挑出一个长相不抱歉的，就已经是祖上积了大阴德啦！"

　　混沌初开，六道皆混乱，如今唯有天界秩序井然，已然跟妖魔道拉开了不小的距离，而妖怪好斗，妖界的妖尊三天两头一换，名字又长，大家好不容易记住一个，太阳一升一降，就又换了两三个，别说秩序了，便是能坐下来正经吃顿饭都是难如登天。

　　偏偏他们神仙样样占了好，样子还比他们出挑，极为吃香，叫他们怎么咽得下这口气？！是以妖和仙从来势不两立，没有例外。

　　小猴妖跳下了桌案："仙帝又如何？咱们姑娘天上地下都挑不出第二个来，样样出挑，何时败过一次？那个仙帝未必比得过咱们姑娘的一根手指头！"

　　梳头发的姑娘手一顿，看着镜面，一言不发。

　　小妖怪们纷纷赞同，一屋子妖言妖语，外头却半点儿听不见。

　　突然，啪的一声轻响，木梳不轻不重地被拍在了梳妆台上，震得镜身轻轻摇晃，镜子瞬间模糊泛黄，里面的人扭曲得厉害。

　　屋子里瞬间安静下来，半晌，梳妆台前的人才轻飘飘地说道："猫狗鼠辈也配与我相提并论？"

　　她的声音和模样极为相称，有着女儿家的俏皮任性，听着似有丝丝甜意，可阴冷的语调像是裹着砒霜的糖，莫名阴森入骨。

　　小妖怪们当即噤若寒蝉，一个个吓得身子发僵。

　　他们这些小妖，全是这尊煞神一路上东一只西一只搜集过来逗趣的玩意儿，哪儿能不看她的脸色？

　　这活祖宗瞧着像个性软的，骨子里可不是一般可怕，若不是瞧着他们嘴甜会逗趣，恐怕早就把他们的脑袋拧下来当摆设了。

　　小猴妖小心翼翼地拉起她的裙摆，一脸讨好的表情："这些凡人给姑娘换的衣裳未免太过普通，半点儿配不上您，不如小的们替姑娘绣上几朵花，点缀一二……"说着，他忙抖着爪，变出一个针线包，小爪拿着针线低头在裙摆上头勤勤恳恳地绣起了花。

　　身旁几只小妖当即如法炮制，上前抓起裙摆，一道跟着认认真真地绣着花，那手法竟然极为熟练，不知道的还以为他们是庄里头的绣娘，做得一手好女红。

这般举动显然取悦了女子，她垂眸，笑吟吟地说："你们喜欢神仙的皮囊不妨事，等在人间玩腻了，再去天界走一趟，喜欢哪个就将哪个抓下来，如何？"

"小的们多谢姑娘成全，姑娘再造之恩，绝不敢忘。"说话间，一个个小妖面目狰狞，整个客栈妖气冲天，夜深人静之时极为可怕。

翌日早间，客栈外头停着一辆马车，几个人等在外头，目不斜视，一看就是规矩森严的家中护院。

过了片刻，里头走出一名头戴帷帽的女子，步步行来，身姿窈窕，引得长街上人人侧目，身后跟着丫鬟婆子，一看就是大户人家出来上香祈福的小姐。

那女子并未停留，几步行至马车边，裙摆微掀，底下莲花绣鞋勾勒出的玉足玲珑纤细。她轻踏车凳上了马车，倩影消失在马车帘内，引人遐想。

片刻后，锦瑟也从客栈里头出来，身上的衣裳与丫鬟相同，可裙摆上的花纹别有一番新意，繁复的花纹在日光下泛着光芒，行走间若隐若现。

站在马车旁的双儿本就觉得锦瑟这般模样不是个安分的，现下看见这喧宾夺主的绣花，如何猜不出是她自己绣出来的？这么多花样，想来她绣了整整一夜，倒是费了不少工夫！

锦瑟缓缓走到马车旁，正要踏上车凳，双儿伸手拦住了她："锦瑟姑娘，这马车只能我们小姐坐，你虽不是纪家仆从，依规矩也不能上马车，得与婆子们一道跟着马车走。"这一席话，三六九等分得妥当，众目睽睽之下，委实伤人颜面。

锦瑟似无所觉，天生的笑眼很是讨喜，嘴上说的话却不像是个性子软的人："我不喜欢走路，更不喜欢跟着别人走。"

双儿不想她这般没脸没皮，一个山野村姑，若不是小姐救了她，哪儿轮得到她这般作态？他们客气点儿待她，她还真将自己当成了大户人家的小姐不成？

"锦瑟姑娘，你这样的出身，可能不知道宅门里头的规矩，但我还是希望你能识大体。我们小姐心善救了你一命，难不成还要我们反过来将你当作小姐看待吗？"双儿久在后宅，说话最会拿捏要害，话里话外都显得锦瑟是个得寸进尺、好占便宜的小家娘子。

周遭的人听闻，皆是一边倒，只觉锦瑟心思不单纯。

街上人多，也不好多争执，双儿看了一眼一旁的婆子，示意将人拉下去。

马车里头传出了女子的声音，婉转动听，让人如闻天籁："双儿，让锦瑟姑娘上来。"

双儿闻言一怔："小姐，你救了这个女子已经是莫大的恩德，怎么能让来历不明的人与你一道坐马车？这事若是让夫人知晓了，夫人必定是要责罚奴婢们的。"

"母亲若要说什么，我自然会与她解释，锦瑟姑娘于我们是客，你不得无礼。"里头的女子也不多说，温婉的声音微微压低，淡淡几句话，颇有大家小姐的威严。

双儿只得让锦瑟上去。

锦瑟的字典里当然没有"客气"二字，这些凡人，坐个马车都磨磨叽叽，她能有耐心听下去，已经是太阳从西边升起了。

她进了马车坐下，半点儿不觉得尴尬，也没有道谢的意思，这在旁人眼里，更显得无礼。

马夫吆喝一声，轻甩马鞭，马车缓缓地在青石板路上驶着。

纪姝早已摘下了帷帽，容色倾城，与她的声音极为符合："锦瑟姑娘身子可大好啦？"

"没什么大碍。"

双儿看了一眼她的裙摆，话间带着讽刺之意："自然是好了许多，大半夜还有工夫绣花呢，不知往日里可是靠绣帕子度日？"

"双儿。"纪姝开口提醒，面上似有不悦，转头再看向锦瑟，又是端庄的笑意："昨日匆忙，还未来得及问姑娘，不知姑娘先前是遇到了什么难事，要做这样的傻事？"

这个问题还真问到了点子上，其实昨日全是一场乌龙。

锦瑟是个妖怪，混沌初开，她就已经存在了，做神仙的命长，做妖怪的命也短不到哪里去，活的时间长了，难免乏味无趣。

她只好自寻乐子，昨日闲来无事在山野中晃荡，搜寻称心的小玩意儿，凑巧碰着了一个吊死鬼。

那鬼魂的脖子上挂了一条白绫，钩着树杈子晃荡，还阴森森地对锦瑟笑，妄图吃她的魂魄。这可不是勾着阎王爷往自家门上撞吗？

锦瑟闲来无事，捏碎了吊死鬼的魂魄，夺了白绫，欲绑成秋千玩，却不想遇到了凡人，对方还要带她一道走。

她本就是个无所事事的妖怪，得了这话，自然要去凡间玩玩。

锦瑟闻言，娇嫩的唇瓣一弯，神情很是认真："活得太长，日子过得太乏味，难免无趣，我也是不得已。"

这话听起来太过敷衍，纪姝闻言一顿，再没了好奇心，面上的笑淡了下来，话却依旧体贴："姑娘不愿说也无妨，等到了京都，我自会给你安排好去处，免得

你再遇上难事。"

锦瑟笑意盈盈，像个天真烂漫的小姑娘："希望是个有趣的地方……"

马车从热闹的街市出来，视野瞬间开阔，前头青山映入眼帘，重峦叠嶂，望不到边际。

一行人走了小半日，才在路旁瞧见了茶棚，树下搭着棚子，棚下放着几张方桌、杌凳，简陋中透着随意。纪家的护院对这里本是看不上眼的，不过人和马都累了，只能将就。

锦瑟看了一眼茶棚，没什么兴趣，依旧坐在马车里。

双儿正扶着纪姝下马车，远处忽而来了人，三三两两，互相搀扶，衣衫上皆染了血迹，瞧着像是在前头遇了祸事。

护院警惕地上前查看，那群人也到了跟前，已然力竭，纷纷倒在地上，见了他们，像瞧见了救命稻草："救命，几位相公行行好，快快报官，前头有山匪拦路，劫财杀人，甚是歹毒！"

茶棚里的老头正上前给护院倒茶，闻言，见怪不怪道："报官也没用，早和你们说了，这条路走不得，你们非要走。"

为首一个落魄汉子有苦说不出："我也是没法子，我这镖是定了时候的，就只有这一条山路可走，除了这处，不知要绕多少座山，总不能走上一年半载才交镖。现下可好了，镖没了，可如何向人交代？"

锦瑟生了几分兴趣，起身下了马车。

外头几个大汉全身是伤，说话间站都站不稳，手上的大刀尽染血迹，可见刚才有多凶险。

纪姝听了片刻，摸清了来龙去脉，疑惑地问道："为何报官无用？"

"现下世道乱，人都上战场了，哪儿有工夫来管这等小事，还是莫行山路，保命要紧。"老头子然一身，没什么可怕的，话语全是坦然。

纪姝退回马车中，摘了头上的帷帽，神色有几分凝重，这也是她回去的必经之路。

若是换路，绕上一年半载才回到家中，她不知得被传成什么样，更何况路上危险难以预测，保不齐别处也有山匪，还不如这一处已然知晓情形。

纪姝思索片刻，让双儿下去救人，顺道打听山中的情形。

双儿卜了马车，先自报家门。众人知晓救人的是纪家二小姐，一时间称谢不已。走镖之人行走江湖，最重义气，往后少不得会多多传扬纪家二小姐的良善心肠。

片刻后，后头又陆陆续续来了些赶路的流民，面黄肌瘦，衣衫褴褛，身上似乎还长满了虱子。

老头上前白给了茶水，却只字不提前头有山匪的事。

双儿疑惑，走到他身旁，压低声音问道："老先生为何不告知他们前头有山匪谋财害命？"

老头不以为意地说："山匪劫的是财，他们身上摸不出一个子儿，山匪哪儿会在他们身上耽误工夫呀？你们可就不一样了，走不得……"

老头说着，看了一眼高头大马，又看了一眼锦瑟和眼前的双儿，心想，小姑娘家家的如何躲得过山匪，抓到又会是怎样一番惨状啊！

他说："换路走吧，莫害了自己的性命。"

纪姝在马车上听闻这话，让双儿去与流民换了一身衣裳。

她再下马车时，已然成了一个山野村姑，满身狼狈，白净的脸用泥土抹黑，身后只有两个狼狈打扮的婆子跟着。其余人原地不动，连双儿也留了下来，毕竟两个年轻女子想要一道混过去，实在太难了。

锦瑟慢悠悠地走到她面前，打量了她的装束，不以为意地说："坐马车过去便好，何必这般辛苦？"

纪姝也没遮掩，现下马车和护院全是她的累赘，想要过去只能这样："这也是没有办法的办法，否则又怎么躲过山匪？"

锦瑟倒不觉得意外，看了一旁眼眶发红的双儿一眼，又问了一句："你脱身了，那你的仆从怎么办？"

这不是明摆着的吗？自然是由他们领着马车当诱饵，吸引山匪的注意力，她混在流民之中，安全性才更高。这也是迫不得已，如今这般情形，她只有狠下心才能多得几分生机。

纪家规矩森严，即便不是忠仆，也知晓若是没能护着二小姐平安回去，下场也不会好到哪里去，倒不如争个忠心护主的名头，也让家中的亲眷有个好前途。但这话明明白白问出来就有些刺耳了，刚才还有人夸赞纪家姑娘心肠好，这一转头她便弃了家仆，讽刺不？

纪姝面上一僵，话间也没了和善之意："这一路多有危险，我如今是泥菩萨过江，自身难保，再没办法带着姑娘了，锦瑟姑娘要去要留，自行琢磨。"

锦瑟轻飘飘地说："我可没有别的法子，也不喜欢走路，既然坐了这么久的马车，也不能白坐，过会儿我做一回纪家小姐，替你引开山匪。"

双儿实在听不下去了，只觉这个女子又蠢又贪慕虚荣，这个时候说这种话，不就是想在小姐面前争一头？即便小姐能留她在纪家做丫鬟又如何？一会儿到了前头，她还是会死！

她心中恼火，当即将被留下的害怕和委屈发泄在锦瑟身上，刻薄地说道："漂亮话谁不会说，保不齐一会儿要哭爹叫娘喊救命……"

纪姝伸手打断双儿的话，看着锦瑟，认真地问道："你可想清楚坐在马车里的后果了？"

"我这个人做事从来不看后果，就怕雷声大雨点小，半点儿没趣。"锦瑟意味深长地笑道，行到马车旁，似笑非笑地看了一眼双儿，才拉着裙摆，慢悠悠地上了马车。

双儿气不打一处来："小姐，你瞧她这般放肆，还真将自己当小姐了！"她想了想，又有些害怕，"小姐，这样真的可行吗？"

纪姝依旧温婉："这是她自己的选择，与人无尤。你去吩咐护院，一会儿到了山中，若真遇到山匪，但凡她多言一字暴露我的行踪，就将她……"纪姝说着，后头的声音慢慢变小，只依稀可闻"灭口"二字。

马车一路行过泥泞的山路，速度极慢。前头极远处是流民，或搀扶并行，或推着破板车，步履蹒跚，一眼看去就没什么油水可捞。

锦瑟拉开车帘子，看着混在流民里头的纪姝。纪姝很聪明，适应得很快，不过片刻工夫，便将流民的动作学了七分，混于人群中不再显眼。

她放下了帘子，看向对面正襟危坐的双儿，笑眼弯了弯："你家小姐这般爱吃苦头，可真不是寻常人。"

双儿坐立不安，没好气地道了一句："我们家小姐三岁便能识字，四书五经、琴棋书画样样精通，是京都有名的才女，哪是寻常人比得上的？"她睨了锦瑟一眼，意有所指。

锦瑟双手笼在袖间，笑眼越发弯起："你们凡人真是有趣，总是喜欢话里有话，抓一两个逗趣也不错……"她还未说完话，马车忽然一歪，她猛地前倾，话生生地卡在了喉头里。

马车轮子被什么硌到了，往另一侧滑了数尺才停住，险些整个儿翻了。

双儿差点被甩出马车，仅存的侥幸心理也没了，吓得浑身发抖："救命啊，我……我不想留在这里陪山匪！"

锦瑟被打断了话头，面上的笑瞬间消散，她慢慢坐回位子上，面色阴沉。

马车刚停，外头已经一阵混乱，马蹄声、厮杀声、尖叫声此起彼伏。

"全部停下，谁敢多走一步，爷爷可不能保证，你们的脑袋还能不能继续待在脖子上！"

双儿闻言，面色苍白，正要大哭求救，前头遮掩的车帘子被猛然掀开，她吓得尖叫一声，慌忙往里头爬。

满脸横肉的土匪看见锦瑟，瞬间双目放光："今天可真是好日子，瞧着我们玩腻了先头那些庸脂俗粉，特地给我们送来了娇滴滴的小娘子！"他说着，猛然伸手将锦瑟从马车里拽了出去，一把扯过她，让她坐到自己的马背上，扬着手中的大刀，神情猥琐地说，"这个抓回去，咱们兄弟一起享用！"

外头日光大亮，颇为刺目，锦瑟一出来便微微眯了眯眼，才慢悠悠地看向周遭。

护院中了暗算，死的死，伤的伤，前头流民蹲着不敢动弹，下了马的山匪正围着她们这一处，肆意搜刮财物。

"谢老大！"山匪们色眯眯地盯着锦瑟白皙的脸蛋，恨不得当即扑上去。

山匪头子见她没反应，以为她吓坏了，越发来了兴致，摸了一把锦瑟的脸蛋，调戏道："美人儿别怕，你生得这般好，合该随爷爷们回山里头享清福！"

锦瑟闻言，笑眼微弯，表情纯真，细白的手轻飘飘地点上他的腕间脉，那白得晃眼的手，隐约给人一种沾惯了血腥的危险感："那你可要好好对我，若是叫我没了趣，我就只能好好看看你的心了……"

她的声音天真无邪，像个任性撒娇的小姑娘，话里却藏着阴森诡异的气息。

山匪头子也是天生的倒霉蛋，碰到了煞神还非要往上撞，哈哈大笑，欲在她的面颊上重重地亲一口。

突然，远处一支箭凌空而来，猛地钉在了山匪的胸口上，血溅了出来。

锦瑟脸颊一热，被溅上了些许血。她一皱眉，抬眼看去，便见一个男子策马而来，提剑刺向山匪。

山匪头子痛哼一声，忙将锦瑟抛出去挡剑，男子反应极快，身姿矫健，踏着马背往上一跃，伸手接过她。

锦瑟随着他落在了马背上，抬眼看去，此人剑眉星目，器宇不凡，在凡人中面皮、气度皆是顶好的，是难得一见的佳公子。

男子抱到了人，才反应过来是个姑娘，低头看去，只见她白得晃眼，眉眼天真干净，娇娇软软的，能轻易唤起人心中的善意。

他愣了愣，喃喃地问道："姑娘，你没事吧？"

她眼帘微垂，面色寻常，像个被吓坏了的小姑娘："没事。"

　　山匪头子中了一击，一眼便看见后头背负弓箭的男子，立刻破口大骂："何处来的孙子，胆敢暗算爷爷！"

　　"在下已留七分余地，若是再来，恐要你的命。"身后男子的声音轻缓悦耳，低沉之间似有风流之意，似乎连轻视的情绪都不屑给山匪头子。

　　他留的不是三分余地，而是七分，山匪头子根本不值得他花力气对付，此人真是狂妄至极！

　　山匪头子面子被扫了个干净，气得横肉一抖，再顾不得身上的伤，手中大刀一挥，大吼一声："给爷爷擒了这个孙子，剁成肉酱！"

　　"啊……"山匪们提刀而来，高喝声震山动地，气势十足。

　　"沈兄，你照看这位姑娘，前头我来！"葛画禀身子一歪，将锦瑟往身后骑马而来的人扔去。

　　锦瑟身子轻，葛画禀几乎不费力气便将她往身后扔去。

　　锦瑟的薄粉裙摆在空中翩翩而起，飘飘然随她落下，她稳稳地落在身后那人的怀里。

　　眼前的人衣衫简洁，锦瑟隐约闻到了淡淡的檀木香气，莫名沁人心脾，难以忘怀。

　　锦瑟不禁抬眼看去，正对上了那人的眼，周围瞬间静得只剩下他。

　　古画点睛之笔，缀墨风流绝伦，在此人面前，皆黯然失色，不及他的半分风华。

　　锦瑟神情一顿，心想，前面那个男子气度、模样已是难寻，不想这人还胜一筹，一眼便能掳了女儿家的心神。

　　锦瑟在妖界也算见多识广的大妖怪了，难得一次恍了神，这也实在怪不得她，这般模样的男子，便是在天界也是凤毛麟角，属于稀有物种。

　　那人看了她一眼，并未说话，拉住她的胳膊，如同对待摆设一般将她往地上一放："姑娘先去后面躲着，前头危险。"

　　锦瑟脚一落地，又看了他一眼，才发现他手中正拿着弓，刚才那支箭显然是他射出的。她伸手擦了擦脸，手上果然沾了血迹，便轻轻睨了他一眼：这个凡人倒是对自己的箭法极有信心，也不怕箭射偏了。

　　她想起那支箭从耳畔掠过的凛冽劲风，眼眸微黯，站在原地默不作声，根本不打算照做。

　　这般一耽误，前头那位公子已经带着护卫与山匪缠斗起来，流民慌乱逃窜，场面一片混乱。

纪家的两个婆子扶着纪姝往他们这处跑来，一到跟前便腿一软，扑倒在地，个个面色惨白。

黄泥地上染了一摊摊血迹，让人触目惊心。几番过招，前头山匪已然显出劣势。

山匪头子忙拉过马车上瑟瑟发抖的双儿，执刀抵上她的脖子："全部退后，再敢靠近一步，就杀了她！"

葛画禀忙伸手止住身后的人，他们距离太远，再快也快不过山匪手上的刀。

双儿喉咙被死死掐住，吓得肝胆俱裂，艰难出声："小姐救……救命……"

"双儿！"纪姝连忙上前去求葛画禀："公子，求你救救她，求求你！"

葛画禀看着骑马逃窜的山匪，左右为难：追之恐山匪伤人；可不追，那个女子必死无疑，真是无计可施！

山匪头子抓住时机，在其余山匪的掩护下押着双儿逃走。

锦瑟仿佛局外人一般，没有半点儿要救人的意思，可即便不救人，她也不会让山匪离开。但凡得罪她的人，再逃也逃不过一个死字，更何况是刚才扫她兴致的山匪……

她眼眸渐渐深沉，显出几分鲜红的颜色，白净的面容变得妖冶。

突然，一支箭带着凛冽的劲风破空而去，嗖的一声，刺向了前头飞驰而去的马腿，马儿嘶鸣一声，将山匪和双儿一道从马背上甩落。

双儿被甩下了马，在地上滚了几圈，没了动静。

"双儿！"纪姝惊呼道。

葛画禀自幼习武，精于骑射，见状难以置信：这么远的距离根本不可能射中，更何况此箭射中的是快速移动的马蹄，这是何等精湛的箭术？！

葛画禀怔得怔后，无暇多想，连忙一扬手上的马鞭，带着侍卫骑马去救人，可山匪们离得近，他们只能眼睁睁地看着山匪手中的刀砍向双儿。

"双儿！"纪姝惊得连忙跑出几步。

沈甫亭随手取过箭筒里的最后四支箭，拉弓如月，微微瞄准后，白皙有力的手指一松，蓄满力道的四支箭破空而去。

"啊……"一箭中一人手，一箭中一人腿，还余两箭并射双雕，前头的山匪惨叫连连，纷纷倒下。而射箭的人就像玩弄傀儡一般，明明可以杀之，却留了一线生机，未曾伤人要害。

众人大为震撼，一时怔在原地。

锦瑟转头看向他，眸色微变。

葛画禀惊得目瞪口呆，沈甫亭已然开口："还要劳烦葛兄将这些山匪抓回来，交给官府处置。"

"好，沈兄放心！"葛画禀忙收敛心神，领了人往前头走去，将那些匪类一一抓回。

纪姝见双儿安然无恙地回来，才勉强松了一口气，吩咐婆子去照顾双儿，自己则去道谢，可脚下一动，才想起自己现下的打扮。她甚至闻到了自己身上衣物的酸臭味。

她抬眼看去，视线一下便落在了沈甫亭的身上，人家公子衣冠整洁，而自己……

她面上一僵，生生顿在原地。

山匪手无寸铁，手脚皆伤，连站都站不稳，只得连连求饶："好汉饶命啊，好汉，我们再也不敢了。如今战乱四起，小的也是为了生计，家中上有老下有小，实在是没了法子，才做起这样的勾当！"

"荒谬，你们这些山匪拦山打劫，杀人越货，害了这么多人的性命，还敢信口胡诌。你们便是有天大的委屈也是罪大恶极，留着这些话和官府说去！"葛画禀面露怒意，义正词严地吩咐护卫："你们将他们送交官府，若是办不了，那就再上一级，必要重责治罪！"

"是，公子！"

葛画禀几步走到锦瑟面前："这位姑娘，你的丫鬟已经被救回来了，现下山路危险，你们……"

"公子，您弄错了，我们家小姐在这儿。"他话还没有说完，纪姝身旁的婆子连忙开口打断。

葛画禀闻言看去，见她是流民打扮，面上还涂了泥，一时错愕。

纪姝身子微僵，想要避之，却已来不及。

"原来姑娘才是……"葛画禀一时语塞，场面有几分尴尬。

"这处山匪不知还有多少，刚才未必是倾巢而出，我们还是先离开再说。"沈甫亭下马打破了尴尬气氛，正巧解了葛画禀和纪姝二人的围。

"沈兄说得有理，还是离开为好。"葛画禀转身欲请锦瑟，又意识到她不是主人家，忙又伸手对纪姝请道，"此处山路危险，还请姑娘带着人与我们一道行路。"

纪姝是见惯了世面的大家小姐，片刻工夫便从这窘境之中解脱出来，即便满身狼狈，依旧落落大方："多谢两位公子的救命之恩。"

马车轮子已经彻底废了，只能步行，他们一行人先行离开，山匪则由护卫押去官府，两边都不耽误。

一场祸事之后，纪家的护院尽折，只余两个婆子和双儿。

众人皆是一身狼狈，唯有锦瑟安然无恙，身上衣裳鲜亮，连一根头发丝都没乱，仿佛外出踏春一般悠闲，很是招人眼。

纪姝瞧着，心里多少有些不舒服，此人先头还要以身事贼，如今安然无事，而自己满身狼狈，出尽了丑，叫她如何舒服得起来？

纪姝表情微淡，有意识地远离了她。

锦瑟像散步，很快便落在众人后头，慢悠悠地走出几步，缓缓转头看向山匪，眼中神色让人琢磨不透。

山间忽来一阵怪风，卷起沙尘，眯了众人的眼，锦瑟的眸中慢慢显出妖冶的鲜红色。

风过无痕，待众人再睁开眼时，身后突然传来一声尖叫，随后，震耳欲聋的惨叫声响彻天际。

"公子，他们……他们……"护卫追赶上来，惊恐不已。

众人转头看去，入眼尽是血腥画面，不远处的山匪竟然纷纷开始自残。

他们明明神情惊恐万状，可手中动作不停。

葛画禀连忙挥去一剑，试图挡下其中一个山匪的刀，可根本拦不住。

周遭的侍卫连忙上前去拦，可根本无用，一股寒意瞬间从脚底往上蹿，他们都惊出了一身冷汗。

疯子也不会对自己做这样的事，顶级刺客任务失败之后也不过是服毒自杀，不会这样自戕。

一切都让人觉得不对劲。

纪姝一个世家小姐，哪儿见过这样的场面？她不敢尖叫出声，但终究受不住惊吓，当场昏厥。

两个婆子想逃却又不敢逃，吓得当场软倒在地，惊叫不休。

不过片刻，人声尽消，黄泥地上已经渗满了血，泥土吸不干血，血水慢慢泛上来。

沈甫亭往断肢残骸走去，俯身翻看山匪伤口。

这些人皆是一刀致命，一刀下去，经脉俱断……这像是任人操控的提线木偶，木偶是死的，而提线的人是活的……

葛画禀看着眼前修罗地狱般的场景，眉头紧紧皱起："沈兄可有发现不对

之处？"

沈甫亭沉默了许久，起身，避重就轻地回道："我从未见过这般场面，并不知晓他们为何会如此。"

山间的风一阵阵拂来，偶有风啸声，头顶浮云蔽日。

山中只剩下他们几个人在这阵阵阴风中，即便是青天白日，那环绕周身的诡异阴森感也不曾消去半点儿。

他们的背脊都有几分凉意。

葛画禀头皮一阵阵发麻："我总觉得这地方邪门得很，你说，他们会不会是中了邪？"

沈甫亭不出声，山中再无人开口说话，耳旁只余幽幽风声，空气中弥漫着令人窒息的血腥味。

如此诡异的自戕行为，如果那些人不是中邪，朗朗乾坤，众目睽睽之下，又该怎么解释？

身旁一个护卫上前问道："公子，我们现下该如何？"

葛画禀只是摆了摆手："罢了，这群人死有余辜，不必管了，我们先离开此处，免得再招祸事。"

周围人没几个能稳当地站着，听闻此言，纷纷挣扎着起身，争先恐后地离开。

只有锦瑟一个人静静地站着，不惊不惧，反而淡淡地笑了，眼眸中的妖色渐退。

她一个女儿家，又是一身粉嫩衣裳，瞧着颇为醒目。

沈甫亭不再探究，转身欲与葛画禀一道离开，忽而似有所感，抬眼看来。

锦瑟未曾想过一个凡人能如此敏锐，眸色瞬间变为寻常，面上难免有些僵硬。

她面色微冷，平静地与他对视了一下。

沈甫亭似未有所觉，微微颔首，收回了视线。

锦瑟唇角微不可见地一勾，淡淡一笑，才慢悠悠地转身往前走去。

迎面而来的山风扬起衣裙，层层飘扬，花纹在阳光下耀眼夺目，锦瑟的裙摆带起些许沙尘，露出了里头的软底绣花鞋，绣花鞋由细线勾勒镶绣，无一处不精致。

身后走着的沈甫亭眼眸轻抬，视线落在了她的裙摆上。

一行人行了大半日的路，至夜色黑沉才寻到官道旁的一家客栈，众人身心疲惫，现下不用夜宿荒郊野外，所以安心了不少。

锦瑟一路走来，没喊过一句累，葛画禀对她颇有好感。葛画禀一路上对她照顾有加，到了客栈外头，二人已然熟悉了。

葛画禀说："这一路走下来，姑娘家恐怕吃不消，锦瑟姑娘到了屋子里，可以打一盆热水泡脚，免得第二日起来脚疼。"

锦瑟转头看向他，又看了一眼一旁不作声的沈甫亭，眼睛弯弯地说："多谢公子提醒。"

双儿已经醒了，虽说是从马上摔下来的，但到底没伤着要害，强忍着身上的伤跟着两个婆子一道照顾纪姝。

双儿本就心头苦涩，现下见葛画禀这般关心锦瑟，心中滋味难言。葛公子白日里屡次要救她，哪个女儿家不心慕英雄男儿？她心中自然起了涟漪。

在她看来，锦瑟不过一个下等的绣娘，又哪里比得上她？她虽是丫鬟出身，但自小在世家长大，衣食住行比寻常人家中的小姐还好，长得也不赖，自有几分傲气。

双儿一时心中懊恼，自家小姐分明就是救了一只白眼狼，她连穷凶极恶的山匪都不嫌弃，实在是个不挑的，可惜葛公子没瞧见她在山匪怀里的模样，不知晓她的为人！

双儿忍不住看了一眼葛画禀，想要开口，却又心知不合时宜，只能忍住。前头婆子已经背着纪姝进了客栈，双儿只得跟上。

纪姝被婆子背进屋便睁开了眼。她早就醒了，只是满身狼狈，索性装晕到底，现下好不容易到了歇脚的地方，便觉浑身发痒，连忙站起身换衣服。

双儿吩咐婆子备热水，她上前替纪姝换衣服。所幸纪姝里头隔了一层小衣，否则这身娇养的细嫩肌肤，必要遭罪。

纪姝褪了酸臭的衣裳，身上还有一股味道，心情越发不好，想起白日里那血腥的场面，又是遍体生寒。

她久在大宅中生活，也不是没有见过不干净的场面，这一幕场景却实在叫她受不住，也不知那些人究竟中了什么邪。

双儿没瞧见那个场面，心中自然没有疙瘩，满心想的都是锦瑟的恶心模样："小姐，您可不知道那个锦瑟，一路上明里暗里地向公子抛媚眼，一看就是个不安分的人，也不知那两位公子会不会误会她是我们纪家的人，只怕那不正经的做派，会丢了我们纪家的脸面。"

纪姝闻言不语，想起今日遇到的两位公子，一看便是世家大族养出来的，尤其是那箭术极佳的公子，虽然低调内敛，但言行举止带有掩不住的帝王家风度，

上
册

杀伐决断，绝不可小觑。

"我瞧着锦瑟就是一只白眼狼，您晕倒的时候，她都不曾来看您一眼，完全不记得您的救命之恩。我瞧她跟着您，就是别有用心。小姐，您何必留她？"

二人说话间，外头的婆子已经提了热水进来了。

纪姝久在后宅生活，锦瑟这种人她见多了，不过就是想凭美色谋一辈子的富贵路，如今骤然出现两个人中龙凤，又怎么可能不眼红？

不过，纪姝没放在心上，毕竟他们两个人没有可比性，锦瑟这种出身的人，根本不可能让纪姝有危机感："不必说了，她为人如何，我都看在眼里，不过是个可怜人，有些小心机罢了，随她去吧！"

"可是，小姐，她心思不纯，摆明就是要勾引人。您不知道，她今日还……还抢了您的风头，再不赶走她，不知要闹出什么事来。"

纪姝笑了笑，言辞之间满是贵家女的自信："你以为公子是傻的？以他们那样的人家，这样往上爬的人，恐怕不知遇到了多少，人家只是看破不说破罢了，由着她来，早晚有出丑的时候。这样的人好掌控，留着也不全是坏处……"红花总要绿叶衬，不然，自己哪能脱颖而出呢？

双儿跟了纪姝这么久，瞬间了然："双儿愚钝，还是小姐聪明，这人就是心太高，有了攀龙附凤的心思，也不想想自己有没有这样的命！"她嘴上讽刺，拿起破衣裳便扔了出去，眼中满是不屑之色。

花开两朵，各表一枝。

锦瑟这边刚进屋，屋里头就已经蹲了几只小妖怪，见她进来，小妖怪们连忙殷勤地上前替她揉肩按腿，脸上满是讨好的神情。

小猴妖端着一盆热水，摇摇晃晃地走来，很是吃力地放在她的面前："姑娘您累了吧？小妖给您备了热水净面。"

锦瑟显然很满意，伸手拿过净布浸入铜盆。清澈干净的水漫过她的柔荑，温度刚刚好。

小猴妖见她心情还好，连忙蹲在一旁，做起了阿谀奉承的老营生："姑娘今日可真威武，真叫小妖钦佩不已！"

"就是就是！"一众小妖很是崇拜，排排蹲着，连连点头。

锦瑟听多了这些话也没了兴趣，随手拧干净布，盖在细腻的粉面上，身子一倒，躺在了榻上。布上的热气慢悠悠地往上腾去，蒸得她的脸很是舒服。

小猴妖见她没什么兴趣，连忙绞尽脑汁地想了一圈，想到今日姑娘看了那个凡人好几眼，显然是对那个凡人感兴趣。

他连忙凑上前，讨巧地道："这纸糊一般脆弱的凡人，不想也能生得这般好看，那张面皮真是太好看了，与姑娘很是相称……"

他的语调沙哑阴森，说得再真心实意，听着也不像是夸赞，不过，还是引起了小妖怪们的一番感慨和一阵后怕。

他们喜欢在凡间瞎逛，见识也不少，这样的极品却很少见到。所谓人无完人，面皮生得讨巧的人，气度总差些；气度不错的，又未必有一手好箭术。就拿今日这几支箭来说，搁他们身上，他们也未必逃得脱，叫他们怎么可能不怕？

锦瑟闻言，拿下面上盖着的净布，随手扔在铜盆中，布砸在水面上，溅出了些许水珠，惹得几只小妖怪身板微微一抖。

她看了一眼屋里蹲着的小妖怪们，慢悠悠地问道："你们喜欢那个凡人的皮囊？"

小妖怪们的妖眸中泛出了光亮，很是兴奋："喜欢！妖界可从来没有这样好看的妖，好喜欢！"

锦瑟白皙干净的面皮上露出一丝无邪的残忍笑意："想要也无妨，可惜凡人皮囊不好保存，不如神仙的好。想来你们只能穿上一两日，烂在身上，可就不好清理了。"

她这般认真思索的神情，吓得几只小妖毛发一抖。

他们颤巍巍地挤成一团："姑娘，还是神仙的皮囊好！这个凡人的皮囊太麻烦了，小的们不想要了！"

锦瑟轻笑出声，没再逗小妖怪，靠在榻上，似陷入了沉思之中。

一个凡人有这般敏锐的感觉，与她相比，不遑多让呢……她忽而笑眼微弯，觉得很有意思。

休整一夜过后，所有人都起了一个大早，不过大多没有休息好，毕竟昨日那般场景，哪儿能不做噩梦？有的人甚至彻夜未眠，一大早就起来了，不想在此多停留。

锦瑟昨日被小妖怪们伺候得舒舒服服的，香甜地睡了一觉，起身后心情颇为舒畅。

葛画禀寻了掌柜娘子来唤她们，想来是打算与她们一道行路。

锦瑟刚打开门，对面的门便也开了，双儿站在对面，不屑地看了她一眼，才转身扶着纪姝出来。

纪姝本就生得极好，精心打扮过后，现下罗裙碧簪，步步生姿，更是叫人移不开眼。

纪姝看向她，微微一笑，点头示意后，与她一道往客栈大堂走去。这客栈不大，不过几步她们就到了外头。

葛画稟正坐在大堂里头吃着白面馒头，对面坐着沈甫亭。葛画稟嘴上吃着，见这处有动静，便看了过来，见着纪姝，视线猛地顿住，有些没反应过来。

实在是美人太美，加之昨日那般狼狈，反差太大，美貌佳人更添了三分惊艳，瞬间便拔得头筹。

一旁的锦瑟少了这三分新鲜，自然没落进人眼里。

纪姝似浑然不觉，依旧往前行去。

锦瑟倒没在意这些，一进大堂，便眼含探究地看向了沈甫亭。他坐得端正，一看就是斯文的贵家公子，即便是背影也叫人忽略不了。

也不知是因为周围人的视线皆投向她们这里，还是因为锦瑟的视线太过强烈，沈甫亭似有所觉般转头看向这处。

他一眼望来，视线没有对上锦瑟的，而是落在了前头精心装扮的纪姝身上，而锦瑟这处，连眼风都未曾扫过。

沈甫亭看过一眼便收回了视线，看太久，显得唐突；漠视不见，显得冷漠，有礼有节，不失半分风度。

锦瑟眼眸微转，似笑非笑地看着他。

见所有人都看过来，纪姝也有了往日的自信，莲步轻移走近二人，欠身施了一礼："昨日有劳两位公子相救，一路护送至此。两位公子大恩，待我回去，纪家必然涌泉相报。"

葛画稟这才回过神来："可是京都纪家？"

"正是。"纪姝笑答。

他乡遇故知，自然是欣喜非常，葛画稟面露惊喜之色，起身还礼："原是世交，在下京都葛家长子葛画稟，见过纪家妹妹。"他见锦瑟走来，又表现得熟络一些，"锦瑟姑娘这边坐，说来也是巧，我和沈兄本是打算先护送你们一路归家，不想我们竟是世交，这般顺路。"这一番话倒是将二人都当成了纪家的小姐。

双儿忙笑着开口："葛公子您弄错了，这位姑娘是我家小姐路过荒郊救下的，她那时恐是遇着了什么事，有些想不开，我家小姐怕留她一人做了傻事，便一路带着她……"

葛画禀笑容一顿，闻言诧异不已，坐下的锦瑟却仿佛一个局外人，完全不在意。

沈甫亭难得看了一眼锦瑟，不过也只是一眼便收回了视线，似对此事没有兴趣。

大堂中瞬间安静，有好事者看过来，神情探究：一个面皮这般讨巧的姑娘家，独自出现在荒郊野外已是奇怪，还要自尽，如何不叫人想岔了？

纪姝神情肃然："双儿，我不是说了，不许再提这事。"

双儿连忙闭了嘴，这般一打断，更是欲盖弥彰，越发叫人浮想联翩。

葛画禀有心想问，可又知此事万一问不好，必然有损姑娘家清誉，一时也不好多言。

刚才和谐的气氛被打散了，徒留几分尴尬。

纪姝抱歉一笑，看向葛画禀，继续前头的话："原来是葛家兄长，常听家中哥哥提起，葛公子骁勇善战，是在马背上长大的，往后京都少不得出一位少将军。"

葛画禀很是不好意思，开口连连推辞："不敢当，不敢当，万万不敢当，我全是闹着玩的。我祖父常说我淘气，不服管教，外人倒不知晓，这好名声实在愧不敢当。"

这话倒是不好接，若是再夸奖，便有些套近乎，可若是随便回一句，又显敷衍，大家都不相熟，场面很容易僵住。

纪姝久居内宅，对这种场面游刃有余，既接得了话，也不会让气氛冷下来："葛兄长过谦了，昨日若不是你，双儿恐怕难逃……"她说着，似又想起了昨日的可怕场面，粉面煞白。

双儿闻言，连忙施了一礼："双儿多谢公子救命之恩。"

葛画禀可不好全揽下功劳："我不过是出点儿力气，若是没有沈兄那高超的箭术，断不能及时将人救回。"

话题如纪姝所愿，自然而然地转到了沈甫亭身上。

纪姝微微起身，郑重地对他欠身行大礼："多谢沈公子相救，待回京都之后，姝儿必让家中兄长上门拜谢。"

这般大礼自然受不得，沈甫亭微抬她的手肘，将她的礼生生一挡："姑娘不必多礼，那样的情况无论是谁都会出手相救，在下也不过是略尽绵薄之力，不足挂齿。"

锦瑟见他们文绉绉的，无趣至极，面露嗤意。她伸手拿过面前的白面馒头，咬了一口又觉寡淡，随手一扔，白面馒头便骨碌碌地滚到了沈甫亭面前，堪堪就

要掉落在地。

沈甫亭下意识地伸手，白皙修长的手指截住了险些掉在地上的馒头，指腹碰到了馒头上的小缺口，沾着微微湿意，可想而知是何处来的。

沈甫亭眉梢微不可见地一扬，眼帘微抬。

锦瑟笑眯眯地对上他的眼："公子箭法这般厉害，为人倒是谦虚，这若是绵薄之力，那想必还有更过人的本事吧？"

沈甫亭倒没再收回视线，看着她坦然一笑。他模样生得好，笑起来自然惑心，可在她看来，也不过是端方温和的表象。

沈甫亭将馒头放回她面前，回手笼在袖间，指腹在衣袖上轻轻一抹，擦去了那不舒服的湿意："姑娘谬赞，在下略通医术，除外，再无其他。"

纪姝闻言一怔，似非常意外。

"原是个瞧病的大夫。"锦瑟身子一倾，以手托腮，靠在桌案上，似笑非笑地看着他，分明就是不信他的鬼话。

沈甫亭似完全不觉，微微颔首，但笑不语。

葛画禀见气氛莫名有些古怪，连忙开口为他多说了一句："白山医门可是名不虚传，山中人世代为医，沈兄确实是谦虚了。我之前在外游历，染了大病，也是机缘巧合，遇上了沈兄，托他妙手回春，生生将我从鬼门关拉了回来，那医术可不是寻常大夫能比的！"

纪姝听到这里，心中掩饰不住地失落，不过依旧笑着接话："原是如此，沈公子医术高明，又有一手好箭法，确是不可多得的人才。锦瑟姑娘可不要小看了大夫，白山医门的医术可是千金难求。"

她端庄之间又含几分俏皮，打趣说笑间，将锦瑟的形象生生拉低了不少，叫人真以为她是瞧不起旁人的家世，锦瑟若是较真，反倒成了斤斤计较之人。

锦瑟依旧笑得和善，轻飘飘地讽刺道："你倒是知晓我的心思……"

沈甫亭仿佛没听见，似一个局外人。

这么一来，倒成了纪姝胡乱揣测，多少有损刚才知书达理的好形象。

纪姝神色一顿，一笑了之，自不愿与她一般见识。

气氛很僵，葛画禀拿着手中的馒头，放也不是，吃也不是，只得开口玩笑道："说来也是巧，沈兄表字华年，与锦瑟姑娘的名字合在一处，正巧是一句诗。"

话一出口，屋内又是一静，纪姝有些讶异，沈甫亭也抬眼看向了他。

葛画禀有心缓和气氛，也没顾太多，说出口才觉这话极为暧昧，多少唐突了姑娘家。

他连忙开口挽回："锦瑟姑娘，我口无遮拦惯了，并不是这个意思，只是觉得巧合，我……我在这里给你赔个不是，你莫要放在心上。"

"你没有说错，确实很巧。"锦瑟看了一眼沈甫亭，笑眼微弯。

一顿早饭吃得气氛古里古怪，饭饱之后，众人各自回房，收拾行李准备启程。

纪姝回了房间，若有所思地靠着窗。楼下不远处正站着葛画禀与沈甫亭，两个人似在商量离开的路线。

远处重峦叠嶂，重重叠叠的淡绿浓青，林中叶晃，日光松松散散地落下，映出山间隐蔽的惊心动魄之美。

二人谈笑间，沈甫亭时而轻抚马脖子，时而一笑。忽而，他似有所觉，抬头往这处看来，眉眼间还染着未曾淡去的笑。他身姿如松，立于日光之下，轻易便叫这山间风光黯然失色。

纪姝心神一恍，慌乱伸手啪的一声关上窗子，又为自己的举动而懊恼不已。

双儿正整理行李，见状不由得一愣："小姐，您可是身子还有什么不舒服？正巧沈公子在，也可以让他替您看一看。"

纪姝摇了摇头，等了许久才微微推开窗，透过缝隙看去，二人已经不知去了何处。

她一时心口空落落的，忍不住失落："你说这样一个人，怎么会是寻常大夫出身呢？"

白山医门搁在寻常人眼里，确是好人家，可在他们世家贵族面前，是不够看的，没有爵位官身的人，往后能有什么大体面？

双儿自然知晓她说的是谁，沈公子气度不凡，瞧着就是那种叫人不敢生心思的身份，不想竟是个大夫出身。

双儿对位高者自有一番恐惧，如今知晓了他的身份，倒少了些许惧意，见自家小姐有意，忙开口劝道："沈公子的家世确实可惜，倒是葛公子没有辜负他身上的气度，小姐您遇到了葛家公子，未尝不是一条好出路，总好过往后嫁给连面都没见过的陌生人。"

纪姝自然也知晓个中利弊，终身大事总要谨慎一些，于她来说，葛兄长确实是个好选择。

她虽是纪家的女儿，可终究是庶出，没有长姐得家中喜欢。若是如今还在京都，她断然没有机会接触到葛画禀这样的世家贵公子，说来这也算是送上门来的姻缘了。

她暗暗思量一番，终是撇开了刚才的惊鸿一瞥，下了决断。

一行人稍做休整，便准备离开，葛画禀牵过马在客栈外等着，没了马车，马匹自然要留给女眷，待到了镇上才好雇马车。

葛画禀见锦瑟先出来，开口笑道："锦瑟姑娘先上马，山路难走，你们姑娘家还是骑马的好。"

锦瑟看向了那匹马，马儿一僵，不自觉地往后退着，似乎很害怕。

葛画禀的马性子极野，往日他花了不少工夫才将其驯服，见其突然后退，只得拉着缰绳用力拽着："枣子，听话！"

他训斥过后，马儿听话了些，葛画禀才朝锦瑟伸出手，笑道："来吧，我扶你上去，不用害怕，我在这处拉着不会有事的。"

锦瑟闻言，笑着靠近，马儿眼一睁，忍不住嘶鸣一声，模样有几分害怕，叫得很是可怜。

葛画禀这才觉出古怪，自家的马虽是烈马，可早早就被驯服了的，从来没有这般抗拒人靠近，上一次表现不同寻常还是在过河关遇到了毒性致命的蝎子……

葛画禀不自觉地看了一眼锦瑟，锦瑟静静地站在一旁，见他看来，眼睛弯弯，似三月烂漫春花。

天真干净的小姑娘总能唤起人心中的善意，叫人忽略她那过于怪异的安静模样。

葛画禀尴尬一笑，转头看向还在往后挪的枣子，恨不得抽它一顿。娇嫩嫩的小姑娘和毒蝎子能一样吗？它半点儿分不清，难怪现下还是一匹单身马！

纪姝下来，见到这一幕，连忙上前关切地道："这马可是之前受了惊吓，还没缓过来？"

葛画禀恍然大悟："或许真是被吓着啦。"

纪姝往日也是接触过马的，见这匹马还算温驯，便伸手摸了摸马脖子。马儿忙往她身旁靠去，大眼避着锦瑟，很是可怜。

"我们家小姐往日就喜欢救治小动物，对待马儿也有一番相处之道，我往日还不信，不想这马真是通灵性，知道谁对它好就亲近谁。"双儿在身后一派天真地笑道。

锦瑟轻飘飘地看了双儿一眼，笑而不言。

现下这个情况，明眼人都看得出来，枣子比较喜欢纪姝，可说出来又是另一回事了。

他总不能推了锦瑟，又去请纪姝吧？葛画禀一时非常尴尬。

纪姝适时退了一步，将马儿让出来："锦瑟姑娘不要怕它，它不会伤害你的，你对它亲近一些便好。"可纪姝刚离开一步，马儿吓得连连退避，恨不得当场撒腿逃离。

这下尴尬更甚，葛画禀心知勉强不得，只得抱歉道："枣子想来真是受了惊吓，都怪我没有驯好这匹野马。"

他这意思已经很明白了，锦瑟现下最该做的便是大方离去，解了三人一马僵持的尴尬局面。可她哪儿是顾及场面的妖怪，得不到就毁掉是她一贯的准则，怎么可能这般轻易便被打发？

"公子不必抱歉，原不是什么大事，换一匹马便是了……"她唇角微微弯起，笑容纯真，缓缓上前，细白的手就要触到马脖子。

身后忽然有人开口，声若夏水漫林间，林下清风徐徐来，闻之悦耳舒心，蛊惑人心："来坐我的马吧！"

锦瑟闻声，转头看去，沈甫亭立于马侧看向她，青衫着身，玉带束腰，通身清贵，身后青山叠色，林间叶疏渐透耀眼光芒本是寻常，此人一立，竟恍惚间让人觉得风光无双，世间难寻。

他开口的时机很巧，巧到让锦瑟误以为自己的心思被他看出来了。

葛画禀见他来了，顿时松了口气。他本就怕伤了女儿家的心，闻言当即顺着台阶下去："锦瑟姑娘放心，沈兄的马很温驯，绝对不会像枣子一样这般不听话。"

纪姝站着不动，显然就是坐定了葛画禀的马。

锦瑟轻飘飘地扫了一眼瑟瑟发抖的马儿，眼眸微转，思索片刻，才微微一笑，缓缓走向沈甫亭。

沈甫亭的马倒是乖巧温和，大眼睛瞅了一眼锦瑟，便装模作样地看向了别处，好像没看见人一般。

锦瑟立于马旁，看向旁观的沈甫亭，言辞轻慢："这马太高了，我上不去。"

沈甫亭垂眼看来，眼中似含不耐烦之色，不过开口还是有礼有节："抬脚踩在马镫上，我扶你上去。"

"那你可要扶稳了，若是摔着了我，可是要赔的……"锦瑟的视线在他的玉面上流转了一番，话里隐含阴森的意味。

沈甫亭却没有开口说话。

锦瑟顺着他的意思踩上了马镫，本还想再捉弄他，不想才踏上，便被他扶着手肘往上一提，稳稳当当地坐在了马背上，轻巧得如同提一只鸡崽。

她垂眼看去，眼中慢慢起了危险的冷意和探究。

沈甫亭坦坦荡荡，似未觉何处不对。

锦瑟这才上了马，那边葛画禀也已扶着纪姝上了马，又吩咐后头的侍卫将同行的女眷皆扶上马，准备启程。

锦瑟又岂会善罢甘休，惹了她不痛快，即便是马，也没有逃过一劫的……

她看向纪姝身下的马，纤细的手指微微一勾，正欲对其惩戒。

牵马的沈甫亭忽而开口："得饶人处且饶人，姑娘行事还是不要太过阴狠。"

一个凡人断没有这般能耐察觉她的举动，此人果然有问题！

锦瑟眸色一黯，轻轻一笑，娇嫩的唇瓣微动，低声细语，可话里满是威胁之意："倘若我非要不饶人呢？"

"想来姑娘从来没有吃过亏。"沈甫亭语调冷淡，转头看向她，温文尔雅的做派，半点儿不让人觉得危险。

"公子终于装不下去了吗？现下要为了自己看中的玩具撕破脸皮啦？"

"我本就是寻常人，不明白姑娘所言何意，只是想劝姑娘一句，既然来了一处，就应该守一处的规矩，入乡随俗才能避免麻烦。"沈甫亭连消带打，并未正面回应。

锦瑟看着他，默不作声，二人视线胶着，瞧着似有情意。

这一处的气氛突然沉寂下来，淡淡的硝烟味在其中弥漫。

纪姝正与葛画禀笑谈，余光一瞥，见二人的情形，当即笑着开口："沈公子和锦瑟姑娘在说什么，似乎很有趣？"

锦瑟轻轻一笑："我和沈公子在讨论他喜欢的人。"

纪姝闻言一顿，看向沈甫亭，僵硬片刻，又好奇而俏皮地说："竟是这样，不知沈公子喜欢的人是什么样子？"

沈甫亭自然无意继续，一句话终结了话头："没有的事，是锦瑟姑娘想多了。"

这句话太过敷衍，反倒成了他和锦瑟的小秘密似的，而纪姝成了局外之人。

纪姝面色有些不好看，一笑过后，便也沉默了下来，没了心思说笑。

一行人浩浩荡荡地往前行去，速度自然不及跑马，不过远离了山匪出没的山头，倒也安心许多，也不急着赶路。

沿路的风光千篇一律，前头是望不到尽头的黄土地，无聊乏味，多少叫一群人相熟起来。

葛画禀惯爱说笑，在外游学又见多识广，一路上总有说不完的话。

纪姝久在内宅生活，为人处世很有一套，时而笑接一句，二人有说有笑，气氛极好。

她与葛画禀有说有笑，也不会忽略了一边的沈甫亭，加之双儿在一旁配合，纪姝可谓是极讨人喜欢了，尤其是在锦瑟安静话少到古怪的对比下，更是明显。

他们一路谈论周游各地的风土人情，锦瑟如何有兴致加入？她什么景致没有看过？天涯海角都晃过的闲妖怪，哪儿有心思再谈风土人情？

她虽然格格不入，却一直观察着沈甫亭，这一看，才发现根本摸不透这人，说他是端方君子，温文儒雅，可他做派似邪非正；瞧着安静，不喜言辞，可现下又谈笑风生……

锦瑟眼波流转，随手拔了几撮马毛，想给他找些麻烦事，不想马儿被拔了毛发，竟没有一点儿反应。

而沈甫亭牵着马，似毫无所觉，也未曾理她半分。

上
册

第二章
若不是我给你机会出现在我面前，凭你也有资格遇上我

　　一行人走了大半日也没有发现掌柜说的小镇，只隐约瞧见一个村落，走近了，朦朦胧胧的烟雾消散后，山间的村庄清晰地呈现在眼前。

　　众人一眼望去，风景瑰丽秀美，花木盛开，恍若世外桃源。

　　屋上炊烟袅袅升起，荒郊野外顿时有了人气，村中路过一个青年瞧见了他们，满脸笑容地迎了过来："诸位要往何处去呀？"

　　葛画禀微微拱手，开口问道："敢问这位仁兄，这里离镇上还有多远？"

　　青年面露疑惑："这里离镇上可有两三日的路程，天黑山路泥泞凶险，可不好走，你们莫不是要今夜赶到镇上？"

　　这可与客栈掌柜说的小半日差得太多，葛画禀一怔："竟要两三日，难道我们走错了路？"他回头看了一眼来时的路，疑惑不解，"可来时也只有一条山路，应当不会错呀？"

　　众人皆觉古怪，看了一眼四周，按理说，这条大路是直的，再怎么走，也不可能走偏这么远。

　　"这里山路多，你们或许是不知不觉绕了路，常常有人行错路，走到我们村子来。现下天快黑了，夜路危险难走，你们还是等天亮了再走吧。"青年笑着建议，白净面皮上的表情看起来极为和善。

锦瑟扫了一眼村落，笑吟吟地倾身靠向马头："既然走错了便走错了，这里景致不错，我很喜欢，不知可有让我们住下的地方？"她声音天真烂漫，一听就是好欺骗的女儿家。

青年见了锦瑟，眼眸亮了一瞬，惊艳过后，有些羞涩地说："既然来了这里，便是我们的客人，你们若是不嫌弃村子简陋，便先去我家中落脚，待到明日早间，我再赶着牛车领你们出去。"

葛画稟看向沈甫亭："沈兄以为如何？"

沈甫亭倒没有异议："荒郊野岭没有落脚之地，到底不便，若能留宿，再好不过。"

他们一行人，男子露宿野外便罢了，女儿家却是多有不便。

葛画稟领首，对青年笑而作揖谢道："如此甚好，多谢仁兄收留我们。"

青年很是欢喜，伸手往前面请道："贵客不必言谢，谁出门在外没遇到难事？这些都是寻常事，我家就在前头，我带你们去！"

荒郊野岭中出现一个这么大的村落，即便风景再美，也多少有些与世隔绝的荒凉感，村中人好像许久不见外人，这一路走去，动静不小，来往的人时不时好奇地看他们一眼。

纪姝的帷帽丢了，高门大户规矩多，她被这样看着很不习惯，可现下也讲究不了这么多，只能由双儿和婆子在一旁挡着些许。

锦瑟不在乎人看，下了马，一路看着村中人，慢悠悠地走着。

前头领路的青年见村里人这般盯着姑娘家看，也有些不喜，俯身捡起几块石头，玩笑般砸去："快快走开，一个个都没事做，成日瞎晃荡。"

几个男子嬉笑着躲过，红着脸纷纷往回跑："族长莫丢石，咱们不看便是了。"

"兄台是村中的族长？"沈甫亭开口问道。

年轻的族长笑着抓了抓头，面上神情有几分憨傻："算不得什么族长，就是一个名头罢了，是俺爹传给俺的，他们叫习惯了，你们唤我阿泽就好了。"

"不知村落在外头可有称呼？"纪姝别有一番玲珑心肠，开口所问恰是沈甫亭想问的。

果不其然，话一出口，沈甫亭抬眼看向了她。

纪姝见状，似才知晓他也想问这个问题，垂首回以一笑，二人无声间别有一番默契。

锦瑟走在后头，一眼便瞧见了，嘴角一弯，神情有几分玩味。

阿泽见美人开口相问，面露羞意："不过是山间小村子，鲜少有人出去，没什

么名字。"

说话间，一行人已经到了阿泽家中。

土屋很大，后头还有一个四方院落，古旧简单，屋子全是用黄泥土砌成的，年岁久远，墙上已经开了一道道大裂痕，不过看着依旧很牢固。

屋子再大也住不了这么多人，侍卫、婆子便由阿泽安排住进了隔壁的屋子，他们几个人则住进了土屋后头的院子。屋子里头还算干净，摆设也简单。整个村子弥漫着酒香，屋里却没有见到酒坛子，酒的香味似乎是从地底下弥漫上来的。

村里的人朴实厚道，甚至帮着一道将东西搬进屋里，很是热情好客。

众人安顿好，时辰还早，或在屋子里休整，或与村民闲聊。这里民风淳朴，没有外头的战乱，又有高山流水，村民闲来无事小酌几杯，日子倒是轻松惬意，也称得上世外桃源了。

锦瑟在屋里看了一圈便出了房门，这里极为开阔，在远处高山的衬托下，土屋渺小。溪水从远处山间而来，顺着石子蜿蜒而过，拂面的清风伴随着淡淡酒香，闻之心醉。

纪姝站在屋门口，看着田野风光，心中无限惬意："若是能住在这样的地方，日出而作，日落而息，也是极好的。"

"小姐千金之躯，往后注定是要嫁高门做主母享福的，哪儿能在这里当寻常百姓吃苦？"双儿在里头收拾床铺，笑着回道。

"我也只是感慨一二，这世间之事总有利弊，有时候，我未必比他们过得好……"纪姝话间带着落寞之意，抬眼看见锦瑟，便止了话头，敷衍一笑，转身回了屋。

她的态度变化倒是快，若是常人，自然要想一想何处惹了这贵门小姐不快，可锦瑟是让别人诚惶诚恐的那个，哪儿会纠结这些？

她看着纪姝进了屋，百无聊赖地晃出了院子，瞧见了不远处的一人一马。

古木参天，盘根错节，林下野草丛生，郁郁葱葱，白马悠闲地吃着草，那人静立林下如松竹，身姿如玉，远观亦如画。

锦瑟缓缓走近，沈甫亭的视线正落在马脖子上光秃秃的地方。

马儿毛发雪白，通身没有一点儿杂色，一看就是被精心照顾的，如今这么几块光秃秃的地方看着十分醒目。

马儿本安静地吃着草，瞅见锦瑟过来，不由自主地往一旁挪去，嘴上拼命吃着草，大眼睛里满是掩饰的紧张情绪，似乎生怕她揪秃了自己的毛。

沈甫亭见她过来，完全当作没看见，伸手轻抚马脖子以示安抚。

锦瑟视线落在他没有表情的脸上，眼睛一弯："这马儿的毛发也太松了，拔了这么几块它都不觉得疼，真是奇怪。"

沈甫亭抬眼看了看她，眼中没有情绪，可一看就是脾气不好的那种人。

锦瑟眉眼一弯，模样越显纯真："沈公子生气啦？"

沈甫亭眼帘轻抬，淡淡地看过来："你想说什么？"

见他这般直白，锦瑟也不耐烦再绕弯子："你是什么人，又是从哪里来的？"

沈甫亭闻言一笑，他模样生得好，又是在这清秀山水之间，更衬得人好景好，惹人沉沦。

"在下先前已经和姑娘说过，我就是一个治病救人的大夫，再没有其他。"他说完这一句，见玄机将这处的草吃得差不离了，便又牵着它往草丛茂盛的地方走去。

锦瑟见他顾左右而言他，上前几步追问："这些话骗骗别人就罢了，何必还在我眼前装模作样？你若真是个大夫，那看我又如何？"

沈甫亭选了一处草丛茂盛的地方停了下来，玄机连忙垂头吃着，大眼睛只盯着草，不敢瞅人。

这一回，沈甫亭连头都没有抬，垂着眼睫道："大夫眼中只有病人，姑娘现下并没有什么不妥，无须看大夫。"

锦瑟见他执意不说，越发觉得有趣，幽幽地笑了，缓缓走近他："不肯说？我自有法子知晓，端看你能隐藏到什么时候？"她微带甜意的声音隐含几分危险意味，说完，她也不再停留，径自越过他往回走。

沈甫亭眉梢欲扬未扬，抬眼看向走远的锦瑟，唇角幽幽一弯，玉面上却无笑意，眼中似带嘲讽之意。

天色一黑，众人便都回了屋里早早歇下，只余稀稀拉拉的寤寐虫鸣声，衬得黑夜越发寂静。

"啊！"突然，一声女子的尖叫突兀地响起，一个男子大声喊人，村子里一阵喧闹，纷纷燃起了火把，人影晃动，极为嘈杂。

屋里，几只毛茸茸的小妖怪在桌案上猛然惊醒，连忙看向榻上的锦瑟：这祖宗睡觉可不能被吵醒，否则又不知要怎么"打发时间"了。

锦瑟慢慢地睁开了眼，面无表情，起身去了外头。

对屋的纪姝、双儿早早起了，沈甫亭去前头问了几句，见里头的人接生经验很足，便没再多管，转身回来。

事发突然，沈甫亭匆匆起身，里衣外头只随意披了一件外袍，不似以往衣冠齐整，月色下行来，反倒多了几分风流不羁。

葛画禀连忙上前："怎么样，可有什么要紧的？"

沈甫亭摇了摇头："妇人生子，早了几日，没什么大问题。"

众人闻言，皆放松下来，原来是生孩子，难怪声音如此凄厉，恐怕是疼的。

纪姝见沈甫亭衣衫不整，不由得粉面微红，侧身避开。

锦瑟却一眼不错地看着，似在打量什么。

沈甫亭本还未察觉，见锦瑟这般看着，眉间一敛，转身回了屋，再出来时已然衣着齐整，不似刚才散漫。

锦瑟面露嗤意，收回了视线，轻飘飘地一笑。

远处屋子里人进进出出，许久，一声嘹亮的啼哭之后，女子的凄厉叫声才终于消停。

"生了，生了！"有男子欢喜地喊道。

整个村子顿时陷入了巨大的喜悦之中，村民连忙上前点燃早就备好的大火堆。

木柴燃起，火光冲天，瞬间亮如白昼。

阿泽匆匆忙忙跑来，乐呵呵地冲他们解释道："我们村铁牛的媳妇十月怀胎，现下好不容易生了，依习俗要好好庆祝一番，恐怕还要吵闹一阵，扰了各位休息，实在是对不住。"

葛画禀连忙摆手："这是大喜事，哪儿有什么惊扰不惊扰的，劳烦代我们向铁牛兄弟道一声喜。"

"一定。"阿泽笑着，又伸手指向远处的火堆，兴高采烈地邀请道，"村里头每个孩子降生，我们都会祭祀庆祝，开一坛不老酒，寓意青春不老，长命百岁。贵客也一道来吧，好沾沾喜气！"

既然是喜事，大家自然不会拒绝，纷纷应下。

各家各户想来是早准备好了迎接小生命，热火朝天地忙进忙出，门外还挂起了大红灯笼，载歌载舞，热闹喜庆。

现下世道乱，边疆战火不休，这与世隔绝的小村落为了一个孩子的降生，竟然如此大费周章地隆重准备，多少引得众人感慨。

火堆旁的歌舞过后，站在祭台上的阿泽神情庄重，像是变了一个人。

他对着面前的酒缸，说着众人听不懂的话，古老的话语带着一丝神秘感，隆重神圣，引人探究。

铁牛抱着婴儿走上去，那孩子用一块麻布包着，微微露出的小手握着拳头，还时不时踹出粉嫩嫩的小脚丫，瞧得人心都要化了。

所有人都虔诚渴望地看着那个孩子，像是看着希望。

阿泽伸手在水盆里净手后，伸手接过孩子，高高举起："欢迎我们第一百二十一个孩子降生！"

一时人群中欢呼声响起，所有的村民都陷入了狂热的欣喜之中。

这样热闹、喜悦的气氛，感染了众人，他们为之欢喜，唯有锦瑟和沈甫亭没有多少感触。

前者似觉无趣，而后者平静如水，局外人一般显得格格不入。

孩子刚出生，只裹了一块粗糙的麻布，硬生生被冻哭了，不过，哭声轻易便被众人的欢呼声淹没，无人察觉。

祭台前的酒缸早早开了封，上头裹着一层厚厚的黑布，黑布正中间割开了口子。

阿泽神情虔诚，拿起木勺从酒坛里舀起了酒，将祭台上摆着的碗一一斟满。

葛画禀看着，不由得好奇："那便是不老酒？"

他话音才落，远处阿泽端起一碗酒，高声道："感谢上天赐给我们孩子，我们将永远青春不老！"

这似乎是村民最期待的事，欢呼声比刚才还响，甚至有划破天际的错觉。

纪姝、双儿有些受不住这声响，捂住了耳朵。

葛画禀忍不住一笑，这样热闹的习俗真是叫人羡慕，而京都绝对不可能有这样的仪式。

不过片刻，铁牛便端着酒过来："几位贵客请喝不老酒，喝过这酒便能青春不老，岁月无痕。"他说的话虽不切实际，但是谁不喜欢这样的祝福语，尤其是姑娘家。

众人入乡随俗，一一接过了酒碗，纪姝也不想错过，伸手接过酒，喝了下去。

沈甫亭对酒向来挑剔，对不老酒也没有兴趣，虽然并没有要喝的意思，但还是伸手接过，没有拂了这一番好意。他端过酒时动作一顿，随即端至鼻尖一闻，眉头微微皱起，似觉不对。

唯有锦瑟没接酒。她一只活了万万年的大妖怪，活的日子久了，盼着自然老死的日子也就多了，旁人听来是喜庆的话，在她这里可就是怨毒的诅咒了。

"我不喜欢这酒，你们留着自己喝。"她说完便不理不睬，转身慢悠悠地回了屋，在旁人看来可是没有一点儿礼数。

铁牛面色有些不好看，碍于是客人倒也没发脾气。

上
册

葛画禀一时怔住，没想到锦瑟会这般刁蛮任性，当面就能拂了人的好意。

"对不住，我们这位朋友任性了些，其实她没有别的意思，这碗酒便由我代她喝下，刚才的事，你可不要放在心上。"纪姝说着，端过铁牛那托盘上的酒，笑着喝下。

许是美人好说话的缘故，也或许是村民朴实纯善，铁牛面色微红，笑开了颜，气氛也没那么尴尬了。

纪姝温柔大方，处事得体，和刚才锦瑟那任性的做派简直是天差地别。

葛画禀看纪姝喝得吃力，说道："喝不完，便我来吧，姑娘家哪里喝得了这么多酒？"

纪姝摇了摇头："不妨事，既说是我喝，便得喝完。"

葛画禀不由得起了欣赏之意。

沈甫亭看着手中的酒，一言不发，似在思索。

纪姝艰难地喝完了剩下的酒，由着双儿将碗端回去，取了腰间帕子轻轻擦拭唇瓣，衬得颜色极好，叫人移不开视线。

纪姝和锦瑟，面皮不相上下，锦瑟可以说更胜一筹，可性子相差实在太多，说到底，世家小姐又岂是寻常女子比得上的，相处时间一久，自然就见了分晓。

今日这一遭，更能说明这些，纪姝出挑，锦瑟远远不及。

狂欢到很晚才散，众人回屋歇下。

第二日，众人起身，村庄外头却烟雾缭绕，本还能瞧见的远处高山，已经若隐若现，周遭雾蒙蒙一片，分不清方向。

阿泽进了院子，面露担忧之色："外头起了大雾，连路都看不清，你们现下可不能动身了，去镇上是要经过深山的，山里头的雾是有毒的，还是得等雾散了再走。"

葛画禀摇头叹道："如此，还要叨扰阿泽兄弟几日，实在是劳烦了。"

阿泽连忙摆摆手，憨笑道："没有什么叨扰不叨扰的，大家快请里面坐，我给你们端茶去。"

阿泽说着，先进了屋里，用袖子在凳子上拍了拍，对他们笑道："你们快请坐，我去给你们倒茶。"

阿泽太过热情，葛画禀还未来得及阻止，他已经从另一个门出去，风风火火地去了后院。

众人刚刚落座，他已经端着茶回来了，将斗大的碗一一放在桌案上，提起茶壶，将茶水倒进了碗里。

茶水带着微微的温度，溅起的水花落在桌案上，看着颇为甘甜解渴，靠近去闻，竟还有一丝清甜的花香，惹人口舌生津。

众人闻着茶水香甜，便觉口渴至极。

沈甫亭本还神色平常，闻见茶水的香味，微微抬眼看了一眼阿泽，神情莫辨。

阿泽倒好茶，第一碗欲递给纪姝，沈甫亭却先伸手接过，抱歉一笑："早间起来没有喝水，现下还真有些渴了，这茶水闻着甚觉香甜，先容在下解解渴。"说着，他便端起碗先尝了一口。

可即便举止再赏心悦目，也是失礼的，若是真正有礼的男子，断不会从姑娘手中夺东西。

纪姝手一顿，又收了回去，神情尴尬。

锦瑟正坐在他对面，显然也闻到了茶水的香味，面上神情玩味，笑看着沈甫亭，更觉有趣。

阿泽见他喜欢这茶，很是欢喜，连声笑道："这可是我们这里独有的，连水都是从天山那里来的，全是我自己弄的，你们也尝一尝！"他说着，将碗一一摆到他们面前。

沈甫亭却又开口道："不知阿泽这里可还有吃食？我们早间还未用饭。"他说着，伸手从衣袖中拿出了一锭金子，摆在桌子上，抬眼看向阿泽，似在观察，"来到这里，自然不能白吃白用，我们的吃食用度，还要劳烦阿泽。"

阿泽似乎对金子没有半点儿兴趣，见他这般，还有些不开心："公子太过客气，这金子您快收回去，吃食自然是有的，我一会儿便去给你们弄。"阿泽说着，抬手继续倒茶。

葛画禀也不知沈甫亭为何突然如此，这用度自然是要给，可当着众人的面给，难免折了人家的面子，更何况还将人当作奴仆一般使唤，如何不惹人气恼呢？

他正要开口，纪姝似有所觉，开口道："还要劳烦阿泽先替我们准备一些，实在是之前我们赶了太多路，身子有些支撑不住，倒茶这等小事，便由丫鬟来吧，如今我只想填饱肚子。"

双儿连忙上前去接茶壶。

美人这般温柔开口，哪儿有不依的？阿泽笑着将手中的茶水递了过去："姑娘说得是，是我想得不周到，这就去给你们弄吃的。你们先喝着，若是不够，唤我一声就好。"

纪姝落落大方，含笑应道："多谢阿泽。"

阿泽羞涩一笑，转身离去。

葛画禀见他们都饿了，也不好再说什么，伸手端起桌案上的茶正要喝，沈甫亭伸手挡在他的手腕上，生生拦下。

葛画禀碗中的茶水溅到了桌案上，他一时惊讶，正要开口问，却见沈甫亭微微侧首观察身后，又回转过来，与他们说道："茶水可还解渴？"

葛画禀这才惊觉，门外还站着人偷听他们的动静。

气氛骤然一变，紧张起来。

锦瑟却以手托腮，笑眯眯地看着他们，一副事不关己高高挂起的样子。

纪姝反应很快，当即回道："这茶闻之口舌生津，入口又非常解渴，确实少见。"即便她没喝过，说得也挑不出错处，试问什么水不解渴呢？

纪姝这一番反应可谓极快，加之之前那般聪明伶俐，实属难得。

沈甫亭看向她，微微一笑，眼露欣赏之意。

纪姝见状，垂眸淡笑，面露羞意。

葛画禀自然也反应过来有古怪，当即接话道："确实好喝，双儿，再给我倒一碗。"他说着，将碗放回桌案上，发出了些许声响，又无声地指向了桌案上的空碗，示意她倒。

双儿见他们这般，也觉出不对，连忙应是，声音有些慌乱，所幸只有一个字，倒也听不出来什么。

茶水声响过，门后头站着的阿泽才悄然离去。

葛画禀起身看了一眼，见人走了，才回来："沈兄，阿泽有问题？"

沈甫亭神情不变，神色却严肃："不只阿泽，整个村子的人都有问题，你们可曾察觉这个村子妇孺极少？自我们来时到现下，只听过昨日孕妇的声音，其余的全是年轻男子，甚至没有老者和孩童。"

此话一出，几个人才想起确实不曾见过老者和孩童。这是极不合常理的，一个村子除去老者、妇人不说，那昨日生下来的也是第一百二十一个孩子，那么前面的孩子呢？！

不可能这么巧，孩子全已经长大成人了吧？

屋中瞬间静谧，唯有屋外徐徐风声轻拍门板，惹人不安。

葛画禀想起先前的山匪，一阵毛骨悚然，担心地道："这茶水你喝了，不会有事吗？"

沈甫亭摇头，开口宽慰道："我体质特殊，这些东西对我不起作用，并没有关系。"

锦瑟嘴角一弯，笑盈盈地看向沈甫亭："公子可是传说中百毒不侵的体质？"

沈甫亭抬眼看向她，淡淡一笑，并未开口。

锦瑟见他遮得严实，轻哼一声。

屋中气氛本就紧张，现下更是压抑，叫人生出冷意。

沈甫亭端起手中的碗，看着里头的茶水："这香味与我往日见过的一种致幻的果实极为相似，至于是不是同一种，还未可知。这村子有些古怪，大家还是小心为好，所有东西都不要吃，明日一早大雾散去，我们便离开。"

"既然有危险，夜长梦多，不如我们现下就离开！"葛画禀自己不怕，只是如今带着柔弱的女儿家，多少也得谨慎些。

沈甫亭摇头："大雾里我们不熟悉山路，根本走不了，更何况这村中全是年轻男子，人多势众，我们未必能全身而退。"

他说是未必，其实是根本不可能，昨日一场庆祝，已让他们知晓了村中人的数量，所谓双拳难敌四手，除非他们背生双翼，否则绝不可能护着女眷全身而退，只能防备。

在场的人闻言，皆神情紧张凝重，坐立不安。唯有锦瑟置身事外，听着无聊，起身在屋中闲逛了一圈，发现这屋里头还有个供台，上头摆着几个木娃娃，前头上着香，两旁挂着符纸，龙飞凤舞不知写的什么。

锦瑟伸手拿过一个讨喜的木娃娃，像是刚出生的婴儿，伸手摸了摸："这娃娃刻得真是讨巧，比我绣的花还要栩栩如生。"

纪姝见她这般漠不关心的样子，自然看不过眼。

她对锦瑟已然睁一只眼闭一只眼，不想这般危险的时候，锦瑟还要在人前卖弄天真，不由得面色凝重，开口教训道："锦瑟姑娘，还望你顾全大局，不要拿我们的性命开玩笑。你行错一步，我们的命也要一道被牵连进去。"

锦瑟见她如惊弓之鸟，觉有得趣，忍不住笑道："纪大小姐这是在教训我？"

纪姝脸色瞬间冷了下来，不再开口说话，似不想和她一般见识。

双儿当即回戗："果然是只白眼狼，枉我们小姐当初救了你一命，还带了你一路，唯恐你自寻短见！"

"自寻短见？"锦瑟重复了一遍，笑眼微弯，"若不是我给你机会出现在我面前，凭你也有资格遇上我？"

纪姝面色一僵，随后看向她，满眼愠怒之色，却又碍于人前不好失了仪态。

"岂有此理，救了你竟然还说这样的话，那你索性离开这里，不要跟着我们小姐了！"这种不要脸面的人，双儿可见得多了，最是知道怎么拿捏。

锦瑟身子靠在那供台上，眼睛弯弯，嘴上却不饶人："脚长在我身上，我想往哪儿走就往哪儿走，你有什么资格管我？你们还是先管好自己的命吧，免得做了地下亡魂又来怪我。"

"你！"纪姝忍不住开口。她何尝受过这般无礼对待，一时气得面色发青。

葛画禀连忙起身："大家都少说一句，现下情况危急，可不能自己人闹起别扭。"

纪姝硬生生忍下了气，不再开口。

锦瑟见状，面上笑容更盛，显然觉得很有趣。

屋里头又恢复了凝重的气氛，毕竟危险就在身旁，众人哪儿还有心思争吵？不过锦瑟可不管危不危险，瞧着屋里无趣，随手将木娃娃放下，自顾自地去了外头闲逛。

"锦瑟姑娘，外头太危险了，还是留在这里，大家在一处比较安全。"葛画禀见她出去，有些不放心。

这句话和谁说都可以，可唯独和锦瑟说，就略显单薄了。对六道众生来说，妖怪才是危险的，旁人避着走都还来不及呢……

"无妨，沈公子这般厉害，必然能护我们全身而退……沈公子，你看我说得对不对？"锦瑟看向沈甫亭，话间意味不明。

沈甫亭闻言，看向她，并未开口表态，似乎不想与她多纠缠。

锦瑟见他这般，轻笑一声，转身慢悠悠地走了出去。

"锦瑟姑娘，这……"葛画禀见她执意离开，也不好阻止，只得追上去，护人周全。

人一下走了两个，屋里便也安静下来，有时候安静也是一种压抑。

纪姝见葛画禀跟着锦瑟出去，沈甫亭又默然不语，一时以为自己温婉的形象有损，心中越发愠怒。

纪姝自小知书达礼，从未遇过这样不可理喻的女子，心中后悔不已，早知今日，当初就不应该救她，白惹了一身麻烦。

沈甫亭却毫无所觉，显然没有将刚才的争执放在眼里，视线落在那供台上的木娃娃上，神色莫辨。

村里简陋，阿泽先热了些馒头送过来，之前那带着清甜香气的茶一上，众人皆不敢掉以轻心，馒头一口没碰便悄悄处理了。

旁的倒也没什么事，一日工夫很快就过去了，唯一的问题便是晚上睡觉。本来葛画稟和沈甫亭睡一间，葛画稟带来的侍卫睡一间，而双儿跟着纪姝一间，纪家的两个婆子一间，只有锦瑟落了单。

村里人显然居心不良，她一个弱女子如何叫人放心？不过不放心的人只有葛画稟，其余的人都没有表态。

纪姝最后还是顾及颜面，派了婆子去陪锦瑟，若是正常人，也知晓做人留一线，日后好相见。可惜锦瑟是个妖怪，哪里耐烦这些弯弯绕绕，硬是门都不开，气得惯会掩饰的纪姝恼红了脸，二人越发闹得不和。

不过真说起来，也只是纪姝气怒在心，锦瑟根本就没放在心上，闲来无事拿出了绣花线，百无聊赖地绣着帕子，跟前蹲着几只小妖怪，一眼不错地盯着，很是认真地学着。

她手中针线灵活飞舞，丝线交织下绣出的花纹繁复好看，色彩绚丽，完全看不出来是一个脾气这样古怪的大妖怪绣的。

小猴妖见她心情还不错，阴森森的嗓音又响起："姑娘，这些凡人这般不识抬举，不如舍了，再寻些新鲜听话的玩意儿？"

锦瑟垂着眼睫绣着帕子，这般模样瞧着极为安静美好，可嘴里吐出的话和她的面皮极为不符："听话的玩意儿没过几日就玩腻了，这样爱跳脚的才有意思。"她说话间想起了沈甫亭，这人倒是会掩饰，到现下都没让她摸出来历，很有能耐……

她想着，面上似笑非笑，抬手将针放在发髻上轻轻磨了磨，尖细的针瞬间锃亮："希望他们不要让我太快腻烦，免得又要重新找玩意儿……"

夜深人静，即便声音再甜美悦耳，也显得阴森诡异，更何况，哪个姑娘家会在黑暗中坐着绣花呢？

这三更半夜的，想一想就让人觉得瘆得慌。

夜半三更，漆黑的村子里突然传来砰砰的声响，一下一下，极为轻缓，透过紧闭的屋门幽幽传来。

沈甫亭早已交代了不得离开屋子半步，因此所有人都很谨慎，不曾出屋一步，连觉也不敢睡。

锦瑟一人落了单，葛画稟多少有些担心，虽说锦瑟确实任性了些，可毕竟是个姑娘家，总不能将她置于危险之地。

外头的木敲竹筒声一直未停，在夜里越显古怪可怕。

葛画稟坐立不安："沈兄，我们要不要去看看锦瑟姑娘？我怕她一个人有

上
册

危险。"

沈甫亭正在做两手准备，明日一早务必离开此处，若是外头大雾仍未散，也不至于没了防护。

他将裹在布里的药微微碾碎，倒在水盆中，闻言并不在意，拿过裁好的布，一块块放在水中浸泡："葛兄不必担心，锦瑟姑娘离我们这般近，若是有事，必会开口呼救。现下夜深了，我们两个男子去叨扰，恐会坏了姑娘清誉。"

葛画禀也觉得有理，见锦瑟那里没什么动静，便也安下心来。

远处的木敲竹筒声有规律地响了一阵，慢慢停歇，深夜又恢复寂静，三更安然无事。

天色黑沉，村子里静悄悄的，连鸡都还未打鸣，众人已经聚在院子里，原本已商量好，天色未亮便离开，不想出了岔子。

双儿跟着纪姝出了屋子，忽而郑重地开口："小姐，双儿不想离开这里，求你将双儿留在这里吧！"

后头的两个婆子忙开口附和："小姐，老奴也想留下来，求小姐成全我们。"

纪姝一点儿也不觉得惊愕，微微垂首，也道出了自己的想法："其实我也想留在这样的世外桃源里，如今外头世道这么乱，回到家中还不如待在这里好。"

她们说出来的话不合常理，外头再乱，也不过是边疆战乱，京都繁华昌盛，绝不可能被波及。

锦瑟闻言一笑。

沈甫亭眉头微皱，还未作声，葛画禀已经先一步感慨，似乎沉浸其中："这里确实是个世外桃源，离了这里，恐怕再也找不到更好的地方。"

阿泽似被吵醒，来了院子里，见他们站在院中，有些摸不着头脑："你们是打算现下离开吗？可外头大雾还没有散，夜深路黑，又分不清方向，你们要走也得等天亮，我也好赶着牛车领你们出去。"

"阿泽，你误会了，我们并不想离开。"纪姝回道，语气颇为亲昵。

"对，我们不离开，想在这里住下，以后都不会离开。"

他们一个个神情认真，如同被蛊惑的傀儡，很显然这里只有锦瑟是正常的。

沈甫亭千防万防，怎么还会让他们中了招呢？

锦瑟神情玩味地看向沈甫亭，似在看好戏。

沈甫亭察觉她的视线，抬眼看来，面上神情淡漠，似乎也想留在这里。

阿泽依旧友好热情，十分欢迎他们留下来，只不过视线停在锦瑟身上，神情似有些许疑惑。

这一番折腾过后，众人又回屋睡下，好像什么都没有发生过。

锦瑟转头看了一眼不远处的阿泽，他眼里的探究之意瞬间隐藏，换上憨厚热情的笑容，可惜反应再快，也躲不过锦瑟的眼睛。

锦瑟心中难得生趣，头一次觉得凡间这般有意思。她面含笑意，幽幽地收回视线，若无其事地回到屋里。

夜半过去，几近天明，在月光淡去的最后一段时间，夜色黑如浓墨，将一切都藏于黑暗之中。

古怪的砰砰声又一下一下地传来，衬得夜越发寂静。这么清脆古怪的声音在村落之中响起，轻易便能惊醒睡梦中的人，整个村子却安静得诡异，像是一个空村。

诡异的竹筒声一下接一下地响着，屋外头隐约传来老旧木门的咯吱声。

锦瑟躺在床上，一动不动，像是睡着了，听见声音，忽而睁开了眼，起身下了床榻，透过模糊破旧的窗纸看着对面的木门。

纪姝与纪家的仆从，神情麻木地从屋子里走了出来。隔壁的木门轻轻打开，葛画禀也一步步地走出了屋子，面无表情，朝着竹筒声走去。

他们一行人都到齐了，只有沈甫亭不见踪影。

锦瑟眼眸微显妖色，身形一起，无声地出现在房梁之上，黑夜之中只见一抹浅色衣裙静立，风拂过不起丝毫涟漪，令人悚然。

他们一步步走着，黑夜之中，像是行尸走肉，没有意识。

锦瑟看了半晌，挑了纪姝，悄无声息地跟在她的身后。

前头的纪姝每走一步，都像是踏在悠悠的竹筒声上，远处的浓雾紧随，慢慢遮掩了眼前的夜色。

灰色的雾霭弥漫，远处的人渐行渐远，周遭浓雾围绕，伸手不见五指。

朦朦胧胧中，无所依靠，不知道有没有人藏在雾霭之中，突然便来致命一击。

锦瑟在雾中慢慢走着，平静的面容在时聚时散的雾霭中若隐若现，美丽而诡异。

片刻后，耳畔听见了山泉声，草木混着泥土的清新香气缓缓透过来，清脆悦耳的鸟鸣声穿过厚重的雾气，令人平心静气。

大雾渐渐消散，山重水复之间，草木遮掩，隐隐约约传来美妙琴声，极远处是一望无际的平野，是个极为陌生的地方。

锦瑟环顾四周，发现自己站在水中浮石上，一旁是山间的涓涓细流，水面浮起若有似无的烟气，石间偶有色彩斑斓的小鱼悠悠游过。

上

册

她细看过去，水中的石子竟然都是宝石，清澈的溪水流过，宝石在阳光下晶莹剔透。

早早消失在眼前的纪姝，正站在不远处的桃花树下，似在等人。

忽而有人从花间打马而来，扬起马鞭，扫过横出的花枝，打得粉嫩的花瓣纷纷扬扬而下，迷乱了人的眼。

花下的女子美目含笑，欢喜地唤道："阿泽。"

远处策马而来的人气宇轩昂，竟与白日里看到的完全不同。

转眼间，阿泽已经骑着马到了纪姝面前，伸手将她一把拉上了马。

纪姝的裙摆扬起，牵得一旁花枝颤动不休。

锦瑟看了片刻，缓缓往前，眼前的景致瞬间一变，恍惚之间，自己已经坐在阿泽的马背上，桃树上的花瓣簌簌落下。

阿泽拉过她的手，低头看向她，含情脉脉道："锦瑟，你想清楚了吗？确定要留下来和王在一起吗？"

"王，哪个王？"锦瑟神情不变，缓缓开口。

"自然是我们的王，只要你愿意留下来，为我们延续血脉，你就是王后，王的一切都是你的，待到江山统一，天下都可以送给你做聘礼。"

锦瑟闻言，忍不住扑哧一下笑出了声，似乎听了个天大的笑话。

阿泽继续蛊惑道："锦瑟，王可以给你想要的一切东西，青春不老、荣华富贵，还有高高在上的地位，所有的一切你都可以轻而易举地得到，你不想要吗？"那声音竟比以往更加悦耳动听，如同迷惑心智的鬼魅发出来的声音。

锦瑟笑得欢喜，开口时语气却阴森入骨："在我面前称王，你可想过后果？"

阿泽和善的面容瞬间狰狞，目露凶光："自寻死路！"他手中变出一把剑，伸手就要往她的心窝刺去。

锦瑟随手一甩衣袖，眼前的人瞬间如烟消散，周遭的景致歪歪斜斜，几近撕裂扭曲，耳旁传来野兽嘶吼的声音。

阿泽的声音从四面八方传来："你不要的东西，自然有人要，而你只配当花肥。"

锦瑟一拢衣袖，微微侧首看向周围，笑得轻蔑："区区鼠辈，也敢妄言？"

远处数只猛兽潜伏在草丛之间，一步一步向她逼近，喉间发出危险的低吼声，震得地面微微晃动。

锦瑟抬眼看去，几乎是一对视上，猛兽便向她猛然扑来，那尖利可怕的獠牙几乎就要刺穿她的头顶！

身旁突然有人伸手拉住她的手腕，往一旁拽去，生生避开了那獠牙。

锦瑟被这一拽失了重心，直接扑进了坚硬而带檀香的怀里，撞得脸颊生疼。

她一抬头便见沈甫亭低头看来，眼神清明，没有一点儿进入幻境的迷茫。

他姿态从容，似完全不把眼前的凶残猛兽放在眼里："可看见其他人？"

锦瑟一笑，答非所问："公子没长眼睛吗？你见到的就是我见到的。"

身后的猛兽扑了个空，压得前头草木尽折，不过一瞬间便又回转过来，冲他们猛然扑来，凛冽可怕的力道袭来，几乎一下就能将人碾死。

沈甫亭将她往一旁甩去，避开了猛兽的攻击。

即便是妖怪，她也是个娇滴滴的女妖怪，自然比不得沈甫亭的手劲，让她简直像是一只瘦弱的鸡崽，被轻松地拎来抛去。

锦瑟面色瞬间阴沉，正欲发怒，周围景致突然又扭曲变化，一转眼他们已经站在了瀑布边上。

湍急的河流从脚下流过，身后就是悬崖瀑布，脚下的石头上布满青苔，他们稍有不慎，便有可能跌落而下，粉身碎骨！

眼如灯笼大的猛兽一步步走向他们，一脚踩在水中都能感觉到脚下的震动。

锦瑟被拉得手腕生疼，一时眉眼间生出戾气："你再敢这般拉扯我，我就让你尝尝骨头被捏碎的滋味！"

沈甫亭抬眼看向她，唇角弯了弯，似乎完全没有将她的话放在心上，转而言辞轻慢地问道："不知锦瑟姑娘会不会泅水？"

锦瑟闻言一怔，当即明白了他的意图："你敢……"话还未完，巨兽猛然腾空而起，张开血盆大口扑向他们。

她当即伸手施法，沈甫亭却突然伸手推了她一把。

锦瑟脚下一滑，还未反应过来，整个人重心不稳，猛地往悬崖下跌去，随着巨大的瀑布一道落下，冰冷的水让她瞬间手脚僵硬，砸得她几乎睁不开眼，脑中一片空白。

妖怪也有软肋，水就是她最大的障碍，作为一直活在陆地上的妖怪，又怎么可能愿意吃那个苦头去泅水？加之她那个性子，她便是想学，也没有妖敢教她，不知道哪句话就会触她的逆鳞，这完全是吃力不讨好的苦差事。

电光石火之间，锦瑟随着漫天的瀑布一道落下，扑通一声砸在水中，生呛了几口水，瀑布砸得她头昏眼花，前所未有的感受让她惊慌失措，只能凭本能浮浮沉沉挣扎着："嗯……"

可她越挣扎，下沉的速度越快，很快便被水淹没，衣裙漂浮在水中，重重叠

上
册

叠，往水下沉去。

有人紧接着跳入水中，阳光透过碧色清透的水纹丝丝缕缕地照射下来，水中波光粼粼，似坠星光。

锦瑟挣扎间喝了很多水，撑得难受，勉力睁开眼，只见一人往她这里游来，很快便靠近了她。他伸手揽过她的腰，带着她一道往上，冲出了水面。

锦瑟被呛得迷迷糊糊，下意识地抱住他的脖颈，猛喝了几口水，小脸几近苍白，黑发凌乱地贴在面颊上，倒有了几分楚楚可怜的娇弱模样。

沈甫亭面上没有丝毫愧疚之色，带着她往岸边游去。

锦瑟眼中水雾尽消，才看清了他的面容，眼神顿时狠戾，搂住他脖颈的手，猛然变为爪子掐向他！

沈甫亭反应极快，反手抓住她的手腕，随手一拧，只听骨头一声脆响，锦瑟闷哼出声。

"我劝你最好不要招惹我。"

"好大的口气！"她眼露狠意，猛然一脑门撞上他的头，砰的一声，沈甫亭脚下生生踉跄了一下。

锦瑟一击过后，眼前一黑，脑中震荡不休，手上却一刻不停地袭向他的脖颈。

"既然你不想上岸，那我就成全你。"沈甫亭眼神一凛，暴戾尽显，身子猛地往后一仰，压着她一道沉入水中。

"找死！"锦瑟眼含杀气，猛然伸手挥去，一击落空，越发怒上心头，尽下死手。

水面瞬间被激起了层层浪花，比砸落水面的瀑布动静还要大，二人本可安安稳稳上岸，现下一顿纠缠，又双双跌落水中，斗得不可开交。

几番来回，锦瑟力气不及他，被生生压下，水从四面压迫而来，让她呼吸越发艰难。她身子一扭，欲甩开他的手，却被他往水下压去，越近水下，压迫感越强。

她憋着一口气，看向沈甫亭，见他一派从容，自己却一身狼狈，怒得一脚踹去，可水下的阻力太大，这一脚反倒如挠痒一般轻巧。

锦瑟心头大怒，眼眸瞬间妖化，巨大的妖力在水中流窜，水面上水汽渐渐升起，满湖的水全往水岸上漫延，违背了自然法则。

水流极快，二人慢慢露出了水面，锦瑟正欲伸手拧断他的脖子。

突然，水中气流逆转，湖中的水漫过一半又往回流淌，速度极快，片刻间又淹没了他们，眼前的人仙力磅礴，却又隐有邪意。

锦瑟猛然看向他，果然见他周身仙力暴涨。

好啊，他真是有能耐，竟然能遮掩这么久！

锦瑟越发生了较劲的心思，两股力道在水中缠斗，僵持不下，引得水中温度渐渐升高，水面上咕噜噜泛起了气泡，地面都被这股力道震得裂开了。

她的体温慢慢升高，通身泛起了一层薄汗。她在水下不过待了须臾，便让她觉得气短，支撑不住再与之较劲，那水流越发湍急，往回流去，湖水竟比刚才还要深。

"放手！"锦瑟一张嘴就是气泡咕噜噜往上涌，水中声音尽消，只能看见嘴型，没有一点儿震慑力。

沈甫亭冷冷地看着她，仿佛根本没有听见她的话，他的气息显然比她绵长，在水中待了这么久依旧不动如山，耐力可是好得很。

锦瑟眼中闪过一丝阴狠之色，突然俯身抱住他，张嘴咬上了他的肩膀，片刻便觉出了温热的血腥味，牙齿都好像碰到了骨头。

她弯起眼，表情阴森至极，嘴上用力，欲生生咬下一块肉。

沈甫亭眉头紧紧一皱，伸手捏住她的下颌，一把推开了她。

湖中的水终是受不住两种力道相互冲撞，猛地向周围冲去，一股看不见的气流四下震荡，所到之处树木被拦腰折断。

湖中的水瞬间溢出过半，水面只堪堪漫过腰际，二人衣发尽湿，水面上的热气腾腾升起。

锦瑟捂着手臂，看了一眼湖水，又抬眼看向沈甫亭。他衣衫素来简洁，肩膀那一处伤极为明显，鲜艳刺目的红色染了一大块。

锦瑟伸手抹去唇角的血迹，被水浸湿的长睫微微一抬，语调微扬："神仙？"

沈甫亭看了一眼肩膀上的伤，不置一词，转身往岸上走去。

这一遭，自然是他伤得重些。

锦瑟眼睛弯弯："我劝你，做神仙还是不要太狂妄，谁知道哪一日会不会走上死路？"

沈甫亭停下脚步，转头看去，语气轻描淡写："做妖难道不是吗？"

锦瑟冷眼看着他，面上没了笑意。

头顶巨大的黑影兼带劲风晃过，巨兽的嘶吼声随着瀑布传来，砰的一声，巨兽猛然落在草木之中，震得地面一晃，湖中的水激荡不休，险些叫人站不住脚。

巨兽上头坐着一个人，正是刚才随烟消散的阿泽。

"臣服于王，王会给你们想要的一切！"巨兽上的阿泽似陷入了疯狂状态。

锦瑟闻言，冷笑一声："雕虫小技也敢在我面前班门弄斧，今日就叫你明白什么叫王！"她话音刚落，周身湍急的气流骤起，周遭的花草树木被连根拔起，带着不为人知的可怕力量，似要将这个地方化为灰烬。

幻境之中还有凡人，根本吃不消这样的力道，轻易便会灰飞烟灭。

沈甫亭上前拉过她的手，言辞肃然地警告道："幻象之中若有损伤，本体必死，你会害死所有的人！"

周遭气流湍急，带着他们的衣衫飞舞，浸湿的衣衫早已被风吹干。

"多管闲事！"锦瑟一甩袖子，猛然伸手向他袭去。沈甫亭被用力一击，连连后退数步，撞断了身后的树，他感觉喉间腥甜，嘴角鲜血缓缓溢出。

锦瑟见他毫无反击之力，嘴角一弯，神色天真地说："你是神仙，我却不是，普度众生可不是我来做的事，你若是怕伤及无辜，那就自己动手救他们呀……"

沈甫亭勉力站起身，胸口一阵剧烈震荡，体内似有什么东西压抑不住要扩散而出，掌心的黑色纹路若隐若现。

他猛然握紧拳头，额间青筋隐现，花了不少力气才勉强压下体内的气息，呼吸已经有些急促。

一旁的巨兽突然袭来，锦瑟一挥衣袖，一股凛冽的气流如锋利的剑般横空劈去，张开血盆大口的巨兽轻易便被劈成了两截，上头的阿泽瞬间如烟消散，伤不着也打不死，引人生惧。

锦瑟冷笑一声，半点儿不怵，身周气流越发激荡，瞬间天摇地动，地面出现了一道道裂痕，一旁的悬崖轰然倾塌，瀑布一泻千里，几乎将他们淹没。

沈甫亭突然从一旁扑来，将她一下带倒在地，力道太猛，二人生生在地上滚了几圈，周围的光瞬间一暗，震耳欲聋的声音也消失殆尽。

锦瑟一阵头晕目眩，看向压着自己的沈甫亭，眉眼间生出戾气，正欲出手杀之，耳旁突然传来一声女子惊呼："沈公子！"

葛画稟见着了他们，惊喜不已："沈兄、锦瑟姑娘，你们也在这里？！"

刚才他一直在幻境中游走，地龙大震，山崩地裂，瞬间惊醒了还在美梦幻象中的他，才发现自己身处幻境。

他连忙循着声音寻来，一路遇上了纪姝和侍卫，便一道顺着水声往这边走来，不想幻象尽失，周遭变成了一个黑暗的地窖。

葛画稟欣喜若狂，没注意到二人姿势暧昧。纪姝看见沈甫亭压着锦瑟，脚下一顿，神情有些僵硬。

沈甫亭看了一眼周遭情况，起身顺道拉起锦瑟，似乎完全没将刚才的敌对状态放在眼里。

锦瑟甩开了他的手，睨了他一眼，见他玉面平静，越发摸不清他的心思究竟如何。

葛画禀见他们无事便开始四处查看，瞧见墙壁上摆着的残烛，连忙拿出了袖中的火折子上前点燃，昏暗无光的地窖瞬间亮了起来。

刚才的幻境已然消失无踪，现下他们身处一个巨大无比的黑暗地窖里，阴暗潮湿的味道带着酒香萦绕鼻间。

眼前是一坛又一坛封着黑布的酒缸，酒窖之大，几乎看不到尽头。

葛画禀想起刚才出现的幻觉，背脊就一阵发寒，这幻境好像由心而生，知道他们心中最想要的是什么。

他看向沈甫亭："这村子实在太古怪了，我们明明这样防备，怎么还会出现幻觉？"

"是不是和那竹筒之声有关系？"纪姝回过心神，在一旁开口道。

沈甫亭并未开口，视线落在酒缸上片刻，上前揭开了那裹在酒缸上的黑布，手指滑过，暗中施法，那酒便露出了本来的颜色。

葛画禀奇怪，连忙拿着烛火上前，酒缸里头，酒水艳红，如鲜血一般。

锦瑟视线微微一顿，难得讶异了一下，所谓虎毒不食子，便是妖，都不可能做出这等事。

沈甫亭见状，接连揭开了一旁的酒缸黑布，每一个酒缸里都酒水鲜红，无一例外！

"啊！"纪姝吓得不住后退，却碰到了身后的酒缸，一时再也克制不住，尖叫出声，忙往他们这边靠来，一张粉面惨白如雪。

黑暗静谧的地窖里，突然响起一声女子的尖叫，突兀而惊悚。

葛画禀惊得一颤，竟连手中的烛盏都下意识地松开了，众人见状，心口一紧，惊呼出声。

烛火猛然落下，就要掉落酒缸之中。沈甫亭迅速伸手接住烛盏，酒窖之中，烛火一闪，周遭昏暗了一下，又重新亮了起来。心弦一紧一松间，几个人皆冒了一身冷汗，刚才可险些要葬身火海了！

"这……这些就是他们酿的不老酒！"葛画禀缓过劲来，吐字艰难，难以置信。

这话已不是疑问，事实摆在眼前。

上
册

· 45 ·

纪姝想起之前喝过的两碗酒，再也克制不住，呕吐起来，却只能干呕，根本吐不出什么东西来。

葛画禀和侍卫也是一阵反胃，恶心得说不出话来。

呕吐声在静谧的酒窖中响起，他们并不只是恶心害怕，而是心理都受到了极大的冲击，这是怎样丧心病狂的人，才会做出这样残忍的事？！

沈甫亭手中拿着烛火，看了一眼周围，在前头带路："我们先找出去的路。"

众人闻言，一道跟上，锦瑟脚步不紧不慢，晃晃悠悠，像在散步，转眼又落在最后。

一行人还未走出几步，突然，一道道铁栏杆从地底竖起，通到房梁之上，头顶上方横空出现了几道铁栏杆，穿插而过，形成了一个方形牢笼，将他们全困在其中！

铁笼不过眨眼形成，待反应过来已经太迟了，众人一阵慌乱。

葛画禀连忙上前察看，铁栏杆是玄铁铸成，极为结实，便是神兵利器也砍不断。

沈甫亭看了一眼周围情况，神情凝重。

酒窖中由远及近的脚步声一下下响起，在寂静的密室里显得格外瘆人。

阿泽点燃了壁上的烛火，出现在他们眼前："原本想让各位贵客在这里住些许时日，再来观赏我们村中最宝贵的东西，不想各位竟自己找来了。"

他面上再没了往日的憨厚热情样子，站在楼上窗口处看着他们，这一次显然不再是幻象。他神情阴沉，即便衣衫朴实，也掩盖不了他眼中的阴狠之色。

纪姝见了他和幻境之中完全不一样的模样，神情惊惧，躲在葛画禀和侍卫身后，不敢再看一眼。

葛画禀见了他，心头一阵火起，怒不可遏，上前大骂："什么宝贵的东西，你们这些让人作呕的畜生，你们是不是疯啦？！"

阿泽似乎没有意识到自己的所作所为是多么恶心可怕，或许恶人本就如此，只有自我催眠，才能心安理得地活下去……

葛画禀无言，这样的人都未必称得上是人，又怎么听得进人话？

阿泽忽而伸手摸向了自己的脸，神情有几分病态的狂热："你们看得出我已经七十岁了吗？整整七十岁，我还是容颜不老的样子……"

众人闻言一怔，完全没有想到眼前这个人竟然是个老人，他看上去很年轻，最多不过二十岁，脸上甚至没有一条褶子。

他看着自己的手，似沉浸其中："行将就木的年纪，我却还这般年轻，我有用不完的精力，有永远不会老去的面皮，这就是不老酒给我们的神力，这个世上谁不想容颜不老？你们若是留下来，也可以一道享受上天赐给我们的礼物，只要你们心甘情愿地留下，幻境中的一切景象都会变成真的，你们想要什么就有什么……"

笼中除了锦瑟和沈甫亭，其余人皆是面色愕然，觉得一切都匪夷所思，像是在做梦。

锦瑟闻言，轻笑出声，这可是她听过的最有趣的谎话，他都把自己骗了，洗脑的功力可是出神入化。

"凡人不可能长生不老，幻境也不可能变成现实，这是从何处听来的荒谬之法？"沈甫亭脸上不见喜怒，语气平静。

"怎么可能是荒谬之法？！"阿泽面目扭曲狰狞，"你没有看见吗？我们村里的每个人都容颜不老，你知道他们多少岁了吗？没有不老酒，他们早就烂在了棺材里！"他情绪极不稳定，在房间内来回走动，脚踩在木板上，发出咯吱咯吱的响声。

极端的暴躁却像是欲盖弥彰，没等他们从他的话里回过神来，他已经伸手去拽墙壁上的一条绳子，绳子顶端镶嵌在墙里，似乎可以拉动。

沈甫亭当即伸手掷出了烛火，角度极为刁钻，正砸中了阿泽的脚踝。

"啊！"阿泽踝骨被猛然一击，他身子一晃，整个人便跌落下来，地上慢慢出现了一摊血迹。

纪姝见状，大惊失色，拼命控制才没有叫出声。

这一惊还未落下，身旁突然有什么东西袭来，一口咬住侍卫的腿，将他整个人硬生生地往后拖去。

"肖武！"葛画禀反应过来，侍卫半个身子已然没了，映入眼帘的东西，似妖非妖，似人非人，竟然轻松穿过笼子的缝隙，侍卫连挣扎的机会都没有，便已然血溅三尺，不见人形。

纪姝吓得尖叫一声，连连后退，死死拉住葛画禀，如同抓着一根救命稻草。

身后传来瘆人的笑声，原本倒在血泊里的阿泽又慢慢地站了起来："既然你们不愿意，那只能去喂我的宝儿了。"

纪姝哪里见过这样的场面，害怕到了极点，浑身不住地战栗。

葛画禀下意识地摸向腰间，却是空的，顿时急得满头大汗。

肖武的武功不低，他却连一招都没过就被怪物吃了，叫葛画禀如何不急？！

或许今日根本逃脱不了，他们所有人都要命丧于此！

阿泽的模样极为骇人，可看向锦瑟和纪姝还是热情至极："两位姑娘不用怕，我们这里从来不为难女子，我绝对不会伤你们一根头发，只要你们心甘情愿地留下来，给我们生儿育女，我绝对不会亏待你们。"

沈甫亭站在原地，默不作声地看着那只怪物，似完全没有将其放在眼里，却也没有动手的意思：

"锦瑟姑娘难道想留下来，替这些人生儿育女？"

区区激将法又怎么可能让她上当？她看向沈甫亭，明明他轻而易举就可以脱身，却偏偏不动手。

"悬壶济世是大夫做的事，我一个小女子哪里做得到？不知沈大夫有什么法子可以救人，免得叫无辜之人命丧黄泉。"

沈甫亭面上的神情越发淡漠，波澜不惊，叫人摸不清他的想法。

不过几句话的时间，浓浓的血腥味弥漫在整个酒窖里，令人作呕。

纪姝再稳得住，也不过是一个柔弱的姑娘，如何见得了这般血腥的场面，一时忍不住哭泣出声，绝望至极。

怪物突然往他们这边扑来，头一个目标便是葛画禀，众人恍神间，怪物的血盆大口已然咬上了他的胳膊。

葛画禀动作敏捷，却抵不过它的速度，胳膊一疼，连忙用力甩动，却根本甩不掉。

沈甫亭当即伸手掐向那只怪物的脊梁骨，怪物松嘴反击，他身姿敏捷，快速避开，一脚踹去，将它生生踹到了铁栏杆上，正巧砸在了锦瑟面前。

怪物口中的血水溅到了锦瑟的衣裳上，锦瑟白净的脸上都沾染了些许。

锦瑟感觉到血溅了上来，面色顿时阴沉，眼含杀气，看向他："你故意的？"

"姑娘多虑了，只是巧合罢了。"沈甫亭伸手将葛画禀和纪姝护到了身后，而她，被排除在外。

葛画禀见他们针锋相对，一时又急又慌："你们这是怎么啦？！"

锦瑟擦去面上的血，看着掌心的血，越发厌恶。她抬眼看向沈甫亭，猛然伸手为爪，向他的脖颈袭去："那我也来给沈大夫一个巧合！"

沈甫亭不避不让，眼睁睁地看着她袭来。怪物以为她要夺食，一时怒而攻来，尖利的獠牙堪堪靠近她的胳膊。

外头的阿泽见状，当即阴狠地命令道："宝儿，不准伤女人！"

话音刚落，怪物已经被数根银针刺穿了，银针上的线从锦瑟的袖中飞出，针线上滚着点点血珠，一滴滴落在地上，如红梅点点绽放。

眼前的女子眉目间带着杀气，白净的面皮上沾染些许血迹，如同阴间鬼魅，出手无形，众人还没来得及看清她的动作，那行动迅猛的怪物已经断了气！

葛画禀一震，完全没有想到锦瑟会武功，而且看着并不弱，心中顿时生起了希望。

阿泽见自己养了多年的宝儿死在面前，顿时精神崩溃。他痛苦地嘶吼一声，眼中全是愤怒恶毒之色，伸手砸下了一旁墙上的石砖。

"你杀了我们的王，我要你死无全尸！"他双眼通红地喊叫着，酒窖之中四处回响着怪物的嚎叫声，一头头只剩枯骨的怪物，从黑暗深处慢慢地爬了出来。

锦瑟看着这些丑陋的怪物，轻笑出声，轻飘飘地看了一眼地上倒着的东西，言辞不屑："一摊烂泥也配称王？"

阿泽怒意滔天，伸手猛捶胸口，尖厉地怒吼："杀了他们！"

匍匐前进的怪物猛然扑向铁笼子，密密麻麻，完全遮住了视线，一只只目露凶光地盯着他们，仿佛等待时机一拥而上。

这些怪物显然没有刚才那只危险，不过胜在数量多，所有人想要全身而退是个大难题。

沈甫亭看着周遭的怪物，面色平静，眼神却幽深难辨。

葛画禀被密密麻麻围过来的怪物弄得头皮发麻，越发紧张，纪姝有些透不过气来，甚至不敢动一下，恐惧到窒息。

他们三个人一道，倒叫怪物防备，而锦瑟一人落了单，显然是第一个目标。

一声声鸣叫在耳旁不间断地响起，似在干扰他们。铁笼一旁的怪物慢慢爬行，吸引着众人。突然，一只怪物猛地从上头扑来，欲抓锦瑟的命门。

"小心！"葛画禀惊呼出声。

锦瑟细白的耳朵微动，连抬头看的动作都没有，翻手为掌，指若兰花，拈起一银针线飞去，直穿怪物的脑袋。

嗷！那怪物当即发出一声撕心裂肺的惨叫，银针带起的力道，将怪物钉到了房梁之上。

葛画禀呼吸一顿，似有些没反应过来她的武功竟这样高！

锦瑟细白的手指拈着绣花线微微一扯，那普通的丝线竟锋利如刀刃，瞬间将怪物削成了两半，血如雨水般洒落而下。

纪姝再也支撑不住，腿一软，堪堪就要滑坐在地，引得一旁的怪物伺机而动。沈甫亭当即伸手扶住了她的胳膊，拉起她，避开了蓄势待发的怪物。

怪物扑了空，冲着沈甫亭龇牙咧嘴，凶残狰狞。

上
册

· 49 ·

纪姝吓得面色苍白，根本站不住，完全靠在沈甫亭身上，瑟瑟发抖。

锦瑟见沈甫亭身上也染了血，唇角微不可见地一弯，周遭的怪物猛然伸手，尖利的指甲欲划破她细白的脖子。

葛画禀连忙上前："锦瑟，快来我们这边！"

"葛兄，万不可走动！"沈甫亭当即开口提醒。

沈甫亭才出声，怪物已经一拥而上攻向他们，尖利的獠牙就在眼前，还带着令人作呕的腥臭味。

纪姝一声惊叫还未出口，沈甫亭已经拉着她躲开怪物的袭击，同时扯过葛画禀，将他用力撞到铁栏杆上，怪物被猛然震落下来。

沈甫亭动作很快，几乎是一瞬间，可葛画禀身上还是被咬了数口，有的深可见骨，甚至连脖子都险些被一口咬断，若不是刚才沈甫亭及时相救，恐怕他已经尸骨无存！他心中大惊，他的武功不弱，可在这里根本形同蝼蚁，轻易便能送了性命！

沈甫亭来往游刃有余，被拉来拽去的纪姝再也经受不住，眼前一黑，彻底昏厥过去。

锦瑟袖间银光一闪而过，瞬间划断了那伸向她的脖颈的手，怪物惨叫一声，掉落在地，惊得其余的怪物不敢轻举妄动。

整个笼子被怪物密密麻麻地包围着，几乎透不过一丝光，那一双双古怪的眼睛死死地盯着他们，喉间发出咕噜噜的怪吼，在整个酒窖里回荡，令人不寒而栗。

怪物数量这样多，任他们武功再高，也无法逃出生天！葛画禀已然绝望，或许他们注定要命丧于此……

铁笼外头的阿泽大笑出声，笑声尖厉刺耳，难听至极，甚至光听他的声音，就能想象到他现下的表情有多狰狞！

"你杀了带给我们青春不老的王，就要付出代价，今日你们谁也别想出去，我要将你们一个个碎尸万段！"

说话间，怪物发出可怕的嘶吼声，开始猛烈地摇晃铁笼。

沈甫亭随手将纪姝推向了葛画禀，抬脚猛然踹向铁笼，铁笼发出一声巨响，上头的怪物被猛然一震，而后蜂拥而至，密密麻麻地扑向他。

沈甫亭一个翻身跃起，避开怪物的扑袭，动作行云流水，敏捷非常，叫怪物找不到下口的机会，可事实上，每每都是命悬一线，惊心动魄。

肉体凡胎绝不可能逃生，他这般掩了仙力，形同凡人，根本就是拿自己的性命开玩笑。

锦瑟冷眼旁观，端看他究竟要如何，却不防他突然翻身一跃，到了她身后，从身后一把揽住了她。

许是太过匆忙把握不住距离，他靠得很近，脸颊几乎贴上她的耳垂，她都能轻易感觉到他胸膛里的心跳得多么剧烈，若不是身处这样危险的环境，恐要引人遐想。

锦瑟猛地侧头避开，大怒："给我放手！"

沈甫亭不但没有放手，反而头微微一侧，薄唇靠向她的耳旁："锦瑟姑娘可要小心，被这些东西咬一口可就不好看了……"

说时迟，那时快，电光石火之间，怪物已到眼前，血盆大口当即就要咬上锦瑟的脸，这一口咬下来，她的半张脸可就没了！

"把她的头给我咬下来，我要将她祭王！"阿泽面目狰狞地喊道。

锦瑟大怒，伸手挥袖，沈甫亭当即松开了手，时机掌握得刚刚好。

锦瑟的袖间有数根银针飞射而出，刺向那密密麻麻袭来的怪物，甚至一针穿过了数只怪物。色彩鲜艳的绣花线四处飞射，大开杀戒，线过血肉的声音，声声入耳，惊悚骇人。

怪物如片片落叶般掉下，笼子渐现光明，到最后连一只完整的活物都没有了，甚至连铁栏都被尽数割断，整个铁笼破烂不堪。

葛画禀目瞪口呆地看着眼前的景象，几乎不敢相信。

锦瑟面无表情地收回了绣花线，踩着满地的血，缓缓迈出了铁笼，一步步靠近阿泽，话间满是女儿家的娇软："你想要我的脑袋，怎么不亲自来取？"

阿泽神情惊恐地看着她，面色惨白，一步步往后退，直到碰上了身后的酒缸，退无可退，才尖叫着转身，慌不择路地逃走。

锦瑟却没有追他的意思，葛画禀见状大急，当即放下纪姝去追："站住！"

葛画禀才追出几步，便见银针带着绣花线穿过无数酒缸，无声地刺进了眼前人的胸口。

"啊！"一声惨叫突兀地响起，刺耳至极。

前头的阿泽已经如枯树皮一般慢慢枯萎，软倒在地，气绝身亡。

葛画禀眼睁睁地看着小伙子变成了一个老者，大惊失色，这不老酒难道是真的？！

锦瑟解决了阿泽，手上的银针瞬间袭向了一旁的沈甫亭，没有半点儿征兆。

沈甫亭早有准备，脚下一转，衣摆微扬，轻松便避开了银针，铁笼子被这一击，发出了剧烈的声响，引得葛画禀转头看来，见他们针锋相对，顿时呆愣在当

场，不明所以。

锦瑟身子一晃，瞬间移动到了沈甫亭面前，伸手掐着他的脖颈，压向铁栏杆，笑眼里含着杀气："你竟然敢拿我当枪使，就不怕我杀了你吗？"

沈甫亭靠在铁栏杆上，俊朗的面容上满是漫不经心的轻蔑神色："我劝锦瑟姑娘还是不要招惹在下，在下可不是刚才那些东西，轻易便能被打发了。"

锦瑟手上却越发用力："你以为你这样虚张声势，我就会怕了你吗？"

沈甫亭似没有感觉，面容依旧平静："在下只是陈述事实，你我为敌，并没有好处，既然是萍水相逢，往后也是各走各路，何必多花力气纠缠？"

葛画棠见二人剑拔弩张，连忙上前来劝："沈兄、锦瑟姑娘，这村子危险，咱们还是先将私事搁下，离开这里再说！"

身后晕倒的纪姝悠悠转醒，见一地鲜血，当即尖叫着起身，几近崩溃。

酒窖外头传来了咣当声，有人发现了惨死的族长，连爬带滚地冲了出去："救命啊，杀人了，我们族长被人杀了！"

第三章

猫狗鼠辈，也配同她看戏

这可真是一波未平，一波又起！

葛画禀连忙开口，好言相劝："锦瑟姑娘，外头这些村民不知道是怎么回事，这么多人可是个大麻烦，我们还是团结一心，先想办法从这里离开才是。"他的语调多了几分焦急之意，"锦瑟姑娘权当给我一个面子，就莫要再生气了，可好？"

纪姝见他们这般情形，惨白的面色又添几许不安。

锦瑟闻言不语，看着沈甫亭，这时候，他还是八风不动，丝毫没有打算动用仙力。他不是毫无还击之力，而是藏得深不见底，她想轻而易举地杀掉他，确实不可能……

葛画禀见她不语，连忙小心地拉了一下她的手。

沈甫亭脖颈处已然起了一圈红痕，肩膀上的血迹也是触目惊心，微微一动便牵连全身，疼到骨里。他伸手摸向脖子，白皙的指尖摸过脖间的红痕，忽而抬眼看来，眼中的神色一看就知他性子不好，可惜从温文尔雅的表象根本看不出来。他看了一眼，平静地收回视线，如谦谦君子般开口道："我们先出去。"

众人去了外头，村里火把早已亮起，村民围在酒窖外头，见他们出来，眼中的愤怒不加掩饰。

"我们好心好意招待你们，你们这些外来人竟然杀了我们的族长，真是岂有

此理！"

"杀人偿命，他们杀了我们的族长，理应被烧死！"

双儿与婆子、侍卫被五花大绑地押在地上。双儿被吓得花容失色，见着纪姝，当即开口喊了句："小姐，救救奴婢！"

铁牛眼眶充血，拉着双儿往前一拖，作为要挟："今日必然叫你们一命偿一命，还我们族长公道！"

沈甫亭见状，依旧面色平静地说："你们可知自己的族长并不是真正的人？"

"我们族长当然不是人，他让我们容颜不老，青春永驻，他是活神仙！"人群中忽而有人喊道，引得村民越发愤怒，甚至有人眼中含了热泪，显然极为爱戴这位族长。

铁牛将手中的斧子抵在双儿的脖子上："我劝你们最好不要轻举妄动，否则我现在就杀了你们的人！"

一旁的村民纷纷附和："对，你们这些恶毒的外来人，竟然杀了我们的族长，你们必须偿命，谁也别想离开这里！"

葛画禀闻言，觉得不可思议："你们这些人是不是疯了？你们所谓的族长哪里是什么神仙，分明就是害人的魔鬼，那里面的怪物全部吃人不吐骨头，何其丧心病狂！"

"你们懂什么？那些生灵都是护着我们的小神仙，小神仙一步不离地守护着我们，又岂是你们能随口玷污的？！"

"你们这些外来人就是嫉妒我们不会老去，想要来夺我们的世外桃源和不老酒！"

葛画禀见他们执迷不悟地相信所谓的不老酒，一时大怒："你们这些疯子简直不可理喻！"

"没有不会老去的人，更没有酿酒不老的说法，容颜不老，不过是一个骗局，各位若是不相信我们说的话，便让我来验一验，将真相告诉你们。若是我有半句假话，便一命偿一命，项上人头随你取之。"沈甫亭语调不轻不重，温和平稳，莫名让人信服，众人情绪渐渐平复，将话听了进去。

村民见他这般肯定，皆有些疑惑地看向了铁牛。

铁牛看着眼前的人，许久不语，似在思索他这话是真是假。

沈甫亭并未多给他们时间琢磨，而是缓缓上前，拿过一个村民手中的火把，平静地说道："劳烦将族长的尸体抬出来，让大家看一看究竟是人还是鬼。"

铁牛拉过双儿往后一丢，面上敌意不减："谅你们也玩不出什么花样。你们去将族长抬出来！"

几个村民连忙去了酒窖里头，片刻后，阿泽便被抬了出来。他面目苍老，浑身萎缩，皱皱巴巴，被摆在了木台上。若不是身上的衣服，还真看不出来他便是族长阿泽。

一道被抬出来的，还有被锦瑟切成两半的丑陋怪物。

众人看见这一幕场景，眼中充满了怒火。

锦瑟唇角微弯，面露不屑之色。

纪姝见状，忍不住往葛画禀身旁躲去，粉嫩的唇瓣已经失了血色。

村中气氛紧张、压抑。天黑，看不清远处山间的景致，只有团团火把照亮一张张愤怒狰狞的脸。

沈甫亭拿着火把在二者身上看了一圈，似在找寻可疑之处。片刻后，他伸手在二者身上的穴道上各探了一遍，翻看他们身上的伤口，似有所觉。

"铁牛兄弟，请给我舀一碗清水，拿一把刀和一块净布。"

这些都是寻常物件，取之也无妨，铁牛当即吩咐了人去寻，片刻工夫，沈甫亭要的东西便被摆在了眼前。

沈甫亭拿着一碗清水，看向众人："各位所说的不老酒，不过是假象，一碗清水也可以制成你们口中所说的不老酒。"

人群中当即发出一声嗤笑："不可能，不老酒怎么可能用清水做成？！你知道我们族中有多少垂垂老矣的人吗？你看我们哪一个像老者？你想要骗人，也不找好点儿的借口，真把我们当成傻子了吗？！"

"杀人偿命，天经地义，你们别想逃脱罪责！"

沈甫亭但笑不语，拿着刀放在火上轻烤，片刻后，拿过白布将刀擦拭干净，在怪物身上割了一道口子，用碗接了一滴血，微微晃匀，又将碗中的清水在族长苍老的额上抹了少许，那一块皮肤瞬间变化，慢慢恢复白皙，变得饱满有弹性，甚至没有一条褶子。

村民见状，惊愕不已，纷纷上前细看，才确定不曾眼花，不过片刻，那皮肤又开始慢慢变化，竟比刚才还要苍老。

一众村民瞠目结舌，左右相顾，皆不敢相信。

"这……这怎么可能？"

沈甫亭见他们看得清楚，才放下碗，一边拿过净布擦拭了手，一边平静地开口："你们的族长是人，亦不是人。他是被怪物的血沾染的人，算是一只披着人皮的怪物。这怪物的血，能让你们维持表象一段时间，可也不过是表面功夫。"他语

上册

气轻描淡写，仿佛这是鸡毛蒜皮的小事，"养活怪物需要人血，而你们要容颜不老，你们的族长便想了个'好'法子……"

他并未点明，村中顿时一片寂静，没有一个人开口说话，可即便是再蠢笨的人，也听得懂他话间的意思了。

阿泽用怪物的血给了他们短暂的幻觉，也得到了所有人的尊敬、爱戴和族长无限的权力。

铁牛瞬间面色苍白，后退了几步："这些都是真的？！"

"我没必要骗你，我们刚才若是想离开这里，你们根本拦不住，在此地耽搁，不过是想将真相告知你们罢了。"沈甫亭语气平静，一旁的火把映得他玉面若隐若现，眉眼间似含仙者的悲天悯人之色，又似无情无感。

"不可能！不可能！"人群中一个男子突然崩溃大叫，引得人群一片骚动。

沈甫亭坦然看去："你们若是不相信，接下来不碰这些酒，自然会恢复原来的模样。"他这样的人根本不屑说谎，那磊落平静的做派叫人不得不信服。

铁牛双腿一软，猛地跪倒在地，难以置信。

人群中响起了低泣声，他一时难掩悲戚，号啕大哭起来。

"我不相信，这不可能，你一定使了什么障眼法！这绝对不可能，阿泽不可能这样骗我们！"许是眼前的事实太过残忍荒谬，还是有人不信。

"凡人不可能长生，容颜也不会不老，由生到死乃是寻常法则，时辰到了，尘归尘，土归土，半点儿不由人。"沈甫亭声音低沉悦耳，却又有掩不住的淡漠之意。

他拿过火把，缓缓走到酒窖外头，随手将火把扔进酒窖。火舌顺着酒缸上盖着的黑布燎过，入了酒缸，火光一下放大，蹿到了房梁之上，噼里啪啦一阵响动，巨大的火光冲天而起，映得这一处亮如白昼。

悲伤难过、惊恐害怕，最后通通归于绝望，有人再不信也架不住眼见为实，真相再残酷也要接受。

"所求过多才有所苦，与其人不人鬼不鬼地活在世上，倒不如顺其自然，死者已矣，善恶皆有所归，各位好自为之。"

山中的清风缓缓拂过，火光映得眼前人面若冠玉，眉眼如画，若说公子颜如玉，不及风姿世无双。

皮相惑人，骨相更甚，面容可以随着年岁老去，可一个人的气度风华永远不会随时间淡去。

锦瑟静静地看着满天的火光，视线落在沈甫亭身上，一言未发。

大火烧了整个酒窖，这荒僻的畸形村落再也没有了所谓的青春不老，只有无限的悲痛和绝望情绪。

铁牛赶着牛车领着他们一路去了镇上，一路上众人默然不语，到快要别离时他才开口："多谢恩人与我们道明真相，若是……若是能早些遇到你们，该有多好……"

可惜没有这么多"若是"，每一步走来都不会有回头路，他们愚信，将假的事当成了真的，将怪物当成了神仙，甚至相信他们的孩子会被记在神仙簿子上，得了好功德，也成了神仙，没想到……

或许还需要许多时间才能平复这一场愚昧无知带来的绝望，而有些伤口永远都不可能随时间复原。

春日阳光大好，万物复苏，一切都是初生的样子，可他离去的背影与春日格格不入。

众人也从这一场令人身心俱疲的祸事中缓过劲来，在镇上寻了一家客栈安顿下来。

这镇子麻雀虽小，五脏俱全，许是赶上了市集，贩夫走卒穿行于长街上，吆喝叫卖声不断，沿街摊子一路过去望不到尽头。

河岸上还搭着戏台，上头有人咿咿呀呀地唱着戏，不远处还有杂耍班子，里里外外围着人，和荒郊村落的灰暗寂静完全是两个世界。

葛画禀见外头热闹，当即开口张罗："既然来了，不如我们先休整一日，再启程回京，反正这里离京都也不过大半日的路程。"

纪姝当即点头，受了这么大的惊吓，自然不敢再在屋里待着，大家在一块儿才觉得安全。

葛画禀见纪姝应允，又看向两个不和的人，伸手替二人倒酒："锦瑟姑娘、沈兄，你们以为如何？"

沈甫亭伸手扶住酒盏："随葛兄安排。"

锦瑟轻哼一声，以手托腮，看向沈甫亭，意味深长地说道："沈公子还真有闲情雅致，肩膀上难道没有掉块肉吗？"

她纵横妖界这么多年，可从来没当过打手，昨日被他逼得杀了那么多怪物，又怎么可能轻轻揭过这事，不折腾他一番，可实在说不过去。

沈甫亭眼帘微垂，隐约显出几许危险意味，端起酒盏一口饮下，才微微抬眼

看向她："姑娘挂心？"

锦瑟闻言不语，视线微微下移，落在他的肩膀上，表情似笑非笑。

纪姝见二人这个情形，一时也忘了村中的可怕场景，面色微微沉下。

葛画稟见他们没有再剑拔弩张，还以为是同生共死之后，大家都成了患难之交，感情自然不同于往日，却不想座中只有他一人是这样想的。

夜幕降临，戏台子上的人依旧连轴转，到了夜里，街上反而更加热闹，摩肩接踵。一行人出了客栈，在街上闲逛。

锦瑟很少去人多的街上闲逛，瞧着眼前琳琅满目的商品，不知不觉便离了队。

葛画稟见她走得远，不自觉跟着她。他本就尚武，一个姑娘家能将外家功夫练得这般炉火纯青，必然吃了不少苦头。放眼京都，又有哪个女子有这般本事，叫他如何不另眼相待？

沈甫亭走得不紧不慢，渐渐便和他们拉开了距离。

纪姝停下脚步，走到他身旁，见他停在一匹半人高的马雕前，开口笑问："公子可是喜欢马？"

沈甫亭确是爱马之人，可即便有兴趣，也不过是看一眼，毕竟这么大的马雕不好带。他素来不喜麻烦，再喜欢的东西，若是带来诸多不便，也会避之。他微微颔首："雕马的人想来也爱马，才能雕得这般栩栩如生。"

摊贩见沈甫亭气度不凡，一看就是个出手阔绰的主儿，连忙笑着上前："公子好眼力，这马可是雕工一流，从边疆流进来的宝物，您看要不要带一件？"

若是寻常人必然会顺着喜好劝之，纪姝何其聪慧，一眼就看出他即便喜欢，也不愿意平白添这个麻烦，便开口笑道："我们再看看别的吧！"说着，她冲沈甫亭做了个眼神示意他快走，模样多了几分女儿家的活泼和俏皮，很是招人眼。

沈甫亭闻言一笑，随之一道往前走去，小贩又多说了几句，见这生意做不成，只得作罢。

纪姝不想这么快上前与他们会合，放缓了步子，路过一个脂粉摊子时，就近停了下来，拿起摊子上的银簪子看着。

沈甫亭看了一眼摊子上的东西，难得看不懂是什么。

纪姝见他这般，开口揶揄道："公子想来不曾见过这些胭脂水粉，这些都是我们女儿家涂在面上的东西。"

沈甫亭扫了一眼，没什么兴趣，客套地笑道："确实不曾见过。"

纪姝掩唇轻笑，笑过后忽而又想起什么："公子去了京都，可有久留的打算，还是说要回家中继续做大夫？"

"此去京都乃是游玩，不会久留，家中事务繁杂，我也不过是寻了时机脱身须臾罢了。"沈甫亭坦然回道，似半点儿不觉做大夫有什么不妥。

纪姝目光微微闪烁，脸上的笑也淡了几分。她这样的世家女子，断没有可能嫁给一个大夫的，况且他似乎并无大志，甚至都没有进宫做御医的打算，便是再好，又能如何？可这人风姿太盛，叫她断了心思，又不舍，真是个磨人的祸害！

她失态过后，又看向手中的簪子："这支簪子真好看，虽然做工有些许瑕疵，却不乏新意。"

"姑娘喜欢就买了吧，只要五钱银子，实惠得很。"摊主是个婶子，从来没有见过纪姝这般好看的姑娘，见她举止衣饰皆不凡，自然也知晓不是买自己的东西的人，一时紧张得话都说不利索。

身后的双儿连忙上前欲付钱，可伸手摸了摸袖子，才发现忘记拿钱袋子了，一时慌里慌张地看向纪姝："小……小姐，奴婢忘记带银子了……"

纪姝心中本就不痛快，不由得冷了俏脸："双儿，你为何总是心不在焉？若是再如此，你便自己回纪家去。"

双儿一时吓得面色都白了："小姐，奴婢再也不敢了，求您再给奴婢一次机会，往后奴婢办事一定妥妥当当的！"

"姑娘莫要气恼，不是还有这位公子在吗？情郎送东西可不是常有的事？"婶子觉得二人非常登对，少不得语气暧昧地说。

"不是，你误会了，我们是朋友……"纪姝面色微红，笑着将簪子放了回去。

婶子见状，当即拉下脸来，合着这个姑娘站了这么久，连一支簪子都不买，白挡了她后头这么多生意，正要开口，便见沈甫亭伸手摘下腰间的玉佩，开口解了围："在下身上也没有带银钱，便以这块玉佩换之，不知掌柜可否行个方便？"

这有什么不方便的？这块玉佩一看就价值不菲，换一支五钱银子的簪子，傻子才不乐意！

婶子忙伸手去接玉佩："方便方便，哪儿能不方便？公子还要什么，尽管挑，便是这桌上的东西全给你们也无妨！"

便是桌上的东西全给，也不及玉佩一毫，纪姝如何不知道其中的价值，连忙伸手阻止："这可使不得，太不值了。"

沈甫亭倒无所谓："这玉佩不过寻常物件，在我眼中，与簪子并没有什么区别，纪姑娘不必放在心上。"

拿一块玉佩换五钱银子的簪子，若是寻常人来做，多少是在逞强，可他做，

偏偏就是风雅之事。哪个女子不喜欢这样的男人？

纪姝不由得笑开了，当即取下了头上的宝蝶镶玉簪，换上了简朴的银簪，抬眼看向他，眉眼间颇有女儿家的娇羞神色："好看吗？"

一个声音突兀地闯了进来，似替沈甫亭回道："好看。"

二人一道看去，便见锦瑟站在不远处静静地看着他们。

葛画禀见沈甫亭和纪姝站在一块儿，若有所思。

纪姝眼中的笑瞬间淡了，闪过一丝懊恼之色，她竟因小失大，反将葛画禀推远了。

锦瑟缓缓走近，看了一眼纪姝发髻上的簪子："沈公子好眼光，送的东西也很讨女儿家欢心，只不知有没有我的份儿？"

沈甫亭闻言，倒没有拒绝的意思："在下先前弄脏了锦瑟姑娘的衣裳，不知现下再用一件衣裳做赔礼可好？"

区区一件衣裳就想打发她，他想得未免太简单了。

锦瑟轻笑一声，细白娇嫩的手指向了纪姝发髻上的簪子："衣裳就不必了，我瞧着这支簪子很是讨巧，你便将这支簪子送给我做赔礼吧！"

沈甫亭看向她，默然不语，这般挑事的要求他自然不会应允。

纪姝面色微僵，连神经大条的葛画禀也感觉到了这诡异的气氛，想要开口缓和，又不知该说什么。

街上气氛有些凝滞，即便人声鼎沸，热闹非常，也抹不去这一处的尴尬。

双儿很是不平："你这人怎么这般不懂礼数？这支簪子我们小姐都已经戴上了，你怎么还来讨要？"

锦瑟这般明晃晃地针对她的争抢做派，让纪姝心中生起了一片怒火，片刻后又消了下去。锦瑟越是骄纵任性，便越不是她的对手。

"双儿。"纪姝勉强一笑，伸手取下了发间的簪子，上前递给锦瑟，落落大方地说道，"既然喜欢，便给你。"

锦瑟这般举动任谁看了都觉不平，双儿上前拉住纪姝的手："小姐，这明明是沈公子送给你的，凭什么她一句话就让给她？"

"不要说了，锦瑟姑娘想来是太喜欢了，让一让也没什么关系。"纪姝无意多言，依旧笑颜相待。

一个温柔大方，一个刁蛮任性，任谁看了都偏向前者。

葛画禀眉间微微皱起，多少也觉得锦瑟太过任性妄为。

锦瑟可不在意别人的眼光，轻飘飘地睨了一眼沈甫亭，正要伸手接过簪子。

沈甫亭却伸手隔开她的手，挡回了纪姝递来的簪子。

"这支簪子是纪姑娘先看中的，锦瑟姑娘既然后来一步，断没有从别人那里拿去的道理。我给姑娘的赔礼，想要什么都可以，但从别人手中抢的东西不行。"

锦瑟面上的笑瞬间消失，看上去有几分古怪："你这是在教我怎么做人吗？"

"不敢。"沈甫亭神情平静，既不避开她的视线，也没有与她为敌的意思。

锦瑟冷哼一声，看着他："你说我要什么都可以，那拿你的命来做赔礼如何？"

众人闻言一怔，这显然是玩笑话，哪儿有弄脏了衣裳用命赔的？可她说得这般认真，倒叫人有些反应不过来，沈甫亭眸色渐深。

气氛又凝滞了，葛画禀见他们针锋相对，连忙笑着上前，缓和气氛："锦瑟想来不是这个意思，大家别伤了和气，毕竟共患难过，可别为了琐事而生分。不如我们一道去前头再看看，这条街上的稀奇玩意儿不少，总能找到合适的赔礼。"

锦瑟轻笑一声，轻飘飘地看了一眼沈甫亭，转身招呼也不打，慢悠悠地往客栈的方向走去。

"锦瑟。"葛画禀追了几步，见她不愿再逛，只得作罢。

锦瑟本就不是善类，与他们也一直似敌非友，刚才那一眼明显是要作妖，这一路而来，杂事诸多，已叫他失了三分耐心，自然不想再添麻烦。

沈甫亭眼眸微沉，面上神情寡淡，看向他们，开口告辞："二位继续逛，在下有事，先行一步。"

葛画禀看着沈甫亭往反方向走去，显然就是避开锦瑟的意思，叹了一口气。

二人一前一后离开，气氛很僵。

"我应该早些给她的，如今倒惹得他们不和。"纪姝拿着手中的簪子，眼神自责，话间满是担忧之意。

葛画禀连忙开口安慰："纪姑娘不要自责，此事确是锦瑟任性了些，我代她给你赔个不是，你莫要放在心上。"

这才一会儿工夫，他便已经开始直呼其名，还代她道歉，孰亲孰远，一听便分明。

纪姝微微蹙眉。

葛画禀说来也是好意，锦瑟虽然性子不好相与，可到底是救过他们的恩人，如今见她不会为人处世，自然多留心一些，心急帮她缓和关系，便也没注意这么多。可他一个男子替人家姑娘家道歉，不就是把人家当成了自己人，这在旁人听来，他们二人倒成了一对。

上册

双儿暗道不好，自家小姐这一回真是因小失大了，反叫锦瑟钻了空子！

双儿心中一急，连忙上前解释："葛公子，你也瞧见了，我们家小姐在家不是嫡长，从小到大便谦让惯了，刚才那支簪子明明是我们小姐先看上的，锦瑟姑娘实在太不讲道理，好歹我们小姐也救过她一命，她怎的就这样针对？"双儿说着，面色委屈，以袖拭泪，"奴婢看着实在是太心疼了，哪儿有莫名其妙就欺负到头上的？"

葛画禀闻言，越发同情，也不知该如何是好。他也不好说锦瑟的不是，只得代之道歉安慰，也没旁的说辞。

纪姝面色越发不好看，语气低落地说："双儿，别说了。"她又看向葛画禀，明显强颜欢笑："葛公子，我有些累了，想先回客栈歇息。"

葛画禀连连点头，伸手请道："好，我送你们回去。"

锦瑟回了屋中，平静坐下，伸手倒了一杯暖茶，轻抿浅尝。

黑暗之中，几只小妖蹿了出来，为首的小猴妖连忙上前熟练地打起了火折子，将灯点亮。朦胧的光线透过灯笼照在锦瑟白皙的面上，颇有阴森古怪之感。

小妖们连忙上前，阴森森地说道："姑娘，那个散仙太不识体统，竟敢如此不知天高地厚，仗着一张脸好看就敢不听姑娘的话，不如让小妖去划破他的喉咙，毁掉他的面皮，叫他得个一命呜呼的教训。"说着，一群小妖神色狰狞，当即你追我赶，往外头挤去。

"不准去。"锦瑟轻飘飘地阻止道。

众小妖闻言又连忙堵作一团挤着回来，来来回回，瞧着很是忙碌。

"死了有什么好玩的？我要的就是这种不知死活的劲头，一点点服了软才有意思。"她伸手拂过垂落身前的发丝，余光扫过他们，"你们觉得他生得好看？"

众小妖不敢开口，胖乎乎的小橘猫见她的眼风扫过，连忙颤颤巍巍地说道："好……好看，听说神仙都长得极好看，小的往日也曾见过一个散仙，可和这个实在没法比，那张面皮可是难得的极品。"

"而且气度又好，声音也好听，他一说话骨头都要酥了，委实叫妖心折。"

几只小妖天真单纯得很，一说起来便没了顾忌，沉浸于沈甫亭的美色之中，口水直淌。

"不过是一张皮，里头如何还未可知，你们别以为他像表面这般温和可欺，瞧着可是骨头硬的呢！"锦瑟放下了手中的茶盏，心中琢磨着要使什么法子折磨人。

"锦瑟，你回来了吗？"葛画禀送纪姝回来，又来了她的门前，确认她是否安然回来了。

锦瑟应了一声，并没有起身去开门的意思。

葛画禀安了心："那就好，夜深了，你早些休息，明日还要早起赶路。"

"好。"锦瑟随口回道，见他离开，唇角一勾，起身准备出门。

门外忽而有人轻叩，不长不短三下："锦瑟姑娘，我来给你送赔礼。"

门外人的声音有些低沉，听在耳里，不似春日和煦的轻风缓拂，而似三月层层涟漪的春水撩拨人心，带着若有似无的磁性，叫人心中莫名起了躁意。

她这可真是想找什么人，便来什么人……

锦瑟没有开口回答，走到床榻旁随意躺下，静待他要做什么。

沈甫亭站了一会儿，话间诚意满满："葛兄和纪姑娘都是凡人，而我身有旧疾，对付不了那些怪物，只能仰仗姑娘，弄脏了姑娘的衣裳，实属逼不得已，只能奉上一件衣裳做赔礼，略表歉意，还望姑娘见谅，往后若有什么在下帮得上忙的，必然不吝于行。"

锦瑟面露嗤意：他以为一件衣裳就能赔罪？做梦！

沈甫亭知晓她没有睡，见她不答，知晓她不愿开门，便也不再开口，将手中捧着的东西放下，又道了一句："姑娘若是不喜欢，在下可以再换。"

屋里的小妖怪禁不住好奇，等人走了，悄悄打开了门，瞧见外头托盘里放着一件衣裳，连忙七手八脚地端了进来。

小妖们跳上了桌案，将衣裳抖搂开来，鲜艳的红衣展开，上头绣着繁复的珠花，似繁花纷纷扬扬显在眼前，在摇曳的烛火中浮起层层绚丽的光晕。

众小妖忍不住感叹："姑娘，这衣裳可真是好看，小的们从来没见过这样的衣裳！"

锦瑟闲来无事也会做衣裳，什么花式没有见过，转头不屑地看去，视线微微一晃，确实没能移开目光。层层叠叠的衣裙微微晃动间，像是花开锦绣，恍惚间她似闻到了清新的花香，凡间不可能有这样的珍品，便是妖界也少见。

这件衣裳显然是他用了心思挑的，穿在身上能自动适应她的身材，让她肩若削成，腰如约素，风姿韵味天成，一夜睡醒，衣裳竟然没有丝毫褶皱，好似仙家物。

她喜欢这件赔礼便收了，也没有藏着端着的意思，早间起身便穿着新衣裳出了门。

她迎面便遇上了廊下行来的沈甫亭，见她穿了衣裳，他难得主动开口："这身

上册

衣裳很适合锦瑟姑娘。"

"既然收了你的赔礼，我便放过你。"锦瑟伸手轻抚衣裙，难得没再开口刁难，像个盛气凌人的小姑娘被哄开心了，大大方方地不提了。

沈甫亭微微一笑，有礼有节地说道："多谢锦瑟姑娘谅解。"

二人难得相安无事一道下了楼。

这件衣裳实在太衬锦瑟，叫人半点儿移不开目光，这般鲜艳的颜色寻常人根本压不住，穿在她身上反而衬得她面若桃花人如玉，不是一般惊艳。便是什么样的美人坐在她身边，都显得苍白，落不进人眼。

纪姝看在眼里，也没了胃口，一是被比得形容落魄，二是想到了沈甫亭说的赔礼一事。他昨日早早离去，竟是去给她挑衣裳啦？

这衣裳不是凡品，想来花了大心思，这样的小地方可是寻不着的，便是京都也未必有，也不知他从何处寻来的？

她一路忍到锦瑟坐上马车，才开口问道："锦瑟姑娘这身衣裳实在好看，不知是从哪间铺子买的？我也想买一件带回去。"

锦瑟穿了漂亮衣裳，心情也好："沈甫亭送给我的赔礼，你自去问他好了，我也不知晓。"

纪姝见真是沈甫亭买的，心中顿时憋闷，面色都变了。她微微掩饰心中的不喜情绪，笑道："锦瑟姑娘接下来如何打算？若是无处可去，姑娘不如与我一道回纪府，也免得姑娘家孤身在外，多有不便。"

"可以呀！"锦瑟自然没意见。她去哪里都无所谓，反正也是闲来无事，说不准晃着晃着便又找到了乐趣。

这一路去京都没再出什么岔子，不过大半日便到了，众人也到了分别的时候。

离别时，纪姝与葛画禀相谈甚欢，只不与沈甫亭说话，这般刻意冷落，明眼人多少看得出来。

沈甫亭似乎并没有什么感觉，只在不远处等着葛画禀一道离开。

锦瑟压根儿没下马车，还是葛画禀不失礼节，特地来道了别。

纪姝见沈甫亭没什么反应，也再没了心思多言，上了马车离开。

马车缓缓往前行着，马车轮子带起些许尘埃，慢慢往城门驶去。

葛画禀看着马车渐渐消失在视线里。相比锦瑟，纪姝显然更友好，而锦瑟似乎从头到尾都没有与他们交过心，即便他们一行人已是共患难的交情。他看了半晌，忽而开口："沈兄觉得锦瑟姑娘是个什么样的人？"

沈甫亭长睫微垂，神色漠然："任性妄为，不知分寸。"

葛画禀闻言一怔，转头看向他，满心好奇："沈兄似乎一直不喜欢锦瑟姑娘，不知究竟是出于什么原因？"

沈甫亭抬眼看向他，淡笑着说："我不喜的是麻烦。"

葛画禀想起锦瑟屡次为难他，也难怪沈兄会这般说。他微一沉吟，便也不再纠结："那纪姝姑娘呢，沈兄觉得如何？"

沈甫亭多少明白了他的意思，如同一个局外人般客观分析道："纪姑娘很聪明，明白事理，处事也大方，后宅之中不会有问题。"

"纪姑娘是好，可名门淑女大多这样，知进退，识礼数，难免少了生趣，反倒是锦瑟姑娘喜怒皆在脸上，像个小姑娘般，没事哄上一哄，倒也有趣。"

沈甫亭低眉浅笑，却是一语中的："锦瑟姑娘凡事只图意气用事，性子易使家宅不宁，显然是个极大的麻烦，葛兄若是娶回家中，能哄一时，耐烦哄一辈子？"

葛画禀有些难言。他很少见锦瑟这样的女子，将门之后，自然对习武的女子好感颇深，难免动了娶妻的心思。可他心中也知晓，沈甫亭说得不无道理，锦瑟确实性子不好，轻易就能得罪人，他那样的世家关系错综复杂，进门的妻子要八面玲珑才能应付过去，就像纪姝这样的名门闺秀，而锦瑟，她做不了主母。

早间时不时有飞鸟从窗前掠过，在檐下鸣叫，和煦的春风微微拂来，花香清新，正是春日好风光。

这个屋子不算大，可胜在布置精巧雅致，瞧着便是个小家碧玉的闺房，虽说不及锦瑟往日在妖界的住处大，倒很舒服，颇合她的心意。

两个丫鬟进了屋，平日里都是在纪姝内院里随行伺候的，很有规矩派头，在外比小门户家的千金已是绰绰有余，无论是模样还是做派都是拿得出手的。

两个丫鬟将饭菜摆上了桌案，才轻声朝里间唤道："锦瑟姑娘，早膳到了。"

锦瑟坐在梳妆台前，拿着梳子轻轻梳着垂落在身前的发丝，刚刚醒来，也没什么力气，闻言只轻飘飘地嗯了一声。不过，听在旁人耳里，倒像是拿乔，不是小姐的命，还非要摆小姐的谱。

两个丫鬟相视一眼，嘴角一撇，眼露不屑之色，才上前几步拉开布帘子，往里屋走去。

她们一前一后来到锦瑟身旁，伸手欲接过她手上的木梳："姑娘，这梳妆打扮的小事，怎能您自己动手？您该唤我们一声，让奴婢来伺候您。"

锦瑟本就没有打发时间的事情，梳头这样消磨时间的事，哪儿愿意让旁人来

上

册

代替，拿着木梳的手轻抬，避开了丫鬟的手，自顾自地梳着："不必了，我自己来就可以，你们出去。"

两个丫鬟闻言，恭恭敬敬地退了下去，待出了门，绕远了，便开始窃窃私语："你说二小姐怎么会带回来一个这么来历不明的姑娘，还好吃好住地供着？"

"我们家小姐那是心善，救了人还担心人家没去处，便生了怜惜之情给带回来，哪个听了不夸赞？倒是这人有些不识好歹，老夫人唤她去看一眼，却推辞不去，半点儿没有做客的礼数。小姐还要我们以礼待之，什么好吃的好用的东西都往这里送，真不知这人给小姐灌了什么迷魂汤。"

"听双儿姐姐说，这人在外头便总肖想我们小姐的东西，可不是个心小的。依我看，这种货色合该丢到外面做粗使奴婢，让她长长记性，知道什么叫天高地厚就好了，哪儿用得着座上宾一般招待着？"

二人一路渐行渐远，话却不少，锦瑟似乎没有听见一般。

屋子里的小妖怪们可听得一清二楚："这些凡人总是表面一套，背后一套，这般爱演，不如我们去教教她们，什么叫天高地厚！"

小妖怪们露出了尖利的獠牙，眼神颇为狰狞，就要往外冲。

"站住。"

小妖怪们闻言，又一个个飞快地回转，一脸的凶残表情瞬间变成了卖乖讨好，仿佛刚才气势汹汹想要出去闹事的不是他们。

领头的小妖连忙上前，攀上她的凳子，歪着小脑袋献媚："姑娘，为何不让我们去教训这些薄皮凡人？她们总在背后碎嘴子，听着怪烦的。"

"你以为她们说的话值得我听进耳里吗？"锦瑟轻哼一声，语气冷淡，"这些人还不值得我费力气。"她随手放下了木梳子，起身走到桌案前，拿起一个玉兔包轻咬一口。

玉兔包非常松软，味道对凡人来说，已是极佳。桌上还摆着翡翠汤和四碟玲珑小菜，盘面精致，吃食准备得并不寒碜，却不合她挑剔的胃口。她吃过玉兔包便觉饱了，随手端给了蹲在一旁垂涎的小妖怪们。

也不知她是不是故意的，小妖怪们是双数，现下玉兔包是奇数，那么便注定有一只小妖是没有的。

小妖喜甜食，性子又不好，被锦瑟养得很精致，连吃食也喜欢好看的，玉兔包这样可爱，又有哪只愿意不吃，一时争抢起来，挤成一堆，很是凶悍，抢到最后，玉兔包被压扁了不少。

小妖们顿时恼得扭打起来，平白揪落了一地毛发。

锦瑟坐在一旁，颇有兴致地瞧着。

锦瑟这处小妖们正打闹得厉害，纪姝已然从祖母那边请安回来。

纪府自然比外头舒服，她可以好好梳洗打扮，衣着自不比以往，一身柳青色宝裳裙衬得身姿柔弱轻盈，杨柳细腰，步步行来，仪态万方。

双儿拉起布帘子，迎着纪姝进了屋里。

丫鬟端着一盘首饰上前："二小姐，这是这个月新送来的饰面。"

纪姝端坐在靠榻上，伸出细白的柔荑，仔细看着，手指轻点，留下了几支顶好看的："其余的送到荣华苑让她挑。"

双儿一怔："小姐，您为何要待那个锦瑟这般好？她在外头对您那样无礼、不敬，这些好她可未必会记在心上。"

纪姝摇了摇头："不需要她记得好，只需要她弄清楚，我与她究竟是怎样的天壤之别。你不知道，对于她们这样出身的女子，锦衣玉食有多么吸引人，不用这些又怎么留得住？等她享受完了这些，再一下子抽离，只会让她越发心急地往上攀，到时还不好打发吗？"

双儿当即明白了她的意思，连忙笑道："还是小姐聪明，好在留住了她，不然她那样不知羞，恐怕早早就去攀附两位公子了。"

纪姝怕的就是这个，葛画稟和沈甫亭，锦瑟勾上了哪一个，都叫她心中硌硬。

她用心挑了一支碧玉点翠簪插到了发髻里，又吩咐道："顺道通知她一声，一会儿与我一道出去。"

丫鬟闻言，连忙去了。

双儿忙提醒道："小姐，您何必让她再出来？若叫她缠住了人，可就不好了。"

纪姝一笑，半点儿不觉得威胁："她若是真有这个心思倒还好办。葛公子自小在世家长大，这种人看得多了，自然知晓。沈公子虽说是大夫出身，看着云淡风轻不理事，可看得明白呢？你以为他们两个人会看不出门道？现下让她去，她也不过是个陪衬罢了。"更何况，自己一个姑娘家和两个男子单独见面，若是叫人知晓，难免有损名节，可若是加个锦瑟，就有由头了，倒也不至于没有好说辞。

纪姝摆宴答谢葛、沈二人的一路护送之恩，找的是陪锦瑟外出看戏的由头。

锦瑟来了京都，也出去逛过几回，不过看多了也就那么回事，便没多大的兴致。不过雪梨园倒是没有去过，一坐下她也生了新奇之心，台上的角儿衣着鲜亮、精美，嗓子也亮，咿咿呀呀唱得一出好戏。

二人到了没多久，葛画禀便到了，再无旁人。

纪姝没见着沈甫亭，心里有些没底，莫不是那日自己太过冷落而惹他生气了？

锦瑟闲闲地坐着，见两个少了一个，瞥了一眼，随口问道："沈甫亭怎么没来？"

葛画禀闻言，笑着坐下："沈兄来了京都以后，名声便传开了，找他瞧病的人太多，终日繁忙，脱不开身，便只能由我一个人来了。"

纪姝少不得心中失望。她出来本就不便，他若是真有心，又怎么可能不来？还是他根本无心于自己？

纪姝思绪万千，沉默了一会儿，便开口笑着逗趣："既如此，那可是沈公子没了口福，今日我们二人可就只谢你一人了。"

"哪儿能真由你们谢？今日只当是闲时聚聚，热闹热闹。"葛画禀摆手笑道。

上菜时，戏也开场了，锦瑟的注意力被吸引了去。

葛画禀说起了近况，纪姝侧耳倾听，很是认真。二人同出世家，很有共鸣，纪姝的见解也颇为独到，多少让葛画禀目露欣赏之意。

锦瑟听着他们谈论，也生不起多大的兴致，瞧着下头大堂看戏，准备起身。

纪姝见状，心中了然，这些风雅之事她自然接不上来，哪儿坐得住？

纪姝看向锦瑟，神情关切地问："可是我们谈论的话叫你生闷啦？"纪姝说着，又转头看向葛画禀，话间满是温柔迁就之意："我们还是换些锦瑟感兴趣的话来说吧，比如坊间趣事之类的，免得闷坏了她。"

这可难住了葛画禀，他即便刚刚游学回来，去的也大多是书香之地，或是去习武拜师，断没有厮混市井的时间，何来坊间趣闻？

纪姝说完，似也绞尽脑汁，席间的风雅之谈便也停了下来。

要两个出身世家的公子、小姐去想市井之事，着实为难他们，反倒衬出锦瑟与他们格格不入，连话头也聊不到一处去，还要这般硬想。

家世带来的不仅仅是出身，还有修养见识，世家大族耳濡目染的东西是很多人一辈子无法见识的，这就是摆在眼前的事实。

葛画禀想着，才发现自己往日的想法太过片面。他只看到了锦瑟会武，心生仰慕之情，却又如何知道二人若是话不投机，那才是真的难为……

彼时，恰逢戏过场，外头只余一二人声，包间里越发安静，气氛有些尴尬。

锦瑟眼睛轻弯："坊间趣事、乡间野史，我比你们听得多了，无非就是妖魔鬼怪、家长里短，也没什么意思。"

纪姝闻言，忙一笑，当即开口缓和气氛："你说得是，那我们还是不谈论这些了。"她一顿，似不知该与锦瑟聊什么，又开口问道，"不知你往日有什么消遣，或许我们会有一样的喜好？"

"罢了，你们喜欢的无非是琴棋书画、诗酒花茶，这些我往日都玩腻了，早没了兴致，这里闷得很，你们聊吧，我去下头看看。"锦瑟听着便觉得无趣，随口回了句便起身往外头走去。

她这个时候说这种话，还不愿多谈，必然是随意找的借口，又怎么可能叫人相信，反倒让人觉得是拉不下面子，才夸下了海口。更何况琴棋书画、诗酒花茶这些附庸风雅的东西，又岂是寻常人家耗得起的？

双儿站在一旁，忍不住眼露嘲讽之色：她倒是会打肿脸充胖子，这样的话都说得出口，不要脸皮。

锦瑟走到一半，想到了什么，转身看向纪姝，笑吟吟地提醒道："对了，你刚才说的《春日三富论》，其实是两个人写的，还有一个是渊九先生，不信你回去再通读两遍，自然就能分出不同之处。"

纪姝闻言顿住，完全没有想到锦瑟会知道《春日三富论》，也没有想到她竟然知晓渊九先生。可渊九先生是策论大家，从来不入风雅之门，是一个极为严苛之人，她竟还无知到将二者混为一谈，简直是天大的笑话。

葛画禀微微一怔，看着锦瑟离去的身影，若有所思。

自家小姐饱读诗书，又怎么可能说错？双儿顺着二人刚才的话，嘀咕了一句："锦瑟姑娘若是不懂，没有人说她无知浅薄，怎么还胡说八道起来了？"

纪姝自然是相信自家西席的，《春日三富论》是何人所作，她还不知道吗？

纪姝微微一笑，似替锦瑟尴尬："葛兄长，今日之事万不可说出去，毕竟姑娘家面皮薄，若是叫人知晓，她面上也过不去……"纪姝说话间很为锦瑟着想，皆是替她遮掩。

葛画禀沉默了一会儿，似忍不住开口替锦瑟解释："好像确是两位先生合写的，这事极为隐晦，我往日曾听祖父说过，不过过去了许久，我自己也有些记不清，现下想起，隐约记得是渊九先生……"葛画禀说完，看着纪姝，面上有些尴尬。

既是葛老所言，那自是不可能有错。空气微微一静，纪姝一顿，神情凝住，想起刚才侃侃而谈，又说自己有多喜欢《春日三富论》，可她竟然连这是二人合写的都未能看出来，一时面上隐隐发烫，颇下不来台。

锦瑟慢悠悠地下了楼，缓缓走进大堂，这里可比上头热闹多了，戏台前头摆

着方桌、凳子，桌案上摆着茶点，一眼望去，座无虚席。

锦瑟面皮、打扮皆出挑，这般明晃晃地进了大堂，比雪梨园的头牌柳叶眉儿还要招人眼。

包间里头的视野可是最好的，少不得纨绔浪荡子结伴而来，这些公子哥儿多半不是来看戏的，是来挑人的。

哪个角儿新鲜他们便捧哪个，腻了便换，青楼酒馆十八巷，戏园茶苑连轴转，那玩的花样又多又丰富，数都数不过来。

陶家的公子陶铈，惯来是个纨绔，手上还搂着一个，又一眼看中了锦瑟，伸手一指："那个是你们园里新来的？"

靠在他怀里的水娘抬眼瞧去，忙摇了摇头："这姑娘眼生得很，可不是咱们园子里的，大抵是外头进来听戏的。"

"听戏的？"陶铈闻言，面上露出一抹笑容。

说话间，锦瑟已经寻了一个偏僻的位置站着听戏，来这里看戏，坐在大堂里的都是普通人，往包间里去的才是显贵，她连个位子都没有，一瞧就是熬苦日子的小姑娘，又打扮得这般花枝招展，还不是想找个高枝攀？

陶铈从头到脚扫了扫锦瑟，越瞧越满意，冲后头的小厮吩咐："去将那个姑娘请来，就说这里好吃好喝招待她，她想看什么戏，小爷我都请她看。"

小厮连忙应声去请。

他怀里的人自然不依了，伸手推了推他，嗔道："陶公子挑中了别的小娘子，就不要奴家了！"

席中几个公子哥儿调笑道："陶公子没有良心，水娘何不来我们这里？我们必然比陶公子有良心，绝对不会见一个爱一个……"

陶铈抓过桌案上的瓜子往他们脸上一扔，笑骂道："得了啊，你们这些赖货，少惦记小爷的人，仔细你们身上的皮！"

席间众人笑骂不休，觥筹交错，倒比外头的戏还要热闹。

这边玩笑着，陶铈还注意着外头。这些时日没新鲜的玩意儿，着实无趣，今日他难得见着一个可心的，少不得盯着些。

不想小厮到了那个小娘子面前，没说几句，就颤巍巍地回来了。

陶铈忙将小厮招到前头："说说看，小娘子怎的不来？"

小厮支支吾吾，有些不敢说。

这倒惹得周围人急了："别支支吾吾的，那小娘子与你说什么啦？"

陶铈也轻哼了一声，张口训斥："还不快说！"

"那姑娘……那姑娘说……猫狗鼠辈，也配同她看戏……"小厮声音越来越小，面色有些发白。

陶铈当即沉下脸来。席间瞬间安静，没人敢开口说话，这小娘子可真是个刺儿头，这样的话也敢说，竟不怕得罪权贵？

一个公子哥儿见陶铈面上不好看，连忙开口问道："你可说了你家爷是京都陶府的大公子？"

小厮闻言，脸色越发苍白："小的说了，可……可那个姑娘叫小的滚。"

众人皆是一惊，她连宫里头有关系的陶府都敢得罪，也不知是不是不晓得陶家究竟是怎样的人家，才敢这般胆大包天。

一旁有人乐呵呵地调笑："这个小姑娘倒是使得欲拒还迎的好手段，想来是要咱们陶公子亲自去邀，公子亲自去一趟吧。"

这话说得合乎情理，陶铈堂堂陶府公子，生得一张好面皮，哪儿需要用强？即便有一两个硬骨头，还不是装模作样，想要吸引他的注意力，好进陶府里头享福？

这个小娘子摆明就是欲擒故纵，不过若是合他心意，他姑且成全她一番。

陶铈哼了一声，开口训斥："没用的东西，一个小娘子都搞不定，白叫人看了笑话！"

小厮扑通一声跪倒在地："小的错了，小的这就去将小娘子押来！"

"还不滚开。"陶铈一脚踹开小厮，径直出了包间，往锦瑟那里走去。

台上的戏正在精彩关头，锦瑟难得来了兴致，却叫人挡住了视线。

眼前的人眉目俊逸，形容风流，一双桃花眼看着她，笑道："小娘子喜欢听戏，可知这戏中唱的是什么？"

锦瑟轻飘飘地抬眼看去，微微扬起唇角："你知道？"她模样阴森森的，话里话外都是危险的意味。

陶铈不知她的秉性，竟越发来了兴致："这戏里头说来唱去，脱不开一个'情'字，这谈情说爱，你来我往才最有意思。"

"谈情说爱……"锦瑟闻言，似有了几分兴趣，"有意思？"

陶铈见她感兴趣，越发笑道："何止是有意思，这个中玄妙滋味，可不是片言只字便说得清的，戏里唱出来的也不过三分，这戏外头正儿八经的你来我往，才更有趣。"

锦瑟静立不语，似在思索，模样像极了涉世未深的小姑娘。

"锦瑟姑娘，"双儿入了大堂，径直到她面前，"时候不早了，咱们该回去了。"

陶铈很是自然地开口接道："不知姑娘家住何处？我可以着人送你。"

双儿上前微微欠身，委婉地拒绝道："公子留步。"

陶铈倒也没再强求，不过有足够的信心锦瑟会再来寻他："既如此，我就在此等着，姑娘什么时候想看戏，什么时候着人来寻我。"陶铈说完，笑看着她，模样风流俊逸。

他生得俊俏，又常在风月场所厮混，最是知晓怎么招惹姑娘家。

锦瑟眉眼微抬，似笑非笑地看向他，不但不像寻常姑娘家那般避闪，反而半点儿不羞地与他对视，惹得陶铈心头痒痒。

锦瑟出了戏楼，步上马车。车内只有纪姝一人。

纪姝见了她，神色依旧温柔："你离开以后，便只剩下我们二人，葛公子也不好再多坐，我道过谢后就散了。"

锦瑟见她若无其事，倒没多在意，心中想的却是那你来我往之事。她活了这么久，从来没有爱过谁，有时候脾气上来连自己都揍，性子可谓丧心病狂，是以要找一个能与她你来我往、谈情说爱的人，恐怕难如上青天。

"我刚才看见了陶家公子。"纪姝似有几分好奇。

"你知道他？"锦瑟微微抬眼看去。

纪姝微笑道："自然知晓，他在京都可是数一数二的贵家公子，不知是多少闺中女子的意中人。"她谈论起陶家公子，似有羞意，仿佛他也是她的意中人，"不知……他刚才与你说了什么？"

"他想请我看戏。"锦瑟倒没将这人放在眼里，随口一句便揭过不提了。

纪姝闻言，面露讶异之色："他竟然纡尊降贵来请你看戏，若是如此，你可一定要把握住这个机会。"

"什么机会？"锦瑟轻飘飘地抬眼看向她。

"陶公子家财万贯，风流倜傥，你若是得了他的青眼，能进他的府里头，日子过得恐怕比我还舒坦。"纪姝言辞诚恳，语气羡慕。

锦瑟只觉无趣："日子过得太舒坦是会腻的，能这样过一时，却过不了一辈子，还是找些有意思的事消磨消磨才好打发。"

纪姝微微一顿，却未接话，又转而轻笑道："我听闻陶公子为人最是有趣不羁，女子与他谈情，必会念念不忘。可是我们闺中女儿家，整日大门不出，二门不迈，束缚太多，要遇上陶公子这样的人，真是难如登天，不想你竟然这般幸运遇上了他。你若是中意，可不要错过。"

这倒是说到了点子上，锦瑟来京都就是为了玩儿，如今既有个玩意儿送上门来，又何必舍近求远，弄得那么麻烦？

翌日，双儿便来告知锦瑟陶铈的行踪，还传授了经验："有道是男儿多风流，三妻四妾乃是寻常事，更何况是陶公子这样的贵家子弟，我家小姐说了，锦瑟姑娘不必太放在心上，如今大门大户的主母都是如此，您牢牢把握住他的心才是正经的。这一次去，姑娘一定要造成偶遇的印象，叫陶公子以为你们二人有缘，待你便更加不同。"

这话自然与锦瑟无关，她随意听了几句便没耐心再听，径直出了院子去寻陶铈。

双儿见她这般急不可耐，心中越发鄙夷。

一旁的丫鬟有些担心："那陶家公子风流成性，名声可不好，往日不知糟蹋了多少姑娘家，哪个好姑娘愿意往上凑啊？若是叫这个女人知晓了，也不知能不能成？"

双儿嗤笑一声，看向身旁的丫鬟："你以为她是什么好姑娘？我们小姐说了，这样的女人，配那个浪荡败家子正合适。"

花街柳巷大多是夜里热闹，但也有白日不空的花楼，里头的姑娘全是经过精心调教的，自小习的也是琴棋书画，和闺中小姐都差不离，不过更懂风情，个个都是解语花。

锦瑟来到芙蓉坊，只见眼前的阁苑精致大气，完全看不出是座花楼。

"姑娘，请留步，这里女子不能进。"门外护院拦的就是女子，免得里头贵人的家眷闹上门来，伤了他们苑里的姑娘。

锦瑟顿住脚步，眼眸一黯，面露不喜之色。

"今日我就要了那狐狸精的命，看你们拦不拦得住？！"身后一个衣着华贵的秀丽妇人带着几个家丁冲了上来。

这里的护院又岂是吃素的，个个都是打手出身，不过片刻便将冲上来的家丁打得落花流水。

未几，一个风韵犹存的半老徐娘从里头出来了，见人先带三分笑："李夫人您这又是怎么啦？上回不是和您说了，你家老爷想回去便回去，可他若是不想回去，咱们姑娘也没法子呀，总不能将客人赶出去吧？"

那少妇闻言，双目圆睁，温婉的面容都有几分狰狞："你们芙蓉坊欺人太甚，做着皮肉生意还敢这般嚣张，信不信我报到官府，将你们一窝端了？！"

能做这门生意的人，身后又怎么可能没靠山，区区一个行商的家眷他们又岂

73

会害怕？

老鸨闻言一笑，说话很是气人："劳烦夫人快去报官，别三天两头地来我们这里闹，您家老爷和我们姑娘情投意合，在我们这儿住上几日又有什么关系？指不定往后我们姑娘还要进您家中，与您一道做姐妹呢，这般撕破脸皮多难看呀？"

李氏怒得尖叫，拔下发簪就要上前与她拼命，却被护院一把掀倒在地，弄得浑身狼狈，发髻凌乱，丫鬟吓得忙去扶。

街上少不得聚起了人，指指点点，窃窃私语。

老鸨依旧是个笑脸人："我说李夫人，做女人呢，还是聪明些为好，睁一只眼闭一只眼，说不准还能得到男人的欢心。您这般闹腾，落了自家老爷的面子，他又怎能容你？您瞧瞧您来了几次，李爷可曾出来看您一回？再说了，大老爷们儿想去哪里快活，您哪儿管得住，自己的本事不到家，留不住人，怎么能怪到我们姑娘身上？"老鸨说着，拿起帕子擦了擦嘴角，神色同情，"唉，要是我呀，便早早回家中去，做个大度的妻子，您说是不是？"

李氏恨入肺腑，再也受不住委屈，坐在地上痛哭起来，正伤心欲绝，忽而听见一声嗤笑，抬眼看去，却是一个小姑娘。

老鸨见锦瑟年纪不大，却偏生一脸讽笑表情，不由得沉下了脸："你笑什么？"

锦瑟面露嗤意，并不理会老鸨，看向哭泣的李氏，轻飘飘地问道："你想进去？"

李氏抬起浮肿的眼睛看着锦瑟，见锦瑟像个无邪的小姑娘，却又莫名有些古怪感。她哭得一抽一抽的，难过不已，不自觉地点了点头。

锦瑟居高临下地看着她，似在施舍："正巧我也要进去，便带你一道。"

老鸨白眼一翻，满眼不屑之色："哪儿来的乳臭未干的小丫头，倒敢在我们芙蓉坊前说大话！"话还未说完，她便被狠扇了一巴掌。

老鸨面上一阵阵发麻，当即反应过来是个练家子："好一个不知天高地厚的东西，还不快给我抓起来，往死里打！"

护院一拥而上，这么多人，一个拳头过来男子都能没了半条命，小姑娘不死也得残！

若是别处还有人管，芙蓉坊还真没人敢管，先前闹出人命都能拿钱了事，谁敢上前触这个霉头？！

李氏吓得面色一白："姑娘，你快跑！"

锦瑟站着不动，眼眸中闪过一丝异色，衣袖一挥，才到眼前的护院猛然飞了出去，砸在大门上，惨叫出声，连那厚重的大门都有些摇摇欲坠。

周遭一片惊呼声，众人皆瞠目结舌，以为自己眼花了。

"你……你等着，敢招惹我们芙蓉坊，必……必叫你好看！"老鸨留下狠话，忙往里头跑，却突然脚下一绊，猛地扑向前头的石阶，啊的一声惨叫，前头一排牙便被磕没了，倒在地上哎哟哎哟地叫唤，满地的血还有碎牙，瞧着触目惊心。

"老东西嘴巴利索，牙却不好用啊，哈哈哈！"锦瑟拈着手中的绣花线，仰头大笑，笑声如银铃般传开，像个顽皮天真的小姑娘。

第四章
复杂关系

　　她一个小姑娘，见到这种血淋淋的场面，却还笑得这般开心，如何不让人觉得诡异古怪？

　　周遭的人不由自主地散开，唯恐一个不小心被殃及。

　　锦瑟轻轻一扯绣花线，看着地上打滚的老鸨，轻飘飘地说道："你带我进去，我要看看你们芙蓉坊怎么叫我好看？"

　　老鸨疼得险些昏厥，脚上缠着的线微微一动，整条腿便是一麻，吓得她忙从地上爬起，连滚带爬地往里头引路："姑娘，里……里面请……"

　　李氏还未缓过神，一旁的丫鬟喜极而泣，忙扶起她："夫人，您快起来，咱们可以进去找姑爷了！"

　　李氏踉跄着起身，跟在锦瑟的后头，进了她这几日一直都没能进来的地方。

　　这一番大动静，怎么可能不招来人？

　　锦瑟一进里头，护院便一窝蜂似的围了上来，不过都知晓了外头的动静，不敢轻举妄动，只敢远远跟着，待时机一到便将人拿下，好生教训教训。

　　李氏见护院越来越多，心中有些害怕，紧紧地跟在锦瑟后头。

　　芙蓉坊外头看着气派，里头更是别有天地，雕廊水榭，亭台楼阁，雅致非常，若是不点破，倒是个作诗饮茶的好地方。

老鸨心里一番盘算，带着她绕来绕去，好让下头人有机可乘。

锦瑟见这路弯弯曲曲，没完没了，便不耐烦继续走，猛然一扯手中的绣花线："我不喜欢走这么长的路……"

老鸨险些又摔一跤，嘴里的血直淌，牙根已然尽断，再来一跤如何得了？她吓得忙含混不清地叫嚷起来："还不快去把李爷请出来，说他家夫人来寻他了！"

李氏眼中又泛起了泪，不过更多的是愤怒。

锦瑟笑盈盈地收回了绣花线，打量着老鸨，很是认真地说道："你这个玩具倒是合我的心意，只是生得不太讨喜，否则必将你留在身边打发些许时日。"

老鸨闻言，瑟瑟发抖，几乎不敢与她对视。

护院的速度很快，不过片刻，便见远处有个男人骂骂咧咧而来，模样倒是周正，衣衫松松垮垮地系在身上，很不齐整，后头还跟着一个清纯可人的女子，迈着小步跟着，瞧模样完全不像狐媚子。

急步行来的男人见了李氏，心火大冒："你这个不识体统的，跑到这里来做什么？这是你能来的地方吗？还敢叫人闹事，我的脸面都被你丢尽了！"

李氏眼里瞬间冒了泪花："你说我来干什么？你终日不回家，在外与妍头厮混，可曾管过家中一回？咱们家姑娘病了，你也不回去看一眼。"

"我把你娶进家门做什么的？我是短了你吃，还是短了你喝，还是没给你银子花？！病了不会去寻大夫吗？你巴巴地来寻我有什么用？误了我的生意，你担得起吗？"

"什么生意，你分明就是来寻欢作乐，还找什么借口？！"李氏大怒，越过他一巴掌扇向他身后的女子，"我今天就撕了你这狐狸精的脸，叫你往后永远勾搭不了人！"

身后的女子未语先垂泪，硬生生挨了一巴掌，吓得躲在李舸怀里，毫无还手之力。

李舸连忙伸手环过女子，见李氏如泼妇一般越发失了体面，猛然推了她一把："你这个疯婆子，还不快滚回家中，在这里发什么疯？！"

李氏猝不及防地被他一推，猛然仰面摔到了地上，见还是自己的相公动的手，忍不住大哭："李舸，你怎么能这样对我？你为了一个花娘这样对待我，我才是你的发妻，你这个负心汉！"那歇斯底里的声音里，满是绝望和愤怒，惹得人心头戚戚。

李舸闻言一怔，似想起了往日浓情蜜意之时。

怀里的柔弱小白花挨了一巴掌，哭得梨花带雨，仰头看向他，语气悲戚："李

郎，你还是回去吧，妾身不想看到你这般为难。妾身如草芥，沦落至此都是命数，强求不得，只愿来世身家清白，好陪伴你左右，给你弹琴磨墨。"

段位一下就能看出高低，这个女子深知男人吃哪套，李氏怎是她的对手？

李舸顿时被哭眯了眼，连声哄道："不许你这样说，我若是在意你的过往，又怎会跟你在一起？你不必理她，她就是一个泼妇，哪里比得上你？"

二人两两相望，郎情妾意，好似被拆散的鸳鸯。

李氏恨得红了眼，当即冲向那个女子："我要杀了你！"

李舸见她披头散发如疯子一般冲来，心中厌恶至极，抬手就给了一巴掌。啪的一声脆响，场子一下子冷了下来，李氏的哭声都哽在喉头。

李舸瞪着眼，大怒道："我早就受够了你这女人，你今日闹到这般地步，我李家容不得你这般善妒的妇人，回去我就休了你！"

李氏被这一巴掌打得心寒至极："你要休我？"

"是你不知好歹，休书我写定了，你回去好好准备怎么做没人要的下堂妇吧！"李舸说得绝情冷血，揽过怀里的女子便要离开。

锦瑟缓缓上前，看向一旁崩溃的李氏："想要他待在你身边，还不简单？"

李氏顿住，鬼迷心窍般问道："姑娘有办法？"

锦瑟眉眼一弯，模样天真无邪，语调却如同一只蛊惑人心的妖怪："砍断他的双腿，他这一辈子都没有办法离开你……"

李氏慌忙抬眼看向她，见她神情不似作伪，吓得面色发白，连忙拼命摆手："不行，姑娘……这使不得！"

"使不得？"锦瑟面上的笑瞬间消失，她看向李氏的眼神阴森可怕，"我帮了你这么久，你却跟我说使不得？"

李氏这才发现自己招来的不是侠女，而是个活阎王，分明就是来催命的！她心中一阵阵发寒，当即跪地求饶："姑娘，我求求你了，他不是故意的！"

李舸闻言看来，见是个面皮美如画的小姑娘，一时心中气极，今日一而再，再而三地被落了面子，恼怒至极，当即夺过护院手中的刀："家门不幸，娶了你这么个善妒的女人，爷今日就打死你，省得往后丢人！"

李舸面色狰狞，还没跑过几步，便脚下趔趄，突然往地上扑去，膝盖正磕在手上的刀上。

"啊！"一声惨叫响彻小苑，老鸨腿一软，一屁股坐到了地上，而那个小白花尖叫不休，吓得转头就跑！李舸疼得生不如死，腿上还卡着刀，隐约可见肉骨分离。

周围的护院吓得慌忙往后退，日光照下来都觉不寒而栗。

锦瑟眼中有血色一闪而过，随后恢复了极为干净的黑色，如古玉一般纯粹，没有一丝杂质。她缓缓笑起，安静美好到诡异，无端叫人起了一身鸡皮疙瘩。

"夫君！"李氏瞬间面色惨白，慌忙扑上去又哭又喊。

锦瑟看着她，笑意盈盈地说："哭什么，这样他不就能永远留在你身边了吗？"

李氏惊恐万状，吓得直哆嗦。

"怎么回事？这般吵闹，耽误了我们爷听曲儿，你们担待得起吗？"一个小厮才从廊下走出，见到这个场面，嘴里的话顿时堵在了喉咙里。

陶铈搂着花娘从后头过来，见了锦瑟，不由得顿住："你怎么在这儿？"

这陶铈是风流成性的，虽说约了在戏楼子里等她，可到底闲不住，只留了小厮在那里看着，而自己到芙蓉坊风流快活，两边都不耽误。

锦瑟看到了新鲜的玩意儿："你不是说了吗？'情'之一字最是有趣，我便来找你谈情说爱。"

陶铈闻言一怔，转而一笑，随手打发了身旁的女子迎过来："你不知我等你等得多辛苦，那日见过你之后，我做什么事都索然无味，如今瞧见了你才心生欢喜之情，我带你去看赛龙舟如何？"

"可以。"锦瑟很是爽快。

芙蓉坊的人可不敢放她走，李爷摆明是成了残废，若要闹起来，少不得一堆麻烦事。

身后的老鸨连忙颤颤巍巍地起身："陶……陶公子，您可不能带走人，这位姑娘刚才害了人，这……这事可是要报到官府去的，李夫人，您说是不是？"

锦瑟不以为然，看向老鸨，表情似笑非笑："明明是他自己摔了一跤，你却冤枉我，不怕一道遭报应吗？"

"这……我可不敢乱说，你问问李夫人，她心中必然有想法……"老鸨连连后退，话都说不利索了，看着李氏，妄图借刀子使。

哪承想李氏吓得忙摇头，拖着人往后挪，李舸犹在哀号，李家的仆从忙上前抬起人，几个人匆匆离开，根本不敢再停留。

老鸨在心中号叫，不想这李家人这般不中用，腿都被砍断了，却不敢吱一声！

陶铈惊愕不已："这到底是怎么一回事？"

锦瑟才不耐烦解释，轻睨了他一眼，神情不悦："你要什么时候才开始和我谈

上
册

· 79 ·

情说爱？"

陶铈头一次见到这样直白的女子，瞧着还会些外家功夫，一时有了不少新鲜感，也不管她究竟做了什么，开口便向老鸨套交情。

"妈妈给我陶家一个面子，这件事今日就当没发生过。另外，这里所有的损失都算在我陶铈身上，如何？"他说着，使了个眼色，小厮连忙递上银票。

陶铈伸手接过银票，上前塞到了老鸨手中："这张银票先给妈妈看看身上的伤，待将这里的损失估算出来，着人与我说一声便好。至于李公子，想来是他自己不小心，哪儿能怪到我们身上？往后若有什么说辞，大家也都看在眼里，对吧？"

老鸨思索了片刻，想着刚才李爷那邪门的摔法，打了个寒战，忙收下银票，不敢再拦人。

陶铈见差不多了，便转身走来，伸手欲揽锦瑟的肩，却被锦瑟伸手一挡："不要搭着我，我不喜欢。"

她倒有些小脾气，陶铈勾唇一笑，修长的手伸到她面前："我们既要谈情，你总不能手都不给我牵一下吧？"

锦瑟眼睛微弯，直爽地伸出了自己的手，纤纤玉手，红袖轻掩，白得晃人眼。

陶铈当即握住这白嫩柔荑，握在手里似觉冰肌玉骨，果然是个尤物。

她看着陶铈，淡淡地笑道："希望你不要让我失望，真的能做到不乏味无趣……"她的声音像是裹了糖，但里头是什么就不知道了。

陶铈闻言一笑，眼中别有一番玩味之色。他面皮确实好，这般笑着，越显放荡不羁的风流相。

"我怎么舍得叫你失望？"陶铈话中有话，笑过后拉着她穿过廊下，往小苑里头走去。

这一处花下幽径，步步行来，清甜花香弥漫，花间蝶舞很有意境。陶铈是个懂女儿家心思的人，挑的路都是雅得能作诗的美景。

无奈锦瑟什么美景没看过，走了几步便没了兴致："小苑子里可以赛龙舟？"

"这小苑可是四通八达，能去的地方不少呢，往日寻常人可都去不了，我带你去见识见识，保准让你欢喜。"

锦瑟倒也没反对。

陶铈见她乖顺安静，瞧着年纪又小，便当作没见过世面的姑娘。

他们又过了一处垂花门，便通到了外头，眼前视线豁然开朗，远处的湖泊，一眼望去，辽阔深远，通到了外头江面上，而廊下岸边停放着数条小舟，岸上站着身着各色衣衫的桨手，各自活动着筋骨。

远处岸上砌着木廊水榭，直通向楼阁，廊下挂着竹帘，里头已然坐了许多人。

他们从垂花门一出来，便有仆从上前行礼："陶公子。"

陶铈牵着锦瑟，沿着岸边一路走到竹帘廊下，里头坐着几个公子哥儿，个个搂着个美人儿，瞧见陶铈又带了个面生的绝色女子，半晌才回过神来，哈哈调笑道："哟，陶公子这么快就回来了。这姑娘瞧着面生，可是那小娘子伺候得不好，惹得公子又换了一个？"

其中一个公子哥儿视线极为放肆，落在锦瑟身上，有些收不回来："陶铈你艳福可真不浅，这小娘子瞧着可是个难得的，不知你从哪处挑来的，赶明儿我也去挑拣挑拣？"

陶铈没打算在锦瑟面前掩饰，毕竟刚才都让她瞧见了："胡说什么？这小娘子可是我在戏楼里认识的，年纪还小，不经事，你们可别吓到了她。"

"瞧瞧，这会儿倒护起来了，果真是重色轻友的！"

陶铈在打趣声中拉着锦瑟在原来的位子上坐下，正欲伸手揽过她，才想起不是先头那个花娘，只得暂且收回手。

"陶爷也不知是哪来的运气，总能遇到殊色美人，我终日在戏楼瞧戏，偏生从未遇到这般佳人。"

"这等艳福可是求不来的，陶公子一表人才，玉树临风，怎么能不招姑娘家喜欢？他往街上一站，不知有多少女儿家偷看，你比得上？"

"就是，美人喜欢的可是风流倜傥的人，你还得回娘胎里头再转转！"陶铈笑言，姿态风流俊逸，确有资格说这样的话。

打趣的人不服，一时间席间闹个不休，廊下就数这处最是热闹。

陶铈伸手给锦瑟倒了一杯酒，递到她面前："还未问过娘子芳名？"他一语双关，话含情意。

锦瑟接过酒盏，在手中微微一晃，慢悠悠地说道："锦瑟。"

"锦瑟……"陶铈将她的名字轻轻重复了一遍，似很喜欢，"好名字，这个名字和你很相配，可是取自一句诗？"

锦瑟的脑海中忽而闪过一人，她轻笑一声，靠在身后的木垫上，淡淡地吐了二字："不是。"

陶铈见她兴致缺缺，正欲开口寻其他话头，龙舟上的舵手已然就位，前头鼓手击鼓，慢慢锣鼓声震天，忽而一声大喝响起，数条龙舟便如箭一般飞快驶去。

许多人出了竹帘隔间，冲到了外头喝彩，一时间人声鼎沸，热闹非常。

锦瑟微微直起身，看着远处的龙舟，似有兴致。

陶铈靠到她身旁，姿态风流，指向了其中一条龙舟："你来赌赌哪一色能获胜？这盘底由小爷来，赢了全归你，输了由小爷承担。"

锦瑟目光微转，倒不客气，伸手随意指了条蓝身白底的："就它吧。"

一旁的公子哥儿见她随手一指，皆开口调侃："小娘子怕是没见过赌舟，这盘底可是要真金白银一百两起，你这随意一指，陶公子可不知多少银子打了水漂。"

"只要我喜欢的，自然会让它赢。"锦瑟眼睛弯弯，眸中有一闪而过的红光，远处成了点的小舟忽而快了些许，似被什么推动。

这话落在旁人耳里，可是托大了，不过大家自然当成了小姑娘家的玩笑话，纷纷看着自己赌的那条小舟，神色期待。

陶铈俯身靠近她耳畔，眉眼间带着几分坏笑，姿态亲昵："确定不再换别的，输了拿不到银子，可不许哭鼻子？"

锦瑟闻言，表情似笑非笑："从来都是我让别人哭鼻子。"

陶铈轻笑出声，倒不在意，招来了小厮去加盘底，出手很是阔绰，加了整整二百两银子。

这可是真金白银往水里头砸，看来这个姑娘是真的很得陶铈的心，周遭公子相视一眼，皆是自愧不如。他竟用了二百两银子拿下这个姑娘，可真是大手笔了。

"陶公子真是大方，一出手就是二百两银子啊，这美人合该瞧不上咱们，有了陶公子这般的人，哪儿还瞧得上旁人？"

"就冲这阔绰劲儿，小娘子怎么能没点儿表示？来，亲亲你的陶公子，叫他心中欢喜喜呀？"

锦瑟闻言，神情淡淡的，抬眼轻飘飘地看向说话的那人，眼神平静得诡异。

那个打趣的公子哥儿瞧着她平静的眼神，只觉背脊一阵阵泛凉，席间莫名静了下来，连周遭竹帘里都没人说话，一时静得有些尴尬。

陶铈转头笑看向锦瑟，等了半晌，见她不愿意，兴致微扫，只得暂且作罢："哎，她年纪小，可比不过你们这些油嘴子，莫要拿她开玩笑，将她吓跑了，二百两银子我可要从你们这里拿！"

既是玩笑话，便也顺着接了下来，那打趣的人也没在意，换了话头，在席间起哄不休。竹帘相隔的包间，声音本就隔不了多少，不过一整排过去，大多是谈论说笑声，还有廊下的喝彩声，倒也互不打扰，分外热闹。

众人起哄间，龙舟早已消失在视线里，结果还要等些时候才能知晓，左边竹帘里隐约传来了谈论声。

一个男子重咳几声，粗着嗓子，难受地说道："你们知道白山来了一位沈大夫吗？我这嗓子是老毛病，想托他看一眼，你们可有人相识？"

锦瑟眼眸一转，看向了遮得严严实实的竹帘子，依稀可见里面坐着几个人。

"我这几日倒是常常听到这个沈大夫的名字，那国公府的小公子自小染了恶疾，大夫皆束手无策，叫他一瞧，不过几日光景便好了，简直是华佗再世。我家中姨娘也曾寻他来瞧病，不过没能请到……"

这话还未说完，陶铈伸手撩开竹帘："这位兄台说的沈大夫，可是名唤沈甫亭？"

里面坐着的墨衣公子一身贵气，见他撩起了竹帘，微微一怔，闻言才点了点头："正是沈甫亭。"

陶铈闻言一笑，难得郑重开口："是这样的，我乃京都陶家长子陶铈，家中人得了隐疾，这几日去请过沈大夫，却每每得不到准信。几位兄台若是有门路，也请替我美言几句，陶某必然感激涕零，往后若有我帮得上忙的事，必定赴汤蹈火，在所不辞。"

墨衣公子闻言，还未来得及答话，又咳了几声，似要将肺咳出来，片刻后才缓过劲儿："唉，我又何尝见过沈大夫？先头我着人去他的住处寻他，每每都扑了空，后头无法，亲自去留了拜帖，依旧被推拒门外，人都见不着。"

周遭人闻言不平："既是大夫，哪儿有将病人拒之门外的道理，只怕是银钱给得不够，他想要托大吧？"

墨衣公子忙摆了摆手，语气苦恼："陈兄这可料错了，我这嗓子便是花费千金，我也愿意医，可沈大夫行医不收银子，我便是允诺再多银钱，也拿不到一个方子……"

陶铈闻言，失望之意溢于言表："竟如此难请？"

墨衣公子见陶铈焦急，开口宽慰："许是我这嗓子不是急症，请不动他，你家中人若是实在病重，你便去他的住处外头跪请，或可请着人。"

"对啊，医者仁心，你去将缘由与他说明，他十有八九会去你家中救人。"

陶铈闻言，点头应下，一旁的公子哥儿连忙出声安慰。

锦瑟斜靠在一旁，冷眼旁观，完全没有安慰人的意思。

一个华服少年从廊下走来，失落地说道："沈大哥，我们赌的舟就差一点点便赢了，那蓝舟也不知怎的，最后关头如有神助，领先了一尺！"

"无妨，下回还有机会。"这声音悦耳，听过便不会忘记，锦瑟眼睫微抬，看向了右侧。竹帘垂落而下，她看不清人的模样，只隐约看到有人坐着。

华服公子撩开了竹帘进去，连带着这处竹帘都微微摇晃，锦瑟隐约瞧见了里头的人。

那人静坐于案几前，手执酒盏浅酌，乌发束冠，侧面如精雕玉琢，淡淡的光线模糊了他的面容，周身风华不减反增，如同一幅古旧的画卷，却带着动人心弦的韵味。

锦瑟猛然坐起身，黛眉微蹙，心中不免诧异。

区区一个散仙竟能掩饰自己的气息到这个地步，只隔一帘，竟叫她半点儿未曾察觉！

竹帘晃动间，沈甫亭似有所觉地看过来，对上了她的眼，眼睛清澈，却没有打招呼的意思，一眼过后便收回了视线，与同行而来的友人交谈着。

而这里的人还陷在未能请到大夫的苦恼之中。

锦瑟唇角浮起一抹玩味的笑意，这么长时间，她对这个人还是一知半解。她以为他真是普度众生的仙者，可是现下求医之人在生死门旁徘徊，他明明听见了，却漠不关心，果然看人不能只看表象。

赛龙舟的结果出来以后，沈甫亭无意久留，与友人笑谈几句，便起身离席。

锦瑟看着他从眼前走过，放下了手中的酒盏，起身离席。陶铈还在与隔壁的墨衣公子相谈，没注意到这边的动静。

锦瑟出了廊下，看着缓缓离去的人，慢悠悠地说道："沈公子见了我也不打招呼，旁人见了，还以为我们是对面不识的陌生人呢。"

沈甫亭闻言，转身看过来，玉冠在阳光下反射出耀眼夺目的光晕，却半点儿不及他的容色好看。

"锦瑟姑娘玩得正欢喜，我若开口，岂不扰了你的兴致？"

他这个理由很好，她挑不出错。

锦瑟眼眸微转，回头看了一眼廊下，笑盈盈地讽刺："悲苦之人苦心寻你，公子却无动于衷，难道做神仙的都似你这般铁石心肠？"

"生死有时，神仙干预不得，若是每一个人都救，岂不是乱了天道命数？"沈甫亭波澜不惊地说完，眉眼间忽而染上轻笑之色，话间似含嘲弄意味，"锦瑟姑娘既然心疼意中人，何不自己出手相帮？以你的能力，想要逆天改命，不是轻而易举的事？"

"谁说他是我的意中人？"锦瑟闻言不屑。一个闲时逗趣的玩具，怎么可能当得她的意中人？陶铈一看就是玩弄感情的人。

沈甫亭眼帘微抬，看着她的神情似含嘲弄，连声告辞都没兴趣说，便转身离去。

锦瑟看着他离去的背影，脸色慢慢沉了下来。

"锦瑟？"身后陶铈出了廊下来寻她，见她在这儿，当即上前来，"你怎么一个人出来了，可是刚才忽视了你，叫你一个人无聊啦？"见锦瑟神色不悦地看着远处，他当即想到刚才听到的消息，"锦娘莫要不高兴了，你可知道刚才你指的舟赢了？那银子翻了一倍，足足四百两银子，全进了你的口袋里，你可欢喜？"

这可是整整四百两银子摆在眼前，常人哪会不欢喜？可惜锦瑟是只妖，对此自然没兴趣。

沈甫亭也是奇怪，明明知道她要动手脚，却没有阻止，还白白折了银子进去，这样一来，倒像是他让自己赢了一般，叫她心中越发不痛快。

锦瑟心情好不到哪里去，兴致缺缺，任性地说道："我不要了，你自己去拿。"

她向来是个宠玩具的人，只要玩具合她的心意，自然不会为难。就像那些毛茸茸的小妖怪，往日里风餐露宿，因为模样软萌，总被别的妖怪欺压，后头跟着她，便是吃了睡，睡了吃，日子过得好不惬意。

陶铈闻言一怔，见她神情不似作伪，有些没反应过来，谁会将真金白银推到门外，更何况是整整四百两银子？！

这万花丛中过、片叶不沾身的人，自然是玩弄风月的高手，片刻便回过神来："你可真是个宝，倒叫我愣了神。"他笑看着她，似更来了兴趣，"后日我带你去郊外打猎如何？"

"郊外有什么好玩的？"锦瑟闻言，觉得乏味至极。

妖界的猎她都没兴趣打，更何况是凡间这些连飞都不会的动物，对她来说难度太低了。

陶铈自信满满地说："有我在，自然不会让你无趣。"

沈甫亭回了客栈，里头的人迎了出来，对他恭敬地施了一礼："公子，有人送来了雕马给您，正搁在屋里。"

沈甫亭有些疑惑，推开屋门，正见一匹木雕的彩马摆在桌案上，栩栩如生，一眼望去，仿佛是真马，看上去活脱脱的小玄机。

沈甫亭平日没什么喜好，唯独两样不可缺，一是酒，二是马。爱马之人看

见雕工如此惊艳的马，自然心生欢喜，而这个送马之人很聪明，送的东西极合人心意。

匹献跟着进了屋："那丫头名唤双儿，说是她家姑娘特地托京都有名的师傅雕的，特意送给公子做往日恩情的谢礼，也不是什么贵重的东西，希望公子一定收下。"

这雕工不俗，一刀一刻皆如水般流畅，一处断痕都没有，显然是个心极静的大师雕刻的。

沈甫亭见之颇为欣赏，且话到此处，也不再推辞："端到下头让玄机看看，它这几日心情不太好，见了说不准会欢喜些。"

匹献闻言，当即操心起了自家公子的终身大事，明明叫他端马，他却想连人一起端了："公子若是喜欢这凡人姑娘，倒不如带回天界，虽是凡人，流程麻烦一些，但好歹能得公子的意。"

何止是麻烦一些，若是他要将凡人带回天界，必须指点她修炼成仙。而沈甫亭身份不同于寻常仙者，若要做他的妻子，还须是仙上仙，是以到了天界也要他费心指点，苦心修炼，不知要费多少时日和精力。

纪姝是个做妻子的好选择，有点儿城府也无伤大雅，他需要的就是这种能兼顾左右的识趣之人，可惜她是个凡人。虽然这对于沈甫亭来说，并不算什么难事，可到底还是麻烦诸多。

"不必了，待天界形势安定，妻子在仙者中选便好，免得横生枝节。"

匹献闻言一想，觉得也是，非我族类，其心必异，到时又给了那些不安分者借口，闹起来委实麻烦。

他上前去端木雕马，端到一半，突然想起了绝食的玄机："公子，玄机从早间开始就不吃不喝，往日可是要连吃六七顿的，如今怎样喂都不肯吃，许是知晓自己要秃了……"

沈甫亭轻叹："去看看。"

匹献忙在前头带路，二人到了马厩，玄机正站在里头，双目放空，面前放了一堆草，却一口未动。

匹献忙端着木雕马上前给它看，哪知玄机垂头丧气，无精打采。

匹献表情无奈地说："公子您瞧瞧，它就是这副生无可恋的模样，到现在一口草不吃，也不知要怎么办了。"

玄机见沈甫亭来了，哀鸣一声，大眼泪蒙蒙的，很是可怜。

沈甫亭上前看了一眼，那一块还是光秃秃的，即便涂了药也没有长出一根毛发，只得伸手安慰："既然长不出来，也只能这样了。"

这哪是安慰？玄机一阵恍惚，险些晕过去。

匹献可是心疼不已："公子，这缺德事究竟是谁做的？那人怎能如此残忍地对待一匹英俊的马，这样叫咱们玄机以后怎么追求心仪的马？"

玄机大眼一睁，仿佛看到了黯淡无光的漫漫"马生"，生无可恋。

沈甫亭无意再与锦瑟纠缠，眼中没什么情绪："那女妖性子乖张，如今我们在凡间已经招了六界的眼，行事务必低调，不要去惹麻烦。"

匹献只得生生忍下心头气，见自家公子说的是只女妖，不由得愣住了。

往日自家公子从来未将谁放在心上，也从来没有不喜之人，大多数人在他这里就是过眼云烟，这个女妖究竟是什么性子，才会让自家公子这般不喜？

陶铈是个玩乐的高手，戏楼酒馆，湖畔郊外，有趣的地方他都知晓。他带着锦瑟四处玩，挥金如土。

他既是玩乐的高手，也是玩弄风月的高手，嘘寒问暖，无一处不贴心，眼中仿佛只有她一个人，完美得叫旁人羡慕不已。

锦瑟既然要玩这把戏，自然是全心投入。她活学活用，很快便找到了自己该扮演的角色，配合得极好，一看就是陷入爱河的女儿家。

陶铈从精致的木匣中拿起一朵玲珑玉簪花，端详半晌，开口笑道："这支玉簪和你极为相称，最衬你的美貌了。"他说着，抬手将簪戴在了锦瑟的发髻上，动作极为小心，如同呵护珍宝。

一旁的掌柜连忙支起镜子，笑着夸道："陶公子的眼光真是极好的，姑娘这种绝色，戴起这玉簪花，简直是倾国倾城。"

锦瑟伸手扶向簪花，看向镜子。

"怎么样，喜欢吗？喜欢就买下来，你不必替爷省银子。"

锦瑟看了一会儿，才从镜子里收回视线，笑盈盈地说道："喜欢。"

"好，锦娘喜欢就买下来。"陶铈很是豪爽。

那掌柜欣喜非常，熟门熟路地开口问道："这账可是照旧记在陶公子名下？"

"记着吧，后头着人送来银子一并结了。"陶铈随意点头。

锦瑟神情一怔，黝黑的眼眸里似含雾气，抬眼看向他："你是不是还带旁人来这里买过簪花？"

"吃醋啦？"陶铈笑着靠近，搂过她的肩欲亲一口。

锦瑟不喜被他触碰，神色一敛，随意挡开了他的手。

上
册

陶铈面色有些不好，也有些失了耐心，毕竟这么久连个嘴都没亲成，哪儿能耐烦？

他想着，又收敛了些，拉过她的柔荑："你当小爷这么有闲工夫？你可是唯一一个让我陶铈这般上心的女人，我呀，从头到尾只带你一个人来过。"

锦瑟轻飘飘地睨了他一眼，表情似笑非笑。

陶铈靠得这般近，越觉这女子香入骨，一时按捺不住，想着今日无论如何都要得手："一会儿我请了贵客，你陪我一起去，若是乏味，也可以看看戏，待到晚间，我再带你去个好地方。"

锦瑟半垂眼帘，以手托腮，轻飘飘地道了一句："好啊！"

他们到戏园子里时，宴已摆好，锣鼓一敲，台上的戏咿咿呀呀开场了。

锦瑟随着陶铈一道坐在席旁，同桌的人还是上回的几个公子哥儿，还有一个便是上回那个墨衣公子，几个人有说有笑，倒是自在。

席间有几个女子是这戏园的角儿，在一旁倒酒添菜，颇为乖巧听话。

唯有锦瑟坐着不动，看着台上的戏。可惜戏唱来唱去，大抵也就是那个意思，听得多了也是会腻的，她看了一眼陶铈，开始觉得无聊。整日这般吃喝玩乐，又有什么意思？她的心绪根本没有半丝波动，该无聊的时候还是无聊，她根本没有尝到情情爱爱的甜蜜滋味。

门外站着的小厮一路小跑着来禀告："公子，葛公子和沈公子到了。"

墨衣公子闻言，连忙起身去迎，外头的人已然进来，打头的便是那日别后便未再见的葛画禀。

随着人进来，珠帘摇晃碰撞发出清脆悦耳的声响，锦瑟透过晃荡不休的珠帘看见葛画禀身后那人，身上衣衫依旧简朴，腰间玉带坠着一块花纹繁复的玉佩，一看就是块不可多得的古玉，越显清贵不凡。

摇晃的珠帘打散了窗外照进来的耀眼阳光，五彩的光芒在屋内轻轻闪动，映得屋中仿若生辉。

那人似有所觉，轻抬眼帘看来，正巧对上了她的眼，微微一顿后，才伸手撩开了摇晃不休的珠帘，缓缓走来，未语先带三分笑，人来已是入心帘，平生实难得见。

锦瑟微怔了一下，慢慢收回了视线，默然不语。

骨相的风流和浮于表面的风流到底是有差别的。花间游走的浪荡风流和名士风流，一比高下立见，差的不是一星半点儿，陶铈瞬间就被比得索然无味。

葛画禀一进来便对着墨衣公子笑道："胡兄，这人我可是替你请来了。"

"实在有劳葛兄相帮。"墨衣公子说着，看向了走进来的沈甫亭，有些意外。这人周身清雅，完全不像大夫，倒像是身居高位之人。

他略有迟疑，上前笑着作揖："这位……便是沈神医吧？"

沈甫亭回礼笑道："只是个寻常大夫，'神医'二字万不敢当，胡兄可唤在下甫亭。"

墨衣公子欣喜非常，连忙将他往里头请道："甫亭兄真是过谦了，来来来，快快里边请。"

墨衣公子往里头这么一让，葛画禀一抬眼便瞧见了坐在席中的锦瑟，一时顿在原地，反应不及。

锦瑟一旁的陶铈见状，站起身对他们二人笑请道："鄙人陶铈，二位贵客快请坐。"

一时间，席间皆是客套之言。

葛画禀坐下后，眼神愕然：锦瑟和陶铈这般坐在一处，如何还看不出他们二人的关系。

他们都是京都大家里出来的，来来往往就这么个圈子，哪些是纨绔子弟，名声早就传开了，更何况是陶铈这样惯在风月场合玩的人，风流多情的名声不知传了多远。

锦瑟现下的模样和往日也极为不同，月牙白上衣雅致刺绣镶边，下身蝶戏花间褶缎裙，发间簪着玲珑玉簪花，无一处不精致，俨然成了贵家小姐的模样。

沈甫亭送的那件红衣虽然好看，但那一日闹不愉快之后，锦瑟就没再穿过了，陶铈又惯来阔绰，几日下来，锦瑟一身行头换了个遍。

可这一身行头再矜贵好看，也终究是不体面的，哪个正经女儿家会这样无名无分地跟着一个男子，且跟的还是这么一个惯来名声浪荡的纨绔？

众人坐下寒暄一番，竟没了话题。沈甫亭是应葛画禀的邀请才来的，来者是客，自然没有先开口的道理。

而葛画禀瞧见了锦瑟，见她这番光景，一时难言，颇为心不在焉。

席中都是人精，哪儿能没瞧出来，这葛家公子莫不是瞧中了陶铈的女人？

气氛顿时有些尴尬，好在外头的戏还在唱，倒没太过安静。

陶铈见葛画禀这般，看了一眼锦瑟，一时未言。

一旁的公子哥儿忙唤女角儿上前："你们还不快去给两位公子斟酒伺候，都愣

着做什么？"

女角儿们忙执了酒壶，摇曳生姿地上前。

沈甫亭伸手微微挡住酒盏，有礼有节，笑着连人一并拒了："一会儿还要看诊，饮不得酒，请各位见谅。"

此话一出，还不就是他稍坐片刻就得离开的意思？

墨衣公子忙执了酒盏，起身开口："甫亭兄，其实今日我们摆这宴就是为了请你。我也是不得已，听说葛兄与你交好，便托他邀你前来，其实最主要的还是我和陶兄有求于你。"

沈甫亭手中的空酒盏微微一转，酒盏上精雕细琢的花纹在窗外透进来的阳光下格外精致。他看着酒盏，漫不经心地问："不知所求为何？"

葛画禀闻言，回过神来，才知道胡兄邀请他来是有所求。

陶铈起身笑道："实不相瞒，胡兄的嗓子是旧疾，一直找不到方子能医，而我家中人这些时日也是卧病在床。听闻沈大夫医术高明，才屡次相请，可皆碰不上您，我们实在迫不得已，才会出此下策。"

既然先前见不着，今日又摆了宴，且他们还不道明缘由，摆明就是想当着众人的面讨一个人情。

沈甫亭还未开口，葛画禀却不依地说："胡兄，你当时可没有说过这样的话，如今我将人请来，你反倒有事求我了，这叫我如何自处？"

胡兄不由得语塞，一时面露愧色，连声抱歉。

陶铈端起了酒盏："这事是我出的主意，怪不得胡兄，我自饮三杯当作赔罪，还请葛兄不要怪罪。"

陶铈当即自饮三大杯酒，态度很是诚恳，叫葛画禀也说不得什么了。

锦瑟轻笑出声，调侃道："原来你们请的是沈大夫，若早与我说了，也不必做这无用功。沈大夫早就知晓你们二人了，可大夫不一定都是医者仁心，他不想救人，你们也强迫不了他。"

沈甫亭看向她，神情坦荡，完全没有遮掩的意思。

"锦瑟姑娘，你说的这是什么话？"墨衣公子面露不悦之色。

他本就理亏在先，如今若是得罪了沈甫亭，先不说能不能求医，便是葛画禀那里也不好交代。可那毕竟是陶铈带来的女子，虽说只是一个玩物，但他到底不好说什么，只得看向陶铈。

当着这么多人的面，还是有求于人，陶铈自然不能为了一个女人坏事。他轻咳一声，笑道："是我往日惯坏了她，沈大夫莫要怪罪。"说着，他脸色微沉："锦娘，还不快向沈大夫敬酒赔罪！"

锦瑟以手托腮，半点儿不放在心上，看向沈甫亭，轻飘飘地说道："从来都是别人给我赔罪，让我去赔罪，也不知道他受不受得起？"

此话一出，场面顿时僵住，若不是外头咿咿呀呀的唱戏声，今日这席面还真是没法摆下去。

陶铈瞬间沉下脸，突然喝道："你赔不赔罪？！"

锦瑟轻飘飘地看向陶铈，眼里却没什么情绪，平静得瘆人。

他这般一喝，屋里顿时比刚才还要安静。

哪个男子会让自己的心上人如同一个花娘去敬酒赔笑？更何况还是这般当面呵斥？

葛画禀心中难言，如何看不出锦瑟的地位？他一时满心同情，只得开口解围："锦瑟姑娘想来不是故意的……"

众人闻言一怔，更确定了前头的想法。

沈甫亭眼帘微垂，似半点儿没放在心上，在锦瑟出手伤人之前，开口阻止道："小事而已，赔罪就不必了。既然二位求到我这里，这事我便应下了，只是谋事在人，成事在天，在下并不能打包票一定能药到病除。"

墨衣公子连忙应声，陶铈心中大喜，要举杯敬酒。

沈甫亭却无意久留，起身告辞："时辰也不早了，在下还要去别处看诊，便不多留了，各位告辞。"

沈甫亭既然要走，葛画禀自然也不打算再留，更何况今日这事是因他而起，他自然要和沈甫亭解释一下。

墨衣公子心中有愧，也不好多留，只得起身相送。

三个人起身离席，还未踏出门，锦瑟睨了一眼沈甫亭，心中不悦："我让你走了吗？"

"不知锦瑟姑娘还有何事？"沈甫亭转头看过来，眼中没有情绪。

陶铈连忙俯身揽过她的肩，轻声哄道："我的小祖宗，这么多人在呢，你就给我点儿面子吧，待回去后，你想要什么东西我都给你买。"

这可不就是玩物的做派吗？一旁欲言又止的葛画禀也看不下去了，撩开帘子，径自出了门。

沈甫亭亦不再理会锦瑟，由着墨衣公子送了出去。

二人离去，事情已经板上钉钉，陶铈也有了闲情逸致哄人："你这么漂亮的脸蛋，要是生气可就不好看了，一个大夫罢了，你别和他一般见识。"

锦瑟想起沈甫亭那淡淡扫来的眼神，就好像她是眼前飘过的浮云，过了眼便如烟散去，如地上的尘埃般渺小。

她心中越发不悦，当即甩开了陶铈的手，便往外走去。

陶铈见她还是不依不饶地使性子，当即沉下了脸："你今日要是走了，往后就不用来找我了！"

锦瑟闻言，转头看向陶铈。

陶铈见状，心中了然，娇嫩嫩的小姑娘自然是怕的，伸出手冷淡地道："好了，过来吧，刚才的事我当作没发生过，往后你莫要再闹脾气。"

陶铈这样的皮相和家世，也是不可多得的，他最是会拿捏姑娘家的心思，寻常姑娘家哪儿禁得起这样，少不得以为自己险些弄丢了良人，脑子一热便会飞扑过去。

锦瑟看着他的手，轻笑一声，伸手摸过垂帘："你真是太过乏味无趣了，枉叫我浪费时间。"

"你！"陶铈不想她竟说出这样的话，一时怔住。

锦瑟见状，嗤笑着撩开了帘子，往外头走去。

屋里静得无声，谁也没想到这个小娘子还真走了，陶铈虽说风流成性，但还真没有哪个女人能逃过他的魅力，如今他竟搁这儿摔了跟头。

陶铈瞬间脸色铁青，墨衣公子见这般情形，当即上前："走了便走了，温柔似水、乖巧可人的女子比比皆是，陶兄何必非要为这种不知分寸的女人生气？"

一旁的几个公子哥儿见闹成这般，纷纷开口劝道："哎，莫要和这个小娘子一般见识，今日沈大夫许了瞧病，实在是难得的好事，我们应该多饮几杯，好好庆祝一番。"

陶铈想想也罢了，这些时日她被他这般宠惯了，在外哪儿过得了苦日子，到时还不是得求上门来？

他随手又招来了几个女角儿，几个人重新坐下吃酒，半点儿没将这事放在心上。

锦瑟追出去算账，沈甫亭却早已不见踪影，叫她心中越发生了闲气。区区一个散仙也敢拿这般眼神看她，真是不知天高地厚！

"锦瑟。"

锦瑟转身看去，见是葛画禀，不由得疑惑地问道："你怎么没走？"

葛画禀沉默了一阵，并未开口。他想起往日的锦瑟是侠女做派，如今到了京都这么一个大染缸里，却变成了依附他人的女子，说得不好听，就是供人玩乐的玩物。

他知道这个世道于女子来说艰难，锦瑟为自己打算，无可厚非，可陶铈不是良配。

他心中难言，瞥见了台上打转的戏子，有名头的戏子都有人在后头捧，可年华老去后，又会是怎样的下场？即便好一些进了宅门做妾，可转手被送给他人也是一句话的事，又有几个人有好下场？

他心中感慨万千，怎么也不愿意锦瑟这样的姑娘沦落到这般下场，斟酌片刻，开口问道："锦瑟姑娘，你……和那陶铈究竟是何情况？"

"我与他在一起，自然是谈情说爱，戏里头不都是这样唱的？"锦瑟看着台上的戏，理所应当地回道。

葛画稟闻言一急："锦瑟姑娘，你怎么会和他？陶铈他这个人可不太妥当。"

锦瑟眼眸微转，轻笑道："他何处不妥？"

"他……"葛画稟见她一派天真模样，陶铈的事又不好和一个姑娘家说，只能苍白地开口，"他名声不好听，你若是要谈情，也该找个好人家，怎么能找这样的浪荡子？"

锦瑟一笑："你和纪姝说的话怎么不一样？她口中的陶铈可是风趣幽默，招人喜欢得很。"

葛画稟闻言一怔，极为惊讶："纪姑娘怎么可能这样说？"

陶铈的风流名声，京都大家之间哪儿有不知晓的？纪姑娘即便是大门不出二门不迈，也不可能不知晓这件事，怎么可能反倒将锦瑟往火坑里推？

他想了想，觉得必然是她们之间弄岔了对方的意思。纪姝这样的世家贵女，性子娴静温柔，怎么可能会做这样的事？

葛画稟只得开口认真解释："锦瑟姑娘，你恐怕是听差了纪姑娘的意思，陶铈这个人是真不妥当，他往日三妻四妾也就罢了，最喜的便是流连青楼楚馆，姑娘家对他来说就是玩物，多得数不过来。他先头明媒正娶的那个妻子……便是被活活气死的，此人绝对不是婚配的良人，便是沈兄没有家财万贯，也比陶铈好上千万倍，你可莫要因为这门户之见而错选了夫婿，误了终身！"

前头一大堆话锦瑟都没耐心听，后头的倒是听进去了。她眼眸微转，若有所思："你是说沈甫亭？"

沈甫亭确实生得好，好看的东西总是讨喜，若是她与这样的人谈情，倒也是不错的选择，说不准能带来些许乐趣？

葛画稟情急之下才拿沈甫亭做比较，闻言却一顿，沉默了半响，忽而郑重开

口："你若是真的无处可去，可以来寻我，我即便给不了你正妻的名分，也不会让你飘零在外，惹人白眼。"

锦瑟看向他，见他神情认真，微微一笑，转身往外头走去，回道："你不可以，还是他这样冷心冷肺的人适合用来做玩具……"

葛画禀听她答非所问，不明所以，见她要走，忙上前几步叮嘱道："锦瑟姑娘可千万要记住我的话，莫要再和此人来往，还有……我说的话永远有效！"

可他说话间，锦瑟已然离开了，也不知有没有听见，葛画禀只得叹了一口气，越发觉得锦瑟处境可怜。

日近黄昏，一处高大的府邸静立街旁，日影西斜，慢慢拉长了地上的影子，平添几许寂寥之意。

沈甫亭从里头缓缓走出，转身向老者告辞："先生请回，往后每日三帖药，自会药到病除。"

身后的老者亲自将他送到门口："多谢沈大夫抽空来此一趟，改日必定上门拜谢。"

"先生不必客气，在下告辞。"沈甫亭拱手笑着辞别，转身下了台阶，几步走去便瞧见街正中站着的白衣女子。

他脚下微微一顿，看她一眼，继而迈步走去。

这条街偏僻冷清，白日里都没几个人经过，现下日近黄昏，长街上只剩他们二人。

锦瑟看着走来的沈甫亭，忍不住露出一丝笑来，白衣生俏，一笑如春花开在眼前，隐约似见蝶舞，端的一副好颜色。

沈甫亭走近，隔了几步便停下了，好似不耐烦多走一步："你来这里做什么？"

"自然是等你。"锦瑟几步靠近他，视线落在他的面皮上，颇有兴致。

沈甫亭见她靠近，不避不退，甚至见她目光在自己的面上流连，也没有半点儿反应："等我做什么？"

锦瑟闻言，越发笑开了，瞧着格外甜美，理所应当地命令道："我要和你谈情说爱。"

街上本就安静，长街上只余微微风声，偶有几只鸟从树上越过，悠闲地飞向远方。

这话一出，气氛瞬间凝固，欢快的鸟儿瞅了他们一眼，连忙扑腾着翅膀逃一般飞走了。

沈甫亭闻言，神色没有一点儿变化："锦瑟姑娘认错人了？"他声音本就低沉好听，尾音微微落下，虽含嘲讽之意，却莫名蛊惑人。

锦瑟看着他，越发满意，可那眼神不像是看一个喜欢的人，而是看一个有趣的玩意儿："我找的就是你，你既是神仙，想必也尝过了这漫漫岁月的无趣和乏味，难道不想找点儿有趣的事情做吗？"

"仙、妖自古不和，锦瑟姑娘还是找别人吧！"沈甫亭四两拨千斤，轻飘飘地将这话题带了过去，似乎连敷衍的理由也不屑找。

他骨子里明明不是周正的人，偏要这般规矩内敛，更是惹人起意，叫人想要激得他破了斯文端方的表象，看看底下究竟藏着什么。

锦瑟不以为意："是仙是妖又有什么关系？虽然如今九重天规矩森严，但也不至于管到一个散仙头上，你我二人谈情，不要让仙者知晓便好了，根本无须担心这些，更何况，即便被发现了，我也会帮你的。"她说着，微微一笑，声音如蘸了蜜一般甜，"锦瑟无端五十弦，一弦一柱思华年。你瞧这句诗多巧，咱们就是天定的缘分，连天意都这样安排，怎么能不好好利用这一段缘分？"

沈甫亭嘲讽地笑出了声。他本就生得好，这般一笑，眉眼更是尽显风流："谈情说爱，谈的是情，说的是爱，你我之间根本没有'情爱'二字，你自己感觉不到吗？"

"这些东西谈一谈不就有了，又何必非要一开始就有？你来我往久了，自然就有'情爱'二字了，不是吗？"锦瑟抬眸看着他，眼眸纯净，像个不谙世事的小姑娘。

"不是，我不喜欢你，"沈甫亭神情淡淡地接过了她的话，薄唇微动，说出的话却格外绝情，"一点儿都不喜欢。"他说完，唇角微不可见地一弯，眼中嘲讽之意越深，越过她便往前走去，再没有继续与她纠缠的打算。

锦瑟面上的笑意瞬间消散，她猛然转身："你站住！"

沈甫亭转身看过来："锦瑟姑娘还有什么想说的？"

"我这么好看，又从来没有人打得过我，你凭什么不喜欢？"锦瑟说得很是认真，就像一个刁蛮任性的大小姐，可底下藏的是阴狠毒辣之意。

"不喜欢便是不喜欢，锦瑟姑娘若要谈情说爱，还是找真正喜欢你的妖吧，不必在我身上浪费时间，我也没工夫陪你玩闹。"沈甫亭的语气淡淡的。

"你不喜欢我，是因为中意那个凡人吗？"她的声音甜美悦耳，像是软糕上撒了一层糖，香香甜甜的惹人垂涎，可甜中带着致命的毒药。

沈甫亭闻言不语，静静看着她，就像在看一个麻烦。

锦瑟伸出细白娇嫩的手，微微张开："本来我是不屑为难手无缚鸡之力的女人的，可如果是这样，那我就不能放过她了，待我去拧断她的脖子，咱们再好好谈谈。"

"你便是拧断所有人的脖子，我也不会和你在一起，你死了这条心吧。"沈甫亭淡笑出声，转过身头也不回地离去。

锦瑟眼中杀气极盛，看着他离去的背影，她怒上心头，也不顾会不会被人看见，一甩衣袖，便在街上消失了。

沈甫亭转身看去，见人已离开，玉面上依旧没有多余的表情。傍晚清风拂过他的衣摆，衬得他风度翩翩，他神情淡漠，刚才的一切仿佛过眼云烟。

锦瑟一个变化便到了荣华苑中，一进屋便踹倒了跟前碍眼的凳子："一个小小的散仙，竟然敢跟我说不喜欢？！"

凳子砰的一声，翻滚了几圈，在原地摇晃不停，衬得屋中一片死寂。

彼时屋外的天色已然渐渐黑沉，屋里灰蒙蒙一片，躲在暗处的小妖怪可是吓得不轻，一个个躲在一旁，小眼睛瞅着她，连大气都不敢喘。

锦瑟抬眼看向梳妆台上的铜镜，镜里头的人美如幻象，即便生气依旧好看，也不知他的眼睛长到哪里去了，他竟将她拒之门外！

锦瑟越想越怒，上前猛地按下面前的铜镜，眼含杀气："不识抬举的东西，我倒要看看你的心肠究竟有多硬！"

当夜，锦瑟便让小妖前去探听沈甫亭的消息，一个散仙不在九重天上修行，反倒来人间做大夫，必然是有所图谋。

她只要知道他图谋的究竟是什么，就能抓住他的软肋，让他心甘情愿地向自己臣服，却不想派出的小妖怪一夜未归，第二日倒是鼻青脸肿、一瘸一拐地回来了。

小橘猫本就肥嘟嘟的，现下更是被揍肿了一圈，圆乎乎的，都不用走路，随便一团就能当球了。

领头的小猴妖也被揍得不轻，连眼睛都睁不开，灰溜溜地凑到她跟前哼哼唧唧。

锦瑟扫了他们一眼，很是不悦："沈甫亭揍了你们？"

小猴妖连忙开口哭诉，颇为伤心："小的们都没有机会见到那个散仙，就被他的下属扔了出来，咱们还有几只妖被打了屁股，实在是太伤妖的自尊了。"

这些小妖怪虽说整日里吃喝玩乐，但探听消息可是一把好手，最是机灵善躲藏，可没有这么好抓。现下不但被抓了，还被挨个儿揍了，委实没有脸面。

锦瑟最是护短，往日自己折腾小妖怪倒也无妨，可若是旁人将手伸过来，那可是不许的。她垂眼看着一个个小妖怪，这未免太鲜艳了，竟然没找到重样的颜色！

小妖们没完成她的任务，有些心虚，你瞅瞅我，我瞅瞅你，就是不敢与她对视。

"你们等身上的色褪了再出去晃荡。"锦瑟缓缓往外头走去，模样阴森森的。

小妖们颤巍巍地称是，看着她离去的背影，有些怕。

天际泛白，清晨的长街上人来人往，也有了热闹的迹象，偶有货郎从街上路过，拐进了狭长的巷子，一路叫卖而去，声音悠长，在巷口回荡。

沈甫亭来了京都，没有住进葛府，而是就近寻了一家客栈住下，这事自然瞒不过锦瑟。

说来也巧，她刚进客栈，便见沈甫亭从客栈里头走出来，径直往另一个方向走去。

她脚下一顿，眼眸微转，悄无声息地跟了上去。

沈甫亭并没有走很远，而是去了长街上的茶馆静坐，似乎是在等什么人。

锦瑟远远见他进了茶馆，便停了脚步，跟得太紧只会让他察觉。

这家茶馆不大，布置得却极为雅致，分为上下两楼，楼上一面挨着竹林，风拂竹叶沙沙响，一面临街，可观众生万象。

沈甫亭坐定片刻，一个衣着简朴的老者上了楼，身后随行的仆从规矩极严，一看就是练家子出身，气场极足。老者威严，这是为官多年才有的气势。

老者上了楼，径直往沈甫亭这边走来："想必这位公子便是沈大夫吧，老夫乃禀儿的祖父，此番前来，是特地答谢公子当初对禀儿的救命之恩。"

沈甫亭没有意外，起身迎道："老先生不必言谢，在下也不过是略尽绵力罢了。"

老者随手挥退了身后的侍卫，笑着坐下，似要和他促膝长谈："谢是必然要谢的，沈公子不必客气，有什么想要的东西，与老夫说来便可，老夫必然竭尽所能，绝不推辞。"

沈甫亭复而坐下，并未开口，而是伸手翻过了茶盏。

茶盏古朴素雅，未见着色雕画，只余土色，反倒显得质朴脱俗。

他提起一旁烧沸的茶水，倒了一杯茶，端到老者面前，言行尊敬："先生请。"

茶盏里头的茶水清澈纯净，闻之心情舒缓，茶是好茶，人却不一定是好人。

老者端起茶盏，微微一晃，闭目轻闻，却没有喝的意思："画禀自幼性子跳脱单纯，从来不知防人。他结交了公子，很是欢喜，时常在我面前提起。老夫也觉得，以公子的医术想要进宫当御医，并不是什么难事。"他一顿，缓缓睁开眼，忽而由欣赏转为质疑，"只是老夫有个疑问，听闻公子乃从白山来的医者，可据老夫所知，白山没有姓沈的医家，不知公子究竟出自何处？"

沈甫亭面色不变，亦没有欺骗老者的意思，坦然地回道："先生明鉴，在下确实不是从白山而来，也并非真正的医者，欺骗令孙乃无奈之举，在下接近葛兄，确有所求。"

这种事老者见过太多，已然不惊讶，世道艰难，谁不想往上爬？

老者自然心领神会，却并没有指责："不知公子所求为何？"

"在下自幼漂泊，为了保全性命，误练邪功，如今克制己身根本无用，隐隐有走火入魔之势，尚缺一味药引压制，须得葛老成全。"这番话七分真三分假，他说明来意，掩去身份，可大体意思并未脱离。

老者并未开口追问他的身份，而是开门见山地问道："不知公子所说的药引是何物？"

沈甫亭抬眼看向他，薄唇轻启，郑重回道："先生的仁心，能治在下的'病'。"

老者闻言一怔，见他神情不似作伪，越发疑惑："老夫的心？"

沈甫亭微微颔首："先生不必担心，在下会等你百年归去之后再取心，绝不会在你在世时伤你分毫。"

老者活到了知天命的岁数，自然也看淡诸多事情，死后所有皆是身外之物，给他既然有益，又何必白白化作尘土？只是……

老者微微一顿，这人既不是医者，却又有起死回生之术，让他心中惊异。

他细细打量沈甫亭，沈甫亭明明坐在眼前，却如脱离世外一般遥不可及，更像高天之上的仙者，老者心中骤然大惊。

此人既然已来此等候，那么自己……

老者面色微变，心中却不信，开口试探："不知公子可否告知，老夫寿数还余几何？"

沈甫亭静静地看着他，眼中似含仙者怜悯之色，片刻后，才缓缓说道："阴间地府有一本命簿，写着年岁生辰，生有时辰，死亦有时辰，全是天命定数，先生所剩时间不多，还是多做些自己想做的事吧！"

老者面色不变，继续试探："老夫要做的事情太多，唯恐时间来不及，还请公子言明一二……"

沈甫亭看他许久，薄唇微动，淡淡地吐出二字："七日。"

老者闻言神色大震："竖子无状，荒谬神棍之言也敢哄骗于人！"

沈甫亭静坐不语，没有丝毫心虚之意，也没有开口解释，因为他说的每一个字都是真的。

老者至此其实已然信了七分，昨日柳家的老先生明明已经气绝，此人去了一趟却又让人起死回生，这事旁人或许不信，他却不可能不信，因为是他派去探看的人亲眼所见。

只是时间太少了，少到他接受不了……

他有太多事务要处理，要辅佐新帝，要安抚群臣，边疆要太平，还有家中几个小的，儿子已然战死沙场，他若再去了，葛家又由谁来顶着？

桌案上的檀香点着，丝丝缕缕的烟气袅袅而上，随着竹林间的清风渐消渐散，落得满室安然。

老者神情恍惚，起身离去。

沈甫亭忽而开口："老树将折，会有新芽长出，先生已经做了您所能做的一切，不必再忧挂于心。在下虽然不是医者，却能答应先生一个请求，您想要什么，七日后辰时，可与在下言明。"他话语诚恳，甚至不提任何约束条件，显然包括改天命。

老者脚下一顿，片刻后，默不作声地离去。

沈甫亭伸手打开檀香盖子，拿起木勺在里头轻搅，片刻后，玉檀香味越发浓起来，满室静谧。

"一世的善人好寻，十世的善人难找，这个凡人接连十辈子都是大善之人，难怪生了一颗玲珑心窍。"

沈甫亭动作微顿，放下了木勺，盖起檀香鼎盖，缥缈的烟气透过精雕细琢的镂空花纹处，缓缓逸出了桌案，蔓延过茶盏。

锦瑟坐在房梁之上，悬空垂下的脚轻晃，绣花鞋上绣线精巧，鞋尖上的小铃铛轻晃，声音清脆悦耳。她笑盈盈地看着他，天真地问道："不知神仙要拿玲珑心来做什么？"

沈甫亭似未听见，甚至没有抬头看她："昨日那几只小妖没将我的话告诉

你吗？"

锦瑟笑意一顿，神情阴冷，看向他问："什么话？"

"不要总是招惹不该招惹的人。"沈甫亭这话听着没有半点儿威胁之意，就像是一个局外人的忠告，越发叫人摸不清底子。

锦瑟冷哼一声，嗤笑道："你越不想我招惹你，我就越要招惹你。"她眼眸微转，脸上又露出了几分笑意，"这个老人家，想来就是葛画禀经常提起的祖父，不知他若是知晓你这一路而来全是为了他祖父的玲珑心，会是怎样的表情呢？"

她说得轻巧，看似在玩笑，可威胁的意思清清楚楚，叫沈甫亭眉头一皱。

他抬眼看去，玉面上没有表情："你这般跟着我，究竟是为何？"

锦瑟坦坦荡荡地表明来意，没有女儿家的娇羞之意："我要和你谈情说爱，做一对只羡鸳鸯不羡仙的有情人。"

沈甫亭似乎听到了一个天大的笑话，冷嗤一声，再也没了耐心，一字不回，起身离开。

锦瑟心中越发生了趣意，唇角微微勾起，露出一抹无邪的笑意："你是仙，我是妖，我们是天生的鸳鸯相配，早晚有一天，你会心甘情愿地臣服于我。"

沈甫亭转头看向她，神情轻蔑，淡淡地吐出两个字："做梦。"说完，他便不屑再留，下了楼梯，径自离开了茶馆。

锦瑟脸上瞬间没了笑意，神情阴冷，明明是一个甜美乖巧的小姑娘，却让人平白觉得阴森古怪，毛骨悚然。

她坐在房梁上，看着长街上的沈甫亭渐行渐远，眼眸微转，看向他住的客栈方向，露出了一抹甜笑。

随风飘起的纱帘透出幽幽芳香，满是女儿闺房的温柔，檀木梳妆桌上镶刻着繁复细致的花纹，朱漆妆盒里摆满了各色首饰，桌上一面菱花铜镜，镜中人端的是一副国色天香的好容貌。

双儿拿起一支梅花簪插在纪姝的发髻上，嘴上发起了牢骚："小姐，那个锦瑟连招呼都不打一声就走了，实在太不把您放在眼里！"

纪姝端坐镜前，不意外地说："她这样的人找到了金主，自然恨不得时时跟在左右。"

双儿神情轻蔑，话却说得有些酸溜溜的："小姐您是没有看见锦瑟那个样子，陶铈不过给她买了些衣裳首饰，她就眼皮子浅薄，将自己当成了大家小姐，成日里显摆。呵，她连陶家的大门都不知开在哪处，看她到时被抛弃了，怎么收场！"

"这都是她自己选的路，怪不得别人，想要荣华富贵，也是要有脑子的，大户人家的后宅哪儿有这么好进？她心大没本事，什么都是空谈。"纪姝没兴趣在锦瑟这么一个小角色上再费心思，解决了这个麻烦，自然便揭过不提了，"葛公子近来可有消息？"

"我今日去问了外头的婆子，并没有得到什么消息。葛家规矩多，他许是都待在家中读书呢！"双儿疑惑之中加了猜测。

纪姝思索片刻便起身说道："罢了，顺其自然便是，时辰不早了，我们先出发。"

双儿连忙称是，去了厨房提起纪姝精心准备的食盒，跟着纪姝出了纪府。

马车行了大半个时辰，在一家客栈前停下。

纪姝自小在京都长大，一眼就能看出客栈如何。沈甫亭既然要住下，自然要算好钱财方面的问题，一个大夫恐怕也没有办法住太好的地方。

这家客栈比京都最好的客栈差十万八千里，不过胜在干净，是这一处能找到的最好的客栈了，想来也是没有办法的办法。

纪姝打量过后，犹豫了片刻，终是提着裙摆缓缓上前。

匹献正从里头出来，双儿连忙开口问道："你家公子今日可在？我们家小姐特地来感谢他的救命之恩。"

匹献闻言，看向头戴帷帽的纪姝，当即知晓是哪个，能有胆子给他们公子送礼的，天上地下还真就只有这么一个。

"今日巧了，我家公子并未出门，姑娘里面请。"

"多谢。"纪姝微微颔首，随着他一道进去。

匹献带着人去了客栈后头。

他们一进院中便瞧见垂花门外的沈甫亭站在马旁，手上似拿着药在马的脖子上涂抹，那马奋拉着脑袋。

"公子，有客来访。"匹献进了院子，开口唤道。

沈甫亭抬眼看来，纪姝伸手摘了帷帽，对他一笑："沈公子。"

沈甫亭微微颔首示意，走出马厩，进了院子，一边舀水净手，一边开口问道："不知纪姑娘来寻在下所为何事？"

纪姝拿过双儿提着的食盒，走到院子里的石桌旁："先前答谢宴，公子没有来，是以我特地做了一盒点心，权当往日危难之时的感激之情。"她说着，打开食

盒，将精巧可口的点心端了出来。

"其实不用在意，都是寻常事，更何况先前姑娘已经送了马。"

纪姝一笑，大方地开口："公子觉得是寻常事，在我看来却不是，滴水之恩尚且涌泉相报，更何况是救命之恩，我也不过是略尽心意，公子吃完才好叫我心安。"

"纪姑娘做的点心色香味俱全，我闻着都觉得可口，不知可否请我一道享用？"一个女子的声音突兀地传了进来，声音里好像蘸了糖，甜而不腻，别有特色。

纪姝生生一顿，循着声音转头看去，果然见锦瑟坐在窗旁，笑盈盈地看着他们。

双儿瞧见了她，非常惊讶："你怎么会在这里？"

锦瑟从窗台上一跃而下，镶绣繁复花纹的裙摆在阳光下荡起好看的弧度，眨眼间，她便如一只轻燕轻巧地落到他们面前。

"我喜欢这里，就住下了。"

匹献见这个煞星下来，不自觉地捂着还有些许红肿的眼睛，后退了几步。

自从这只妖住进来，就没有一日消停过，自家公子可以视而不见，自己却惨了，那些毛茸茸的小妖怪很记仇，颇会仗势欺人，每天来他屋里捣乱报仇，让他很是头痛。

纪姝顿了一会儿便回过神来："没想到你来了这里，白白叫我担心了。"她说着，伸手请道，"倒是叫我来巧了，你们快一道坐下吃，点心虽然不多，但应当也够吃了。"

锦瑟惯来不客气，坐了下来。

石桌上已经摆满了点心，还有一些精致的小菜和一壶酒，花样繁多，可见是花了心思的。

锦瑟看了一眼纪姝，眼眸微转，拿过石桌上摆着的糕点，却不吃，而是慢悠悠地摆弄着。

沈甫亭缓缓走来坐下，仿佛当锦瑟是空气，随她来去，完全不管，面上不起波澜。这在旁人眼里，却是两人已经熟悉到不需要用言语来打破疏远的距离。

纪姝的心情明显差了许多。

锦瑟看着桌上的小菜，笑盈盈地说道："纪姑娘的手真巧，往日我倒没见你这样烧菜请我吃。"

纪姝半点儿不觉尴尬："锦瑟过奖了，在府中自然是厨子做得好，我又怎好抢了他们的活？我许久不曾下厨，手艺有些生疏，你快尝一尝，不知和你往日在陶公子那里吃的有无差别？……"她说着一顿，似才想到了陶铈，"你怎么住到沈公子这里来了？先前离开也不说一声，我着人寻你，也是遍寻不着，还打算托葛公子去寻。"

锦瑟轻飘飘地看了一眼沈甫亭，表情似笑非笑："沈大夫这么出挑，自然是招女儿家喜欢的，我若不早些下手，恐就叫旁人夺了去。"她话间没有半点儿担心的意思，好像将沈甫亭当成了玩具，巴不得人来争抢，才更生乐趣。

院子里瞬间静了下来，连后头郁郁寡欢的玄机都抬起头，瞅向这里看热闹。

匹献恍惚地看向锦瑟，这天上地下可从来没有见过这么直白的女子，三天两头表白一次，追求的攻势可真是火热至极。

沈甫亭似乎早已习惯，淡淡地扫了她一眼，权当没听见，拿起筷子用了小菜，完全没将她放在心上。

纪姝一阵讶异，见沈甫亭并未理睬锦瑟，便又恢复了寻常模样，可还有疑惑，于是她委婉地问道："可你先前不是一直和陶公子？……"她一顿，又转而解释，"我不是那个意思，只是先前见你与那陶公子很是要好，如今怎生突然一朝散作两处？"

双儿忙在一旁接话："是呀，当初锦瑟姑娘不是看中了陶公子吗？怎么一转眼您又看上了沈公子，哪儿能变得这么快呀？！你可不要玩弄人家沈公子，他只是个大夫，禁不起你这般玩闹，断然不会像陶公子那样，每日里给你穿金戴银、采买衣裳的。"

这番话倒是将沈甫亭拉下了水，哪个男儿愿意被人这般比较？在这世道之中，无财无势便是罪，当面戳穿，多少伤人自尊。

纪姝面色一冷："你再这样说话，就不必跟着我了！"

双儿吓得连忙住了嘴，不敢再多说一字。

"二位不要介意，是我管教无方，叫她胡言乱语，说了这般难听的话。"纪姝微微起身，向他们施了一礼，表示歉意。

锦瑟看着主仆二人一来一往，眼睛弯弯，神情颇为玩味。

"纪姑娘不必道歉，双儿姑娘说得本就在理。"沈甫亭看向锦瑟，认真地说道："在下确实是玩不起的人，也决计不会像陶公子那般呵护姑娘家，也不会给姑娘采买东西，锦瑟姑娘还是另寻别人吧！"

纪姝忙开口替锦瑟解释："沈公子误会了，锦瑟姑娘断然不是那样玩闹的人。她先前也是真心喜欢陶公子，才会与他交好，绝对是真心实意的人，万不是我们双儿说的那样！"

锦瑟嗤笑一声，无所谓地说道："谁说我喜欢陶铈了？他不过是闲来无事逗趣

103

的玩意儿罢了，不想那般没有意思。"

纪姝看向锦瑟，有几分同情地说："锦瑟姑娘不必妄自菲薄，你本就是真心实意与他在一起的，只是陶公子这人……确实不是良配……"她说着，微微垂眸，似有几分难言，"我先前着人去寻你，听闻陶公子身旁有了别的女子，如今见你这般，也知晓了他一贯是个风流的人，都怪我先前没有打听清楚，便以为他是真心喜欢你的，不承想反倒害了你，让你错付一番真心……"她神色自责，抬眼看向锦瑟，"锦瑟你也不必太难过，你这样好的姑娘家，陶公子不珍惜你，是他的损失。"

这话可都被她说了，如今倒像是锦瑟被抛弃了，伤心过头，转而找了沈甫亭为下家，毕竟陶铈是个万花丛中过、片叶不沾身的风流浪荡子，哪儿能真在一棵树上吊死。

锦瑟闻言，似笑非笑地说："你倒是知晓得一清二楚，比我还门儿清。"

第五章

这分明就是将自家公子当那个啥看待

纪姝垂下眼睫，十分愧疚。

这个中真假，自然不关沈甫亭的事，他也无意去管。他放下手中的筷子："原来锦瑟姑娘喜欢的是陶公子，那又何必在我身上浪费时间？以姑娘的本事，那位公子还不是手到擒来？"

"他不得我欢喜，自然是要被丢掉的，我又怎么能再捡回来？更何况区区一个玩意儿如何比得上你？我待你是真心实意的喜欢，只要你跟了我，你想要什么，我都能给你弄到。"锦瑟说着，将手放在了沈甫亭的手背上，笑意盈盈，话语带着几分诱哄意味。

纪姝手中的筷子吧嗒一声掉在地上，双儿更是瞪大了眼，不敢相信天下竟有这般不要面皮的女子，当着众人的面就敢动手动脚！

匹献目瞪口呆，叹为观止。他这辈子从来没有想过自家公子会被人这般占便宜，甚至是觊觎，往日在九重天上哪里有这样胆肥的人？但凡知晓自家公子脾气的人，哪个敢招惹他？

便是倾慕公子的仙子，话都不敢多说一句，哪儿有这样的，这……这分明就是将自家公子当小白脸看待了呀。

沈甫亭神情淡淡地收回了手，面上没有一丝表情，似乎强压着情绪才没发作。

院子里头的气氛紧张压抑，让人头皮发麻。

锦瑟见他这般，心中越发愉悦，不顺她的意，那他也别想好过。

纪姝只得尴尬一笑，好声好气地说："大家先吃菜，都快凉了。"

一顿饭不欢而散，沈甫亭更将锦瑟当成空气，视而不见，无论她怎么招惹，他都是平静对待，很是乏味。

他越是这样刻意忽视她，锦瑟越有兴致。

沈甫亭与老者说的第七日不知不觉间便到了，夜里寅时还未到，葛画禀慌慌张张地来了客栈，请沈甫亭过府看病。

锦瑟见葛画禀来寻，心中了然，身形一转，先行到了葛府，果然见葛画禀的祖父卧病在床，大限将至。

她微微一笑，当即掩了气息身形，躲在房梁上看着，不多时，葛画禀便拉着沈甫亭疾步进了屋中。

"沈兄，你快帮我祖父看看，也不知怎的，祖父突然便成了这样！"葛画禀神色害怕，连宫中御医都说没有法子，叫他一时慌了神，不知所措得像个孩子。

沈甫亭上前看了一眼，葛老还有一口气，只是油尽灯枯，眼中失了神采："请葛兄去外头守着，不要让任何人进来打扰。"

葛画禀连忙应声退了出去。

沈甫亭上前，坐在老者身旁："先生可想明白了，所求为何？"

葛老轻轻摇头，微微张嘴，却连说话都没多少力气了。他慢慢开口，一字一顿说得极慢："公子说得对，老树尽折，会有新芽长出，我已然尽了力，余下的江山就让后生去守……"他抬眼看向沈甫亭，神情平静，"老夫这一生再无所求，等我离去，这颗心公子便拿去吧！"

人生在世就有所求，这是人之常情，并没有什么不对，只是这个老者的心窍太过剔透干净。

他其实可以求很多东西，比如改天命延寿数，比如祈葛家繁荣昌盛，求子孙福庇，甚至更多，可他什么都没有求。这世间何人能做到真正无欲无求？便是神仙，也不可能。

沈甫亭神情微顿，起身向他恭敬地行了一礼："多谢先生成全。"

老者微微颔首，沈甫亭去了外头，让葛家人进来送老者最后一程。

屋外夜深春色浓，屋里却满是悲戚的哭泣声，寅时将至，天际隐有星辰坠落。

沈甫亭站在园中，送这位老者离去。

"善人的玲珑心除了引人归善，没有半点儿用处，你要这颗心做什么？"锦瑟缓缓走出屋檐下，像个不谙世事的小姑娘，好奇地问。

"与你无关。"沈甫亭平淡地扔下一句话，便迈步往前走去。

锦瑟上前几步，话间满是骄纵之意，就像一个高高在上的大家小姐施舍家中仆人："我可以帮你，只要你和我在一起，我可以给你弄到你想要的一切东西。"

可沈甫亭又岂是那等吃软饭的小白脸？他轻嗤一声，语气已是不耐烦："不要再跟着我，我的耐心是有限度的。"

"我的耐心也是有限度的，你一而再，再而三地拒绝我，可想过后果？"锦瑟心中不悦，那清甜的声音带着阴戾危险的意味。

沈甫亭充耳不闻，一步未顿地离开了。

"我与你说话，你竟敢不理不睬？"锦瑟当即伸手，袖中飞出几枚绣花针，带着凛冽的劲风猛然袭去。

沈甫亭回身接过冲他后脑勺而来的绣花针，周身突然浮起白色的仙气，隐隐约约似有黑色烟气萦绕其中。

锦瑟唇角微微弯起，准备施力。

沈甫亭手腕轻转，猛然往一旁击去，绣花针带着凛冽的力道尽数嵌进了假山石上，山石上瞬间裂开了几条肉眼可见的缝隙，似乎轻轻一碰就会粉碎。

锦瑟手中削铁如泥的绣花线被这般一带，凛冽可怕的力道震得她手臂发麻，绣花线轻易划破了她的手掌，鲜血顺着线一滴滴滑落在地，鲜艳如红梅绽放。

天际远远传来声音，那人语气淡然却隐含戾气："再让我看见你，就杀了你。"那声音如风过无痕，消散在黑沉的夜色中。

锦瑟手掌上传来一阵尖锐的疼痛，手臂的疼痛还未散去，心中怒火滔天，抬眼看去，眼前的人已经消失不见。

她面无表情地看着远处天际，猛然抬手，收回了带血的绣花线，针一离石，山石瞬间轰然碎去，一地粉尘随风散去。温热的鲜血顺着细白纤细的指尖滴滴滑落，她脸色阴沉，眼中杀气毕现，真是越来越有意思了……

老者死后，沈甫亭守过了头七，待老者安安稳稳地行了身后事，才来取心。

明明人死如灯灭，可他还是等了，而有些事情就是这么阴错阳差，他难得生了一回怜悯之心，却造成了极大的麻烦。

头七过后便是老者的下葬之日，沈甫亭在最后一日去了葛家灵堂。

葛画禀依旧跪在灵堂前，只是静止着，连灵堂中本应随风摇晃的白布都静止不动，凡间的时辰都停在了这一刻。

上册

沈甫亭缓缓走近堂中的棺材，里头躺着一个面目安详的老者。他抬手隔空取心，却感觉老者的胸膛已经一片空荡，玲珑心不翼而飞……

沈甫亭顿时神色一沉。

不可能，这七日他一步未离，没有人能在他眼皮底下取心！

身后忽而传来了女儿家甜甜的声音："你想要的是这个吗？"

沈甫亭当即抬头看去，便见一个女子安安静静地站在灵堂外头，一身鲜艳的红衣在灰蒙蒙的夜色中极为醒目，手中拿着的东西微微泛着光亮，是老者的玲珑心。

锦瑟看着手中费了九牛二虎之力才拿到的心，面露甜笑，瞧着很是乖巧。

十世善人的心果然不同于寻常人，已经脱离了血肉所化，成了一块晶莹剔透的玉石，里头似有什么隐隐流动着，没有一丝杂质，比寻常人的心纯净百倍。

她转动着玉石打量了几眼，又看向他，轻轻笑起："我见你一直不来取，便先帮你拿出来了，我是不是很贴心？"她盈盈地笑着，像一个讨好卖乖的小姑娘。

沈甫亭并未多言，抬手，面无表情地开口："给我。"

"给你也可以，只要你答应跟我在一起，我就把这颗心给你。"

沈甫亭慢慢地收回手，看着她神色未明，轻吐几个字，语气隐现危险之意："给不给？"

"真是可惜，你回答错了……"锦瑟话间带着遗憾之意，看向手中的心，眼睛弯弯，兴致勃勃地说，"这颗心生得真好看，你既然不要，那我就把它打磨打磨，做一条脚链，一定很好看。"

她话音未落，沈甫亭显然耐心尽失，突然向她袭来，几乎眨眼间便至眼前，凛冽的仙力直冲她的命门。那凛冽如刀的仙力极为锋利，还未靠近她，便划破了她娇嫩的皮肤。

她黛眉一蹙，当即足尖一点，猛然往后退出数十步，身轻如燕，踏上屋檐："我拿到的东西就是我的，你有本事就从我手里夺回去。"

沈甫亭一击攻出，胸腔中瞬间仙力翻涌，隐有无法控制之势，翻江倒海的疼痛迫使他生生一顿，待回过神来，当即飞身而上，跟了上去。

二人一追一赶间，天边渐渐泛起了鱼肚白。

锦瑟不耐烦再跑，随意落到了悬崖上，身后一阵凛冽的仙气袭来，连一刻都不曾耽误。

锦瑟身姿灵巧，翻身躲过，在悬崖上微微一转，又回了峭壁上。

仙力擦过她的裙摆，轰隆一声击向对面的悬崖，震耳欲聋，山体微微摇动，半截山壁都塌了，落入了深渊。

锦瑟看着出现的巨大窟窿，转向随后落下的沈甫亭："沈公子好狠的心肠，竟然这样对待我？"

沈甫亭神色冰冷，根本不耐烦与她多言，人刚落地便一刻不停地攻来。

锦瑟冷冷一笑，一个翻身飞快避过，鲜红色的裙摆飞扬，几乎是同时手中用力，狠狠捏碎了心窍！

心窍里头流动的东西瞬间凝固成石，再没有半点儿光亮，在她手中碎成了粉末，顺着指尖撒落，随风扬去。

锦瑟翻身落地，裙摆荡起，还带起了些许粉尘。

沈甫亭动作猛然一滞，看着她手中随风散落的粉末，神情怔然。

"呀，你吓到我了，我一紧张就捏碎了。好可惜啊！你花了这么长时间却是竹篮打水一场空……"锦瑟神色无辜，语气却幸灾乐祸。

沈甫亭慢慢抬眼看向她，眼里骤起一片凛冽之意，眼眸深处藏着戾气。他藏得太深，表面温文尔雅的模样反倒瘆人。

锦瑟轻轻地拍了拍手，拍掉手中的粉尘："都是你不好，你若是早答应了我，又何必这样白费工夫？现下你可要去哪里再找十世的善人呢？"她一副同情神色，叫人越发生怒。

沈甫亭看了她许久，淡色的薄唇轻启，言辞间满是冷意，让人听在耳里，仿佛冷刀刮在骨头上："你找死。"

锦瑟轻笑出声，半点儿不怵。她冲他微微一招手，甜美面容显得骄纵任性："来呀，有本事你就杀了我！"

锦瑟话音刚落，一股劲风袭向她的命门，磅礴的仙力带着阴狠凛冽的劲道，仙气中缠绕着暗黑色的气息，似要抽筋剔肉，可怕非常。

神仙绝不会有这般阴狠毒辣的仙力！

眼前之人看着仙风道骨，没想到是个邪仙。他装了这么久的温文尔雅，着实辛苦。

锦瑟跃到悬崖之外数里处，眼中闪过一丝微不可见的了然之色。她微微一笑，话中有话："原来是个邪仙，那又何必这样中规中矩？拿出你全部的本事，让我看看你究竟是不是你！"

沈甫亭神色冷然，似要速战速决。

她眼中一黯，袖中银针带着绣花线直破那股力道，凛冽的妖力顺着绣花线带

上册

起层层波澜袭去。

沈甫亭竟然任由针线穿过身子，纵身跃起，往她那里提掌而来，劲风几乎如刀割一般刺人，触之必死无疑。

锦瑟身上瞬间起了几道血痕，她当即不悦："我今日就要了你的命！"

锦瑟伸手为爪，悬崖之上的风声震耳欲聋，磅礴的妖力汇集。

沈甫亭表情凛冽，周身仙气暴涨，带着碾压之势，两股力道在空中猛然撞击在一起，看不见的劲气往四处荡去，砰的一声巨响，击向悬崖峭壁。

悬崖壁上瞬间出现了巨大的裂痕，轰隆一声，巨大的山石砸落而下，掉进深不见底的渊底，掀起了深渊巨浪，尘埃和劲风反袭上来，猛然掀开了缠斗的二人。

锦瑟落在峭壁之上，被震得五脏六腑移位，猛然喷了一口血，疼得险些昏厥。她身子一晃，快速坠落，恍惚之间，透过山崖间飘浮的云烟看见了沈甫亭。他显然也伤得不轻，唇角溢出了鲜血。

锦瑟当即伸手欲使出绣花针，却不想手麻得抬不起来，便是悬空静立都做不到。她神情一怔，刚才那一击自己竟受了不小的创伤。

眩晕的感觉越发强烈，刮上来的风刀几乎划伤了面颊，她反应过来，当即纵身往沈甫亭身上跃去，欲拿之做肉垫子。

沈甫亭反手一转，要将她甩开，锦瑟用力死死抓着他，一刻不松。

二人在空中纠缠不休，反而越发快速坠下，就要掉落深渊。

沈甫亭眉头一皱，无暇顾及缠着自己的锦瑟，当即一转身，透过云层，竭力往树木茂盛处落去。

转眼间，二人砰砰地从树上砸落，折断了无数树枝，落在厚厚的草地上。

好在他们不是肉体凡胎，也好在这里丛林茂盛，草地松软，否则早已摔死。

饶是如此，他们还是吃了不小的苦头，本就两败俱伤，又从这么高的悬崖上掉落，自然少不得一身伤。

锦瑟从树枝上掉下，只觉周身痛得麻木，不远处的沈甫亭慢慢站起了身，见她还活着，眼眸微沉，快步往她这边走来，似要将她彻底了结。

他果然是邪仙，性子乖张暴戾，受了这样重的伤，还不忘再杀了她。

锦瑟咬牙想要爬起来，却动不了，一时心中不悦，真是关键时刻掉链子，这种时候竟然爬不起来！

远处疾步而来的沈甫亭突然顿在原地，体内一阵翻江倒海，似有什么东西要冲出来，使得他面容惨白，额间青筋暴起，才走了几步便冷汗直流，气息紊乱，只得打坐调息，稳住心神。

锦瑟面上不由得露出笑来，片刻后有了力气，摇摇晃晃地爬起来："天堂有路你不走，地狱无门闯进来，今日你能死在我手上，也算是你的幸运了。"

沈甫亭闻言，眉头紧皱起，额间细密的汗珠慢慢滑落，染湿了眉眼，眼睫上的汗珠轻轻落在沾了血的衣摆上，狼狈却依旧感人，确实是个祸害。

锦瑟面上笑盈盈的，一步步朝他走去，没有放过他的打算："你是个邪仙，非要装得这般温和，长得好看，偏偏是个不听话的，如此矛盾，实在叫人琢磨不透，不如我把你的心肝挖出来，看看究竟是什么样子？！"她说着，伸手为爪，袭向他的心口。

沈甫亭猛地睁开眼，一把抓住了她的手腕，看向她的眼神恐怖非常，触之寒凉刺骨。

锦瑟腕间吃疼，猛然往他的胸口攻去，触之却发现自己的手连区区肉身都穿不进去，一时瞳孔收缩，猛然怔住。

沈甫亭当即察觉，微眯的眼眸中透出危险的意味。

锦瑟的反应不过是一瞬之间，当即眉眼一弯，她笑盈盈地掩饰道："当真啦？你不要怕，我不过就是逗逗你而已，哪里舍得真的杀了你？你生得这样好看，杀了你，我去哪里再找一个中意的人？"

沈甫亭眼中神色莫测，玉面苍白，看上去就像一个病弱的公子，可抓她的手腕的力道极重，好像要捏碎她的手骨。

丛林之中，阳光透过片片绿叶照射下来，恢复静谧的丛林里头传来一声声悦耳的鸟叫，却没有打破这一处的压抑气氛。

二人僵持了一会儿，沈甫亭才松开了她的手，坦然自若地闭上眼，似乎完全不将她放在眼里："不要再纠缠我，否则谁生谁死还不一定。"

锦瑟起身揉了揉自己发疼的手腕，周身疼痛感慢慢涌上，叫她一时连站立都有些吃力，闻言冷冷地看着他，似心有不甘。

她默然一探，自己竟妖力尽失，一时烦躁不已，抬眼环顾四周，随意选了一个方向离去，转眼便消失在丛林深处。

沈甫亭静坐片刻，待调稳气息，慢慢睁开眼，看向锦瑟离去的方向，眼中尽是暴戾之色，全没有了往日谦谦公子的温润和善样子。

倘若他不是刚才动用了仙力，引得体内邪气逆行，险些堕入魔道，恐怕与她也是不死不休，又怎会让她这样离开？

锦瑟慢悠悠地在丛林之中走了许久，离沈甫亭越来越远，才停下来细细再探体内的妖力，发现不是不存在，而是被什么压住使不出来，心中一时烦躁不已。

这个鬼地方尽是参天大树，树干便是十人环抱也抱不住，树上的枝丫极为庞大，衬得她渺小如蝼蚁。她走了许久，也不过是从这棵树前走到另一棵树前。

她缓缓闭眼，尝试用意念去召唤小妖怪，却一只都没有召来，叫天天不应，叫地地不灵，恼得她打向一旁半人高的杂草，杂草却只倒了一小排。

她只得咬牙继续走，辛辛苦苦走了大半个时辰，以为穿过前头的草丛就能出去，却看见了坐在远处树下的沈甫亭，顿时怔在当场。

沈甫亭察觉到动静，睁眼看来，正对上她的眼，瞬间神色阴沉。

锦瑟面色微变，心中警惕，根本不知他什么时候跟上来的。

她缓缓走出草丛，看了一眼周遭的景致，才发现她走了这么久，又回到了原来的地方！

锦瑟心中情绪翻涌，内伤险些加重，只得换了一个方向走，却不想，兜兜转转一大圈，又回到了沈甫亭这里。

沈甫亭见她来来回回地走动，自然知晓她迷了路，便视而不见，继续打坐调息。

锦瑟不信邪，转悠了一圈又一圈，还是看见了沈甫亭，一时心中恼火，当即朝他走去，抬脚踹去。

沈甫亭正在调息的紧要关头，分不得神，猝不及防地被踹了个正着，经脉逆行，猛地喷了一口血。

锦瑟一把拉过他的衣领，语调阴森地说："我走不出去，你在这里倒是悠闲。"

沈甫亭又岂是好相与的？他睁眼看过来，眼中的阴狠冷厉之色极为蚀骨，仿佛在一片黑暗之中行走时，可怕的毒物游走于身旁，冰冷危险，令人不寒而栗。

神仙不会有这样的眼神，即便是邪仙也是仙，既然是仙者，又怎么会有这般可怕的眼神？连锦瑟都没有见过！

锦瑟微微一怔，还没回过神来，脚下被什么一钩，重心一偏，猛然跌倒在地，被人压在了身下。

沈甫亭气息紊乱，唇瓣被鲜血染红，衬得唇红齿白，面如冠玉，眼中却是滔天的怒意："你好大的胆子，竟然敢在我面前这般放肆！"

锦瑟见他没动用仙力，冷笑一声，故意激道："放肆又如何？你拿我不还是没有办法？"

沈甫亭拧着她的手，眼中杀意毕现。

锦瑟当即扭头咬上他的手，力道极大，咬上就不松开，仿佛要生生咬下一块肉来。

沈甫亭眉头紧皱，伸手捏住她的下颌，力道大得将她细白的小脸都捏青了。

锦瑟痛得松开了嘴，手脚并用，又是抓又是踹，如同撒泼一般，指甲在他的脖间划了好几道血口子，甚至想抓他的头发。

沈甫亭怒急攻心，毫无章法地欲置她于死地。

两个身受重伤的虚弱之人，打来打去没有什么杀伤力，纯粹就是在泄愤。

二人这般扭打，不知晓的人还以为二人在做什么见不得人的事，弄得衣冠不整、气喘吁吁。

这一番缠斗，锦瑟终究吃不消了，力气本就敌不过男子，她又受了这么重的伤，不过一会儿便有些力不从心。

沈甫亭比她伤得更重，连呼吸都觉吃力，忍着让人窒息的痛苦强撑着，见锦瑟力不从心，当即抓住机会正欲下死手，眼前忽而一阵发黑，身子一晃，便栽倒在一旁。

锦瑟唇角一弯，连忙掐向他的脖子，手却软绵绵的没力气。

沈甫亭回过神来，依旧虚弱，伸手握住她的手腕，沾染血迹的薄唇微微弯起，唇齿之间几乎全是血，却仍容色惑人，连微微沙哑的声音都似在撩拨人："你若是杀了我，永远都别想走出这个丛林迷宫。"

锦瑟动作一顿："什么丛林迷宫？"

沈甫亭强撑着意识说完这句话，便眼帘一合，彻底晕了过去。

他倒是会选时机！锦瑟气恼不已，猛然扇了他两下，见他没了仙力，心中顿时松了一口气。累得平躺下来休息。身上这么多伤，可是她生来头一遭，痛得呼吸一时轻一时重，不由自主便昏睡过去。

等到锦瑟惊醒，连忙起身看向一旁的沈甫亭。他还是昏迷不醒，额角的汗水已经干了，面色苍白到几近透明，睡颜显得无害。

锦瑟低头看向自己，将身上的伤微微料理了一番，静坐着等他醒来，却不想此人没有半点儿醒转的迹象。

锦瑟无聊至极，身上的伤又疼，只得找些事情分分神。她的视线落在沈甫亭身上。他静静地躺着，衣衫不复以往齐整，一头墨发也有些凌乱。

她想了想，脸上忽而露出一丝笑来，靠近他身旁，解下他的发冠，散开了他的头发。不得不说，这人生得好看，便是连头发丝都赏心悦目。

锦瑟将他的乌发微微一分，编起了麻花辫。

姑娘家嘛，自然喜欢摆弄娃娃，替它梳妆打扮，弄得漂漂亮亮的，即便是女妖怪也不例外。

往日她搜集那些小妖怪，除了教教他们刺绣之外，没事干的时候还时常给他们编编辫子、做做衣裳，可是一只颇为贤惠的妖。

沈甫亭模样生得好看，那些小妖怪自然比不得，她便多花了些心思，认认真真地编了两条大麻花辫摆在他身前。

她又伸手拿过他的衣衫，擦去他唇角的血迹，见这装扮还有些素淡，便又拿下了自己的耳坠子往他耳朵上戴。可惜男子哪儿有耳孔？沈甫亭耳上白皙干净，根本没有孔可以挂耳坠子。

锦瑟惯来心狠手辣，没有孔哪里难得倒她？

她拿着耳坠子的针头用力一按，将耳坠子硬生生扎了进去，沈甫亭白皙的耳垂瞬间流出些许刺目的血珠，疼痛令他微微皱了皱眉，但还是没有醒过来。

锦瑟眼睛都没眨，又拿起另一只耳坠子穿了过去。

这一番折腾，也不过消磨了片刻工夫，她玩到兴头上，看了看"娃娃"，觉得衣衫太素，又拿出针线，挑了色彩鲜艳的绣花线，拿起他素净的衣摆开始绣花。

她可是一把好手，绣的花栩栩如生，和沈甫亭送她的衣裳也没什么差别。

丛林里头时而有飞鸟掠过，啼叫不休，阳光轻轻洒下来，倒是有几分悠闲意境。

沈甫亭昏迷了整整两日，锦瑟在一旁绣累了睡，睡醒了继续绣，勤勤恳恳，像个赶工的绣娘，不知图什么。两日过去，衣衫上繁复精致的花纹也渐渐成形，一件简单雅致的衣衫变得花里胡哨的。

不得不说，沈甫亭的底子是真好，他穿素净的衣衫干净清俊，犹如古玉般雅致，却不想这样艳丽的衣衫也压得住，半点儿不显女气，反而衬得他气度风流。

锦瑟伸手摸了一把他的脸，这是她有史以来最满意的"娃娃"了，当然少不了他这张出挑面皮的功劳。

沈甫亭眼睫微颤，隐有醒转的迹象，片刻后便缓缓睁开了眼，眼中还有一丝尚未清醒的迷离神色，待看见了锦瑟，瞬间清醒过来，随手甩开了她的手。

这脾气倒是不小……锦瑟收回了手，笑盈盈地看着他。

沈甫亭缓缓坐起身，看见了衣衫上的花纹，视线微微一顿，又看见了垂在身前的两条麻花辫，耳朵上似乎也有什么东西在晃动，伸手一摸才发现是姑娘家的耳坠子。

他唇瓣微抿，抬眼看向她，神情莫辨。

锦瑟见他这样，越发欢喜："你真好看，不如往后就这样打扮，比你以前的模样可顺眼不少。"

沈甫亭瞬间眸色阴沉，显然怒到了极点，扯下耳坠子随手往草地上掷去。

耳坠子掉进草丛里便不见了踪影，倒是那耳针划穿耳垂，生生扯出一大串血珠，血珠一颗颗落在草地上，极为刺目。

锦瑟看向他耳上被拉扯出来的伤口，血顺着耳垂滴落下来，看起来触目惊心。他对自己都能下这么狠的手，果然不是个善茬儿。

她眼眸微转，轻飘飘地说道："我送给你的耳坠子，你竟然丢了？"

她伸手摸向他的耳垂，却被他一把抓住了手腕："你最好不要再挑战我的耐心。"

他眸色极深，带着莫名的寒意。

锦瑟将视线落在他的两条麻花辫上，又忍不住笑出了声，如同一个小姑娘找到了有趣的玩具，丝毫没有将他的威胁话语放在眼里。

沈甫亭见她的视线落在麻花辫上，眉头紧紧一皱，猛地甩开了她的手，伸手去解辫子，可到底是男子，不比姑娘家心细，解得有些费劲。

锦瑟看着他解发，只觉可惜："生气啦？你不喜欢这样的装扮吗？明明这样好看，我养的那些小妖怪若是得了这一身装扮，高兴都还来不及呢……"

沈甫亭对她的话充耳不闻，解开了辫子。他拿起发冠随意束好发，乌发披在身后有些卷，有几缕垂落额间，竟然丝毫不显女气，端方之中带着风流，只是他显然还在气头上，玉面冷得让人发寒。

锦瑟眼睛弯弯，拉过他的衣摆晃了晃："你既然不喜欢，不如把衣衫也撕了，免得叫旁人以为你是个姑娘家呢！"

沈甫亭面无表情地看了她一眼，随后拉回自己的衣衫，薄唇微动，轻轻吐出一个字："滚。"

锦瑟半点儿不在意，唇角一弯，微微靠近他耳旁，轻飘飘地说道："我怎么舍得丢下你不管呢？我这么喜欢你。"

她就像一条美人蛇盘旋在一旁，虚情假意，迷惑人心。

沈甫亭眼睫微垂，瞬间恢复了平静，起身看了一眼周遭情况，便一言不发地往别处走去，似乎当她不存在。

锦瑟眼中闪过一丝阴森的冷意，她起身慢悠悠地跟了上去。

沈甫亭倒没管她，只专心致志地找出去的路。

二人两败俱伤，走路慢得跟蜗牛似的。

这巨大的丛林显然是人为建造的，千篇一律的树木和位置暗藏玄机，叫人根本看不出是迷宫，只以为是片无边无际的丛林。

　　林中树木大同小异，锦瑟感觉如同绕圈一般，生起了警惕之心，这人城府太深，不能不防，这般绕圈子难免不是在算计什么……

　　她停下脚步，微微俯身捡起一块石头，准头极好地砸去。小石子啪的一声砸在了前头认真寻路的人的后脑勺上。

　　沈甫亭脚下一顿，缓缓转身看过来，神情高深莫测。

　　锦瑟半点儿不怵，黛眉轻轻一挑："我累了，不要再给我绕圈子，我数到五十，你带我出去，明白吗？"

　　沈甫亭沉默了半晌，薄唇微动："不明白。"

　　锦瑟眼含杀气："不明白我就杀了你！"

　　沈甫亭嗤笑出声："你如今妖力尽失，也不过是肉体凡胎，最好安分守己，若再招惹我，我不介意多花些力气让你长眠于此。"

　　锦瑟微微一顿，慢条斯理地回道："我没了妖力，还有其他手段，你要杀我可没这么容易，别到时候杀我不成，反倒将自己弄得仙不仙、魔不魔，成了个彻头彻尾的怪物。"

　　沈甫亭神情冷然，看着她一言不发。

　　锦瑟唇角微弯，甜美的声音很是清脆："你可以开始带路了。"

　　沈甫亭眉眼间染上一丝讽笑，漫不经心地说道："我喜欢绕圈子走，你若是不愿意多走，可以自己去找出路，不必非要跟着我浪费时间。"

　　锦瑟眉头一蹙，心中恼怒，却又发泄不得，只得微微磨牙。

　　丛林里头鸦雀无声，连一旁树枝上的飞鸟都感觉到了气氛压抑，扑腾着翅膀飞离。

　　这可真是天生的冤家对手，谁也奈何不了谁，一番对话又是不欢而散，二人一言不发，在丛林里头走着。

　　两个人一棵接一棵地走过参天大树，所有的地方都似曾相识，诡异得可怕，稍有不慎，就会迷失其中。

　　即便他们做了标记也没有用，就像在沙漠里头，去的每一处都是一样的，根本分不清这条路走过还是没走过。不过沈甫亭有几分本事，在她一头乱麻之时找到了路。

　　前头映入眼帘的全是土黄色的岩石，地面一块块干裂开来，与丛林里茂盛的草丛完全不同，仿佛两个世界。做凡人确实累，这么大的地方竟然要靠双腿走。

　　锦瑟走了一路，实在疲惫不堪，看向前面走着的沈甫亭，语气带着任性："沈甫亭，我要你背我。"

沈甫亭理她才有鬼，脚下一丝停顿都没有，继续往前走去。

锦瑟见他不理自己，伸手挥出自己手中的绣花线。沈甫亭转身反手一把抓住，拉着绣花线一扯，将她猛地拽了过去。

锦瑟一个踉跄还未站稳，沈甫亭已经随手扔了她的绣花线，淡淡地说道："不要再跟我耍花样。"

"你不背我，我们就永远耗在这里。"

"你拦不住我。"沈甫亭轻描淡写地说道，根本没将她放在眼里，说话间似察觉到了什么，缓缓往前走去。

前头似乎是一个凹陷的巨坑。

锦瑟听见了前头的声响，缓缓上前，却被他按住肩膀往下一压，根本反抗不得。她心中一沉，只觉受到威胁，耳旁传来他压低的声音："别说话。"

她转头看向他，见他视线落在前方，不由得又转头看去。

他们这里地势颇高，又有岩石堆砌，视野极好。

远处凹陷的地方形成一个巨大的天坑，巨坑里围着许多"人"，正中间是一块巨大的石台，上头有斑驳的痕迹。

天上盘旋着无数秃鹫。不消片刻，上头盘旋的秃鹫突然飞落而下，直冲向石台。

沈甫亭观之，眉头微微一皱。

锦瑟看向一旁的沈甫亭："你要看到什么时候？"

"我要走这条路，至于锦瑟姑娘……"他转头看向她，淡淡一笑，"随你自便。"

她眼睛弯弯，表情天真又无害："你不背我，我走不动呢！"

沈甫亭神情淡淡的，只当没听见。

火热的太阳让人难以忍受。锦瑟脚都走废了，本就酸疼，还这般蹲着，自然不耐烦再等。她看向前头，笑了笑："要走这条路还不简单？待我去将它们除掉不就成了？"

沈甫亭见她又要生事端，伸手拉住她，言辞轻讽："你要除到什么时候？"

锦瑟看了下眼前的石坑，若是往日，这些根本不在话下，可是现下她无法施展妖力，确实比较棘手。

她一时不言，收回了被他拽着的胳膊，语调轻缓而阴森："那么敢问沈公子，我们要怎么离开这个鬼地方呢？我要的是捷径，而不是在这个地方继续绕圈子。"

"这世上哪儿有这么多捷径？你若是能找到，便自己去找，何必跟着我受

上
册

累？"沈甫亭唇角微扬，脸上带起几分笑意，却淡得无痕，嘲讽之意越发明显。

锦瑟面色微冷，片刻后，似笑非笑地说道："没关系，你想怎么走就怎么走，我受累，你也受累，反正你伤得可比我重多了，保不齐就先去了呢！"

沈甫亭一言不发地看向她，周遭气压低得让人发闷，锦瑟回视他，眼神挑衅。

上头忽而掠过一道黑影，针锋相对的二人当即意识到什么，猛地抬眼看去，果然见一只秃鹫从他们头顶飞过。

锦瑟那一身红衣在这一片土黄景致之中实在太过醒目，轻易便招了秃鹫的眼。她还未来得及动，那秃鹫已经看见了他们，猛然下落，带着劲风向他们飞扑而来。

锦瑟当即挥出绣花线缠着秃鹫的翅膀，一把将它拉扯下来。

沈甫亭当即伸手一把抓住秃鹫，拧断了它的脖子，几乎没有让它发出任何声音。

二人不过一瞬间完成如此动作，像是商量好一般，正欲起身离开，身后一股气流微动。二人转头看去，那些"人"正悬在半空中看着他们。

岩石黄土之下别有洞天，巨大的洞穴相通，他们根本分不清这地方究竟有多大。

锦瑟与沈甫亭一道被那些"人"押着进了地下，顺着黑暗狭长的石阶一步步往下走，进了阴暗潮湿的走道中。

那些"人"飘浮在半空中，一部分在前头领路，一部分在后头看着他们，他们根本不可能脱身。

锦瑟倒是不在意去什么地方，只是现下累了，对于走路一事很厌烦，让她心中的怒火隐隐灼烧。

沈甫亭面上依旧波澜不惊，平静得像是在散步。

一行人走了许久才慢慢看到了远处的些许光芒，在黑暗中极为清晰。

待他们走到洞穴尽头，那光越发明亮，映得人睁不开眼，待到两个人适应强烈的光之后，眼前豁然开朗。

巨大的洞穴上镶嵌着许多玉石，里头似有东西在流动，五彩的光亮透过晶莹剔透的表面照射出来，美如幻境。

中间一根石柱直通下头深渊，看不见底，隐隐约约传来水声，巨大的风从底下吹来，带得衣摆翻飞，那风大得让人有些站立不住，稍有不慎，就有可能被掀下去。

这里的洞穴连接着另一处，但中间是空的，跨度大得根本不是普通人轻易能过去的。前头带路的人一个个飘出洞穴，悬在空中，轻松自如，微微对他们伸出手掌。

锦瑟感觉脚底腾空而起，似被什么力托住，整个身子飘出石洞，眨眼间便到了另一处洞穴里。

锦瑟眼眸微转，看向那些人，觉得有趣，这深渊底层的"人"竟有这般法力，能将人凭空托送……

她抬眼看向沈甫亭，旁若无人地说道："我给你绣的衣衫和这里好相称，你看看，颜色都这般相配。"

那些"人"似乎听不懂她的话，闻声看向他们，嘴上咕哝了几个字，似在交流，而他们亦听不懂。

沈甫亭看向那些"人"，又淡淡地扫了她一眼，平静地往前走去。

锦瑟见他明明有气发不得，觉得越发有趣，轻笑出声，心情愉悦地往前走去。

两个人一路行去，石壁上都是晶莹的玉石，朦朦胧胧，看不清楚是什么东西在里头缓缓流动。

锦瑟看着喜欢，伸手探去，那些"人"忽然全部警惕起来，盯着他们不动，似乎下一刻就要出手。

沈甫亭伸手拉下她的手。

锦瑟被阻了心头念想，很是不悦："你干什么？"

"不要给我招惹麻烦。"

锦瑟冷笑一声，继续慢悠悠地往前走着，那手却不安分，时不时就要摸那些隐隐发光的玉石。

周遭的"人"越发警惕，靠近了许多，锦瑟却半点儿不惧，像是在玩有趣的游戏。

沈甫亭眉头一皱，拉过她的手，语调轻缓地说："路上不平坦，锦瑟姑娘还是仔细看路为好。"

锦瑟抬眼看向他，见他话里有话，便眉眼弯弯地说："你真体贴，不知是否回心转意，同意与我在一块儿了？"

沈甫亭随手甩开了她的手。

"我走不动了，想要靠一靠。"她说着，身子一歪，就要靠向壁上的玉石。

沈甫亭伸手拉着她的胳膊，几乎是拎着她往前走，叫她柔若无骨的身子硬生生地没地方靠。

这般可是轻松了不少，锦瑟干脆软着身子，半点儿没用力气，全靠他拎着走。

沈甫亭捏着她纤细的胳膊，越发用力，隐含警告之意。

上
册

锦瑟没知觉一般笑盈盈地看向他，得寸进尺地说道："你听过'满怀抱'吗？我想要你那样抱着我走……"

沈甫亭越发没了表情，权当没听见，根本不想再与她纠缠。

洞穴里晶石闪耀，两个人走到前头视野瞬间扩大，就像被挖空的巨型椭圆空间，石桥纵横，碧蓝色的流水清澈见底，流水声幽幽回荡。

交错的石桥下水流不止，水既是流通的，可知这地方有多大。

石桥之上来往的人神情肃穆，行走无声，往前头的圆形石阶行去。巨大的石阶立在水上，连接着纵横交错的石桥，隐有丝竹之声飘出。

待他们到了石阶前，押送他们的人上前咕哝了几句，侍从继而上前禀告："宫主，在行刑台发现了两个行踪诡异的外来人。"

靠在软榻之上的男皇是一个中年男子，不过保养得很好，面上没有一丝细纹，排场极大。身旁的宫女小心翼翼地为其捶腿按肩，成排的仆从候着，一旁站着几个中年男子，一看就是得力下属。

一侧四个男子，或立或坐，弹琴吹笛，生得赏心悦目，各有千秋。

男皇闻言，睁眼看来，视线先落在了沈甫亭身上，观察片刻，又看向了锦瑟，似有所思。

这般审视的目光颇为压抑，叫人琢磨不透此人心中想的是什么，只觉危险难测。

锦瑟心中不悦，轻飘飘地回视对方。

男皇见状，缓缓笑了，表情暗含几分探究："不知二位来我宝地有何贵干？"

沈甫亭只寻常答道："主人家放心，我们二人乃是寻常路过，迷失了方向，并没有恶意。"

男皇抬手欣赏着手指上的宝石戒指，话中却带有试探之意："本宫瞧二位可不像寻常人……"他将声音微微拉长，话里话外都是不信的意思。

锦瑟往日纵横妖界，"嚣张"二字已经不足以确切地形容她，一般螃蟹都是横着走，她比螃蟹还要横……

如今即便妖力尽失，那与生俱来的作劲和阴毒可半点儿没丢，沈甫亭温文儒雅，表面看上去没什么杀伤力，而她，一眼就知是个刺儿头。

男皇察觉她的视线，抬眼看过来，视线在她的面皮上来回扫，一看就没打好主意。

锦瑟最不喜这样黏糊糊的眼神，天生的阴狠毒辣劲儿不自觉就带了出来："你再这样看我，我就把你的眼珠子挖出来……"

周围的丝竹之声瞬间停下，所有人都盯着她，身子微微绷起，仿佛下一刻就要扑杀而来，这么大的地方，却静得连掉根针的声音都能听到。

沈甫亭上前一步挡在她身前，既没有开口否认，也没有承认："主人家不必担心，我们只是寻常路过，大家井水不犯河水，没有必要给自己增添多余的麻烦。"他语气波澜不惊，越显深藏不露。

锦瑟看着挡在身前的沈甫亭，神情微怔，有些意想不到。

男皇默然，再开口时已经不再纠结他们是何人，而是看向了沈甫亭，面上带着恶意的笑，说话都让人感觉黏糊糊的："这位姑娘是公子的妹妹吗？"

周遭几个中年男子闻言，面上皆露出了恶意的笑。

沈甫亭似根本没有将他们放在眼里，平静地回道："这是内子，平素任性了一些，诸位不必放在心上。"

锦瑟微微一顿，神情有了一丝茫然，像个坏脾气的孩子突然被揉了揉脑袋，乖了那么一点点。

男皇闻言，看了沈甫亭许久，才微微抬手，所有人都放松下来："我们这里许久不曾有外人来，对待客之道亦有些生疏。既然二位在这里迷了路，也算是缘分，不如在我们这里留上几日，让我们好好招待二位。"

这番话便是强留，两个人不留也得留。

沈甫亭坦然一笑，表情如同游山玩水一般淡定："如此，便劳烦诸位照顾。"

男皇见他这般有风度，心中越发生疑，伸手指向四人中的一个："风，你带他们去住的地方好生歇息。"

那人狭长的丹凤眼颇有媚态，这雌雄莫辨的长相，叫人一时分不清楚他是男还是女。

"奴才领命。"他起身恭敬地应道，声音如少年，让人方知是男子。

风起身带着他们离开。身后的靡靡之音重新奏起，在空中回荡，让人醉生梦死。

待三个人离去，男皇却静默不语。

一旁的中年男子当即开了口："宫主为何放任这个女子放肆？依我看，就该叫她好好吃点儿苦头才是。"

男皇看了他一眼："你知道这一任妖尊是谁吗？"

"寂斐妖尊？"

妖界这么多年以来一直乱七八糟的，妖尊换了一任又一任，跟闹着玩似的，没有一个能长久的，近些日子才太平起来，难得有一个坐稳了妖尊位置的，便是这个寂斐。

他既然有实力做妖尊，这么多年却任由妖尊之位被争来夺去，可见心思之深。

"不错，本宫当初见过这个寂斐，他身边就有一个这样的女子……"男皇似在回想，只是时日太久，他记不清女子的模样，不过那眼神让他一直忘不了。他沉思片刻，下了决定："如今天界已有秩序，仙帝势力强盛，不可硬拼，这个时候我们与妖界绝不能结仇，这个女子若真是寂斐的宠姬，便放她安然离去。"

此言一出，众人皆怔。地宫建了这么多年，就趁着阴年阴时阴刻的好时机一举颠覆人界，在仙、妖对立之间谋得位置，若是叫人知晓他们的位置，可是危险重重。

身着艳绿衣衫的中年男子上前一步："宫主大可不必忧心，若这个女子真是妖尊宠姬，又怎么敢和别的男子厮混？恐怕这只是寻常小妖女……"

男皇似在斟酌："此事未必，晚间探一探，她身旁那个人我们连底子都还没有摸清，难保不会出问题……"

几个中年男子闻言，面色凝重。宫主法力已然不可估量，早晚有一天会打败九重天上那个仙帝，成为名正言顺的六界之主，如今却探不清此人底细，如何不引人忌惮？

一时间所有人都非常警惕，暗中思索对策。

风带着他们穿过了错综复杂的石桥，往尽头走去，那里绑着一叶小舟。

水清澈干净，若不是这里的水泛着碧蓝色，那一叶小舟就仿佛悬空静立。

风下了台阶，踏上小舟，看向他们，眉眼生媚："上来吧！"

沈甫亭平静地踏上小舟，没有理会身后的锦瑟。

锦瑟睨了他一眼，想起当初他按着自己吃了不少水，心中顿为不悦，慢悠悠地踏上小舟，欲趁其不备推他入水玩玩。

沈甫亭见她靠近，似察觉到了她的用意，微微回转身看向她，神情淡漠。

"二位可要小心，水里头加了料，若是掉进水中可就上不来了。"风开口提醒。

锦瑟轻飘飘地看了他一眼，有了几分兴趣："加了什么料？"

"二位若是有兴趣，或许一会儿能看见不一样的场面……"

区区的地下窝倒是会故弄玄虚。锦瑟闻言，轻笑一声："那我倒要看看你们这个地方有什么不一样的，最好不要让我太失望。"

沈甫亭收回视线，似乎不想与她多纠缠。

风一笑，转身解开了绳子，拿起竹竿往岸上一抵，小舟在一片碧蓝的水中无声地往前划去，这里的水清澈见底，底下离水面足有数丈。

平静的水面泛起波纹，风轻轻拂过衣摆，顶上的石壁隐隐闪着光芒，映在水面上，波光粼粼，仿佛碎钻撒入水中。

轻舟过了数个洞穴，每一处都别有洞天，这里很大，通道错综复杂，就像一个地下王宫。

沈甫亭静静地看着周遭环境，眼睫微微垂下，遮掩了眸中的暗色："这里好像有些时日了，不知兄台在这处生活了多久？"

风幽幽一笑："大抵要一辈子待在这里。"他眼中似有愁苦之色，并不像表面看上去那般吊儿郎当。

沈甫亭闻言，不再开口。

小舟在清澈的水面上驶了一段，进入前头寂静的洞穴，隐约听到了鸟鸣。

风看向他们："二位想要看看这水里有什么料吗？"

沈甫亭没什么兴趣，锦瑟却笑盈盈地开口："看看。"

风突然一步跳上舟头，舟身剧烈晃动，险些翻过去。

锦瑟身子一倾，往前跌去，沈甫亭微微侧身避过，半点儿没有施以援手的意思。

锦瑟反应极快，抓住了他的腰带，角度一偏坐在了舟上，面颊撞到他的腿上，一阵疼痛。她抬头看去，正对上他淡漠的眼神，连腰带被她扯下些，他还是波澜不惊的样子。

"还不起来？"沈甫亭负手而立，淡淡地说道，连扶她一把的意思都没有，仿佛她是挂在身上的一条抹布。

锦瑟冷哼一声，松开了腰带收回手，细白的小手滑过的位置很是暧昧。

沈甫亭眉头一皱，猛地抓住了她的手，眼睛微眯，眼神透出几分危险意味。

锦瑟见他抓得这么紧，不由得看向他："你弄疼我了。"

"再敢耍花样，就不是疼这么简单了。"沈甫亭淡淡地扫了一眼她身后的水面，才甩开了她的手。

锦瑟揉了揉手腕，面无表情地站起身。

站在舟头的风吹了一声口哨，手伸到袖中抓了一把鸟食往空中撒去，鸟食落入水中。

不过片刻，鸟鸣声渐近，飞鸟不知从何处飞来，在洞穴之中盘旋后，突然急

冲至水面叼食。可鸟儿刚刚碰到水面，便发出尖厉的鸣叫，继而落入水中

其余在空中盘旋的鸟儿发出声声鸣叫，扑腾着翅膀飞快逃离，落入水中的鸟儿不过片刻便在水中化去，只余几根漂亮的羽毛漂浮着。水瞬间恢复清澈，连一滴血都没有看见。

洞穴重新安静了下来，刚刚的场景仿如幻象。

第六章
她不信沈甫亭

此时不动手，更待何时？

锦瑟正要上前，前头的人却如烟云一般消散，片刻间又出现在舟尾，目露哀伤神色，看着水面上的羽毛："你们可要小心，若是掉下去，一定比它们还要惨。"

水中那一场杀戮过后，空气中弥漫着淡淡的血腥味，碧蓝色的湖水赏心悦目，却不想这是杀人于无形的利器。

锦瑟黛眉微挑，看着站在舟尾的人，觉得越发有趣了。

沈甫亭看着风，神色未变，似乎早就料到此人不简单。

风又拿起了竹竿，嘴上哼着曲儿，继续往前划动小舟。

他们穿过这一片洞穴，才到了目的地。

他将二人送上岸，指着前头的石阶："二位请吧，宫主若要见你们，自然会派人来接，你们可莫要到处乱走，枉害了自己的性命。"

锦瑟上了岸，转身看向他。

沈甫亭闻言，看了她一眼，眼神似含嘲讽之意，自顾自地举步上了石阶。

风冲她眨了眨眼，表情带着挑逗的魅惑。

锦瑟笑盈盈的。

风邪魅一笑，伸手撩过身前垂下的发丝，目光在她的面上流转："不知姑娘芳名？"

"我记得你的名字就好，你舟划得不错，小心别湿了鞋。"锦瑟话间隐露危险意味，她意味深长地一笑，转身慢悠悠地走上石阶。

风看着她离去的背影，神色茫然。

锦瑟顺着石阶上去，进了石屋，沈甫亭正站在屋里打量屋子的情况。

这个石屋不大，一眼看到底，屋中所有的摆设皆是石头做的，没有多余的东西，空空荡荡的，像个牢房，正中摆着大石床，上头铺着兽皮。

周遭石壁坚固，入口也是出口，他们没有小舟，想要离开难如登天。

锦瑟却没将此放在心上，缓缓上前，坐到石床上，看向沈甫亭，当作先前的事完全没有发生一般，天真地开口："你唤我内子，可是想让我做你的妻子？"

沈甫亭抬眸看来，神情玩味："你觉得呢？"

锦瑟身子一歪，斜靠在石床之上，身姿柔美，曲线毕露："你让我说呀，那我自然是觉得你喜欢我，想娶我做妻子的……"

沈甫亭轻笑出声，表情嘲讽，就像听了一个天大的笑话。

锦瑟见他这般，眼眸微转，伸手在兽皮上轻轻抚摩，颇为体贴地说："我们奔波了这么久，也该歇下了。这里只有一张石床，我便勉强分你一半，难得刚才夫君这般护我，我又怎能独占？"

"你留着自己睡。"沈甫亭无意多言，去了外头查看，似乎想要弄清楚什么东西。

锦瑟见他拂了自己的好意，冷哼一声，身子一转，躺在石床上不再动弹。她自来随心所欲惯了，使不出妖力，也丝毫不忧心，至于后事，自有后头的她负责，关现在的她何事？

深夜寂静，洞穴之中只余微微风声和流动的水声。

沈甫亭看了一圈，回了石屋静坐调息，静待时机。而锦瑟已然躺在石床上睡着了，呼吸轻浅，洞穴中的玉石泛出的光映在她的面上，越显得她娇嫩无邪，五官精致得挑不出毛病，唯一的毛病就是醒着的时候作得很，欠揍得紧。

忽然，石床上凸起锋利的铁刺，一排排快速钻出，那咔嚓声听在耳里颇为让人惊心。

锦瑟猛地睁开眼，铁刺已在眼前，下一刻便要从她身下钻出来，直直地刺穿她的身子。她猛然弹起，身姿轻盈，迅速跃下石床。电光石火之间，石床上便布满了铁刺，她若再慢半分，恐怕已经成了刺猬。

锦瑟难得心有余悸，余光瞥见一旁的沈甫亭，隐隐的光芒映得他面如冠玉，看着像个清俊斯文的谦谦君子。他神情清明地看着石床，早有所觉，却无动于衷。

锦瑟自然不痛快，上前抓过他的衣领："你可真是见死不救的好人才！"

沈甫亭淡漠一笑，语气嘲讽地说："你若连这点儿小机关都躲不过去，倒不如直接死在这里省事。"

锦瑟看他半晌，笑盈盈地问道："既然你想要我死，昨日又何必救我？利用他们杀了我，还能让我受尽屈辱，岂不更好？"

有共同对手的敌人便是可用的棋子，事有轻重缓急，多一个帮手就少费些力气，更何况他现下还不知何时就要发作，如何能掉以轻心？

上位者惯会运筹帷幄，又岂会显露心思？他看着神情淡漠，话语却已在拉拢人心："我不是你，不屑用这种龌龊手段。"

锦瑟闻言一怔，看他片刻，忽然松开了他的衣领，转头看向别处，口是心非地鄙夷道："傻子才会有这种想法，对待敌人还讲什么光明正大，不择手段地将人除掉才是根本。"她话音刚落，上头突然掉下了一个冰冷光滑的条状物，在她的肩膀上扭动。

锦瑟心中一凛，当即意识到了什么，猛地伸手将那东西甩开。

那条状物啪的一声被打落在地，不停扭动着，果然是一条蛇！

整个石屋一时间都是咝咝声。

锦瑟抬头一看，顶部不知何时开了密密麻麻的孔洞，扭动的蛇从孔洞中悬下来，连石床和周遭的石壁上都有蛇连续不断地钻出来。

她最厌恶的就是这种滑溜溜的东西，厌恶到害怕。

屋里的蛇越来越多，向他们爬过来，头呈三角形，头上一点鲜红印记，一看就是剧毒无比的蛇。

锦瑟感觉头皮发麻，将手中的绣花针飞快掷出。

每一针都极为精准地直中蛇头，将蛇死死钉在地上，很快就堆成了蛇堆，可还是有源源不断的蛇爬向他们。

绣花针会用完，蛇却是无穷无尽的，若是往日她又有何惧？可现下不同，稍有不慎她就会被蛇吞入腹中。

沈甫亭看着满屋的蛇，面色不改，忽而一脚踢翻前头堆砌的蛇堆，连带着后头爬来的蛇都被击飞出去，他伸手拉过专心致志地钉蛇头的锦瑟："走！"

上
册

127

锦瑟看着前头如藤蔓般垂落而下的密集蛇群，往后退去，声音难得变得尖厉："我不要！"

他们这一耽搁，身旁的蛇齐齐攻来。

沈甫亭神色一敛，挥袖挡过，脚下一扫，硬是在密密麻麻的蛇之间开出了一条路，猛然拽过锦瑟："你在这里一样是死，走！"

锦瑟脚下踉跄，走进了蛇堆，只感觉周遭全是咝咝声，甚至感觉到冰冰凉凉的触感，惊得身子紧绷，只得紧跟着他越过周遭的蛇堆，顺着石阶向下走。

身后的蛇群快速追来，咝咝声在整个洞穴里回荡，让人头皮发麻。

沈甫亭腿长跨得远，锦瑟慌乱之中几乎是被他拎着跑的。可惜出了石屋前头依旧无路，那一片碧蓝色的水也是吞噬人的猛兽，前后都是死路！

身后密密麻麻扭动的蛇，逼得锦瑟几近崩溃："这里无路可走，跑出来又有何用？"

沈甫亭看向对岸的洞穴，那洞穴离他们不近，没有舟他们根本过不去，可这是唯一能找到的退路。

"你的绣花线还有多少？"

"很多。"锦瑟微微喘气，还没习惯这般玩命的跑法，有些吃不消，有种窒息的感觉。

沈甫亭的体力显然远胜于她，气息半点儿不乱，语调依旧平稳："我将你抛到对面的石洞上，你拉我过去。"

说话间，二人已经到了岸边，与碧蓝色的水只差一步，后头是密密麻麻的蛇，锦瑟动作不停，被钉住的蛇又堆成了小山挡着，可后头的蛇爬过来也只是几息之间。

锦瑟看向前头碧蓝色的水，又看了看上头的石洞。

太危险！而且难度太大，稍有偏差她就有可能掉进水中化为乌有，更何况她根本不信沈甫亭！

"我怎么知道你会不会趁机将我丢进水里？！"

沈甫亭不急不缓地说道："你我二人想要离开，必须相互协助，我可没有将你扔进水中，自己在此等死的打算。"

洞穴之中全是咝咝声，锦瑟黛眉紧皱，想了想，当即将绣花线从衣袖中挥出，数条色彩鲜艳的线合在一起，成了坚固的绳子。

沈甫亭伸手拿过绳子绑在自己腰间，抬眼看向她，似笑非笑地提醒道："这一处地域极广，情况比前头的丛林还要复杂百倍，若是没有我，你永远别想走出这

128

个地方。"

　　锦瑟闻言，轻哼一声，还未开口，沈甫亭伸手抓住她的腰带，将她整个提起，猛地往前抛去。

　　锦瑟忙在空中借力，好在身姿轻盈，沈甫亭将角度控制得极好，她顺势便滑进了洞穴之中。

　　蛇堆轰然塌落，密密麻麻拥堵着的蛇如水流般涌出。

　　沈甫亭将她抛出，当即转身往蛇堆掠去。

　　蛇已经如潮水一般涌来，下一刻他就有可能被淹没在蛇堆里，锦瑟看得头皮发麻。

　　沈甫亭只靠近蛇堆几步，便转身跑到岸边，腾空而起，朝锦瑟跃去。

　　锦瑟忙快速收短绣花绳，可他到底是男子，不及她身子轻，即便身手再敏捷，也隐隐有落到水中的趋势。

　　锦瑟见状，当即用脚抵住前头凸出的石壁，拽住绣花绳用力往回拉。

　　沈甫亭身后的毒蛇已经到了岸边，堆砌起来，下一刻就要咬住他往回拖！

　　千钧一发之际，锦瑟伸出右手，手中的绣花线猛然袭向前头成堆的蛇，将蛇捆绑成堆，猛地一拉，成堆的蛇被她拉到了水面上。

　　沈甫亭下落之际，默契十足地轻踏蛇堆，借力翻身而起，衣摆翻飞，顺势抓住了洞穴前凸起的石壁，即便不使仙力，也是身姿翩然，赏心悦目。

　　身后水中的蛇堆发出烧灼声，顷刻间便化为乌有。

　　须臾之后，水面恢复平静，岸边成堆的蛇拥堵扭曲着。

　　沈甫亭看向水面，随后眼帘微抬地看来："锦瑟姑娘的反应超出我的想象……"

　　锦瑟眉头微挑："这些东西又怎么会是我的对手？只要你和我在一起就不会有危险，我会永远护着你的。"

　　沈甫亭闻言，淡淡地看了她一眼，起身往石洞里头走去："此地不宜久留，我们该走了。"

　　身后突然传来了翅膀扑腾的声音，咝咝声也越发靠近。

　　锦瑟转头看去，那些蛇竟然背生双翼，朝他们飞来，密密麻麻地浮在空中，扭动飞舞，恶心至极。

　　锦瑟瞳孔微缩，心中一沉，这地方的东西十有八九都变异了，竟然连蛇都不是寻常之物！

沈甫亭见状，眉头狠狠一皱："走！"

锦瑟飞快起身，以平生最快的速度跑离洞口。

身后的毒蛇紧追不舍，飞的速度比爬的速度快，他们下一刻就要被蛇包围。

锦瑟头皮发麻，当即伸手抓住沈甫亭，全没了刚才的张狂模样，甜美的声音里带着慌张之意，像个被欺负了的小姑娘："不准你跑在我前面！"

以她的速度和折腾的劲头，耽误一会儿，二人都得喂蛇。

沈甫亭闻言，抓住她的手，拉着她一道往前跑去。腿长就是快，锦瑟一下子快了很多，而且还省力。

石洞地势复杂，七拐八弯又黑乎乎的，她看不清脚下的路，匆忙之间踏空了台阶。

"啊！"锦瑟脚下一滑，整个人往下跌去。

沈甫亭见拉不住便松开了手，任由她滑下："锦瑟姑娘下去可要小心。"

锦瑟反应极快地抓住了他的腿："我一个人下去可不行！"

沈甫亭脚下一滑，与她一道摔下石阶，滚落的速度越来越快，砰的一声巨响，二人撞穿了薄墙，一道滚落。

眼前光亮刺得两个人睁不开眼睛，身后紧追不舍的毒蛇竟然退了回去。

锦瑟一阵头晕眼花，顾不得浑身疼痛，抬眼看向周围。

眼前景象辽阔，显然是一处还在建造的洞穴，里头有许多人忙碌着，只是动作机械，透着死气，不像正常的活人。

这个洞穴很大，几乎望不到边，洞穴之中只有敲击凿石之声，没有一点儿人声，情形诡异而又古怪。两个人闹出这么大的动静，竟也没有引来周遭人的注意。

两个人正看着，一旁有人搬着石头朝他们走来，二人身手敏捷，往后退去。

锦瑟手腕微转，无声地挥出绣花针，刺到那人的喉间，却不想那人毫无反应，从他们面前走过，似乎看不见他们。

锦瑟心中疑惑，沈甫亭走进石洞，到了明显的位置，依旧没人发现他。

"死人？"锦瑟走到他身旁问道。

"尸人。"沈甫亭意有所指，"'活着'的尸体。"他面色平静，低沉悦耳的声音却说着诡异的话。

锦瑟闻言不语。

二人沉默间，又有一人面向他们走来，面露死气，仿佛根本看不见人、听不见声音。

既然是尸体，又怎么会动？

沈甫亭回头看了一眼身后的洞穴，那些毒蛇虽然没有进来，却藏在暗处等着他们，回头路自然不能走。

"我们先离开这里。"

危险不在眼前，他们反而更要谨慎，刚才追赶而来的飞蛇明显是害怕这地方才没进来，这样看不见的危险反而让人更加不放心，这才是真正的煎熬所在。

两个人在木架遮掩中行了一小段路，洞穴之中突然传来了哨鸣。

沈甫亭当即按着她一道蹲下，随后便听到了鸡鸣鸭叫，周围的尸人眼眸中闪过绿光，再没了刚才的迟缓和死气样子。

不消片刻，洞穴之中便回响着撕咬声。

身后突然传来了动静，锦瑟转头一看，一个尸人猛然朝她冲来，眼里带着凶残的绿光，满口血腥恶臭，张嘴袭向她的脖子。

沈甫亭一把拽开锦瑟，抬脚踹在了尸人的嘴上，硬生生地踹断了尸人的一排牙齿，尸人号叫一声，猛地往后倒去。

锦瑟被甩到一旁，脑袋撞上了身后的木架，顿时眼冒金星，一时面色骤冷："你故意的！"她气得起身扑向沈甫亭，却失了准头。

身后尸人袭来，沈甫亭猛然向她走了一步，避开一击："锦瑟姑娘何意？"

锦瑟被他挤得撞上了身后的木板，被压得胸口泛疼，觉得他浑身都跟石头似的硬邦邦的。

"你说何意？"她冷冷地反问。

"我救了你，你却还怪我，这是何道理？"他声音低沉，却因为靠得太近，亲密似耳语。

"我就是道理，我说什么就是什么！"锦瑟秀眉一扬，伸手推他。

沈甫亭却搂过她的腰一把将人提起，微微一转，掀翻了一旁冲来的尸人。

锦瑟心中极不痛快，当即搂上他的脖子，双腿缠上他的腰，整个人死死挂在他身上："别想拿我当武器！"

尸人继续攻来，沈甫亭无暇他顾，带着她，脚下轻移，避开了身旁的尸人。

锦瑟缠在他身上，正觉省力，沈甫亭却抱着她压到了一旁的木架上，语气不慌不忙："我怎么拿你当武器了，嗯？"

他尾音微微扬起，锦瑟听出几分不悦之意，可声音太过惑人磁性，靠得这般近，说话间的气息喷在她细嫩的面颊旁，惹得人莫名面热。

锦瑟微微一怔，一旁的木板上突然伸出一只手，往她抓来。她当即偏头避开，

欲从他身上下来，却被沈甫亭搂着腰不放。她抬眼看去，正对上他淡漠的眼："既然要我抱着，又何必再下来？"

二人说话间，一旁的木板中猛然钻出了尸人，尸人张开大口往她脖间咬来，锦瑟感觉扑面的血腥恶臭快要将她熏晕了，那恶心的牙齿堪堪就要碰上她的脖颈。

沈甫亭抱着她退后一步，一脚踹上了木板，整个木架轰然倒塌，尸人发出一声惨烈的号叫，被压得血肉模糊。

他眉间染上几分恶劣的笑，显得眉眼越发惑人，薄唇微动，故意说道："差一点儿。"

锦瑟被弄得心有余悸，一时震怒，在他身上挣扎着："放我下来！"

沈甫亭唇角微弯，看着她似笑非笑地说："别生气，我保证不会让它们咬到你。"他语气轻松，摆明就是故意捉弄她，明里暗里有拿捏锦瑟的心思。

锦瑟心中戾气渐起，见他唇角的笑着实刺眼，猛地张嘴贴上了他的唇，狠狠咬住，血腥味在唇齿间弥漫，她阴阴一笑，当下便要咬下他的唇瓣。

沈甫亭唇瓣吃疼，捏上她的脖颈，见她不松嘴，眉头紧皱，脚下一转，压着她砰的一声撞上了身后的木架。

锦瑟背上吃疼，低叫了一声，沈甫亭眼神一凛，唇齿微动，狠狠反咬她的唇瓣，疼得她眼里泛起了泪花。

她手腕微转，绣花针猛然往他头顶扎去，却被沈甫亭反手抓住，她一时动弹不得。

锦瑟心中一凛，沈甫亭剑眉微挑，齿间用力，看着她恶意一笑，笑容隐露危险之意。

下唇瓣疼极了，好像都要被他咬断了，她心中一慌，硬的不行，只能来软的！

她当即搂住他的脖颈，伸出舌头在他的唇齿之间缠磨，血腥味也掩盖不了清甜的气息。

沈甫亭似忍无可忍，当即推开了她。

锦瑟双脚落了地，得意一笑，抬手轻轻地碰了碰下唇瓣，疼得她眼神阴冷，却故意笑道："你的唇可真软。"

沈甫亭冷冷地看过来，抬手以袖擦嘴，动作半点儿不轻柔，似乎极为嫌弃，唇瓣上被咬破的伤口被这般擦拭，渗出了血，衬得他唇红齿白，越发惑人。

一旁的尸人卷土重来，甚至连上面都有尸人跃下，包围了他们。

这就像一场围猎，它们聪明又灵活，目的就是将他们生吞活剥。

锦瑟袖中的绣花针当即出去，一击击中了尸人的眼睛，引得一阵惨叫。

沈甫亭上前取过一旁的铁棍，手腕微转，仿佛在舞剑，衣衫翻飞之间夺人性命如探囊取物，且杀伤力极大，简直是横扫一片尸人。

他下手可谓极为狠辣，连眼睛都不眨一下。可是这么多尸人，便是拿刀砍，刀都要钝，他们根本支撑不了多久。

沈甫亭猛然伸手拧断其中一个尸人的脖子，将人甩到了前头，挡开了一片尸人，脚下忽而一个踉跄，体内一阵翻江倒海，黑色纹路顺着手腕蔓延过掌心，身旁的尸人趁机袭来。

一枚绣花针直击尸人的脖子，锦瑟手腕微转，一番缠绕，将尸人甩了出去，看着他，笑盈盈地说道："沈公子原来是中看不中用！"

沈甫亭缓过气来，冷笑一声，趁着这个空隙，看见了一旁巨大的兽像，下头搭着木架，比厚重的雕像显然要脆弱许多。

念头只在一瞬之间出现，他手上的铁棍已经猛然劈向木架，啪的一声便将木架打塌。

沉重的巨大石像失了重心，砰的一声砸落在地，将身后的众多尸人砸成了肉饼。

锦瑟见状，停下了动作，揉了揉手腕，她的手酸得快要断掉了。

外头的人听见里头的动静，却不敢进来。

沈甫亭强忍体内的痛意，艰难开口，话语已是命令："想走就听我的，这边！"

锦瑟冷哼一声，上前拽过他，往前头黑暗的僻静处走去，动作半点儿不温柔。

二人很快便进了另一处巨大的洞穴，这里的尸人都聚到了外头捕食，倒给了他们离开的时间。二人在其中穿梭着，两旁高高竖起的木架在视野中快速往后掠去，有一种令人窒息的紧张感。

忽而洞穴之中响起了幽幽的笛声，锦瑟与沈甫亭一道停下。

笛声终了，身后追来的尸人眼中的绿光慢慢消失，恢复了死气沉沉的样子，继续机械地干活。

前头身着月色长袍的月放下手中的笛子，看向他们："二位昨夜休息得好吗？"

沈甫亭体内一阵阵泛疼，表面却很平静，除了面色有些苍白，其余都很正常。他唇角微弯，淡淡地笑道："你们这里的待客之道倒是特别，以毒蛇相伴，叫我夫妻二人如何歇息？"

锦瑟将另一只手笼在袖间，面无表情地看着眼前的人，伺机而动。

月闻言回过神，手中的笛子微微一转，背到身后，似恍然大悟："想来是风又顽皮了，给你们挑了一处不太适合歇息的地方。现下宫中已设宴静待，我先带你们去赴宴，待宴罢再领你们去歇息的地方。"他说罢，转身往前走去，似乎完全不在意他们怎么到了这里。

锦瑟眼眸微微一黯，正欲伸手为爪袭去，月却如虚影般往前移了一步。

锦瑟瞬间收回手，静观其变。

月似没有察觉，继续在前头带路："你们先头进来的时候，是不是碰上他们祭……"

锦瑟眼眸微转，似笑非笑地说道："看到又如何，难道你们也要拿我们去祭……"

月转头看过来，清秀的脸庞上露出一抹古怪的笑："你们是贵客，他们自然不会这样做，只是那些人不是，他们犯了错误。"

沈甫亭脚下平稳，平静地问道："不知他们犯了什么错？"

"天真，痴人说梦，想逃，这种地方哪里是他们能逃出去的，进来了就准备好待一辈子吧，别想有活路……"他话中有些许叹息之意，似在可怜，又似在感慨。

沈甫亭神色未明。

锦瑟脸上却露出了一丝笑容，刚才两次死里逃生让她生起了趣意，如今难以脱身的处境反而让她觉得刺激。

洞穴中的清风微微拂过锦瑟的红色裙摆，扬起的薄纱上绣着精致的纹路，在朦胧的光线中极为耀眼，似九重天上的仙家物。

月看了一眼，不由得开口道："姑娘的衣裙真好看，不像是凡间的东西。"

锦瑟眼眸微转，看向一旁的沈甫亭："这是我夫君送给我的，自然好看。"

月看向沈甫亭，似对他的身份有疑惑，视线落在他的衣衫上，又觉不妥，却到底没有点明："公子好眼光。"

锦瑟见他看着沈甫亭的衣衫，笑盈盈地说道："这绣花是不是很别致？我先前给他绣上的时候，他还不乐意，你倒是来说说，好看不好看？"她说话间，伸手拂向了沈甫亭的衣衫。

沈甫亭伸手挡开她的手，冷淡地看了她一眼，似不想理睬她。

锦瑟不由得轻哼了一声。

月闻言，依旧叹息："姑娘绣得很好看，也配公子，可惜不适合出现在这里，太出挑了……"

沈甫亭抬眸看向他，见他眼中含着些许同病相怜的神色，心底浮起一丝不好的感觉。

月带着他们七拐八绕，过了地形复杂的地宫洞穴，到了宴上，那里已经摆好了席面，莺歌燕舞，丝竹声起，热闹非常。

男皇端坐在靠榻之上，见他们过来，面上露出耐人寻味的笑："本宫特地吩咐摆宴招待二位贵客，二位尽情享用美酒好菜，不必拘谨。"

沈甫亭有礼有节地回道："多谢主人招待，我与内子感激不尽，他日若有机会，各位可来我们府上一聚，我们必然会好好招待各位。"

既然大家都没有点破，表面功夫还是要做的。

男皇闻言，哈哈大笑，看着沈甫亭，似乎极为欣赏："年轻人就是有魄力，来我们这里做客，还想着邀我们去家中，真是胆大……"

周遭的男人哈哈大笑，明目张胆地看着锦瑟。

这话显然已经不把他们放在眼里，毕竟，他们二人若真有本事，又怎么可能被区区的蛇群和尸人追杀？

锦瑟随着沈甫亭入席，身处这种危险的地方，心中却莫名兴奋。若不是她无法使出妖力，这种危险又刺激的感觉，恐怕她这一辈子都无法体会。

洞穴之中，有人在空中跳舞，黑色的衣裙飞扬，平添几分诡异的美态。

一曲终了，前头的绿衫男子端着酒向他们走来，神色和善："公子既来了这里，独酌未免无趣，不如与我一道去前头热闹。"

沈甫亭掩饰得很好，只余唇瓣上的伤痕有些醒目，看不出来有何处不妥。他端起酒，起身客套："随主人安排。"

中年男子没有再看锦瑟，请沈甫亭离开后，倒将锦瑟一个人冷落在座位上。

锦瑟心中不解，只静静地看着，发觉那靠在榻上的男皇吊起眼尾，视线落在沈甫亭的身上，笑得颇为古怪。

锦瑟微微一怔，心中有所觉，再次看向沈甫亭。他在几个中年男子之中显得鹤立鸡群，长身玉立，气度不凡，便是连背影都让人觉得惑人。

他没有柔弱之感，上位者的威严气度再怎么遮掩都无用，就像他看似温和含笑，实则拒人于千里之外，只可远观而不可亵玩，这般反而更招惹恶意。

她眼眸微转，看向一旁吹笛弄箫的四个男子，以及宴中清秀可人的男子，顿悟。原来这些人看的一直都不是她，而是沈甫亭……

锦瑟见状，面露不悦之色，这些人胆敢来抢她的玩具，多少惹她不快，可惜

人太多了，即便她有力气除掉所有人，也可能会累死自己，一时只得以手托腮，静静地看着。

沈甫亭这厢一直被灌酒，那些男子笑吟吟地围在他身旁替他倒酒，一口一个小兄弟叫得极为亲热。

"公子海量，本宫也敬你一杯。"男皇见他不显醉意，笑着上前，拿着酒与他的酒杯微微一碰，不知怎的，酒杯忽然一歪，酒全洒在了沈甫亭身上。

"对不住，我这手是老毛病了，一不小心就抖，将你的衣衫弄湿了。"

"既然衣衫湿了，在下便回去换一身，今日内子在此，又不胜酒力，不知明日还有宴否？"

男皇拿起盘中盛着的果子，往上一抛，投入嘴里："莫说是明日，只要公子愿意，日日都有宴席，好生招待公子……"

沈甫亭微微一拱手，依旧有礼有节地说："既如此，那我与诸位明日再会。"

"那就静待公子。"男皇又派了月送他们回去。

沈甫亭转身，越过围在身旁的几个男子，疾步走来，面上已带暴戾，若是往日九重天上的仙者看见，恐怕会生生抖成筛子，毕竟腥风血雨已经有了征兆。

锦瑟见他这般回来，收回了托腮的手，一脸看戏的模样。

沈甫亭走到她这里，一步都未停留："锦瑟，随我回去。"

男皇听见这个名字，神情怔然，只觉耳熟至极，面色一变："你……你叫锦瑟？"

沈甫亭脚下微顿，转身看过去，面上神情莫辨。

锦瑟看向男皇，笑吟吟地说道："是又如何？"

男皇神情顿住，眼前女子的笑容，让他当即与脑海中的一个名字联系在一起。

是了，就是她，寂斐身边的宠姬就是她，就叫锦瑟！

当年就是这个女子又蛮横又阴毒，仗着寂斐的宠爱，恣意妄为，对谁都不放在眼里。

他怔神片刻，恢复了平静，看着她笑道："没什么，只是觉得这个名字很好听。"

锦瑟何等眼力，见他笑中带着几分讨好之意，当即了然："我的名字自然好听，不过只有我亲爱的夫君能叫，你……不配。"她说完，哈哈一笑。

越刺激就越好玩，唯恐天下不乱，才是她的做派。

沈甫亭默不作声地看着她，眼眸深不见底。

男皇呵呵地笑了，竟未多言，让月好生伺候着送他们离开。

月送二人去了新的住处，依旧像个牢房，要什么没什么。

"二位放心歇下，这里再无别物。"自然不会再有，毕竟他们都已经试探过两个人的深浅了。

月临走前，终是忍不住开口劝道："公子切莫想着逃离，若是被抓到了，下场更惨，倒不如早些妥协，少吃点儿苦头。"他话间带着几分苦涩意味，显然深受其害已久。

沈甫亭没有开口，玉面上也没有一丝表情，平静得让人不敢靠近。

锦瑟可没兴趣管他，自去水旁端详唇瓣上的伤，这可是咬得不轻，瞧着颇为有碍观瞻，一时心头不爽，照了许久。

月走后，沈甫亭行至石案旁坐下，咬破手指，往杯盏里挤血，待蓄得差不离，撕了一角衣摆，指尖蘸血，一一画下脑中所记内容。

待他把复杂的路线画完，前后连通，即便不熟悉整个地宫，也大概能凭着一角地貌看出些许端倪。他静静地看着，白皙修长的手指轻点其中的空白处，眸色渐深。

锦瑟摸着唇瓣，回来看见石案上的布，似一张地图，再见画着的路线极为熟悉，才想起是这几日走过的地宫路线。

原来他早就不动声色地将路记下来了，记性倒是好，这般错综复杂的地方都能记得一清二楚。

只是这个地宫太大，他们也不过在其中走了三回，即便他记得再清楚，终究难以逃出去。

若是再给他点儿时间摸清了路，倒是没有问题，可惜他今日能不能安然度过都是问题……

沈甫亭眼帘微抬地看向她，低沉的尾音微扬："真的喜欢我？"

锦瑟没有半点儿犹豫，开口道："我自然是喜欢你的，否则怎么会想要和你谈情说爱呢？"

沈甫亭看了她许久，薄唇轻动，声音莫名压低，暗含一丝若有似无的引导："倘若我没有办法，你会帮我吗？"

锦瑟神情微怔，终于装不下去了，扑哧一声笑了出来："帮你？"她笑得像个恶作剧得逞的小姑娘，语气幸灾乐祸，"我看你也不是这么天真的人，怎么会有这样的想法？我现下都是泥菩萨过江自身难保，又怎么会帮你呢？"她说着，伸手挑起垂在身前的发丝轻轻一绕，笑得越发灿烂，"别说是帮你了，说不准我会没了

上
册

耐心，打晕了你，去换自由呢！"

沈甫亭闻言，唇角微不可见地一勾，扯动了唇上的伤口，带起一丝疼痛感。他轻抬眼睫扫了她一眼，神情淡漠到发冷。

锦瑟懒洋洋地靠在石案旁，眉眼弯弯地回视他，笑中含着些许遗憾和同情的意味："你可不要怪我，都是你自己的错，你要是早些顺了我的意，指不定我们现下有多浓情蜜意。"

沈甫亭眼神微沉，唇瓣抿成了一条线，拽过被她身子压着的布，彻底将她当成了透明人。

一夜平安无事，锦瑟再醒来时，石屋里空无一人。她看向石案，那画了地宫路线的布也不见踪影，想来他是逃了……

锦瑟轻笑出声，默坐片刻，起身出去寻他，碰上了迎面而来的人，正是昨日四个男子中的一个，腰间佩着剑，显然比先头两个人更受宠。

锦瑟停住了脚步，手笼在袖间，看向他。

雪对她微微拱手，做了个请的手势："锦瑟姑娘，我们宫主有令，差奴才送您出去。"

锦瑟往前走了几步，忽然停下："我的夫君呢？"

雪嘴角勾起一抹冷笑，似极不喜这个鬼地方："锦瑟姑娘能离开已是万幸，就莫要再问不相干的人了，出去以后，便忘了这里的事，就当没见过那位公子。"

"他现下在哪里？"锦瑟心中莫名不欢喜，就像被凭空夺走了玩具，重点是这个玩具她正喜欢。

雪领着她出了洞穴，到了洞口说道："姑娘顺着这条路往外走，无论看到什么都当作未见，自然就能离开这里。至于那位公子，姑娘还是不要再多管了，人各有命，一切都是天意。"

锦瑟站在原地默然，洞口的风微微吹来，拂起裙上红纱，煞是好看，只是风带着凉意，平添一丝萧瑟意味。

她迈出一步，脑中忽然浮现他挡在自己面前，替她隔开那些恶心的眼神的举动。她这个人从来不知"怕"字如何写，即便如今妖力尽失，于她而言，并没有什么不同，就像螃蟹从来不会因为自己断了大钳子而改变走路的姿势。横竖改不了，这辈子她都改不了……

洞穴之中，清风徐来，带着凉意，一个个巨大的洞穴里暗含规律。

沈甫亭在其中走着，却不是往外寻出路，而是往地宫深处走去，叫人摸不清他究竟想做什么。

他正走到一半，身后突然传来了动静。他脚下微顿，转了方向行去，却不想前头黑色衣袍的人凌空而来，挡住去路。

沈甫亭神色微敛，转身往后，一侧突然有一股力道袭来。他一抬手，心口撕裂般疼痛起来，一丝黑线已然泛上了掌心。

怎么偏在这个时候发作？沈甫亭生生受了一击重创，被猛然击飞到石壁上，又摔落在地，嘴角溢出了血。

周遭的黑袍人包抄而来，他没有退路了。

洞穴之中回荡着男皇的笑声，他挥退了黑袍人，留下的是昨日同宴的几个中年男子。

"本宫着人去请公子，公子却来了这里，不知我们有哪里招待不周，惹公子生气？公子尽管说给本宫听听，若是我们做错了，一定会改。"

沈甫亭面色苍白，体内的气流如凛冽的刀锋一般四处刮着，身上骤起冷汗，不可遏制地发寒。他挣扎了几番，却根本站不起来。他眉头紧紧一皱，看着这些人的眼神深沉恐怖，莫名让人胆寒。

几个中年男子见状，扑上前来抓他。

沈甫亭看准了时机，突然伸手擒住了另一个人的脖子。

咔嚓一声，那人便断了气，如一块破布般倒下。

他刚发力，身子就疼得发麻，喉头一股腥甜味冲上来，他猛地喷出了一口血。

男皇上前查看，发现那人骨头都碎了，沈甫亭可谓是极为狠辣。男皇瞬间目露凶光，再也没有先前的和善样子："骨头硬是吧？给我好好教训，弄到他服软为止！"

周遭的中年男子见他竟敢反击，上前狠踹猛踢，往死里打。

比起体内寒刀刮着的痛，外在的皮肉伤根本不值一提，他冷汗如雨下，手死死地抠在地上，几乎咬碎了牙才能强撑着让自己不失去意识。

男皇见差不多了，冷笑一声，说道："差不多了，再打下去就死透了……"

周遭人当即按住沈甫亭的手脚。

沈甫亭手脚被禁锢着，仙力一再被压制，竟无能为力！

他死命挣扎，却无力，心头大怒，眼眸都充了血。突然，一把剑凌空刺来，从绿衫男子的喉头穿过。

锋利的剑尖穿过喉头，直直冲向沈甫亭的眼睛，和他的眼眸只有一线之

隔。吧嗒一声，一滴血顺着剑尖滴落在他的眼睛血色。他眼睫一眨，眼睛血红。

绿衫男子喉头发出破碎的声音，伸手握住剑，眼神惊恐，剑慢慢扭动，猛然横向一劈，咔嚓一声，他便断了一边的脖子，如破布娃娃般往另一边倒去。

眼前的女子红衣翩然，肤白如玉，眉眼上沾染着几滴鲜红的血珠，衬得精致的眉眼锋芒毕露，如黑夜中一道闪电划过天际，带着凛冽的光，黑暗中的惊艳绝伦叫天地瞬间失色。

周遭的人当即避开，在一旁虎视眈眈。

锦瑟手腕轻转，收起滴血的剑，朝沈甫亭伸出手，笑盈盈地说道："沈公子，我们该走了。"

沈甫亭看着她，视线落在她面上片刻，伸手握住了她的手，借着她的力道勉力站了起来。

男皇眼神阴狠："锦瑟姑娘这是何意？本宫敬你妖界三分，特地差人送你离开，你不但不记恩情，反倒回来坏我好事，当我地宫如无物吗？"

锦瑟看向他，眼睛弯弯："你算什么东西，也配叫我看在眼里？"

男皇面色骤然一冷，自然不能容她再放肆，当即向周遭人使了个眼色。周遭几个人当即提掌聚气袭向锦瑟的面门，威力不容小觑。

"小心！"沈甫亭低喝一声。

正合她意，锦瑟余光扫了一眼，嘴角微扬，提剑上前，冲着迎面而来的气劈去，所有的气劲全打在她的身上，叫她三魂七魄一震，整个人瞬间往后退去。

电光石火间，她伸手拉过一旁的沈甫亭，借着这股气劲往后退去数米，当即挥出袖间的绣花线绑向巨石，猛然一扯。

巨石轰然落下，洞穴猛然一震，掉落了不少石块，灰尘四起。

几个人忙飞快避开，待烟尘散尽，前头二人已经不见踪影。

漆黑的洞穴中只余凌乱的脚步声和喘息声。

沈甫亭扶着她一步步往前走去，每一步都像踩在刀尖上，浑身直冒冷汗，晶莹剔透的汗珠顺着他的额角滑落，几乎染湿了他的眉眼，他整个人像是从水里捞出来的一般，却还死死撑着。

锦瑟已经提不住手中的剑，剑拖在地上，划出清越的声音，衬得周遭越发寂静，身上的血染湿了衣裳，顺着裙摆往下滴落。

只是她一身红衣，根本看不出血迹。

她每走一步都感觉五脏六腑移位，毫无妖力支撑，以肉躯挡下这么一击，没有当场毙命已是幸运。

她痛得受不住："好痛，我不走了……"

他亦走得艰难，强忍体内似被千刀万剐的痛楚往前走去："再忍一忍，很快就能出去了。"

锦瑟想停下脚步，却无法，一时痛得发怒，却因无力而像极了撒娇："沈甫亭……我不走了，好痛，你……你听见了没有？"她声音都在发颤，说出来的都是气音，可见有多痛。

沈甫亭将她的身子提起，几乎是抱着她往前走，声音放柔了许多，似哄着她："再坚持一会儿，很快就到了……"

二人在狭长的石道中走着，身后传来了细微的声响，似有什么东西在快速爬来。

沈甫亭当即拿过锦瑟手中的剑，将她背在了身上，使出所有的力气，摇摇晃晃地快步往前走去。

身后的动静越来越近，声音有几分慌张："你们快站住，不要再往里头走！"

通道的尽头是一片亮光，两个人越靠近洞口越热，似有火在熊熊燃烧。

锦瑟花了极大的力气才靠到他的耳旁，咬牙说道："你自己走，不要带着我！"可惜这无力的声音听在耳中也是软绵绵的，音色又太过甜美，给人一种即将破碎的脆弱感。

"不行。"沈甫亭干脆地拒绝，强撑着继续往前走着，就是不放下她。

待他们到了洞口，身后的追赶声却消失了，前头是无尽的火山岩石，正中是一座巨大的火山，里头燃烧着熊熊火焰，仿佛下头有什么可怕的东西。

洞穴外人声嘈杂，黑袍人跪在地上，瑟瑟发抖："宫……宫主，他们二人进了里头……"

男皇闻言大怒，猛地一挥衣袖，前头发抖的黑袍人惨叫一声，瞬间如烟般消散，一旁跪着的黑袍人吓得全部伏在地上，不敢动弹。

"没用的东西，时辰就快到了，恶灵马上就要出世了，你们却连两个人都拦不住，还叫他们跑到了里头！"

一旁的中年男子当即跪下："宫主息怒，他们进了里头倒也好，恶灵威力极大，这二人不过是寻常妖和仙，莫说是动恶灵的念头，便是进到里头，不用多久也会被恶灵吸干，魂飞魄散，届时妖尊寂斐也不会发现什么。仙和妖的体魄可比

那些凡人更能滋养恶灵，正好一箭双雕，岂不美哉？"

"大护法所言极是，正是歪打正着，解决了这个不识好歹的女人，再将这事栽赃给仙界，仙、妖二界岂不正好斗得你死我活？！"

男皇闻言，面上露出一丝阴笑："好法子，那咱们就等着阴时阴刻，恶灵现世，颠覆人间，届时看六道之中还有谁敢看不起我们！"

"宫主圣明！"

沈甫亭背着锦瑟往里头走去，终是力气耗尽，栽倒在一旁，掌心的黑色纹路已经快要蔓延到指尖……

待邪气蔓延过指尖，他不知道自己还能不能保持人的意识……

锦瑟在他背上难受地嗯了一声，轻轻一动，想要下来。

沈甫亭放下手中的剑，扶着她靠向身后的石壁。她身上的衣裳已经被血水浸湿，他不过微微扶过她的肩膀，掌心便染了一片鲜血，再看向地上，一摊一摊全是血，触目惊心。

他心中微微一震，皱眉看向锦瑟，她面色苍白，紧紧闭着眼，眼睫微微颤动，似乎极为痛苦。他微微伸手，轻轻抬起她的脸，声音虚弱地说："别睡……"

锦瑟痛得撑不开眼皮，也没有力气理会他，只静静地闭着眼，像被毁掉的瓷娃娃一般脆弱不堪。

沈甫亭见她这般，心更沉，手轻拍她的脸："锦瑟姑娘，别睡，睡着就醒不来了！"

锦瑟被扰得发恼，缓缓睁开眼，伸手拉住他的手，极为费力地驱赶道："你还不走吗？他们要是追上来，我可帮不了你了……"

沈甫亭看了她许久，忽然开口："你为何回来救我？"

锦瑟似乎觉得很好笑，又起坏心，伸手碰上他面上的伤痕。沈甫亭一时静待不语。

锦瑟笑得很甜，看上去神色认真："还不是想和你谈情说爱，否则我干吗……费这个力气？"

沈甫亭闻言一怔，似有什么东西堵在喉咙里，叫他说不出话来。

锦瑟只觉又热又痛，看向周围，全是烈火，远处火山里的火焰一阵阵喷涌而出，看起来极为可怕。她暗自探了探体内的妖力，发现到了这里，妖力越发被限制，甚至探不到一二，仿佛有一股力道从上而下地压制着她。

锦瑟扶着石壁起身："好热……"

沈甫亭扶着她转头看着冒着火焰的火山，神情肃然。

　　锦瑟看着火焰："下面有什么东西？"

　　沈甫亭眼神微沉，神色凝重："恶灵。"

　　锦瑟闻言一顿，混沌初开时六界一片混乱，天界最盛，地位越高的地方争的人就越多，仙者互相残杀，聚天地邪气，滋生了恶灵，威力无可比拟。

　　如此，这里的尸人倒也说得通了，恶灵需要魂魄喂养，这些尸人其实就是失了魂魄的尸体，而魂魄全被男皇他们用来投喂恶灵。男皇他们会在凡间建造地宫，显然就是为了抓尽可能多的人，用魂魄来滋养恶灵。

　　难怪她到了这里，妖力便被压制，原来是因为恶灵在这里。它是一个巨大的能量场，与她的妖力两两相抵，自然能牵制她。

　　二人堪堪站起，远处燃烧的火山突然迸发出烈焰岩浆，火光越燃越大，直冲石顶，似有什么东西要冲出来。

　　"你先离开这里。"沈甫亭扶着她往外走去，似另有打算。

　　他既为仙者，自然不能放任恶灵不管。

　　他话音刚落，前头火山猛然发出一声巨响，迸发出了火焰，岩浆快速流出，几息之间吞噬了所有的东西。

　　一团黑色的烟雾猛然从火山里钻了出来，又如人形，顶破了上头的石顶，衬得他们如蝼蚁般渺小。

　　平地卷起狂风，一股巨大的力量吸着他们，似乎要将他们的魂魄吸去。

　　沈甫亭只觉体内隐隐有什么在涌动，那一缕邪气自他全身慢慢出来，他将手中的剑递给她："趁着它还没有完全成形，你想办法离开这里！"

　　锦瑟看他周身萦绕着黑色的烟气，神情微怔："你怎么了？"

　　沈甫亭掌心的黑色纹路堪堪抵至指尖，纯黑的眼眸有一瞬间似没了人的情绪。他额角青筋暴起，似乎极为难受，当即将她推往另一处："快逃！"

　　话才出口，远处的黑色烟气突然袭向这里，眨眼间，沈甫亭已离她数米，黑色烟气似要将他整个吞噬。

　　锦瑟当即挥出手中的绣花线绑住他，却使不上力气，脚被带得在地上划出了一道极深的痕迹。

　　沈甫亭整个身子在烟云之中变得模糊，腰被绣花线一绑，意识微微清醒，见锦瑟拉扯不住，当即开口："别管我，快找地方躲起来！"

　　这自然不行，她好不容易夺回来的玩具，怎么能轻易放走？锦瑟越发用力拽着，连带着整个人也飞了起来。

上册

沈甫亭见状，伸手一把扯断了绣花线，掌心带出了一连串血珠，洒落空中。

线断了，锦瑟猛地摔出数米，被震得又呕了一口血。

脚步声纷至沓来，男皇带着人出现在洞口，瞧见了被火焰吞噬的沈甫亭，欣喜若狂："恶灵终于要现世了，我们再也不用在这暗无天日的地宫中躲藏了，往后天界那些仙都要高看我们一眼！"

一时间，洞穴之中尽是欢呼声。

锦瑟抬眼看去，眼前只余黑色烟气和熊熊燃烧的火焰，紧接着黑色的烟气卷入燃烧的火焰中，岩浆蠢蠢欲动。

她心中一沉，不悦到了极点，她的玩具没了……

火焰燃烧得越发剧烈，里头黑色烟气升腾，在岩浆中冲撞，隐隐有爆炸的迹象。

阴年阴时阴刻刚过一刻，突然一声碰撞震耳欲聋，火山中一股巨大的气流震荡开来，击飞了周遭的人，惊叫声伴随着山崩地裂声响起，石顶轰然坍塌，山间泉水如海水涌来。

锦瑟被震得心神俱晃，险些魂散，衣裳被倾洒而下的水浸湿，湍急的水流带着毁天灭地的威力，很快漫过小腿，连带着地面震动，猛兽嚎叫声不绝于耳。

黑色烟气弥漫在整个视野中，眼前山塌水漫，几步之外便看不见东西。

她瞳孔微缩，神情慢慢凝重，摇摇晃晃地往外走去，趁着恶灵出来前逃离。

男皇挣扎着爬回来，眼中是兴奋的光芒，双手伸直，匍匐在地："恭迎恶灵现世！"

身后的人伤的伤、残的残，吓得连忙跪倒在地："恭……恭迎恶灵现世！"

水流缓缓倾泻而下，漫过了脚边，洗净了尘埃，一人自黑色的烟雾之中跃出，身姿翩然，无声无息地落在他们面前，绣着繁复花纹的衣衫上染满了血，笼在袖间的手尽染血水，一把剑在手。

一股力道如山压下，吓得人几乎直不起身，不敢动弹。

锦瑟脚下一顿，猛地转身看去，视线慢慢落在他的剑上，剑身闪着耀眼的白光，天家磅礴的仙气无可遮掩。

她心头大震，视线在他的身上流转，眼中神情莫辨。

沈甫亭看着眼前跪着的人，沾染血迹的薄唇轻启："恭迎本帝吗？"

男皇闻言，猛然往后倒去，心头大骇，瞳孔骤然一缩，面色瞬间苍白，怎么可能？！

"是……是你，九重天！"

沈甫亭缓缓走近，手中的剑泛着仙气，血顺着手漫过剑柄，滑过剑身，滴滴落下，落在水中慢慢散开。

他薄唇微启，显现帝王威压："九重天界、六界众生，皆归于吾，尔等蝼蚁，胆敢放肆？"

"君主！奴才不……不敢肖想六界！"男皇吓得面色惨白，还未来得及开口求饶，沈甫亭手中的剑已然劈来，剑身带着毁天灭地的威力，蝼蚁岂有反击的余地？

男皇被劈成了两截，落在了地上，痛不欲生，半截身子还有意识，不停地挣扎惨叫，听得人心头发寒。

余下的人吓得魂飞魄散，几个护法死也想不到竟然招惹了上面那位，一时浑身发抖，惊恐万状："君主饶命，饶……饶命！"

不过话音全卡在了喉咙里。

锦瑟被剑身强烈的光芒刺得眼前一片白茫茫的，心中一沉。果然是他！九重天上的那个人……

这个念头才起，锦瑟再也撑不住，意识瞬间模糊，陷入了一片黑暗之中，整个人倒进漫过小腿的水中。

流水缓缓倾覆而下，渐渐成了红色，沈甫亭雷厉风行，连带着地宫也一并被毁掉了。

废墟淹没了里头所有由黑暗滋生的东西，仿佛立了一个巨大的坟冢，祭奠那些无辜死去的人。

沈甫亭看向一旁躺在水中的锦瑟，那水堪堪漫过她的手，红纱乌发浮在水中，面上血色尽失，五官越发精致如玉，仿佛躺在水中的瓷娃娃。

沈甫亭站了片刻，见她周身红纱中的血水慢慢流出，染红了石上流淌而过的水，眉间微微皱起，俯身将她的衣领微微拉下，果然见她肩膀上的伤痕不断往外渗血。肩膀就已经有这么多伤痕，可见她伤得有多重。

他收了剑，将她从水中抱起。

锦瑟再醒来的时候，已经不在地宫之中。窗外阳光耀眼，她微微闭了闭眼，适应光线后再睁眼看向周围，是间木屋。

阳光透过窗子，均匀地洒在屋里，丝丝缕缕的光线映出细碎的尘埃，上下浮

上
册

沉,阳光的气息伴着草木的清香扑面而来,屋子里敞亮干净,摆设雅致。

她微微一动,发现身上只盖着一件薄薄的衣裳,再无其他。

她正疑惑着,屋外传来了脚步声,门被轻轻推开,有人走了进来,绕过屏风出现在她眼前。

他换了一身寻常衣衫,布带束发,简朴干净,洒进屋里的阳光映到他身上,格外耀眼夺目,只是玉面还有些苍白,瞧着很是虚弱,显然他比她伤得重。

锦瑟见进来的是他,不由得一怔,脑中瞬间想起了先头的画面,一时眉间微蹙。

沈甫亭端着药,掀开珠帘进来,见她醒了,脚下微微一顿,继而走到床榻旁,将药放在了榻旁的案几上,语气带着少有的温和:"你醒了,可还有哪里不舒服?"

锦瑟摇了摇头,微微起身,身上的衣裳便轻轻滑落。

沈甫亭见状,伸手拉过一旁的薄被,盖在她的身上:"你身上全是伤痕,担心你会闷坏了伤口,便只盖了一件薄衣。"

沈甫亭仿佛将她当成了瓷娃娃,话语带着坦然,没有一点儿尴尬之意。

锦瑟倒也没有多在意,若有所思,并未开口说话。

沈甫亭伸手拉起薄被的一角,按了按她的脚骨:"疼吗?"

锦瑟摇了摇头。

他温润的手掌在她的脚踝处轻轻按压:"这里呢?"

锦瑟看着他,继续摇头。

沈甫亭见她没伤到骨头,便安心地收回了手,见她一言不发,眉眼间染着浅笑地问道:"怎么不说话,不认识我啦?"

她确实不完全认识他……

锦瑟眼眸微转,思绪混乱,接不了话,只得微微拉开被子,看向自己身上的伤。

沈甫亭见状,微微一顿。他当时也没有想这么多,现下想来,确实不妥,一时也不知该说什么。

锦瑟仔细看了一眼身上,果然有许多伤痕,即便妖怪恢复力强,可也不是伤不着的,这么深的伤痕,稍不注意就有可能留下疤痕。

"我身上会留疤吗?"

沈甫亭似一怔,继而神色认真地回答道:"你放心,我不会让你身上留疤的。"他说着,伸手端起了案几上的药,"先喝药,这山间没有仙草,只能采些寻常的草药，待我恢复一些，便回天界给你取灵药。"

他说得很自然，没有半点儿要瞒她的意思。

锦瑟微微坐起身，被子从肩头上缓缓滑落，香肩半露，雪白的肌肤很是晃眼。

沈甫亭当即伸手替她拉住被子，别开了视线。她晕着的时候他能将她当成瓷娃娃，现下醒了又有些不一样了。

锦瑟本还浑身发痛，见他这般，又生了几分趣意。她伸手去拉被子，细白的小手极为刻意地握上了他的手背。

沈甫亭抬眼看向她，似有些没想到，顿了片刻收回了手，将手中的药递到她面前，低沉的声音颇为悦耳："先将药喝了。"

锦瑟面上笑盈盈的，话语透着几分为难之意："我这手要拿着被子，腾不出来，能不能劳烦沈公子喂我？"她甜美的声音似乎掺了糖。

沈甫亭看了她一眼，并未再开口，也没有拒绝，拿起勺子，舀了一勺药递到她的嘴边。

锦瑟见他这般听话，越发起了捉弄他的心思，启唇碰了碰木勺，似被烫到了一般往后一退："烫到我了。"

"烫？"沈甫亭看向碗中的药，这还是放凉了一些才端来的，上头只飘起些许热气，这样的温度应当是刚刚好的。

锦瑟声音又娇又软，见他不信，微微凑近他，嘟起唇瓣给他看："你看看，都被烫红了。"

她的唇生得很柔软，即便失了些许血色，看起来也如花瓣般娇嫩。

沈甫亭沉默了，虽然没有看见哪里被烫红了，但姑娘家的唇瓣显然更娇嫩，或许真的烫到了她。

"既如此，那凉一会儿再喝。"沈甫亭真是百依百顺，将手中的碗往案几上放。

锦瑟自然不许，眼睛弯弯，随意找了个借口："放着就全凉了，我不能喝凉的药，你就不能吹一吹再喂我吗？"

如此明显的捉弄话语他如何听不出来，沈甫亭手中的碗顿在案几上方，他微抬眼帘看向她。

上册

第七章
你若是真这样想又怎会与陶铈在一起

锦瑟笑意盈盈地看着他，意图很明显。

沈甫亭看了她片刻，眉眼浅弯，脸上忽染一丝笑，竟真的重新端回了碗，修长细白的手托着碗底，看上去赏心悦目。他没有开口说话，长睫微微垂下，显得斯文无害，拿起勺子舀了一勺药，放至唇边吹过才递到她唇旁。

锦瑟这才喝了一口，神色满意。

沈甫亭一勺接着一勺地喂着她，都是微微吹凉才递过去，像喂任性的小奶猫一样极有耐心，动作倒也不生疏。先头她昏迷的时候，他也是这样一勺一勺喂到她嘴里的，那时她可没有现下这般不听话。

不过奶猫嘛，总是任性的，越哄着越娇贵。

锦瑟才喝了几口便不愿意再喝，这药太苦，往日她是一口都不愿意喝的，若不是想使唤沈甫亭，可是连碰都不会碰。

待沈甫亭再喂来药时，她便很随意地伸手推开："不要了。"

沈甫亭看了一眼碗，里头还有一大半药，似觉她在胡闹："不喝完药，身上的伤怎么好得了？还是你已经恢复了？"

锦瑟闻言一顿。她一醒来就知道自己的妖力恢复了，不过这可不能跟他说，若是他知道了，又怎么可能伺候自己？她想着，当即摇了摇头，虚弱地说道："还提不起劲，也不知是不是伤得太严重了，连力气都没了……"她说着，掩唇轻咳一声，一副弱不禁风的模样。

沈甫亭也没多想："既然你还没恢复，那就把药喝完。"他说着，又将勺子递到她的唇边，不容她再拒绝。

锦瑟要是这么乖巧听话的妖，也就不会惹出那么多事了。她微微退后一些，避开了勺子，眼眸似含水泽，声音分外娇软："苦呢，沈公子给我点儿糖。"

这可真是为难人家沈公子了，这荒山野岭的他要去何处找糖？

他将勺子又递过去，低沉的声音放缓，带着若有似无的诱哄味道："你先喝了这些药，待下一回，我再想办法给你寻些糖来。"

锦瑟没想到他这般有耐心，抬眸打量了他一眼，却没有妥协。她不想喝就是不想喝，谁也逼不了她。

"太苦了，若是没有糖，我根本下不了口，还是等你寻来了糖我再喝。"

沈甫亭也没再勉强，劝到这一步，已经是仁至义尽，她不愿意喝，他也不好说什么，此事全凭她自己做主。

"既如此，那便不喝了，不过若是身上留了疤，可就无法了。"沈甫亭端着碗起身。

锦瑟心中一突，又叫住了他："身上真的会留疤？"

沈甫亭垂首看来，神情认真："不喝药，自然无法保证。"

锦瑟可不许："我不喝药，身上也不能留疤，你可要帮我，不然我就要找你算账。"她不听话喝药，还非要人家保证自己身上不会留疤，摆明了故意捉弄人，可偏偏他不好点破。

沈甫亭看了她半晌，只字未言。

锦瑟见他不说话，有几分捉弄得逞的欢喜，眼睛弯弯地看着他。

沈甫亭见她笑得意，忽而俯身靠近她，低声说道："药我也喂了，人也伺候了，你还要找我算账，这是什么道理？"

他靠得这么近，身上的檀木香味一下萦绕在她的鼻间，说话间男子的气息袭向她。

他明明受了这么重的伤，身子比她还要虚弱，可还是这么有攻击性。

这般无法言喻的吸引力，就像钩子，若有似无地勾着她。

锦瑟被勾得有些难言，浓密的眼睫下意识地一眨，却没有挥去他温润的气息，他的气息反而越发浓烈，她心口莫名发紧，不自觉地避开些许。

可这明显就落了下风，她很快反应过来，当即抬脚抵在他的胸膛上，轻轻将

上册

149

他推离，清脆的声音显得发娇："我不管，你不许和我讲道理，我受了这么重的伤，你不好好照顾便罢了，还要跟我讲道理，这又是什么道理？"

那白玉似的小脚抵在他的胸膛上，小巧精致，只是因细白滑嫩的肌肤上的道道伤痕显得脆弱不堪。

薄被微微滑过她的脚踝，露出了羊脂白玉似的小腿，看起来很是晃眼。

沈甫亭被她白玉似的小脚推离了些许，眉梢微微一挑，视线落在她的面上，流转片刻，然后了然一笑，伸手握住她的脚，直起身，将药放在了案几上。

"这深山老林里未必能寻到糖，你若是因为药苦而不喝，那可要自己掂量清楚，好不了自不能怪旁人。"

锦瑟见他半点儿不觉为难，不甘心地看着他离开了屋子，真去了外头，当即揽着被子起身推开榻旁的窗子。

外头篱笆拦出一个小院子，青山翠绿，令人赏心悦目。

沈甫亭出了屋子，径直往外头走去。

锦瑟一脸不高兴的表情："我不过就是不喝药，你就要走了，男子汉大丈夫，怎的一点儿耐心都没有，这般就要生气了？"

沈甫亭转身看过来，见她这模样越发像一只伤了爪子的小奶猫，在他面前就爱闹别扭，他离开了她又眼巴巴地看着。他眉间染上轻笑，话语似真又似逗弄："对，我生气了，你若是把药喝了，我就回来。"

他轻轻一笑，转身推开篱笆门，往外头走去，连头都没回。

锦瑟一肚子气，这玩具的脾气倒比她还大，不要也罢！

她揽着被子躺回榻上，瞥见一旁的案几上的药，冷哼了一声，他走了也好，省得往后麻烦。心中虽有些不甘，她还是强行闭眼养伤，克制自己想去抓他的念头。

沈甫亭在山中寻了许久，才寻到一种花，这种花生得不美，但花心有一片花瓣卷起，底下有几滴清甜的花蜜，入口极为甘甜，正好可以冲淡药的苦味。

他摘了花，刚起身便一阵摇晃，险些没站稳，缓了片刻，眼前才慢慢清晰起来。

他身上的伤很重，加之与恶灵相斗，受了不小的震荡，如今他正是虚弱之时，不过体内的邪气暂时得到了压制，掌心的黑色纹路暂时消去，也算是因祸得福。

他缓过劲儿便转身往木屋走去，绕过弯弯曲曲的山路，便见院子里闪过几只毛茸茸的东西。他脚下骤然一顿，当即疾步走去，待进了屋，才发现是往日那群毛茸茸的小妖怪，此时正围在锦瑟的榻旁疯狂献殷勤。

"姑娘，多日不见，您还是这么闭月羞花、倾国倾城。我的姑娘呀，您的眼睛如明月般耀眼，照进了小的们的心里，小的们就像追随明月一般追随您，这些时日瞅不见您，实在是辗转反侧，夜不能眠。"

沈甫亭："……"

锦瑟听了花式连环夸，身上的痛还是没能好点儿，正琢磨着干些别的事转移注意力，一抬眼便见沈甫亭回来了，还带了花，一时微微怔住。

小妖怪们扭头瞧见沈甫亭，神情那叫一个惊恐，纷纷逃窜，一只接一只，你追我赶地蹿到了门外。

有一只小妖怪急得没看清路，一头撞在了他的腿上，吓得瞅了他一眼，连忙换了个角度，迈着发软的腿蹿出去。

屋里一下子就空了，只有几根微微扬起的毛缓缓落下，安静了不少。

沈甫亭走到榻旁，看了一眼案几上的药，她果然一口没动。

锦瑟见他回来，心中欢喜，面上露出一丝甜笑："你怎么又回来了？"

沈甫亭在榻旁的凳子上坐下，将手中的花递给她："我给你寻了糖，现下可以喝药了吧？"

锦瑟伸手接过花，眼神疑惑："糖？"

沈甫亭伸手摘过花心里的一片花瓣，递给她："这花善结露水，染了花蜜会有甜意。"

锦瑟眼眸微转，轻飘飘地瞥了他一眼，启唇含住花瓣，唇瓣碰到了他的指尖，也不知是不是故意的。

沈甫亭感觉指尖被这娇嫩柔软的唇轻轻一碰，神情微微一顿，眼帘轻抬，视线落在了她的唇瓣上，扫过一眼便收回了视线，并未开口。

锦瑟轻轻吸过花心，果然吃到了些许带着甜意的露水，还带着花的清香萦绕在唇齿间，别有一番滋味。

"好甜，我还是头一次吃花呢，谢谢沈公子。"

沈甫亭见她唇瓣离开，才将花瓣放在一旁的案几上，伸手从衣袖中拿出了一个瓷白的药瓶，嘱咐道："你将药喝了，再把这个药涂在伤口上，会好得快一些。"

锦瑟重新靠回榻上，姿态悠闲，语调娇滴滴的："这药都凉了，我可喝不下，不如沈公子再替我温一温？"

沈甫亭伸手端过案几上的碗，语调依旧温和："我重新熬一碗。"

锦瑟这下可真是怔住了，若不是表面还是这个壳子，她都要以为换了一个

人呢！

她没想到他还有这样温和的一面，这搁在往日，真是太阳从西边出来，一辈子都不可能见到的事……

她饶有兴致地看着他出了屋，面上泛起一丝意犹未尽的笑，只觉使唤得非常称手。

重新熬药需要一些时间，锦瑟百无聊赖间看向案几上的药瓶。姑娘家自然是在意的，若是身上留了疤可就不好看了，即便是女妖怪也不例外。

锦瑟拿过药瓶，在手指上蘸了一些，轻轻往身上的伤口上涂抹，细致得像在绣花，时间便耗去了不少。她专心致志，反倒完全忽略了外头的门没关。

沈甫亭熬好了药重新端进来，进屋绕过屏风，一幅美人图毫无防备地映入他的眼帘。

珠帘轻轻摇晃，屋里的人拢被坐起，乌发披下，半遮半掩，画面极为晃眼。

锦瑟抬眼看去，正对上珠帘外的沈甫亭的视线，珠帘随风轻晃，时而遮掩他的眉眼，却根本遮掩不了她。

她面色一顿，快速伸手拿被遮挡。沈甫亭没有丝毫停留，退出屋子，轻轻带上门，没有一点儿慌张神色，仿佛刚才看见的画面并没有让他生出太多感觉。

锦瑟见他波澜不惊地退了出去，拿起被子的手微微顿住。

他这反应未免太过淡然，仿佛他只是看见了一截被剥了皮的木头般，甚至可以说视若无物。

锦瑟心头正不痛快，沈甫亭的声音在外头响起，语调依旧平静："药已经熬好了，你抹完了唤我一声便好。"他说着，离开了屋门口，显然并没有尴尬。

锦瑟抓着被子的手慢慢松开，她这才意识到了问题所在。她在沈甫亭眼里恐怕没有半点儿女子的魅力，他这般顺着她、照顾她，也不过是因为先前的救命之恩，除了这个，与她这个人并没有什么关系。

就拿陶铈来说，若是看见刚才这般香艳的场景，怎么可能这样无动于衷地退出去？她没吃过猪肉，也见过猪跑，戏台上唱的戏显然不是这个样子。

男人若是对这样的场景都没什么感觉，确实可以说明，他对自己没有半点儿兴趣。难怪他一直不同意与她在一起，原来竟是这般不中意她……

这番认知无疑让锦瑟心头不悦，哪个女人接受得了自己在看中的男人眼里没有丝毫魅力呢？更何况是锦瑟这样的美人……

她虽说性子不好，可这副皮囊是实打实貌美无双，即便在妖界横着走，暗地里中意她的妖可不少，沈甫亭这般冷淡的反应，着实打了她的脸。

她阴沉着脸坐了一会儿，看着手中的药瓶，眼眸微微一转，穿了衣裳起身，推开榻旁的窗户，声音婉转动听："沈公子，你可以进来了。"

沈甫亭先叩了一声门，才推开门进来。

这般避嫌的做派，倒弄得是他吃了亏似的，莫不是他还怕污了他的眼？

锦瑟脸色越发阴沉，看他面色平静地走进来，当即勾起了唇角，眼睛弯弯，将手中的药瓶递过去，像个遇到难题的小姑娘，一副天真和无能为力的样子："沈公子，别的伤口我都抹好了，只是这背上看不见也摸不着，还要劳烦你替我抹一抹，我怕时间久了留下疤。"

这个理由太无懈可击，合情合理得叫人不能拒绝。

沈甫亭放下手中的药，坦然地接过她递过来的药瓶，语气依旧温和有礼："可以，你先躺好。"他说着，没再看她，转身去找了一块刮药膏的竹板，又回来坐下。

锦瑟已经在床上趴好，见到他手中的竹板，问道："这个竹板不干净吧？"

沈甫亭垂眼将药倒在竹板上，也没听出她的意思，温和地说道："这是新的，很干净。"

锦瑟面上笑盈盈的，半点儿不羞怯，将意图明明白白地摆了出来："沈公子还是用手吧，这竹板硬邦邦的，万一擦破了伤口，我可吃不消。"

沈甫亭这才微微抬眼看向她。

锦瑟身上的衣裳半遮半掩，遮住美背，显出几分朦胧的美感。她的背生得极美，腰窝处微微凹陷，形成一个极美的弧度，再往下便被墨蓝色的薄被盖得严严实实，微微隆起的圆润弧度莫名勾人遐想。

锦瑟一眼不错地看着他，眼神看似天真，却带着若有似无的勾缠，还有深深的觊觎，没有半点儿掩饰。

沈甫亭微一扬眉，对她的勾引显然游刃有余："你想明白了吗？确定不用竹板？"

锦瑟见他这般不为所动，越发执拗，轻飘飘地看了他一眼："用手好过用竹板，免得竹屑擦破伤口，疼着了我。"

沈甫亭温和地道了声好，随手放下手中的竹板，坦然地将药瓶里的药倒在指腹上。

屋里很安静，锦瑟闭上眼，只听见衣衫细微的窸窣声，片刻后，便听到他将药瓶放在了案几上。

上
册

细微的声音让她集中了注意力，紧接着背上的衣裳被微微掀开，他的手指带着药轻轻贴上了她背间的肌肤，带着些许凉意沿着伤口涂抹，有些刺疼。

不过到底是男子，即便他觉得下手很轻，力道对锦瑟来说还是有些重了，药涂上了伤口，带着细微的刺疼感。

锦瑟挨不住呀了一声，微微侧头睨了他一眼："好疼，你轻一点儿。"声音本就如裹了糖一般甜，这般娇滴滴的指责话语反倒像撒娇，若有似无地招惹人。

沈甫亭闻言，手微微一顿，继而手上力道轻了许多，尽力将疼痛感减到最轻。

他的手很规矩，只是轻轻涂抹伤处，并没有碰到一旁的肌肤，也不知是不是身子还没恢复，指尖还微微带着凉意，在伤口上轻轻涂抹时叫人无法忽略，心口莫名发紧。

外头鸟鸣声四起，微微透过窗子的阳光全洒在了锦瑟身上，映得她的肌肤莹白如雪，风轻拂，几丝女儿香萦绕屋间。

沈甫亭神情认真，眼中没有多余的情绪，仿佛摆在面前的真的只是一截木头。

锦瑟微微眯起了眼，等他拿起药瓶往手上倒时，忽而抬手一个动作，似不经意地撞上了他的胳膊。

沈甫亭手上的药瓶一晃，药全撒在了她身上，他下意识地伸手去擦，触到了一片柔软滑腻的肌肤，比看上去还要细滑。

他手一顿，当即收回了手，看向她问道："怎么啦？"

锦瑟表情天真："我刚才不小心压到了伤口，好疼。"她说话间仔细观察他的神情，他依旧面色平静，眼神清明，没有半点儿意乱情迷的迹象。

她不由得疑惑，静静地趴着看他。

这一番过后，锦瑟便再也没了动静。

沈甫亭抹药没了干扰，速度快了很多，抹好了药，起身没再看她，将药瓶盖上，温和地嘱咐道："记得喝药。"

锦瑟见他的手修长有力，指节分明，分明就是男人的手，反应却不像男人。

她眼眸微转，伸手拉过他垂在身侧的手，小拇指在他的手心上若有似无地一钩，天真地问："药抹匀啦？"

沈甫亭似丝毫没有察觉，不着痕迹地收回了手，笼回袖间："抹匀了，你待药在身上干一会儿，再将衣裳放下来。"

锦瑟的手顿在半空中片刻，见他没有一点儿表示，她慢慢收回了手，撑着头，饶有兴致地看向他："你真的是男人吗？"

若他真的是男人，即便没有心猿意马，也该有别的情绪，可他平静得仿佛一汪沉寂的水，石头砸下去也没有半点儿波澜。

沈甫亭眉眼间染上若有似无的笑意，他起身将手中的药放在了案几上，逗弄道："你觉得呢？"

锦瑟听出他话中的玩笑意味，不想再理他，轻哼了一声，别过头去。

沈甫亭转身笑着离开。

珠帘微微晃动，发出声响，他的声音从帘外传来，语气依旧平静有礼："我在外面，锦瑟姑娘有事唤我一声便好。"

锦瑟转头看过去，他已经绕过屏风往外走去。

茂林翠竹，绣纱屏风，将他的身影衬得模糊，他依旧身姿修长如玉，如今她看背影都觉得是个冷情寡欲的人。

锦瑟微微起身，看了一眼后背，莫不是伤口影响了美感，她才会在他眼里没有半点儿吸引力？

沈甫亭出了屋子，面上依旧平静，刚才那一场软玉温香的勾引显然对他不起作用。他缓缓走到水缸旁，伸手舀了一勺清水，倾倒于手上。

清澈的水落在手间，闪烁点点碎光，无声地落进了草地里。

一旁毛茸茸的小妖怪瞧见他有些怕，挤成一团窝在草丛里，瞅着他，那模样看上去天真单纯，实则都是爱惹祸的，像极了他们的主人。

沈甫亭看了小妖怪们一眼便收回了视线，平静地看着木勺里的清水冲着指腹上残留的药，擦洗指腹间，那种柔软滑腻的触感又泛上来，似乎还沾染着若有似无的女儿香气。

木勺里的水很快被倒完了，指上沾染的药早已洗净，连药香都已经淡去。

沈甫亭却没有停下来，又舀了一勺水继续洗，水缸里稍稍平静下来的水纹又轻轻泛起。

山中岁月日子悠闲，过得也快。

锦瑟百无聊赖地坐在院子里，外头视野开阔，映入眼帘的是重重叠叠的绿意，悦目舒服。

沈甫亭留在这里，显然是为了探看地宫恶灵还会不会复苏，顺带照顾她。既然是这般，那白使唤的人她哪儿能不使唤？可无论锦瑟如何作妖，沈甫亭都没有太大的反应，游刃有余地应对，叫锦瑟越发想撕开他温和平静的表象。

锦瑟使唤沈甫亭给她在树下搭了一个秋千，她坐在上面，身后几个小妖怪认认真真推着她，她一晃一晃的，很是惬意。

沈甫亭从屋里出来："我去山里采药，地宫下头未必没有藏着东西，你自己小心一些，不出屋子就不会有事。"

锦瑟下了秋千："我要和你一道去。"

沈甫亭看了她一眼，脚下未停："山路难行，你身子还未好全，还是在这里好好休息吧。"

锦瑟可不听这些，如同一条小尾巴般跟上："你一个人去山中采药，多无趣？我陪着你一道去一道回，路上可就快了许多。"

沈甫亭倒也没有多言，随她跟着，二人一道出了屋子，往山间走去。

山路崎岖不平，自然没有平坦的路好走，锦瑟没走多久便不耐烦了，越走越慢。

沈甫亭心中有数，也不意外，态度倒是依旧温和，偶尔回头等等她，待小尾巴带着后面的一群小尾巴跟上来再走。

小妖怪拿着蒲扇，跟着锦瑟一路伺候着，忙碌不休，很是殷勤，瞧见沈甫亭会下意识地躲闪，不过倒是没有先前那么怕他了。

锦瑟走了几步，见沈甫亭站在不远处等着，面上泛起一丝笑容，走到他面前，表情天真地问："我们是不是到啦？"

沈甫亭唇角微弯，轻飘飘地戳破了她的美梦："还要小半个时辰。"

锦瑟哪儿还愿意再走，在一旁的大石头上坐下，任性至极："我不走了。"

沈甫亭微微扬眉，在她面前蹲下，面色微冷："你先前在院子里怎么说的？"

一旁的小妖怪见他这般神情，吓得躲到了石头后面。

锦瑟却又动了小心思。这几日她可是无所不用其极地撩拨他，奈何他就是没有动静，实在叫她不甘心。

她想着，便伸手去揉自己的腿："我脚上都被磨出水疱了，疼得不轻，再这样走下去，脚就要废了。"她似乎已经疼得受不了了。

沈甫亭看她半晌，抬起她的脚，将她的绣花鞋脱下，脱去白袜。她白嫩嫩的脚上还有着淡淡的伤痕。

小脚在他手上显得越发小巧玲珑，脚指头生得圆润可爱，有些被磨红了，不过还没有到磨出水疱的地步。

沈甫亭看着她的脚不说话，掌心的温度传进细嫩的皮肤，她自来脚凉，便觉有些烫人。

锦瑟看了他一眼，微微动了动脚指头，沈甫亭抬眼看过来，似才回过神来。

锦瑟冲他甜甜一笑："要不你抱着我走吧，这样既不用停在这里，又能去采药，岂不是两全其美？"

他抱着她还如何采药，这可不就是无理取闹？

沈甫亭眉头微微一皱，放下了她的脚，神情淡淡地说："把鞋袜穿起来自己走。"

锦瑟没得逞，心中不痛快，睨了他一眼："没想到你是这样铁石心肠的人，先前我花了这么大的力气救你，现下你却连抱一下我都不愿意。"

沈甫亭显然不打算再纵容她，面上神情肃然："你不用总拿救命之恩来说事，你救了我，我自然会报答，你想要什么都可以跟我说，现下我只照顾到你伤好，至于不该想的事，你还是不要……"

锦瑟才不耐烦听他说教，当即身子前倾，搂上了他的脖颈。温香软玉扑了过来，沈甫亭口中的话顿住。

锦瑟靠近他的脸庞，小巧的鼻尖若有似无地擦过他的面庞，娇嫩的唇瓣微动，吹气如兰："我的脚都成这样了，你还要与我讲道理，你有没有良心？"

沈甫亭看着她没说话，他的眸色很纯净，眼睫很长，遮掩着眼中的神情。

锦瑟见他不动，柔软的身子越发歪向他，细白的手指头正要往他心口上戳，却被沈甫亭提着胳肢窝，抱小孩似的抱回了石头上。

沈甫亭看着她，语调轻缓，似带训诫："坐不直吗？"

沈甫亭的不解风情可真是到了极致，要是陶铢有这般待遇，早就上钩了。

锦瑟被这般推拒，越发执拗，装起了可怜："你见过哪个姑娘家坐得板正的？我现下这般疼，你还要苛责，早知道就不跟你一起来了，还想着陪你，没承想惹你这般嫌弃。"

沈甫亭扫了她一眼，将鞋递过来："把鞋穿上，我背你。"

锦瑟心中得意，面上露出笑容，白嫩嫩的脚微微一翘，将绣花鞋套上，伸手去揽他的脖颈。

沈甫亭拉下她的手，见她光溜溜的脚穿着绣花鞋，眉头微微皱起："怎么不穿小袜？"

锦瑟不以为意，轻飘飘地说道："穿着麻烦，丢了吧。"

她的脚本就嫩，再不穿着一层袜子垫着，轻易就会被磨破皮，一会儿她又该折腾了。

沈甫亭淡淡地扫了她一眼，也不打算与她多说，重新脱下她脚上的绣花鞋。

锦瑟当即收回脚："不用穿了。"

沈甫亭神色微敛，啧了一声："别动。"说话间，他便将袜子重新给她穿上，

上
册

等一切妥帖之后，才转过身背对着她，"上来。"

锦瑟眉眼一弯，当即搂住他的脖子，牢牢挂在他的身上。

沈甫亭把手伸到她的腿弯之中，轻轻松松将她背了起来。

或许是靠得近了，他身上淡淡的檀木香萦绕在她的鼻间，她忽而笑吟吟地说道："你知道我第一次见到你的时候，心中想的什么吗？"

沈甫亭闻言不语，似乎对此没什么兴趣。

锦瑟眼眸轻转，自顾自地继续说："我第一次见到你的时候就在想，怎么会有人生得这么好看？若是能待在他身边，日日这样看着，我也能日日心生欢喜。"

沈甫亭依旧没说话，仿佛没有听。

锦瑟看不见他的表情，也不知道他有没有听进去。

沈甫亭走了片刻，忽而开口问道："你若是真这样想，又怎么会和陶铈在一起？"

锦瑟微微一顿，可被问慌了，半点儿接不上话来。他们先头那可是相看两相厌，沈甫亭现下若信了她的鬼话，那才有鬼了。

不过锦瑟到底是横惯了的，这点儿小问题哪里难得倒她，话间多了几分落寞意味："你那时似乎不是很喜欢我，都不多看我一眼，我想要吸引你的注意力，可是又想不到好的法子，反倒越发惹你生厌了，后来便也不再自讨没趣。那陶铈不过是玩具罢了，在我眼里哪儿及得上你？我也没有将他当男人看，你如今问起来，我连他长什么样子都不记得了，只记得你往日看我的眼神。"她说着，语气低落，心中竟真的难过起来。这戏演得好，仿佛她说的话都是真的一般，连自己都骗了过去。

沈甫亭听了没反应，和以往一样平静。

锦瑟也没再开口，避开他的话头便好，免得惹得他恼羞成怒，可就没得玩了。

山间的清风微微拂来，他的衣摆被微微带起，时而与她的裙摆缠绕，时而分散。

"真的？"他的声音伴随着清风拂过她的耳旁。

锦瑟微微一顿，下意识地问道："什么？"

"你说的是真的？"他低沉的声音轻轻传来。

锦瑟明白了他的意思，心跳微微漏了一拍，靠得这般近，都能感觉到他的胸腔里的心跳声平稳有力。

她眼睫微微一眨："自然是真的。"

"好。"他的回答只有一个字，听在耳旁却莫名惑人，像是二月春风卷着花瓣落在水面上，忽而雷雨骤下，点点雨滴打着花瓣，惊得心怦怦直跳。

锦瑟心口莫名一慌，靠在他的肩膀上不再说话。

山里开满了野花，一眼望去，花开成海，花香漫山野。

这一回感觉可和上一回在地宫中不一样。她那时受伤太重，沈甫亭背着她的时候，她被震得五脏六腑都移位了。现下舒坦极了，既不用自己走路，又可以看沿途的风景，可是悠闲得紧。

沈甫亭可就没这么舒服了，他身上的伤本来就没有全好，山路崎岖，又是上行，着实让他吃力不少。加之还要背着锦瑟，他又哪儿能不受累？走了一段路，他白皙的额间便冒起了细小的汗珠。

锦瑟察觉他呼吸加重，嘴角微微上扬。她就是要折腾他，看他要忍到什么时候。

沈甫亭却依旧背着她，锦瑟看到了中意的野花，便使唤他俯身，他一俯身，她便摘一朵，玩得不亦乐乎。

身后的小妖怪见状，忙前忙后地给她摘花，讨好地说："姑娘，小的们给您做花环戴着挡太阳好不好？您这样的花容月貌，若是被太阳晒黑了可不好。"

锦瑟觉得有道理："编两个，沈公子生得这样好看，也不能被晒黑了。"

这话说得倒好听，若是真这般乖巧懂事，她何至于这样折腾他？

沈甫亭气得笑了："你自己戴。"

锦瑟当作没听见，几个小妖怪忙坐在一旁，垂着小脑袋，飞快地开始编花环，那叫一个手巧，很快就编好了两个，凑到沈甫亭跟前递上来。

沈甫亭视而不见，继续找草药。

锦瑟打量了花环一眼，眼睛一弯，夸赞道："还不错。"她说着，却没有接，而是靠近沈甫亭的耳畔，轻声说道："小妖怪的心可脆弱了，你要是不戴，他们会心碎而死的。你就不能逢场作戏，哄一哄他们？"

沈甫亭垂眼看了一下，脚边的小妖怪亦步亦趋地跟着，神色期待地举着花环。

沈甫亭沉默了片刻，伸手接过小妖怪手中的花环，递给了锦瑟。

锦瑟不由得一笑，拿过花环，一个戴在他头上，一个戴在自己头上，凑到他的耳畔，笑盈盈地说道："谢谢沈公子愿意与我做戏。"

沈甫亭没有说话，唇角却微微弯起。

沈甫亭采了草药，又背着锦瑟一路回来。她趴在他的背上，一步都没有下来走，待沈甫亭将她背进了屋，脚才堪堪着地。

159

小妖怪们争先恐后地凑上来给锦瑟揉腿："姑娘，坐骑还习惯吗？"

锦瑟不由得笑出了声，抬眼看向沈甫亭，果然见他神情叵测地看着小妖怪们。

小妖怪们此时已经不再惧怕沈甫亭，自然也瞧不见他的神情。话音才落，沈甫亭一手连抓三只，打开窗户将他们丢了出去，余下几只吓得一溜烟蹿了出去。

锦瑟越发想笑，起身下了榻，走到他身旁。

沈甫亭玉面微微苍白，额间的汗水已经染湿鬓角，看上去有些不好。他身上的伤没好全，哪儿吃得消这般劳累？背人爬山本就辛苦，加之锦瑟还要采花，他没有被折腾晕已然是极好的。

"是不是累了？坐下好好休息一会儿。"锦瑟格外体贴地扶他靠在榻上。

沈甫亭确实累了，在榻上靠着闭目养神。

锦瑟早忘了自己脚疼的事，灵活地爬上榻，用袖子轻轻擦拭他额间的汗珠。她身子靠得近，他隐隐约约能闻到清甜的女儿香。

锦瑟轻轻擦拭，视线慢慢地落在他的玉面上，细白的手轻轻地覆上他的衣领："是不是太阳太毒了，晒得你这般热，不如将外衫褪下来凉快凉快？"

沈甫亭闻言不语，似乎睡着了。

锦瑟见他不语，伸手慢慢拉开了他的衣领，微凉的指尖触到里头灼热坚硬的肌肤，带着微微的汗意，和自己柔软的肌肤完全不一样，很是烫手。

锦瑟稀奇，正要顺着衣领探进去，纤细的手腕突然被沈甫亭一把抓住，拉了出来。她一时顿住，看着他不言。

他缓缓睁眼，汗水染湿的眼睫越显纤长，黝黑的眼眸里泛起一层水雾，显得面容氤氲，却还是让人忽略不了他天生的攻击性。他平静地看着她，薄唇轻启，言辞轻缓："你故意的。"

锦瑟微微顿住，继而轻轻笑起："沈公子说什么，我怎么听不明白？"

沈甫亭唇角噙着一丝笑意，明明是笑着，样子看起来却那么危险，劳累过后的声音低低传来，别有一番滋味："你故意捉弄我，你的脚根本就不疼。"

外头日光正盛，透过窗子微微照射下来，温度越发上升，他说话间，那灼热的男子气息喷在她的面上，越发烫人。

他眸色太深，看过来的时候仿佛看到了她的心里。

锦瑟心头一慌，垂眼看向别处，面不改色地狡辩道："我的脚也给你看了，怎么就成了故意的？况且是你自己要背我的。"

沈甫亭突然拉着她的手往前一拽，锦瑟撞到了他硬邦邦的胸膛上，撞得她心口一跳，抬眼一看，正对上了他的眼。

· 160 ·

沈甫亭视线在她的面上轻转："我自己要背的，嗯？"他语调轻缓，似含责备之意，说出来的话在唇齿间一绕，莫名带出一丝暧昧意味，叫人口干舌燥。

锦瑟靠在他的胸膛上，见他眉眼间带着风流，似笑非笑间夺人呼吸，不经意间就在撩拨人。

她脑海里忽然想起戏台上唱的一句戏词，叫"平生怎遇这祸害"。她那时还不明白怎就是祸害了，现下倒约莫知晓了，什么都不及这夺心影响大。

锦瑟只觉他的视线比他的体温还要炙热，叫她面颊发烫，连呼吸都微微发紧。她微敛心神，看着他的眉眼，伸手点了点他的心口，语调像极了撒娇："我好心好意替你擦汗，扶你休息，你却还这般说我……"

沈甫亭看着她的眼睛，视线慢慢落在她细嫩的面上，再往下便是微微张开的娇嫩唇瓣，唇齿间呼出的清甜气息让人意乱情迷。

山间清风徐来，却没有降低屋里的温度，清风萦绕着珠帘拂过，发出细微的声响，却好像传不进耳来。

他们二人离得太近，沈甫亭微微低头靠过来，檀木香气伴随着男子气息不知不觉地缠绕着她，让她无从抗拒。

锦瑟不自觉地屏住了呼吸，看着他慢慢靠近，薄唇似要贴上她的唇瓣，呼吸间炙热的气息烫得她有些受不住，不自觉地闭上眼睛，唇瓣微动。

沈甫亭抚向她的后脑勺，带着些许压力，薄唇堪堪就要碰到她的唇瓣的时候，却侧过头去，唇瓣擦过她细腻的面颊，他坐起了身。

锦瑟的唇瓣上还沾染着些许他的温热气息，虽然没有碰到，却比先头那般缠咬还要让人心猿意马。

锦瑟慢慢直起身，看向一旁的沈甫亭。

他手撑着床榻静静地坐着，长睫微垂，眼底的意乱情迷已然消失不见，清明尚存，眉微微皱着，似受困扰。

锦瑟头一次感觉到亲吻的气息，虽然只差一点儿，可她隐隐约约觉得那是甜的，就像他摘来的花一样，甜而不腻。

陶铈不止一次想亲她，这人惯来风流浪荡，身上总会染上一股胭脂水粉味，即便很淡，锦瑟作为妖也还是能闻出来，最多便是让他牵牵手，再多的就没法做戏了。

可沈甫亭不是这样的，他身上的檀木香让人心绪平静，闻着就觉得干净，身上的男子气息亦然，干净到有一种让人无法抗拒的侵略性，一不注意就会浸进心里，叫人意犹未尽。

　　和这样的人谈情说爱，确实是一种享受，连吻都让人欲罢不能，这是她从来没有体会过的新鲜感。

　　锦瑟伸手覆上他撑在床榻上的手："沈公子，你怎么啦？"

　　小手娇嫩的触感惹得沈甫亭抽回了手，笼在袖间，语调不复先前那样撩拨："锦瑟姑娘，你身上的伤应当好得差不多了吧？"

　　这话说得委婉，意思却表达得很清楚，若是她伤好了，二人也是时候分道扬镳了。

　　锦瑟的手顿在原处："你不打算和我谈情说爱吗？"

　　沈甫亭顿了片刻，理智而又清醒地说："仙妖不两立。"

　　锦瑟越发靠近他："没有关系，我们偷偷的，不告诉别人，就不会有人知道。"她的手抚上他的肩膀，微微靠近他的脸庞，吐气如兰，"随心所欲才是正道，你何必这般拘谨，连谈情说爱都不行，你做神仙又有什么意思？"

　　她说着，身子一歪，倒进他的怀里，伸手搂住他的脖颈，唇瓣靠近他的唇，却被沈甫亭伸指挡住。

　　他眼神清明，没有丝毫被迷惑的痕迹，薄唇微微一动，平静地说道："你是妖，我是仙，你我永远不可能在一起，我从一开始就已经和你说过，把你的心思收回去。"他神情淡漠凉薄，仿佛刚刚那个背她采药、与她一道戴花环的人并不是他。

　　锦瑟心头极不痛快，当即从他怀里坐起身："既然你不和我谈情说爱，我又何必留在这里浪费时间？"

　　"你随时可以离开。"沈甫亭语调平静，依旧温和有礼，没有多余的情绪。

　　锦瑟看向他，玉面上神情淡漠，和他刚才靠近的气息一样清冷，不掺半点儿欲念。

　　没有七情六欲的人，怎么谈情说爱？她花了这么多时日也多少了解了，沈甫亭确实不可能与她谈情，她再怎么撩拨都是无用的，更何况他的身份也确实是个麻烦，这样的结局她倒也不至于不甘心……毕竟是他不行，又不是她不行。

　　锦瑟心中念头一起，便不耐烦再留："你既然不愿意，那便罢了。"她站起身往外走去，撩开珠帘时回头看了他一眼，"沈公子，咱们就此别过了。"

　　她缓缓走出了屋，外头守着的小妖怪们当即跟了上来，时不时回头瞅瞅锦瑟的"新坐骑"，似乎觉得丢了有点儿可惜。

　　"等一等。"

　　锦瑟回头看去，便见沈甫亭出了屋子，青山入目，茅草屋前，公子静立如玉，叫人错不开眼。

"救命之恩无以为报，锦瑟姑娘要的我给不了，只有小小心意，以偿姑娘的一命之恩。"沈甫亭说话间伸手，一颗晶莹剔透的珠子隐隐闪着五彩流光，慢慢浮在了半空中，里头蕴含着巨大的能量。

沈甫亭随手一拂，那颗珠子便悠悠朝她飞来，停在了她面前。

锦瑟看着那颗珠子，心中微微一震。他果然是九重天上地位最高的人，一出手就是大手笔，恶灵这样的能量场竟然也舍得拱手相送。

这倒叫锦瑟有些为难了，她自来就是一个对玩具极大方的妖，如今反倒叫玩具施舍她，这地位有些反了，弄得她像是伺候他风花雪月一场而得到的报酬，说起来可有些不顺耳……

不过，沈甫亭送的东西太合她的心意了，不顺耳她也要收！

锦瑟一挥衣袖，收起了珠子，唇角微微弯起："多谢沈公子的礼物。我想，我以后都不会再这样中意一个人了，你是第一个，也是最后一个。"

他确实是唯一一个，这六道之中哪个人有这样的魄力，送如此珍贵稀有的东西给她？

沈甫亭淡淡一笑，并未说话。

锦瑟转身出了院子，步入青山，山间的风拂起她的红纱，青中一点红色甚是醒目。

沈甫亭静静地目送她离去，山间的清风缓缓拂过他的衣摆。忽而一阵大风卷过，茅草小屋顷刻之间消失了，好像从来没有存在过一般。

一路上青山绿水，锦瑟慢慢悠悠地走在其中，身后的小妖怪们早早藏了起来，毕竟山中一出来便到了京都，不知得遇到多少人。

身后极远处跟着四个人。

雪受了不小的内伤，说话都中气不足："我们真的要跟着她吗？"

月叹了一口气："先跟着吧，如今我们无处可去，若她能带我们去妖界，也不失为一件好事。"

风妖媚的眼微挑，似不以为然。花是个面瘫，连话都不多。

他们正说着，前头的人却突然消失不见，四个人顿时呆在了当场。他们好不容易等到此妖和那实力可怕的神仙分开，没想到让她在眼皮子底下跑了。

"追！"四个人速度快如闪电，穿梭在草丛之中搜寻。

锦瑟缓缓从他们身后走出来，淡淡笑起："你们一路跟着我，不知想要做

什么？"

四个人当即一顿，转头看过来，似没有想到她有这般可怕的实力。他们本来以为她只是区区一只小妖而已，却不承想她能在他们面前轻松掩去气息，行踪无痕。

她在地宫中被逼到了尽头都没有暴露自己真正的实力，可见藏得有多深，四个人对锦瑟的深藏不露忌惮不已，也更加深了他们想跟随她的念头。

可他们不知那是锦瑟被限制了妖力，要不然，她早翻了地宫的天，哪儿会像沈甫亭这般一次将人灭了，十有八九还要折磨折磨，取个乐子。

雪带头冲她微微一施礼："姑娘那日借我的剑时曾说过，会带我们脱离地宫，如今地宫已毁，我们想跟着姑娘，不知可否应允？"

锦瑟看了一眼"风花雪月"，不由得一笑："你们四个倒是颇有才艺，教教我那些小妖怪也不错，可惜不是很方便携带。"

"风花雪月"当即想起了那群鞍前马后的小妖怪，一时面面相觑，犹豫了许久。

雪带头变回了原身。片刻后，锦瑟面前出现了四只毛色雪白的九尾狐狸。

"姑娘若是能收留我们，我们兄弟四人愿意一路伺候姑娘。"风在地上磨了磨爪子，冲锦瑟抛了个媚眼。

其他三只狐狸齐齐看向他，似想好好揍他一顿。

锦瑟眼睛弯弯，伸手抱起了抛媚眼的风，摸着他身上的毛："你叫风？"

风点头，十分憋屈地窝在她的怀里。

锦瑟微微笑开："'风花雪月'的风不适合你，我重新赐你一个名字。"

风竖起了耳朵，扭过脑袋看向她。

锦瑟认真想了想，开口道："还是取这个'风'字，不过是'抽风'的'风'，至于你们三个，待我再想一想。哦对了，你们会绣花吗？我养的妖怪可都得有一手好绣工的。"

风嘴角微微一抽，兄弟四人莫名有一种刚出狼窝又入虎穴的不祥预感。

身后马蹄声渐近，忽传来一声："锦娘？"

锦瑟转身看过去，陶铈一身劲装，俊朗非常。

见真是她，他当即下了马，大步流星地往她这里走来，面上一喜："你怎么会在这荒郊野外？你知不知道这些日子我找了你多久？"

锦瑟见他好像完全忘记了先前不欢而散的事，一时颇觉有趣，这个人装失忆的本事倒是出挑，演得跟真的一般。

陶铈见她不说话，看向她手中的狐狸："这都是你抓的？"

他身后几个公子哥儿见状，开始笑道："陶爷还打猎不？过会儿这天可就黑啦！"

另一个公子当即调笑道："咱陶爷这不是已经打着猎了吗？不过猎的是艳。"

几个人闻言，哈哈大笑。

陶铈转头调侃了几句，便又回转过来，看向锦瑟："锦娘，先头的事是我不好，往后再不会了。你看我打了许多野味，一会儿要去庄子里烤来吃，你也一道来，我烤给你吃。"

陶铈话说得漂亮，心里却不是这样想的。他那日与锦瑟闹翻之后，有心冷落她几日，反正他不缺女人，左拥右抱也是寻常事，而她可就寻不到像他这般的人了，想着她过不了几日就要寻上门来求他，到时还不是手到擒来？不想他等了几日都没有等着人，再派人去寻锦瑟却了无踪影，仿佛在京都消失了一般，倒叫陶铈心中好一阵不甘。他毕竟在她身上花了不少时间，最后什么都没得着，哪儿能甘心，一时心中便惦念着了。

这话说得倒合锦瑟的心意，先头和沈甫亭在一起的几日，他委实是个性子冷的男子，无论怎么撩拨都没动心的意思，难免叫她心中受挫，想想就不痛快。如今这个，主动送上门来，她哪儿能不好好折腾折腾呢？

古道旁大树参天，嫩叶在乌色的树枝上舒展开来，稀薄的阳光透过树叶映出淡淡的光影。偶有轻风拂过，轻花跌落肩头，树下人长身玉立，风流入画。

葛画禀下了马车，远远便见两个人站在祖父的墓前，一个是多日不见的沈甫亭，另一个是匹献。

"沈兄？"他一时没反应过来，没有想到会在这里看到沈甫亭。

沈甫亭转身看向他，唇畔带着笑意："葛兄，些许时日未见了。"

葛画禀快步走来："沈兄，你去了哪里？这些时日我到处找你，却怎么都找不到。"他说着，看了一眼祖父的墓碑，又看向沈甫亭，面含疑惑之色。

三里的春江街，行人来来往往，人声鼎沸，细雨飘飘，却阻不断行人。

祭拜过后，葛画禀请沈甫亭小聚，二人下了马车，一道往楼上走去。

闲谈之间，沈甫亭道明了来龙去脉："葛先生德行深远，家中有人敬重葛先生，几日前得知消息，曾修书一封托我前来祭拜，送最后一程。"

葛画禀闻言一怔，虽然已稍稍从伤痛中脱离出来，可情绪还是低落："祖父

他……"他还未说下去，便听另一旁的楼梯上传来一个男声："锦娘，你想要的吃的，我也已经给你买来了，怎的又突然不想吃了？"陶铈追着前头的锦瑟下了楼梯，语气迁就。

锦瑟走下楼梯，转头看向他，笑盈盈地说道："我要十京铺的糕点，这个我不要，你自己留着吃吧！"

陶铈伸手拉过她的手，好声好气地说道："糕点已经着人去给你买了，只是太远，这来回总得要时间，你再耐心等一等，小厮很快就回来了。"

"我只想吃你买给我的，若是旁人替你跑腿，那又有什么意思，不要也罢。"锦瑟语调带着委屈，像是沉浸于情爱中的小姑娘，任性地抽回了自己的手，径自往外头走去。

沈甫亭见状，眉头微微皱起。

葛画禀看见了锦瑟，自然是早已知晓。京都贵家圈子也就这么一点儿大，他也不好多说什么："沈兄，我们先上去吧！"

沈甫亭沉默了片刻，收回视线，神色平常地与他一道上了楼，仿佛刚才只是看见了陌生人。

二人坐下，葛画禀也只字不提刚才看见的锦瑟，吩咐小二上了菜后，看着沈甫亭说："沈兄，在山中打猎受了伤，可有猎到什么稀奇的玩意儿？"

沈甫亭垂眼倒茶，神情平静："没什么稀奇，后头便放了，山中也无事，只悠闲几日罢了。"

"养好伤后打算如何，可要留在京都？若是沈兄要留下，我可以帮你问问，以你的医术，留在这里必然有所成。"

沈甫亭抿了一口茶，微微摇头："我在这儿待上一两日，养好伤便要回家中去了。"

葛画禀闻言，很是愧惜。白山路远，这一遭别离，恐怕他们没有再见的机会了。

外头细雨随风飘过，春雨温润，倒不含凉意。

楼下的陶铈抱着油纸伞快步回来，对廊下的姑娘笑道："最后一把伞叫我买来了，也免了叫你淋雨回去。"

廊下的姑娘笑起来若烂漫春花开眼前，轻易便能迷乱了人眼。她缓缓走出，站在台阶上看着眼前的男子，满心满眼都是他。

她抬手以袖擦了擦他面上的雨水："瞧瞧你的样子，真是有趣。"她声音甜美，连讽刺的话都说得像是娇嗔，听在耳里格外甜。

陶铈越发笑开，伸手打开了油纸伞，拉过她的手："快进来，莫叫你淋着了雨。"

锦瑟也没说什么，由着他一路伺候，二人撑着一把油纸伞离去。

一双人在街上远远走着，背影像极了恩爱的小夫妻，非常登对。

陶铈刚才冲进雨里买伞，沈甫亭就看见了，只是没理会，如今自然将对方的一举一动尽收眼底。

葛画禀看着锦瑟离去，实在是忍不住开了口："你这些日子不在，锦瑟姑娘也不知去了何处，回来后便又与陶铈在一起了。"他说这话间，神色有几分为难，"她……她现下做了陶铈的外室。"

沈甫亭轻垂眼帘，只字不言。

葛画禀将话说开了，便索性将心里话全说出来："我实在想不通她怎么会看上陶铈，来来回回还是与这个浪荡子纠缠。陶铈此人真是个浪荡的，哪里靠得住？如今他替她置了宅子，也不将她领回家中，一看就是为了往后好抛弃她，她怎么就看不明白这是在玩弄她？"

沈甫亭静默不语，面上神情莫辨，修长的手指轻轻托着茶杯微微转动，看着上头描绘的繁复花纹。

葛画禀见他不说话，以为他不齿锦瑟所为，又开口替锦瑟说话："锦瑟姑娘想来也是爱极了陶铈，晕了头才会做出这样的决定。她如今陷在陶铈的手段里，分不清个中的利害关系，这几日知晓你受了伤回来，必然也会去看你，届时沈兄一定要好好劝劝她，说不准她会听你的话，早早认清那人，免得被陶铈的花言巧语蒙骗了。"

沈甫亭轻笑一声，笑容带着淡淡的讽意，语气冷漠："各人自有各人的际遇，锦瑟姑娘既然选了她喜欢的人，就应该承担得起后果；我们这些旁人又何须这般认真？"

上
册

第八章
还是你认错了意中人

巷子由石板路铺成，石隙间长出了杂草，斜风细雨，微微染湿了衣裳。

陶铈撑着伞将锦瑟送回了院中，小院不大，不过胜在地段好，里头布置得也很雅致。

二人在雨中漫步，衣裳自然湿了，陶铈跟着锦瑟进了院门，拦住她进屋的脚步，调笑道："我身上的衣衫都湿了，这样回去恐会着凉，锦娘就不心疼心疼我，给我端杯热茶？"

锦瑟倒也无所谓，由着他进了屋，不过让她来伺候，是绝对不可能的。她进了屋便在窗旁的靠榻上坐下，随手指了指桌案上的茶盏："你若是要喝茶，便自己倒。"

陶铈本也是由人伺候的主儿，见锦瑟没有伺候他喝茶，却也习惯了，反正他缺的也不是一个端茶送水的丫头，图的就是新鲜。

他走到锦瑟身旁坐下，伸手刮了刮她小巧的鼻尖："你这个小没良心的，往日哪个女人敢这样对我？我待你这般好，如今来了你竟还叫我喝冷茶。"陶铈说着，伸手欲揽她的肩膀，身子慢慢靠过来，"爷衣衫湿了，你也不替爷擦一擦？"

锦瑟伸手挡在他靠近的唇上，挡住了他的吻，才想起这个动作沈甫亭曾对她做过，一时神情恍惚。

难不成沈甫亭当时对她的靠近，也如现下她对陶铈的感觉一样是厌恶的？

她有了这个觉悟，心头必然不痛快，以她的任性程度，不高兴自然会迁怒。

她微微垂下眼睑，语气阴冷："我这处可没有热茶，你若是想喝，便去别处。"她说着，手上微微一用劲，将陶铈生生推了出去。

陶铈被她这般推拒，拂了面子，心中极为不悦。

往日那些女子何须陶铈这般费工夫？如今宅子也置了，虽说他没有将她领到府中去，也给了她很大的体面，往日那些女子哪有这般好命？能搭上他，可是这些贫家女子上辈子修来的福。

唯独锦瑟不识好歹，既收了他的殷勤，又非要拒着、端着，委实惹人不喜。不过这些日子相处下来，他也知晓锦瑟有些不一样，对于金银首饰钱财不甚看重，甚至连对这房宅都不甚在意。

旁的姑娘若是他给置办了这些，少不得心中窃喜，可她偏偏就像收了一片落叶般收了这么贵重的东西，也根本没有做外室的自觉，还不让他上手，恐怕就是另有所图了。这些伎俩他也不是第一次看见，早已司空见惯。

陶铈想了想，转而拉过锦瑟的手，很是柔情蜜意地说道："我知道你在担心什么，我家中规矩森严，纳妾亦有规矩，但你若是能为我生下一儿半女，我又怎么可能将你放在外头？到时你有了身子，我自然会将你接进府里去享福。"

陶铈嘴上说出了花，可到底还是要看她的表现的，若是谁都能进府，那他的后院可就乱套了。

锦瑟听着，难得笑出了声，越发觉得陶铈这人很有趣，说出来的话都像笑话。她眼眸微转，笑盈盈地逗弄道："可我没打算进你的府中，你就在这里好好伺候我，我想吃什么，会叫你去买的。"

陶铈一时顿住："你这是何意？"

锦瑟收回了手，天真无邪地说："谈情说爱自然只是谈情说爱，旁的还是不要多想，闲来无事寻个乐子而已，这点陶公子应该比我更清楚吧！"

陶铈当即听明白了她的意思，面色彻底阴沉下来："你这是何意？我如今宅子也给你置了，你却来说只与我谈情说爱？别人是金屋藏娇，我这难不成是藏了个祖宗，整日看着供着，却碰不得？"

锦瑟轻笑出声，轻飘飘地看向他，伸手在衣袖间变出了一块晶石，随手扔到了他的身上："我对讨我欢心的人向来大方，往日跟着我的人，没有一个不得好处的，你既然陪我玩了这么久，这东西便赏你了。"

陶铈拿起晶石看了看，顿时怔住。他虽然没有见过，却也是识货的，这东西

可是价值连城，那十几座矿山也挖不出来这般好品相的东西！

以锦瑟的出身她绝对不可能拥有这样的珍宝。

"你从哪里弄来的？"陶铈惊得完全忽略了她的话。

锦瑟往身后靠去，百无聊赖地说道："这种东西家中多得是，你若是个得趣的人，我自然会再赏你。"

陶铈是不信的，这种东西可是贡品级别的，便是在宫中也是少之又少，她竟还说家中多得是？！

陶铈见多识广，根本不信她的话，眼中的讶异之色却掩饰不住，他对锦瑟显然一点儿不了解。

屋中一片静默，只余外头淅沥的雨声。

忽而院中响起了叩门声，门外有人唤道："锦瑟姑娘。"

锦瑟看向院子。她可不喜欢淋雨，踢了踢陶铈，习以为常地吩咐："去开门。"

陶铈因为这贵重的珍宝还未回过神来，竟真的起身去院子里开门。

外头是葛画禀，与沈甫亭别过后，终是放心不下锦瑟，坐了马车过来，见来开门的是陶铈，微微顿住。

屋里传来锦瑟的声音："葛公子请进。"

陶铈这才意识到自己做了小厮的活儿，面色有些不好看，不过倒没在葛画禀面前表现出来，笑道："葛兄，你怎会来此？"

葛画禀一怔，抬手回礼："陶公子，冒昧打扰，还请见谅，我今日来寻锦瑟姑娘有事相告。"

陶铈伸手往里头请道："外头下雨，进来吧！"

二人一道往屋里走去，葛画禀进了屋，便见锦瑟闲闲地靠在榻上，屋里摆设精致，一看就是金屋藏娇的地方。他心中暗叹一声，在位子上坐下。

锦瑟见葛画禀脸色沉重，不由得眼睛一弯："葛公子来这里所为何事？"

陶铈也是一副主人家的做派，给葛画禀倒了茶，在锦瑟身旁坐下，姿态散漫，衣衫也是松松垮垮的，吊儿郎当地笑道："葛兄来找我们锦娘要说什么？"

葛画禀礼貌地一笑，却没有喝茶的意思："今日来此，是有些唐突，刚才我在路上见到了你们，来此也是因为沈兄要离开了。"他说着，看向锦瑟，"沈兄这些时日去了山中打猎，受了伤才会音信全无，现下过不了几日就要回家中去了，我们几个人往日素有交情，纪姝姑娘是必然愿意来的，再叫上我的好友替沈兄饯行，也算郑重一些。"

这是葛画禀自己打算的，没告诉沈甫亭。葛画禀知晓，以沈甫亭的性子，若是告诉他这次是为他饯行，他根本不可能去。

陶铈并没有说话，坐在原地，若有所思。

锦瑟没有太多兴趣，看得着却得不到的玩具最让人心痒，倒不如不看。她兴致缺缺地说："你也知道我刚回来，这几日得不了空闲，我就不去了，你替我问候沈公子一声便好。"

锦瑟直截了当地拒了，倒叫葛画禀没想到，不过他看了一眼陶铈，心中也有数了。

他本是想借此让锦瑟出来，好让纪姝劝劝她，可陶铈在场，也没法说什么，反倒惹得她处境艰难，一时也只得作罢。

沈兄说得亦有道理，每个人都有自己的选择，旁人管不了，这毕竟是她选定的路，他也不好多管。

葛画禀稍坐片刻，便借口有事离开了，这一别过后，他们可是真真正正不会再见面了。

沈甫亭与他们如是，而他与锦瑟亦如是。

葛画禀走后，锦瑟便也没了兴致，对陶铈下了逐客令："你也回去吧，我乏了。"

陶铈似乎不在意她的口吻，走到锦瑟身旁，竟然还是在迁就："你好好休息，有什么事便唤人寻我。"随后他便不提刚才二人不和的事，离开了。

锦瑟静静地在屋里坐了半晌，一挥袖子屋里便出现了一群小妖怪，"风花雪月"四个人极为讲规矩，上前行礼："请姑娘安。"

锦瑟看了他们片刻，幽幽地开口："地宫全没了，你们是怎么活下来的？我记得沈甫亭那日可是动了大怒，大开杀戒呀。"

他何止是动了怒，那日地宫简直是修罗地狱，他们根本不敢回想。

"风花雪月"本还正常的脸色瞬间变得惨白。

雪敛了冷傲神色，开口回道："是仙者放了我们，其他的一个没留……"说着，其余三个人背脊发凉，似乎想起了地宫那骇人的杀戮场景。

"怎么，你们怕了他？"锦瑟见他们这般，唇角微微扬起，勾出一抹意味深长的笑，"那你们说说看，我与他若是比试，谁更厉害？"

四个人沉默许久。

雪低声道："奴才不知。"

狐狸狡猾，他们在地宫多年，怎么可能不会察言观色？其实现下说锦瑟厉害，于他们而言更有好处，可惜他们连这样的话都说不出口，显然是觉得锦瑟不可能

赢得了沈甫亭。

锦瑟轻笑出声："罢了，不为难你们了，我给你们的帕子绣得怎么样啦？"

四个人的表情微微僵硬，虽说是狐狸出身，可他们到底是男人，对绣花又怎么可能拿手？十个手指头都被针扎了个遍，他们硬是没能绣出像样的东西。

一旁的小妖怪忙凑到锦瑟跟前打起了小报告："姑娘，这四只狐狸手太笨了些，您苦口婆心教了这么久，他们不想绣出来成了一坨，实在叫妖看不过眼。"

锦瑟拿过小妖怪递来的手帕，帕子上头的针线乱七八糟，她根本看不出是什么玩意儿。

锦瑟看了看，还是打算从一团乱麻中分辨出那是什么，毕竟这四个人看上去就是风雅的高手，说不准其中暗含深意。可她辨认了半晌，还是辨认不出是什么东西。

"风花雪月"："……"

月涨红了脸，似乎被羞辱了一般，语调不自觉地加重："姑娘，这是留得残荷听雨声！"

还听雨声，名头倒是叫得响。

锦瑟很失望。她面露不屑之色，随手扔了帕子，慢悠悠地拿出针线："你们功底太差了，还得好生教一教。"

这话一出，四个人面露菜色，眼神涣散，她还说不为难他们，这下都已经开始折磨了。

这些日子他们日夜不眠地绣花，简直比在地宫里还要难熬，一时叫他们陷入了深深的自我怀疑之中。会不会一开始他们就选错了，这般日子还不如当初在地宫被沈甫亭一刀砍死来得痛快……

陶铈依旧每日来寻她，对她一如既往地迁就，又想尽法子逗她开心，也算是得锦瑟心意的玩具。

这日，陶铈带着锦瑟来山庄游玩，京都郊外的山庄依山傍水，景色秀丽，是世家公子、小姐小住的好去处。

陶铈带着锦瑟在山庄里头悠闲地逛着，似乎没有别的安排，就是这样看看山水。

锦瑟早看腻了这些风景，哪儿能从中得趣？

陶铈似乎知道她心中的想法，指了指远处的桥廊："这里的山山水水想来也无趣，不如我们去那里看看？"

锦瑟依旧在戏里头，先前翻脸赏赐的事好像不是她做的，眼睛弯弯："都听你的。"

二人走上桥廊，便遇到了迎面而来的一行人，为首的正是葛画禀，沈甫亭、纪姝皆在其中。

其余人都是生面孔，不过一行人都是世家出身，无论是穿着还是气度，都极为惹人瞩目，身后还跟着一群仆从，排场极大，一看就是大户人家的公子、小姐外出游玩。

锦瑟见了，自然知晓是陶铈刻意所为，抬眼轻飘飘地看向陶铈。

陶铈没有隐瞒，拉过她的手，神色诚恳，话语却不知真假："先前沈大夫救了我家中亲眷，如今他要离开了，我想当面谢谢他，可是葛公子似乎不喜欢我，我便只好借你的光了。锦娘，你不会怪我自作主张吧？"

锦瑟天真一笑，语气不置可否："你也知道你这是自作主张？"

这语气让陶铈心中不舒服，他自来是做惯了主的，来此其实也不需要和她解释什么，一个妇道人家，他去哪儿，她跟着便是，哪儿有这么多话？可他莫名就像一个傀儡似的，不自觉地讨好她、服从她，一时面色有些不好看。

葛画禀见了锦瑟，面露讶异之色，快步走来："锦瑟，你这是来给沈兄饯行吗？"

陶铈这几日早已知晓锦瑟的任性程度，一个不如她的意，说不准她还真要闹出什么事来，当即吊儿郎当地说道："她在家中无趣，我便带她来山庄散散心，不想遇到了你们。"

葛画禀闻言，看了一眼她和陶铈拉着的手，面色有几分难辨。

锦瑟看向前头。即便有这么多贵公子，沈甫亭依旧惹眼，玉冠束乌发，一身简朴的衣衫，腰上坠着一块清玉，整个人看上去没有半分多余的雕饰，却清雅不凡，叫人一眼便在众人中看见他。

沈甫亭似乎没有看见她，低头与一旁的小公子说着话，完全没注意这处。

廊外的光照进来，模糊了他的面容，映在他身上，他还是如一幅古旧的画般好看。

锦瑟视线在他身上流转一番，收了回来，不甘的感觉越发强烈。

一行人打量着陶铈和锦瑟，其中也有认识陶铈的，见状自然知晓锦瑟是什么情况。

葛画禀遇到了他们，自然不能不管，看向锦瑟："既然凑巧，不如你们与我们一道吧。咱们在这山庄住上两日，沈兄不日就要离开，可真没有再相见的机

会了。"

葛画禀说话时,人群中的纪姝时不时看来。她今日格外出挑,精心装扮过后,可谓是艳压群芳。

锦瑟眼眸微转,微微笑起。她倒忘了纪姝这个人了,这一路上没了纪姝可是少了不少乐子,既然来了便来了,说不准还有更好玩的事。

锦瑟微微点头,与陶铈一道随着葛画禀行去。纪姝见她过来,只微微点头便算打过招呼了,没有将她放在眼里。

这一群世家公子可不比陶铈混的那一群纨绔子弟,个个都是文雅人,知晓陶铈的名声,也没兴趣与他多言。至于对锦瑟这样的纨绔的玩物,非常鄙夷,完全当作无物。

纪姝不是一个人来的,带了她自小玩到大的几位"手帕交",如此一来,自成一个圈子,无形中就把陶铈、锦瑟排挤了出去。

陶铈惯来圆滑,很快就找到了切入点,与众人交谈起来。他瞥向了人群中的纪姝,锦瑟先前住在纪家,他是知晓的。

而那块晶石价值连城,锦瑟不可能有,一个贫家孤女有这种东西还拱手送给别人,唯一的解释就是这根本不是她的东西,而她也没那个见识,便当寻常石头给了他。加之锦瑟会点儿外家功夫,这东西如何得来,显而易见……

纪家能有这样的宝贝,可见其背景叫人不敢深想。

纪姝相貌出挑,与她说话很舒服,很受欢迎的她一时间便成为众人的焦点,一行人中,男子的视线都在她身上。

锦瑟不喜欢这些乏味无趣的风雅之谈,这些东西她早已腻烦了。

葛画禀再照顾她,也不好一直与她交谈,毕竟今日是为了给沈甫亭饯行,一时间就只有锦瑟被冷落在一旁,处境尴尬。不过她自己是不觉的,看了一眼沈甫亭,若说刚才还能看到他笑,现下却看不见了,他神情淡淡的,似乎有什么招惹了他不悦。

锦瑟原本以为刚开始他没有看见自己,可现下才发现,他根本就是待她都不如陌生人,这性子可真够淡漠的。好歹她拼死救了他一命,即便二人没有可能在一起,他也不用这般漠视吧?

一行人行过桥廊,便往湖上走去,湖上有水榭,春风不含冷意,拂在面上极为舒服。

一行人各自活动,仆从则在准备吃食。

葛画禀走向纪姝,将先头的想法和陶铈的为人一一都交代清楚,话语诚恳关切，希望纪姝能去劝劝锦瑟。

纪姝想不到葛画禀竟然还这般看重锦瑟，便是锦瑟自甘堕落跟着浪荡纨绔，他也不在意，反倒叫她去劝，可见他心中还有锦瑟的位置。

纪姝心中虽不痛快，但面上还是应了下来。

而锦瑟看向落单的沈甫亭，正要迈步走去，却见他抬眼看过来，神色拒人于千里之外，看得人发冷。

"锦娘，"陶铈从身后走来，手上拿着一枝花，"刚才走的时候，树上坠下花来，我特地捡来给你，你可还生我的气？"

他眼中映着她，似乎满心满眼都是她，这演技不去当戏子着实可惜，都叫锦瑟身临其境，戏中逢了对手，真是有趣极了。

锦瑟伸手接过花，抬眼幽怨地看向他："我怎么会生你的气，我不是自来都听你的话吗？"

陶铈闻言一笑，准备伸手替她簪花。

纪姝迎面走来："锦瑟，我们许久未见了。"她说着，柳眉轻弯地看向陶铈，眸中含笑："不知陶公子可否将锦瑟借我一刻，我们二人好说说体己话？"

美人又岂好拒绝，尤其纪姝这样的大家闺秀，还这般笑靥如花，如何叫人招架得住？

陶铈眼中闪过一丝惊艳之色，他难得一本正经地回应可以。

纪姝笑着拉过锦瑟："我们去那头说吧！"

锦瑟见纪姝这般热情，眼睛弯弯："可以。"她说着，又看向一旁，沈甫亭已经不在位子上了。她环顾廊下，也没有看见他。

纪姝何其心细，早早留意过沈甫亭的位置，自然知道她在找他，明知故问："锦瑟姑娘是在找什么人吗？"

刚才匆匆一眼，锦瑟其实也没有看清沈甫亭眼中的冷意究竟是不是对她，说不准是她看错了，现下也想找他问个明白："我在找沈甫亭，他刚才还坐在那儿，一转眼就不见了，你可看见他了？"

纪姝没想到锦瑟会没脸没皮地说出来，自己那般问，本来是暗示锦瑟她已经是有主之人，多少也得收敛一些，没有想到锦瑟这般不知羞耻。难不成她以为，她跟了陶铈这样的浪荡子，沈甫亭还会看上她？

纪姝心中不屑，也没有回答锦瑟。

二人缓缓走出了廊下，前头有一处高台，木楼梯很窄，只余二人行走，上头可游览众山风景。

上
册

"我们去上头看看。"纪姝提了裙子，先行上了木梯，似乎没有什么话要对她说。

锦瑟缓缓跟上，还没走几步，楼梯上便缓缓下来了人。

锦瑟抬眼看去，正是刚才不见了的沈甫亭，想来他也是闲着无事，四处走走。

纪姝走在前头，见他在这里，含笑柔声说道："沈公子也在这里，不知上头的风景如何？"

"可纵观山中秀丽景致。"沈甫亭回道，看见锦瑟只是淡淡地扫了一眼便往下走去。

这般看来，她是没有看错了。

锦瑟静静地看着他走下来，在他越过她身旁时，忽而幽幽一笑："沈公子没看见我吗？"

沈甫亭微抬眼帘看向她，眼中是一丝淡到无迹可寻的讽笑，缓缓往下走，似没听见她的话，冷漠得完全不像山中照顾她的那个人。

锦瑟心中涌起一股无名火，正欲开口，便听纪姝在一旁开口："沈公子，刚才锦瑟姑娘在寻你呢！"

沈甫亭转身看过来，墨黑的眼眸中带着淡淡的冷意："寻我？"他语调轻缓，眉眼间尽带着疏离淡漠，"不知锦瑟姑娘寻我何事？"

他话音一顿，又走上台阶，伸手按在她身旁的扶手上，弧度好看的薄唇轻动，嘲讽道："还是说你认错了意中人？"

他靠得太近，那清冽的男子气息带着无法言喻的攻击性，不过稍稍靠近，便让人压力倍增。

锦瑟看着他深不见底的眼眸，微微笑起，不以为意地说："我不太明白沈公子的意思。"

沈甫亭眉眼染笑，神情轻慢，却显危险意味："你不明白？"

纪姝见状，一时怔住。她认识的沈甫亭一直温和有礼，何尝这般……这般？

她不知道该怎么形容，这不经意带起的风流，是她从来没有见过的。

二人这般暧昧不明，叫她心中憋闷不已，她微理心神，轻轻开口提醒他们自己的存在："锦瑟、沈公子，你们怎么了？"

锦瑟没理会她，想着他刚才的话，缓缓开口："你依旧是我中意的人，我永远不会认错的，只可惜我们不能在一块儿。"她说着，很是遗憾，手却不自觉地覆上他的手。

沈甫亭嗤笑一声，冷然收回手，唇角勾出一丝嘲讽的淡笑："满口谎话。"他说完，似没兴趣再多说一句，转身走下楼梯，往水榭行去。

锦瑟看着沈甫亭离去的背影，伸手缠着自己的发梢，眼尾微挑。这人真是难伺候，她说真话他都不给好脸色。

可惜锦瑟不懂，恰恰就是她说了真话，连一点儿姑娘家该有的羞怯委婉都没有，反而更像欺骗玩弄人。

沈甫亭走后，锦瑟倒没放在心上，纪姝却没了心思再和她散步。

二人又一道回到了席中，所有人都已就座，三三两两地交谈，欢声笑语不断，极为热闹。

沈甫亭也坐在席中，面上的轻慢嘲讽之色已完全不见，看见锦瑟也是视而不见，仿佛他们之间再没有那过命的交情。

她救了他的命，他用恶灵偿还，银货两讫，抵得干净。

纪姝一进水榭，便撇下锦瑟，去了她的"手帕交"那里，而陶铈身旁留着一个空位，显然就是给锦瑟的。

陶铈见了锦瑟，连忙伸手："锦娘，这里。"

锦瑟缓缓朝他走去，悠悠然坐下，抬眼看向斜对面的沈甫亭，若有似无地笑起，模样天真烂漫。

沈甫亭显然是很受欢迎的，撇开医术不说，那通身的贵气就叫人忽视不得，而这些世家子中虽说门第之见极重，可对于沈甫亭这样的人，还是极有心结交的，更何况世家熏陶之下，这些人也知晓沈甫亭这般气度不可能是装出来的。没有身处高位，绝对不可能有这种做派，他是什么样的身份还未可知，说是大夫恐怕并不尽然。

如此，锦瑟这里的冷清就更明显了。

陶铈面皮俊俏，又会说话，刚才的一番交流，众人也接纳了他。可锦瑟不行，这世道对女子本就指责颇多，男子风流可以，但锦瑟这样甘于做人玩物的女子，可不会叫人看得起。说得不好听些，她这般，与那外头的花娘又有什么区别？鄙夷轻视在所难免，只不过因她是葛画禀的朋友，他们便没有表现得很明显。

葛画禀见锦瑟回了陶铈身旁，也知晓纪姝没有劝动，不由得看向锦瑟，心中叹息她看不清人。

葛画禀的妹妹葛苑今日也一道来了，原本心思全在沈甫亭身上，如今见纪姝神情黯然地坐着，与她说话也似提不起兴致。葛苑很喜欢纪姝，纪姝贤良淑德，大方得体，又心悦自家哥哥，葛苑可一直想要她做自己的嫂子。

她想着，不由得看向自家哥哥，见葛画禀时不时看向锦瑟，心中当即不悦，

177

再看锦瑟，却发现锦瑟盯着沈甫亭，心中便越发厌恶。这样的狐狸精，自家哥哥怎么会带过来？真是糊涂！

文人雅士的宴席上自然是吟诗作对、弹弹琴，这是为沈甫亭饯行，琴声、诗、画自然都是替他饯行的。不过都是这样便无趣了，即便诗再惊艳，琴声再好，也不过是寻常，想要从众人之中脱颖而出，几乎不可能。纪姝想着，自己一定要在沈甫亭这样的男人心中留下痕迹！

纪姝在短暂静默后，吩咐双儿去庄上借了剑来。

待双儿将剑盒端来时，大家都心中惊奇，纷纷看向纪姝："纪妹妹，这是何意？"

纪姝笑着起身："沈公子于我和葛兄皆有救命之恩，当日乃是江湖之行，如今回到京都，万不敢以规矩约束。今日饯行，我便以一支剑舞替沈公子送行，谢过沈公子的侠义相助。"

众人闻言哗然，面露惊讶之色，万万没有想到纪姝这样的大家闺秀竟能这般飒爽，一时皆被镇住。

纪姝打开盒子，取出盒中的剑，身姿轻盈地行至席中，随着一旁的鼓乐声，手中剑动，衣袖轻扬，翩然起舞。

她自小琴棋书画样样精通，可这些都不是她真正喜欢的东西，她唯一喜欢的就是舞，即便不会武功，区区剑舞对她来说也不在话下。

自从知晓葛画禀尚武，她便开始练习剑舞，而机会只给有准备的人。

随着鼓点加快，她的动作也越来越快，身姿柔软得不可思议，翩若惊鸿，每一个动作都踩在节点上，将女儿家的柔美、翩然发挥到了极致。直到鼓点停住，纪姝收剑回鞘，众人还没有反应过来。

美人总是这样，一举一动都是赏心悦目的，由不得人不记挂心中。在座的都是家规森严的世家子弟，心中又怎么没有纵横江湖的美梦？气氛瞬间激荡。

纪姝一手执剑，香汗淋漓，美目轻抬，看向沈甫亭，颇有江湖儿女的豪情："望沈公子一路顺风，往后医术甲天下。"

葛画禀回过神来，当即鼓掌，眼中全是欣赏之色："好，这剑舞得太好了，好一个医术甲天下，往后若闻华佗，必非沈兄莫属！"

沈甫亭起身端起酒杯，笑道："多谢纪姑娘和葛兄的吉言，在下铭记于心。"

锦瑟端起了果酒浅尝，视线轻飘飘地扫过沈甫亭的玉面，越发笑意盈盈，那视线由不得人忽略，引得沈甫亭抬眼看过来，继而淡淡收回视线。

他们一路同行四个人，他唯独对她冷眼相待。

锦瑟越发笑起，这笑靥如花的模样落在葛苑眼里，可是非常刺眼，她猛地站起身："今日既然纪姝姐姐开了头，那苑儿也来凑个热闹。"

席间一时气氛高涨，今日他们不再是被约束在世家之中的名门子弟，而仿佛置身江湖的侠士。

纪姝含笑将剑递给了葛苑："妹妹请。"

葛苑与葛画禀一样尚武，自小跟着名家武师练剑，在武学造诣上也是颇有天赋。她不会舞，可剑招英姿飒爽，虽比不得纪姝柔美悦目，舞起来却也颇有气势，引得众人连连叫好。

曲至高潮，葛苑手中的剑却突然挥向锦瑟，凛冽的剑风袭过，锦瑟隐隐能感觉到剑风划过喉咙的冷意。

陶铈一惊，当即往后一退，察觉是个玩笑，面色瞬间冷了下来。而锦瑟静静地坐着，端着酒盏浅抿，连眼睫都未眨一下。

葛画禀当即起身："苑儿！"

葛苑自小聪慧可人，模样生得明媚，又习得武功，可谓是千娇百宠地长大的，自来刁蛮任性，今日给锦瑟一点颜色看看，也是给自家哥哥提个醒，别什么下九流的玩意儿都去结交。

她提着剑，看着锦瑟，很是威风："哟，原来这里还坐着人，我都没看见。"

锦瑟笑盈盈地看向她，像个天真的小姑娘："你在舞剑？"

葛苑神情鄙夷，抬起手中的剑，看着她，趾高气扬地说："北武道的剑法，你这样的人自然看不懂。"

锦瑟顿时笑弯了眼："练成这样也敢在人前卖弄，我都替你羞愧。"

这话一出，席间众人纷纷不屑，葛苑的剑法绝对没得挑，锦瑟自己没那个能耐，反倒坐在一旁说别人的不是。

葛画禀却一阵面热："锦瑟姑娘莫怪，我妹妹不懂事，你莫要介怀。苑儿，还不回来！"

坐在一旁的世家公子听不下去，义正词严地说道："葛兄，这就是你的不是了，葛妹妹这般好剑法，却遭人这般侮辱。这位姑娘出言不逊，未免太过无理，理应道歉才是！"

"就是，扫兴至极，还不将她赶出去，白扰了大家的心情！"

一时间，席间的人纷纷附和，完全忽略了是葛苑挑衅在先，偏颇至极。

"我可用不着这种人道歉。"葛苑轻抬下巴，傲然一笑，拿着剑指向锦瑟，"你既然这么有能耐，舞来给我们看看！"

上
册

179

　　锦瑟笑得越发天真无邪，语气轻飘："猫狗鼠辈也配观我舞剑？"

　　此言一出，席间骤然一静，置身事外的沈甫亭微微抬眼看过来。一旁的陶铈闻言，只觉此话耳熟至极。

　　纪姝被狠狠一刺，锦瑟话语轻狂，他们不配观锦瑟舞剑，自己却跳了，反倒让她落了下乘，平白遭了轻贱。

　　葛苑气急败坏，手中的剑不管不顾地往锦瑟面上劈来。

　　锦瑟随手掷出酒盏，砰的一声撞得剑偏了准头，酒水尽数泼到了她的脸上。

　　葛苑当众出丑，粉面上含着戾气，怒上心头："找死！"她越发乱来，那剑直劈在锦瑟的桌案前，打碎了桌案上的吃食。

　　陶铈见状，也顾不得锦瑟，当即起身避开。

　　葛画禀大怒，快步掠来："葛苑，快住手！"

　　锦瑟轻轻挥出袖中的绣花线，缠上了葛苑的手腕。她随手一扯，将人拉得一个趔趄。

　　她笑得越发灿烂："跳梁小丑颇为有趣。"

　　她坐着不动，手腕微微一转，便带着葛苑在席间舞起了剑，如同操控傀儡，将葛苑拉上拖下，极为折腾。

　　葛苑随着她的动作起舞，从未如此清晰地感觉到自己成了傀儡，心中震惊的同时也恐慌至极，吓得哭道："大哥，救我！"

　　葛画禀上前扑了个空，当即急道："锦瑟姑娘，手下留情！"

　　锦瑟手上动作不停，看着葛画禀，神色天真："我在指点你妹妹剑法呢……"

　　一旁的紫衣公子大怒，猛然重拍桌案："放肆，哪儿来的没规矩的东西，竟敢这般无礼？来人！"

　　锦瑟手腕轻转，袖间绣花线猛然冲那个紫衣公子飞去，却被一支筷子打在了一旁的木柱上。

　　紫衣公子睁大了眼睛，几近失语。

　　众人看着那根从锦瑟袖间飞出的绣花线，背脊微微发凉。

　　锦瑟面上的笑意瞬间消失，她扔下了葛苑，慢慢地看向斜对面的沈甫亭。

　　沈甫亭轻抬眼帘看向她，语调淡淡地说："得饶人处且饶人，我早告诫过你，行事不要太过阴毒。"

　　锦瑟眼神阴森："沈甫亭，为了这些蝼蚁与我为敌，可没有好处……"

　　席间人闻言，皆面露怒意，却碍于她的武功，不敢多说什么，所有人都飞快起身，远离锦瑟。

陶铈原以为锦瑟的武功不过是花拳绣腿，没想到她武功这般高强，心中也是忌惮，跟着众人一道避到安全位置。

葛苑硬生生地砸在地上，摔得狠了，根本起不来，头昏脑涨，哭泣出声，衣发尽毁，看起来狼狈至极。

纪姝连忙上前扶起葛苑，葛画禀见状，点头道谢，又赶忙看向锦瑟："锦瑟姑娘，此事都是我妹妹的不是，我替她向你道歉。她自小被家中人宠坏了，性子不好，回去我一定会严加管教。"

锦瑟却没听他的话，一眼不错地盯着沈甫亭，眼中尽是阴森的冷意。

沈甫亭神色平淡，视她如寻常妖一般淡漠："命数乃天定，我不希望有人在我眼前扰了秩序。"

锦瑟忽然幽幽笑起："你在跟我讲秩序吗？可惜我最不喜欢的就是秩序……"她说话间忽然伸手，袖中的绣花线飞了出去，猛然袭向一旁的众人。

葛画禀心中大惊，当即吼道："快跑！"

一行人本还站在原地，闻言吓得面色苍白，高高在上的仪态也顾不得，方寸大乱，四下奔逃，却被围剿而来的绣花线绊倒，摔得七歪八斜。

锦瑟被他们的丑态逗得笑出了声，那笑声伴随着廊下的流水声，如银铃轻摇，悦耳动听。她缓缓站起身，像个小姑娘找到了有趣的玩具："今日谁也别想走。"

纪姝挺身而出："锦瑟姑娘，今日我们是为沈公子饯行，锦瑟姑娘若是不愿意参加也没关系，何必将场面弄得这般尴尬？"

锦瑟笑着看着纪姝："我若是你，绝对不会蠢到选择在这个当口出风头。"

纪姝被刺得面色一冷，挺了挺背脊："锦瑟姑娘何必这样咄咄逼人？难道我劝你一句与人为善也不对吗？"

锦瑟像听了个笑话，笑盈盈地说道："劝我？刚才他们以多欺少、狗眼看人低的时候，你怎么不站出来说与人为善？现下倒是出来充好汉，可惜我不认账，你想在众人前争个先可以，别给我冠冕堂皇地找借口，我听着很是作呕。"

"你！"纪姝没想到她这般直白，被刺得脸色发白，气得身子发抖，却还要维持仪态，难堪到了极点，牙都险些咬碎了。

双儿见状一急，根本不相信锦瑟会动手："你以为谁都如你一般？我们小姐……"

她话还未说完，便整个被击飞出去，本要撞到墙上一命呜呼的，却又似被空中看不见的气一挡，整个人摔出数米。

她反应过来，看着锦瑟惊叫一声，吓得浑身发抖。

　　锦瑟见沈甫亭与她作对，当即随手一挥，绣花针便袭向了众人，吓得众人瞬间脸色惨白，根本来不及反应。

　　沈甫亭端起酒盏随手洒去，漫天水珠隐含着看不见的力道，极为精准地击落了绣花针。

　　众人都屏住了呼吸，几乎不敢相信自己看见的画面，便是江湖高手也未必有这般能耐，一时看着二人，不敢说话。

　　锦瑟看向沈甫亭，笑意盈盈，话语却带着轻蔑之意："这群酒囊饭袋往日一定没有少拿鸡毛当令箭，留着也无用，不如让他们重新投胎，吃吃苦头。"

　　众人又怎么会听不懂她话中的意思？众人世家出身，自小也是知礼之人，刚才的举动确实以多欺少，瞧不起人，一时皆被刺了个大红脸，不过听着锦瑟话里的意思，却是怕意更甚。

　　沈甫亭看她半晌，才平静地开口："你要怎么教训别人我不管，唯独夺人性命不行。"

　　锦瑟闻言，面上的笑瞬间消失，她猛然挥袖袭向他，语调阴森："那就拿你的命来抵！"

　　沈甫亭以手中的酒盏随手一挡，连位置都没有挪动。

　　锦瑟手中的绣花线缠着地上的剑，轻轻跃起，伸手接住半空落下的剑，在众人的惊呼声中一剑袭去。

　　剑风凌厉，稍有不慎，人便会命丧剑下。

　　沈甫亭侧身轻松避过，起身接她的剑招，以指弹剑，动作轻松，像是在逗一只猫。

　　锦瑟心中生恼，也不再和他比试，欲使妖力毁掉整个水榭。

　　沈甫亭伸手握住她的手腕，微使仙力压制，看着她，语调轻慢地说："你的武功可不如我。"

　　锦瑟被这般小看，顿时被激起了斗性，压下妖力，将手中剑舞成花，招式越发凌厉，叫人连呼吸都不敢停顿。

　　席间剑影仿如流光散下，剑身时如鱼游水，时如大浪拍岸，二人身形快得几乎让人看不清动作。

　　剑光闪烁间，没有鼓点伴奏，画面却比刚才更加激荡，一众世家子哪里见过这般武林高手过招的场面，一时间看得心惊肉跳，几乎不敢眨眼，唯恐漏了什么。

　　葛画禀见情形危险，连忙驱赶众人："你们先离开！"却不想这些世家子皆不动，他怎么赶都不离开。

葛画禀急得满头大汗，见二人打得激烈，情急之下，冒着被砍的风险，趁机挡在了二人中间，大声道："沈兄、锦瑟姑娘，你们莫要伤了和气！此事全是我妹妹无礼在先，我替她赔罪道歉。锦瑟姑娘，求你给我一个薄面，你和沈兄如今闹成这样，全是我的罪过，你若实在生气，便拿我的命来抵。"葛画禀上前一步，脖子抵上了锦瑟的剑，"只求锦瑟姑娘原谅今日无礼之处。"

葛苑见状吓坏了，当即就要冲上去："哥哥！"

沈甫亭伸手拦住她，神色微敛，语气极为肃然："葛兄，回我这里来。"

这话间的凝重叫众人皆不敢造次，吓得连呼吸都止住了。

锦瑟看着葛画禀诚恳的表情半晌，慢悠悠地收回了剑，像个被哄乖的小姑娘："好，今日我就给你一个面子，下回可就不一定了。"她说着，转身往前走去。

众人皆松了一口气，沈甫亭看着她，眉头微皱，根本不相信她会这般轻易放手。

果不其然，锦瑟走了几步，突然转身将手中的剑飞掷出去，剑越过了葛画禀，径直袭向沈甫亭。

锋利的剑破空而来，带着凛冽的劲风，剑尖直冲向沈甫亭的眼眸。

这一幕太过熟悉，以至他竟有些失神，任剑到了眼前。

一旁的众人尖声叫起，纪妹惊呼："沈公子！"

沈甫亭失神之间，快速伸手以指夹住剑身，剑尖与他的眼眸只一线之隔。

锦瑟微微一用劲扯动，剑当即受不住力，通身炸散。

沈甫亭闭眼侧首，破碎的剑片擦过他的面庞，在眼下划出一道血痕。

破碎的剑身往四下飞射，剑片映着外头的光线嵌在了木柱上，在水榭之上折射出道道天光。

众人惊叫，纷纷往后退去。沈甫亭指间夹着半截剑身，血顺着手慢慢滑落，没入袖间。

他慢慢睁眼看去，四处映着凛冽的剑光，眼前站着的人，眼睛弯弯，唇色潋滟，折射的剑光映在她的面上，她整个人锋芒毕露，直穿人心窍。

锦瑟收回绣花线，神色天真，仿若轻花坠落眼前："既然纪姑娘送了你一句话，那我也送你一句，青山不改，绿水长流，后会有期。"她语气越发轻飘，最后四个字带着莫名的意味。

沈甫亭慢慢垂下手，深沉的眼睛静静地看着她。

锦瑟说完，对他挑衅地笑了笑，仿佛对他这个人志在必得，随后无视众人，转身踏上木栏，飞身跃出，从水面之上翩然掠去。

陶铈站在原地，久久不能回神。

众人纷纷上前追赶，极宽的湖面上已然不见了人，一时间众人皆瞠目结舌，不敢相信天下竟有这般武林高手？！

纪姝上前急道："沈公子，你流血了！"

葛画禀见锦瑟不见踪影，忙走到沈甫亭身旁："沈兄，你的手没事吧？"

"无妨。"沈甫亭拿起手中破碎的剑刃，血染过指尖，顺着剑刃吧嗒一声滴落在地，在嘈杂声中却极为清晰。

他忽而唇角微弯，眼中闪过一丝玩味的笑意。

纪姝见状，神情微僵，不自觉地紧紧咬起后槽牙。

两日过后，客栈里，匹献轻叩三下门扉，得到应允才轻轻推门进去。

外间没人，摆设雅致干净，只有桌案的白布上放着一片破碎的剑片，略显突兀。

里间缓缓走出一人，似刚沐浴完，白衫简洁却不失清雅，衬得面若冠玉。面上一道淡淡的伤痕却不影响他的惑人容色。

"公子，您不在，有人动了心思，闹出了乱子，匹相已经将其抓住，不知公子要如何处置？"

沈甫亭理着衣袖，语调轻缓。

匹献当即应声，微微撇了撇嘴，替那个散仙表示惋惜。君主本就注重规矩，正愁没有杀鸡儆猴的人选，这个时候这人闹乱子谋位，简直就是送上门来的傻子。

沈甫亭走到桌案旁，瞥见了桌案上摆着的剑刃，忽而问了一句："这些日子没有人来寻我？"

匹献一愣，摇了摇头："回公子，不曾有。"

沈甫亭眼眸微眯，手抚桌案轻叩，若有所思。

匹献可摸不清自家主子的心思，又开口问道："公子，我们何时回天界？属下好去安排。"

沈甫亭伸手拉起白布，随手遮住了破碎的剑刃，不再理会："明日。"

匹献连忙俯身应是。

淡淡的光线透过薄云照射下来，散落在院子中，院子里窝着几只毛茸茸的小妖怪，仰面躺着，集体犯懒。

锦瑟在摇椅上微微摇晃着，轻轻一晃，便过去了数日，日子过得悠闲又无趣。

陶铈自从那次之后就借口离开了京都，连人影都没见过，想来是怕了她。这对锦瑟来说倒也无所谓。毕竟陶铈说的谈情说爱根本没他说的那般有意思，还不如跳梁小丑有趣。

葛画禀特地上门替葛苑赔过一回罪，顺带和她说了那日的事情都已经处理妥当，让她安心在京都住下，不会有人来找她的麻烦。

这些锦瑟不在乎，于她而言并没有什么困扰，反倒能添些许乐子，是以葛画禀说这话时，她还有些遗憾。葛画禀以为她害怕，又去打点了一番，很是尽力。

这么一来，便真的再没人来过，锦瑟过得百无聊赖，不过很快就有了新乐子。

陶铈给她安置的这处院子是个好位置，连着一排，有好几家。

这些人家的女子成日里没什么事，各自攀比，比衣裳、比首饰、比在老爷那里多么受宠，锦瑟住在这里，自然也被拉进了这个圈子，可别提多新鲜了，每日听听都觉有趣。不过锦瑟在其中是个透明人，因为她家"老爷"数日都没来看过她一回，她是个失宠的、没用的。

而另一个失宠的、没用的，便是锦瑟隔壁的一位姑娘，生得明眸皓齿，白白净净的，温顺得像一只兔子，时不时会给锦瑟送些亲手做的点心，味道很是美味，且往日是个绣娘，与锦瑟是"同病相怜"，亦有共同话题。

可论及绣工，还是锦瑟厉害，她便跟着学绣花。锦瑟倒也乐意教个聪明的人，毕竟那四只狐狸实在笨得很，无论怎么绣，都差之千里。

锦瑟想着，微微垂眼，看向窝在角落里的四只狐狸。

"风花雪月"见锦瑟看过来，越发缩着身子，尽可能减少存在感，免得又被她拉去没日没夜地苦练刺绣。

锦瑟正打量着他们，门外传来极轻的叩门声，光听声音就感觉到了门外之人的小心翼翼："锦瑟姑娘。"

院子里头趴着的小妖怪听见声音，当即爬了起来，瞬间消失在院子里。

锦瑟放下了手中的团扇，缓缓上前开了门，正是隔壁时不时给她送吃食的画眉。

画眉见她开了门，视线先往她院子里扫了一圈，神色怯怯的："你家老爷今日来了吗？"

锦瑟笑着摇了摇头："想来他是忘了我，不会再来了。"

"怎么会？肯定是他太忙碌了，才会没时间来看你。"画眉连忙开口安慰她，又拿起手中的木篮，冲她露出了甜甜的笑，"今日天气正好，不如我们一道去街上采买些针线。昨日你那屋里的山水画，我正琢磨着怎么绣，可缺了好几种线。"

　　锦瑟自然不会拒绝。她喜欢针线活，采买针线是刺绣的另一大乐趣。她回屋拿了木篮子挎在手上，很是有模有样，与画眉一道去了街上。

　　她们这里位置好，一出来就是热闹的大街，街上人来人往，远处大石桥横在江上，连接南、北两条长街。宽大的石桥上人群摩肩接踵，时有骆驼商队在人群中拥挤而过，熙熙攘攘，热闹非常。

　　既然出来了，就不可能只买针线，二人去了绣庄里，又去了街上闲逛。

　　春时天气多变，刚才还是薄云间渐透微弱的阳光，现下阳光已消失无影。路上的行人脚步渐渐变得匆忙，转眼间人变少，想来是怕落了雨，湿了衣衫。

　　画眉见天色不好，指向前头的亭子："好像快要下雨了，我们去前头的亭子里躲一躲吧？"

　　锦瑟的字典里可从来没有"躲"这个字，哪怕是"躲雨"的"躲"……

　　她早早便看中了前头摊子上的油纸伞，买伞的人很多，很快摊子上便只剩下了一把。

　　锦瑟几步走到摊子前，伸手去拿那把油纸伞，身旁却伸来了一只手，与她一道拿上了那把伞。那手白皙修长，骨节分明，衣袖上的纹路简单雅致，无一处不好看，与她分执伞的两头。

　　锦瑟顺着那只手往上看去，一时顿住。葛画禀先前便说过沈甫亭已经离开了，没想到他竟然还会在凡间。

　　沈甫亭见到她，却没有意外，松开了伞，唇角微不可见地一弯，露出一丝玩味的笑，格外惹人心跳加快。

　　身后的画眉往这边走来，见了沈甫亭，顿住了脚步，有些怯生生地看着他，脸上甚至起了薄红颜色。

　　锦瑟见了沈甫亭，心中虽疑惑，却没有开口，而是暗自生了防备心。

　　沈甫亭亦不说话，看她良久，才伸手从衣袖中拿出了一锭银子放在摊子上，眉眼轻抬："你拿去。"

　　画眉伸手拉过锦瑟的胳膊，如同受了惊吓的小鹿一般，颇为惹人怜爱："锦瑟，这位是？"

　　锦瑟却没回答，拿着伞，打量了沈甫亭一眼："我们走。"

　　画眉见她不介绍，又看了一眼沈甫亭，忙跟着锦瑟往另一头去了，那回头看向沈甫亭的神情，似怕又似好奇，很是惹人怜爱。

　　彼时黑沉的天际已经落下豆大的雨滴，一场大雨正在酝酿之中。

　　锦瑟打开了手中的油纸伞，转头看去，沈甫亭也准备离去。

卖伞的摊主拿起银子，忙道："公子稍等片刻，您给这么多银子，我可不好叫您淋雨，我自己留着一把伞，您稍等片刻，我去给您取来。"

"可以。"沈甫亭只说了两个字，声音依旧悦耳，格外引人心颤。

锦瑟打量起他来，他身形如玉，面容如画，无论怎么看都叫人按不下心思。

他本是平静地站在原地等着，似有所察觉，转头看来，正对上了她的眼。

许是他视线太有穿透力，这一眼，莫名叫锦瑟心中似有什么东西被轻轻一敲，如风铃般撞出了清脆的声响。

身旁的画眉见沈甫亭看着锦瑟，眼神不曾分给她半点儿，一时微微凝了面色，伸手轻轻拉了拉锦瑟的衣袖："雨要大了，我们快回吧！"

锦瑟也无意多留，便收回了视线，打着伞与画眉一道离开。

天色却越发阴沉，似能滴出水来，很快便下了一场大雨。

画眉一路默然不语，待到了门口，连告辞都没有说，便从锦瑟伞下钻出，冒雨跑了回去。

锦瑟看着画眉离去，也没放在心上，撑着伞慢悠悠地回了院子里。屋里头趴着的几只小妖怪见她回来，连忙上前跟着，接过她手中湿了的伞，斜放在门旁，又端上了热腾腾的果茶，很会卖乖。

锦瑟在榻上坐下，看着那伞半晌，才端起果茶喝了一口："那四只狐狸呢？"

为首的小猴妖当即凑上前献媚："他们觉得自己绣工不好，唯恐丢了姑娘的脸面，现下正躲着苦练呢！"

恐怕是刚才锦瑟在院子里看了他们一眼，他们察觉到了危险，唯恐被她折腾，还不如找个借口。

锦瑟微微一笑，放下了手中的茶盏，伸出手，细嫩的掌心里出现了一颗珠子，彩色的流光在珠子里缓缓流转。

她正看着，一旁凭空出现一封书信，上头的字微微泛着金光，寥寥几字，龙飞凤舞，简单明了："隐有动荡，盼君早归。"

锦瑟看完，也不收起信，眼眸微显红色，那张纸便自燃了，只留下些许灰烬随风消散。

锦瑟忽而微微弯起眼睛，露出一丝古怪的笑容。

外头大雨倾盆，天却越发亮起来，雨水哗啦啦地从屋檐上垂落而下，坠成了晶莹剔透的水晶帘子。

门外响起了叩门声，在雨声中格外清晰。

锦瑟没有起身。

外头的人等了片刻，又是不长不短的三声轻叩，很有耐心。

锦瑟起身，拿过门旁的伞，慢悠悠地打着伞走进雨里。

院子里的地早已湿透，雨水一点点砸落，溅起了清透的水珠，细软的绣花鞋微微沾湿，上头的花纹越发鲜艳。

她几步上前打开了门，门外站着一个男子，衣衫雅致，长身玉立，撑伞静等。

见门被打开，他微微抬伞，露出了清俊的眉眼，油纸伞上滑落的雨水，在他的眼前垂落成了水帘，时不时遮掩了他的面容，却挡不住他投射过来的目光，明明清澈干净，却莫名叫人口干舌燥。

锦瑟微微动了动唇，视线落在他的面上不动。

他微微扬起唇角，眉眼间带着一丝不可寻的笑，低沉惑人的声音，穿过重叠的雨幕透过来："锦瑟姑娘，雨大不易行路，可否容在下借檐避雨？"

外头的雨止不住地往下落，门檐之上染了水汽，显出乌深颜色，门旁斜立着两把油纸伞，雨水缓缓滑落。

锦瑟不喜欢鞋湿，让沈甫亭进来后，径自去屋里换了一双绣花鞋，再转身出来时，沈甫亭正站在外间，拿着她绣了一半的帕子看着。

锦瑟走过去，伸手拿回了绣绷："你在看什么？"

沈甫亭抬眼看过来："你很喜欢针线活？"

锦瑟随手放下了手中的绣绷，只说："闲来无事做的。"

她又看了一眼沈甫亭，正对上了他的视线。他眼神太过专注，一下子就能看进人的心里，惹人心口发紧。

锦瑟一时愣住，看着他有些反应不过来。

二人的视线在空中胶着了半晌，锦瑟收回了视线，发现自己已经败下阵来。

她余光瞥见自己刚才放在案几上的茶盏，当即露出了一丝笑容，嘴上客气地说道："沈公子请坐。"

她又端起了自己喝过的茶，笑盈盈地递给他："这是刚刚煮好的果茶，只是外头下雨，凉得有些快，不过味道是差不离的。"

沈甫亭没有半点儿在别人家的拘谨样子，伸手接过茶盏，浅尝了一口。

锦瑟靠在案几上，以手托腮，笑看着他喝，一想到他现下喝的是自己剩下的茶，便有一种说不出来的恶意得逞感，仿佛自己生生压了他一头。

她正如此想着，喝着茶的沈甫亭忽然抬眼看来，似乎看出她心里想的什么，唇角微弯，声音好像被清甜的果茶润过，低沉而有蛊惑力："锦瑟姑娘的待客之道与旁人的好像不太一样。"

锦瑟面上的笑微微一顿，继而她笑得越发灿烂："哪里不一样？"

沈甫亭的视线在她白皙的面上流转，眉眼间染上一丝莫名的笑意："锦瑟姑娘太热情，让在下颇为招架不住。"他嘴上说着招架不住，可其实坦然得很。

锦瑟可是不赞同，她何处来的热情招待？不过是让他进家中避雨，给了他一杯凉茶罢了，一时她有心听听他怎么说："沈公子此言何意？"

沈甫亭俯身微微靠近她，眼中的笑意更盛："招待客人怎么用自己喝过的茶？"

锦瑟心跳漏了一拍，没有想到竟然叫他尝出来了！

她面上的笑微微一顿，半点儿不信他这都能尝出来，打死不认："沈公子怎么会有这样的想法？我如何会拿喝过的茶招待你呢？"

沈甫亭低眉浅笑，将手中的茶盏微微一转，递过去，伸手指向茶盏上沾着的一抹口脂。

他抬眼看向她，话语带着若有似无的暧昧："锦瑟姑娘都是这样招待客人的吗？"

锦瑟清晰地感觉到他身上淡淡的檀香味一下子袭来，叫她没有抗拒的机会，明明是让人心中平静的气息，却没有想到他说话时，那男子气息竟带着果茶的清甜，仿佛沾染了她的气息，二者交缠，暧昧不清。

锦瑟看了一眼茶盏上不是很明显的口脂，又抬头看向他，视线落在他的唇瓣上。他的唇瓣可不就对上了茶盏边缘的口脂？

她的思绪被间接亲密接触的事实弄得微微一乱，无声的暧昧气氛一下子充斥整个屋子，外头下着雨，门又大敞着，整个屋子本是透着些许凉意的，不想现下让人热得很。

锦瑟觉得自己捡来的那四只狐狸不是狐狸，这人才是货真价实的狐狸，骗也骗不到，耍又耍不成，自己反倒叫他调戏了一把。

锦瑟心中暗暗生恼，还未开口说话，沈甫亭却慢条斯理地问道："锦瑟姑娘将你喝过的茶端给我，不知是何用意？"他这话隐含的意思不就是指她在戏弄他？

这人，黑的都能被他说成白的！

这架势，他反倒比她更像主人，若有似无地撩拨人，太过游刃有余，叫她偏生了逆反之心。

她微微笑起，伸手拿过他手中的茶盏，抱歉而又客套地说："许是刚才绣花的

时候，不经意间喝了一口，连自己都没有意识到，实在是不周到，我重新给你倒一杯。"

她说着一拂袖，不远处的桌案上的茶盏缓缓升起，平稳地朝他们飞来，待到二人中间的案几上方才慢慢落下。

锦瑟伸手翻过茶盏，端起茶壶，微微倾斜，壶中微微泛着果子红的茶水倾倒而出，水声非常动听。

她的动作慵懒优雅，让人仿佛置身山水之间，耳旁隐有瀑布声传来，山间轻鸟已过，一声啼叫回荡山崖之间，别有一番惑人意境。

锦瑟替他斟好了茶，慢悠悠地端起茶盏放在他的面前，客套的话语将暧昧气氛打散："沈公子请慢用。"

沈甫亭看着她做完所有的动作，视线扫过她细嫩的脸颊，唇角微微勾起，沾染水泽的薄唇显得潋滟，语气轻慢："不必了，我刚才已经尝过了。"

锦瑟被这若有似无的暧昧语气扰了心绪，眉心不由得一跳，连带着心口都微微牵动了一下，有种慌乱的错觉。

若不是外头雨声扰了屋中的寂静，恐怕她都能听到自己的心跳声。

锦瑟微微垂眸，放在腿上的手笼进衣袖，越发想要他说出来意。

避雨这个理由实在找得太好，既婉转又说明这只是一个借口，那答案就在喉中，只待他脱口而出。可惜他偏偏不明说，叫她越发心痒，如同被猫抓一般煎熬。

她稳了稳心神，又靠上案几，以手托腮，唇瓣微动，似含幽兰之气："不知沈公子来我这里究竟是为何？"

沈甫亭低眉浅笑，看向她，十分认真地吐出二字："避雨。"他的声音本就低沉惑人，尾音如同一个小小的钩子轻轻挑起，语气轻佻，勾得她险些坐不住。他真是个祸害，若不是她有定力，说不准就陷进去了。

锦瑟只觉口干舌燥，伸手端起茶盏，喝了一口茶才稍稍压下喉间的燥意，心中又起了几分恼意，既然他是避雨，那就让他避个够！

"那沈公子便好生等着吧，这雨一时半会儿可停不了。"锦瑟说着，拿过一旁的绣篮，取了针线，继续绣先头还没有绣完的帕子。

沈甫亭没有说话，也没有被冷落的尴尬，眼中似含笑意。

他的存在感实在太过强烈，即便他只是平静地坐在一旁，也让人忽视不了。

锦瑟只觉他的视线一直落在她身上，越发无法平静，这无声的打扰比话语更让人心乱。

既然他喜欢看人绣花，那就让他看个够。她心思一动，手上针线一转，改了先头想绣的东西，按下心绪认真绣起了花。

　　她费了些许工夫才静下心来，倒真将他忽略了。她旁若无人地绣着，那颜色艳丽的绣花线在帕子上穿梭着，慢慢绣出了一只王八的雏形，那刚刚绣成的眼睛活灵活现地瞪着沈甫亭，似乎就是在骂他。

　　沈甫亭见了，眉梢微挑，视线转到了她的面上，忽而眉眼一弯，轻笑起来。

　　锦瑟本是想要绣王八当作沈甫亭，可是绣着绣着便入了神，待绣完了一只玉八，拆了绣绷欣赏一番后，才察觉外头的雨已经停了，想来已过了一个多时辰。

　　她转头看去，沈甫亭竟然没走，靠着榻，长腿上趴着一只胖乎乎的小橘猫，几只毛茸茸的小妖怪趴在一旁，似乎在排队等着他抚摸。

　　他长睫微合，手上有一下没一下地抚摸着橘猫，修长细白的手莫名晃人眼，姿态难得闲适。生得好看就是有这种赏心悦目的好处，即便他这样静静坐着，也让人感觉舒服。

　　锦瑟见小妖怪这么轻易就被收买了，不由得沉了脸："你们怎么出来了？"

　　小妖怪们闻言，吓了一跳，连忙起身，小心翼翼地看着她。

　　"他们在外头偷看，我便让他们进来了。"沈甫亭回道，小妖怪们连忙蹿出了屋。

　　刚才的冷落显然完全没有让他尴尬，锦瑟一时有些牙痒，心中很是不甘。

　　锦瑟看过去，见他脸庞上的伤还有痕迹，眼眸微转，身子微微倾向案几，指尖触上他的面颊，语气暧昧地问："你脸上的伤口好啦？"

　　沈甫亭不但没有躲闪，反而伸手握上了她的手，眉眼染笑："好了许多了。"

　　他们这般握着手，不知道的人还以为他们是恩爱的夫妻呢，完全没想到他们先前还打过一架。

　　锦瑟的手本就微凉，他那掌心的温热让她有些不适，她一时微微往回收手，不想沈甫亭抓着她的手不放。

　　她心中一惊，抬眼看去，沈甫亭却站起身，走到她身前，微微俯身看向她："雨停了，我该走了。"

　　锦瑟微微怔住，没有想到他竟然这个时候走，这看上去他倒真像是避雨来了，可傻子都知道那是个借口呀！

　　她一时觉得自己猜错了，或许他来是为了别的事。

　　锦瑟打量着他静默不语。

　　沈甫亭见她愣着，轻浅一笑，笑中还带着些许轻佻之意，弄得锦瑟越发疑惑，

上册

　　直到他离开许久，都不清楚他究竟是何意。待起身她又发现自己刚绣好的帕子没了，四下一看，竟找不到了。除了沈甫亭，还有谁会拿？！

　　她恼得追了出去，却早没了沈甫亭的身影，新鲜出炉的王八她还没玩够呢，就这样被他顺走了！

　　难怪沈甫亭能耐着性子等这么久，原来是在这里等着她！

第九章
为何不许

沈甫亭离开后，整整两日没有音信，仿佛那日真的只是来避雨。

锦瑟弄不清他的来意便也不多想了，反正她现下有的是乐子。

隔壁几个金屋里藏的"娇"无所事事，每日都能生出些乐子给她瞧。三个女子就是一台戏，那些老爷只是偶尔过来，她们自然是有一大把空闲时间拿来消磨攀比。

画眉今日才来寻她，两日前话也不说就走了，也没说缘由，她自然没兴趣知道。画眉憋着话难受得不行，似乎很想她开口问一问，好顺势说出那日受的委屈。

可惜画眉碰到了锦瑟，锦瑟可不会如画眉的意，画眉越是憋得难受，她就越是觉得有趣。

这一排院子过去，就是湖水，湖上画舫无数，远远传来悠悠的琴声和婉转缠绵的曲儿，这位子比之茶馆酒楼都不差，映入眼帘的皆是湖光好景致。

树下摆了一张圆桌，几个面容姣好的姑娘坐在树下乘凉，桌上摆着各色茶点，正中放着果酒，看起来好不惬意。

锦瑟与欲言又止的画眉一道坐下，几个人皆是欢迎的样子，尤其对锦瑟，她面皮生得好，偏生不受宠，可不是攀比时最得用的踏脚石吗？

加之锦瑟的老爷是一众老爷里头模样生得最俊俏的，虽说模样没叫她们看见，

可出手阔绰是众人都瞧在眼里的，锦瑟这一身行头可不便宜。旁的衣裳首饰她们也不是没有见过，可那一身红衣裳不是寻常之物，有眼力的人自然知晓其价格。

这么贵重的衣裳都能穿在一个不受宠的外室身上，可见那个老爷的家底有多丰厚，多少叫人心中有些想法。

一个穿粉色衣裳的女子名唤刘娇娇，往日可是芙蓉坊的头牌娘子，因为使得一身好媚功，颇得她家老爷宠爱，每回他一来，就会给她带来很多好东西。今日这局还是她张罗的，是以她颇为趾高气扬。

刘娇娇轻摇手中的蒲扇，手中的大金镯子晃得人眼花："锦瑟若是没事，便多出来串串门，咱们都是邻居，终日待在一处，多出来说说体己话也是好的。反正你家老爷统共也没来过几次，你守着空屋子又有什么意思？"

对面的墨兰可看不惯刘娇娇这般搔首弄姿，得了点儿好东西就生怕别人不知道一般，使劲显摆，开口反驳："锦瑟的老爷出手阔绰，她守着也是常事，更何况……"墨兰说着，看向锦瑟，一副替她说好话的样子："你家老爷不是生得俊吗？风流一点儿也是寻常事，你也莫生怨气。"

一旁的一两个女子皆似好心好意劝着锦瑟想开些，表情同情怜惜不已。

刘娇娇闻言，面色当即不好看了，若说到俊，她家老爷面皮也是不错的，虽然是个坐吃山空的二世祖，别的不说，那模样在一众大腹便便的老爷里也算脱颖而出，拔得头筹。可自从锦瑟来了以后，就不一样了，那男人连面都没叫她们瞧见过，反倒压了她家老爷一头。

她心中很是不服，拿着蒲扇轻摇，矛头指向了锦瑟："谁知道她家老爷长什么样，这十天半个月都来不了一次，说说还就成了真的？"

墨兰显然是跟刘娇娇饮上了："这可不是道听途说，咱们画眉妹妹可不就住在锦瑟的隔壁，她可是真真切切地瞧见了的，锦瑟的老爷生得那叫一个俊，那风流做派别提多迷人了。"

画眉忙怯生生地点了点头，不敢说话，似乎风大都能把她吓着。

锦瑟端起果酒慢悠悠地尝了一口，看着她们之间针锋相对，坐山观虎斗，显然得了趣儿。

锦瑟对面坐着的也是个不得宠的女子，听了这话只觉刺心，开玩笑似的回道："画眉妹妹与锦瑟妹妹自来交好，谁知道是不是在替锦瑟妹妹说好话？要是他真这般好看，下一回也叫我们瞧瞧。"

"锦瑟。"身后忽然传来一声轻唤，声音低沉好听，众女子瞬间静下。

锦瑟微微一顿，转头看去，果然是沈甫亭。

他站在巷子口，一身墨色衣衫，映得面若冠玉，腰坠清玉，身形修长，天生好容色，一眼看去让人恍如入画，迷了眼。

几人顿在原地，鸦雀无声。

锦瑟眼眸微微一眯，起身缓缓走到他跟前，心中越发疑惑，面上依旧带着笑意："今日天气晴好，可没有下雨，不知沈公子来此又是为何？"

沈甫亭一笑："我的伞落在你家了。"

这可真是好借口，与那日避雨的理由如出一辙，简直让锦瑟以为他是故意将伞落下，再寻机会来见她。

锦瑟可不相信这答案，可此人偏生不说明白，叫她恨不得挠花他的脸。

沈甫亭见她看着自己不动，忽然眉眼一弯："怎么，两日不见，你就不认识我啦？"

这一笑可叫人恍了神，身后的几个人直勾勾地看着二人离去，久久未回过神来。

"这是锦瑟的老爷……这做派不像是寻花问柳的风流子弟呀！"墨兰神情愣怔，口中喃喃。

此言一出，没人反驳。沈甫亭一看就是世家贵子，通身贵气，一副等闲人不得靠近的样子，清心寡欲之间却又难掩骨子里的大家风流气度，又岂是那些风流浪荡的公子哥儿能比的？

刘娇娇可是久经风月的一把好手，刚才那男子一眼没往她们这处瞧，仿佛她们如身后的树一般寻常，眼神独独看向锦瑟。被这样的人忽视，任谁都会心有不甘。

刘娇娇想着，心绪难平，只叹万般皆是命。

一旁的画眉静静看着二人离去，忽然小声开口："这人不是锦瑟的老爷，只是她的朋友。"

她这话说出来，刘娇娇手中的团扇啪的一声掉落在地。

几人齐齐看向画眉，神情惊愕。这人显然就是对锦瑟有意，不承想竟不是她家老爷！

这锦瑟未免也太大胆了，竟然敢在她家老爷的眼皮子底下私会男人！

锦瑟带着沈甫亭去了院子里，也不请他进屋，自己进去拿了他落下的油纸伞，出来递给他。

沈甫亭倒不在意她的见外举动，伸手接过了油纸伞："没想到锦瑟姑娘还留着

上册

195

我的伞，我以为以你的性子，早早就将伞丢了。"

他这可不就是明里暗里地说她心中记挂着他，还特地留了伞等着他？

锦瑟也确实是等着他，才将伞收着，不过是想弄清楚他究竟为何而来。

现下她被他说中了一半心思，多少有些恼羞成怒，当即伸手朝向他，冷着一张脸，语气阴冷："把我的帕子还回来。"

沈甫亭拿着伞，明知故问："什么帕子？"

"就是你那日避雨从我这儿顺走的帕子，我刚刚绣好的一只王八。"锦瑟站在台阶之上，视线与他齐平，气势自然也不落下风。

"哦。"沈甫亭似恍然想起，眼中笑意不减，"那不是绣给我的吗？"

得！这人的脸皮恐怕如城墙的拐角那般厚，往日她竟没发现？这摆明了是骂他的，他竟然还这般高兴，她可是头一回见到。

锦瑟见他这般识趣地认了，忍不住笑起，笑中带着些许顽皮的恶意："确实是绣给你的，你倒是眼光不错。"

沈甫亭轻笑出声，那笑声爽朗，还有些意味深长："你绣得很像，我很喜欢。"

他说喜欢的时候，眼神直勾勾地看过来，以至她能从他的眼眸中看到自己。

那眼神太认真，锦瑟安静了一瞬间，眼尾轻挑："伞你也拿了，还有何事？"

沈甫亭却半真半假地说道："锦瑟姑娘不留我坐一坐吗？我为了来你这里拿伞，走了不少路，现下有些累。"

瞧，这是神仙说的话吗？不知道的人还以为他是个文弱书生……

锦瑟可不接他这茬儿，似笑非笑地说道："想来沈公子极为宝贝这把伞，以后可不要乱丢，免得又要跋山涉水而来，听着委实辛苦。"

她这般刻意嘲讽，沈甫亭却没有放在心上。

他突然靠近一步，温热的掌心抚上她的面颊，指腹轻轻擦过她的唇角，轻轻地说道："这处沾了糕点，怎么这么不小心？"

他的声音突然放轻，格外惹人心颤，仿佛耳鬓厮磨间的亲昵低语。

锦瑟的心骤然一紧，连呼吸都有些急了。

沈甫亭的指腹轻轻摩挲了一下她的面颊，眼睫微垂，视线在她面上流转一会儿才收回了手，依旧亲昵地说："我走了。"

锦瑟条件反射地抹了一把嘴角，才想起自己刚才只是喝了酒，又怎会沾上糕点？

这人分明就是故意戏弄她！

锦瑟恼得面热，当即追上前，对着他的背影，输人不输阵地说："沈公子，慢走不送。"

　　她正欲关上门，门却从外头被人抵住，她一抬眼又看见了沈甫亭："你又有什么事？"

　　"我住在原来的客栈。"他看着她，若有似无地一笑，暗示意味极深，语气暧昧至极，说完这一句，才真的转身离开了。

　　锦瑟愣了半晌，出了门看向巷口。

　　他缓缓离去，拂面的杨柳风轻轻扬起他的衣摆，隐约间仿佛带来淡淡的檀香，干净得诱人沉迷。

　　他真是个男狐狸转世的！

　　锦瑟看着顾长的背影慢慢消失在巷口，心中被勾缠得受不住，眼眸瞬间一黯。不管他是不是来取伞的，这个玩具她一定要弄到手！

　　沈甫亭这一番行为可是在锦瑟心头勾出了重重的痕迹，竟让她夜里都没能睡好，按不下将玩具占为己有的心思，一早就去了他住的客栈，却不想吃了闭门羹。

　　"锦瑟姑娘，我家公子现下有事要处理，还请姑娘在此稍等片刻。"匹献请她坐下，恭敬地说道。

　　这摆明就是故意的，不过他如果真的让锦瑟这么容易就见到，以她的性子她还真有可能瞬间就没了兴趣。

　　沈甫亭对她的秉性显然很了解，拿捏人心实在太有手段，她和他玩简直就是玩火，稍有不慎就有可能烧到自己，实在危险。

　　锦瑟心中虽然不痛快，可越发有了兴趣，她伸手绕着自己的发丝，语气阴冷地说："我可不喜欢等人，让他出来见我。"

　　匹献在心中佩服自家公子，他竟连这妖会说什么话都猜到了，当即回道："公子说了，事有先来后到，姑娘若是等不及，可以先行回去，可您想知道的问题，恐怕是无从解答了。"

　　这句话可捏住了锦瑟的心思，她实在太好奇沈甫亭究竟意欲何为，这般欲拒还迎实在勾住了她的心，她往日想要什么东西得不到？若不是沈甫亭实力不容小觑，她早早就将他弄到手了，哪儿用这般难熬？

　　匹献看着锦瑟，心中也疑惑，自家公子这些日子实在有些不对劲，先前便像是在等人，到了后头似不在意般回了天界，可最不对劲的是自家公子回了九重天

后竟又下来了。

十世善人已经离去，那玲珑心也没有了踪影，公子根本不必下凡，他的行为实在让人琢磨不透。

难不成这只妖就是公子要等的人？

匹献想了想，又觉得不是。若她真是公子要等的人，现下公子又怎么会将她拒之门外？想来公子等的另有其人。

匹献想着，越发好奇这人究竟是谁。先头那纪姝姑娘倒还差不离，人情练达，又善解人意，得体大方，这样的人在混沌初开的天界乱世中不知有多难寻。

不过自家公子很少能将什么看进眼里，没有仙家牵扯的清白璞玉尚且不能让他看上，更何况是妖女，仙妖不两立，公子显然不可能自找麻烦。

锦瑟静静地等着，倒要看看沈甫亭葫芦里卖的是什么药。可不想她这一等就等了大半个时辰，一时耐心尽失，阴沉着一张脸去寻沈甫亭。

匹献得了沈甫亭的吩咐，没有拦着。

锦瑟一路畅通无阻，踹开了沈甫亭的房门，一脚踏进去便见他正坐在书案前批折子，被她这粗鲁的动作打断，眉头微皱："姑娘家该讲究矜持。"

锦瑟缓缓朝他走去，慢悠悠地反驳："我已经很矜持了，等了你大半个时辰也不算少，不知沈公子现下可否告知我，你究竟想做什么？"

避雨、拿伞都是借口，他这引诱之意实在太过明显，让锦瑟心痒难耐，却又不得不起疑心。

沈甫亭眉梢微扬，唇角隐含笑意，随手放下了折子，起身走来："你跟我来。"

锦瑟见他这般轻易就与她说明，心中非常意外，当即跟上他。这几日她已经被他勾得越发没了耐心，迫切地想弄清楚他的心思。

她跟着沈甫亭出了屋，客栈里头没有别的客人，整个儿都被他包下来了，一看就知道他这是图省事，只打算住一段日子便离开。

锦瑟心中琢磨，跟着他一道去了后院，过了垂花门，停在了马厩前，里头站着一匹马，看见锦瑟，微微往后退，似乎有些怕她。

锦瑟停下脚步，看向沈甫亭："沈公子这是何意？"

沈甫亭走到玄机身旁，伸手摸了摸它的脖子以示安抚："锦瑟姑娘可还识得玄机？"

锦瑟看了一眼马儿，自然是不记得的，于她来说，马儿除了颜色不同，其他都一样。

沈甫亭倒也不指望她记得，抬眼看过来，一副公事公办的语气："锦瑟姑娘拔过它的毛，如今这一块毛已经长不出来了，我认为你应该负责。"

锦瑟向前一步，一眼便看见了他指的位置，那里果然光秃秃的。

玄机见她靠近，身体都僵住了，睁着大眼睛不敢乱看，不敢乱动，仿佛一匹木头马。

锦瑟这才隐约想起，那一次好像就是为了激怒沈甫亭，才拔了这匹马的毛，不想这匹马如同木头一般不叫也不嚷。

这都多久以前的事了，他这个时候来提，未免也太迟了。

锦瑟看着沈甫亭，神情带着探究："你的意思是，你这些日子是因为我弄秃了你的马才来寻我？"

"不然呢？"沈甫亭缓缓走近，低头看向她，"难不成你想到别处去了？"

锦瑟被点中了心思，他这样的做派任哪个女子都会误会。

他如今拿马说事，这就和避雨、拿伞一样，明知道就是个借口，那里头的用意可太多了，可他不说明，锦瑟也没法确认。

锦瑟瞥了一眼那匹马，轻飘飘地说："难道你一个仙帝都没有办法治好一匹马的毛发问题吗？"

"这就要问你了，你到底用了什么法子，才会让我无计可施，只能回头来寻你？"他话在唇齿间微微一绕，再吐出时，轻缓勾人，暧昧不清，好像这一切都是她故意使计让他去寻她的。

锦瑟眼眸微转，可不接茬儿："毛也拔了，马也秃了，不知沈公子要我如何负责？"

沈甫亭伸手摸着玄机的脖子："我希望锦瑟姑娘能将其复原。玄机因为秃了，这些日子精神抑郁，什么也不做，耽误了不少事，这个中损失，还希望锦瑟姑娘能够补偿。"

玄机忍不住瞅向自家主人，这明显就是冤枉仙马。它确实心情不好，可还是勤勤恳恳地在做事的，每一次出勤都没缺过呢！更何况它也不敢，若它真是这般矫情的性子，沈甫亭早就换了它，怎会留它？

锦瑟可不会答应。她惯来是被人伺候的，哪儿有反过来伺候马的道理？

"复原恐怕是无法了，你要什么就直说，我这个人从来不会欠人，你想要什么我都可以赔给你。"锦瑟无所谓地说道。

沈甫亭闻言一笑："锦瑟姑娘这么没有诚心，赔罪之礼，难道不应该是你自己想吗？"

锦瑟被他的笑恍了神，心中越发难耐，开口试探地问："我又不是沈公子肚子

里的蛔虫，怎么会知道你想要什么？"

沈甫亭微微俯身靠近她，缓慢地说道："你知道的，我相信你一定早就想到了。"

锦瑟又闻到了他身上淡淡的檀香味，这若有似无的引诱气息实在太挠心。她暗暗压下情绪，自然不能落了下风，他不说，她就不问！

锦瑟眼尾微微一挑，轻轻地睨了他一眼："那可能要让沈公子失望了，我想不到。"

沈甫亭不以为意，直起身："那你就一件件想，想到我满意为止。"

"好，那你就慢慢等。"她暗自磨牙，嘴上答应，心里却打着让他空等的坏主意，笑盈盈地瞥了他的玉面一眼，便慢悠悠地往外走去。

沈甫亭看着她离去，眼含淡笑，看穿了她的心思却不说明，如同捕猎的猛兽在捕猎之时享受着其中的乐趣，明明可以一口将猎物吃掉，却偏要逗弄一番，让猎物心甘情愿地到他嘴边。

锦瑟回去后，心中已经有了计较，不过兵来将挡，水来土掩，他要什么就凭本事来拿，谁厉害，东西就是谁的，这从来都是王道……

她手腕微转，一颗珠子在她的手中泛着流光，在阳光的照射下极为耀眼。

锦瑟看着这颗珠子，笑得越发像个天真的小姑娘，可笑意掩不住眼底的森然之色。

锦瑟没将这事放在心上，没想到沈甫亭翌日便登了门。

锦瑟一开门见是他，微微一怔，反应过来，当即推搪："沈公子怎么来了？我可没有想好要送你什么！"

"没关系，你要想多久都可以，我可以等。"他说着，越过她进了院子，如同一个债主上门讨债，"锦瑟姑娘还请不要介意，我这也是无奈之举，若是你跑了，我也不知要去何处寻你。"

锦瑟无所谓，他要等便让他等着，反正她也乐得欣赏美男，坐在身旁时不时看一眼，也能让她心生欢喜。却不想沈甫亭此后的每日都过来，仿佛这院子是他自己的一般，出入自由，一点儿不和锦瑟客气。

锦瑟见他一直不出手，也没有开口讨要恶灵，终是抵不住玩具在眼前晃着的难耐和挠心的感觉。她猛地在摇椅上坐起身，看向端正地坐在石桌旁处理公文的沈甫亭。

他显然很忙，几乎没有多少空闲的时间，可偏偏就有时间和她耗在这匹马上，鬼才相信他真的只是为了一匹马来找她！

锦瑟扔下了手中的团扇，缓缓走到他的面前，居高临下地看着他："你究竟想要什么？不如你说个明白，我们也好商量，不是吗？"

沈甫亭放下手中的折子，抬头看来，却没有因为仰视而输了半分气势，反倒有种蓄势待发的危险性。

他眉眼间慢慢染上些许笑意，声音轻缓："我以为我已经表现得足够明显了。"

"不知沈公子究竟想要什么？"锦瑟面上虽然笑意未减，全身已经开始戒备，随时准备大战一场。

"你我的名字不是已经说明了一切吗？"沈甫亭看着她笑道，比起她的戒备，他显然闲适得多。

锦瑟闻言一顿。

沈甫亭站起身，视线落在她的面上片刻，话锋一转："我不信你看不出我的来意，还是说……"他忽而靠近，"锦瑟姑娘在吊我的胃口？"

锦瑟没有想到他竟是这个意思，心中尚存疑惑："你的意思是，你要和我谈情说爱吗？"

沈甫亭微微直起身，平静地说道："我们可以试一试，就像你和陶公子一样。"

这可不像男子会对心仪的姑娘说的话，这个时候提陶铈不合适，也徒增尴尬，可他偏偏提了，委婉而又明白地表达了他的意思，不会太过直白，引得锦瑟难堪。

她和陶铈是什么关系？

在她看来，他们就是主人和玩具的关系，她玩得有趣，便一直玩，玩腻了便丢到一旁，男欢女爱亦是这个道理。

对锦瑟来说，这是很省事的做法。

她闻言倒也心知肚明，她和沈甫亭这段关系显然是一开始就注定了结局必然是分离。

这种结果，任谁都不会答应。和一个没有结果的人谈情说爱，无力又伤神，那又何必开始？可惜他们不是如此，仙的年岁长，妖的岁月久，对他们来说，感情显然也是可以尝试着操控的东西。

"可以。"如今他一开口，锦瑟自然没有不应的打算，早些将玩具弄到手，免得过了新鲜感没了兴趣。

沈甫亭见她默然不语，本还要再说明诚意，却不想她轻易便答应了，不由得看着她玩味一笑。

锦瑟见状，心中有些懊恼，他先前的手段使得太好，刻意存了引诱之心，勾

得她挠心难挨，以最快的速度让这段关系迅速达成，否则以她的性子，她不拿捏一番才是奇怪。

她如今这般轻巧地就答应了，委实便宜了他，果然是万恶的仙者头目，惯会使手段。

院子里一片寂静，唯有偶尔落在枝丫上的鸟儿在轻啼，叫声悦耳。

二人一两句话确认了关系，反倒比之前暧昧不明还别扭，生疏至极，以至不知接下来该做什么。

他们静默了半晌，到底是沈甫亭先开口了："我先将公事处理完，再带你出去逛逛。"

这般一安排，二人都有了行动，沈甫亭回到石案前继续批折子，而锦瑟坐回摇椅上，拿着团扇漫不经心地摇着。

二人各归各位，好像和刚才没有什么区别，却又完全不一样。

先前锦瑟只当他是一幅画，没事看几眼，肆无忌惮地欣赏，可现下不一样了，这般和他坐在院子里，她竟有些不自在起来。

沈甫亭竟是来寻她谈情说爱的，这个答案既在意料之中又出乎意料，多少让她有些惊讶。她原本认为要等好久才能弄到的玩具，如今自动送上门来，格外让她兴奋。

可兴奋归兴奋，她依旧不愿意落了下风。刚才她答应得太快了，如今不叫他吃些苦头，心中又怎会甘心？

锦瑟眼眸微转，心中思索着折腾人的法子，想着想着便睡着了。这几日因为沈甫亭时常出现，叫她惦记得没睡好，现下尘埃落定，倒是困意上头，抵不住了。

锦瑟微微醒转后，已经过了饭时，睁开惺忪的眼便见沈甫亭坐在石桌旁，看样子已经处理好公文许久，却没有开口打扰她，只是坐在一旁等着，倒是很有风度。

沈甫亭察觉她的打量，起身走过来："你醒啦？"

锦瑟揉了揉眼，见他走到身旁，顿时心生捉弄之意："你怎么不叫醒我，让我睡了这么久？"

沈甫亭丝毫没有察觉她的恶意："我见你睡得香，就没叫你。"

锦瑟依旧靠在摇椅上，漫不经心地听着，待他说完，便如同主子对待家中长工一般说："我饿了，你去给我买些吃的。"

沈甫亭完全没在意："你不与我一起去？"

锦瑟拿起团扇轻摇，理所应当地说道："我刚刚睡醒，身子软绵绵的，哪里走得动路？"

沈甫亭看了看她软绵绵的模样，倒也没强求："你想吃什么？"

"我要吃十里街的梅花酥，你不许使仙法，要老老实实地来回走一趟，如此方能显出你的心意，我吃了才会觉得心满意足。"锦瑟对上他的眼，极为认真地说道。

十里街离这里极远，普通人来回少说也要走大半个时辰，这般浪费时间、精力的无理要求，沈甫亭竟然同意了："还要什么？"

锦瑟摇了摇头："不要了，我只想吃梅花酥。"

"好。"沈甫亭言简意赅地回道，起身往外走去，很是好使唤。

锦瑟心中越发得意，叫他先头一而再，再而三地拒绝自己，现下必要叫他尝尝苦头！

沈甫亭一个来回便去了好久，还真是徒步来回，没有用半点儿仙法。

这一趟来回，他额间已经冒出了汗，虽说春日晴好，但是正午的日头还是有些毒的，照在身上着实烫人。

锦瑟见他回来手上还提了许多吃食，显然是一路看见好吃的东西便买了回来。他倒是会做人，但这并不能打消她折腾他的心思。

她笑盈盈地迎了上去，拿过沈甫亭买来的梅花酥，那笑瞬间顿在脸上，眼神失望，演得跟真的似的："不是这个。"

沈甫亭将手中的东西放在石案上，疑惑地说道："不是？"

"我要街角那家的梅花酥，角落里那家，不是最大的那家。"

他哪里能知晓？她先头也未说明白，沈公子自然是去最有名的那家买。

"都是梅花酥，你先将就着吃，下回我再给你买。"沈大公子没多纠结，一句话揭过。

锦瑟放下了手中的梅花酥："可我只想吃那家的梅花酥，旁的我不要，你再去一趟。"

沈甫亭看了她一眼，默不作声。

锦瑟见他不理睬，神情落寞："我倒是不知晓你是不是真心要与我谈情说爱，连我想吃的东西都不买给我。"

锦瑟说着，抬眼看向沈甫亭，他额间的汗还未干，自来清雅，何曾替人这般跑腿，叫人不舍得也不敢去折腾他。

可锦瑟显然不在意，搂上他的胳膊，理直气壮地说道："你我都已经在一起了，你自然是要照顾我的，男子汉大丈夫，谈情说爱的时候怎么能让我饿肚

子呢？"

沈甫亭将视线落在她白皙的小脸上，半晌才说道："你喜欢自然要买给你。"

锦瑟笑弯了眼，与他一道去了门口，目送他离开，又慢悠悠地回屋绣花。

待时间差不离了，她才去门口等着，免得他被折腾得狠了，心生不悦，第一日便撂挑子不干了。

锦瑟在门口等了片刻，沈甫亭才出现在巷子口，已是汗珠垂落。

锦瑟像是一直站在这里等着，见状当即笑着迎上去，极为体贴地替他擦汗："回来啦，真是辛苦你了。"

沈甫亭由着她擦着额间的汗，拿起手中的油纸包递过来，里头包着热腾腾的梅花酥，香气隔着老远都能闻到："刚出来的。"

锦瑟没有接油纸包，轻轻擦了擦他额间的汗，看着他被汗水浸湿的深沉眉眼，着实叫人心颤。

这般面若冠玉的好容色，还真没有几个人能狠下心来对待。

锦瑟看得很欢喜，强压下面上的笑，语气很是遗憾地说："唉，我现下又不想吃了……"

她如同对待陶铈一般理所应当地使唤敷衍人，可惜沈甫亭不是陶铈，可不会一味听从。

她还未说完，便被沈甫亭握住手腕一拉，撞上他的身子。他的神色似笑非笑："你捉弄我。"

锦瑟由他拉着，站在台阶上，与他平视，气势可半点儿不落下风，娇娇软软地靠着他，如同靠着门柱，一副"你奈我何"的模样："我只是不想吃了，怎么就成了捉弄你呢？"

沈甫亭眼微微一眯，伸手搂过她的腰，微微低头，薄唇靠近，重重地啄了她的唇瓣一下，带了些许惩罚的意味。

锦瑟头微微后仰，唇瓣上的温软触感带着他的气息："你做什么？"

沈甫亭搂着她的腰没松开，唇角微微弯起，露出一丝玩味的笑意："既然我们在谈情说爱，做这些事情不是寻常的吗？"

可不就是这一点不好吗？若是她还没有答应，沈甫亭又怎会有借口如此？果然是男色误人，尤其是男狐狸精！

"喜欢我这样对你吗？"

锦瑟还愣着，"男狐狸精"又低沉地说道，语气暧昧不清得紧。

她微微转下眼眸，对上他的视线，许是刚才太过折腾，呼吸间全是他的气息，极为灼热，连带着落在她面上的视线都烫得让她有些热。

沈甫亭看了她半晌，忽而薄唇又压上她的唇瓣，霸道又强硬，那淡淡的鼻息落在她细嫩的面颊上，惹得她身子微微发软。

她站在台阶之上，这般软着，正好被他抱在怀里，与他非常契合，纠缠之间连呼吸都微微急促，沈甫亭越发紧紧地搂着她的腰。

锦瑟头一次觉得头昏脑涨和呼吸急促，不自觉地搂上他的脖颈，不远处忽而传来一声惊呼。

锦瑟回过神来，微微转头看过去，沈甫亭的唇正落在她的面颊处，烫得她有些发颤。

不远处正站着画眉和刘娇娇，二人显然是来找她的，没想到撞见了站在门口就不管不顾地乱来的二人。

锦瑟这才发现自己险些被"狐狸精"勾了魂。

沈甫亭被打扰，眉头微微蹙起，似感不悦。

画眉微红了脸，似有些不敢看。

刘娇娇拿着帕子掩唇，惊愕失色："你……你就不怕叫你家老爷看见？"

锦瑟微微推开了沈甫亭，开始打量他。这人委实会拿捏心思，她还真有些掉以轻心了。

沈甫亭抬眼看去，画眉和刘娇娇被他这眼神看得有些绷不住脸面，心头莫名生出了惧意。

"公子。"匹献从另一头疾步行来，似有什么要事禀告，待瞧见二人的亲密举止，瞬间呆若木鸡。

沈甫亭没管他们，低头在她细嫩的脸颊上亲了一下："我处理完事再来找你。"

他又将手中的梅花酥递给她，才转身和匹献一道离开，走得轻轻松松，刚才的温存仿佛只是幻觉。

锦瑟看着沈甫亭离去，默然不语，身后的刘娇娇才反应过来，上前问道："我可听说这不是你家老爷，这究竟是谁呀，值得你冒这么大的险在家门口就勾搭上？"

锦瑟转身进院，无所谓地说道："瞧病的大夫。"

大夫再如何也不及有钱有势的老爷，更何况锦瑟的老爷家底可不薄，她竟然敢这么光明正大地勾搭别的男人？

刘娇娇跟着进来，心中越发疑惑："你背着你家老爷和一个大夫混在一起，大白天的也不怕被人瞧见，告诉你家老爷？"

画眉闻言，若有所思。

锦瑟走到石桌旁坐下，摸了摸有些发麻的唇瓣，刚才他一直以唇摩挲她的唇瓣，那感觉竟是说不出的滋味，到现下唇上似还残留着他的气息。

锦瑟有些恍惚，微微抿了抿唇，沈甫亭可真是好手段，险些就让她中招。

她想着，越发轻描淡写地说："我和他谈情说爱消磨消磨时日，有什么不可以？"

刘娇娇无言以对，一个愿打一个愿挨，还真没有什么不可以的。她扫了一眼桌上的吃食，都是寻常的东西，没有半点儿珍贵："这些都是那个大夫给你买的？"

锦瑟将梅花酥放在了石案上，微微颔首："想吃什么自己取。"

刘娇娇轻哼一声，神色十分不屑："我跟着我家老爷嘴已经被养刁了，平日里只吃珍馐阁的东西，可吃不惯这些玩意儿。"

锦瑟心不在焉地听着。

刘娇娇见锦瑟对自己这般爱搭不理，如何不知她的心思还在刚才那个大夫身上，不由得冷嘲热讽："你这眼皮子也太浅了，捡了芝麻，丢了西瓜，你以为他是真心喜欢你吗？这人一看就是清白出身，他一个做大夫的，真能瞧上你这个给人做外室的？"

锦瑟抬眼看向了刘娇娇。

刘娇娇见她看过来，心中得意，说话越发刻薄："不是我给你泼冷水，他若是真的有心思和你在一块儿，又怎么可能容你住在这里当别人的外室？想来他也不过是与你要要罢了，你留在这里，他既不用费心安置你，过后又可以轻松脱身，比青楼那些花娘还要方便。"

刘娇娇虽然猜得很合理，但唯独漏了锦瑟是妖，来去自由，根本不用沈甫亭安排，而他们的关系早早便明确了，只是短暂的一段情缘。

但刘娇娇说对了一点，沈甫亭心里没锦瑟，以他那样的性子，他若是真喜欢锦瑟，又怎么可能默许锦瑟住在陶铈的院子里，还不是不在乎吗？

他最多就是对她感兴趣，连喜欢都谈不上，或许她还没有那匹马重要。不过这些锦瑟无所谓，只要沈甫亭能给她带来乐趣，那他就是一个好玩具，至于玩具心中怎么想的，与她可没有关系。

画眉难得上前小声反驳："刘姐姐莫要这般说，我看那位公子不像这样的人，锦瑟的老爷已经许久不曾来过，恐怕是有了新人忘了旧人。锦瑟若是真遇到了意中人，也没有坏处，更何况这位公子显然很喜欢锦瑟。"

刘娇娇打量了一眼画眉："傻子果然是傻子，都凑到一块儿去了。那你们继续天真着，到时被人发现了奸情，恐怕你家老爷会直接打断你的腿，你这一辈子可就毁得透透的了。"她说着风凉话，扭腰摆胯地走出了院子。

画眉连忙坐下，开口劝道："你别听她的，我瞧着那位公子人很好，看着也是真心喜欢你的。你家老爷和我家那个一样，恐怕是没戏了，你还是惜取眼前人的好。"

锦瑟看了画眉一眼，心思又回来了，只觉越来越有趣："你说得对，我自然是要惜取眼前人的。"

沈甫亭这次离开，没有给她任何音信，也没有告诉她多久回来。

锦瑟去了一趟客栈寻不着他，一时便觉得扫了兴致。这才刚刚开始谈情说爱，他就没了踪影，难道要她对着空气谈吗？

锦瑟坐在院子里，阴沉地绣着花。

院子外头有人轻叩门扉，不轻不重的三声。

锦瑟一听便知是谁，垂眼继续绣花，不耐烦搭理来人。

片刻后，面前一道阴影笼下，一角衣摆入眼，上头的竹纹雅致奢华，腰间坠着一块青玉，分外别致。

沈甫亭在她面前蹲下，伸手握住她的手腕，抬头看过来："生气啦？"

他的声音低沉悦耳，问话都像哄人，让人连气都生不起来，她和这样的人谈情说爱，确实很容易就落下风。

锦瑟手腕微微一转，挣脱了他的手："沈公子可是大忙人，我怎么好意思生气？"

"我这几日有要事在身，所以才没来陪你，不要生我的气，我带你出去逛逛，散散心如何？"他说着，微微靠近，似要亲吻她一下。

锦瑟伸手抵在了他的唇上："不许亲我。"

沈甫亭被挡了个正着，拉过她的手："为何不许？你先前都让我亲的。"

锦瑟不想他这般直白就问了出来，还神情认真，叫人莫名难以招架。

好在她坐着，比他高出些许，当即伸手抚上他的脸，居高临下，有几分摸宠物的架势："你我刚刚开始，你连我的手都没有牵过便来亲我，那不是顺序颠倒了吗？"

沈甫亭闻言一笑，似乎没想到她会说出这样的话："我以为你很喜欢这样。"他的话语别有意味，让她瞬间想起在山里的那段日子。

上
册

锦瑟还想再作一会儿，却被他从位子上拉了起来，轻巧得如同提一只鸡崽："我带你去游湖。"

游湖泛舟最是乏味，先前陶铈带她去过，虽说不是和沈甫亭，但她想着也着实乏味，正要拒绝，沈甫亭却将手递到她面前，掌心白皙干净，指节修长好看。

锦瑟不明所以，静静地看向他。

"不是要牵手吗？怎么牵？"他开口问道，那温和的模样一看就很好欺负。

锦瑟生出了几分兴趣，游湖泛舟便游湖泛舟吧，到时候她借机戏弄他一番，自己找乐趣也是有意思的。

她当即握上了他的大手，手指灵活地钻进他的指间，顺势依偎在他身旁："自然要十指相扣，指间连着心窍，如此便是你心中有我，我心中有你。"

沈甫亭感觉到贴上来的柔软小手紧紧地和他十指相扣，脚下的步子微微一顿，看了她一眼，没有说话。

湖面上画舫来回，随着湖水轻摇慢晃，三月的阳春水清澈干净，湖面是清透的青绿色，如镶嵌着一块玉石。

锦瑟看着眼前的沈甫亭：这人真是无趣到了极点，先头的引诱恐怕是调完了他一辈子的情，现下他倒是少话，坐了半天竟一句情话也没有。

她说不许亲，他便真的不亲了，坐在她的对面，弄得像公事会谈一般。

锦瑟见他一本正经的做派，心念一转，又生了些许坏心思。

她以手托腮，靠在桌案上看向他："我们先约法三章，既然是谈情说爱，就不许使用法力，否则什么事都能轻轻松松地做成，岂不是无趣？"

"可以。"沈甫亭开口答应。

锦瑟见他答应了，眼睛弯弯："坐在船舱里好无趣，不如我们出去看看？"

沈甫亭自然由着她，二人一道去了甲板上。湖面上清风徐徐拂来，风光无限好，是个捉弄人的好地方。

锦瑟慢悠悠地伸手拿出了轻如薄翼的丝帕，假意挡太阳，手间却微微一松，任由帕子被风吹走。

沈甫亭看着帕子从眼前飞过，落到湖面上。

锦瑟轻轻呀了一声，看向他。

甲板上静静的，二人四目相对，空气静止了一瞬。

锦瑟见他没有捡帕子的自觉，又提醒了一句："我的帕子被风吹跑了。"

"看见了。"沈甫亭平静地回道，眼神似有些许疑惑。

"你不帮我捡回来？"

"你不是故意丢掉的吗？"

这可太直白了，一句话就将她拆穿了，没有半点儿情趣可言。

锦瑟有些恼羞成怒："是不小心被吹跑的，你给我捡回来！"

沈甫亭这才明白她的用意，看了她一眼，轻笑出声，转身走到船边缘去捡帕子。

锦瑟被他看得面颊生热。做妖这么多年，她从来没有这般难堪过，这人偏还笑出声来。

锦瑟当即抬脚狠狠踹去，不想沈甫亭早有准备，身子微侧，叫她踹了个空，一脚先迈进湖面，被他一把拉住了胳膊，才没落进湖里。

她扭头看去，对上了他的视线。

他眉梢微挑，笑意带着玩味："投怀送抱？"

锦瑟当即伸手抓过水面上的帕子，往他面上一甩，水珠泼向了他的眼。

沈甫亭微微一闭眼，她踢向他的脚，反手拉住他，暗使妖力将他往水里推，他却不动。

锦瑟气急败坏，当即使出吃奶的劲儿推他，像一只没有力气的奶猫，非要使出微弱的劲儿闹腾，头顶一时传来轻笑声。

锦瑟生恼，暗使妖力，沈甫亭闪身靠近她，将她带到了别处。

锦瑟整个身子悬空，只有脚尖踩着边缘，衣裙在水面上划出一道痕迹，湿了衣角。

沈甫亭搂着她的腰，开口调侃："再动歪脑筋，我可就要罚你了。"

锦瑟轻哼一声，像个任性的小姑娘："不知沈公子要怎么罚我？"

说话间，沈甫亭突然放了手，锦瑟当即往后落去，不远处的画舫中传来几声惊呼，想来是有人看到了这一处的惊险场景。

她没想到他真的会放手，一时间大脑空白，就在堪堪要落进水里时，被他伸手揽过腰拉了上来。

她还没反应过来，已经被他抱进怀里，他低声问道："还使不使坏心思啦？"

锦瑟当即咬上他的下巴，好在沈甫亭反应快，伸手钳住了她的下颌，挪开了她的小嘴，不过下巴还是露出了一个清晰的牙印。

沈甫亭看着她的牙，表情高深莫测。锦瑟面色阴沉地瞪着他。

"你这也叫谈情说爱？"二人异口同声地质问，话音落下，沉默了片刻，再也绷不住，一时齐齐笑出了声。

这一笑倒是打散了先头的古怪生疏气氛。

上
册

锦瑟看着沈甫亭下巴上的牙印，没有一段时间恐怕消不下去，她心里的气瞬间消了，伸手搂上他的脖子："我刚才被你吓着了，现下走不动路，你得抱我进去。"

沈甫亭看了她一眼，终是伸手穿过她的膝盖弯，将她一把抱起，往里头走去。

远处那画舫驶近了些，又转了方向，里头的人见是情人吵闹，便没再多管。

沈甫亭将锦瑟抱进了画舫里，她又使唤他将裙摆上的水擦干。

沈甫亭没有拒绝，一一照做，待他拿出那条绣着王八的帕子替她擦着裙摆时，锦瑟忍不住笑出声："你倒是喜欢这只王八，还随身带着。"

沈甫亭唇角微微翘起，话里有话，笑道："你绣得很好，特别神似。"

锦瑟见他这般欣赏这帕子，没有想到他这样的人竟然愿意自认王八，一时被逗得大乐，故意使坏道："既然你喜欢王八，那我往后多给你绣些就是了，保准都是神似的。"

沈甫亭抬眼看来，微微起身，手撑在她身后的榻上，拉开衣领露出里头的白色里衣，修长的手指点在里衣上："在这里绣一只，我瞧着你的原身模样，讨喜又可爱，每日带着心中也满足。"

锦瑟看见他面上恶劣的笑，声音微微发冷："我绣的是你！"

沈甫亭的笑中透着几分坏意，他拿起了手中的帕子，微微摊开，将帕子一角的小王八展示在她面前："这不是你吗？和你生气的模样丝毫不差，我原本还奇怪，你为何要将自己比作王八，不过你有这样的癖好，我也不介意，毕竟这小东西长得还算可爱，我每次用的时候，就像看见你一样。"

锦瑟不想他竟是这般用意，气得发恼，当即伸手去夺帕子。

沈甫亭站起了身，将帕子微微拿高，让她便是站起身也拿不到，揶揄地说道："说不过就要抢啦？"

锦瑟被激起了几分脾气，语气阴森地说："还给我。"

沈甫亭眉梢微挑："送给我了，就是我的东西，没有再拿回去的道理。"

"不问自取是偷！"锦瑟伸手又抓空了。

"你明明是绣给我的，为何不承认？"沈甫亭语气平静自若，可没有还她的打算。

锦瑟也不可能像个小姑娘那样跳来跳去，眼眸一沉，手腕一转，欲使出绣花线，却被沈甫亭按住了手腕："你要赖了，我们的规则是不能使用法力，你已经用第二次了，这又要怎么算呢？"

锦瑟这可是搬起石头砸了自己的脚，可她自来随心所欲惯了，打破自己说的话也不是什么难事。

"我就是使用法力又怎样？沈公子若是不服气，可以与我比试比试，规则是定出来的，想要推翻还不是轻而易举的事。"

沈甫亭可不想谈情说爱的时候还要上演全武行，并不接她的话茬儿和挑衅。

他低头看过来，语气暧昧，透着一丝不以为意的轻视："看来锦瑟姑娘是输不起了，若是如此，我可以让着你。"

沈甫亭可真是深谙操控人性的方法，一下就摸清了锦瑟的脉门，轻轻松松拿住了她的七寸。

锦瑟横惯了，字典里还真没有"让"这个字，闻言自然不服，收回了手，看他的眼神如同看一只蚂蚁，语调越发轻飘："谁要你让？我一根指头就能将你碾死。"

沈甫亭眼里含着莫名的笑意，他单手捧起了她的脸，极为仔细地看着她嘴里的牙。

锦瑟打开了他的手，睨了他一眼，言辞缓慢："看什么？"

沈甫亭眉眼间染上笑意，意有所指："你说话好像漏风了。"

锦瑟当即冷了脸色："你不相信也改变不了事实。"说着，她伸出手，趁其不备欲夺帕子。

沈甫亭姿态闲适地退后一步，看着她笑道："你要是能从我手中拿回帕子，我就相信你说的大话。"

锦瑟心中越发恼怒，这个不知好歹的玩具总能轻而易举地激起她的愤怒情绪。

不过也实在怪不了锦瑟，谁又愿意如同猫一般被逗着？

她当即上前，向他袭去："我从来不说大话。"

沈甫亭一个侧身轻松避过她的手，那姿态真的如同逗猫一般，声音带着几分轻笑："如果实在拿不到，你可以使用法力。"

锦瑟冷哼一声，暗自发恼："你还是好好想想怎么护着帕子吧，别一会儿就叫我拿走了，白扫了我的兴致。"

画舫里头其实就是一个缩小的屋子，布置精巧，窗旁摆着靠榻，中间摆着桌案，可以活动的范围不大。

船夫在船尾，船尾与这处不连通，要绕过船侧才能到前头去，所以这里只有他们二人，也不至于被人发现他们这般打闹。只是来回过招，画舫多少有些摇晃，叫人生了误会。

锦瑟一次次扑空，心中暗叹沈甫亭的本事。他不使仙法竟还这么难缠，每每

她都要抓到帕子又失手，让她越发生了被逗弄的感觉。

她只得抓住机会抱住他，双脚往上一圈，缠着他如同爬树一般往上爬去，伸手去抓他手上的帕子。

沈甫亭被她抱住，束缚了行动，倒也不走了，将手背到身后，让她拿不到帕子。

锦瑟当即伸手环抱住他，可惜手不及他长，怎么也摸不到帕子。

二人这一番闹腾下来，皆气喘吁吁，大汗淋漓。

锦瑟这番攀在他身上，姿势多少有些暧昧，一抬头便正对上了他的脸，那弧度优雅好看的薄唇呼出的气息喷在她的面上，有些烫人。

沈甫亭的视线落在她细嫩的面上，叫她越发觉得这画舫里头很热。

画舫随着湖水微微晃荡，外头传来了琵琶小曲，声调悠扬，明明很清晰，却似从很远的地方传来，叫人听不进耳里，她耳畔只有他的呼吸声。

"你拿不到帕子，就要勾引我，嗯？"刚才这般一闹，他的声音微微沙哑，本就低沉惑人，现下听在耳里越发让人面热。

锦瑟依旧搂着他的脖子，没有下来，垂下头来，轻轻说道："谁勾引你啦？"

沈甫亭抱着她下滑的身子，微微往上一提，看着她嫩嫩的小脸，低声问道："那你还抱得这般紧？"他说话间，二人距离越来越近，他的薄唇几乎贴上她的面颊，唇间的温热气息拂上她的脸。

锦瑟眼中闪过一丝得逞之色，当即从他手中抢回了帕子，轻松地从他身上滑下，拿着帕子在他眼前微微一晃："怎么样，认输吗？"

她笑盈盈地看着沈甫亭，神色得意，那种与生俱来的自信傲然样子，寻常女子不会有。

沈甫亭闻言一笑，走近一步，伸手抚过她的面颊，低头轻语："我认输。"

话音刚落，他低头吻了上来，唇瓣温软得不像话。

锦瑟想起了那日的情形，还是觉得自己鬼迷心窍，竟然任由他那样亲，先前陶铈只要微微一靠近，她都反感半天。

沈甫亭一句"我认输"竟然叫她一时恍了神，任由他亲吻，那吻像陈酒一般，越吃越醉人，若不是画舫及时到岸，她还真未必能清醒过来。

那一日过后，锦瑟便越发警惕起来，再不让沈甫亭亲她，至多便是她去亲一下他的面颊。

他们的关系越发亲密起来，沈甫亭虽然不像陶铈那般花言巧语，可他实在是个很合她胃口的玩具，叫锦瑟得了不少乐趣，很爱缠着他玩闹。

沈甫亭也从一开始的偶尔来几趟，变成了常常来。

可惜沈甫亭终究不像锦瑟这般闲，时不时就要回天界一趟，这一趟来回便要不少时间。到了最后他索性便将公文搬到她的院子里处理，节省更多的时间见面。不过饶是如此，他还是没有多少时间可以陪锦瑟。

锦瑟吃着沈甫亭从天界带下来的梅花酥，走到了他身旁，看着石案上堆积的公文，又看了看他的头发，沉重而又直白地说："你要是和你的马一样秃了，我就不喜欢你了。"

沈甫亭动作一顿，气得笑了，伸手搂过她的细腰："你是喜欢我，还是喜欢我的头发？"

"缺一不可。"锦瑟自然地靠坐在他怀里，看着石案上的折子，表情无趣，"天界的神仙莫非都是长舌妇，整日跟你碎嘴子？"

沈甫亭轻笑出声，点了点她小巧的鼻子："你在这里我怎么看得进去？去屋里等我，我处理完事务就带你出去玩。"

锦瑟连梅花酥都吃得没滋没味，搂住他的脖颈："不行，进去我就看不见你了。"

沈甫亭抱着她，眉眼染笑，无奈地说："终于知道为何会有君王不早朝了。"

锦瑟当即伸手去拿他手上的折子，笑看着他，似话里有话："那就不要看了，你也当一回昏君，我就当一回妖妃。"

"昏君是要有奖励的，我这样可不算昏君。"沈甫亭看着她，话语意味深长。

锦瑟眼眸微转："你要是能在一个时辰内看完公文，我就给你奖励。"

这可有些强人所难了，事情能写到折子上，必然是极为重要、棘手的，天界这么大，又有这么多错综复杂的势力，别提有多难处理了。

沈甫亭能抽空下凡，已然花了极大的工夫。众仙见不到他，这折子上的事自然是越来越多，他想要一个时辰内处理完，简直难如登天。

沈甫亭将手放在堆着的折子上，看着她笑道："那要看你的奖励是什么。"

"当然会让你满意。"锦瑟细白的手指轻轻滑过他俊朗的脸庞，却被沈甫亭握住了手摊开，白嫩嫩的指腹上有几个细小的血孔。

他看了片刻，抬眼看过来："哪儿来的伤口？"

锦瑟笑盈盈地收回了自己的手："绣花的时候扎到了。"

沈甫亭看了她片刻，才说了一句："你绣工这般好，还会扎到手？"

锦瑟不以为意："绣工再厉害，也会有走神的时候，我一直想着你，哪里集中

上册

213

得了心思？”

沈甫亭笑了笑：“你可以专心致志地想我。”

“那会得相思病的。”锦瑟眼睛弯弯，起身拉着他的手，往一旁的摇椅走去。

她拉着他先坐在摇椅上，自己则坐在他的长腿上，身子一倾，整个人靠在他的身上，伸手指了指自己的唇瓣：“等你看完了折子，我就给你亲一下。”

沈甫亭靠在摇椅上，身姿越显修长，自然而然地搂过她的肩膀，揶揄道：“好像没什么吸引力。”

锦瑟心中暗道狡猾，先头要不是叫他得逞了，现下他哪儿还会觉得没有吸引力？

她轻轻地睨了他一眼：“那就看完一本折子，亲你一下。”

沈甫亭捧起她的脸，暧昧地轻笑：“可以。”

锦瑟倒也无所谓，反正亲一下也是亲，亲两下也是亲，只要主动权掌握在她的手中，就没有关系。

二人说定，沈甫亭不再多言，石案上的折子便飞到了他的手中。他认真看起来。

锦瑟则趴在他的胸口上等着，对这个新游戏跃跃欲试。

过了片刻，沈甫亭放下了手中的折子，锦瑟便微微抬头，在他的薄唇上蜻蜓点水般亲了一下。

沈甫亭敛了敛眉，很不满意：“太敷衍。”

锦瑟微微一怔：“那你要如何？”

“你应该这样……”沈甫亭低头吻上了她的唇瓣，轻轻吸吮了一下。

锦瑟见他还要继续，当即微微退开，他的男子气息萦绕在身旁，叫她的呼吸有些紊乱：“这实在太简单了，你可以准备看下一本折子了。”

沈甫亭搂过她的肩膀，得了便宜还卖乖，神情认真地提醒道：“你要认真一点儿，不然就重来。”

锦瑟抬眸看了他一眼，只觉自己踩进了一个坑里，还是自己亲手挖出来的，不过游戏她还是要玩的，条件越苛刻越好玩。

沈甫亭看完一本折子，她便抬头在他温软的唇上亲了亲。

这实在是太过考验自制力，磨一下难免会乱了心神，沈甫亭竟然还能做到心绪平静，看折子的速度依旧一目十行，没有漏掉一个字，也堪称坐怀不乱的高手了。

可锦瑟就有些累了，沈甫亭这么忙也不奇怪，折子这么多，她都亲累了，大半个时辰过去便开始吃不消。

日光照过来，暖洋洋的，惹人生困，待他再看完一本折子，她已昏昏欲睡。

沈甫亭搂着她的肩的手微微一紧，他低声提醒道："奖励呢？"

锦瑟慢悠悠地抬起头，在他的唇瓣上落下敷衍的一吻，直接忽略沈甫亭不满的眼神，靠在他身上不想动弹了。

沈甫亭轻啧一声，伸手搂住她的腰，往上微微一提，看着她娇软的模样，唇瓣因为刚才的亲热缠绵越显鲜红，肌肤在阳光下如同羊脂白玉，触手温润。

沈甫亭抚上她的下巴，指腹在她的肌肤上微微摩挲，薄唇轻启，低声道："起来还债。"

锦瑟微微睁开迷糊的眼，靠在他身上实在太舒服了，那淡淡的檀香让她心神俱静。

她看向沈甫亭，伸手碰了碰自己鲜红的唇瓣，任性至极："我不要了，嘴都蹭破皮了，好疼。"

她说着，就不管不顾地窝在他怀里继续睡觉，浅浅的鼻息落在他的颈项上，若有似无，如同挠痒一般勾人。

可这人自制力实在是太过厉害，这般温香软玉在怀，竟然没有半点儿动作。

沈甫亭静坐了片刻，没再打扰她，随手拿过浮在半空中的折子继续看，这一回却半天静不下心。

他失神片刻，索性放下折子，一手搂过睡得软绵绵的锦瑟，一手拿过她细白的小手，放在掌心里，指尖摩挲着她手指上的细小血孔，若有所思。

客栈里门窗紧闭，大堂中空无一人，唯有光线透过窗纸照进来，寂静无声。

匹献喂了玄机，走上楼梯，见匹相站在公子的房门口，不由得惊道："你怎么下来了，上头可是出了什么事？"

匹相摇了摇头，神情凝重："没有，只是君主这些日子时常不在天界，人心难安。"

匹献沉默了片刻，想起那个妖女，这些时日，自家公子终日与之厮混。他眼中有一丝担忧之色。

他还未开口，匹相已经开口问道："君主和那个妖女究竟是怎么回事？"

匹献想了半响，迟疑地说道："或许是与十世善人有关，君主可能要……"

匹相为兄，当即神情严肃，开口责备："你还要隐瞒，十世善人和那个妖女又有什么关系？即便有关系，以君主的实力，他直接取之便好，又何须与那妖女在一起？"

上
册

匹献想起这些时日沈甫亭与锦瑟之间的亲密举止，实在解释不了，猜道："或许公子只是一时兴起，想要和那妖女玩一玩？"

匹相冷眼观之："以我们公子的性子，你觉得可能吗？"

客栈里本就没有人，这话一出，更是一片静默。

沈甫亭修炼到如今，显然早已超脱世俗男欢女爱的兴趣，修仙到了这个地步，清心寡欲是必然的，男女之事自然被摒除在外。

他天生淡漠，万物皆如浮云过眼，存之无物，男欢女爱在他眼里显然就是空的。

他没有情，也没有欲，虽然看着近在咫尺，可其实远如浩瀚无垠的星辰，看得见，摸不着。

若不是仙帝必须有仙后，他根本不会考虑娶妻一事，匹献才会这般心急于仙后人选，因为一个不小心，他们的小君主就有可能永远不出世。

而这样的仙，为什么以这样亲密的关系和一只妖在一起？以他的性子，他根本不会在这上面浪费时间，除非是动了心……

匹献还是不相信："或许那个妖女很有手段。"

二人皆沉默了，这就颇有此地无银三百两的遮掩之势，可又不敢去寻沈甫亭，只一直在客栈里面守着。

直到天色渐沉，弦月挂起，天际时而飘过浮云，时而星辰闪耀，街上窸窣虫鸣渐响，沈甫亭才回了客栈，见了匹相也没意外，进屋一边净手，一边开口问道："有何事发生？"

匹相与匹献相视一眼，当即跪在了沈甫亭面前。

匹相恭敬地说道："君主，十世善人已经离世许久，属下遵君主安排，让其位列仙班，如今天界事务繁忙，不知君主何日回归天界，以安众心？"

沈甫亭拿了架上的净布，慢条斯理地擦着手，垂着眼睫，语气淡淡地说："你觉得我被妖蛊惑了心？"

匹相闻言一惊，知道自己的心思瞒不过沈甫亭，当即磕头，急急地说道："属下不敢，属下只是担心那妖使了诡计迷惑君主，担心您和妖在一起被人知晓，落人口舌。"

沈甫亭默然半晌，将手中的净布随手扔回了水盆里："此事我自有打算，你们不必多管。"

匹相急得面色发白："君主三思，如今妖界看似一盘散沙，其实已经蠢蠢欲动，先前几个散仙皆与妖界有关，那妖尊寂斐显然心思远不在妖界。您没有了十世善人的心，邪气不知何时还会再起，留在凡间实在太过冒险！"

沈甫亭看着窗外的月色，面色平静，也不知有没有将这话听进去。

匹相二人跪在原地，一动不敢动，冷汗湿了衣衫，心中越发忐忑。

半晌，沈甫亭才缓慢开口："天界的事务只管按照我说的去做，不会有问题，我不在有我不在的好处，你们不必慌乱。这世间万物皆有秩序，即便乱了轨道，回到原点也不过朝夕之间，等这里没有问题了，我自然会回去。"

匹相二人终是松了一口气，只觉自己多虑了，以自家主子的位置，他又怎么可能不知晓仙和妖之间的鸿沟？

仙妖敌对是天命，从混沌初开时便是两条平行线，永远不可跨越，这是谁也不可扰乱的秩序。

锦瑟是被敲门声吵醒的，微微一翻身，发现自己躺在床榻上，外头天光大亮，才意识到自己竟然睡了这么久。

她慢慢坐起身，环顾四周，沈甫亭显然早早离开了。

外头的敲门声还在继续，她眼神阴沉，起身去了院子，一开门便见消失许久的陶铈站在门口，似乎从极远的地方归来。

人有些晒黑了，可变得沉稳了许多，见她开了门，神情虽有疲惫，他却还是冲她笑了："锦娘，我回来了。"

锦瑟没想到陶铈竟然还会回来，这么长时间杳无音信，她还以为这人永远不会再出现。

陶铈提着一个包袱，没有提这段时间为何消失，便径直进了门，往屋里走去："我给你带了许多稀奇的玩意儿。"

锦瑟随后进来。

他已经将包袱打开，里头全是不常见的玩意儿。

陶铈递来一个长筒："你看看，这是我在外头搜集来的，隔得极远的东西都可以望见。"

锦瑟拿着长筒看向窗外，确实连远处的飞鸟都能看清，不过这于她倒没有什么稀奇的，她一只妖即便不用这玩意儿也能将远处的东西看得一清二楚。

她百无聊赖地放下长筒后，看向了陶铈，他不但晒黑了，连衣衫也不像往日那般松垮，少了些许轻佻浪荡气。

她不由得好奇道："你这些时日去了何处？"

陶铈说："我去山中打猎，后头与人走散了，险些死在山里。"

锦瑟听着，没什么兴趣，上前扒拉桌案上的玩意儿。

陶铈没注意，回想起那日的绝望，语气低落："那时我以为自己没活路了，回头一想，自己竟一无是处，甚至连个想念的人都没有。我那时就想，如果我活下来，一定不会再过这样醉生梦死的日子。"他心中感慨万千，想来也是九死一生才顿悟的。

可惜他找错了对象，锦瑟显然无法体会他的心情，因为她从来都是那个让别人九死一生的存在。

陶铈见她不说话，又看了过来："我有这么多红颜知己，堪堪消失些许时日，她们就已经琵琶别抱，只有你还在，没想到你还一直等着我。"他微微一顿，极为珍重地说，"锦娘，我一定会好好珍惜你的。"

锦瑟只觉想笑，陶铈如今的深情模样实在很违和，像中了邪一般有趣，让人忍不住想要戏耍他。

她往日也不是只玩一个玩具，那些小妖怪也是东捡一只、西捡一只，堆在一起倒也没关系，毕竟沈甫亭在的时间屈指可数，无聊的时候她逗逗陶铈也不错。

可惜沈甫亭那样霸道的性子，她这样恐怕是不行的，说不准他还有可能闹起脾气走了，不再和她谈情说爱，她又关不住他，可就得不偿失了。

这些日子相处下来，她虽然没能压住沈甫亭，可越是这样，越觉得有意思，陶铈这样的鸡肋自然比不得。

她随手绕了绕自己的发梢，满不在乎地说："我已经有了别的乐子，你回不回来与我并没有关系，你寻别人玩去吧！"

陶铈以为是自己杳无音信这么久，伤了她的心，加之在水榭上他没有帮她，任哪一个女子心中都不会痛快。他是风月场中的高手，自然知道这个时候不能逼得太急。

陶铈当即好声好气地回道："锦娘，你不用现在给我答案，我会用行动证明我的决心。"说着，他不给她拒绝的机会，径自离去。

锦瑟挑着稀奇的玩意儿把玩，并没有将他的话放在心上。

画眉瞧见了华贵的马车停在锦瑟的门外，在自家门外站了些时候，便见陶铈从锦瑟的屋子里出来，不由得眼露欣喜之意。

陶家的大公子虽说是个风流成性的纨绔子弟，可到底是个会宠人的人，对不得宠的姜室都能这般大方，那一件红衣裙可是价值连城，上头镶的宝石，一颗都不知要多少真金白银才能换来。

她在盛堂绣庄这么多年，什么东西没见过，自然是识货的。当初瞧见那红衣的第一眼，她可着实是惊着了。锦瑟自己守不住陶铈这大家贵婿，反倒和个寻常大夫痴缠，也怨不得她。

她看了一眼锦瑟的院子，模样依旧怯怯的，眼中却多了几分算计之色。

陶铈离开之后，沈甫亭过了许久才来，往日早间就会过来，今日却是黄昏才到。

锦瑟见他进来，当即放下正在把玩的万花筒，上前搂住他的胳膊："今日怎么这么晚？"

沈甫亭看了她一眼，面上没有笑容，眼中也有了往日没有的东西："今日有事绊住了。"他说着，看向桌案上的东西，忽而问道，"何处来的玩意儿？"

锦瑟没有瞒他，直白地回道："陶铈回来了，这些东西都是他送给我的。"

如今沈甫亭是她最宠爱的玩具，自然是什么好玩具她都要跟他分享。

锦瑟上前拿过万花筒："这个玩意儿扭动一下能看到里头的花纹变化，你玩玩看，很有趣。"

沈甫亭淡淡地应了一声，将万花筒拿在手中看了片刻，便放到了旁边，似乎不在意，没有多问一句陶铈的事，也没有让她往后别和陶铈接触，好像理所应当地接受了他的存在。

锦瑟见他这般，如何还不能举一反三？沈甫亭与她的感情本来就是朝夕之间，说不准明日就要散了，做神仙的自来通透，他想来也不在乎自己与陶铈如何。

锦瑟一时越发中意沈甫亭，竟然没有她想象的麻烦，上前搂住他的窄腰，奖励似的亲了亲他的薄唇："今日你不用批折子啦？"

沈甫亭搂过她的腰，一手抚着她的脸，看了半晌，才低头在她的唇瓣上摩挲了一下，低声道："今日都用来陪你。"

锦瑟心中一喜，当即拉着他一道去了外头玩。二人都没有再提陶铈，沈甫亭也没有让她搬离院子的意思。

沈甫亭不提，锦瑟便觉得他不在意，陶铈再上门时，她就没有拒绝，将之耍得团团转，坏心思可不少。

陶铈知道自己先前有错，倒也心甘情愿被她使唤，知道她喜欢乐子，比以往越发绞尽脑汁地给她找有意思的东西。

人一旦用了心，效果往往会很好，加之沈甫亭这些日子越发繁忙，时不时就回了九重天，来的次数越来越少，根本没有多少时间留给她。

　　锦瑟和陶铈在一起的时间便越发多了起来，而与沈甫亭之间的感情也渐渐淡去。

　　这日夜里，星辰布满天际，街上依旧热闹，人来人往，到了这处小巷便静了下来，巷口皆是窸窣虫鸣。

　　陶铈将她送到了小院门口，却不愿意松开她的手："不如你还是跟我回府吧，府中什么都有，你想吃的东西，也有人给你做，还有人伺候你，不是很好吗？"

　　锦瑟笑盈盈地看向他："我喜欢住在这里，你可以回去了。"

　　陶铈可从来没有体验过这种新鲜劲头，开了个玩笑："你这般都叫我以为你里头藏了人。"

　　这一句话可真说对了，锦瑟本也没有瞒他的意思，如今见他说起，自然也直白地承认了："对，我就是藏了人，你要是不喜欢，现下也可以改变主意。"

　　陶铈哈哈大笑，伸手摸了一把她的脸颊："我的小姑奶奶，这玩笑可开不得。"

　　锦瑟随意地打开了他的手："我说的是实话，你自己可要想清楚……"

　　陶铈对女人哪儿还不了解，这个时候她可不就是说的反话吗？

　　他也不管三七二十一，先开口哄好了人再说："好，好，好，你就是藏了人我也认了，谁让我这么喜欢你呢？"

　　锦瑟见状，笑出了声："陶铈，你可真是有意思，我往日怎么不知道你这般有趣？"

　　美人立在月光下，生起了朦胧感，如同覆了一层薄薄的纱，肤如凝脂，眸若点漆，叫他不由得恍了神，忍不住想靠近她。

　　锦瑟秀眉微蹙，像个吃醋的小姑娘，直白而又刺人地说："你这张嘴可亲过不少人，我不喜欢。"

　　"好大的醋味，隔老远都能闻见。"陶铈嘴上开着玩笑，见她在意先前那些女人，心中越发欢喜，伸手发誓道，"锦娘，那些女子我都已经断干净了，我发誓如今我心中就只有你一个，若有半句假话，就叫我受天打雷劈、不得好死，我如今只爱你一个人。"

　　锦瑟极为配合，像个陷入情爱之中的小女子，模样娇羞地说："可万不要发这样的毒誓，万一往后惹了不好，我会心疼的。"

　　陶铈也是个聪明的人，她给了梯子便下，当即拿过了她的手，在她的手背上轻轻落下一吻："不会的，这一回我是认真的，锦娘，我会让你看到我的心。"

　　这话可当不了真，锦瑟心中这般想，却没有说出来，看着陶铈离开巷口，面上的笑意在月色下安静得古怪。

然而，更古怪的在后面……

锦瑟转身进了院子，一路到了屋前，伸手推开门，便见沈甫亭坐在屋里，静静地看着她，似乎等了许久。

屋里没有点灯，一片漆黑，外头朦胧的月光照进来，映在他的玉面上，他的脸上没有一丝表情，便是清玉之姿，难免也叫人心生惧意。

锦瑟见着他，顿住了脚步，站在屋外忘记迈进去。

这些时日以来，她也察觉沈甫亭的疏离，他来的次数越来越少，时间越来越短。

她心中便已经明了，想来他是要慢慢淡去，不再和她一起，毕竟他们二人已经过了新鲜劲，再待在一起确实会腻，便也由他去了。

她没有想到今日他又来了，一时也有些摸不清他的心思。这些日子没见，锦瑟也没有像往日那般靠过去亲昵，而是疑惑地问："你今日怎么过来了？"

沈甫亭看了她半晌，唇角微不可见地一弯，淡淡一笑，笑容似含冷意，语气却是温和的："再不来，恐怕你就不记得我了……"

锦瑟闻言微怔，有些没反应过来。甜蜜太久，她已经许久没有见到这样的他了。

沈甫亭没有再开口，起身去了桌案旁，拿起火折子，放至唇前轻轻一吹，火星骤然闪耀，他俊朗的眉眼一闪而过，又隐于黑暗中，让人看过一眼便不会忘记。

锦瑟看着他点燃烛火，有些不解，明明是个不食人间烟火的神仙，施个法就可以将烛火点燃，却要像凡人一般规规矩矩地点灯。

屋内亮了许多，桌案上摆着菜肴，不过都已经凉了，西长街的闹市都是持续到天明的，她今日早间就出去了，玩到夜半才回来，比往日还要迟。

这顿饭不知是午饭还是晚饭，他这样子显然是已经等了很久，这给她的感觉也很古怪。就像是外出回来的夫君没见着她，生了闷气，即便他从始至终只说了一句话，还是让她有一种莫名的心虚感。

这种感觉对锦瑟来说是很陌生的，她既不喜欢，也不适应。

沈甫亭神情平静地在桌案旁坐下，抬眼看过来，没有开口问她为什么不进来，也没有提起陶钵，就这么看着她，眼中神情淡得叫人发凉，让她有些不想进屋。

玩具只是玩具，若是想要反过来操控她，那可是不行的。

沉默了良久，沈甫亭才开口说道："你上次提过九重天上的美味佳肴，今日特地带下来给你尝尝。"

上
册

锦瑟有些不习惯他这样的态度，毕竟"由奢入俭难"，先头甜蜜热情，现在他这般冷淡，她心中多少不欢喜。

她不情不愿地抬腿迈进了屋里，缓缓走到桌案旁。

沈甫亭仿佛什么事也没有发生一般，将放在一旁的酒盏摆在她的面前："桃花酿的酒，你应该会喜欢。"

这可是难为妖了，锦瑟在外头玩，自然是吃饱了，现下看着满桌的菜肴，虽遗憾，还是开口拒绝了："我已经在外头吃过了。"

沈甫亭提起酒壶给她斟酒："那就等会儿再吃。"

锦瑟睨了他一眼，心中不高兴，也不耐烦回答。

他斟满了酒，眼帘轻抬，漫不经心地看向她："我们许久未见，你总不能连顿饭都不跟我吃吧？"这话说来倒是合情合理，他语调温和，没有流露半点儿情绪，只存留着字面上的意思。

锦瑟多少有些心软，想起往日的甜蜜场景，便也没再拒绝，在他身旁坐下。

她坐下后，沈甫亭却没有和她说话的意思，拿起桌案上的另一壶酒，自斟自酌。

气氛太过压抑，让她莫名有些胸闷气短。

他是真的好看，这般静静地坐着都让人移不开视线，那轻垂的眼睫、白皙如玉的面容、端着酒盏的手、无可挑剔的气度，无一不让人赏心悦目。可即便秀色可餐，这死一般的静寂还是让她消化不良。

锦瑟瞥了他一眼，端起桃花酒尝了尝，味道确实不错，入口清甜不烈，暗含桃花清香，吃酒仿佛在吃桃花一般。

她喝了一杯，感觉不错，又看向沈甫亭面前那壶酒。两壶酒模样不同，里头的酒自然也不同。

沈甫亭对酒很是挑剔，寻常酒不会入口，现下喝得这般认真，那味道必然比她这壶还要好。

她想着，便去拿他面前的酒壶，沈甫亭却伸手拦下："这酒很烈，你喝不惯。"

他这可是小瞧了妖，虽然她往日只喝果酒，但区区一杯烈酒，还不至于喝不惯。

他不让她喝，她便偏要喝，拿过了酒壶："不过是一杯酒，哪儿有什么喝不惯的？"

沈甫亭也没再拦着她。

锦瑟倒了一杯，轻飘飘地一笑，一口干下，烈酒经过舌头，滑过喉咙，如一团火滚过，让她连胃都在灼烧，辣得她猛然呛住，不住地咳嗽，连眼泪都险些咳出来。

她眼眸里隐有水泽，看上去水汪汪的，很是可怜，这酒不是一般烈，叫她恨不能吐出来，喝几杯果酒都冲不下去。

她咳得难受，一旁的沈甫亭却只是平静地看着她，既没有安慰她，也没有笑。

锦瑟微微顿住，只觉得他今日实在太过古怪，与她很是疏离。

无声的对视让屋里的气氛慢慢暧昧起来。

沈甫亭端着酒盏一口饮下，眼神却没有离开她，淡漠的神情，叫人心口发紧。

锦瑟觉得再与他这般对坐下去，她的心都有可能出问题。

她摸了摸自己发烫的喉头，开口道："我困了，想要睡觉。"

"不吃吗？"沈甫亭语气淡淡的，这烈酒后劲极大，他眼中却一片清明，没有醉意。

锦瑟看向别处，避开了他的视线："不了，我不想吃。"说着她便要站起身。

沈甫亭拉住了她的手："你不想吃，可以陪着我，我为了等你用饭，还没有吃东西。"

锦瑟闻言一顿，心中惊讶："你什么都没吃就喝这么烈的酒，不难受吗？"

沈甫亭没有回答，松开了她的手，依旧坚持："坐，天快亮了，我过一会儿就走，不会耽误你太多时间。"

锦瑟只得又坐下。她自来是大方的，小妖怪跟着她从来吃香的、喝辣的，如今沈甫亭跟了她反倒在吃苦，她多少有些心疼。

沈甫亭拿起筷子夹了一块桃酥，却没有自己吃，而是转而递到了她的唇旁："尝尝吧，特地吩咐厨子做的，甜而不腻，一定很合你的胃口。"

锦瑟看着他神情平静地说着体贴话，只觉得自己如果不吃下这块桃酥，恐怕真是要伤宠物的心了。

她只得微微张口咬下了桃酥，入口即化，确实很好吃，若是热的，一定会更可口。

可惜她忘了有一就有二，沈甫亭对于伺候她用饭这件事一直很有兴趣，也不知是什么时候养成的坏习惯，时不时就想伺候她用饭，很是懂事。

锦瑟尝着不错，又咬下一口。她吃东西有一个习惯，吃一口东西就会咬住筷子，习惯性地夺食，像是一只刚长牙的小兽一般，迫不及待地磨牙，时刻想要彰显自己的实力。

沈甫亭感觉她轻轻咬住筷子，小嘴一使劲咬去了桃酥，像只小奶猫般乖巧听

话。吃的在他手里,她才会乖乖凑过来,别人有吃的,她也会乖乖凑过去……

沈甫亭想着,眼睛微微眯起,眼中渐现戾气,却掩饰得很好。

他挑着花样来喂她,她吃不下,他就等上半响,待她消化了再喂,耐心十足,一顿饭吃吃停停,时间便耗去了不少。

天光渐渐变化,染了幽幽的湛蓝色。

锦瑟尝遍了所有的菜,味道确实好,不过也很撑。她摆了摆手,推了他的伺候:"不要了,吃不下了。"

沈甫亭这才放下了筷子,结束了投喂,自己却一口没吃,酒倒是喝了不少。

锦瑟起身离开,他也起身,似要整理桌面。

锦瑟越发看不懂,明明他一挥袖就能弄干净的事,偏要亲力亲为,也不知道究竟在想什么。

这般弄得她好像是挺着大肚子的妻子,而他是沉默寡言的夫君,若不是外头的天半黑不亮的,还真有种岁月静好的感觉。

锦瑟想着,突然玩心大起,上前搂住他的胳膊,挺了挺自己的肚皮:"夫君,孩子好像踢了我一下。"

沈甫亭手微微一顿,没有像往日那般与她玩闹,沉默了片刻,忽而开口说了一句话:"我和他都是你的玩具,对吗?"

锦瑟这才反应过来,知晓他肯定是心中不痛快。

这些事情大家虽然已经心里门儿清,可碰见了心中还是会堵得慌,沈甫亭的性子这般霸道,即便不在乎她也会生气。

那些小妖怪也会争宠,刚聚在一起的时候打得可凶了,毛都揪掉了不少,到了后来还不是一块儿和和睦睦地生活着,两个人就是差这么点儿时间相处。

她反应极快,看着他,笑盈盈地说道:"怎么会?他不过是我闲来无事逗趣的玩意儿罢了,怎么会和你一样?"

沈甫亭看着她,没有说话。

锦瑟见他显然是不信,神色多了几分认真:"我的心意如何,你难道还看不见吗?"她说着,也不给他再开口的机会,伸手搂上他的脖颈,拉着他微微俯身,仰头吻上了他的薄唇,轻轻缠磨安抚他。

沈甫亭站着不动,却也没有推开她,眼睫微微垂着,似在看她,可眼睫也掩不去他眼中的淡漠之色,似乎没有一点儿波动。

锦瑟可不喜欢他这样俯瞰芸芸众生的神情,越发靠向她,与他紧紧抱着,唇瓣在他的薄唇上吸吮。

他们那些日子可没少亲吻，锦瑟熟能生巧，这一番亲昵缠磨，多少察觉到了他的气息变化。

锦瑟心中得意，越发卖力纠缠，片刻后气温慢慢上升，连呼吸都开始发烫，沈甫亭果然没再继续问下去，转而回应了她的吻。

辗转缠磨之间，浓烈的酒香缠绕在唇齿之间，不像原来那么烈却又让人无法忽视，和他的亲吻一般暗藏危险的攻击性，等到她发现已经迟了。

锦瑟被吻得有些呼吸不畅，晕头转向之间，已经被他推到了身后的靠榻上，感觉到他整个人压上来的重量后，大脑有些空白。

第十章
公子有些当真了

　　她被吻得有些喘不上气，沈甫亭亲过她的面颊，吻过她娇软的耳垂，一路摩挲而下，吻落到她白皙的脖颈处。

　　他的气息烫得她整个人都在发热，呼吸间全是烈酒的醇香，叫她都有了醉意，她的手慢慢搂上他的脖颈，不自觉地与他亲昵缠磨。

　　周遭的气温越来越高，屋子里静得只能听到他落在耳畔的呼吸声，她的心口一下下发紧。

　　衣裳不知不觉间散了，外头天光已经发亮，露出了一抹鱼肚白。

　　门外突然传来人声，有人用力拍门，大声唤道："锦娘，开门！"

　　那声音在寂静暧昧的屋里格外清晰，让人瞬间清醒。

　　沈甫亭的动作突然停住，他压着她半晌没动，片刻后才慢慢从她的脖颈处抬头看向她，眼中的意乱情迷渐渐消失，神情很是复杂，叫人看不懂。

　　锦瑟回过神来，忙拉起了衣裳，这么一会儿工夫，她衣领大开，香肩半露，圆润细白的肩头上还落下了些许暧昧的红痕。

　　沈甫亭倒是衣冠齐整，只是衣上也多了些许褶痕，这倒显得锦瑟有些狼狈。

　　沈甫亭见她这副形容，微微敛了心神，慢慢坐起身，看着她若有所思。

　　外头的陶铈听不到回应，心中越发生疑，一下接一下地用力拍着门："锦娘，你在里面做什么？为什么不应我？锦娘，开门！"

外头隐隐约约传来了女子的声音，还有嘈杂的人声，敲门声顿了片刻，突然传来一声撞门巨响，院门被人从外头踹开了。

一群人瞬间进了院子。

陶铈带着人，一马当先快步进了屋里。

屋里的门并没有关，他一进来就看见靠榻上的二人。二人衣裳还穿在身上，但他一眼就能看见缠磨后留下的褶皱。

锦瑟的头发不如往日齐整，微微红肿的唇瓣鲜红得刺目，提醒着他二人刚才有多亲密。

陶铈怒发冲冠，失去理智地冲来："你们——"他话还未说完，便被沈甫亭随手打了出去。

一群人猛地往外跌去，摔得人仰马翻，好不壮观，吓着了外头站着的画眉。

门外刘娇娇一行人正欲进来。刘娇娇见这架势，吓了一跳，拿着手中的团扇掩住口："哎哟，这是怎么回事，大清早的，弄得这般热闹？"

画眉飞快地瞥了一眼里头的情形，见二人衣衫齐整，一时疑惑。她好不容易逮到二人一起在屋里待这么久，就是想让陶铈抓个正着，只是现下这情形，显然不够震撼，效果也就减半了。

画眉忙上前扶起摔在外面的陶铈，轻声细语地劝道："陶公子，您不要急，先听听锦瑟怎么讲，说不定她有苦衷。"

她这看似是劝，实则是火上浇油。

陶铈怒极，猛然甩开了她的手："还听她讲什么？我再来晚一步，二人都已经滚了几遭，还有什么好说的？！"

陶铈歇斯底里地吼着。他好不容易花心思好生待着的姑娘，连根头发丝都还没碰，不想他这头万分珍惜，她却和一个小白脸厮混。

院子里看戏的人窃窃私语，皆暗骂锦瑟，因为前头摔着的人挡路，他们只能伸着脖子往里头看，却看不见一片衣角。

陶铈一起来又往屋里冲，便见沈甫亭走了出来，顿时神色铁青，恨不得将他一剑杀了，却奈何不了他。

"姓沈的，我往日见你像个正人君子，没想到你竟然这般下流无耻，摸到别人的院子里，寻人苟且！"

沈甫亭神色微敛，面色微沉，语气平静："陶铈，锦瑟与我乃是光明正大在一起，你背地里寻她，我没有追究，已经是网开一面，还不滚？"

陶铈气得怒吼一声："这院子是我给她买的，我安置她住在这里，她是我的外室，往后也是要被接进府里的，你算什么东西，偷摸到我的院子里玩我的女人，还跟我提什么光明正大？！"

沈甫亭面色沉得似能滴出水，自己光明正大地谈情说爱，反被当成了偷鸡摸狗之辈，这可是沈仙帝这辈子头一遭遇到这样的事！

锦瑟缓缓走来，神色凝重。

陶铈若是再晚一步，她或许真会被蛊惑，沉迷在他的皮相和亲吻之中，与他行了巫山云雨之事。

只是玩具而已，她又怎么可能让他近身？这已经远远越过她的底线，如果她这么容易被一个玩具动摇了心，那么就是给了他一个操控她的机会，这才是危险本身。

陶铈见她出来，心中的怒意已经少了些，看着锦瑟，似根本不敢相信，声嘶力竭地问道："锦瑟，我对你这般好，你为什么要这样对我，我让你吃穿不愁，居有定所，还想着迎你进门，你却这样对我，你可有良心？！"

锦瑟垂着眼，默然不语，心中越发忌惮沈甫亭，那模样瞧在别人眼里，仿佛做了错事的小姑娘默认了自己红杏出墙，而沈甫亭就是那个摘红杏的人。

沈甫亭眉头微蹙，看着她不说话。

陶铈见她似有羞愧之意，自然不可能在这个时候将锦瑟往外推，便宜了别人。

陶铈连忙上前拉过她的手："锦娘，我知道我以前混账，知道我离开的那些日子让你难过，可我现下都改了，你能不能给我一个机会，别这样对我？"

锦瑟闻言不语，似乎是更看重陶铈。

沈甫亭静静地看着她，那无端的压力如头悬利刃，让人莫名头皮发麻，院子里的声音渐渐变小。

锦瑟一直默然不语，甚至没有看他一眼，被陶铈握着的手也没有收回，答案显而易见。

沈甫亭沉默了片刻，突然轻嗤出声，怒极反笑，咬牙切齿地说道："我真是疯了才会在这里……"

他没有说完，意思尽在其中。

锦瑟依旧没说话，聪明人一目了然。

沈甫亭心中涌起怒意，面色越发阴沉，再不耐烦多言，径自出了屋，往外走去。

院子里的小厮颤颤巍巍地上前拦阻："莫走，我们公子还没发话……"话还未说完，他便莫名其妙地飞了出去，砰的一声撞上院门，连带着门一道摔到了外头。

周遭的人吓得退到了一旁，不敢再挡人。

锦瑟这才抬眼看去，看着沈甫亭消失在视线之中。

人都走没影了，她还盯着那方向，陶铈如同愤怒的夫婿一般，猛地甩开了她的手："还看什么？人都走了，你还有脸看……"

"既然人都走了，那我们也该把账算一算了。"锦瑟慢悠悠地开口，打断了他的话，语气森然，明明是个白净的小姑娘，那平静的模样看着极为古怪，叫人莫名毛骨悚然。

陶铈神情错愕，有些没有反应过来："你说什么？"

锦瑟还未开口，一旁的画眉便站了出来，声音柔柔的，神情依旧怯怯的，可表现得很勇敢，一脸替陶铈抱不平的表情："锦瑟，你怎么能这样说？陶公子对你万般好，你的衣食住行哪一样不是陶公子安排的？你不但不珍惜，还做出这样的错事……"

这一番话可叫刘娇娇一行人愣了神，不过众人很快都反应过来，这些都是寻常事，毕竟心甘情愿做人外室的人，哪儿能无所求，心思不深点儿，那可说不过去。

一行人事不关己，高高挂起，皆笑看这出戏，恨不得事情闹得再大些才好看。

陶铈被画眉这般一说，又激起了心头恨，他就是冤大头！

他将她当成祖宗一般供着，还备了屋子安置她，反倒给她和野男人相好行了方便，一时气得咬牙切齿，勃然大怒："我给你好吃好穿的，还给你安置了院子，你倒好，竟与别的男人暗行苟且之事，还有脸跟我算账？！"

锦瑟嗤笑一声，睨了他一眼，轻飘飘地说道："陶铈，我往日赏你的东西足够买下几个陶家，你跟我说院子？"

陶铈顿住，被噎得说不出话来。

锦瑟走了过来："做玩具就要有身为玩具的自觉，你到现下都还没有弄清楚自己的位置，真是让我失望。"

院子中的人皆呆在了当场，完全没有想到会是这番局面。

画眉彻底愣住了，这顺序怎么颠倒了？

陶铈顿了半晌，语气沉沉地开口道："那东西分明就是纪小姐的，你自己做的好事还敢说，就不怕别人报官吗？"

锦瑟突然笑出了声，笑声如银铃一般清脆好听，像个不谙世事的小姑娘："你既然觉得那是纪家的东西，可以去问问，看看究竟是她纪姝的，还是我锦瑟的。"

陶铈见她说得这般笃定，心中也有些疑惑：纪家丢了这么贵重的东西，却没有半点儿消息，这显然不可能，难道这东西真的是锦瑟的？！

陶铈沉默了很久，终是平静了下来："你是不是根本就不相信我会改？"

锦瑟看向他："陶铈，我和你不是一路人，你当初说谈情说爱，可没有说要许终身。"

陶铈面色微微一白，竟是自己将路封死了，因果循环，都是报应。

"你可以走了，念在你刚才又帮了我一个大忙，我会送你一份礼物，算是打赏你的。"锦瑟笑盈盈地说道。

陶铈看了她半晌，才觉得她没有一点儿真心。她不爱他，那些红颜知己也不爱他，根本没有人爱他。

他这半生玩弄风月，也被风月玩弄……

陶铈失魂落魄地离开后，院子里的人也散了，画眉却还没反应过来。她听了大概情况，才确定陶铈根本不是锦瑟的金主。

可锦瑟孤身一人住在这里，来往之人她最清楚，除了陶公子就是沈公子，难道那出手阔绰的人竟是沈公子？

沈甫亭气度不凡，若说是大夫，实在不像，更何况一个大夫无权无势，哪儿敢得罪贵家？陶铈家大业大，没点儿底子的人还真不敢去挖他的墙脚……

这沈公子想必是大家出来的，自然不好明说身份，而锦瑟又怎么可能跟她们说实话？若是她，恨不得她们全不知道，免得人来争抢。

画眉想着，心中一震。她早该想到的，难怪锦瑟宁愿冒这么大的风险也要勾搭沈甫亭，原来竟是她弄错了！

她一时大恨，这般辛苦竟白费工夫，抬眼看去才发现院子里空无一人，只有锦瑟站在屋里静静地看着她，那模样太安静了，给人一种阴森的冷意。

锦瑟见她看来，忽而微微笑起，甜美的笑容很瘆人。

画眉感觉毛骨悚然，背脊冷意骤起，一恍神，远处的锦瑟突然不见了。她心中大惊，声音微微发颤："锦瑟……"

死一般的静默过后，天色将亮，院子里静得可怕。

"你叫我？"锦瑟凭空出现在她面前，如同鬼魅一般笑了，那笑容古怪阴冷，叫人汗毛倒竖，心一下子提到了嗓子眼。

"啊！"画眉面色惨白，慌忙想抬脚离开，脚却被什么东西禁锢着不能动弹。她低头一看，却又什么都没有。

"啊！救命啊！"她疯了一般挣扎，被抓住的脚突然失去了禁锢，她一时受不住力，猛地扑倒，在地上滚了几圈。

她狼狈抬头，却见脸颊旁有一片衣角，锦瑟就站在她的旁边，古里古怪地笑看着她。

"啊！"画眉惊得魂飞魄散，惊叫着，连滚带爬地往外头跑去，跟疯了一样。

锦瑟站在原地看着她往外滚的模样，哈哈笑了，像个天真烂漫的小姑娘。

画眉听了，越发疯癫地惊叫着离去。

被破坏的院门慢慢自动关上。

锦瑟慢悠悠地进了屋，行至梳妆台前坐下，显然没将刚才的事放在心上。

清晨的天还未透亮，窗子未开，屋子里还有些暗，一颗泛着流光的珠子在镜子前慢慢升起，巨大的能量蕴含其中。

锦瑟拿出一根绣花针，在指尖上用力扎下，细白的指尖上瞬间冒出一滴血珠。血珠落在了珠子上，尽数被吸了进去。

片刻后，珠子便放出了耀眼的光芒，在屋里变幻着颜色，鲜艳耀眼的色彩映在她白皙的脸上，越显她眉眼精致。

她缓缓地伸出手，那颗珠子慢慢落在她白嫩的手掌心里："你要乖乖长大。"

她看着珠子，笑得甜美，人却安静得有一种阴森诡异之感。

街上人声鼎沸，一条长街上卖什么的都有，盛堂绣庄这样的大绣庄门口，更是人来人往，络绎不绝。

绣庄里头的人忙得热火朝天，二楼的绣房里却是悠闲自在的气氛，一屋子的绣娘绣工早已炉火纯青，手上绣花的动作不停，还能分心闲聊。

其中一个绣娘说："你们知不知道陶家的那个陶铈？"

"这谁还不知道，京都有名的浪荡子。"

那绣娘一脸"你不知道了吧"的表情："先前他是个浪荡子，这些日子也不知受了什么打击，终日买醉，染了风寒也不顾，弄得陶家老爷都不想管他，听说将人送到外头的庄子反省去了。"她说着，一脸稀奇表情，压低声音继续说，"我听说他是受了情伤才去买醉的，那个姑娘是他养在外面的，背地里勾上了人，被陶公子当场捉到，气得他吐了血。"

另一个年纪稍大些的青娘闻言，扑哧笑出了声，这个陶铈她是知道的，那个风流劲头啊，相好能从西城街排到东城街，若他真是受了情伤，那可比母猪上树还要惊人。

· 231 ·

"你可别说，当初戏园子的花魁对陶家大公子那叫一个痴心啊，到了后头还不是痴心错付，嫁给了一个路过的商人，离了这伤心地？那个花魁生得多出挑，当初为他寻死觅活闹出那么大的动静，还不是雷声大雨点小？这样一个风流成性的浪荡子若是为了女子买醉，便是打死我，我也不信。"青娘说着，看向坐在窗旁绣花的貌美小姑娘："锦娘，你说是不是这个理？"

锦瑟手中的针线穿过素白的绣布，手腕轻转，姿态秀美闲适，嗤笑出声，轻飘飘地说道："傻子才会为了情爱寻死觅活！"

窗外的阳光微微照射下来，落在她的脸上，肌肤竟白得有些透明，看上去干净美好，如仙子落凡尘，那画面便是精于笔墨之人也描绘不出来，叫她们看傻了眼。

一旁的木梯上噔噔噔跑上来的管事，一眼便望向了窗边："锦娘，下头有人寻你。"

锦瑟下了楼，葛画禀正站在院子里等她。

绣庄的活是葛画禀给她找的，他先前听说她和陶铈闹得不愉快，担心她居无定所，又没有银钱入账，无法维持生计，便替她寻了这一处的活干。

锦瑟觉得很新鲜，便应了下来。画眉太不经玩，自己不过吓唬一下她便疯了，不知逃到哪儿去了，隔壁院子便也空了，锦瑟瞬间了无生趣，自然要换一个地方。

葛画禀选的这个地方正好，她做做绣娘，说不准还有可能寻到更好玩的乐子。

她绣工出挑，管事一看绣品就留下了她，否则，以盛堂绣庄的规矩，一般人可没这么容易进，绣娘一般都是祖上有手艺传下来的才能进。

锦瑟慢悠悠地走过去："葛公子。"

葛画禀转头看过去，想起那日去看她时听到的闲话，有些难言。

他没想到锦瑟会有这般所为，竟和旁的男人厮混，和陶铈闹成这样，而陶铈如今一蹶不振，锦瑟却跟没事人一般，让他不得不联想诸多。一来他不喜她这般行为，不该再与她来往；二来他又觉得陶铈带坏了她，害她名声败坏，是个可怜人。

可这些事，他一个男子也不好提，只得开口道："今日正巧路过，便来看看你，你在这里过得可还好？"

锦瑟走过来，一眼又看见了院子里种的花，开得很好，有一种花正是当日在山中时沈甫亭给她当糖吃的。

她不以为意地移开了视线，笑道："很好，这地方我很喜欢。"

葛画禀笑了笑："那就好。"葛画禀想了想，接着说道，"你知不知道沈兄还没走？我有回路过他往日住的客栈，偶然碰着了他，他竟还住在那儿！"

距离他们闹翻已经过去数十日，现下葛画禀提起来，锦瑟感觉恍若隔世。

锦瑟闻言一顿，转头看向他，疑惑地问："他还没回去？"

葛画禀笑了："对呀，我也没有想到他还没走，沈兄也真是，没走竟然也没和我们说一声。"

锦瑟沉默了一会儿，忽而又开口："他留在这里做什么？"

葛画禀似也有些摸不着头脑，疑惑地道："说是等确认了一件事再离开，心不在焉的，似乎有些烦心事，我便没再问了。"

锦瑟闻言不语，他往日下来也是来她这里，并没有别的事，现下又有什么事？

她不知不觉地看向了那花心带甜的花，微微失神。

春日雨多，斜风细雨，似扬起的轻纱，一路走来，"沾衣欲湿杏花雨，吹面不寒杨柳风"。

街上不及往日人多，却也不少，大多没有打伞，细雨落在青石板上，却没有完全将其浸湿。

锦瑟和一众绣娘走在路上，准备去采买零嘴，再回盛堂绣庄做活，一行人热热闹闹地走着，都没打伞。

一旁顶着帕子的棋娘急道："咱们走快些，省得雨大了湿了衣裳。"

洛娘年纪略小，性子活泼，当即打趣道："春雨绵长，不会下大的，这雨丝落在衣裳上，不会湿呢，不必慌张。"

"你就跟我作对吧！"棋娘说着，便往她那里撞去，二人打打闹闹，隔着中间的锦瑟来回躲藏，玩得很是开心。

锦瑟被挡住视线，待她们退开，便瞧见了前头迎面走来的人，不由得微微顿住了脚步。

一身简朴衣衫暗绣繁复花纹，玉带束腰、坠暗色玉佩，深浅之色的对比越发鲜明，通身贵气，长街上的行人瞬间成了幕布，映入眼帘的竟然只有他。

多日不见，他依旧俊朗，好看得惑人。

沈甫亭似也没想到会碰到她，视线与她对上后，微怔片刻，便收回了视线，仿佛不认识一般，与她擦肩而过。

待他走远，锦瑟忍不住回头看了一眼，他身形修长挺拔，行走时别有一番气度，便是背影也让人觉得赏心悦目。

棋娘小声嘀咕："这公子真是好模样，那眉眼都能勾人心魄。"

一旁的绣娘笑道："说什么呢？那清俊的模样怎生勾心魄了，淡漠得拒人于千里之外还差不多。"

众人皆沉默了一会儿，可不就是这拒人于千里之外的淡漠做派才勾人心魄吗？越是高高在上不可染指的男子，就越是勾人心痒。

站在锦瑟身后的洛娘靠近锦瑟："锦娘，我瞧见刚才他看你了，是不是认识你呀？"

锦瑟收回了视线，无所谓地摇了摇头："不认识。"

锦瑟这般一答，话头便揭过不提了，众人的话题又转回到了沈甫亭身上。人虽然已经走得没影了，但还是架不住让人印象深刻，大家七嘴八舌，将他从头到脚谈论了一遍。

几个人有说有笑，买了吃食，重新回了绣庄。锦瑟还有些心不在焉，片刻后才敛了心神，在窗边坐下，继续绣着山河图。

窗外细雨蒙蒙，呼吸间尽是湿润的春日气息，带着点儿木梁、瓦片的潮气，窗子大敞，窗外的细雨屋檐就是一幅画。

洛娘一抬眼，看向锦瑟，惊喜地嚷道："你们快看，那不是我们刚才遇到的公子吗？好巧，一日里竟见了两回。"

这一声引得大家看了过去，街对面是一家大茶馆，茶馆有些年头，名声在京都极好，里头的名茶千金难求。

沈甫亭坐在茶馆二楼，外头下着细雨，街上的人本就不多，没了以往的喧闹，只余天上静静飘落的雨丝。

洛娘的声音在这细雨之中显得格外清晰，引得对面品茶的人循着声音看过来，正对上了锦瑟的视线。

锦瑟怔然地看着他，没有想到竟然与他遇了两回。

沈甫亭显然也很意外，这一回没有很快收回视线，那清澈的视线透过朦朦胧胧的雨丝看过来，叫她手指一错，针线一绕，打了个死结。

有些时候，根本无须多言，眼中传达的东西就够了，匆匆一眼便叫人怦然心动。

锦瑟面上莫名一阵发热，细雨的湿润气息都无法冷却她身上的热意。她收回了视线，细细解着手中的绣花线，心绪竟平静不下来，一时再没有看对面一眼。可她不知这刻意的忽视行为，欲盖弥彰，像极了闺中女儿家明明喜欢，却又故作不在意的样子。

春日雨丝缠绵，长街尽是稀疏的雨声，轻轻飘飘，仿佛落进了心里。

一旁的绣娘见他发现了这边，皆不好意思地嬉笑一通，再不敢谈论，纷纷继续做活。

待解开了绣花线，锦瑟才不自觉地抬头看去，对面倚窗而坐的人已经离开，木桌上还摆着茶具，壶上煮着热茶，泛着热气，袅袅而起，在一片朦胧的雨丝中略显寂寥。

温润的春雨连绵不绝，一连几日都是细雨蒙蒙。

锦瑟每日依旧坐在窗旁绣山河图，却心不在焉。

洛娘提着裙摆，弯腰走过来，压低声音，凑到她的跟前说："锦娘，那位公子已经一连来了好几日了，我见他坐的位置正对这里，你说他是不是看中了你呀？"

锦瑟手上一顿，终是抬眼看向了街对面的茶馆。这茶馆很有名，往日都是坐满了人的，即便是下雨，也不会缺客人，如今空空荡荡，只余他一个人独坐其中，处理公事。

其实她这几日一直都知道他来了，即便刻意不去注意，也无法，他存在感太强，便是远远地静坐着，也叫人无法忽视。先头或许只是意外碰见，但接下来的日子绝非偶然，他即便再喜欢喝茶，也不可能每日都来，这个中为何，她自然知晓。

她只是想不通，先头他们闹得那般不好看，他怎么还会来这里？

锦瑟才看了一会儿，沈甫亭便似有所觉地看过来。她当即收回视线，只是动作太快、太急，显得匆忙，落在旁人眼里，不知有多慌乱，平白引人误会。

锦瑟自然不知晓，只看了一眼洛娘，思绪混乱，却还是笑盈盈地回道："自然不是。"

洛娘黑溜溜的眼珠一转，古灵精怪地说道："我瞧这位公子很不错，不如一会儿我们去替你问问，看他究竟是不是对你存了心思。"

这话引去了锦瑟的心神，她手中的针刺到了指尖，指尖上瞬间冒出了血珠。

"你没事吧？"洛娘惊呼出声。

"没事。"锦瑟这才敛了心神，随意抹去了指尖上的血珠，继续低头绣花，不想心跳这么快，快得连手都有些颤抖。

她微微蹙眉，难道他来此真是存了心思？

下了工，锦瑟和绣娘一道回去，便见沈甫亭站在绣庄门口，和风细雨润湿了他的衣衫，发上玉冠沾染了雨丝，显得玉质温润清透。

锦瑟脚下一顿，见他来此，既在意料之中，又出乎意料，心中不知怎的竟冒出了一丝甜蜜的惊喜之意，叫她根本无法控制。

沈甫亭见她出来，缓缓走过来："要回绣院了吗？"

锦瑟不由自主地嗯了一声。

他站在细雨中，眉眼和乌发都沾染了晶莹剔透的雨珠，越显面容白皙，俊朗惑心。他像是特地过来与她说一声："我这几日有事，要回去一阵。"

锦瑟一愣，他已然转身走了。他表现得实在太过自然，仿佛陶铈根本没有出现过，而他就像夫君交代行踪，看似寻常，却是往日不曾有过的行为。

锦瑟身后的绣娘你看看我，我看看你，还是洛娘头一个上前打趣："锦娘，原来你们早就认识，你瞒得我们好辛苦，竟也不告诉我们！"

锦瑟却难得反应不过来。

此后数日，沈甫亭每日都会来，即便偶尔有事来不了，也会与她说一声，不在的时候会在位置上摆一壶茶，那缓缓上升的热气就好像暗示他很快就回来。

他这样直白却又不明言，就差一层窗户纸，隔在其中还没有被揭开。

匹献等沈甫亭出了房门，连忙跟了上去："公子可要属下随行伺候？"

"不用。"沈甫亭淡淡地拒了，平静地下了楼。

匹献闻言，心中越发诧异，也不知道那茶馆有什么东西这般吸引人，这茶再好喝，又怎么比得上九重天的？

他正想着，外头来了人，正是多日不见的纪姝。她亭亭玉立，站在客栈门口，对沈甫亭温婉一笑："沈公子，听说你还在京都，特意来看看你。"

偌大的客栈里头只有掌柜和小二，再没有其他客人，任谁看了也知晓是整个客栈被包了下来。

他包下这个客栈是不算什么，可包下盛堂绣庄旁的大茶馆就难如登天了。那不是寻常茶馆，里头的茶叶非常名贵，百金一壶都是寻常事，位子更是难等，便是出了千金也得按规矩来。

先头听闻有人连着数日包下了茶馆，便叫人惊讶不已。

先不说包下茶馆需要多少银钱，那茶馆背后是第一茶庄，茶叶名贵，来往不知多少人采买，这一项便是大头，若谁要全部包下，这些必然是算在内的，更何况包下场子必然也是要翻上几倍的，那数目即便不知道，心中粗粗估算，也让人咋舌。除非富可敌国，不然谁有这么多银钱这般消耗？

这事在京都传得很快，众人听说是个大夫包下了茶馆，越发好奇，有心结交的人自然会去查，竟没查到其身份，而白山也没有这个人，一时间这事传得越来越玄乎，都说京都来了一位连身份都摸不出来的贵家子，高不可攀。

纪姝是听了名字才知道是沈甫亭的，联系了前后才恍然大悟，若是如此，倒也合理，他那样的做派，寻常人家根本养不出来。

她心中惊喜万分，可瞬间又想到了锦瑟。她自然知道锦瑟在盛堂绣庄里头做绣娘，锦瑟那样的出身去做绣娘乃是寻常的，没什么好意外的。

那一日水榭之上她被当面揭了短，难免生气，不过锦瑟的名声已经很不好了，她便当作不识，揭过不提。

现下却不同了，沈甫亭包下的茶馆就在盛堂绣庄一旁，究竟是为何，她又怎么可能猜不出来？

是以昨日她刚刚知晓这事，今日便急急找来，只恨自己知道得太晚，白白叫锦瑟钻了空子。

匹献上前倒了茶，便与双儿退到一旁候着。

沈甫亭坐在桌案前，依旧有礼有节："不知道纪姑娘寻在下所为何事？"

纪姝自然听出他无意久坐的意思，便也聪明地不绕圈子："我来是想问问沈公子，可知晓锦瑟去了何处？先前闹得那般大，我多少也生了她的气，便赌气不去看她，如今听闻她和陶公子分开的消息，心中很是忧心。"

沈甫亭闻言未语，显然不喜陶铈。

纪姝似没有察觉："她那么喜欢陶公子，这一次恐怕是真伤了心，如今一个人难免寂寞，我想去看看她。"

沈甫亭垂着眼睫片刻，笃定地说道："她不喜欢陶铈。"

纪姝闻言一窒。

沈甫亭抬眼看向她，似不是很意外，也没有她想象中的惊喜表情，而是波澜不惊："纪姑娘……"

他神色疏离淡漠，唯独没有欢喜，是聪明人自然明白的意思。

纪姝眼眶一酸，还没等他说完，便语气急急地打断沈甫亭接下来要说的话："锦瑟是真的喜欢陶铈，她第一次见到陶铈的时候就喜欢他了，只是陶铈那浪荡的性子太伤她的心，二人才会分分合合。你若是不信，可以去问陶铈。"

纪姝说着，也不待他回答，起身唤了双儿便要离开。他若是不开口说绝，那他们之间就还有可能。

"纪姑娘。"沈甫亭忽而开口。

纪姝快步走到了门口，闻言握紧了手，转身看向他。

上册

237

"她喜欢的是我。"沈甫亭平静地陈述，话语直白。

她喜欢的是他，有他在，她心中就不会有另外的人。

纪姝骤然面色一白，心口酸涩发疼，不知是难过还是难堪，面上竟再笑不出来，良久才言辞苍白地说道："我知道了……"

纪姝离去后，沈甫亭平静地坐着，显然情绪不佳，如玉的面容慢慢在茶盏浮起的热气之中变得模糊不清。

匹献站在一旁不敢多言，心中隐隐有了惧意，自家公子有些当真了……

细雨绵绵不休，模糊了窗外的风景。

锦瑟绣完山河图，又不自觉地抬头看了一眼对面，那里依旧无人。

沈甫亭往日都是一大早就到，比她来得还要早，她每日来绣庄后，一抬头就能看见他。即便他不来也会与她说一句，可今日没有。

她一时秀眉蹙起，面色阴沉。

一旁的棋娘也发现了，凑过来问道："那位公子今日怎么没来？"

收拾针线的青娘摇了摇头，似乎早有预料，叹了一句："恐怕是过了新鲜劲儿。"

洛娘可不赞同，当即给沈甫亭找借口："这才一日没过来呢，说不准是出了什么要紧事，被绊住了，才没来成。"

青娘看事那叫一个准，老成地说道："若是真有要紧事，为何不派人来说一声？这么大的茶馆他都能包下来，还没有办法派人来与锦瑟说一声？"

满屋的绣娘也没了话说，确实是这样，对方若是真有事，派人来传句话根本不是什么难事，想来是真的过了新鲜劲儿。

锦瑟又一直对那个公子爱搭不理，连话都没怎么与他说过，人家公子便是有那心思，也该歇了大半，更何况那模样、家世，身旁怎么可能缺人？

这些公子哥儿都是一时兴起，哪儿有什么真心，倒白惹了一片涟漪，抽身离去却简单。

一群人心中同情地看着锦瑟，瞧她不说话，心情显然不好，必然也是动了心。不过也无法，就那人的皮相、做派，她不动心才奇怪！

大家也不敢多提，棋娘忙岔开了话题："咱们快回去吧，瞧这阴沉的天气，恐怕又要下大雨了。"

一时间众人抱怨着老天爷，纷纷下了楼，待到了楼下，庄里头的管事忙叫住锦瑟，指向外头的人，以为是锦瑟的相公，打趣道："你那相公来了，在外头等了大半日，也不让我与你说，说是怕打扰了你，快去吧，省得怪我棒打鸳鸯。"

锦瑟一怔，快步往外走去，一出门便见一人撑着伞，站在细雨中静等。

他什么也没做，就是安安静静地认真等着，见她出来，便朝她走来，温和地对她道了一句："下雨了，我来接你。"那声音似被雨水浸湿，听在耳里低沉悦耳。

锦瑟心中又是惊喜甜蜜，又是心疼幽怨，既委屈他今日害她平白挂心了这么久，又惊喜他在这里等着。

她从来没有过这样复杂别扭的感受，一时看着他，说不出话来。

身后的绣娘笑吟吟地跟了出来，话语逗趣："既然你'相公'来了，那我们就先走了。"其实大家都心知肚明，这么点儿毛毛细雨哪儿用得着人来接呀，他还不是找机会亲近锦瑟？

一时间大家笑着往外头跑去，一路打闹："我就说青娘瞎说八道，仗着自己年纪大，净传一堆没用的事。"

"你说谁年纪大？我也就比你大两岁，你这小蹄子，看我不拧死你！"

一群人离去，锦瑟竟有些不自在，完全不知要与他说什么。

沈甫亭没有催她，静静地等着，只是视线落在她的面上，让人忽视不了。

锦瑟不自觉地避开他的视线，甚至想让他不要看了，走下台阶，快步进了他的伞下。

斜风细雨微微湿了衣衫，油纸伞上冒着一片晶莹剔透的小水珠子，沈甫亭的伞尽数往她这边倾斜，自己的大半个身子全在伞外。

锦瑟没有说话，沈甫亭亦没有，细雨缠绵，只余二人行走间的衣衫窸窣声，显得安静暧昧。

绣庄和绣院的距离并不远，两个人没多久便到了，绣院的门微微掩着，是绣娘给她留了门。

锦瑟一见绣院，当即便从他伞下跑到了檐下，进了门刚要关门，却忍不住抬眼看向他。

沈甫亭撑着伞，站在原处看着她，忽而对她一笑，眉目如画，那干净的眼里似乎有一个小小的她。

锦瑟心口骤然一跳，响得自己都能听见，一时慌乱地关上了门，转身快步离去，步履难得匆忙。

关门的声音在这寂静的细雨中极为突兀，引得沈甫亭微微一怔，继而又轻笑出声，那眉眼染笑，看上去再也没有往日那种拒人于千里之外的疏离感。

身后有人一步步走近，沈甫亭心中了然，面上的笑瞬间淡去，慢慢转身看去，

正要解决了这碍眼的玩意儿，却在看见来人的一瞬间生生顿住。

陶铈一动不动地看着他，胡楂儿未刮，神情落寞，显然将刚才二人的情形都看在了眼里。此时见沈甫亭看过来，他自嘲地一笑，似乎受了极大的打击，再也立不住脚，转身慌乱离去。

沈甫亭站在原地良久未动，漫天的雨丝越下越大，砸在油纸伞上，他面上平静，握着伞柄的手却慢慢收紧，白皙的手背用力得显出了青筋。

片刻后，被他握在手中的伞柄受不住力，瞬间变成了木屑，从他指间撒落，油纸伞没了支撑，吧嗒一声掉在了地上。

雨水砸落油纸伞，也瞬间湿了他的衣衫。

凡人至多只有百年寿数，活到百岁已是破了天。这人平白多了五百年的寿数，除了她，还有谁能给他？她这么喜欢他？她一送就是五百年的阳寿，可真大方，是盼着他成妖以后去寻她吗？

沈甫亭看着空无一人的长街，神情淡淡的，晶莹的雨水顺着他白皙的面容缓缓滑落，却掩不住他眼中的暴戾之气。

锦瑟一路跑回屋里，如门外有什么东西追着一般急切，待啪的一声关上门后，心中却又咯噔了一下。

她摸了摸自己发烫的脸颊，面色瞬间变得凝重，事到如今，她又怎么不知自己的心绪变化？她甚至已经控制不了自己的想法，想要和他继续下去。可她又清楚地知道，这一次再开始，恐怕不会这么容易善了……

可惜他不是陶铈那样的废物，一切都由她来掌控，岂不快哉？

她一时心中暗恨，抬眼便见屋中站着沈甫亭，看她的眼神竟然有几分可怕。

她生生被吓了一大跳，神情警惕地看着他："你怎么在这儿？"

沈甫亭一言不发地看着她，屋里死一般寂静，气氛与刚才二人分别时的甜蜜竟完全不同，外头突然响起一声雷鸣，大雨倾盆而下，在窗外的屋檐上垂落了一片水晶帘。

他忽然一步步靠近，锦瑟见他一脸"山雨欲来风满楼"的模样，不自觉地微微往后退，待抵上了门板才反应过来。

沈甫亭突然靠近，一手撑在她的耳旁，将她圈在了门和他之间。

他刚才明明撑了伞，现下衣衫尽湿，玉面上的雨水未干，一滴滴滑落，染湿了他的眉眼，他眼神深远得叫人不知他心中的想法。

他离得太近，锦瑟都能感觉到他身上的水汽，她眼睫微微一颤，脑子一瞬间有些空白："你怎么啦？"

沈甫亭看了她良久，才低语道："你当初在水榭说了后会有期，为何又没有来找我？"

锦瑟闻言顿了顿。她记不清了，只隐隐约约想起好像说过这句话，她为何没有去寻他，还不是因为他不愿意？她琢磨着大事成了，再想法子将他软禁起来好好玩弄。

她想着，便越发觉得还是这个法子好，可又实在舍不得现下的甜蜜惊喜的感觉。谈情说爱确实有趣，总引人情不自禁，这万万年她都没有寻到比这更有趣的事情，明明没有吃糖，却总觉得甜。

她微微迟疑了，像是心虚至极。

锦瑟思索片刻，正要开口，沈甫亭突然低头吻了上来，那力道大得几乎是撞上来的，她的唇瓣被牙齿碰得生疼。

锦瑟疼得只想推开他，沈甫亭伸手握住她纤细的脖子，身子突然压了过来，将她彻底禁锢住。

锦瑟心中一惊，正要反击，他的唇已然探了过来，强势蛮横，连外头的倾盆大雨都不及他的攻势凶猛，霸道得让她几乎无法呼吸，被弄得晕头转向。

她下意识地去推他，外头忽然有人敲门："锦瑟，你回来了吗？要吃晚饭了。"

锦瑟正要回应，身上的衣裳被生生扯开，露出了白雪一般滑腻的肌肤。

外头雨大，洛娘没听见里头的声音，不由得嘀咕："她相公可能带她去吃别的东西了，我们先去吃吧！"

什么相公，才不是！

锦瑟腹诽，沈甫亭的手已经越发乱来，那气息烫得她颤抖，她一个激灵，连忙抬手挥出一掌。

沈甫亭这才停下，锦瑟当即推开他，将衣裳胡乱拉起，快步行到梳妆台前一看，细白的脖间果然有一圈红痕。

他这究竟是想亲她，还是想杀她，还是两者都有？！

锦瑟气得柳眉倒竖，如同炸了毛的奶猫，猛然一拍梳妆台，震得上头的妆镜一晃。她透过晃动的镜子看向沈甫亭："你莫不是疯了？"

沈甫亭突然被她推开，并没有再动她，唇角已经微微溢出了血迹，面上却是不以为意的神色。

他神情平静，靠在门上看着她，清俊的面上还残留着些许情欲的味道，掺杂着他眼中的淡漠神色，却莫名和谐，那男子的魅力引人心口发颤。

锦瑟发髻微乱，唇瓣红肿，衣裳松散，狼狈的样子，一看就像被欺负得狠了。

他看在眼里，眸色微黯，忽而迈步走来，俯身从身后抱住了她，低头靠在她纤弱的肩膀上，盯着镜子里的她。

他的眼睛很好看，看着人的时候，让人心甘情愿地臣服："不如我们成亲吧？我喜欢你，想来你也很喜欢我。"

锦瑟几乎不敢相信自己听见的话，转身推开了他："你知道自己在说什么吗？"

沈甫亭被微微推开，依旧神色平静地看着她，黑色的眼眸里几乎看不出任何情绪，也不知说的话是真还是假："我想和你在一起，每日夜里都在想你，想得发紧。"

锦瑟觉得他在意有所指地调戏自己，可他说话间的正经样子又不像调戏，只是眼里透出的些许炙热神色叫她颇为受不住。

输人不能输阵。她强行敛了心神，笑盈盈地反驳："你是仙，我是妖，我们两个成亲，你难道就不怕你那九重天上的神仙造反吗？"

沈甫亭嗤笑一声，眉间透着几分漫不经心之色，似乎半点儿不在乎，他眼中还残留着些许刚才的情欲："这些你无须担心，只要你愿意，我自然会让他们闭嘴。"

锦瑟心下一沉，他竟然说出这样的话来，莫不是要来真的？

她一时心神微乱，眼眸微微一转，看向他，神情探究地问："你先头不是说仙妖不两立吗？怎么现下突然生了这样的心思呢？"

"你说我怎么会生这样的心思，嗯？"沈甫亭微微靠近，气息带着些许炙热之意，喷在她的面颊上，惹得她呼吸一阵急促。

男子的气息太有侵略性，让她不自觉地警惕，毕竟刚才就差那么一点点，想起他那肆意乱来的手，她便越发不自在起来。

她微微往后，靠上了梳妆台，细白的手抵在了他的胸膛上，话语带着女儿家常有的娇柔之意："我绣了一天的花，想休息了，这些事情以后再说吧！"

沈甫亭静静地看着她，指尖还残留些许腻滑的触感，惹得人心猿意马，偏偏轻易碰不得，一时间忍得有些难受，看着她的眼神，难免多了几分炙热感。

锦瑟见他依旧这般盯着自己，顿时有一种被猛兽盯着的感觉，这种感觉虽然新鲜，但她不喜欢。

于她而言，她才是捕猎者，而不是被捕猎的那一个！

她一时也被激起了几分脾气，伸手轻轻绕着自己的发梢，轻睨他一眼，很不客气地说道："你还这样看着我做什么，听不懂我的话吗？还不走？"

这下可真是捋了老虎须。

沈甫亭本就在气头上，若不是压得好，她早便连骨头都不剩了，现下哪儿容她放肆？他当即搂过她的腿，将她压在身后的梳妆台上，低头吻上了她的唇瓣，极为用力地惩罚起她。

她的腿被他强硬地按在两侧，没了支点便使不上力来，愣神之间，便被夺了呼吸。

那凶狠的架势叫她有些受不住，她忙扭过头避开他的唇，他却吻过下巴，一路往下，在脖颈处流连。

她呼吸骤急，整个身子都微微发颤，咬牙搂上了他的脖子，声音都带着颤意："沈甫亭，你再让我想一想。"

沈甫亭又抬头重新吻上了她细嫩的面颊，声音低哑得不像话，隐约透出一丝淡淡的情绪："还有什么可想的，难道你不喜欢我吗？"

锦瑟被唇齿间的气息烫着了，微微避开了他："你总要给我时间想一想，成亲可是大事。"

"成亲和这事并不冲突，我给你时间想，你也得给我想要的。"沈甫亭话语暧昧，那声音中的沙哑磨得人心发慌，显然他是忍得很难受了。

锦瑟呼吸急得有些说不出话来，微微后仰看向他，心中却得意。她就喜欢看他难受的样子，比那高高在上不可染指的样子不知讨喜多少。

她眼眸微转，细白的手指慢慢抚上他的脸庞，又轻轻滑下，感觉到他额间冒起的薄汗，眼睛弯弯："这可是成亲之后的大餐，哪儿能现在就送上？沈公子还是再忍一忍吧。"

沈甫亭眼眸微眯，眸色渐深，看着她沉默了半晌，最终伸手环住她的腰，抱着她转身坐在她的位置上。

锦瑟搂住他的脖子，她就喜欢他这样抱着自己，安全舒服，一时越发搂紧了他，懒洋洋地将头埋在他的颈窝处。

沈甫亭将她抱在怀里，伸手揉着她的脑袋，声音微微低哑，话中却带着不容拒绝的强硬意味："我给你时间考虑，但是结果必须让我满意。"

哪个求亲的人是这样的态度？莫说锦瑟不打算嫁，就算愿意嫁，也会被他这强硬的态度打消三分念头。

她软绵绵地靠在他的肩膀上，不以为然地撇了撇嘴。

上
册

243

午间，客栈外头一片喧闹声，偌大的客栈里头却很安静，掌柜从来没有这般清闲地赚过钱，便吩咐小二将客栈上下又打扫了一番，很是体贴。

葛画禀与纪姝过来时，便见沈甫亭从屋里出来。

葛画禀一撩衣摆，几步上了楼："沈兄，今日正得空闲，我在珍馐阁订了席面，趁着你还没走，咱们一道去用饭。"

纪姝随后上来，依旧落落大方，对沈甫亭有礼地一笑，仿佛先前什么都没有发生过。

二人只字不提锦瑟，而现下看来，锦瑟与他们也确实不是一路人。她要去绣庄里头做工，总不能抛了生计与他们出来一道吃喝。

葛画禀想着她已经安顿下来，便也不再去打扰她，免得惹她生了别的心思，又与那些纨绔厮混，白糟蹋了自己。

沈甫亭倒没有拒绝，微微颔首："你们去下头坐一坐，我去唤她起来。"说着，他转身推开门，重新进屋。

葛画禀闻言，神情怔然，纪姝则笑意微顿。

门轻掩着，里头传来了沈甫亭的轻语声，听着像是责备，话里却又带着几分温和之意："还不起来？"

姑娘家轻哼了一声，声音娇娇软软，似乎不想搭理他。

纪姝一听，脸色不可掩饰地难看起来。

葛画禀则脸色微红，这种事他自然知晓，既是男人，总会有这方面的需求，只是这种事放在沈甫亭身上太过违和，毕竟沈甫亭看上去对此事并不热衷，当初一路同行，也没有逛青楼的不良习性，是以他有些没想到。

葛画禀有些尴尬，正准备唤纪姝下楼，却听里头传来一声惊呼："不要咬我！"

沈甫亭低声责备："把小袜穿上。"

"你帮我穿不就好啦？"里头的小娘子语气居高临下，可声音因为刚刚睡醒而软绵绵的，甜得人骨头都酥了。

葛画禀听见声音，猛然顿住，片刻后，门一开，果然见锦瑟跟在沈甫亭身后，顿时愣在原地。

沈甫亭没想到他们还在门外，顿了顿才开口道："失礼了，她自来觉多。"

锦瑟幽幽地睨了他一眼，面色阴沉。

纪姝面色难看到了极点，牙根咬得紧紧的，对锦瑟勉强地笑了笑。

四个人一道去了珍馐阁，锦瑟因为被强行拉起，积了不小的起床气。她这辈子都是睡到自然醒的，即便是做绣娘，也是来去随意，从来没有像这些日子一样，到点就得起来陪他吃饭、陪他出去逛。

沈大公子的说法是，大餐可以等，但是甜点必须先上，否则他可没耐心。

是以这几日整得跟按时上工一般苛刻，她心中积怨已久，到了酒楼里头，就可劲儿地使唤沈甫亭，跟大小姐使唤长工似的。

沈甫亭由着她使唤，那闲适自若的态度就像在养鱼，养得再肥美一些，就准备往砧板上放了。

锦瑟自然全无所觉，悠闲地坐在一旁，看着他慢条斯理地剥虾。

他的手生得好看，可她一想到这些日子他的霸道和不近人情，气就不顺，这人亲亲抱抱的时候，可从来就不见这般慢条斯理呢！

她想着，冷笑道："沈公子的动作可比昨天慢了许多。"

葛画禀是有心想问什么，却又无从问起，而纪姝心中酸涩又难堪。

沈甫亭看了锦瑟一眼，将剥好的虾投喂到她的小嘴里，意有所指地反驳："自己'吃'的时候自然不一样。"

讽刺不成，反倒被调戏，锦瑟一时脸都青了，用力咬虾，暗自寻思如何找回场子。

葛画禀时不时看向沈甫亭，二人一道出现的震惊，已经随时间微微淡化，取而代之的是心头的不自在感。

毕竟他还想过，往后锦瑟若是改好了，还是会接她进府照应，现下这两个人突然在一起，实在让他意想不到。

毕竟沈兄当初明明说过，锦瑟是个麻烦，男人耐烦哄一时，却不会耐烦哄一辈子。现在瞧他自己，却沉醉其中，心中多少有些难言，便直白地问出了口："沈兄，你往后离开京都，可想过如何安排锦瑟？我可不希望你步陶铈的后尘。"

纪姝抬头看向沈甫亭，心中有数，他绝不可能和锦瑟长久在一起。

葛画禀言下之意，是希望沈甫亭不要像陶铈那样玩弄锦瑟的感情，可沈甫亭听在耳里觉得不一样。

他唇角勾出一丝弧度，面上几乎没有笑意，拿过一旁备着的净布擦手，漫不经心地说道："我的妻子自然是跟我一道回家中去。"

纪姝面色一变，苍白得像是生了病，便是连笑都挤不出来了。葛画禀也没想到他会这般回答，一时间席中无人开口。

葛画禀到底见过的世面多，一会儿便调整好了心绪，苦笑了一下，看向他们，恭贺道："不知何时能喝到你们的喜酒？"

"快了。"沈甫亭闻言一笑，随手扔下了净布，伸手拉过她的手："对吧，锦儿？"

锦瑟心中一沉，却笑盈盈地伸手覆上他的手："那是自然，我一直盼着嫁给你。"

沈甫亭闻言微怔，看了她许久，眼中重新燃起笑意，低头在她的唇上亲了一口，难得夸赞道："真乖。"

锦瑟眼眸微黯，本是打算拖一拖，先享受够玩具带来的甜蜜再离开，可现下好像不行了，他这几日虽没再提成亲一事，可显然已经开始准备，似乎是要来真的……

她想着，心情逐渐低落，看来是没得玩了。

纪姝自然也死了心，面色不好看，也没有再开口说过一句话。葛画稟倒是时不时说上几句，只是明显心不在焉。

只有沈甫亭一个人泰然自若地给锦瑟剥虾，很是体贴。一场席面勉强吃完，除了沈甫亭，一个个皆心事重重而散。

沈甫亭带着她在外头玩了一整日，待到月上中天才准备回客栈。

锦瑟玩得太欢，软绵无力地由着沈甫亭背着走。夜间小街僻静无人，黑夜沉沉，只余月光荡漾，此景颇为熟悉，她忽然便想起了洞穴之中，他也是这样背着自己走的。

沈甫亭显然也想到了地宫那次的情形，背着她默默走了一段路，忽然开口问道："在地宫背着你的时候，你身上全是水，浸湿了我的衣服，后来我才发现那是你身上的血……"

锦瑟不明白他怎么突然说起这些，只隐约记得想让他放下自己，因为实在颠簸得自己全身都痛，痛得想拧断他的脖子。

她思绪飞远，沈甫亭沉默一阵之后，又开口问道："你那时为何回来救我？"

原来他是在这里等着她，难怪旧事重提。

锦瑟沉默不语，自然不可能告诉他是因为稀罕他这个玩具。

沈甫亭见她不语，停下脚步，似乎一定要知道答案："你那时明明已经安全离去，为何又转回来救我，难道你自己都不知道吗？"

锦瑟自然知道说什么答案可以轻而易举地揭过这个话题，现下偏偏说不出口，默然许久，架不住他这样逼问，只得随口答了："你当时不是已经问过了吗？我也已经回答你了，难道你觉得我生死垂危之时，还要对你说假话吗？"

沈甫亭微微扬起唇角，显然很满意她的回答："我自然相信你说的是真心话。"

锦瑟见蒙混过关，伸手搂住他的脖颈，牢牢地趴在他的背上，争取最大可能地享受最后的甜蜜时间。

沈甫亭将她往上提了提，牢牢地背着，继续往前走着。

月光如水，缓缓流淌在青石板上。耳旁传来虫鸣，春风轻拂过裙摆，微微扬起好看的弧度。

沈甫亭直接将她背进了客栈的屋里。屋里的小妖怪连忙上前迎接，而那四只狐狸根本不敢出现在沈甫亭面前，实在是当初受的惊吓太大，以至连打个照面都要谨慎。

小妖怪亦步亦趋地跟着两人，看着沈甫亭这个坐骑的眼神很是崇拜。他们也想当姑娘的坐骑，可惜个头儿太小，充其量只能当个暖炉。

沈甫亭避开围在脚边的小妖怪，将锦瑟放在床榻上。

锦瑟当即钻进了被窝里，一抬头，见沈甫亭在床榻旁坐下："我有东西要给你。"

锦瑟好奇地问："什么东西？"

沈甫亭伸出手来，手掌上现出了一个黑色厚布袋。他打开布袋，里头是一截断了的剑刃。

锦瑟起身看了一眼剑刃，又抬眼看向他，疑惑不解。

"水榭那一次是我们最后一次敌对。这是我们重归于好的物证，你留着。往后我们成为夫妻，我会谨记于心，一定会待你好的。"

锦瑟微微一顿，虽说他拿着一截剑刃求亲有些奇怪，可与先头相比也算是像样一点儿了。

锦瑟接过剑刃，微微点头，又盈盈笑起："好，我一定会收好的，你可要记住你说的话。"

"嗯。"沈甫亭闻言一笑，在她的额头上落下了一吻，语气极为温和，"你睡吧，明早见。"

锦瑟又点了点头，拿着手中的剑刃，极为乖巧地看着他，那眼眸水汪汪的，很是招人疼爱。

沈甫亭又在她的唇瓣上亲了一下，随后低声道："我走了。"

锦瑟看着他顺道将一群小妖怪带出了屋，才摸了摸自己的唇瓣，上头还残留着他温润的气息，闻之干净舒心。

她眼中慢慢地露出了遗憾之色，真是讨人喜欢的玩具，叫她都有些狠不下心。

247

　　她低头看了一眼手中的剑刃，如同破铜烂铁一般，随手将其扔到了一旁，躺回榻上轻叹了一声："又要换玩具了。"

　　匹献见自家公子出来，当即上前驱赶了一众小妖怪，恭敬地跟了上去。自从知晓自家公子又与那只妖搅和在一起，他便一直忐忑不安。

　　果然，他怕什么来什么，公子这一次竟然打算和一只妖成亲！

　　匹献方寸大乱，犹豫再三，终是跟着沈甫亭进了他的书房，跪在他面前："君主，您万万不可娶那只妖啊。您若是娶了那只妖，不知会有多少麻烦，更何况那玲珑之心已无，您体内的邪气还未根除，实在太冒险了！"

　　沈甫亭平静地说："我自有打算。"

　　匹献这回可再不敢听信自家公子的话，他先前也是这般说的，可没有想到，这次直接就要成亲。

　　仙帝娶妖，他几乎不敢想象那场景，提一只妖去九重天可比提一个凡人难上数倍甚至数十倍。

　　锦瑟莫说是做帝后，便是仅仅在九重天上生活，就是不可饶恕的大罪！

　　除非妖能剔除妖骨，重新炼化，可显然这不是易事，即便天资再好的妖，也不可能逆天改命！

　　当初那个纪妹，如此合适的人选，就因为是凡人，要提上天界有些麻烦，公子便抛诸脑后，现下却要冒天下之大不韪去娶一只妖，实在让人想不通。

　　他不知道自家主子究竟在想什么，怎么会有这样的决定。

　　"属下求君主收回成命，此事万万行不得，仙妖自古不两立，那是天意，届时天界众仙必然会反对。君主，您当初不就白费力气了吗？"匹献急道。

　　沈甫亭面上尽是不以为意的表情："天意？"他轻笑一声，眼中尽染淡漠恣睢之色，"我就是要让他们明白，我就是天意。我想要的，没有得不到的，区区九重天，还没有谁有资格左右我的想法……"他随手拿起折子，"出去，再多说一句，你便不用出现在我面前了。"语气淡淡的，却带着不容拒绝的压力。

　　匹献不敢再多说一句，颤颤巍巍地退出了书房，伸手以袖抹了下额间的冷汗。

　　午间的日光照射下来，街上已经开始热闹，喧闹的声音传到客栈里，打破了客栈里的寂静。

　　沈甫亭处理了一夜的公事，洗漱过后出了屋，见到隔壁房门紧闭，脚下微顿。

　　今日他要处理公务，便没有去唤她起来，不想日上三竿，她还没有起来，这般往后如何在天界立规矩？

他看向身旁的匹献："她早上可起来过？"

匹献忙回道："属下在门口唤过了，姑娘没有理我。"

她自然不会理，他去叫她都是不理的，很是爱使小性子。

沈甫亭摇头苦笑，上前推开了房门，可一进去，便觉得屋里太过冷清，与往日空气中弥漫着清甜的馨香完全不一样，就像没有人在里头睡过一般。

他脚下微微一顿，瞬间意识到了什么，快步进了里间，果然见床榻上空空如也，只余被子。

他微微敛起神色，上前探向被子，里头没有半点儿温度，显然锦瑟离开了很久。

他神情怔然，一抬眼便看见了枕旁的剑刃，被随随便便丢在一旁，没有半点儿珍惜之意，一时彻底顿在了原地。

匹献进来见到这个场面，当即便知晓那只妖恐怕是逃了。他一时松了口气，可心又瞬间提起，因为自家公子的面色实在有些吓人。

屋内气氛极为压抑，便是外头街上的喧闹声都无法打破这里的可怕气氛。

匹献眼观鼻，鼻观心地站好，尽可能减少自己的存在感，可还是掩不住汗毛倒竖的感觉。

沈甫亭面色阴沉，拿过床榻上的剑刃，看了片刻，手慢慢握紧，刀刃锋利，片刻间便划破了他的手掌，刺目的血迹从他的指间慢慢滑落，滴落在床榻上。

匹献吓得不轻，开始腿软："公……公子。"

"好大的胆子，竟敢玩我！"沈甫亭猛地站起身，将手中的剑刃砰的一声掷在了地上。

剑刃瞬间裂成碎片，扎在了木柱上，成串的血珠子洒了一地，看上去触目惊心。

匹献吓得面色惨白，当即扑通一声跪倒在地。他从来没有见过沈甫亭这般发怒，那眉眼间的骇人怒意，叫他连"公子息怒"这样一句简单的话都不敢说。

沈甫亭怒意翻腾之下面色越发可怕，勃然大怒之后，又缓缓压下情绪，让人心头越发不安。

他压得太狠，仿佛某些阴暗的东西呼之欲出。

匹献不敢说话，也不敢不说话，身子一阵发僵之后，硬着头皮说道："公……公子。"

沈甫亭随手拿过一旁的被子，极为用力地擦拭了掌心的血迹，血越擦越多，

上
册

那一被子的鲜血触目惊心。

匹献浑身都开始打战，实在不想待在屋里，他怕自己吓到昏厥。

他声音轻得几不可闻："公……公子，可要将她追回来？"

沈甫亭几番努力，还是压不住怒意，诚然，一个仙帝被一只小妖一而再，再而三地玩弄，确实是奇耻大辱！

他眼睫微微垂着，越发没有了表情，言辞之间皆是咬牙切齿的怒意："把这个玩意儿给我找出来！"

匹献连忙退出去，马不停蹄地去搜寻锦瑟的踪迹，一刻也不敢耽误。

客栈有四五层高，中间大堂无顶，直通外头，天际弥漫着一层色彩变幻的罩子。

大堂里头坐满了人，一口一个大包子，可惜再大的包子也堵不住嘴，那喧闹声跟外头街上的声音不相上下。

客栈里头的老板娘生得美艳，时不时揽镜自照，偶尔拨弄算盘，跟玩儿似的，艳红色的指甲象征性地拨弄完了算盘，才抬头看向眼前付账的汉子，鲜艳的红唇轻启："你的灵石不够。"

大汉闻言，目瞪口呆，一开口却是娇滴滴的姑娘音："这么一大块灵石还不够？你这分明就是漫天要价，彻头彻尾的黑店！"

老板娘随手一清算盘，理直气壮地说道："你还真说对了，我这儿就是黑店，你进来的时候没看见外头的招牌吗？"

大汉怒气冲冲地去了外面，只见偌大的"黑店"二字歪歪扭扭地写在招布上，迎风飘扬，很是醒目。

他头痛地回来，伸手摸出小钱袋，极为肉痛地问道："还差多少？"

"再添二两。"

"吃一顿饭要这么多灵石，你怎么不直接去抢？你把我吃的东西一清二楚地给我写出来，我倒要看看你这灵石要在何处！"大汉气得唾沫星子直飞，手指头在案上死命地戳着。

客栈里头拼命吃饭的人纷纷扭过头来，作壁上观。

老板娘抹了一把脸，不屑地说道："既是黑店，价格自然是随心意定，哪儿有写明白的道理？"

大汉勃然大怒，拿着狼牙棒，猛地砸在了案上："我今日就砸了你这劳什子黑店，吃人不吐骨头也要看看自己有没有那个能耐！"

"怎么，想吃霸王餐，你有几条命？！"老板娘扭着水蛇腰，猛地往后一退，变成了一朵花，花茎极为粗壮，高高蹿起，直顶房梁，花朵大张，里头尽是唾液和锋利的牙齿，这是一朵食人花。

大汉也不甘示弱，挥起狼牙棒，张开大了四五倍的嘴，对着食人花尖厉地嘶吼。

二妖正准备开打，外头的街上一群人突然互殴起来。

"今儿这片是我来管，别给我闹出太大的事，有些精力旺盛的，可以现下出来发泄一下，别到了夜里又发癫，吵得妖睡不着觉。还有，打架的时候不要破坏公共财物，去空旷点儿的地方打，不然又要重新盖！哎，房顶上那两个浑蛋给我滚下来，那些全是瓦片叠的，脆得很，踩坏了我要你们两个的狗命，还不滚下来！"

外头巡逻的人是捕头打扮，拿着个半人高的大喇叭，脖子青筋暴起地吼着，极为费力地在管治安。

喇叭伴随着妖力，震耳欲聋，才这么几句话，便差不多让人聋了，内容也就不重要了，因为大家根本听不见。

客栈里头看热闹的人，当即抄起了家伙，热血沸腾地冲到了外头，不知道的还以为上战场抛头颅洒热血去了。

食人花见状，气急败坏："你们还没有付灵石呢，做妖这么没品啊？！"食人花破口大骂，扭着花茎往外头冲去，大汉当即拖着狼牙棒追了出去。

不过几句话工夫，偌大的客栈瞬间空了，只有锦瑟一人坐在客栈里头，慢悠悠地吃饭，待吃完之后，才起身去外头寻乐子。

她才走几步，客栈里突然静了下来，外头的喧闹声瞬间消失，仿佛有人在这里设了结界，无声的静谧过后，空中浮现似烟的黑雾，片刻后，一个人显现在面前。

一身暗绣繁复花纹的黑色衣袍，俊逸干净的面容，衬得黑衣不阴沉，看上去安静美好，这来人是个彻头彻尾的美人。

美人不分男女，眼前这个人无疑是美人中的翘楚。

锦瑟唇角微微弯起，笑盈盈地说道："你来啦？"

寂斐几步走到她面前，拉过了她的手，微微俯身，以自己的额贴向她的手背，行了一个亲昵而又恭敬的礼，才微微抬头看向她："恭迎你，我的王。"

锦瑟闻言笑了笑："你来得正好，我正闲得无趣呢，妖界可有什么新鲜事？"

"妖界无事，倒是天界有事，九重天已经将我们辛苦安插在其中的人全拔了出来，一个没留。"

上册

锦瑟倒不意外，那日收到他的信，心中已然有数，慢慢地笑了："不用担心，我拿到了恶灵，待到人界鬼节一至，恶灵孵化而出，人界便归我所有，我们妖界会成为六道先驱……"她伸出手，掌心慢慢浮起一颗流光溢彩的珠子，映得她的眉眼精致如画。

寂斐作了一揖："那么，寂斐在此先恭贺我的王成为六道之主。"

锦瑟眼睛弯弯，看起来像个就要得到玩具的小姑娘一般，神色天真烂漫。

寂斐俊逸的面上也露出了笑容，他伸手往外请道："宫中一切已经准备妥当，就等着迎你。"

锦瑟摆了摆手："不用了，过不了几日我便要回人界，不必如此麻烦。"

寂斐有些疑惑："那你这次回来可是有要事？"

锦瑟微微一顿，神色有些不自然，总不能说自己被一个玩具逼得落荒而逃吧。

她本是没有放在心上，还打算在凡间慢悠悠地逛，没想到沈甫亭这般有能耐，她隐了气息，他还能查到，硬生生将她逼得如一只丧家之犬四处逃窜，每每都险些被他抓到，那架势好像他要生吞了她。

她只得先逃回妖界，等他消停了再回去。

她一时难掩烦躁之意，只随口道了一句："惹上了些许麻烦，回来避避风头。"

寂斐闻言一顿，实在没想到会是这个理由。

毕竟锦瑟是个从来不怕麻烦的人，麻烦越大，她越兴奋，这次竟然沦落到要避一避的地步。显然事有蹊跷，他想了想，开口道："既如此，那我就在这里陪你几日，伺候你左右。"

"你现下是妖尊，可没有这么多时间浪费在这些小事上。我有小妖怪伺候着，你不必担心。"

"我会将事务都处理好，再来陪你。"寂斐坚持道。

锦瑟也不反对，反正不愿意管事。

翌日，寂斐便带着一笼五颜六色的小妖怪去寻锦瑟，有的已成人形，有的因妖力低微或露出尾巴，或钻出了耳朵。

寂斐刚到客栈，隐约间瞥见了一个人。他脚下一顿，当即瞬移，却发现什么都没有，刚才好像只是他产生的幻觉一般。

他心中微沉，快步进了客栈，寻着锦瑟的气息，穿过客栈去了一处荒僻的地方。

这里是集天地阴气之地，平时鲜少有妖敢来这里，是以极为空荡清静。

锦瑟静静地坐着，阴森森地盯着眼前黯然失色的珠子。

寂斐见她安然无恙，心慢慢地放了下来，行至她身旁，看向让她皱眉的珠子："恶灵怎么啦？"

锦瑟面色森然："这珠子倒是娇贵，还给我弄水土不服这一套，习惯了在人间，现下让它在妖界，便开始绝食了，喂它血都不吃。"她说着，想起了沈甫亭，越发恼怒，"果然和那个人一样难伺候！"

寂斐骤然听见这话，一时顿住，抬眼看向锦瑟。

往日她回来都会和他说些在外头的趣事，可这次回来，每日心不在焉，除了养珠子，便是一个人静静地坐着绣花，像丢了玩具的小姑娘一般，每天都不高兴。

他面色微微凝重，锦瑟已然收起了黯淡的珠子，拿过他手上的一笼小妖怪。

笼子里的小妖怪一只挨着一只地趴着，说圆不圆，说扁不扁，只有脚掌大小，毛色鲜艳，见她看来，一只只像个骄傲的小公主。

锦瑟见状，伸手乱揉了一通，小妖怪被破坏了辛苦弄出来的造型，很是生气，嗷地叫了一声，很是凶残地张嘴咬她，奈何生得幼小，连牙齿都是软的，咬上来连印子都没有，白蹭了一嘴口水。

锦瑟颇为坏心肠地将手背上的口水擦在它们的毛发上，彻底弄乱了它们的毛发，它们瞬间恼得嗷嗷直叫，瞪直眼睛，似乎要撕碎锦瑟。

锦瑟被逗笑了："这些毛球倒是有趣。"

寂斐见她欢喜，开口道："当初见了就知道你喜欢，特地给你抓来的，这些小妖野性难驯，爱乱跑，先关上几日，待知道了规矩再放出来。"

"难为你花了心思，我很喜欢。"锦瑟看着笼子里的小妖怪龇牙咧嘴的，很是满意。

寂斐思索再三，还是没有开口问心中的疑惑，毕竟锦瑟不喜欢太过探究她的人。

他想起刚才隐约看见的人，到底心头难安，开口交代了一句："我还有事情没处理完，先回去了，你自己要小心。"

锦瑟满意地点了点头："去吧！"对于寂斐，她自然是满意的，要不然忙成狗的就是她了……

锦瑟幽幽一笑，提着一笼子夯毛的小妖怪，慢悠悠地往客栈走去。

锦瑟才走了几步，就觉得周围太过安静，心口莫名感觉压抑，这种窒息感让她很熟悉。

远处客栈屋檐下不知何时静静地站着一个人，也不知他看了多久，檐下的阴影笼罩着他的上半身，遮掩了他的面容，存在感却依旧无法忽略。

锦瑟平和的情绪慢慢消失了，视线落在眼前那人的身上。

他通身贵气，龙凤玉佩雕刻得栩栩如生，坠在腰带下，在日光下泛着耀眼的光芒，成色独一无二。

古语有云，"有匪君子，如切如磋，如琢如磨"，可眼前这人就不一样了，只是表面看上去如玉般剔透温润，里头可是另外一个样子。

锦瑟这些时日避风头，显然深有体会，眉头微蹙，慢慢地停下脚步，一言不发地看着他。

沈甫亭缓缓从檐下踱过来，屋檐的阴影慢慢从他身上移开，显出了他如玉的面容，在日光下竟比身上那块玉佩还要耀眼夺目，真是一如既往地蛊惑人心。

他轻轻笑了："怎么不躲啦？"

锦瑟眼眸微转，唇角微扬："沈公子真是好有耐心，竟然追到妖界来了。"

沈甫亭的视线落在她的面上，他漫不经心地说道："你抱头鼠窜的样子让我想到了一种鼠类，不知好歹的玩意儿。"

锦瑟的眼眸里泛起了几分森然之色，显然不喜他的形容。

沈甫亭一步步走来，那压人之势越发明显，让人透不过气来，面上带着一丝淡淡的笑意，却莫名泛冷。

锦瑟还是头一次见到一个人笑起来的时候还能让人遍体生寒。

沈甫亭看她乖乖地站在原地，唇角的笑意越浓，似乎先前她的不告而别并没有让他放在心里，连同那几次险些被他抓到的威胁感都没有出现，平静得仿佛只是寻常会友。

锦瑟自然不会束手就擒，见他步步紧逼，手腕微转，拈起一根银针，面上却当作什么都不知道一般笑道："不知沈公子找我究竟有何事？追得这般紧，不知道的人还以为我怎么你了呢？"

她这般不以为然的样子，可真是叫人怒火中烧。

沈甫亭竟还笑出了声，似乎是第一次遇到这么有趣的事情："你这么快就忘了，我对你可是'念念不忘'！"他低低压下尾音，隐有咬牙切齿之意，说话间突然身影一移，猛然伸手抓来，直取她的脖颈，如同抓一只猫。

锦瑟早有准备，将手中的笼子猛地扔向他，自己快速一退，虚影闪过，瞬间出现在一处山坡上，居高临下地看着他。

她红衣鲜艳，衣上绣着繁复的花纹，五彩宝石镶嵌于腰际，随风扬起，仿若春花绽放。

笼子掉落在地，里头的小妖怪已经吓晕了。

前头突然浮现黑色的烟气，幻化成了一个人，是察觉不对去而复返的寂斐："仙帝大驾光临，有失远迎，还望恕罪。"

沈甫亭慢条斯理地收回手，看向寂斐，眼眸微眯。

寂斐神色凝重。他料到锦瑟闯的祸不会小，却没想到会是这样的大祸。

她竟然招惹了九重天上的那人，现下对方还追到妖界来了，也不知她到底做了什么，竟让他这般不依不饶。

锦瑟站在山坡上，眼睛弯弯，神色天真烂漫，像个小姑娘一般："你现下怎么这般没耐心，当初不是说要对我好一辈子吗？怎么几日不见，你便说话不算话啦？"

寂斐顿在了原地，转头看向锦瑟，神情复杂。

沈甫亭怎么可能看不出来？他眼眸微黯，玉面上看不出丝毫端倪，朝锦瑟伸出手："过来，我不罚你。"

寂斐的面色更沉，他看向沈甫亭，眼中暗含敌意："仙帝好大的能耐，单枪匹马就敢闯妖界，未免太不把我妖界放在眼里。"

沈甫亭波澜不惊，语调轻缓地说："内子贪玩，叨扰妖界，实属不该，改日会择天官另备大礼赔罪。"

寂斐闻言，一瞬间有些怔然，见锦瑟神色苦恼，显然就是苦于无法脱身。

寂斐心中了然，片刻便将情绪收敛干净，看向沈甫亭，微微笑起，似乎他说的话很奇怪："仙帝莫不是弄错了人？锦瑟乃是我宫中宠姬，一妖之下，万妖之上，性子自来娇惯贪玩，若是有什么地方生了误会，得罪仙帝，还望仙帝看在她年纪小的分上，原谅她。"

周围气氛骤然僵住，此处本就是阴冷至极的地方，现下更是有种让人不寒而栗的阴森感。

沈甫亭沉默良久，才缓缓轻吐出二字："宠姬？"

锦瑟抬眼看去，对上了他的视线，那眼中即便含着探究之意，也莫名叫人瘆得慌。

他真是一个可怕的好看男人，叫她又心痒又暗恨，有些不好下手。

"不错，我宫中除她以外，没有别的女人，我对她从来都是宠爱有加，想必仙帝也听说过，她闺名唤作锦瑟。"寂斐说着，笑着看向锦瑟："锦儿，过来见过沈仙帝，你不是一直打听他的事吗？现下人就在面前。"寂斐似乎对他们二人之间的

关系和暖昧气氛完全没有察觉，话语坦坦荡荡，无形之中透露着一种亲密感。

锦瑟下了山坡，往寂斐那边走去，模样天真，他说一句话她便过去了，看上去很是乖巧。

沈甫亭静静地看着她。

锦瑟显然没有别的法子避开沈甫亭了，毕竟以他刚才的做派，恐怕是不死不休的架势。她若是被他抓到，脱层皮那可都是轻的，若是寂斐能将沈甫亭这个大麻烦打发走，她自然是乐得全权交给寂斐处理。

她慢悠悠地走到寂斐身旁，道歉也没个道歉的样子，轻飘飘地说道："沈仙帝，先前多有得罪，还请你不要放在心上。这凡间的事是凡间的事，与我们仙妖二界自然是不一样的，往日那些事，你就当做了一场梦。"她像个蛊惑人心的妖姬，"梦醒了，人自然也就散了，我们也落个好聚好散。"

"好一个梦醒人散，我有生之年还从未受过这么大的屈辱，你以为你一句话就能推脱吗？"沈甫亭语气阴鸷，神色阴沉，显然不会这么轻易放过她。

锦瑟伸手轻绕发梢，神情天真烂漫，语气无辜："不然呢？"她的话在唇齿间一绕，面色不以为意，"难道你还真要我嫁给你不成？我们本来就是相互玩弄，你要你的乐子，我找我的乐子，各取所需，各有所得，到此为止，不是最好吗？"

身旁的寂斐看着锦瑟不语，眼中的神色若不细看，根本察觉不出来。

沈甫亭见状，眼中神情越发危险："到此为止也要我说了算，你以为你有机会选择？还不过来？"

"仙帝既然如此，那就不要怪我妖界不遵待客之道。"寂斐随手祭出一把剑，杀气腾腾，欲上前。

锦瑟伸手拦住他："沈甫亭，在凡间我没有杀你，已经算仁至义尽了，现下你还是不要与我为敌的好。"

沈甫亭何其敏锐，即便寂斐表现得再亲昵，可他们之间终究没有情人之间的那种亲密感，只这一个动作便让人看出他们二人之间的疏离，他们是上位者与下位者的关系。

他微微蹙眉，看了锦瑟半晌，忽而开口："你从一开始就知道我的身份？"

那自然是不可能的，锦瑟便是千想万想也不可能料到沈甫亭会下凡，甚至与她正面碰上，只是在知晓他要取十世善人的玲珑心后，隐约有了些猜测。

他邪仙出身，这种邪意与生俱来，无法消除，仙力越涨，邪意越盛，只能用至纯至善的玲珑心炼化为仙气才能避免走火入魔。

她那时虽还不能确定，但为了以防万一，自然是要将那颗心捏碎，能多添些乱子便多添些乱子。

可惜呀，这个玩具太有魅力了，叫她忍不住心馋，在地宫时又忍不住返回救了他。不过她倒是不后悔，后头和他在一块儿确实甜蜜有趣。

她本就是随心所欲的性子，只要他能让她欢喜，那就是好玩具。可如今，他显然已经不能被称为好玩具了……

她盈盈一笑："没错，玲珑心是我故意捏碎的，我就是想看你走火入魔，变成仙不仙、魔不魔的怪物。"

沈甫亭长睫微微垂着，面无表情地听完了她说的话，薄唇轻启，淡淡地说了一句话："所以我于你而言是什么呢，锦瑟？"

他的声音很好听，低沉悦耳，说她的名字时隐隐似叹息，有一种莫名的缠绵之意，可下头藏着的是波涛汹涌的危险气息。

锦瑟轻轻笑起，笑声如银铃轻晃一般悦耳，如同一个天真的小姑娘，语气揶揄，很是招人恨："你呀，于我而言大抵就是一个有趣的玩具，可有可无，可丢可弃，我玩腻了就要丢掉的东西。"

所以他不过是她闲来无事逗弄的玩具，而陶铈才是她喜欢的人。她送了五百年的寿命给陶铈，不就是为了等着和陶铈在一起？

从头到尾，他都是玩具，甚至比不过一个凡人。亵玩九重天上的帝王，对帝王来说，何止是奇耻大辱，她简直是彻底践踏他的尊严！

沈甫亭瞬间脸色阴冷，眼中的戾气极为明显，却平静地说道："你喜欢陶铈，而非我？"

锦瑟闻言一顿，没想到他会提起陶铈，这事于她来说太久远了，加之她和沈甫亭甜蜜过后，和陶铈那段关系更像是上辈子的事情，早就在她这儿被揭过了。

她有些没反应过来，可在旁人看来，就像是提到了心上人，有些怔然，只有真正在心里留下了烙印，她才有这般反应。

"反正不会是你。"锦瑟见他死死地盯着自己，心中很是不悦，轻飘飘地答道。

眨眼之间，一股劲风突然袭来，这可怕的力道轻易就能将人撕碎。

锦瑟反应极快，身影虚现，自己已跃至半空。

寂斐一剑挡过去，正面迎上："仙帝未免太过自信，闯我妖界，伤我妖姬，今日便让你有来无回，如何？"

沈甫亭眼中泛起冷意，十数里之外都能感觉到他可怕的气势。他手中慢慢现出了一柄剑，通身散发着仙气，锋利的剑身上闪过道道耀眼的光芒。

他微微扬起薄唇，面上竟然露出一丝笑："那就都不要走，妖界辱我，用血

上册

257

来偿！"

锦瑟黛眉狠狠一蹙："沈甫亭，我看在往日情面上留你一命，你最好不要得寸进尺，这里是妖界，你的胜算可不大呢！"

"大不大，比了才知道。"他说话间上前一剑劈向寂斐，二人剑身碰撞，发出刺耳的撞击声。

他一剑劈下，越过寂斐，腾空而起，猛然向锦瑟袭来，打的是生擒锦瑟的主意。

锦瑟一扬衣袖，无数绣花针带着色彩鲜艳的绣花线，冲向沈甫亭，身后的寂斐快速袭来，进行前后夹击。

沈甫亭翻身而起，剑影重叠，化作无数剑刃，带着凛冽的仙气击开了绣花针，四溢的仙力震得周围的小山坡瞬间裂开，犹如地龙翻腾。

沈甫亭手腕轻转，一剑劈过身后的寂斐后，带着巨大的气流又向她袭来。

"你不仁，就不要怪我不义！"锦瑟瞬间眼眸鲜红，伸手为掌，掌心中一股红色的火焰瞬间变大，猛然向他袭去。

巨大的气流猛然相撞，如波浪一般涌向四周，震得地动山摇，仿佛天都要塌了。

锦瑟被掀出数米，脑中一片空白，险些没站住，三个人都受了不小的伤。

这般蛮斗，妖界恐怕都会被他掀了。她心中微微一沉，暗恼应该在凡间就把烫手山芋解决了，现下倒是进退不得、棘手至极。

她不怕鱼死网破，可现下大功将成，又怎能在这关键时刻功亏一篑？！

她心中思绪千回百转，可也不过是一瞬间的事，便给寂斐递了一个眼色。

二人有多年的默契，一个眼神就能轻易了解对方心中的想法，寂斐自然不会继续缠斗，与她配合越发有默契，一攻一收，皆有章法。

沈甫亭本就怒上心头，看他们这般更是怒意翻腾，下手极为狠辣，几乎不给人留余地，锦瑟每一次都在剑影之间与死神擦身而过。

高手过招，招招致命，三个人的处境都凶险万分。

一个偷龙转凤的招数使过，寂斐快速上前接了沈甫亭的一招，锦瑟瞬移退去，祭出了手中的珠子，猛然伸掌击去。

电光石火之间，四股法力相撞，引出一阵极大的光芒，激得人眼都睁不开，光芒伤人在瞬间，法力猛然震荡向周围。

没有东西能快过光。

沈甫亭被骤然一击，猛退数步，唇角溢出血迹，他甩袖挥开眼前的白烟，但二人已经不见了踪影。

天际传来声音："只要我想走，你永远也抓不到我，谁胜谁负，还没有定数呢！"

沈甫亭眼神深沉，一剑劈下，地面上瞬间裂出一道深渊。他咬牙切齿，声音尽透杀意："竟敢拿我的东西对付我！"

京都皇城之外，高台搭起，下头无数百姓观摩。场内官兵无数，戒备森严，闲杂人等一律不得入内。

边疆久不落雨，又是连年战火不休，早已生灵涂炭，隐有大旱将至的兆头。

今日是黄道吉日，天子祭天求雨，京都贵人全在这里，瞻仰天子风姿。

纪姝跟着家中姐妹一道下了马车。这千载难逢的场面极为盛大，无数闺秀都在这个时机出来，连带打扮都有一番讲究，既要低调，又要在人群中脱颖而出，实属女儿家的大难事。

纪姝将这个度把握得极好，让人眼前一亮的同时，又不太过争鲜斗艳，惹人不喜，方寸拿捏得很好。

葛画禀远远就瞧见了纪姝，与一众贵家子弟穿过人群往这边走来，与她们一众姐妹见礼。

葛画禀带头张罗了一番，看向纪姝的眼神带着些许暖意。

这些日子，葛画禀与纪家兄长极为交好，时常也能看到纪姝，二人比往日亲密了许多。

"纪妹妹，里头是不能再进去了，我们先前得了一个好位置，你们随我来。"葛画禀在京都可有一番大名头，先不说葛老的大名，便是他自己也是一表人才，加之家世显赫，可是京都闺秀的良婿人选。

如今他当面与纪姝交好，可是惹了不少人侧目。纪姝从善如流，礼数极为周到，迎过一众姐妹，在一众贵家子面前给足了面子，瞬间减弱了众人的敌意。

今日是鬼节，本不宜出门，可国师算到了今日乃是百年难逢的吉日，天时地利人和，求雨便定在了今日，众人各就各位后，好时辰便也到了。

人群瞬间安静，皆不敢喧哗，满场都是紧张、肃穆的气氛，莫名引人兴奋。

天子着明黄色的衣袍，头戴冠冕，往高台上走去，身后一品官员随行。

礼乐响彻四周，礼官端着的托盘上并列摆着三炷大香。

天子接过点燃的香，举过头顶，恭敬地拜上三拜："今日祈雨，望诸天神仙听得朕愿，边疆大旱将至，民不聊生，求天赐雨，落下生机。"

众人皆屏息，心中暗暗期盼。

几息之间，天空竟然阴了下来，再不见艳阳，甚至有一种阴森恐怖之感。

这番情形令人心中震撼，这才求雨，老天爷便要下雨，边疆想来也是这般情形，一时间人心振奋。

人群中欢呼雀跃声渐起，却见一人凌空掠来，立在半空中，随风上下微微沉浮，鲜艳夺目的红色轻纱衣裙随风飘扬，如一滴红墨落入水中。

一片惊呼声从人群中发出，纪姝瞬间顿住。

葛画凛猛然上前一步，见果然是锦瑟，大惊失色："锦瑟！"他声音极低，她这般在圣驾之前放肆，谁敢和她牵扯上关系？这可是株连九族的大罪！

官兵瞬间围上了高台，护住皇帝，难以置信地看着浮在半空中的女子。

她身上没有任何悬吊之物，却能在空中翩然浮沉，便是绝顶武林高手也不可能如此！

贵家子中发出一声惊呼，显然有人认出了锦瑟就是那日水榭之上的女子。

皇帝到底是皇帝，见到这般诡异的景象，竟没有半丝慌乱之色。

年迈的丞相上前一步，开口喝道："你是何人，竟敢扰乱圣驾？！"

"祈天求地，不如拜我，我才是你们的王。"锦瑟居高临下地俯视他们，如同看蝼蚁一般。

人群中发出一阵骚动，场面开始有些混乱。

丞相大怒："大胆，还不拿下此人！"

严阵以待的弓箭手飞快地射出了手中的箭，准头极好，箭箭直冲锦瑟的命门，眨眼间就能将人射成刺猬。

锦瑟一挥衣袖，那些弓箭便全化作烟尘，随风撒落，迷了人的眼，空中出现了许多人，姿态恭恭敬敬。

寂斐带着众妖，恭敬地俯身："恭喜我们的王，得人界傀儡无数。"

官兵当即护着皇帝往台下退去，快速逃离，不过行了几步之远，皇帝便被看不见的东西凭空拎起，高高悬在空中。

"皇上！"官员腿都在颤抖，乱成了一锅粥。

"妖！是妖物！大家快逃命啊！"有人这才反应过来，惊叫连连，四处逃窜，却因为人多拥挤而无法离开半步。

年轻的帝王面色苍白，声音已然发颤："何方妖物，竟敢在朕面前作祟，还不现出原形？！"

真龙天子，龙气护身，皇城更是妖物近不得，可对锦瑟来说，这里是养珠子最好的地方。

"不要怕，我是'好人'，这出好戏刚开场，就先拿你做个彩头吧！"锦瑟慢悠悠地道了一句，衣袖轻挥，空中浮起一颗流光溢彩的珠子。

天地瞬间一暗，厚厚的云层中数道暗红色的闪电流动，发出巨响。

可怕的天象吓得人惊声尖叫，四下逃窜，却被出现在周围的妖物吓得魂飞魄散，晕的晕，疯的疯，巨大的恐慌感笼罩而下，官兵亦慌乱逃窜，这里就像人间炼狱。

被挤得没入人群中的纪姝惊愕失色，难以置信地抓住身旁的葛画禀，声音都有了几分尖厉之意："她究竟是什么？！"

葛画禀根本无法从眼前的震撼场景中反应过来，手臂上一阵疼痛，纪姝的指甲已经嵌进了他的肉里，才提醒他看到的是真实的。

葛画禀心头惊涛骇浪涌过，实在无法想象这是当初和他们一路行来的锦瑟，脑中闪过初见时的血腥场面。毋庸置疑，那些横死的山匪就是死于她之手！

他一时心头大骇，寒意从脚底直蹿头顶，背脊阵阵发凉。

天际那颗流光溢彩的珠子慢慢散出力量，巨大的黑色阴影从珠子里面浮出，几乎笼罩着整个京都，暗红色的闪电透过黑影，仿佛贴着头皮闪过，极为可怕。

皇宫正阳之位，巨大的龙气直往上蹿，尽数被黑色的阴影吞噬，阴影慢慢涨大。

锦瑟不顾下头慌乱逃窜、哭喊害怕的人群，俯视着阴影，笑吟吟地说："要怪就只能怪你们求的神仙，他若是不与我作对，我或许还会勉强给你们一条活路，可惜了。不过你们不用担心，虽然你们死了，但是你们的身体会永远活下去。"

她看上去像一个不谙世事的小姑娘，可是说的话与她的天真烂漫样子完全不符，叫人心头发寒。

阴影快速往四周蔓延，天际慢慢陷入黑暗之中。

无数阳气从人群中往上空飘去，被黑影吸进去，人群惊走逃窜，可无论逃到何处，都没有避身之所，即便是千里之外的人，依旧能感受到自己的生命如流沙一般飞快流逝。

纪姝害怕到了极点，慢慢看着自己死去是何等可怕。她没有想过自己会死，从来没有想过！

她再也经受不住恐惧感，往前冲去，带着哭腔高声求道："锦瑟姑娘可否饶我一命？！"纪姝花尽所有的力气，声音却轻易被淹没在了嘈杂的人群中。

"小心！"葛画禀忙上前拉住纪姝。

突然，一道光亮自远处掠来，瞬间笼罩在他们的头顶上，形成一个透明的罩子，巨大的光亮直冲向上，引得那巨大的黑影瞬间一收，珠子开始剧烈震动。

须臾，一道凛冽的光横空掠来，周围的房屋被剑光带过的凛冽仙气掀翻。

锦瑟眼眸中闪过一丝诡异的红色，她抬手出招，看不见的气流相互冲撞，砰的一声发出巨响，震耳欲聋。

剑光波及面极广，让人无处闪避，身后巨大的皇宫眨眼间被夷平了大片。

笼罩天际的黑色阴影瞬间被劈成了两截，珠子发出震耳欲聋的尖厉声，半截阴影随烟云消散，整个天际亮了一半，只余锦瑟这里黑云压顶。黑与白界限分明，水火不容。

纪姝吓得面色惨白，惊恐不已，好在有葛画禀护着，否则早被人群踏成了肉饼。他看着锦瑟，身子僵硬。

众人惊恐到了极点，撕心裂肺地尖叫、哭喊，期望有神仙能救他们。

锦瑟瞬间神色阴沉，看着不远处的空中，眼神诡异："仙帝来了，怎么不出来见见我？"

一人从天际现身，身姿快成虚影，衣摆轻扬，一阵风过，他擒过空中高高浮着的年轻皇帝，一道落到地面上。

皇帝一落地，便腿软地坐到了地上，再无帝王家的威仪，而沈甫亭看见这人间乱象，依旧八风不动，波澜不惊。

帝王之间亦有区别。

葛画禀瞬间顿在了原地："沈……沈兄，你们……"

纪姝更是惊愕，喃喃道："沈公子……"

可无人替他们解答疑惑，远处的锦瑟居高临下，面前的沈甫亭高深莫测，与他们根本不是一个世界的人。

纪姝看着沈甫亭，心头大震，懊悔莫及的同时，头一次感到自己的愚蠢和渺小。她在心中估价算计，自以为是，却不知自己在他们眼里恐怕就是个跳梁小丑……

锦瑟根本没看见人群中的葛画禀和纪姝，密密麻麻的人看得她眼睛都花了，不过沈甫亭很醒目，她看着他，盈盈笑起："沈仙帝，你来得好快，好戏都还没开场呢。"

沈甫亭眼神阴鸷："我给你的东西，你就是这样用的吗？"他语气平静，可越平静，意味着锦瑟的所作所为越严重。

寂斐神情微沉。他明明已经在妖界布下了障眼法，没想到沈甫亭这么快就追了过来，心中越发想要除掉沈甫亭。

锦瑟衣裙飘扬，随风浮沉，言辞嘲讽："这些凡人如同蝼蚁，留着也无用，你又何必为了他们与我为敌？"

"仙帝是九重天上的神仙，为了这些凡人，伤了仙妖二界的和气，多不值得？你敬我妖界三分，我们妖界敬你三分，何乐而不为？"寂斐和气地劝道。

他们这个时候与沈甫亭强行对上，实在是不妥。他若不是实力强大，又怎么可能成为九重天头一个被尊为仙帝的人？他们不能不谨慎对待。

锦瑟却不以为意，现下他们已经在人界，地方毁了便毁了，她无所谓，更何况他体内的邪气还未除尽，保不齐什么时候就发作了。他们谈得拢便谈，若是谈不拢，她也有胜算。

彼时天际出现了诸多天兵，重重叠叠，根本看不到尽头。

锦瑟自然明白他的意思，脾气上来，冷哼一声："敬酒不吃吃罚酒，好，那我们就比一比，看是我毁得快，还是你救得快！"她说话间，伸手祭出了绣花线，火光顺着绣花线无限蔓延，烧毁了一片建筑，直冲人间皇帝的眉心，取其真龙天子之气。

皇帝面露骇然神色，眼睁睁地看着火光直冲向自己，吓得发不出声音。

火光靠近，沈甫亭一挥衣袖，将他甩到了后头，将后头拥来、嚷着神仙救命的人群生生推到了数里之外，那些人才没被锦瑟的火线烧着。

"扰乱六道秩序，杀。"沈甫亭面上凛冽锋芒毕露，语气淡淡的，但透着杀意。

此话一出，天兵天将瞬间袭来，迎上了众妖。

"你想法子把恶灵孵化出来，我去引开他。"锦瑟快速对寂斐说完，便以肉眼看不见的速度迅速往上掠去，透过重重黑雾，迎上了沈甫亭。

一道光亮不留情面地袭向锦瑟，身旁的黑影被打散了，耳旁竟是珠子传来的痛苦嘶吼之声。他真是好算计，故意在这里打，每一击都带着摧毁一切的力量。不过，只要留得一丝人气，珠子就可以重新孵化，这么大一团黑影，随便他怎么打都不可能完全消失。

她本来就不是好性子，下的都是死手，比沈甫亭还要狠。

巨大的黑影被打成了一团一团的分散开来，珠子一阵阵发抖，里头的血源源不断地滴滴落下。

寂斐快速没入黑影之中，静待时机。

锦瑟伸手袭去，妖力挡住沈甫亭的剑势，只觉他力不从心，想起他体内的邪意，不由得幽幽一笑："沈甫亭，你这个仙帝也到头了，不如趁此换人？"

上

册

沈甫亭冷笑一声："你可真是心大，莫不是想做六道之主？"

锦瑟祭出手中的绣花线，快速相互缠绕，形成了一把色彩鲜艳的剑，轻巧却锋利。她轻轻一抬，挡下了他的一剑。

她唇角一弯，露出盈盈的笑意，表情天真中带着无可比拟的自信："难道你觉得我不行吗？"剑身的锋利光芒带着仙气一闪而过，映出她精致如画的眉眼。

沈甫亭的视线落在她鲜艳的唇瓣上，眼神莫名深沉。待察觉自己分神，他忽而眉头紧蹙："不行！"说话间，他的招式越发凌厉，攻击连续不断，打得锦瑟连连后退，每一招他都说一句。

"刚愎自用，任性蛮横，是为不慧！"

"功可滥赏，罪可滥罚，是为不明！"

"唯我独尊，随心所欲，是为不当！"

他的最后一击带着雷霆之怒，打得锦瑟手腕微颤，身形落下了些许。

沈甫亭神色淡淡的，言辞轻鄙："散沙永远是散沙，你妖力再高又如何？就算你爬上了六道之主之位，还是一盘散沙。"

锦瑟被他一句句道出缺点，心中恼怒至极，眼眸瞬间变得鲜红，猛然祭出巨大的妖力。

晴空万里的天际瞬间掀起了看不见的惊涛骇浪，烟云骤散，成排的房屋、城楼瞬间被夷为平地，摧毁之势还在以肉眼可见的速度蔓延，势不可当。

沈甫亭唇角微不可见地一扬，瞬间后退，凌空悬于天际，手中的剑幻化成数道光击去，却在中途猛然转变方向，集成一道飞向京都正上方的珠子。

寂斐当即上前挡下攻势，没料到沈甫亭这般胆大，连自身都不顾，由剑带着他的九成仙力直冲向珠子。

珠子轰的一声巨响，在阳光下碎成了粉末，随风飘散，巨大的能量瞬间消散，连带着寂斐也被生生掀了出去。

黑色的阴影一团团往上，分别往七个方向飞去，似在逃命。

沈甫亭灭了恶灵的能量场，无可避免地被锦瑟的妖力波及，伤及肺腑，瞬间从空中落下。

"君主！"一众仙者大惊，当即往这边飞来。

锦瑟见珠子被毁，才意识到他哪儿是什么力不从心，分明就是故意骗她！

她顿时怒意滔天，察觉他的气息快断了，当即飞落下来，直奔向沈甫亭，抓住一切机会要除掉这个阴险狡诈的东西！

沈甫亭紧闭的双眼忽而睁开，眼神清明，伸手握住了她刺来的剑，完全不顾剑身的火焰，提掌袭来。

锦瑟瞳孔骤收，还未反应过来，便被他一掌击中，瞬间往上飞出数米，胸口剧烈震荡，那可怕的仙力直冲体内，蔓延至四肢。她一瞬间知觉尽失，眼前猛然变黑。

她整个人如折翼的鸟儿下落，片刻间便落入一个人的怀抱里，熟悉的檀香萦绕周身。

她微微睁眼，正对上他的视线。他神色平静，唇角鲜红的血衬得玉面更加白皙。

他气息断断续续，显然是生生折断自己的大半气息来对付自己！锦瑟心头大震，这人好生阴狠毒辣，连自己都可以当作工具毁之诱敌。

锦瑟感觉一股腥甜之气涌上喉头，怒不可遏："卑鄙！"

沈甫亭眼中隐透一丝古怪神色，似是笑意，又淡得似是她看错了，叫她莫名浑身发冷。

"君主！"匹相与一众仙者拥来，眼前落下的二人却在眨眼之间凭空消失，连气息都无从察觉。

一时间，仙、妖皆混乱至极，如无头苍蝇，方寸大乱。

锦瑟只感觉眼前一晃，周围的景象瞬间变换，所有的嘈杂和混乱场景全消失不见，只余一片寂静和荒凉景色。

这是荒郊野岭，什么都没有。

沈甫亭抱着她到了这里，气息已经彻底乱了，体内邪气卷土重来。他感觉一阵天旋地转，猛然跪倒在地，连带着她一道摔倒。

锦瑟突然着地，倒没摔着，只是被他压得险些断了气，喉头泛起的血瞬间从嘴角淌了出来。她一时心头大怒，费尽力气才推开压在身上的沈甫亭，手脚并用地从他怀里爬出来。

她爬出些许距离，转头看去，面上隐露阴毒之色。

他面色惨白，坐着似乎都很难，看上去极为虚弱，她若是这个时候动手，显然可以将他一击毙命。

可惜一朝被蛇咬，十年怕井绳，刚才被他算计了，她现下少不得要谨慎些。

刚才那一击若是再重一些，她早已归西，如今五脏六腑皆被震伤，四肢一阵阵发麻，再也冒不得险。他若是再使诈，那死的必然是她。

锦瑟想着，往前爬去，纤细的脚踝忽然被他一把抓住往后拽去。

锦瑟回头看去，他面上神情很淡，手上如同拖一只小兔儿般轻巧。

"给本尊放手！"她心头大怒，猛地翻身，欲挣开他的手。

"还敢放肆？"沈甫亭眼睛微眯，换了一只手，像枷锁一般扣着她的脚踝，猛地将她拉回。

好不容易脱离一段距离，却轻易被拉了回去，锦瑟当即借机一脚踹上了他的胸口，力道极为阴狠。

沈甫亭生生一顿，体内邪气一阵猛烈搅动，嘴角的血流出更多，额角青筋隐现，他瞬间松开了手。

锦瑟当即往前爬去，随后施展妖力往上飞去，腾空之后，突然失力，猛然落下，狠狠地栽在地上，白惹了一身疼。

她神情一怔，反应极快地看向自己的手指，细白的指尖隐隐泛着微弱的白光，竟然是困妖索，他什么时候下的？！

她猛地转头看去，正对上沈甫亭阴沉的视线。即便这样难受，他还死死盯着她，如盯着猎物的猛兽，蓄势待发。一旦被他抓住，她定难以活命。

她心中一凛，越发下了决心，她此生定要除掉沈甫亭这个棘手的东西！

"沈甫亭，我们走着瞧，我一定会让你后悔今日和我作对！"她面色阴冷地放了句狠话，不再恋战，转身头也不回地往丛林深处跑去。

沈甫亭看着她疾步离去，神情越发阴鸷，暴戾之意隐现。

树木高耸入云，上头层层叠叠的树叶遮着，林子里头跟黑夜无异，即便是白天，也透着阴气。

锦瑟跑得很吃力，安静的林子里全是她的喘息声，周围的树木快速后退，一种紧张压抑感引人窒息。

她还没跑几步，身后便传来了动静，几乎眨眼间那人就要追上她。

锦瑟心中猛然一震，感觉到身后的人越追越近，头皮一阵发麻，当即使尽全身力气往前跑，一边跑，一边吹起嘹亮的口哨。

哨音随着妖力响彻整个荒野，但她的速度因为困妖索的发作而慢了下来，瞬间便被身后追赶来的人扑倒在地，震得她五脏六腑又是一阵疼痛，又吐了一口血。

她心头大恨，一瞬间已经想了一百种折磨沈甫亭的酷刑。

沈甫亭显然也是恼怒至极，死死压在她的身上，大手扣住她的后颈，像摁一只猫儿似的，语气阴冷："还想跑！"

锦瑟牙都咬碎了，横得不行："跑？我脑子里可没有这个字，你有本事就在这里等着，待我缓过来，我们再比！"

沈甫亭轻嗤一声，体内邪气肆虐，呼吸极重，靠近她耳旁用力一咬："真会使心眼儿，想拖延时间等人来？可惜他不会找来。"那温热的气息喷在她的耳畔，炙热无比，可是他的话让她心头发凉。

"啊！"锦瑟娇嫩的耳朵被咬疼了，她又被说中了心思，心头越发恼恨。

公子矜聚

丹青手 著

下册

长江出版社
CHANGJIANGPRESS

第十一章
卑鄙

一声哨鸣从天际遥遥传来，是寂斐！

沈甫亭眉头紧紧一皱，这人果然有几分本事！

锦瑟心头大喜，面上不动声色，忙去破沈甫亭压制在自己身上的困妖索，让自己的气息方便被寂斐追寻。

压着她的沈甫亭半晌没动静，片刻后，忽然靠近她，语调轻缓，却带着危险："你以为我会让他找到你吗？"

锦瑟骤然一顿，沈甫亭突然起身，一把拽起她，往另一边扯去。

锦瑟身子后仰，却抵不住他的力气，被拉着一道往前走。

她再也无暇顾及困妖索的反噬之力，身子猛然前倾，翻身提掌，巨大的妖力袭向他的胸膛。

沈甫亭早有准备，抬手抵挡，磅礴的仙气却邪门至极，与妖力相冲，周围气波震荡，凛冽的气波向四周散去，树木尽数被拦腰折断，地面瞬间塌陷了一大片。

锦瑟被气波击飞数米，重心一失，猛地掉落洞穴中，结结实实地摔在地上，痛得她倒吸一口凉气。

过了许久，她才缓过劲来，环顾四周，才发现这是一个洞穴，一片漆黑。

而外头寂斐的哨音已经越来越远，即便他找来，也救不了现下的她，她只能

破罐子破摔。

四周极为寂静，没有一点儿声音，她等了一会儿，发现沈甫亭还是没有动静，所能看见的地方都是黑暗的，根本无法摸清他的位置，危险感无处不在。

刚才她已经探到他邪气发作了，这个时机可是千载难逢！

她慢慢地站起身，语气带着几分阴沉，在这冰冷的洞穴里头，阴恻恻地说："沈甫亭你让我走，我也放你一马，咱们以后井水不犯河水，岂不更好？何必互相残杀？"

周围静悄悄的，只余她的回音。

她等了半晌，黛眉微蹙，一步步走进黑暗，话语带着笑意，显得极为和善："你在哪里，不出来和我说话吗？"

她说话间，眼眸微微流转，在黑暗中探查，语气带着甜蜜："我一直喜欢你，从第一眼看见你的时候，就喜欢你了……"

黑暗里依旧没有动静，她心头隐隐不耐烦，软的不行，自然是来硬的："沈甫亭，你是不是怕啦？没关系，我会找到你的，你知道我最喜欢你什么吗？就是你的这身皮囊，待我找到了你……"

她像一个蛇蝎美人，甜美的声音在这阴寒安静的洞穴之中越发瘆人。

锦瑟终于摸到了些许气息，当即伸手为爪袭向那里，却抓了个空。

她身侧突然站着一个人，平静地说道："你在找我？"

锦瑟瞬间眼眸血红，当即使出十分妖力向他击去，另一侧却猛然有一股凛冽的力道袭来。她猛然被击飞出去，狠狠地撞到了石壁之上，掉落下来，口中血流不止。

周围全是血符，她被照得生不如死，在地上翻滚不休："啊！"

几息之后，血符才慢慢淡去。

锦瑟的衣服已被冷汗浸湿，她瘫软在地，这一回再也爬不起来，连手指都抬不起来了。

沈甫亭从黑暗中慢慢走出来，也是一身重伤，不过他显然比她狠，痛成这样还能面无表情，即便吃力，还是一步步朝她走来。

锦瑟躺着，刚好可以看见他面无表情的模样，头一次感到心头发凉。

他还能走，她却不能，败局已经注定。

"不要过来……"她一点点往后退，想要远离他，可惜并没有用，他已经走到了她面前。

他面色惨白，连唇瓣都失了血色，额间密密的汗珠浸湿了鬓角，可攻击性依旧不容忽视。他缓缓地在她身旁坐下，竟还微微笑了："你刚才在找我？"

他笑得好看，却叫锦瑟通体发寒，她无力说话。

沈甫亭看上去显然有些不对劲儿，视线微微抬起，不知在看什么，开口却波澜不惊，温柔得不像话："我看你不是在找我，是在找死。"

他慢慢地伸过手来，白皙的手指抚上她的面颊，手背暴起的青筋显示他现下的气息有多不稳定："可惜我舍不得你死，又不可能放你走。我想，在我不清醒的时候，你还是先在这里好好睡上一觉吧。"

锦瑟自然知道他的意思，刚才那些血符都是封印的前兆。

他手上冰凉的触感让锦瑟微微发冷，她不怕死，却怕被关着，微微睁大眼眸："不要……不要封印我……"

她说话间，沈甫亭已然俯身过来，伸手穿过她的肩膀扶起了她："我刚才发现了一个适合睡觉的好地方，带你去看看。"他气息有些紊乱，一字一句都极为费力，却还要死命跟她纠缠，真是病得不轻！

锦瑟身体软绵绵的，心中怕到了极点，凶狠地瞪着他："你要是敢封印我，我一定会让你尝到后悔的滋味。"

沈甫亭冷笑一声，手穿过了她的膝盖弯，咬牙将她一把抱起，步履艰难地往黑暗之中走去。

黑暗尽头是一个巨大的墓穴，正中间摆着一具金丝楠木棺材，棺材盖已经打开了，里头是琳琅满目的陪葬品，显然这是一个衣冠冢。

锦瑟察觉他的意图，心中瞬间一悚，果不其然，他已经一步步往棺材走去。

锦瑟的语气有了变化，她像一个无法无天的小魔王真的知道错了一般说道："沈甫亭，不要，不要这样对我，我们往日这么要好，你就不能看在往日的情分上……"

沈甫亭神色越发冷漠，默然不语，抱着她走到棺材旁，将她微微抬起，往棺材里放。

锦瑟见他面无表情，当即使尽全身力气抱住了他的脖颈，贴上他的面庞轻蹭，很是乖巧，眼睫一眨，瞬间掉了几颗金豆子，看上去很是可怜："你不要封印我，我会让众妖把凡间修复的，保证恢复到原来的样子……"

她乖乖的模样像一只小奶猫，依偎着人软绵绵地撒娇的时候，即便是做了大错事，也让人不忍心责罚。

可她装得再可怜也没有用，沈甫亭根本不为所动，依旧将她往棺材里放。

下册

　　锦瑟坐在棺材里头，心中越发怕了，死死抱住他的脖颈，不愿意放手，金豆子掉得越发多了，声音带着哭腔，娇得可怜："不要，沈甫亭，我错了，我不要在这里。"她气息弱，声音都娇娇弱弱的，听得人很是心疼。

　　沈甫亭由着她抱住蹭了一会儿，低头看向她，视线落在她白皙的小脸和微微泛红的小巧鼻尖上。

　　锦瑟见有用，装得越发可怜，沈甫亭低头靠近，鼻尖与她细嫩的面颊亲蹭，语气却毫不留情："好好静思悔改，想明白自己的错处……"

　　锦瑟心口一慌，正要开口说话，他已然伸手遮住了她的眼睛。她的视线一片黑暗，他淡漠的神情还在她的脑海中。不过一瞬之间，她的意识慢慢变得混沌，随后整个人彻底陷入了黑暗之中。

　　沈甫亭将她放入棺材之中，在指腹上划出一道血痕，点在她的额间，留下一抹血迹，片刻后，鲜艳的血慢慢没入了她的额间。

　　他脚下一个踉跄，险些没站住，体内早已如同钢刀在绞，按着棺材边缘的手已经发白，青筋暴起，痛得他汗如雨下。

　　待稍微缓过劲儿，他当即疾步往外走去，身后的棺材盖瞬间旋起，牢牢地盖在了棺材之上，缝隙之中闪过一丝光芒，片刻后，再无一丝气息。

　　沈甫亭疾步出了墓穴，碰上迎面而来的匹献："君主，您可安好？"

　　沈甫亭伸手一拦，强压下体内肆虐的邪气，勉力施展仙法。

　　须臾，眼前巨大的凹陷慢慢恢复，折断的树木瞬间长成了参天大树。

　　一道字符封印而下，泛着血色，片刻之间没入黑暗之中，似一道枷锁。

　　沈甫亭体内一阵翻涌，他猛然喷了一口鲜血，再也撑不住，失去了意识。

　　匹献吓得魂飞魄散，当即上前扶住他："君主！"

　　可是，回答他的是一片寂静，沈甫亭早已双目紧闭，陷入昏迷中。

　　匹献甚至没能感觉到他的气息，神仙没有气息，就形同死人。

　　匹献心中大骇，看向自家君主的手，果然见掌心的黑线已经到了指尖，这是无力回天了！

　　匹献腿一软，猛地跌坐在地，面色惨白至极："君主！"

　　一晃千年过去，荒山野岭变化无数，重重叠叠的树木早已消失不见，可这一处依旧荒凉。

　　比起往日的荒凉，此处甚至更添几分寂静阴森，杂草丛生，到处都是凄凉之景，这里是出了名的乱葬岗，方圆百里内没有一丝生气，唯有鬼泣声声不歇。

这里还有一个地方是最荒凉的，就是这里最气派的坟头，里头躺着一个人。她躺了千年，容颜不改，连身上的红衣裳都没有一丝破旧迹象。

乱葬岗一旦成为乱葬岗，便不会再有改变，凡人都觉死人晦气，根本不会来此。

冤死的鬼魂越来越多，而墓穴里沉睡的美人醒了过来。

锦瑟微微一顿，混沌的大脑终于清晰起来。

沈甫亭这个畜生，竟然真的封印了她，待她出去后，一定要他血债血偿！可惜她出不去！她一时怒不可遏，在墓穴里一顿狂轰滥炸。

整个乱葬岗的震动持续了好几日。

锦瑟在这里叫天天不应、叫地地不灵，对沈甫亭可谓是恨之入骨，恼得每日去墙上刻他的名字，天天换着法子诅咒他！她发誓出去一定让他生不如死！可是她终究熬不过时间，千年过去，她就累了。

她已经想了数万种折磨沈甫亭的法子，墙上也早已花得刻不上他的名字，全变成了模糊重叠的划痕，看上去颇有古旧的美感。

连诅咒的话也没了新意，沈甫亭这个名字都已经让她念吐了，她便是连做梦都会喊他的名字。

又过了一千年，锦瑟终于开始放下仇恨，认真琢磨出去的法子。但是，她苦心孤诣，琢磨了一万年，也没琢磨出法子，到最后甚至忘了自己死心眼地琢磨这玩意儿干吗？……

两万年过去，锦瑟已经记不清沈甫亭的模样了，只记得他们之间的血海深仇。

她是个图新鲜又爱找乐子的妖怪，便是连恨都不长久。

到了三万年的时候，锦瑟已经习惯了墓里头的生活，整日睡觉，没事便缝补缝补自己的衣裳。

沈甫亭的名字已经很模糊了，她脑袋里全是故事，日复一日，记忆越来越模糊。

到了四万年，她已经彻底忘记自己为何会在这里，只隐约记得一个畜生，叫什么来着？她给忘了，只记得那人让她恨得牙痒。

锦瑟一觉睡到了天亮，爬出棺材，在墓里头溜达了一圈，然后又开始修补"床榻"。

她只有这一处床榻，还是木头做的，自然十分珍惜，好在她的手艺不错，每日修补，这棺材到现下都还结实着。

她忙碌了一阵，便到了听艳情话本的时候。

白日里那些鬼魂都会飘回来，陆陆续续地来她这儿，因为她家坟头是方圆百里内最气派的，每每讲故事都是到她这里来。

孤魂野鬼进来先唤了一声"老祖宗"，然后极为兴奋地飘到一旁等着。这些鬼魂都是趁着半夜去外头到处搜罗话本，就为了在老祖宗面前博个彩头。

毕竟谁的话本吸引人，老祖宗可是有赏的！

就像上一回那个绿衣鬼，得了一个霸道娘子的娇夫撩人的故事，听得老祖宗极为欢喜，老祖宗随手便提升了那个鬼的修为。

这一提升可不得了，绿衣鬼一跃便成为乱葬岗的明日之星，叫众鬼羡慕不已。

锦瑟斜靠在棺材上，以手托腮，看着墓里的鬼魂，慢悠悠地说道："今日可有什么有趣的故事？"

绿衣鬼当即站了出来："老祖宗，我今日可得了一个有趣的话本子，是关于万年以前仙妖大战的，叫《我与貌美仙帝不得不说的爱恨纠葛》。"

这话一出，众鬼魂纷纷扼腕，这个噱头未免太大了，自己找来的那些家长里短的故事根本不够看，光听名儿就被压得死死的。

锦瑟果然生了几分兴趣："哦？说来听听。"

绿衣鬼当即一副凡间茶馆说书人的做派，翻出了破旧的话本，一本正经地开了头："这话要从四万年前那场仙妖大战说起，那场大战，生灵涂炭，险些将人间毁灭，大战起因便是妖尊因爱生恨……"

"如何因爱生恨？！"鬼魂们问道，哈喇子流了一地。虽说他们刚才十分嫉妒绿衣鬼得了头筹，可现下一听，还是觉得话本要紧，等听完了再想法子去报复便是。

锦瑟听闻"妖尊"二字，微微一恍神，只觉十分熟悉。

她一恍神的工夫，话本已经念了大半："那女妖尊生性浪荡，游历凡间数十年，骤然见了九重天上下凡的仙帝，沉浸于他的美貌之中，当即惊为天人，生了将其占为己有的心思。谁料仙帝心中另有其人，乃是九重天上的仙女。妖尊蛮横无理，又怎么可能比得上九重天上清丽脱俗的仙女呢？她一番求爱之后，仙帝自然不允，当即便拒了。妖尊又岂是好惹的？于是乎，一天夜里，雷电交加，妖尊施了妖术，一番巧取豪夺、你来我往之后成了事。可这乱子就出在这里，貌美的仙帝清醒之后，还是不愿意，妖尊一怒之下便要毁了人界，二人大战三百回合，竟一道下落不明……"

一个鬼当即质疑："胡说，咱们都是从凡间来的，我生前可从没听过这场大战！"

绿衣鬼摇了摇头："那场大战是仙帝赢了，凡间既是神仙继续接管，神仙又怎么可能没有能耐将凡间恢复如初？且说如今的妖尊寂斐，当年可只是妖尊的一个手下，如今妖界昌盛，都直逼仙界了，可见当年的妖尊有多厉害。仙帝自然更深不可测，这两位好在是同归于尽了，否则以这两位的性子，这般闹下去，六道恐怕难得喘息。"

老鬼当即叹息一声："头一位那是邪仙，可不是一般的神仙，如今的仙帝，啧啧啧……若不是仗着前头那位打下的基础，哪儿守得住九重天呢？"

寂斐？锦瑟在脑海中微微重复了一遍，觉得这个名字极为熟悉，可她一时半会儿想不起来，只记得好像认识这么一个人，这人还很听话……

她眼眸微转，伸手绕了绕发梢："我往日是不是跟你们提过什么人？"

众鬼闻言，瑟瑟发抖，她确实提过一个人，还是日复一日地提，咬牙切齿地提……

先头几千年，每次提她都会大发脾气，然后胖揍他们一顿，发泄一通。

是以他们很忌讳这个人，费尽心思地给锦瑟找乐子，企图转移她的注意力，让她彻底忘记这个情郎的存在。而他们几万年的努力，如今也颇有成效，锦瑟显然已经彻底不记得有这么一号人了。

现下见锦瑟又提起，他们一时皆被吓成了灰白色，紫衣鬼当即凄然地转移话题："老祖宗，今儿个我们乱葬岗里来了一个新鲜货色，还是个半妖，这可是头一个从人变成妖的，实在是新鲜得不得了，而且他那模样生得可真是俊俏，就像那话本里的人一样。"

锦瑟听着，自然也想见一见这半妖，她每日听这些话本，里头的角儿可都是面皮出挑的。

锦瑟想着，便有些不欢喜，说这些又有什么意思？她又出不去。

她一时扫了兴致，随手赶道："今日我乏了，你们出去吧！"

众鬼魂闻言，忙战战兢兢地退了出去。

紫衣鬼在乱葬岗这么久，知道锦瑟想看看那俊俏男子，当即便飘到了半妖歇脚的地方。

乱葬岗没什么好地方，唯一能歇脚的地方，不过就是一个破落的亭子。

那人斜靠在里头，面皮俊俏，衣衫微微敞开，看着很是风流。见一个紫色的鬼魂飘来，他懒洋洋地看了一眼："有什么事？"

紫衣鬼红着一张脸，凄然地说道："不知公子能否去看看我们老祖宗？她终日

下
册

待在墓里头，没有见过外人，时常想看看您这样的美男子。"

陶铈显然被逗乐了。他见过太多鬼了，可这么会说话的鬼倒是难得一见，一时也对墓里的祖宗生了几分兴趣，可惜那个墓穴他轻易进不得。

他摇了摇头，很是惋惜："你们的祖宗被人封印在里头，出不来，我也进不去，恐怕是没有办法见面了。"

紫衣鬼闻言，很是失落："可惜你生得这样好看，若是叫我们老祖宗看见了，她一定会欢喜。"

陶铈显然是被奉承到了，伸手到衣袖里拿出一面铜镜，随手丢了过去："这东西你想法子拿去给你们祖宗，叫她对着铜镜叫一声'好哥哥'，便能从镜子里头看见我的模样。"

紫衣鬼忙使了法力捧住铜镜。

陶铈起身伸了一个懒腰，姿态慵懒地看过来："你可明白啦？"

紫衣鬼被他这般招人的姿态弄得脸红，忙不迭地点了点头，目送陶铈离开之后，暗自琢磨如何将铜镜递给老祖宗，毕竟实质的东西，根本不可能进她的坟头。

漫天流云翻转，一眼望去，皆是滚滚白云，一团一团，纯白干净，一尘不染。

偌大的殿里空无一物，只有漫天飘过的烟云虚虚地浮在白玉地面上，缓缓流动。

殿正中摆着寒冰玉石，里头躺着一个人，身着华服，纤尘不染，像是睡着了，玉石上散发出的白色烟气模糊了他如画的眉眼，衬得他容色惑人。

玉石旁站着一个人，看着玉石里的人，许久才大着胆子伸手抚上了玉石，呢喃道："你什么时候才能醒？你知不知道自己睡了多久？"声音中的叹息牵动人心，声音轻柔流转，惹人倾心。

"仙姬？"

兼橦当即收回放在玉石上的手，看向进来的匹相、匹献。

匹相见状，开口恭敬地说道："仙姬来了。"

兼橦微微侧首，以袖轻轻拭去泪珠，才对他们说道："嗯，我来看看他。"

三个人都没有说话，匹献、匹相恭敬地站着，没再开口。

兼橦转头看了一眼玉石里的人，只能不舍地收回视线，告辞离去。

匹献见人走了，才开口叹道："四万年了，真是痴心不改，每一日她都来看君主，若是君主能醒来，也必然知晓什么人才是值得的。"

匹相没有开口说话，见玉石里头的人依旧睡着，便如往常一般将极寒之山的冰气浇上玉石，免得寒气尽、人不存。

匹献看着自家的君主，终究哽咽地说道："君主，您怎么还不醒？玄机秃了的那一块地方都重新长出了毛发，它还讨了媳妇儿，生了好多小马驹，各种颜色都有，你看到了，一定欢喜。"他说着，眼眶微微泛红，忍不住抹着眼泪。

四万年了他都没有醒，说穿了，他们也不过就是守着尸身，或许他永远都没有醒来的一天。

天界也已经换了主人，如今的一切，全是从君主那儿白白得来的，叫人如何甘心？！

匹相沉默许久，才开口说了一句："君主一定会醒的，不会让那些小人得意太久。"

话是这样说，他心中却没有底。一千年、两千年他可以这样安慰自己，可四万年呢？……这终究是一场奢求，沈仙帝已成过去……

二人一道将所有的防御再加固一遍。这里是天涯海角，寻常人找不着，不代表不会有人来。

处理好一切，二人沉默着，一道往外头走去。地面突然开始晃动，天际有仙鸟带着清越的啼叫成排飞来，天尽头的仙乐悠悠传来。

殿中玉石微微颤动，发出了细微的声响。片刻后，一道裂痕从上至下慢慢裂开，忽而一声巨响传来，玉石猛然炸碎，匹相、匹献直接被甩飞出去，摔倒在地，待反应过来，惊得抬头看去。

玉石碎落满地，透过雕花窗扉照进来的阳光，折射出温柔的光芒，一人静立殿中，比玉石的光芒还要耀眼。

匹相红了眼眶，匹献心头大喜，亦如凡间之时大呼："公子！"

夜幕降下，天际透着深色，漫天星斗闪耀，偶有流星划过，坠入层层叠叠的云中，转眼间不见踪影。

白玉阶铺陈，偌大的殿飘浮在云层之上，天涯海角最是隐蔽，便是有人就在眼前，轻易也是找寻不到地方的。

一人站于玉阶旁，看着满天星斗，发束玉冠，乌发一丝不苟，身形修长，一身简洁衣衫穿在身上别有一番风姿，眉眼俊朗，自带风流，静静站着，如清玉坠水珠，干净剔透。

匹相缓缓走来，四万年的时间，他早已不同往日，乃是高高在上的上阶仙者，可在沈甫亭面前，还是怀着满心谨慎和敬意："君主，那个无耻之徒趁您还没有苏

下
册

醒，偷了您的位置，笼络了不少人心，君主重新夺回，恐怕还要些时日。加之妖尊寂斐更是居心叵测，这些年来屡次寻您，好在您沉睡以来，收敛气息，才没有让妖尊诡计得逞，妖界如今来势汹汹，已有与仙界齐头并进的架势。"

匹相满心担忧，现下的处境实在艰难至极。

君主沉睡四万年，修为止步不前，错过这么多的时间，难免有失往日的好时机，甚至有可能落后于那些拼命追赶的人。更何况自家君主现下是仙、妖二界上位之人皆想除之而后快的人，处境何其危险，可能都没有喘息的机会，便要到处逃命，更别提如何夺回原来的位子……

这对往日天界第一的自家君主来说，是何其残忍的事？以他的骄傲，他怎么可能受得了？

匹相看向眼前的沈甫亭，四万年的光阴并没有在他身上留下一丝痕迹。

他一如往日那般意气风发，这么长的时间，在他这里显然是白驹过隙而已，却没有想到一觉醒来，世间已过几万年，此事便是于谁来说，都是难以接受的。

匹相感慨万千，即便知晓现下局势，也难免失了信心，不知该如何做："君主……我们接下来该如何打算？"

沈甫亭将手放在玉栏上，神色没有一丝异样，显然不是在想匹相说的这些事。

他神情静默，垂眼看向掌心，那条黑色的纹路整整拖了四万年都没有消失，依旧在他的手上，黑色的线顶到指尖，再无退路，与他显然是要生生不离、世世不弃……

这是个棘手的大麻烦，与这个麻烦相比，现下的处境简直可以忽略不计。

他自来不喜欢麻烦，却没有想到一切都在脱离他的计划，弄到现下，越发难以收拾。而这一切麻烦，都是源于一个人，这人还骗他、玩弄他！

沈甫亭平静的面容终于有了一丝变化，他一睡四万年，怒火没有消退半点儿，反而越发强烈，好在他不是清醒了四万年，若是清醒，只怕会一日比一日愤怒，那个玩意儿恐怕都没机会哭。

放在玉阶之上的手慢慢握紧，他耐心尽失，眼中尽是戾气。

仙乐整整奏了三日，千鸟在天涯海角徘徊不去，九重天上自然能察觉这一情况，即便有人寻到了这里，也不会想到这里早已人去楼空，只留下极寒之地的破碎玉石，残留着消失了四万年的气息。

天界一时大乱，上位之人心生恐慌，背叛之人亦害怕往日君主的惩戒。

这一日风平浪静，上头偶有鸟语声伴随着鬼哭狼嚎幽幽传来。

锦瑟一改往日的习惯，早早爬了起来，勤劳地将自家的坟头重新修补了一遍。

她家坟头是这方圆百里最好看、最气派的，在乱葬岗这种鬼地方，也是唯一拿得出手的"景点"。

住的地方难免要讲究些的，她每一年都会修缮一遍。可惜石壁有些难，刮得太严重，细细打磨需要千年时间，她可不耐烦做这样的事，也不知往日是哪个无聊的人每日在墙上刻画，弄得乱七八糟，很是难看。

她修补好坟头，溜达了一圈，又回到了自己的床榻上，缝补自己身上的衣裳。

昨日她不小心将衣裳划开了一道口子，上头的绣花有些破损，没有原来精致好看，只能重新缝补一下。这数万年来她只有这么一件衣裳，少不得要多注意一些。

她正认真缝补着，墓穴里头突然剧烈震荡，她手上的针线走偏，险些戳到自己白嫩的手指头。

她还没反应过来，便是一声巨响传来，刚修补好的坟头猛然炸开，石块砸落，伴随而来的烟尘弥漫在她的卧房里，呛得人直咳嗽。

烟尘散去，一人缓步从外头走进来，视线静静地落在她的脸上，淡漠中带着戾气，是极为矛盾的情绪，在他身上却显得异常相称。

锦瑟坐在棺材里，有些没反应过来。

他静静地看了锦瑟半晌，没有血色的薄唇微动，语气淡淡地问："想明白了吗，嫁不嫁？"

锦瑟蹙起眉头，想起自己修补的坟头，顿时怒不可遏，猛然起身扑杀："何处来的高颜值男鬼，竟然觊觎到你老祖宗头上，口味未免太重！"因为起身的动作太过激烈，她衣裳上的小口子被整条扯开，露出了白花花的腿。

她动作一僵，失了准头，扑到了他的身上，顿在原处，心中发沉。

这衣裳要是毁了，接下来她可就没衣裳穿了，往后光溜溜地听故事，她可受不了……她倒不如先将衣服脱了，打完了再穿起来，免得打斗之中被撕破了，都无法缝补。

沈甫亭不避不闪，由着她扑来，温香软玉投怀送抱，倒是让他面色好了些许。他伸手搂住了她的腰，可下一刻，另一只手便触到了光滑细腻的肌肤。

他低头看去，见她的衣裙已经被划开一道极大的口子，露出细白长直的腿，晃眼而勾人。

他神色一敛，将她微微提起，抬眼看去，言辞肃然，教训道："你就是穿成这样静思己过吗？"

锦瑟正琢磨着要不要脱衣裳，闻言，脾气瞬间上来，冷哼一声，语气阴森："你是什么东西，也敢管你祖宗怎么穿衣裳？你炸了我新修的坟头，我还没有跟你算账！"她说话间，提掌劈向他的脖子，下的可是死手。

沈甫亭手疾眼快，抓住她细白的手腕反手一锢，身子一转，将她压在墙上，阻止了她接下来的动作。

见她依旧出言不逊，他面色越发阴沉："看来这么多年你根本没有在静思己过。"他声音微微低沉，一字一顿，透着危险之意。

锦瑟被他猛地压在墙上，气息有些不匀，恼怒至极，抬眼看去，却一下看进了他的眼里，这般近距离看他，可是惊艳绝伦。

锦瑟眼眸微转，伸手摸上了他的脸，指尖在他的眉眼处微微流转，似在摸一个精致的玩具："你生得倒是出挑，叫我看了都心生欢喜之意，往日怕是采了不少姑娘家吧？"

沈甫亭闻言，微微顿住，见她眼中的陌生之色，想起了刚才她说的话，眉头微蹙："你又在玩什么花样？"这般近的距离，那淡淡的檀香不经意间袭来，带着些许男子气息，让人招架不住。

这人倒是别有魅力，连身上的气息都这般带有攻击性。锦瑟没理会他说什么，视线在他的面上流转。

沈甫亭见她神情不似作伪，心中沉默。他封印了她这么多年，以她的性子见了他，她必然是要斗得你死我活的，哪儿会像现下这般安静……

他想到一种可能，面色阴沉到了极点，猛地松开了手，将她抛开："锦瑟姑娘还真是贵人多忘事，区区几万年就记不得人了！"

锦瑟被他往外一抛，反应极快地轻盈落地，见他如此说，不由得走到他面前仔细打量他："你往日见过我？"

沈甫亭面色冷得可怕，眼神吓得人心肝颤抖，言辞嘲讽，语气冷漠至极："既然锦瑟姑娘能忘记，那就有本事自己想起来，还需要别人提醒？"

瞧他这模样、这脾气，可真不是一般人，这骨头越硬，她就越想打折了。

墓中日子无趣，若是能得这么一个好看的人，放在墓里头当个摆设也是极好的，既然这人送上门来了，那她也没有放走的理由。

至于往昔，她可不纠结，年岁这么长，总会有些事情被淡忘的，淡忘的就是不重要的事，她才不会在意，现下有趣才要紧。

她想着，轻轻抬手，指尖碰上他的脸，微微滑过他如玉的下巴，笑盈盈地施舍般说道："既然你到了这里，你老祖宗我闲着也是闲着，不如就收下了你，往后我会给你你想要的东西，你留在这里好生伺候我，莫要再出去做那偷鸡摸狗的事情了。"

沈甫亭微微眯起眼眸，看她半晌，怒极反笑，往她这里走了一步，居高临下，言辞露出危险之意："这么说，你是要养我？"

锦瑟唇角微弯，露出一丝笑，说话的样子天真烂漫，声音也甜到了人心里头："你既闯进我这里来，不就是想要这些吗？我养了你，你自然不能再去别处，这才公平。"

她说着，见他神情越发阴沉，想着他恐怕是不信自己，便伸出手指，随手在他的额间轻点，极大方地给了他一成法力："今日先给你这么多，往后你若是伺候得好，我自然还会给你更多。"

沈甫亭感觉到额间法力缓缓渡入，唇角微不可见地一弯，轻轻地笑了，忽而一步靠近，将她抵在了墙上，面上的笑淡得发冷："姑娘真是一如既往地大方，一出手就是一成法力，我怎么能不好好伺候你？"

锦瑟往后一靠，触上坚硬的石壁。他靠得太近，说话间的气息轻轻喷在她的面上，让她有些不自在。她想要推开他，却不想这人跟山一般推不开，比她的棺材盖还难推。

她微微一顿，正欲施法，抵在他的胸膛上的手却被他握住，抬头看去，他忽而一笑，那笑容实在太过好看，叫她一时晃了眼。

他眉眼间染笑，自带风流之意，眼底却隐藏着攻击之色，低头靠近，薄唇贴上了她的唇瓣。

锦瑟只感觉他温润柔软的薄唇贴上她的唇瓣，带着些许灼热的气息和湿意，在她的唇瓣上轻轻缠磨，惹得她呼吸微微一窒。

吸气间是他唇齿间的气息和身上若有似无的檀香，呼气间又与他的气息交缠，气氛十分暧昧。

这般亲密无间的接触竟然没有让她反感，她甚至觉得有些熟悉。

他这样轻轻吻着，让她有一种被捧在手心里爱护的感觉，没了半点儿抗拒之心。

锦瑟放松了身子，他越发靠近，将她抵在身后的石壁上，手慢慢抚上她的腰，将她禁锢在他和石壁之间，让她无处可躲。

待她完全放松了戒备，他开始肆无忌惮，蛮横霸道，几乎不给她回神的机会。

锦瑟唇齿间的呼吸被他尽数夺去，周围的温度越来越高，她气息混乱，有些喘不上气来，不由得手脚并用地挣扎，却没有想到他的手握住了她的腿，不让她

动弹。这个姿势太过暧昧，叫她有些难以招架。

他的掌心太烫，烫得她忍不住嗯了一声。他的手已然抚上她的后脑勺，极为用力地缠磨，让她有一种兵败如山倒的恍惚感。

忽然，耳畔传来了细微的声响，似极为惊异。

沈甫亭当即身子一移，将锦瑟全部挡住，连一根头发丝都没露出来，才转头看去。

不远处，几个鬼魂飘在墓穴之中，神情各异，显然是很少见这番香艳生动的场面，一个比一个飘得近，又羞又想要凑近点儿看，扭捏得不行。

沈甫亭被打断，心中极为不悦，一拂袖，那几个飘在不远处的鬼魂便被平地而起的狂风卷了出去，一个个吓成了透明色，只余尖叫声在墓穴之中回荡。

他一个轻飘的动作过后，转过头来，低头靠近，准备继续。

锦瑟瞬间回过神，连忙推开他，气息却还是乱得一塌糊涂。

这人果然有几分看家本领，不过这么几下亲吻，她便有种被拿捏住的感觉，这人果然是吃这碗饭的，手段使出来可不是一般的迷惑人。

锦瑟抬头看向他的唇瓣，几番缠磨之间，他的唇已经不再是先前那般失了血色的淡粉色，而是一种缠磨过后的鲜红色，衬得面容无双。他这般静静站着，亦风姿折人。

锦瑟不自觉抬手摸了摸自己的唇瓣，果然有些许湿润感，心中莫名有点儿慌，还有微微的麻意。她一时看向他，有几分忌惮。

这人恐怕胃口很大，刚才她都已经给了他一成法力，没想到他还这般得寸进尺，一时便想着给他定规矩，免得一直喂不饱，他反而不愿意待在这里当摆设。

她轻轻地睨了他一眼，唇瓣极为鲜红："我刚才已经给了你一成法力，怎的还这般如饥似渴，你如今都已经炼化了实质，就不要太过贪心，免得受不住这么多的馈赠被反噬。"

沈甫亭没开口，也没有多余的动作，就这么看着她，那眼神太有侵略性，仿佛下一刻就会扑过来，实在叫人太过心慌。

她不自觉唇瓣一抿，一张小脸冷了下来，开口警告道："你待在这里，就应该守这里的规矩。既然是我养你，那么如何养你，就应该我来定，这第一条，就是不准你亲我！"

沈甫亭微微眯起眼睛，眼神之中透出几分莫测的危险之意。

锦瑟眉头微蹙，正想好生教训他一通，先叫他吃了苦头，往后才会好生听话，他却已经收回了视线，垂着眼睫，看上去温和无害："我留在这里可以，可我这个人做事要有名分，最不喜欢的就是无名无分、不明不白。"

他看着无害，可低沉的声音微微沙哑，十分有磁性，还残留着刚才的情欲味道，即便这样收敛，也还是具有不容忽视的攻击性，叫锦瑟完全没有办法不防备。

她眼眸微转，看向他："那你想要如何？"

沈甫亭微微抬眼看过来，平静地说道："你得先嫁给我，三媒六聘，叩拜天地，洞房花烛，一个不能少。"

锦瑟有些犹豫，只觉麻烦，可若是放跑这个漂亮的摆设，她又着实不甘心。

沈甫亭可没给她犹豫的机会，不过沉默片刻，便神色淡淡地开口："怎么，你还真以为天下都是白吃的饭，光想着吃，不想负责？你是这里的老祖宗吧？看来也是个为老不尊的，欺骗我这样一个初来乍到的新鬼，吃干抹净了以后就不认账。"

瞧他这咄咄逼人的架势，不知道的人还以为她真的做了什么事呢！

锦瑟可是不认的，挺直了身板："负什么责？我什么都没做，还给了你一成法力，你这倒打一耙，也要讲究实据！"

他冷冷一笑："我刚才这么卖力地伺候你，你可不是这样表现的，需不需要我重新来一遍，让你好好想明白？"他说着，靠近一步，撞了过来，看着清心寡欲，做派却很轻佻。

姑娘家本就身子娇，锦瑟被撞得胸口生疼，面红耳赤，即便是老妖怪、老祖宗，那也是个姑娘，眼前这个人还是一本正经的样子，仿佛是她占了他便宜一般。

锦瑟有苦难言，只觉给自己挖了一个坑，伸手揉又难免落了下风，只能硬挺着："你是哪里的鬼魂，怎会有这样的习俗？难道你往日采阳补阴都要先成亲？"

沈甫亭淡淡地瞥了她一眼，避重就轻地说道："有名才有分，天经地义的事情。"

既然都是这般操作的，那便随了他。她这个养他的，多几分宽容也没什么，反正也不过是形式上走一走。他既娶了这么多娘子，往后多一个、少一个，也不会在乎。

锦瑟随口应了下来，便极为熟练地使唤道："去外头把坟头修好，我要和原来一模一样的。"

沈甫亭倒是没有异议，去了外头。锦瑟看着他离去的背影，没想到他竟然这般听话，一时心中极为满意。

乱葬岗这么个荒僻的地方，最让人无聊，稍有风吹草动，便如龙卷风呼啸而过。

一刻的工夫，大家都知晓了，老祖宗新收了一个颜值男鬼暖被窝，现下他正给她老人家修坟头！

一时间，乱葬岗所有的鬼魂都不要命地在坟头前飘来飘去，大着胆子观摩。

先头他们还没看见人时，羡慕嫉妒恨不休，觉得就是个卖弄的小白脸，没什么了不起。

现下他们瞧见了人，多少也知晓人家是有本钱的，瞧瞧这面皮，这长腿窄腰的清俊模样，画都画不出来，干活的时候都这般有味道，说是个靠脸吃饭的，可真有些不像，难怪年纪轻轻就能得老祖宗的欢心，想来往后受宠的日子可多着呢！

"你们说，他能受宠多少日子？"

"我琢磨着三年。"

"少了吧？我瞧着话本上写的，这类靠美色的男鬼，那本事可是厉害，三年恐怕连花样都没使完。"

沈甫亭闻言，神色微敛，抬眼看向不远处絮絮叨叨的鬼魂，不耐烦地说了一个字："滚。"

一群鬼魂吓得呈现出灰白色，一边拼命往远处飘去，一边还不忘你一句我一句地说着："哎哟，吓死鬼了，好凶啊，看着好像脾气不太好啊！"

"可是凶得好帅呀，叫鬼肝儿颤。"

"难怪老祖宗看中他了！"

声音还荡得极远，在乱葬岗中传来了回音，沈甫亭的眉头皱得越发紧了。

第十二章
看来你还没看清自己

沈甫亭耐着性子将坟头重新修补好，才转身往里头走去。

锦瑟拿着手中的铜镜嗤笑一声，小小半妖倒是有胆子，还敢让她叫哥哥，待她从镜子里伸手过去拧断他的脖子，他就知道谁才是真正的姑奶奶了……

她正在琢磨着，便瞧见沈甫亭进来，对他的速度有些诧异："都修好啦？"

沈甫亭淡淡地嗯了一声。

锦瑟随手将铜镜扔到一旁，从棺材里头爬了出来："我去验收，但凡哪处不合我的心意，你就重新来过。"

沈甫亭没有异议，由着她往外头走去，自己看向四周。墓穴已经完全没有先前的阴冷感，石壁上满是乱七八糟的划痕，倒像是一只暴躁的猫儿在里头大发脾气，四处耀武扬威，拿爪子划来划去。

石壁上的划痕虽说看不出本来的样貌，但还是有些章法，在重重叠叠的划痕之中，他依稀可以看出他的名字。

他眉梢微微一扬，手扶上石壁。痕迹有些久了，不过倒是划得深，并没有随时间而被消磨，可见划的人对此有多刻骨铭心。想来她待在这里，还是思索了一些东西的，沈甫亭淡漠的神色微微柔和了一些，可比拒人于千里之外的讨债模样好了许多。

　　锦瑟仔细检查了坟头，发现颇为像样，想着这人倒是有几分手艺。她满意地回来，见他看着石壁，不由得盈盈笑道："你修坟头的本事不错，瞧瞧我这石壁可否修缮？这上头的划痕实在太过有碍观瞻，瞧着就烦心。"

　　沈甫亭的面色瞬间冷了下来："修不了。"

　　那个眼神冷漠得好像她玩弄了他的感情一般。

　　她撇了撇嘴，这个"摆设"别的都好，就是性子不讨喜。

　　锦瑟也没兴趣管"摆设"的情绪，反正这玩意儿摆着好看就行了。她重新爬回了棺材里头，慢悠悠地盖上自己的棺材盖，准备午睡。

　　沈甫亭一言不发地看着她躺进棺材里头，眉头微微皱起，走到棺材旁，伸手推开棺材盖。

　　锦瑟已经乖乖躺好，双手合十放在肚子上，姿势标准地闭眼睡觉，见棺材盖被推开，不由得睁开眼，语气不善地问："做什么，没看见老祖宗要午睡了吗？"

　　沈甫亭将手搭在棺材盖上，居高临下，神情淡淡地看向她："你要午睡，那我呢？"

　　锦瑟去推他的手："你若是困了，随便找个地方躺一躺。"

　　"你这里有地方可以让我躺？"

　　锦瑟闻言一怔。她这里确实豪华，可只有一张床榻，这话说出来就有些揭短了："你往日睡在何处就睡在何处，还要我来教你吗？你究竟是怎么做这一行的？没有一点儿眼力见儿！我瞧你若不是面皮生得好看，恐怕早早就饿死了吧？"

　　沈甫亭冷冷一笑，身影变幻，已经躺在她的身旁，伸手搂过她："我往日都是睡在金主身旁的，如今你养了我，我自然是要睡在你这里。"

　　这棺材里头虽说不小，可两个人到底挤了些，锦瑟一个人睡惯了，恼得伸手去推他："我养你是为了有个玩意儿，每日养养眼，可不是要你来跟我抢床榻的！"

　　沈甫亭眼眸微沉，突然翻身压了上来，语气淡淡地说："看来你还没分清楚玩意儿和夫君的区别。"

　　他说着，突然狠狠地吻了上来，说是吻，倒不如说是撞，他的牙齿磕得她的唇瓣生疼。

　　她疼得嗯了一声，却没有让他减轻力道，棺材里头又狭窄，左右都不好躲避，她如同被压在砧板上的鱼，任人宰割。

　　锦瑟当即祭出妖力，没想到竟被困妖索压制。

　　她心头大骇，显然已经忘记自己什么时候中了困妖索，加之墓中日子闲适，没事就是睡睡觉、听听话本，根本不需要施展太多的法力，时间一长便忘了。

她隐约想起是和谁打斗才发现中了困妖索，可思绪还未深入，便被人用力掐了一下腰间的细肉。

沈甫亭微微抬头，唇瓣轻轻地触过她细嫩的面颊，低声警告："不许走神。"

锦瑟没再动作，免得他知晓此事。

这人用来当个摆设看看倒是不错，可若是压不住，那死的就是自己了。

锦瑟软绵绵地躺着，沈甫亭果然不再束缚她，可棺材里的呼吸声渐重，听在耳朵里让人有些心乱。

话本有云，干柴烈火，一点就着，再点再着，越烧越旺……

锦瑟伸手搂上他的脖子，声音带着几分困意："我有些累了，往日这个时候，我已经在午睡了。"

沈甫亭动作一顿，勉强起身看向她，嗓音沙哑地说道："今日不睡不行吗？"

他眼尾微微泛红，似乎有些不舒服，眼神炙热，在这么狭窄的空间里头，弄得她都有些发热。

她摇了摇头："不行，这是我每日必定要做的事。"若是她不睡一会儿，听话本时可就没有精神了……

沈甫亭看了她许久，终究没有继续下去，给了她时间缓冲："好，成亲以后再说。"

他低头亲了亲她娇嫩的耳垂，那灼热的气息烫得她微微侧过了头，面上温顺，但心中已经在琢磨怎么不动声色地废了他。

毕竟他一直想着这事，于现在的她来说可是麻烦事。

沈甫亭平复了许久，才翻身下来，伸手搂过她："这地方不正经，过几日我们便离开这里。"

锦瑟微微抬头看向他，这"摆设"倒是主意大得很，这才来了多久，便已经是主人家的做派了？

她阴沉着脸说："我在这里住惯了，别的地方可未必有这里舒服，我可不要离开。"

沈甫亭眉头紧紧皱起一锤定音："待我们成了亲，便离开这里，故事我会给你讲，地方也必然让你舒服。"

锦瑟这边耳朵进，那边耳朵出，可不耐烦理他，反正在成亲之前废了他便好。

只要是男儿，光一个不举就能让他消沉数十万年，如此她没了威胁，而他也没了吃饭的本事，自然不会跑，这可是两全其美的好法子。

287

锦瑟幽幽一笑，不再开口。

沈甫亭见她默认了，便开始紧锣密鼓地准备亲事，整个乱葬岗都被翻新了，连那些歪歪斜斜的坟头都被弄直了，还移了许多花草树木过来。

匹相和匹献没有想到自家主子竟要娶锦瑟，想要劝，可看他的面色又委实不敢多言。

乱葬岗有了些许生气，墓穴里也多了不少东西。

沈甫亭虽然是一个不在乎饮食起居的人，可他那两个属下倒是精致的人，很是会张罗。

沈甫亭随口吩咐一句，墓穴里东西便应有尽有，别的什么都添置了，除了床榻。

锦瑟却觉得挤，在他身旁吹了几句枕头风，想让他自己弄一副棺材睡，可沈甫亭权当耳旁风，叫她着实恨得牙痒痒。

锦瑟没了话本听，一时有些无聊，随手拿起了一旁的铜镜，看了看自己的面颊，虽有些热，好在没有泛红，只是眼中水光盈盈，似有几分情意流转其中，分明就是娇羞的女儿家模样，叫她看着有些恍惚，不明白自己怎会是这般形容。

镜子里突然浮起水纹，出现另一个人的模样，那人正举着酒壶喝酒，吊儿郎当地对着镜子说道："既然你想看我长什么样子，为何不唤一声'好哥哥'，这番盯着等，何苦来哉？"

沈甫亭忽而抬眼看过来，视线从她面上落在她手中的铜镜上，视线凛冽。

锦瑟察觉他的视线，动作一顿。

陶铈不过是想找人说说话，见里头的人没说话，随意瞥了一眼镜子，视线生生顿住，在她面上端详了一番，惊呼道："锦娘？！"

锦瑟的注意力当即被镜子里头的人吸引了，那人显然吃惊不已，瞪着眼睛看着她。

她还未开口说话，沈甫亭便伸手夺过铜镜，一看，果然是他。

这个凡人！沈甫亭这一辈子都不会忘记她给了这人五百年的寿命，而自己得到的只是要弄和欺骗，四万年了，即便她被封印在墓里，他们还有联系！

沈甫亭额角青筋一瞬间显现，玉面上却平静至极，眼底藏着骇人的杀意。

陶铈见镜中换了个人，惊讶的神情变为疑惑，思绪一瞬间有些凝滞，当即便想起了沈甫亭："是你……"他自然不会忘记这个人，那是他绝望时最致命的一击。

他记得那日雨天，他去寻她，却看见他们二人撑着伞走在雨中，一如往日的他和锦瑟，可惜他错过了……

他心中酸涩不已，可一直牵挂的问题还是要说，他凝重地说道："把镜子给锦娘，我有话要问她。"

锦瑟听这语气，又是一个认识她的人，当即伸手去拿铜镜。

沈甫亭神情阴沉地看着她，话语带了不好的情绪，却还是勉力压着："你不该解释一下这是谁吗？"

墓穴里头的气氛凝重至极，无形的刀光剑影仿佛下一刻就会削过脖子，抹去最后一丝气息。

锦瑟没被镜子里的人吓到，反倒被他吓着，不明白他怎么突然变了脸。

沈甫亭得不到答案，慢慢站起身来，眼神竟有些瘆人："还是说锦瑟姑娘又犯了老毛病，记吃不记打？"

锦瑟这才明白他是忌妒了，任是什么东西养在身边都会害怕主人家寻了新鲜玩意儿，更何况听说铜镜里头这个人性子还比他讨喜，他自然害怕被分了宠爱。

锦瑟想着，神情缓和，随口先安抚道："你不必担心，我只养你一个。"

沈甫亭没工夫分心管她的措辞，拿着手中的镜子，声音轻缓地说："那这个呢，你是准备再嫁一次吗？"

锦瑟见他这般态度，越发不痛快，一个"摆设"，竟敢质问她？他真是恃宠而骄！

锦瑟伸手绕了绕发梢："这是谁关你何事？你最好弄清楚自己的位置，即便我要养其他的人，也是我自己的事，你没有资格管。"

沈甫亭的手越发收紧，白皙的手背上清晰地显现暴起的青筋。

他一而再，再而三地忍让，换来的却是没有止境的羞辱！

铜镜里头的陶钚显然也听到了他们的争吵，急忙说道："锦娘，我现下就去找你，你一定要等我，我有话要问你！"

锦瑟闻言，看向铜镜，心中也生了好奇之意，幽幽地回道："可以，不过……不要让我等太久。"

这话可真是火上浇油，果然是旧情人情深，他们迫不及待地要相见！

沈甫亭猛然将铜镜掷在地上，铜镜顿时四分五裂，陶钚的声音瞬间消失，他与这里完全失去了联系。

锦瑟被惊了一下，面色瞬间阴沉，她抬头看向他，怒道："你好大的胆子……"

说话间，她的下颌突然被他伸手握住，脸被高高抬起，对上他隐含戾气的眉眼。

沈甫亭垂着眼，视线落在她细嫩的面上，面上神情淡到可怕："困妖索缚在身上，很难受吧？"

锦瑟瞬间瞳孔收缩，抑制不住地惊愕，只觉一丝熟悉感无从抓起，心中一震："你怎么知道？"那受惊的眼神配上她娇嫩的面皮，使她看上去格外柔弱，像是受了不小的惊吓。

沈甫亭面色淡漠到让人看不出情绪，若不是那双幽深的眼眸，她根本看不出藏在底下的戾气。

锦瑟不喜欢这样，微微一挣。

沈甫亭突然捏着她的下颌，俯身狠狠地覆上她的唇瓣，力道极狠，根本就是在发泄心头的怒火。

锦瑟感觉下颌都快被捏碎了，疼痛间尝了腥甜的滋味，唇瓣麻木得已经分不清这血是她的还是他的……

半晌，他才微微收敛了不好的情绪，再离开她的唇瓣时，面上已经平静至极，没了情绪："我既然能知晓，便也能杀了你，你最好乖乖听我的话，不要惹我生气，免得我做出不好的事情……"

锦瑟牙根咬得死紧，她竟将这样的心头大患养在身边，还毫无察觉，怎能不懊恼？！

这么多年波澜不惊的生活，果然不全是好处。

陶铈见铜镜里头再无人应答，当即起身往乱葬岗赶来，可到了这里，发现整个墓穴里空无一人。

他转了一圈，看见了地上的碎铜镜。

陶铈懊恼不已，就差一步，当日他若是没有离开，先见到锦娘的必然是他！

如今一步之隔，困在他心中四万年的执念依旧没有得到答案！

不远处升起一团烟气，一人现出身形，气势压人，深不可测。

陶铈见来者不善，便没有说话。他如今也有几分本事，可他摸不出眼前这个人的底子。

寂斐看了一眼墓穴，显然察觉里头无人，看向站在外头的陶铈："可见过什么人在此？"

既然到了这里，便是要找人，他要找的不是沈甫亭，就是锦娘，多一个人找，自己便多个机会寻到锦娘，于自己是有益处的。

"你找锦瑟还是沈甫亭？"

寂斐神情瞬间一变，当即瞬移到他面前："你见过他们？锦儿如今在何处？"

陶铈摊了摊手，一无所知："我也刚来，你看到的场景就是我看到的。"

寂斐沉默了一会儿，看向他，似在揣摩他的意图："不知尊驾找的是谁？"

陶铈四万年前就是人精，一笑化解了寂斐的敌意，随意找了个借口："我与沈大夫往日有些纠葛，想要寻他算个明白账。"陶铈说着，拿出怀里的铜镜，"本来是取得了一丝联系，只可惜铜镜被他摔碎了……"

寂斐拿过铜镜，里头残留着一丝气息。他闻言，面色一沉，对沈甫亭显然忌讳颇深。

纵横起伏的山峰线条重重叠叠，村落依山傍水，入目景色山清水秀。

锦瑟坐在窗旁，静静地看着外头的风景，没想到自己还能从墓穴里出来……而那个轻易将她带出来的人，就是自己养的那男人……

锦瑟面色平静地坐了许久，才起身往后院走去。

这屋子前院、后院都通着，门一开，穿堂清风扑面而来，带着草木的清新气息，比她的墓穴舒服不少，后院的门大敞着，入目尽是青山绿水。

锦瑟到了后院，沈甫亭正在后院里给早间牵来的几只小马驹洗澡。

她今早起得晚，看见他牵着这么几只不及腿高的小马驹回来，还有些惊讶，毕竟他那样的性子，不像是会有耐心照料这些呆头呆脑的小马驹的人。

不过，这些小马驹很可爱，还是各种颜色的，看上去很小，和一般的马不太一样，她看了就有些移不开眼。

锦瑟忍不住上前抱起一只在院子里溜达的小马驹，伸手摸了摸它的脑袋。

小马驹被她抱在怀里，马上就成了一只木马，一动不敢动，让人颇为熟悉。

沈甫亭在替一只小马驹刷洗，衣袖微微挽起，露出有力好看的手臂，这般坐在阳光下，显得眉眼如画，气质沉静，如清玉浸水，剔透干净，却又惊艳绝伦。

她越看越觉得他熟悉，就差那么一点点，就能翻出陈旧的记忆。

锦瑟抱着小呆马站在门旁半晌，沈甫亭都没看她一眼。他大发雷霆之后，他们二人便没说过话，他也没有和她一道睡觉，可成亲的事一点儿都没耽搁，他反而更加着急，屋里院外已经摆满了成亲要用的东西。

锦瑟琢磨着，不出几日他们就要成亲了，眼神微微一黯，自然不可能坐以待毙。

她走到他的身旁，沈甫亭依旧自顾自地刷着小马驹，那洗澡的小马驹跟她怀里抱着的如同一个模子里刻出来般呆愣，腿还软绵绵的，却直挺挺地站在那里，

乖乖由着人刷背。

"我和你一道洗。"

沈甫亭动作很是利落地刷完一匹马驹，拉过下一匹溜达的小马驹，完全无视锦瑟，显然还在气头上。

锦瑟可从来没有受过这般冷落，见他这般冷淡，一时也生了些许恼意。她摸了摸怀里的小马驹，慢悠悠地说道："我瞧你像是喜欢我，可现下这模样又不像，既然你要与我成亲，又为何不理我？"

她声音甜美，很有欺骗性，若是不刻意阴森森地说话，便真的像天真烂漫的小姑娘，此时话中带了几分委屈之意，叫人有些不忍心。

沈甫亭动作一顿，神情还是冷冷的："只要你和我在一起，我不会不理你。"

锦瑟俯身放下怀里的小马驹，拿起水盆里的小木刷子，与他一道刷着马："你有这么大的能耐带我出来，又这么喜欢我，我怎么舍得离开你？"

沈甫亭神情柔和了些，洗马的时候，锦瑟时不时在他身旁蹭蹭亲亲，冰山肉眼可见地融化了……

待洗好了几只本就不脏的小马驹，沈甫亭起身进了屋，从里头拿出一只色彩斑斓的燕子风筝。

锦瑟最喜欢色彩艳丽的东西，在墓穴里又着实被憋坏了，见这风筝做得精致讨巧，便有些爱不释手。

沈甫亭见她喜欢，神色柔和了些许，拉过她的手："凡间有放风筝祈福的习俗，你我成亲，须得求个好兆头，我特地买了一只，一会儿我们去放了。"

锦瑟没有异议，虽然觉得这些全是扯淡，可对玩是有兴趣的："也好，我从来没放过风筝。"说着，她便挣开了他的手，自顾自地往外头跑去。

沈甫亭的手落在空中半晌，面上神情微顿，片刻后他才缓缓收回手，笼在袖间。

锦瑟跑了几步，见他在后头，笑盈盈地冲他伸出手："你快些，我看前头好多人，要抢不着好位置了。"

沈甫亭见她伸手，眉眼间不自觉地带上几分笑意，握住她的手，与她一道往山野之间跑去。两个人倒像孩童一般为了抓紧时间玩耍，连路上的时间都不愿意耽误。

不远处的匹献瞧见这一幕，几乎不敢相信自己的眼睛。这妖女委实厉害，四万年前是这样，四万年后还是这样，叫自家公子被迷了心窍。

一旁的匹相神情凝重，这若是一只普通的妖便罢了，可偏偏是往日的妖尊，那妖界的寂斐一日跃千里，早不同往日。妖界、仙界在一旁虎视眈眈，在他看来，君主根本就是行在悬崖绝壁之上，踏错一步便是粉身碎骨的下场。

如今最主要的是要将天界夺回来，可他每每提及此事，君主都是一副不着急的模样，这叫人如何不忧心？

二人在这里又忙活又担心，长吁短叹之间，生生老了好几岁。

那边沈甫亭已经带着锦瑟去了山野之中，这附近村落的人，大抵都在这里放风筝祈福驱邪，求个好兆头。

锦瑟一到地方就抓起风筝放，可惜手法不到家，无论怎样风筝都飞不起来。

她兴致勃勃地跑了几圈，额间都起了一层薄汗，却还没有让风筝飞起来。她不由得使了小性子，随手将风筝丢在脚边："你这风筝未免太没用，半晌都放不上去。"

沈甫亭见状一笑，走到她身旁将风筝捡起来："你自己放不起来，倒全怪在风筝身上啦？"

锦瑟很是不服气："你既这般说，不如你来放，不许使法力，否则可太轻巧了。"

沈甫亭自然不放在心上，放风筝这么简单的事情，如何难得倒他？可不知怎么回事，他几番来回，也没能让风筝飞起来。

锦瑟见了，心头痛快不已，走到他旁边，笑盈盈地说道："看来你也不行，刚才也不知谁这么大的自信心。"

沈甫亭见她笑得得意，伸手揽过她的后脑勺，在她的唇瓣上啄了一下，坏笑道："不安好心，今日若是没有讨到好兆头，就不准睡觉。"

因为他刚刚跑过，气息有些乱，也格外炙热，生生让锦瑟住了口。

她腹诽了一番，哪儿有这样的人，明明是他放不来风筝，怎么还不许她睡觉了？不过她倒也没等太久，也不知沈甫亭是怎么就找到了诀窍，一会儿工夫风筝便高高飞起，然后他将线递给了她。

锦瑟拿着手中的线只觉很新鲜，时不时拽上一下，风筝还能飞得更高。

风筝线快要到头的时候，沈甫亭才拿过带来的金剪子："你来剪，一切不好的东西都会随风筝离去，我们的亲事必会有个好兆头。"

锦瑟伸手接过剪子，指尖拂过紧紧绷着的风筝线，线随着风筝微微摆动，竟牵动了她的心，让她的心微微发颤。

她轻轻剪断了那条线，断了线的风筝飘向天际，慢慢变成一个小黑点。

她看了很久，直到风筝消失。沈甫亭拉过她的手，与她十指相扣："我们该回

下册

293

家了。"

锦瑟与他一道走在田间小路上："你刚才是不是故意不将风筝放上去，好叫我？……"

好叫我高兴？锦瑟没有问出来，不知自己是希望他回答是，还是不是。

沈甫亭看向她，眼中带着笑意，低沉的声音带着宠溺意味："你觉得呢？"

彼时的天已经微微黑了下来，田野之中到处都是孩童的嬉闹声，虫鸣鸟叫不休。

他的声音低沉温和，却格外清晰，朦胧的夜色模糊了他的面容，可他的眼神没有被夜色遮掩，一眼看去，她轻易就能看到他心里。

锦瑟看着他，眼前似乎有一个人，撑着伞从雨中走来，一样的眼神，熟悉至极，她的心跳微微一滞，然后开始不受控制地加快，她仿佛都能听见。

夜幕缓缓降临，满天的星斗点缀在遥远的天际，仿佛要坠落山间。

锦瑟坐在屋里，听着沈甫亭在外头灶房里的动静，有些出神。她明明是养了一个男人，怎么倒成了小两口过日子的感觉？

正想着，她眼前凭空浮现一张纸，上头龙飞凤舞地写着几个字，渐带潦草，书写之人似乎很着急："勿信沈甫亭。"

她见状，微微怔神，没有因为这突然出现的信纸而意外，反而是习以为常的感觉。

她听到门外传来的脚步声，眼眸当即变得鲜红，看向悬浮在空中的纸，那纸被凭空冒出的火舌舔过，瞬间被灼烧干净，灰烬消失无踪。

沈甫亭正好推门进来，背后是朦胧夜色中的无尽星空，越显他身姿修长，眉眼如画。

锦瑟只觉一切极为熟悉，刚才这一连串动作让她似曾相识。

脑海中忽而闪过一间小屋，一颗流光溢彩的珠子，小院中的雨，门外一把油纸伞轻轻抬起，伞下的人她却看不清模样。是谁给她写的信，又是谁撑着油纸伞？

沈甫亭端着手中的瓷碗走到她面前："成亲前都要吃一碗汤圆。"

锦瑟只当这是这里的习俗，伸手要接过碗。

沈甫亭却不给，端着瓷碗，在她身旁的凳子上坐下："我喂你。"他说着，拿起勺子舀了几颗圆润的小汤圆，启唇轻轻一吹，才递到她的跟前。

锦瑟倒不会拒绝，微微张开小嘴，吃下勺中的汤圆。小汤圆一颗颗滑入口中，极为软糯甜腻，吃起来有嚼头，很美味。

锦瑟一边慢悠悠地嚼着汤圆，一边看着沈甫亭的面容。他很好看，好看到无一处她不熟悉。

沈甫亭见她看着自己，不由得一笑："好吃吗？"

锦瑟的思绪顿时被口中的汤圆吸引了，汤圆味道确实很好，甜甜糯糯的，上头还撒了些许桂花，沾在汤圆上，她嚼起来还有桂花的清香："好吃，你也尝一口。"

"我不饿，全给你吃。"他唇角带着一丝浅笑，静静地看着她吃完，拿着勺子又喂了她一口，极有耐心。

锦瑟见他这般，心口莫名发紧，总觉得今晚会发生点儿什么事。

锦瑟慢吞吞地吃完一碗汤圆，口齿依旧留着清香，不太饱却刚刚好。她意犹未尽地看了一眼他手中的碗，见没了才收回视线。

沈甫亭看着她红润的唇瓣上泛着的水润光泽，忽然开口问道："甜吗？"

锦瑟不明所以："甜，你的手艺倒是不错，我很喜欢。"

"我尝尝看。"沈甫亭突然俯身过来，伸手扶住她的后脑勺，低头以唇覆上她的唇瓣，带着温柔却又不容抗拒的力道，探入她的口中，几息之间，便尽数夺去了她口中的香甜气息。

锦瑟不知怎么便被他带到了床榻旁，还未反应过来，便被他抱着压在床榻上。

锦瑟陷在被窝里头，一瞬间有些失神。这可是个吹枕头风的好时机，她连忙搂上他的脖子，低声细语："你有这么大的能耐将我从墓穴里带出来，那能不能帮我解开困妖索？这东西在我身上太难受了。"她话中故意带上了几分委屈之意，装得很是可怜。

沈甫亭微微一怔，支起身子看向她，神情瞬间从意乱情迷转为清明。

锦瑟腹诽，果然是个不好骗的，不过这么一句话便让他生了警惕之心，不是都说女色容易让人冲昏头脑，怎的在他这儿偏生就用不上了？

锦瑟想起了前头几次在墓穴里他也是如此，点到即止，根本不受这些蛊惑控制，弄得跟清心寡欲的神仙一般，叫她都怀疑，究竟是自己没有魅力，还是床第之间的事对他来说，根本没有这么大的吸引力？

锦瑟正胡思乱想着，沈甫亭却低声说道："我已经给你解了……"

他声音微低，像是看出了什么一般，毕竟这时她还能静下心来想别的，摆明了就是清醒至极，甚至有所取。他这般聪明，又怎么可能想不到原因？

锦瑟顿住了，没想到这般冷战，他还会将她身上的困妖索解了，也不知他是

下
册

295

何时解的，她竟然一无所知……

她心中虽有疑惑，却着实惊喜，见他神情落寞，似要起身，不知怎的，心中微微酸涩，搂住他的脖颈的手微微下拉，自动吻上他的薄唇。

沈甫亭对这事本没有太强的欲求，毕竟修炼数万载，根本不会受这些世俗情事的控制。

她若是实在不愿意，他也不会强求，在他看来，这种事情虽然代表着二人的亲密关系，但也可以发乎情、止乎礼。

他微微离开她的唇瓣，冷静而又清醒地说："若你实在不愿意行这事也可以，我对此事也并没有太多欲求，只要你和我在一起就可以。"

锦瑟见他这般，越发愣神，这可和话本里头写的情况完全不一样！

他怎么可能不喜欢这事？男人清心寡欲到这个份儿上，只有一个原因，就是她的身子对他来说没有太大的吸引力，这可真是让人心头不痛快！

锦瑟虽然身板单薄了些，比起话本子里头或清纯或妖艳的女子，确实不够前凸后翘，但她还是自信心很强的妖怪，如今却有些受挫。

她想着，越发不悦，如果连一个男人都吸引不了，那可真是丢排面。

她心中一横，当即狠狠吻上他的薄唇。

这般娇娇软软的温香软玉在怀里乱磨，沈甫亭终于不再克制，俯身重新压上了她，低声说道："想清楚了吗？"

锦瑟见他还有心思问，一时气恼，使劲往他身上蹭！

沈甫亭的气息开始乱了，呼吸在她耳旁越来越清晰，外头的虫鸣声她已然听不见了，只余他在耳畔的呼吸声。

她呼吸发紧，有些受不住，却又喜欢他这般轻轻吻她。

沈甫亭握住她的手，带到他的腰带处，炙热的唇瓣落在她的面颊上，滑过耳朵："帮我解开。"

他的声音带着沙哑的磁性，和平日的淡漠不同，一字一句都在勾人，落在耳中，让人羞怯，可她又控制不住想要他用这样的声音多说几句话。

锦瑟如同被蛊惑了一般，脑袋中一片混乱，下意识地按照他的话开始动作，却因为没有经验而毫无章法，弄了许久都没将他的腰带解开。

沈甫亭伸手握住她的手，在她面颊旁轻笑，气息落在她的面上："腰带都不会解，嗯？"

锦瑟感觉心口被重击了一下，看着他近在咫尺的如玉面容，脑袋中一片空白，不自觉地咬了咬唇瓣。

沈甫亭微微支起身，眼神却直勾勾地看着她，叫人心口紧得发慌。

他修长白皙的手覆上她软绵无力的手，带着她的手指触上腰带上的坚硬纹路，指尖滑过暗绣花纹，带起微微的痒意。

锦瑟抵不住他的眼神和动作，顺着他的眉眼、鼻梁、唇瓣慢慢往下，看见了他微微动着的喉结，手莫名开始发颤。

而沈甫亭已经将她的手带到了腰带扣处，她下意识地看向他的窄腰，衣摆下头是修长的腿。

片刻间，他的手握着她的手解开了腰带，一时间似有什么禁忌被打开了一般，屋里的暧昧气氛惹得人呼吸不畅。

锦瑟眼眸似含春水，唇瓣因为摩挲得鲜红而显得娇嫩，迷乱的眼神叫人无从克制。

沈甫亭随手将腰带扔到一旁，握着她软绵绵的手腕按到她的头顶，带着不容抗拒的姿势俯身压上来。他的吻很狂乱，鼻梁和她小巧的鼻尖相碰，让她微微发喘。

意乱情迷间，他动作微微一顿，明显察觉了外头的不对劲。

锦瑟被他灌了不少迷魂汤，见他分神，不由得抬起腿去钩他。

他显然也不好受，额间尽是细密的汗珠，见她腿还不安分，当即伸手握住她的腿，掌心的滚烫温度显示着他有多艰难。

锦瑟见他僵持不动，伸手搂上他的脖子，贴着他的面庞："你怎么啦？"

沈甫亭贴着她的面颊，声音已经哑得不像话，却舍不得离开："有……有人来了，我去看看……"他说得颇为艰难，可又不可能任由旁人听墙脚，倒不如速战速决，尽快解决了人再回来。

他显然是个狠人，话刚说完，当即起身离开了温香软玉，随手拿过一旁的被子盖住她，在她娇软的唇瓣上轻轻落下一吻，嗓音沙哑地说道："我很快回来，等我。"

他离开之后，锦瑟还有些恍惚，等身上的温热尽散，意识才微微回笼，颇为懊恼自己鬼迷心窍，可又气恼他竟在这个时候抽身离开，实在让人恨得牙痒。

她难道就这般没有吸引力？

锦瑟心中发闷，怒气冲冲地坐起身，整理好身上散乱的衣裳，才下了床榻，便见屋里凭空出现了一个人，极为专注地看了许久。

待那人注意到她衣发微微散乱，一瞬间有些愤怒，可他掩饰得极好，看上去依旧是岁月静好的模样。

锦瑟看着他，觉得很熟悉。

眼前的人缓缓走来，如往昔一般拿过她的手，俯身以她的手背轻轻贴了贴额间，恭敬虔诚地说道："王，我终于等到你了。"

锦瑟眼也不眨地看着他，这个做了千百回的动作，象征着她的身份，与她的生命相连，熟悉而又刻骨铭心。

这些日子她一而再，再而三地受刺激，陈旧的记忆终于有了破土而出的迹象，瞬间如潮水一般涌来。

她才恍然想起，原来她是妖界的妖尊，锦瑟。

锦瑟一瞬间有些不知今夕是何夕，四万年的封印实在太久，她的记忆还是混沌得很。

寂斐还想说什么，却突然神情凝重地道了一句："竟然回来得这么快？"他当即伸手握住她的手，"此人乃九重天上的仙帝，绝不可信，此地不宜久留，我们先回妖界再说。"说话间，二人已经随烟云消散。

片刻之后，屋门便猛地被推开，沈甫亭快步进来，果然见屋中已经空无一人。

刚才那人故意引开他，他心中觉察，立即回转，没想到还是晚了一步。

以锦瑟的法力，她要是不愿意走，根本没有人能劫走她，除非她愿意跟着走，那么这个人除了寂斐，就是陶铈……

这两个人，哪个他都极端不喜欢。

他面色越发阴沉，神色暴戾。

寂斐的法力比以往高出太多，一夜之间，两个人便已经到达了天涯海角的业障海。

业障海宽大无边，直通妖界，其中迷障重重，没有任何方向，人进了这里，就等于进了世界的另一个尽头，除了这片海和连接的天，便再也见不到别的东西。

法力无边的强者也无法保证不在此间迷失，无人知道海下藏了多少骸骨，即便是妖也不敢轻易通过此路回妖界，可这也恰恰是最好的屏障，可以断了后头所有的追击。

寂斐一挥手，整个业障海掀起骇浪，便是他们站在岸边，也能觉察可怕的狂风巨浪。

片刻之间，一只巨大的海龟往这边游来，如山般高阔，巨大无比，几乎遮天蔽日，带起的浪花对岸边的人来说，简直是灭顶之灾，轻易就能将人掀没。

锦瑟站在海岸上，看着慢慢游来的山龟，万万年的老王八，性子极懒，一般都是待在底下做活化石的，很少有人叫得动它。

毕竟这么大一只，从海底游上来要花费许多力气，更何况也不是轻易能够驯化的，这东西通常待在海底，龟壳坚硬无比，揍它它也不搭理人，将头往壳里一缩，任天王老子到了眼前也没用，架子可是大得很。

山龟到了眼前，微微抬起耷拉着的大眼皮，看向寂斐，语气极为慵懒邪魅："大王，龟儿来驮你了。"

寂斐："……"

锦瑟："……"

周围海浪中被拍飞的小鱼妖有些吃不消，呕吐声此起彼伏。

锦瑟神色微妙地看向寂斐："你和它……"

寂斐与她是何等默契，瞬间一噎："你不要多想，不是这样的。"他说着，眼风扫过眼前的山龟。

山龟只觉皮一紧，悄悄垂下眼，眼皮更耷拉了，如同一块受伤的活化石。

寂斐拉起她的手，将她往上扶去："上去吧，我们先回妖界。"

二人一道上了龟壳，山龟转身游回了海中，速度可不是来时那般悠闲，眨眼之间便游了千里，疾驰而过带起的狂风巨浪，几乎将人掀飞，若不是法力高强者，还真没有能耐将山龟当坐骑。

寂斐挥手在面前设了一道屏障，隔开了狂风恶浪。

锦瑟的思绪还有些混乱，四万年发生的事实在有些多，她又不耐烦理一理，索性就由它乱着，见状，忽而开口道："四万年不见，没想到你如今有这样的本事，连山龟都能被你降为坐骑，这万万年的老妖物，可没这么容易听话。"

寂斐闻言一笑，看向浩瀚无垠的大海："四万年了，沧海桑田都已经变换了几遭，我若是再不长进，又怎么守得住自己想要的东西？"

若是往日，他必定不会在锦瑟面前说这样让她忌惮的话，可实在是今日看到的场面对他冲击太大。

她和沈甫亭四万年前如何，他已经无法改变，所以他只能不在乎。但四万年后，他不可能不在乎！

锦瑟微微一笑，慢悠悠地说道："哦，不知你要守什么东西？"

寂斐看向她，正要开口，突然天际一柄巨剑垂直插向海中，那剑身极宽，如一道墙挡住了山龟的去路，在平静无边的海面上掀起了惊涛骇浪。

山龟的速度极快，见到东西它根本不躲避，只会横冲直撞，诚然，海面上也

没什么是它撞不开的。

可这把剑死死地挡在前面，它轰的一声撞上了剑身，脑袋上瞬间起了一个大包。它漂在海面上怒号起来。

寂斐随手施法稳住山龟，周遭的海面瞬间平静下来，他看向前面的剑身，静等沈甫亭。

须臾，沈甫亭悄无声息地悬在半空之中。大者仙法皆讲究静，静而收，收而敛，放之才有更大的力量。

他就是这般静，静得如这平静浩瀚的海面，难起波澜，根本不知底下究竟有多深，浪花带起的海风吹得他衣袂翻飞，难掩其谪仙气度："跟我回去。"

寂斐依旧先礼后兵："一别四万年，沈仙帝一如既往地没有自知之明，我妖界的妖尊如今要回妖界，又怎么会再跟着你？"

沈甫亭神色微敛，看锦瑟又不像是已经想起什么的样子。他微微一顿，开口道："锦瑟，我们还没成亲，你不能走。"

寂斐的唇抿成了一条线，背在身后的手慢慢握成了拳。

锦瑟看向他，陈旧的记忆全部回来还要些时间，她现下脑子混乱，实在无法将沈甫亭和敌对的九重天联系在一起。

她眼眸微转，红唇轻启，不开心地说："你骗我。"

沈甫亭见她没有不愿的意思，神情变得柔和了："我何曾骗你？"

"我们相处了这么久，你却一直以男鬼的身份来骗我，这又如何算？"

沈甫亭波澜不惊："你我在一起与身份又有何干？你想我是什么我便是什么，只要我们相互喜欢，一切都不是问题！"

这话倒是合锦瑟的心意，她眼睛一弯："你说得对，毕竟合我心意的人实在难找，如果你愿意，你可以与我一道回妖界，我会好好待你的。"

"万万不可，你还没有想起他吗？他是仙帝沈甫亭，你这四万年受的封印，难保没有他的手笔！"寂斐面色凝重，死死地克制着自己的情绪。

锦瑟不以为意，即便暂时想不起什么，也能推测，想来沈甫亭和镜子里的人都是她往日的玩具，而且那时候玩具和玩具之间还争宠，闹得很不愉快。

她既没想起来，自然也不会在乎："我有这么多玩具，想不起来也是常事，往后若想起来封印真与他有干系，那也是往后的事，你不必担心。"

她这一番话说完，寂斐心中倒是舒坦了些，沈甫亭却反之。

他面色猛然一沉，因她话中的意思，还有她的态度，千丝万缕的愤怒情绪汇到了一处："这么说，你记得寂斐，却不记得我？"

锦瑟依旧不改往日做派，微微抬手绕了绕发梢："那是自然，玩具和人还是有区别的。"

寂斐心头瞬间舒畅，诸多情绪顿时消失，看着沈甫亭的眼里都有了笑意，那是胜利者的笑意。

锦瑟微微抬眼看向沈甫亭，表情天真无邪："你其实不必在意这些，四万年前我选中你做玩具，就说明你这面皮很讨我欢心。若是你好好表现，我必然不会冷落你。"

沈甫亭怒极反笑，那笑容冷得几乎冻结了这无边无际的业障海："找死！"

业障海上瞬间掀起了惊涛骇浪，整个海面翻江倒海，极为恐怖，轻易就能将人吞噬，甚至天上的日月都像要被吞没。

巨大的山龟在海中上下漂浮，即便熟识水性，终究有些受不住这样的风浪。

锦瑟见沈甫亭这般，眼眸微微一眯，唇角弯起，准备动手。

寂斐已然伸手一拍龟壳，山龟当即沉下海底，巨大的旋涡在海面上形成，山龟片刻之间便消失不见。

沈甫亭眼神阴沉，当即施展仙法，无数道仙光萦绕，以肉眼不可见的速度在海面之上瞬间扩散，巨大无比的耀眼光晕笼罩着海面，可怕的仙力掀起了狂风骇浪，将深海层层掀开，须臾便察觉前头的山龟踪迹。

沈甫亭当即伸手，巨大的剑凌空而起，闪过炫目的光芒，瞬间缩小，重回他手中。

他提剑追去，却见下头巨大无比的旋涡突然在海面显现，如山峰般高大的山龟与旋涡相比，也不过墨迹般渺小。

山龟当即以毕生最快的速度疯狂逃离，好在它已在旋涡的边缘，否则根本无法逃生。

那旋涡带着吸力将海面上的潮水吸入，一张巨大无比的嘴猛地从海面之中钻了出来。

其鱼之大，肉眼所及不可容。那尖利的牙齿如同山峰一般重重叠叠，须臾，翻涌而起的海水便被尽数吞入了巨鱼口中，带起的风浪极为巨大，几乎连天上的云层都被它吸食。

沈甫亭眉头紧紧一皱，当即往上掠去。

锦瑟站在山龟之上，闻声转头看去，正瞧见沈甫亭被巨鱼吞入口中。

不过是一瞬之间的事情，在她眼中却被放慢了数倍，连他眼中的神情她都看得一清二楚，最多的还是不信她的背叛。

下册

锦瑟微微顿住，心口有一瞬间的疼痛感让她缓不过来。

巨鱼闭上了嘴，重新进入海中，海水倒流成旋涡，流淌得极快，缺口瞬间被填平。

寂斐见海面慢慢恢复平静，眼中露出一丝笑意，开口安抚锦瑟："放心，他往后再也不能来找你，你会是六道之主……"

山龟以极快的速度往前游去，如同逃命一般，声音带着后怕之意："吓死龟儿了，这大鱼贼可怕，往日我可被它吞过，要不是不好消化被它吐了出来，说不准我也已经葬身鱼腹。"

锦瑟闻言不语。

寂斐伸手抚向她的肩膀："九重天上的第一人也不过如此，四万年过去，仙者能人尽出，他也不过是往日的英雄罢了，如今区区一条鱼就能将他杀了，他根本配不上你。"

这话说得倒是轻巧，可这巨鱼不好对付，现下驮着他们的万年老乌龟在海中也不是个好相与的，真发起狂来，一样不好对付，更何况是轻轻松松就能把老乌龟吞进肚子里的远古妖鱼呢？

山龟也不好反驳，逃命要紧，多耽误一刻，说不准这巨鱼就从下头上来了。

突然海底一阵动荡，下头翻涌而起的潮水湍急得可怕，几乎整个海底都在摇晃，水面上虽然平静，可那种恐怖的震动，有一种死亡在逼近的感觉。

须臾，震动传到了海面上，摇晃中的海水掀起了波涛，海浪巨大无比，轻易就能将山龟吞没在海水之中。

它勉力往上游才浮在海面之上，多少也被这海浪拍得头昏脑涨，脑门上肿起来的大包被巨浪拍得极痛，它一时不住号叫起来。

远处一声冲破耳膜的巨响传来，震得海水波涛汹涌。

那条巨鱼似在海下挣扎，猛然翻了出来，在水中翻腾旋转，似乎极为痛苦。

翻起的巨浪震得地动山摇，他们站在龟壳之上，被颠簸得几乎无法站住。

寂斐眸色微微一凝，当即下令："速速离开！"

远处巨鱼的肚皮突然被耀眼的光芒划破，光芒从口子中穿出，直通天际，引得海面震动，连天地都黯然失色。

被划开的肚皮里突然飞出了一个人，那人手腕轻转，猛然挥剑，仙力带着凛冽的剑光及可怕的悍然之力，击在巨鱼身上，爆发出的惊涛拍岸之声，震耳欲聋。

整条巨鱼被劈成了两半，发出一声嘶吼，痛苦地跌回大海中，溅起了极大的浪花。

湛蓝色的海面瞬间染成血红色，在海水中无尽漫延。

这种可怕的力量，四万年前便已然出现过一次，现下依旧是这个人，沉睡四万年并不会改变任何东西，有些人的起点，是旁人穷追不舍也得不来的东西，这就是现实。

锦瑟活了万万年，也没有见过这般场面，不由得看向沈甫亭，极为清晰地看见他眼里的无尽恨意，他似乎要将她拆吃入腹，表情极端骇人。

她微微一怔，只觉恍然。

寂斐瞳孔微微收缩，完全难以置信，他连这样的远古妖兽都能诛杀，心不由得沉下，杀意横生。

不过根本不需要他动手，沈甫亭既在这业障海中，即便法力无可估量，也不可能离开，终究还是会死在大海之中。

他心中思索，一声令下："走！"

他当即伸手施展法力，助山龟一臂之力。

山龟的速度本就快，现下沈甫亭根本无法追赶。

沈甫亭斩鱼过后，径直从空中跌落水中。

锦瑟却没有动静，直到再看不见人，眼前只留一片血海，才慢慢地收回视线，似乎什么也没有发生过一般，平静地跟着寂斐回了妖界。

这四万年来所有的东西都在变化，妖界也不如往日那般妖怪成日打架，现下很有秩序，很是繁荣。

今日寂斐回妖界，许多上上阶的妖侍在妖宫外头等着寂斐。

等锦瑟与寂斐一道走过之时，所有的视线都集中在寂斐身上，带着极端的崇拜和敬畏之意，开口呐喊："恭迎我们的王。"

寂斐迎着锦瑟进妖宫，宫中还是四万年前的模样，彩色的玻璃透过阳光，折射出五颜六色的光影，映在地面上，美如幻境。

寂斐将锦瑟送到了往日住的宫殿里，还待与她叙旧，可身旁的妖侍急急在旁边催促。

他是突然间感觉到锦瑟的气息，当即放下所有事情去找她的，现下自然还有许多事务要处理。

他无法，只得回去处理完事务再来："这一路奔波劳累，你也辛苦了，进去好好歇息，待到晚间我摆宴，好好替你庆贺一番。"

锦瑟有些心不在焉，闻言点头，挥了挥手："去吧！"然后她径自往里头

走去。

寂斐转身，和煦的面色当即一变，对妖侍吩咐道："带人守着业障海，出者格杀勿论。"

他面上满是杀意，做事向来确保万无一失，即便沈甫亭未必逃得出业障海，他也不放心。

锦瑟回了往日的宫中，熟悉的感觉油然而生，她却没有半点儿离开墓穴的欢喜感。

她静静地坐在靠榻上，看着映在衣裙上的五彩光芒。

这是沈甫亭给她准备的衣裳，和她那件红裙一样好看。他还给她备了很多衣裳，最好看的是那件嫁衣，还没赶出来。

她只看了画，便觉喜欢不已。

她心中有些茫然，脑子里想的全是他的眼神，心口莫名涩涩的，思绪极为混乱，不可控制地想起了他那日拉着自己放风筝的笑，二人你追我赶，像孩子一般嬉闹。

锦瑟想着，不自觉地轻轻笑起。他往日看着这般稳重，没想到也有那样的时候。

她轻笑出声才反应过来，自己想的尽是沈甫亭，再一抬眼，外头的天色已然黑沉，她竟然这么坐着想了他整整一日！

她有些难以置信，不自觉地起身去了外头，看向挂在天际的圆月。

妖界这一处是尽头，又大又圆的月亮仿佛近在咫尺，伸手就能摸到。

她想起沈甫亭落进海里的画面，呢喃道："神仙应该不会死吧？"

"世间万物皆有尽，便是神仙也会死。"一个带着笑意的苍老声音从一旁传来。

她转头看去，是装饰的石柱老妖婆在剪指甲。

锦瑟瞥了她一眼，不悦道："谁准你偷听我说话？"

年纪一大把的老石妖往日是看着她长大的，显然不怕她，耸了耸肩膀："是你自己在我面前说的，怎的还怪人家听了？"

锦瑟想起她说的话，心中越发不痛快，一点儿都不想理她。

老妖婆刚刚剪好的指甲不知怎的又变长了，她又慢吞吞地剪着，极为八卦地瞅了锦瑟一眼："小丫头在外头鬼混了这么久，是不是有了意中人？"

锦瑟不以为然："什么意中人，不过是一个中意的玩具罢了。"

老妖婆仔仔细细地剪着指甲，眼里燃着熊熊的八卦之火："是你刚才嘴里的神仙，是不是追着你到这里来啦？"

锦瑟闻言不语。

老妖婆剪完了指甲又开始修，极为坏心地说："我可告诉你，妖怪是最喜欢吃神仙肉的，说不定你那个意中人已经被吃掉了！"

锦瑟气恼不已，也不知是气她说沈甫亭是自己的意中人，还是气她说沈甫亭死了，一时心头窝火，当即甩袖将她的指甲变长数十米："剪你的指甲，再多管闲事，叫你一辈子都在这儿折腾指甲。"

老妖婆好不容易将指甲修短，到头来又成了无用功，气得暴跳如雷："死丫头，这样的狗脾气谁吃得消你？哪个神仙脑子被榔头敲过才会看上你！"

锦瑟权当耳旁风刮过，转身疾步往殿里走去，可心中将她的话当回事了。

神仙也会死的，或许那是他们见的最后一面了……

锦瑟突然眼眶有些涩，有点儿不舍得，当即转身风一般跑出了殿门，消失在夜色之中。

石柱老妖婆被她这一阵风刮得手微微一抖，险些剪断手指头，气得破口大骂："哪儿来的毛病，一阵风一阵雨的，中了什么邪？"

锦瑟眨眼间便出现在业障海旁。

山龟还没有回海中，白日里那一场疯狂逃命行动，显然累着它了，现下它正趴在岸上睡觉。

海里头许多虾精蟹妖悄悄地爬上来，在它的壳上寻找吃食。

锦瑟捡了一块石子，往它脑袋上的那颗大包砸去。

山龟本就脑门肿得厉害，也不知哪个坏心的家伙还戳它的痛处，一时猛然睁开眼皮，见是锦瑟，不由得吼道："干吗？没看见龟儿在睡觉吗？！"

锦瑟不以为意地一笑，轻飘飘地说道："龟儿子，带我进业障海。"

山龟气得火冒三丈："龟儿不是龟儿子，没文化的女人，去别处玩，别打扰我睡觉，我还在长身体！"它说着，便将头缩进了壳里，连白眼都不耐烦给她。

锦瑟冷嗤一声："你不带我进业障海，那我就拿你炖汤。"她眼中闪过一丝血红之色，山龟底下瞬间起了熊熊烈火，带着妖力，极为炙热，壳子分分钟就变得滚烫了。

山龟被烫得不行，咬牙切齿地钻出了龟壳："阴险狡诈的小人，无耻！"

皎洁的圆月高高挂在天际，一闪一闪的星斗缀满了夜幕，倒映在蔚蓝色的海面之上，仿佛漂浮在星海中。

山龟在海面上游了大半夜，絮絮叨叨地说："你这是大海捞针，根本没用，都快一天一夜了，指不定他又被别的鱼吞了，在鱼肚子里头被消化没了。"

锦瑟眼中闪过一丝阴毒之色，上前一脚踩在它脑门的肿包上："再给我多说一句，就要了你的命！"

山龟痛得哀号出声："哎哟，丧尽天良的，连活了这么久的王八都要杀，没天理，呜呜呜。"

锦瑟才懒得理睬它，抬眼认真地在周遭海面上找着，突然看见了一道光芒，似乎是剑上的光芒。

锦瑟当即在山龟的包上直踩脚："那边，快给我去那边！"

"哎，疼呀，别踩，别踩，小祖宗，我求你了，你不要踩了嘛！"山龟一边歇斯底里地哭着，一边飞快打转方向游过去，短腿游得飞快。

不过片刻，他们便到了近前，果然见一柄变宽的剑浮在水面上，一人斜靠在剑身上，随着水面起伏，衣摆在水面之上漂浮着，浑身血痕，乌发浸湿，沾染在白皙的面容上，如此狼狈落魄，那模样反而另有一番味道。月光洒在他身上，有一种惊心动魄的惊艳之感。

锦瑟以为他晕倒了，不想一靠近，便见他神情清明地静静看着她靠近。

锦瑟见他清醒着，不由得一怔。刚才她在这儿转了好久，他显然看见了，却没有开口叫自己。

锦瑟略一迟疑，站在山龟的脑袋上看了他半晌，终是开口问道："我今日救你，你就得跟我回妖界做我的人，你可愿意？"

她可不是个白费功夫的妖，若是沈甫亭不愿意留在妖界伺候她，那她可是不愿的！

沈甫亭只是看着她，既没有说愿意，也没有说不愿意。

锦瑟被看得莫名其妙，他现下苍白虚弱，白日里那一场恶斗显然让他受了重伤，如今又在海里头待了这么久，哪里撑得住？或许他只是看着清醒罢了……

锦瑟俯身上前，沈甫亭身旁围了一堆小鱼，牙齿极为锋利，就等着他昏过去，饱餐一顿。

她一拂袖子，将身旁虎视眈眈的鱼挥出了数十米，才伸手去拉他，他也没反抗。

只是他看上去身姿修长，不想这般死沉，锦瑟也不好使法术，免得叫他看轻了，以为她实力弱，养不得他……

她费了九牛二虎之力才将他拉到山龟的脑袋上，浮在海面上的剑自己飘了过来，靠在山龟一旁，候着自家主人。

沈甫亭身上受的伤显然比她想象中还要严重，衣衫上全是血痕，即便在海水中泡了这么久，也没有淡去，显然是伤口一直在流血。

锦瑟难得见他这般无害，将他搂在怀里，低头查看，衣衫穿得严严实实，实在看不见伤口，正犹豫着要不要问一问。

他突然咳得极为厉害，不过几声，喉头的血便涌了上来，染红了如玉的下巴，几滴鲜红的血沾在他的面容上，触目惊心，却惊艳绝伦。

锦瑟被他吓了一跳，伸手抚过他的脸，也不知该先替他擦血，还是要先替他止咳，手足无措，伸手点在他的额间，想给他输妖力。

沈甫亭侧首避开她的手，血吐得越发多了。

山龟有些幸灾乐祸："没救喽，折腾了一晚上，到头来一场空，嘿嘿嘿。"

锦瑟被触了逆鳞，当即一拳砸在山龟的肿包上："再多说一句话，就要你的命，送我们回去！"

山龟被砸得嗷的一声，当即掉转方向，将他们往妖界送，恨不得早早将这个煞星送走。

天际缀满了星星，倒映在海面上，耀眼夺目，山龟在海中穿行的速度极快，在星海中沉浮，入目尽是璀璨星斗。

锦瑟收回视线低头看去，沈甫亭靠在她的腿上，似在闭目养神，气息极为微弱，仿佛下一刻就会死去。

自己的衣袖已经被他的血浸湿，那鲜红的颜色颇为刺目，她伸手设了屏障，看着玩具，满眼担心的神色。她再晚来一步，说不准他就……

锦瑟想起老妖婆说的话，一时紧盯着他，观察他的动静，唯恐他断了气。

沈甫亭许是察觉了她的视线，长睫微微一动，轻轻抬起眼帘，慢慢看向她。

他的眼睛很好看，没有一丝杂质，眼里映着漫天星斗，如同坠入星海之中，而星海之中映着她的模样，好看得让人不自觉屏住呼吸，唯恐打散了所看见的景象。

锦瑟见他看过来，忧心地问道："你不会死吧？"

这一句话可真是极煞风景。

沈甫亭也不知有没有听见，重新闭上了眼，平静地躺着，仿佛他刚才看过来的眼神，只是她的错觉。

锦瑟被弄得摸不着头脑，本来就不知晓他心中想的是什么，现下更是一头雾水。不过，她也不耐烦管，只要他的人是她的就好了。

山龟飞快地蹬着腿将他们送到岸边，锦瑟当即扶着沈甫亭，踩着它的脑袋下去。

万万年的老乌龟又岂是好相与的？见她终于离开了它肿起的大包，它邪魅地一笑："呵，女人，你成功地惹怒了我，我会让你付出代……"

它还未说完，锦瑟便随手一挥，绣花针扎在它的大包上，它痛得猛地一缩头，险些哭出声。

锦瑟看向山龟，阴恻恻地说道："我很久没有炖王八汤了，你活了这么久，若是将你炖成汤，一定很补身子。"

山龟只觉脑门上的大包一抽一抽地疼，满是邪气的眼里流出了眼泪。它好歹也是万万年的乌龟，六道中最珍贵的保护动物，这禽兽竟然想将它弄成炖汤的补品，何其丧尽天良！

它憋屈得扭头往海中游去："你给龟儿等着，等包消了，我就要了你的命，呜呜呜……"

沈甫亭看了一眼乌龟，又扫了一眼锦瑟，垂眼不语。

锦瑟见乌龟走了，转身扶着沈甫亭去妖界，却见巡逻的妖兵往这里奔来，前面布满了妖阵，根本无处可去。

不过，对她来说这都是寻常小玩意儿，这本就是她没事弄出来捕玩意儿用的，一时也懒得折腾，伸手一挥袖子便在岸边消失了。

二人眨眼间便出现在她的寝宫之中。

锦瑟扶着沈甫亭躺在自己的床榻上，见他满身是血，转身去了外头，端了一盆净水过来，将里头的布拧干。

沈甫亭已然闭眼躺在床榻上，气息均匀，长睫垂着，在眼下投下一片阴影，苍白的面容看上去温和无害，像是睡着了。

她坐到床榻旁，缓缓说道："我替你处理一下伤口如何？"

沈甫亭没说话，眉间微有动静，她可以确定他没睡。

锦瑟只觉得他现下就是一棵扎人的仙人掌，一言不合就扎手，不过看在他受伤的分儿上，她也不和他一般见识了。

她等了一会儿，试探性地去解他的衣衫，见他没有不许，便将衣衫全部打开，发现他身上果然布满了伤痕。

她拿着布轻轻擦拭他的伤口，片刻后，盆中的清水变成了血红色。

他的身体显然与她不太一样，腹部是一块块坚硬的肌肉，锦瑟缓缓地伸手戳了戳，果然硬邦邦的，和她软绵绵的肚皮很不一样。

锦瑟感觉到他的视线，抬头瞥了他一眼，正对上了他的眼，他的视线落在她的脸上，一言不发。她不由得收回了手，继续替他处理伤口。

她正擦着，他的衣袖中有什么东西微微一动，她当即拉起他的衣袖，果然见他手臂上有一条小鱼，那鱼儿极为凶残，死死地咬着他的肉不放。

　　锦瑟一怔，疑惑地看向他，怎的鱼儿这般咬着，他都没一点儿动静？

　　鱼儿见锦瑟拉起衣袖，凶狠地瞪向她，若不是只有孩童拳头般大小，说不准沈甫亭的骨头已经被它咬碎了。

　　这玩意儿咬得死，又不好摆脱，若是强行将其拔下，必会拽下一块肉来，吃力不讨好。

　　"疼吗？"

　　沈甫亭果然如她预料，没有回答，只是眉头微微皱起，显然是难受。

　　锦瑟随手变出一把匕首，划破自己的手掌，伸到鱼儿的嘴旁，将自己掌心的血滴到它的口中。

　　鱼儿的牙齿果然松动了些许，它一个劲儿地吞咽着她的血。

　　不过这鱼生性狡猾，可没有这么容易被骗。

　　锦瑟极有耐心地捏着自己的手心，将血送到它的嘴中，角度却慢慢偏了，那血从鱼儿的嘴边滴下，一点点地从它的嘴旁流过。

　　到嘴的东西却落在嘴旁，任谁都受不了。

　　鱼儿果然张开了嘴，松开沈甫亭的胳膊，往锦瑟的手掌咬去。

　　锦瑟早有准备，它刚松嘴，她便一个手刀劈下，将它劈得砸落在地面上。

　　鱼儿落地，被砸得晕头转向，在地上转圈。

　　锦瑟冷笑一声，神色得意，转过头便见沈甫亭看着自己，眼神叫她越发拿不准。

　　她踟蹰了一会儿："你是不是没有知觉了？要不我帮你把衣衫脱了，免得还有鱼儿咬着。"她说着，便伸手去帮他脱衣服。

　　沈甫亭却自己慢慢地坐了起来，终于开口说了第一句话："我自己来。"虽然声音因为虚弱而轻，但锦瑟还是听到了。

　　她心中颇为欣慰，拿着手中的布在一旁看着。

　　沈甫亭吃力地将上衣褪去。

　　场面有些暧昧，锦瑟也没觉出来，上前便要替他擦拭，他却伸手拿过了她手中的布，自己处理伤口。

　　她便成了没用的摆设，默然站了半晌，砸在地上的鱼已经恢复了意识，在琉璃地面上死命蹦跶，尖利的牙齿不停磨着，吵得人烦躁至极。

　　锦瑟面色阴沉地转身走向它，伸手捏起了它的尾巴，将它整只提起。

鱼儿见了她，鱼眼珠子一瞪，死命地咬着牙齿，又丑又凶残。

这鱼通身五光十色，看上去极为好看，可惜牙齿长得太尖利了，歪歪扭扭，看起来很是不搭。

锦瑟看着它的牙半晌，幽幽笑起："我就说看你哪里不顺眼，原来是牙齿。"她手指轻轻一挥，便将鱼儿嘴里的牙齿尽数削了下来。

一颗颗尖利的牙齿，瞬间掉落在地。

鱼儿僵着大嘴巴，一瞬间有些凝滞，几乎不敢相信自己纵横四海的漫长鱼生，竟然会遭遇这样凶残阴毒的女人！

"啊！"尖厉的鱼叫声贯穿宫殿。

锦瑟不以为意，随手将鱼儿扔到了案几上摆着的水缸中，鱼儿的颜色映在水中，极为好看。

鱼儿被砸在水中晕头转向，待反应过来，暴躁地在水缸里横冲直撞，砰砰直响。

锦瑟很满意，伸出细白的手指探进水中，笑盈盈地逗弄着鱼儿。

鱼儿当即凶残地咬上她的手指，却因为刚被削了牙齿，咬上来软绵绵的，没有半点儿攻击力。

锦瑟见状，越发觉得有趣，完全忽略了一旁的沈甫亭，一如既往地使坏："咬吧，使劲咬，从今往后，你就归我养了，我就是要你每天看得见，吃不着！"

沈甫亭闻言，慢慢抬眼看向她，视线缓缓落在她逗弄的小鱼上，神情莫辨。

第十三章

我就喜欢你这样，连说句好话骗骗我都不愿

安静片刻过后，宫殿外头突然传来了寂斐的声音："锦儿，你在吗？"

锦瑟知晓他会来，漫不经心地回道："进来吧！"

寂斐几步进来。业障海有人逃脱的消息传来，他一下就想到了锦瑟。除了她，没人能这般熟悉妖阵，轻易便从妖阵中走掉。

他一进来便见沈甫亭坐在锦瑟的床榻上，一时心火骤起，当即挥掌冲沈甫亭袭来。

沈甫亭眉眼前垂落的发丝被掌风微微吹动，看着寂斐袭来，眼睫都未曾动一下，根本没有回击的意思，似乎没有反击的力气。

锦瑟见状，黛眉微蹙，当即抬手，绣花线从她的衣袖中飞出，瞬间绑上寂斐的手腕，拉着他的手往回一扯。

绣花线锋利至极，轻易就能扯断人的腕子，寂斐顺着她的力道一转，巧妙地化解了力道。

锦瑟瞥了他一眼，神情不悦，幽幽地说道："你要做什么？"

"你怎么能将他救回来？仙妖有别，他是我们的敌人，怎么能让他进妖界？"寂斐见她护着别人，心中越发难言。

四万年了，他等得太久了，甚至比这四万年还要久，如今骤然见她为了这个

人对付自己，又如何能平静？

锦瑟收回绣花线："救回来又如何？管他是仙还是妖，只要合我心意，他留在妖界又何妨？"

"四万年前情况如何，你即便想不起来，我又如何会害你？你被封印了这么多年，十有八九就是他动的手，难道你没有一点儿印象吗？"

锦瑟不以为意，既然救了，她就不会后悔，往后的事往后再说便是了。

她无所谓地打断了他的话："不记得的事自然就是不重要的，如今他心甘情愿地留在我身边伺候，又有什么不好？"

时间太久了，她只记得重要的事才是正经，若是所有的一切都记得，岂不辛苦？只是说出来就有些残忍了，对她来说不重要的事，对别人来说却不同。

沈甫亭静静地坐着，听了这话，面色依旧平静，似乎没有任何反应。

寂斐不信沈甫亭这样的人会心甘情愿地在这里伺候锦瑟，眼中的敌意没有一刻消失："不管你心中怎么想，今日这个人一定要死！"他不管不顾，挥袖攻去，妖力带着一击毙命的力道。

沈甫亭看着他袭来，唇角微勾，对他露出一丝淡得看不见的笑，却没有躲避的意思。

锦瑟眼神瞬间一沉，倒不全是因为寂斐要杀沈甫亭，而是因为他已经开始不听她的话了，作为妖界的主人，这可不是一件值得高兴的事。

"住手！"她当即随手一挥，袖中的绣花针带着无尽的妖力冲他射去。

寂斐恍若未闻，身影散如烟云，绣花针击了个空，刺穿对面的墙柱。

寂斐还待再击，锦瑟眼睛微微一眯，身子骤移，挡在沈甫亭面前，眼眸瞬间变得血红，再出手，杀意毕现。

寂斐见她挡在沈甫亭面前，当即收回杀招，却来不及挡她那一击，猛退数步，被逼到了外头。

锦瑟随手一挥，收回了绣花线，缓缓往外走去。

寂斐不敢相信锦瑟竟对他起了杀意，站在原地，难以置信地看着她："锦儿……"

锦瑟眼神阴森地说："四万年的时间确实很久，你做了这么久的妖尊，想来也忘记了谁才是妖界真正的主人。"

寂斐瞬间浑身一僵，面上露出懊恼之色，时间确实太久了，叫他都忽略了最重要的分寸！

"锦儿，我没有这个意思，只是担心你的安危。他是沈甫亭，当初九重天的仙者有多害怕他，你知不知道？他野心那样大，怎么可能愿意留在你身边，他若是骗你……"

锦瑟显然不想听这话，她从来不怕麻烦和危险，有些东西就是越危险才越有趣。她无所谓地别过眼去，轻飘飘地说道："退下，趁我还没有发火。"

寂斐看了她许久，终是无法，几步上前拉过她的手，微微俯身，将她的手贴向自己的额间，行了妖界的最高礼节："我这一辈子都忠心于你，绝对不会背叛你。王，你该明白，我待你胜过我自己……"

锦瑟油盐不进，似乎天生对这些情爱没有太多感触，平静地收回了手，甚至根本没有将他表达的爱意听进耳里。

她像一个不谙世事的小姑娘，甜美的声音却在教训人："寂斐，你该好好想清楚，你该管的是什么，不该管的又是什么，如此才能在我身边待得长久，不是吗？"

寂斐维持着原来的动作许久，才缓缓直起身，说道："我明白了，寂斐先行告退。"他垂首恭敬地退出，再没有提要杀沈甫亭的事。

锦瑟看着寂斐退出宫殿，心情显然也不是很好。她和寂斐从来没有吵过架。

在她心中，他从来事事顺着她，如一个兄长，待她极好，又如下属般忠心。若说这六道她还能找出一个完全信任的人，那便是寂斐，即便他们没有血缘关系，却更胜亲人。

而就是因为他们之间相处得太久，她才没有再追究，否则以她的阴毒性子，她又怎会只是单单一句责备了事，恐怕早早将他除之而后快了。

她在外殿默默站了许久才敛了情绪，转身往内殿走去。

外头夜尽天明，天空隐隐透出一丝鱼肚白，妖界的天空中透明的结界隐现一丝光彩。

沈甫亭已经穿好了衣衫，静静地坐在里头，见她进来，缓缓抬眼看过来，窗外微弱的光亮透进屋里，隐隐映出他的轮廓，他的眼眸剔透干净，看过来的时候却非常深沉，让人根本看不见里面有什么。

锦瑟笼袖缓缓走到沈甫亭身旁，开口安抚道："刚才的事，你不必放在心上，寂斐是好人，只是对你有些许敌意罢了。我已经跟他说好了，他往后自然不会再为难你。"

沈甫亭沉默半晌，失了血色的薄唇轻启："我要是留在这里，你能护住我吗？"

他这般虚弱的模样，说着这样的话，呈现出难得的弱势，让锦瑟很满意："那

是自然，你是我的人，在妖界，谁敢伤你，就是与我作对。"

沈甫亭眉眼微弯，轻轻地笑了，苍白的面容染上一丝笑意，看上去别有一番蛊惑人的味道："好，反正我已然回不去仙界，留在这里伺候你也不错。"

他说着，伸手握住她的手，微微垂首，以额轻轻贴向她的手背，与刚才寂斐的动作一般无二。只是他在海中待了太久，额间的温度不及寂斐温热，带着莫名的凉意。

他慢慢抬头看过来，笑意温和，如一个柔弱公子斯文有礼："你们妖界都是这样行礼的吧，女王？"

锦瑟见他这般恭敬，唇角微微扬起，对他的顺从十分满意："很好，识时务者为俊杰，只要你听话，我一定会好好待你的。"

沈甫亭神色温和，话里话外全是臣服之意："多谢王的垂青。"

锦瑟闻言，眼里都冒出了光，看上去天真单纯，叫人根本看不出她的本性如何。

翌日，寂斐就准备了盛宴，与众妖臣恭迎锦瑟回来，明确她独一无二的地位。

寂斐无疑是聪明的，甚至没有留半点儿处理情绪的时间，因为知道拖得越久，锦瑟对他的忌惮便会越深。更何况如今还有沈甫亭在她身旁，现下可不是闹矛盾的时候，他只能忍下，待有了合适的机会必然要将沈甫亭千刀万剐，解恨了事。

宫殿之中，上上阶的妖臣齐聚一堂，偌大的宫中座无虚席，极为安静肃然。

寂斐能力极强，四万年间叫妖界这群蛮横好斗的妖如此有秩序，着实不是一件容易的事。

他端着酒杯，起身对着众妖臣开口道："我们妖尊闭世四万年，如今回来，乃妖界一大盛事，恭祝我妖界妖尊，与天同寿，六道并行！"

众妖臣纷纷起身，齐声贺道："恭祝妖尊，与天同寿，六道并行！"

锦瑟坐在上位，没有开口说话，宫中一片寂静。这么大的地方，落根针都能听见，可见气氛有多压抑。

半响，锦瑟才幽幽一笑，慢悠悠地端起酒杯轻抿一口，说道："都起来吧，今日本尊高兴，不必太过拘谨。"

众妖臣即便不记得锦瑟，但也知晓四万年前那一场仙妖之战，现下她闭关这么久，实力自然与日俱增，加之寂斐都这般尊重她，一时皆心怀畏惧之意，恭敬行礼。

殿中的歌舞声打破了刚才的寂静，气氛又热闹起来。

寂斐却没有坐下，离席上前，敬锦瑟："恭迎我的王回来。"

锦瑟闻言一笑，自然满意寂斐的做法，便也不再计较昨日的事，端起手中的酒杯与他轻轻碰了一下，抬头将酒一饮而尽。

寂斐饮尽一杯酒，看向斜靠在锦瑟身旁的沈甫亭："沈仙帝，不一道喝吗？哦，不对，你已经不是仙帝了，我或许该换个称呼了……"他的语气满含轻视和恶意。

沈甫亭虽然受伤，还是可以下地走动的，自然也是与锦瑟一道来的。

这么一来，他的身份便确定无疑了，寂斐话中有话，是个男人都不喜欢这样的身份，更何况是沈甫亭往日那般上位之人。

沈甫亭虚弱一笑，难得闲散，懒懒地靠在锦瑟身旁，闻言波澜不惊，眼皮微抬："我重伤在身，饮不了酒，更何况晚间还要伺候妖尊，多少要保重身子。"

寂斐面色一瞬间变得铁青，紧握酒杯，若不是锦瑟在一旁，他早就动手了。

锦瑟见二人又开始对峙，一时顿觉头痛，端起了酒杯，冲寂斐说道："随我去外头看看。"

妖臣何其多，宫殿里头自然坐不下，宴自然也摆到了外头，锦瑟本不耐烦去瞧，现下这般情形，倒还不如去瞧一瞧。

锦瑟和寂斐下了玉阶，一路行去，偌大的宫殿之中，他们二人的背影很是相配，看上去默契十足，俨然一对璧人。有些东西本身就很难取代，他们相处数万年，或许比数万年更长……

沈甫亭静静地看着二人远远离去，消失在视野中许久，才神情莫辨地站起身，沿着玉阶向下走去。

身旁伺候的妖侍见他要离开，忙上前恭敬地问道："不知公子需要什么？奴才命人取来。"

"不必了，告诉妖尊我身子不适，坐不住，要回去歇息。"沈甫亭神情淡淡地说，言辞之中看不出是喜还是怒，比妖尊还要心思莫辨。

这主子还没走，他就要先离开，可是大大不妥。

妖侍自然不敢让他走："公子身子不适，可是大事，不如奴才先去告知妖尊，免得妖尊担心，奴才马上吩咐妖医前来替公子看诊。"

这话中的意思已然表达得很明白，主子能带他来这里，对他已经是极大的宠爱，即便他身子不适也该忍着，哪儿能主人未走，他便先行离席呢？

沈甫亭淡淡地扫了他一眼，缓缓下了台阶，径自从侧殿走出，根本没将他放

下
册

在眼里。

妖侍自然也不敢拦着，余下的小妖侍更不敢拦，心中皆暗喊糟糕。

妖尊养的男子，性子显然不是寻常那种娇滴滴的，瞧这脾气也是不太好，自家妖尊与寂斐大人一道离去，他便心情不好，恐怕也是很得宠，否则哪儿有这般大的胆子闹脾气？

只是苦了他们这些下头的妖，妖尊看上去也不好相与，寂斐大人亦然，这若是处理不好，妖尊怪罪下来，吃不了兜着走的还是他们。

他一时急得满头大汗，想要着人去告知妖尊此事，又怕惹了寂斐大人，一时间左右为难，只能站在原地。

云海翻腾，层层叠叠，阴云布满整个九重天，天色阴沉，天界之上似乎在阴霾的笼罩下无处舒展。

仙帝聂楼站在玉阶之上，身后跪着一众朝臣。

他看着一望无际的乌云，冠冕上垂落的玉帘遮住了面容，隐约可见眉头紧锁："他去了妖界？"

一旁的仙臣连忙起身，上前回道："业障海的远古妖鱼被一剑劈成两半，除了……"仙臣微微一顿，不知该如何称呼那人，毕竟那是四万年前的仙帝，而现下这位也是九重天上的仙帝，前任仙帝未死，光是称呼就乱了套。

他不过微微迟疑，便开口继续说道："斩杀妖鱼，脱离业障海，除了那个人，恐怕再没有别人能做到这点。"

聂楼默然不语。

他虽开口询问，可心中其实已然确定，昨日业障海的动静，连九重天都被波及，他又怎么可能不知晓？

四万年了，他消失了四万年，还是出现了。即便他杳无音信这么久，如今一回来，还是有叫天界为之震荡和让自己所痛恨的法力！

"着人去寻，务必要查到他的下落，远古妖鱼岂是这般好对付的？他如今必然重伤在身，当初和妖界的妖尊有染，弄出人间那一场大乱，我们花了这么多年才得以修复，又怎是他这般轻巧就能揭过去的？势必要重罚！"

聂楼的手重重拍在玉栏之上，他俨然一副高高在上的君主模样，而对昔日的君主早已没了尊重，还欲让他罪责加身。

其实众仙心知肚明，自古成王败寇，没有什么好说的，那一场仙妖大战，是那个人压下妖界大乱人间、欲占六道的行为。如今四万年过去，就因为他已不得势，黑的也能被说成白的，即便他没有与妖尊勾结，那也是一张白纸染黑墨，有理也说不清。

众仙纷纷叩头，同声道是。

兼橦跪在众仙之中忧心忡忡，她自那一日与沈甫亭分开，便再也没有见过他。

她看了他的睡颜四万年，如今他苏醒了，她心中自然欢喜，可又因为他苏醒了而担忧不已。

他的处境很危险，可她没有找到他的方法，连匹献、匹相二人都找不到。

聂楼显然因为此事烦心，随手挥退朝臣，转身进了大殿，余下的几位重臣并未离开，跟着聂楼往里头走去。

兼橦无法再跟，只得离开。

整个天际乌云密布，没有一丝光，宫殿里更是灰暗。

聂楼走在前头，身后跟着的仙臣自然要为之排忧解难："君主不必担心，四万年的时间可不容小觑，他沉睡了这么久，法力必然退化，否则若是真有本事，怎么可能避去妖界？"

身后的仙臣纷纷附和："此言甚是，他这般避着，只怕实力已远远不如当初，如今绝非君主您的对手。"

"你们不了解他，我往日跟在他身边这么久，他心思莫测，越是理所应当的理由，越是不可能出现在他身上，他迟迟不来，情况绝对不会这么简单。"聂楼坦言道。

年纪稍长的老臣伸手捻须："君主莫要太过忧心，如今连妖界的妖尊寂斐都想杀他，他去了妖界，也逃脱不了。"

聂楼闻言不语，一步步往宫殿最深处的御座走去，浮在地上的流云被轻轻推散，如平静的水面泛起波澜，层层叠叠地往前散去。

昏暗之中，御座上静静地坐着一个人，似乎在等他。

聂楼以为自己看错了，绝对没有仙者可以在他毫无察觉之时，出现在他面前！

他脚步生生一顿，仔细再看，昏暗之中却真是一个人！

外头是黑云压顶，带有摧城之势，昏暗的宫殿不似仙界，倒似地狱。

他看清了那人，瞬间顿在原地，还未来得及反应，便被重重一击，撞向了身后的众臣，眼前的玉帘摇晃碰撞出声，他的神情惊恐至极，身后朝臣一阵惊呼。

那人坐在御座之上，神情淡淡地看了他半晌，缓缓站起身，不见伤重的样子，缓缓行来，语调轻缓："山中无老虎，猴子称大王？"

下
册

317

锦瑟与寂斐好不容易转完了一圈，已经过去了大半日，便不耐烦再继续下去。

寂斐显然不想让她回去："外头还有妖民，不如我们去城楼上走一走？他们都很想见见你。"

锦瑟可没那个心思继续走，有那个闲工夫，宁愿待在宫殿里头绣绣花，也懒得在外头让人瞧猴一般瞧着自己。她摆摆手道："往后再说，这些事情不是一朝一夕就能成的。你做了这么久的妖尊，他们自然都认得你，不必在虚架子上花这些功夫。"

她既然这样说了，寂斐也不好再强求，便跟着她一道回了殿中。

妖臣已经喝得七七八八，醉得东倒西歪，纷纷露出原形。

锦瑟一路走去，没看见几只好看的妖。毕竟软萌可爱的妖怪小时候很容易受欺负，能练成上上阶的少之又少，自然不可能出现在这里，她便也没了抓回去玩的心思。

她见座上没有沈甫亭，微微疑惑，看向一旁的妖侍："沈甫亭呢？"

妖侍见她开口问，才敢上前回答："沈公子说身子不适，先回宫殿歇息了。"

寂斐闻言，不满地说道："谁让他擅自离开的？妖尊还没有走，他这个做下人的倒是先走了。"

妖侍连忙跪倒在地，大气都不敢喘一下："奴……奴才与他说了，只是他面色冷冷的，似乎根本不耐烦等，奴才也不敢拦，唯恐惹了不是。"

这可正合寂斐的意，寂斐可不想看见沈甫亭，不由得冷冷地说道："架子倒是大。"他说完，看向锦瑟："你不必理睬他，我看他就是故意为之，我们继续……"

锦瑟也知晓沈甫亭的性子，显然是刚才她处理得不好，让他心头不痛快了。一时她也没心思再留，现下若是不回去看看，实在不安心，这玩具可还没有与她立契约，若是逃了，那便是真逃了。

她当即摆了摆手："罢了，我也乏了，这里就交给你，我先回去了。"

寂斐话到一半，心中尽是苦涩，看着她离去的背影，连挽留的理由都没有，神情颇为失落。他终究不敢将心思表露得太明显，唯恐将她推得更远。

锦瑟快步回去，宫殿外头没有妖侍，以他的性子，确实也是没人敢跟着伺候，恐怕现下他还在气头上，不然也不会不与她说一声便离开。

她几步上了台阶，一旁的石柱老妖婆磨着指甲，乐呵呵地说道："哟，回来啦？你那个神仙意中人怎么没一道回来？我今早瞧着你们出去，那模样生得可真是出挑，虽说身子看着虚弱了些，可那一举一动真是跟画儿似的，难怪叫你动了心。"

锦瑟闻言一怔，黛眉微蹙，心中疑窦顿起："他没回来？"

老妖婆犹不自知地点了点头："这还用得着骗你？回不回来，我哪儿能不清楚？"

她既是根石柱，立在这里万万年，心思自然也定得跟石头似的，轻易不会被带跑话题，说完，又恶劣地一笑："我有个小小的问题，就是你们往日……我瞧着他身子弱得很，恐怕是你使力气多吧？"她嘿嘿一笑，指甲又长长了许多。

锦瑟面色阴沉地拉起裙摆，快步往上行去，眨眼间便进了殿中。

老妖婆在原地破口大骂："呸！没良心的花皮猫，这点儿小八卦都吝啬说出口，往日蹲我旁边磨牙的时候还讨喜些，现下这破性子，真让妖暴躁！"

锦瑟快步进了殿里，里头空无一人，床榻上也没有人躺过的痕迹，沈甫亭显然没有回来过。

她眼眸微转，面色瞬间阴沉下来，对寂斐的话她不可能不放在心上，更何况沈甫亭往日的身份使然，她自然也没有完全放心。

他若是安安分分地不惹事，她可以将他当个玩具好好养着，可他若是存了什么心思，那就不一样了。

锦瑟想着，便要去别处再寻，却依稀听见里间的水声，脚下一顿，转身往里间走去。

里间温泉的雾气缓缓透出，层层叠叠的纱帘挡在眼前，她看不清里头的情形，绣着花鸟山水的屏风挡在池前，似有人在里头。

锦瑟撩开纱帘，缓缓走进去，果然见沈甫亭正在池中闭目养神。

温泉池旁，几个可爱的龙头缓缓吐着热水，池中的水缓缓流动，浮起温热的雾气，模糊了他的眉眼，氤氲之间，如梦似幻。

沈甫亭察觉她这里的动静，转头看过来，眼眸水润，显然已经泡了许久。

他见她这么快回来，显然察觉了她的心思，收回视线，语气冷淡："这么快就回来啦？"

锦瑟微微一顿，与太过聪明的人相处就是如此，心思都不用点破，他便知晓了，有时候还不如蒙上一层窗户纸好。

就如现下，她便有些为难。他刚才显然就不痛快了，现下若是她再处理不当，显然就是给自己惹麻烦。她盈盈一笑，当作什么都没发生，走到他身旁坐下："我听说你身子不适，有些放心不下，便早早回来看你。你重伤未愈，怎么坐在水池

下册

里头了？"

"衣上沾了些不干净的东西，需要洗洗。"沈甫亭随意说了一句，无视她伸过来欲替他擦拭身子的小手，站起了身。

锦瑟对他这突然的举动毫无防备，生生瞧了个正着，仓皇地收回视线，想起老妖婆说的话，一时闹了个大红脸。

她伸手撩了撩温热的池水，想起沈甫亭那说停便停的做派，他自己也说此事可有可无，显然是对于那档子事不太热衷，现下知晓他是神仙，便也说通了。

话本里常说，神仙都是无欲无求的。

锦瑟心中的气也顺了不少，毕竟不是她没有魅力，而是沈甫亭自己……

她正胡思乱想间，身后突然有人过来，伸手覆上她的肩膀，拉开她的衣领。

锦瑟心口莫名一颤，抓住他温热的手，转头看向他："做什么？"

"伺候你洗澡，这难道不是我应该做的事情吗？"沈甫亭已经穿好衣衫，腰带随意地系着，似乎轻轻一扯就能拉开，不似以往齐整，被水浸湿的乌发垂在身后，发梢缓缓滴着水，眉眼被水染湿，越显眼眸深沉，神情很是理所应当。

锦瑟哪儿能让他替自己洗澡？她虽从来不缺人伺候，可也不习惯由旁人给自己洗身子，不由得拉开他的手："不必了，你身上还有伤，去歇着，我自己来就可以了。"

沈甫亭闻言，倒没勉强，俯身在她细嫩的面颊上轻轻地落下一个温润湿热的吻，低沉的声音似被温润清透的温泉水浸湿了一般，听在耳里，让人呼吸急促："好，妖尊若是有什么需要，记得唤甫亭，甫亭随叫随到。"

温泉流水叮咚作响，锦瑟却只能听见他的声音。她不知是被他这个吻弄得面颊生热，还是被温泉池上浮起的热气熏得发热，有些受不住他这般对待自己。

屋里温暖的雾气缭绕，沈甫亭没再停留，撩开层层叠叠的纱帘，缓缓往外走去。

光看他的背影她都觉得赏心悦目，确实如画中人一般。

他很是顺从，连头都没有回过，片刻后，修长的身形消失在纱帘之后。

锦瑟心中莫名不痛快，叫他走他还真就走了，可心中也知道，他若是留下她也是不肯的，实在是别扭。

她褪去衣裳，步入温泉水中，里头的水缓缓流动，水极为亲密地接触肌肤，如同他刚才一般，让她颇为不自在。

她勉力不再去想，靠向一旁温热的白玉石，懒洋洋地泡着。

小半个时辰后，她才起身穿衣往外头走去。

沈甫亭手执玉盏，长腿微屈，姿态闲散地靠在榻上，乌发已用法术弄干，随意地用墨玉簪别着，那衣衫穿着不如往日那般齐整，衣领微微敞开，姿态散漫风流，看上去别有一番蛊惑人的味道。

几个女妖侍在一旁，倒酒的倒酒，立着的立着，直勾勾地看着他，那眼波流转的模样，定力差的人可少不得被勾引了。

妖界的女妖怪可是个个生得前凸后翘，身材不是一般好呢！

锦瑟阴恻恻地看了沈甫亭几眼，眸色越发阴沉，刚才还说自己喝不了酒，现下姑娘家斟酒，他就喝上了。一时间心头极为不痛快，锦瑟慢悠悠地走过去，坐到了榻上。

一旁的妖侍吓得连忙离远一些，不敢再多看一眼。

锦瑟随意地靠在他身旁，以手支着下巴，笑盈盈地看向他："好喝吗？"

沈甫亭没有做宠物的自觉，微微抬眼看向她："味道确实不错，王想尝尝吗？"

锦瑟幽幽地笑了："可以呀，我倒要尝尝这个酒到底有多好喝。"

妖侍连忙斟酒，端着木托盘走来。

锦瑟伸手去拿，沈甫亭却伸手越过她，先拿走了酒。

锦瑟见他喝下，黛眉微微一蹙，正要生气，沈甫亭却突然靠近，伸手揽过她的腰，低头以微凉的薄唇贴上她的唇瓣，将口中的酒送进她的嘴里。

锦瑟一个不防，满口都是清酒，连带着他唇齿间的气息都吃了进来。

这酒辣得她受不住，加之唇齿之间的哺食实在太过亲密，让她有些不喜欢，不由得身子微微往后仰，不肯接他唇齿里的酒。

沈甫亭显然察觉了她的心思，再没有刚才那般温和，不容她退后，用力压着她的舌头，颇为强硬地让她尽数咽下口中的酒。

那种辛辣之味从唇齿间直到喉咙，火辣辣的。她习惯了果酒的清甜，对于这种烈酒颇为不喜欢，一时被呛得微微咳嗽起来。

沈甫亭显然就如这烈酒一般，即便再清润，后劲也足，叫人难以招架。

沈甫亭微微离开她的唇瓣，低头看着她，神情专注至极，什么情绪都有，唯独没有愧疚。

锦瑟如一只小奶猫般窝在他的怀里，狠咳了几声，眼眸里都泛起了水雾，看上去很是可怜好欺负。

身旁的妖侍没敢多看，这个男子瞧着病弱，可做派委实大胆，妖尊不想喝酒，他还强迫着喝。如今妖尊咳成这样，他也不求饶，实在放肆妄为，不知道的还以

为妖尊才是他的宠物。

锦瑟伸手推开了他，从他怀里坐起来，转头睨了他一眼："我瞧你如今倒是精神了许多，那就多饮几杯，这些酒我便全赏你了。"

烈酒伤身，这酒喝下去可真如火烧一般，一寸一寸地烧喉。

她一张小脸微冷，铁了心要给他立规矩，看向一旁身段最好的女妖侍，慢悠悠地说道："你来给他斟酒，但凡剩下一滴，便唯你是问。"

妖侍吓得面色一白，连忙上前替沈甫亭斟酒。

沈甫亭也没反驳，全没有刚才的强硬姿态，很是温和顺从，伸手接过妖侍手中的酒壶，看向锦瑟："谢王赐酒。"说着，他垂眼斟了一杯酒，一口干下，没有停留半刻地继续下一杯。

他一杯接一杯地喝着，酒壶里的酒都快见底了，他依旧风度翩翩，举止优雅，似乎半点儿不难受。

锦瑟见整不到他，又起了坏心思，却不想这个念头刚起，沈甫亭便突然咳了起来，似乎压了很久，一咳起来便有些止不住。

他抬手抵着唇，轻咳几下，似乎有些透不过气来，几声过后才压下来，继续喝酒，好像没有不适，只是面色实在苍白，唇齿之间隐约有一丝鲜红痕迹。

锦瑟觉得不对，伸手拉过他笼在袖间的手，却见他收着手指，不让她看。

"松开。"

沈甫亭轻轻一笑，面色越发苍白，语调温和："无事。"

锦瑟才不信他，花了些力气掰开他的手指，果然见他的手掌心里头沾染了血迹，颇为触目惊心。

她一时愣住，心口莫名发闷。

她抬眼看向他："为何这样了还要喝，你就不能说一声？"

沈甫亭似无所谓，低眉浅笑，伸手撩过她垂落在脸颊旁的发丝，宠溺地说道："你要我喝，我怎么能不喝？"

看到他这般虚弱温和的模样，她便是再硬的心肠也都要软了。

锦瑟轻轻往前一靠，伸手搂上他的脖颈，依偎在他怀里，居高临下地施舍道："往后若是身子不适，你一定要告诉我，我说了会对你好，就一定会对你好。在我面前，你随心而为便是，大可不必怕我。"

沈甫亭搂着她的细腰，伸手抚上她的后脑勺，抬头在她的唇瓣上浅啄了一下，唇角噙着一丝淡笑，如平静的水面一般轻轻荡开，声音莫名低沉，温和中隐带一丝不易察觉的东西，轻得让人听不见："好。"

锦瑟觉得非常满意，对他也多了几分宠爱的心思，软绵绵地靠在他的怀里，见他手心上还沾染着血迹，正欲唤妖侍取来帕子，余光便瞥见他怀里露出的帕子一角。

她伸手便从他怀里拿出了帕子，欲替他擦拭手心。

沈甫亭却抬手避开，她手指一顿，他已然开口："用净布擦一擦便好，别沾染帕子。"

他还真是怕弄脏了帕子。锦瑟拿起帕子摊开一看，干干净净的素白帕子上头绣着一只小王八，似乎正在气恼，破口大骂。

她随意瞥了一眼，慢悠悠地问道："这帕子不就是用来擦拭的吗？怎的还怕脏了？"

沈甫亭接过妖侍递上来的净布，随手擦干净手心，看了上头的王八一眼，眼含揶揄之色："只有这么一只，自然要妥善保管。"

锦瑟觉得哪儿都气不顺，见了他眼中的笑意，更觉得刺眼，随手将帕子扔给他，无所谓地说道："不知是谁送你的，保存得这般好？"

沈甫亭闻言一顿，拿起帕子重新叠好，若有似无地笑道："一个小没良心的送的，如今她连我是谁都忘了。"

锦瑟心口一闷，觉得不痛快，见他这般宝贝帕子的样子，不由得冷嘲热讽道："你可真是长情，人家都忘记你了，你还上赶着留着别人的东西。"

沈甫亭面上的笑瞬间淡去，他抬眼看向她，言辞带着几分嘲讽之意："确实是不妥。"

锦瑟见他这般，更加气恼，恨不得挠花他这张脸，往日瞧着倒是喜欢，今日怎的就这般生厌？！

她见沈甫亭没有半分解释的意思，一时越发生恼，再也不耐烦跟他待在一块儿，起身便往外头走去。见几个女妖侍还站着不动，她不由得冷笑一声："本尊走了，你们还想留着，难道是看上本尊的宠物了吗？"

这可真是刻意找碴儿了，一时间殿中气氛骤冷，叫人遍体生寒。

沈甫亭神色渐冷，看她的眼神情绪莫辨。

一旁的妖侍吓得不轻，连忙低头快速出了宫殿。

沈甫亭看她半晌，也没说话，起身便往里殿走去。

锦瑟见他不接招，冷哼一声，转头往外头走去，出了宫殿，便见寂斐迎面走来："天界出事了。"

锦瑟眉梢微微一扬，情绪瞬间好了许多。

偌大的偏殿之中，锦瑟屏退妖侍，懒洋洋地靠在御座之上："现下没人了，你可以说了。"

寂斐面上透出一丝喜意："聂楼背地里练得邪气，今日突然发狂，走火入魔，连带着周遭几个重用的朝臣全被他杀了，如今他整个人疯疯癫癫，天界群龙无首，已经乱成了一锅粥。"

锦瑟却觉得意外，凝神琢磨了一番，觉得太过巧合："你确定消息不是假的？"

寂斐听到这个消息，也有一瞬间疑惑过，天界这四万年来都没出岔子，偏偏这个时候出了岔子，着实让人疑惑。

可他派去的人确实说发生了这样的事，既然发生了，那这是个好时机，不管有多巧合，天界确实乱了，只要乱了，那就是机会，绝好的机会。

"千真万确，九重天已经乱得一塌糊涂，这是我们最好的时机。我已经替你准备了所有东西，只要你一声令下，就可以收服天界，做六道的第一人。"

锦瑟伸手绕上自己的发梢，总觉得寂斐还没有将他真正想要的东西说出来。

"虽然四万年过去了，但我们也不该生疏，你有什么要求尽管说。你该明白，我对你一向大方。"

寂斐一瞬间有些犹豫。他今日喝了不少酒，不像往日那般不敢启齿，加之沈甫亭在她身边，让他再没有耐心等下去。

寂斐看了她许久，郑重地说道："我希望王能亲手诛杀沈甫亭。"

话音一落，殿中气氛瞬间一变，围绕在周遭的空气如同针一般，刺得人浑身发疼。

锦瑟手微微一顿："你知道自己在说什么吗？"

"我知道。"寂斐轻声回道，"我就是因为知道，才要说出来。你往后有多少玩具我都不在乎，可是沈甫亭不行，他是九重天的仙帝，即便现下不是，往后也有可能是，留他在身旁，一定会害了你。"

"我说了，你不用担心，我自有分寸。"锦瑟已经不耐烦再听这陈词滥调，觉得是小得不能再小的事。

寂斐却一语中的："你和他订立契约了吗？他尊你是他这辈子唯一的主人了吗？"

锦瑟闻言沉默了。

寂斐见状，自然知晓没有："你已经乱了心，你知道他的法力如何吗？你让这样的危险之人留在自己身边，却连这样重要的事情都忘了，往后又怎么保证自己不被他迷惑？"

锦瑟也知道自己乱了，若是以往，又怎会忘记这么重要的事？更何况，往日她从不会这样，玩具只要能生乐子便好，至于玩具心里头藏着什么东西，她可不会管。若是真宠，他要什么说不准她还能给他弄来，哪儿像今天，他只藏了一条帕子，便叫她生了闷气……

可若是因为这个让她去杀沈甫亭，她却是不许的，也舍不得，毕竟他是自己好不容易弄到手的，哪儿能毁掉？

她想着，无所谓地说道："寻常小事罢了，我自然会与他订立契约，你不必担心，他逃不出我的手掌心。"

寂斐态度坚定，狠绝地说道："我要的不是你与他订立契约，而是他死。"

锦瑟猛地一拍玉座扶手："你这是在命令我？"

"寂斐不敢。"他虽说不敢，可话全不是这个意思，"四万年了，我在妖界筹备已久，将妖兵训练得极为强大，几乎战无不胜，攻无不克。我一手提拔上来的妖兵，不可能将他们的性命交给一个随时都有可能被敌人迷惑的君主，妖尊要用，必须通过我，除非我死，否则没有人能够号令他们，又或者我将契约给你，让这些妖兵为你一人所有。"

锦瑟面色阴冷，语气森然："这份礼倒是重，不过你好像没有说完自己的条件。"

寂斐上前几步，单膝跪在她面前："锦儿，我爱你胜过我自己，绝对不会背叛你。我想做你的男夫，想你给我一个孩子，别的我什么都不奢求，你要做六道的主人，我会帮你，你想做什么我都同意，只要杀了沈甫亭。"

锦瑟一瞬间有些呆滞，看着寂斐，眼中满是意外之色，过了许久才艰难地说道："你爱我？"

"是，我爱你，从你还是一只小野猫的时候，你还记得你以前总是趴在我的背上睡觉吗？我那时就想要做你一辈子的小白龙。"

锦瑟有些不可思议。她对寂斐实在算不上好，年纪小的时候性子也很恶劣，懒得走动，便抓了他来，让他驮着，经常将他挠得血淋淋的，没想到他竟然喜欢自己？难道他……

锦瑟想起了在乱葬岗听的一个话本，名唤"你越打我，我越爱你"……

锦瑟无言以对，还未开口，殿中便有了动静。

她抬眼看去，果然见沈甫亭站在不远处看着他们，苍白的面容看着虚弱，眼神却莫名瘆人。

　　寂斐看向他，眼中亦带着杀意，站起了身，便往沈甫亭走去："谁让你来这里的，不知道主子讲话的时候不该闯进来吗？"

　　锦瑟黛眉狠狠地蹙起，当即上前对沈甫亭说道："谁让你过来的？回去！"

　　"现下不能放他走，他保不齐已经听到了我们的打算，你若是动不了手，我可以替你动手。"寂斐准备越过她上前。

　　锦瑟挡在他面前，看向沈甫亭，如同驱赶宠物一般："滚回去，没有我的吩咐，不准出来。"

　　沈甫亭一言不发地看了她半晌，才转身离去。

　　寂斐没逼得太紧："你其实选好了，六道之主和一个一无是处的宠物，孰轻孰重，你心中已有决断。"

　　锦瑟猛然转身，挥袖击向寂斐："寂斐，我劝你最好不要让我失了耐心。"

　　寂斐如烟云一般消散，轻易便避开了她的攻击，法力显然深不可测。四万年太长了，很多东西在不经意地改变，而她已经不再是妖界第一人了……

　　"锦儿，我希望你不要被他迷惑，我可以代替他。"寂斐说到一半，忍不住紧咬后槽牙，才能平静些许，"我希望你尽早想明白，谁才是为你好的那一个。"

　　她终究还是养虎遗患，四万年的时间改变了太多事，连一直可靠的寂斐都变了，如今也成了她最大的威胁。

　　一个最熟悉的人变成了敌人，那可不是一般有趣呢！

　　锦瑟在宫殿之中站了许久，才去寻沈甫亭。

　　沈甫亭面朝里头躺着，似乎睡着了，只有紊乱且急促的气息告诉她，他还醒着。

　　她上前坐在榻上，软绵绵的身子一歪，靠上沈甫亭："生气啦？我刚才是怕他杀了你，才让你走的。"

　　沈甫亭这才转身看向她："你会听他的话杀了我，做六道的主人吗？"

　　锦瑟冷笑出声，眼眸微微发亮，一副志在必得的样子："六道的主人怎么可能会做选择题？你，我要。六道，我也要。这本就是靠本事来取，没有寂斐，我一样可以。"

　　沈甫亭的眼眸在夜色中似星辰，看了她许久，他轻轻地抚上她的脸："我就喜欢你这样，连说句好话骗骗我都不愿意。"

　　锦瑟本就因为寂斐而心情不好，这个时候自然更加亲近沈甫亭，软绵绵地赖在他怀里，盈盈笑起："我平日里宠你不就行了，何须说好话骗你？"

　　沈甫亭闻言一笑，笑中藏了莫名的意思，可他面容苍白，看着斯文病弱，便弱化了那一层意思，叫她没看出不对来。

锦瑟轻轻地靠在他的胸膛上，感觉他比先前更虚弱了："我怎么觉得休息了这一日，你的伤反而越发重了？"

沈甫亭却不语，手在她的背上轻抚，一下比一下轻柔，让她很舒服，慢慢便有了困意。

他这般温和叫她很喜欢，她迷迷糊糊间又想到了白日里不痛快的事："那条帕子是谁给你的，叫你这般念念不忘？"

沈甫亭依旧没有回答。锦瑟见他这般避而不谈，顿时没了困意，支起身看向他，追根究底："那人绣了一只王八给你，也不知是什么意思？"

"小王八是她自己，她把她自己绣在帕子上送给我，就是把她自己送给我。"沈甫亭如同陈述事实一般回道。

这个时候他倒是开口了，还一副理所应当的模样。

锦瑟心口闷得不行，如今是真真切切地尝到了忌妒的滋味，想要发脾气却又因为他身子虚弱，半点儿发泄不得。

她不喜欢他想着那个小王八！

她眼中闪过一丝冷意，若无其事地试探道："你这般宝贝她的帕子，想来是个很好看的姑娘家，不知长什么模样，画出来给我瞧一瞧如何？"

她那模样如同一只炸毛的别扭奶猫，任性、占有欲又强，背地里使坏，还以为主人家不知晓。

沈甫亭唇角微不可见地一弯，他抚上了她的后脑勺，却不接招。

锦瑟心中越发急了，起身命令道："我倒想知道究竟是个什么样的小王八，叫你这般念念不忘，你现下就起来画给我看。"

既然让她不开心的东西，那自然不能留着，他想藏在心里就藏在心里，只要这个人不留在世间就好。

她一琢磨，心中瞬间如拨开雾霾一般，当即去拉他。

沈甫亭可不能拒绝，主子想要什么，他自然就要去做，没有半点儿拒绝的余地。

即便主子嘴上说着宠他，他也没有恃宠而骄的资格。

锦瑟拉着沈甫亭坐到书案前，一挥袖子，案上便摆上了文房四宝，殿里头瞬间灯火通明。

她站在桌案旁，看着他："你可以用法力代替，若是撑不住，我可以给你法力，想要什么你尽管开口，我必然会赏你。"

沈甫亭依旧神色温和，只是因为伤重虚弱，声音听在耳里有些轻："不必，画

327

一只小王八不用法力。"

锦瑟闻言，仅剩的心情也被他破坏干净，这人没有半点儿情趣，还不会逗乐子，也就一张皮子好看！

她心中的不满平白多了几分，一时她也不乐意看他，转身去一旁逗鱼，隐约间能听到他低低的咳嗽声，他似乎很难受。

她抬眼看去，见他正执笔在纸上画，眼中神情极为认真，灯盏中微微透出的光线在他的侧脸上镀了一层光晕，衬得往日凛冽的眉眼莫名变得柔和，病弱中依旧显得惊艳。

锦瑟一想起他口中的小王八就烦不胜烦，便也不想再管他，靠在榻上眯着，等到一觉醒来，已是天光大亮。

书案那里早没了人，只余笔墨纸砚，还有一幅画。

锦瑟起身行至书案旁，看向案上的画。他显然画得很认真，连屋里的摆设都一一画了出来，甚至连靠榻上的雕木花纹都清清楚楚地画了出来，难怪磨了一夜，实在细致得匪夷所思。

画里是一个小姑娘坐在榻上绣着帕子，帕子上俨然是一只小王八，那姑娘穿着一件红色的衣裙，鲜艳夺目，衬得三分春色好。

她心中闪过一丝莫名的熟悉感，不过也确实熟悉，因为画里的人和她长得一模一样。

她等了一整夜，他画的却是她，这不就是存心愚弄她吗？！

沈甫亭缓缓从外头进来，见她一脸怒意地站在书案旁，并未觉得稀奇，面色平静地走到她身旁，拿起画卷仔细看了半晌，才抬眼看过来，话语意有所指："是不是一模一样？"

锦瑟睨了他一眼，笑盈盈地说道："你连敷衍都不用心吗？我让你画你的小王八，你却画了我，难不成那个人和我长得一样？"她说着一顿，想到了这种可能，加之他刚才认真作画，心中瞬间了然。

这么说来，是因为她长得像那个人，所以他才愿意留下来？

锦瑟想到这个可能，面色瞬间变得阴森，那不说话的安静模样有几分诡异："你最好把话说明白，否则别怪我翻脸无情……"

沈甫亭淡淡一笑，意有所指："你能想起别人，怎么就想不起我？明明往日我们那么相爱，都决定要成亲了，不是吗？"

锦瑟一顿，满心疑惑地看着他。

沈甫亭将手中的画递到她面前："时间一长你就全忘了，可我还记得清楚，你看这屋里的每一处摆设，我都画出来了，你不觉得熟悉吗？"

锦瑟闻言，认真地看着画。

她确实觉得很熟悉，不只是对这个和她长得一模一样的姑娘，还有她去过这个地方，甚至做过一样的举动。

她的思绪正一团乱麻，沈甫亭已经握住她的手腕，将她拉进了画里头。

外头是淅淅沥沥的雨声，她坐在榻上，手上拿着正在绣的帕子，一旁摆着案几，沈甫亭坐在对面，神情平静地看着屋外的雨，腿上还趴着一只毛茸茸的小妖怪，其余的小妖怪围在一旁排队等摸。

锦瑟的思绪瞬间变得混乱，心底压得最深的东西，忽然之间冒了上来。

她甚至能分辨出现下和当时不一样的地方。

沈甫亭的衣衫不是这样的，也不像现下这般虚弱苍白，她甚至知道他那时是什么样的神情。

素白的帕子上慢慢现出一只破口大骂的小王八，骂的方向正好是沈甫亭。

她脑中瞬间轰隆一声，一片空白，似乎有什么东西如潮水开了闸一般涌现。

"你是仙，我是妖，我们是天生的鸳鸯相配，早晚有一天你会心甘情愿地臣服于我。"

"不如我们成亲，我喜欢你，想来你也很喜欢我。"

"不要封印我……"

封印！她猛地站起身，手中的帕子掉落在地！

沈甫亭却眉眼一弯，苍白一笑："想起来了吗，锦瑟姑娘？"

周围场景瞬间一变，重新回到了宫殿里头，他们二人在殿中的靠榻旁，外头淅淅沥沥的雨声已经消失，仿佛什么都没有发生过。

锦瑟心头大震，是他，沈甫亭！是他封印了她，封印了四万年，整整四万年！

沈甫亭却神色波澜不惊，坐在一旁静静地看着她。

他竟然还敢出现在自己面前！

锦瑟怒不可遏，伸手拉过他的衣领，将他生生拽起："你封印了我？！"

沈甫亭由着她拉起，表情无所谓，轻轻一笑："你终于想起我了，我还以为你这辈子都想不起来了。"

锦瑟心头恨意大起，他猛然拉着他的衣领将他甩到了地上："你竟然敢封印本尊四万年，我要剥了你的皮，抽了你的筋！"

沈甫亭虚弱至极，轻易便被她推倒在地，因为伤重，嘴角缓缓溢出了血。

锦瑟抬手就要夺他的命，却又想着这些日子的亲昵场景，心头瞬间大乱，混乱得根本无从发泄，以至无法冷静下来思考要如何处理他。

她扬声道："来人，把他给我关进妖牢，没有我的吩咐，谁也不准放他出来！"

外头闻令的妖侍当即冲进来，沈甫亭由着妖侍拉起，视线淡淡地落在她的身上，带着某种莫名的情绪，叫人无法忽略。

直到他被妖侍押送出去，锦瑟才仿佛被抽干了力气般，猛地坐到了靠榻上，心绪依旧混乱，手甚至都在发颤。

她看向殿中的落地古镜，才发现自己的神情除了愤怒，竟还有惊恐。她这辈子都没有过这种表情。

心绪波动太大，牵动了契约，殿里突然扭曲变化，出现了许多毛茸茸的小妖怪。

小妖怪突然得以重见天日，还有些懵懂，蹲在原地，一见到锦瑟，忙哭喊着扑到了她的腿边，紧紧抱住了她的腿。有些小妖怪没能挤进来，小心翼翼地扯着她的裙角哭诉："姑娘，您去了哪里？这四万年我们都见不到您，实在是吃不下，睡不着。"

"您和'坐骑'谈情说爱，怎么就不要我们啦？我们没事也可以当当暖炉呀！"

谈情说爱，都是谈情说爱惹的大祸，她竟然招惹了这么一个人。

她气得牙关发颤，恨得咬牙切齿，一时间勃然大怒，猛然打翻了桌案上所有的东西，声音越发阴森："竟然敢关我四万年，他该死！"

周遭的小妖怪吓得不轻，纷纷躲的躲、避的避，虽很怕，眼睛还是瞅着她，怕一不看着，人就跑没影了。

不远处，四只狐狸正各有风姿地靠近，见状不自觉后退，不敢再靠近。

巨大的牢门上困着一条妖狼，眼眸中泛着幽绿的光，一声嘶吼便能叫里头被关着的妖胆战心惊。

妖牢里头一片灰暗，潮湿的气息透出阴森冷意，通到最底下，妖逃不出去，也进不来。

锦瑟一步步下了台阶，缓缓在地牢之中走着，狭长的地牢通道直通最深处，壁灯上盘旋着的小妖物见了她，紧紧地盘上灯柱，尖利的牙时不时露出，整个地牢里回荡着嘶哑的低吼声。

沈甫亭一身简朴衣衫，面容苍白虚弱，双手被高高绑起，整个人被吊在地牢里头，完全没有往日的攻击性。

听到动静，沈甫亭慢慢地抬眼看过来，静静地看着她走近，安静的样子温和无害，完全看不出来是个能狠心封印她四万年的人。

锦瑟停在他前头几步远的地方，面色在昏暗中越显古怪，拿起手中的鞭子，细白的指尖轻轻抚过鞭身，眼中满是阴森可怕的神色："我们有四万年没见了，时间过得可真快，久得我都已经忘记了你有多可恨。"

沈甫亭虚弱地一笑，脸上已经失了血色，在这昏暗的地牢里越显苍白。

他眼睫轻垂，遮掩了眼中神情："是你先逃的，理应付出代价。"

"那如今该轮到你付出代价了，你封印了我四万年，今日我就让你尝尝什么叫生不如死的滋味。"锦瑟突然打断了他的话，语气狠厉，活像个蛇蝎美人。

沈甫亭轻轻一笑，一副随便她的样子，根本没将接下来要发生的事看在眼里。

锦瑟心中怒火越发上来，她抬起鞭子猛地往他身上甩去。

鞭子带着凛冽的力道，猛地抽在他身上，啪的一声脆响，他的衣衫上瞬间显出一道血痕，他却没哼一声，仿佛鞭子没有落在他身上一般。

锦瑟神情越发阴狠，拿起鞭子狠狠往他身上抽去，鞭子带着凛冽的劲风打在他身上，声音响彻地牢，却听不到求饶声。

沈甫亭仿佛没有痛觉，她打他如同打木桩一般，没有半点儿乐子。

锦瑟满心怒火发泄不出来，一时戾气更重，上前捏着他的下巴，高高抬起："沈公子可真是厉害，不知是我打得太轻了，还是你太能忍了，叫我的鞭子都成了摆设？"

沈甫亭额间已经起了一层薄汗，唇角隐隐溢出了血，看上去却依旧面若冠玉，即便有些苍白狼狈，也掩不住他的好看样子，真是生得一张好面皮。

他闻言不语，染血的唇角露出一丝笑，似笑非笑的模样，形同挑衅。

锦瑟气极，当即使了妖力，抬起鞭子狠狠抽打，一鞭抽过去，他瞬间皮开肉绽，额间的青筋暴起，片刻之间便见了血，刚才若说只是皮外伤，现下却不是了。

他硬是一声不吭地受了，被汗水浸湿的长睫轻轻一抬，抬眼看过来，眼神有几分古怪的意味。

尽管他这般虚弱伤重，可那危险的感觉还是存在，依旧可怕，仿佛下一刻他就能挣脱枷锁扑上来，将人撕咬殆尽，如同猛兽一般，而她就是那个毫无还击之力的猎物。

四万年前他封印她的时候，就是这样的眼神，看得人背脊发凉。

他越是这样看自己，就越是挑衅！锦瑟越发不悦，满心怒火都被激起，抬起鞭子狠狠抽去："你是什么东西，竟敢用这样的眼神看我？！"

几鞭下去，沈甫亭不但没有收回视线，反而一言不发地看着她。他似乎根本不痛，视线落在她的面上，一刻不离，安静得古怪。

锦瑟太过用力，情绪激动得无法平复，以至有些上气不接下气，胸口起伏得厉害，被打的人没事，她这个打人的人倒是累得不轻。

她不但没有让他有一丝害怕，心中的不安全感反而越发强烈，即便处在居高临下的位置，也改变不了这种感觉。这个人就像驯化不了的猛兽，永远不可能听话，而她永远都是他的掌中之物。

"我叫你不准看我，听到了没有？！"锦瑟气得彻底失去理智，将手上鞭子舞得呼呼作响，一下接一下，落在他的身上。

妖界的鞭子可不是寻常的之物，加上她的妖力，那种折磨已经不仅是让皮肉受苦。

沈甫亭突然一咳，生生呕了一口血，衣衫上已经布满血痕，虚弱至极，这一口鲜红的血吐出来，他显然是不大好了。

锦瑟见他吐了血，鞭子也没有停下，抽打几下之后，鞭子的方向微微一歪，猛然震断了上头绑着他的铁链。

沈甫亭本就无力支撑身子，没了铁链吊着，当即摔倒在地。

锦瑟气息微乱，拖着沾血的鞭子缓缓走到他面前，蹲下，将鞭柄抵在他的下巴上，极为轻佻地将其抬起，鲜艳的唇瓣微微吐出几个字："怎么样，滋味可好？"

沈甫亭轻咳几声，唇齿间尽是血，微微垂眼，视线落在她的面上，表情似笑非笑，声音虚弱得几乎听不见："你没使力气吗？"

他死到临头还敢要横！锦瑟见他这般挑衅，一时勃然大怒，手中的鞭子变成锋利的匕首，她一把拽着他的衣领，猛地将她抬起："沈甫亭，你以为我不敢杀你吗？！"

沈甫亭看着她，锋利的匕首正对着他的眉间，他缓缓抬手握住她的手，慢慢移下，将匕首对准自己的喉间，轻轻说道："应该是这里。"

锦瑟慢慢地握紧手中的匕首。

他看着她，轻轻笑了，口中尽是鲜血："你要杀我，从这里下手才是最快的。"他言辞认真，满不在乎地教她怎么杀他。

锦瑟一眼不错地看着他，手却没有动，死死握着匕首，没有前进，也没有退后，她脑中一片空白，竟然不知道该怎么办。

"你在等什么？"沈甫亭面上笑意越浓，握住她的手，还在逼近，"很简单，一下就结束了，对你来说不是很难的事……你知道的，你现下若是不杀我，往后的日子可不会好过，但凡我有一点儿机会卷土重来，就不会放过你，这是个很好的机会……"

他像一个良师益友，循循善诱，一字一句都是实话，将利弊清楚地摆在她面前，仿佛她要杀的那个人不是自己一般。

锦瑟觉得被什么东西压得透不过气，手莫名开始发抖，他的手紧紧握着她的手腕，掌心还带着血的温热感，让她越发握不住刃柄。

匕首已经在他白皙的脖间划出一丝血迹，他还在用力，血沿着匕首滴落，染红了他的衣领。

她再用一点儿力就能杀了他，解决这个大麻烦，彻底解了她的心头之恨。没有了他，她甚至可以轻松地成为六道之主，以后再不受威胁，好处诸多……

可她的手就是握不紧匕首，颤抖着慢慢滑下。

"错了，是这里……"沈甫亭根本不给她喘息的机会，握着她的手往自己的脖间划去。

锦瑟大惊，瞳孔骤然一缩，猛地收回了匕首。

他现下虚弱至极，她轻易便能将匕首夺回来，却像是花尽了全身的力气，往后一倒，瘫坐在地上。

她下不了手！即便她恨他封印了自己四万年，也下不了手杀他，除了抽他一顿鞭子泄恨，再也做不出别的事！她从来不是心慈手软的人，可现下连一刀都刺不下去……

兵败如山倒，这一场博弈她输得太彻底，没有余地。

沈甫亭见她夺回匕首，忽而虚弱一笑，仿佛这是意料之中一般。

那虚弱的笑声，听在她的耳里极为清晰，于她而言非常讽刺，她几乎不敢看他，怕叫他一眼就知晓她那雷声大、雨点小的做派。

他虚弱得只剩下一口气，面色温和，如同一个病弱的斯文公子，很是不解："不知妖尊为何下不了手？这可是个大好的机会……"

锦瑟紧咬牙关，猛然站起身，输人不输阵地说道："若是这么容易就让你死了，又如何能解我心头之恨？我要你苟延残喘地活着，看我如何做六道的主人，而你永远都是被摒弃在六道之外的怪物。"

沈甫亭不意外，只是如同陈述事实一般说："你做不到。"那轻描淡写的样子

像是笃定了她根本不可能做到这点。

　　她一时心头火烧得极旺，还未开口，沈甫亭又轻轻地哦了一声，似乎想到了什么："或许也可以，你不是有你的小白龙吗？那个玩意儿说不准……还真能把你扶上位。"他说得轻飘飘的，就像在说一个已经发生了的事实。

　　锦瑟见他这般轻视自己，一时恨得咬牙切齿，猛地将匕首掷到地上："你不用冷嘲热讽，本尊做事从来不需要帮衬，即便不费一兵一卒，也能夺下六道。你等着瞧好了，本尊会让你后悔封印我四万年！"她猛地转身，头也不回地往外走去，然后身子如虚影一般瞬移，消失了。

　　沈甫亭轻咳几声，静默不语地看着她离去，直到她的身影在眼前消失。

　　他慢慢垂眼，看着自己满身的血痕，许久，白皙的玉面上慢慢浮起一丝笑容，眼中却没有半点儿笑意。

　　幽深的地牢里太过昏暗，一道阴影笼在他的面容之上，明明是个面若冠玉的无害公子，却显出了几分莫测的古怪意味。

第十四章
仙帝要您三炷香内降之

　　锦瑟怒气冲冲地出了妖牢，瞬间便到了业障海，抬手为爪，朝着一望无际的大海施展法力。

　　浩瀚的妖力猛然直冲海底，沉在海底酣睡的山龟突然被提起，整只龟从深海之中被吸到了岸上，一阵海浪拍打而来，它在混乱之中看见了锦瑟，还以为自己在做梦。

　　锦瑟收回衣袖，慢悠悠地命令道："你该干活了。"

　　山龟这才回过神来，邪魅冷峻地说："女人，你不要一而再，再而三地挑战我的底……"它话还未说完，便被看不见的妖力猛然扇了一巴掌，脑袋偏向了另一边。

　　头上的包好不容易消了，脸上又肿了起来，山龟邪魅的神情微微僵硬："有话好好说不行吗？总是动手多难看？"

　　锦瑟踩着它的脑袋，上了龟壳："带我出去。"

　　山龟无声地诅咒了她几句，慢吞吞地伸爪。

　　一道烟雾转瞬飘来，寂斐出现在她面前："你要离开？"他微微一顿，继续说道，"你将沈甫亭关进了妖牢里，可是准备杀他？"

　　锦瑟眼中神情冷了几分，她不以为意地说道："我用妖鞭剔除了他的仙力，他

如今不过是寻常小仙，构不成威胁，不需要再去理会。"

寂斐没想到她这么快就转变了心思，转念一想，瞬间便明白了，面上露出几分了然之色："你想起来了，确实是他封印了你四万年吧？"

锦瑟显然不想再提这件事，微微一甩袖子，业障海旁突然出现了四只狐狸，变成人形，乃是"风花雪月"四个人。

"风花雪月"见锦瑟召他们出来，当即恭敬地请安："奴才叩见主子。"

寂斐面色有些不好看，这四个男子的模样太惹眼，他一看就知道是以什么路数上位的。

锦瑟很满意四个人的礼数，转头看向寂斐："如今是夺天界的最好时机，恶灵以我的血滋养，虽被打散了，但能量四散而去，还能寻到几丝气息。我去寻一寻，这四个人便留给你，有事你尽管吩咐他们，其他的事情你不必操心。"

寂斐闻言一滞，自然知道自己很难再得到她的信任，这四个人便是她留在他身边的眼线，这般明白的做派显然是在警告他。

不过他并不后悔，只要将沈甫亭这个心头大患除掉，所有的问题都不是问题！

他心中略一思索，身影腾空，翩然落在"风花雪月"四个人的面前，冲她恭敬地行了一礼："寂斐静等妖尊的好消息。"

山龟看向寂斐，邪魅地一笑："大王，龟儿……嗷！"

锦瑟一脚踩在山龟的脑袋上："走了。"

山龟扭过头，一路咒骂着往海里爬去，游进漫无边际的大海之中，速度极快，拼死拼活以最快的速度地将她这个煞神送离了业障海。

他们到了岸边，锦瑟又踩着它的头，慢条斯理地跳下。

山龟咒骂不休，一路骂来，不断口吐白沫。

陶铈在海岸边等着，先前他去引开沈甫亭，不想寂斐借机将她带回了妖界，他辛辛苦苦追到这里，却苦于业障海隔着，无法渡海，便只能在此守着，不承想真让他等着了。他一时惊喜不已，上前唤道："锦娘！"

锦瑟抬眼便瞧见了陶铈，如今一朝想起以前的事，往日的人自然也都记了起来。

她看见陶铈也没有兴致，当初若不是他说什么谈情说爱很有趣，她也不至于找沈甫亭。她心中恼自己，难免迁怒陶铈，当作没看见一般往前走去。

陶铈一眼就瞧出她的不高兴，只得将心里的话搁下不提，先行跟上。

她走了几步，见陶铈还要跟着，不由得转身看去："你跟着我，可是还要我赏你什么？”

陶铈闻言一喜，当即上前："确实是你给了我寿数，让我成了半妖，对不对？"

"我不过给你五百年罢了，练成半妖，是你自己的造化，与我无关。"锦瑟无所谓地说道。

"你为何要帮我？你那时不是和沈大夫在一起吗？"陶铈心中期盼着答案，却不敢问出口。

锦瑟听见沈甫亭的名字，便满心不悦，根本不想再提："我既然说了要送你大礼，那自然会送，难道你不喜欢？"

陶铈苦笑，说不出喜欢还是不喜欢。诚然，谁不想长长久久地活着？可一个人委实寂寞。

他更想要的是一个人心中有他，真正爱他，哪怕这个人是妖。

那些妖不都是这样说的吗？哪只妖会舍得用自己的法力给一个人五百年的寿数，这是逆天改命，极损道行。除了爱惨了他，谁又会牺牲这么多，只为让他活下来？

他等了这么多年，就是为了一个答案，如今见到她，却又觉得什么答案都不重要，她早就用行动证明她爱他，只是他当初不懂珍惜……

陶铈四万年前本就是人精，四万年后更是了不得，又了解锦瑟的性子，笑着上前："锦娘，我们许久未见了，你一个人未免无趣，不如我和你一道，沿途替你找些乐子，也免得你一个人无聊？"

这倒是一语中的，如今她的心情确实不好，她带一个人在身旁逗趣，也不失为一个好法子，至少可以不让她再去想沈甫亭的事。

她想着，便没有拒绝，转身往前走去。

陶铈会心一笑，随后跟上。

暗无天日的城里清冷荒凉，偌大的城里应有尽有，却人烟稀少，住在里头的人加起来也不及一个村落多。

长街上只看见几个打着灯笼匆匆走过的人，明明是白天，天色却暗得如同黑夜。

老妇人正坐在门口发愣，费不起灯油，只能坐在外头，偶尔来往行人的灯笼照过，比起屋里的黑暗要好上些。

锦瑟一路连过几城，皆是黑夜，白天无太阳，黑夜无月亮，古怪得很。

　　她缓缓走到老妇人身旁："这天暗了多久？"

　　老妇人见她问起，抬头看了一眼天，长叹一声："有三年没有见到太阳了，这里没有白天，庄稼都种不活，人走的走、散的散，全去别处避难了，你们也快走吧，莫要在这不祥之地耽搁。"

　　一旁过路的人见锦瑟一个小姑娘，停下提点了一句："没用的，我从西面逃来的，那边也是一片昏暗，现下这种情况已经蔓延到洛城了，这天怕是犯了邪祟，逃到哪里都一样，逃不了的。"

　　锦瑟看向天空，只见没有一丝光线透下来，平地忽起一阵怪风，城中的人察觉古怪，赶紧躲进了屋里，根本不敢出来。没有光亮，昏暗就是可怕，永远有什么东西藏在里头。

　　陶铈上前劝道："这处煞气极重，我们还是先行离开为好。"

　　"你怕吗？"锦瑟转头看向他，笑盈盈地问道。

　　陶铈听见后，散漫地一笑："你都不怕，我又怕什么？"

　　"那你可要小心一些，从凡人练成半妖可不容易。"锦瑟话中带着坏意，突然抬手，衣袖中的绣花线猛然飞出，直通天际。

　　天际是一片没有尽头的黑暗。

　　陶铈不明白她的举动，绣花针带着线，突然停住。

　　难道绣花针是顶到天了？！

　　陶铈大惑，可下一刻便证明不是，绣花线瞬间分成了数十缕，往最柔软的黑暗处扎去，天际的黑团竟然开始挪动。

　　须臾，天际慢慢露出了光亮，城里头的人察觉日光，纷纷探出头来，见真是阳光，一时欣喜若狂。

　　锦瑟收回绣花线，飞身离去，追上黑团。

　　"锦娘，危险！"陶铈心中一惊，当即追去。

　　有人见状，连连惊呼："活神仙下凡啦，神仙救我们来了！"

　　那一大团乌黑东西逃得极快，瞬间跃出千里，分散成七个，分头逃去。

　　锦瑟幽幽一笑，当即甩出绣花线，线往七个方向飞去，一个都不放过。

　　绣花线带着巨大的妖力瞬间绑住了一团团漆黑的玩意儿，一并往地上落下，发出了巨大的轰隆声，仿佛山石砸落，地动山摇。

　　魑魅魍魉魍魖魖，七煞瞬间被摔蒙了。

　　其中一个大黑团回过神来，冲着天空怒吼："何方混账，胆敢在吾等面前放肆？吾等怎么了，如今也不过是吸吸人间的怨气，已经够委屈了，还想吾等做甚？！"

锦瑟缓缓落下："本尊以血养恶灵，如今恶灵不再，你们既因它的煞气而生，就该替它为我效劳。"

陶铈随后落下，见山野中央有一大团一大团的黑色玩意儿，一时分不清楚是什么物种。太黑了，难怪这天上阳光都照不下来。

魖魅魍魉魈魑魕当即怒吼，这种阴煞的大祸害可不是开玩笑的，更何况是七个叠在一起，这山野塞下它们之后，挤得慌。

最下头的那个黑团怒吼一声，横冲直撞，硬生生地挤了上来："吾等食日月吃天地，想要我等效劳，也要看你有没有那个命！"

可惜它身子太过庞大，猛地撞翻了一旁的几个黑团，震得如地龙再现。

往日几个并排蹲于天际漫游，根本没出现这般惨烈的场面，如今可是开水泼到了油里，炸开了锅。

魍："老二，你往前挤啥？！"

魅："要脸吗？还分不清楚谁是老大？"

魍："什么老大，一团漆黑的东西，还敢称老大？"

魅："这是晒的，你那是天生黑，黑黑黑！"

魍："我呸！你黑你黑，你全家都黑！"

一时间，几团大黑球吵得不可开交，本就黑得分不清楚哪个是哪个，现下根本分不清哪个在叫唤。

锦瑟为了找它们，花了太多时间，不耐烦再听它们吵架，欲与它们订立契约。

风突然出现在眼前，满身是血，惊魂未定："主子，妖界出事了，沈仙帝恐……恐要覆灭妖界！"

变数太大，叫她没听清："什么仙帝？！"

"乃是沈仙帝，寂斐大人带妖兵迎战于业障海，全军覆没，如今下落不明，生死未卜，仙帝他……他要您三炷香内到他面前降之，否则六道归五道！"

锦瑟心中咯噔一下，脑中乱了。

业障海上已经恢复平静，先前的一场乱战，没有留下痕迹，妖界流光溢彩的结界已经被破除，仙气萦绕其中，已经分不清这一处究竟是妖界还是天界。

海面上一望无际，唯一能看见的就是浮在海面上的山龟，龟身上挤了满满一群妖，几乎连落脚的地方都没有。

山龟的大脑袋上站着的是妖界的几大护法，虎头刹满面胡须，面露凶相，扛

起了大刀左右挥舞："我左青龙右白虎，一枝红杏出墙来，那小儿根本不敌我的力道，眨眼间就被我削下了海去，若不是后面有人暗算，我早早便虾（杀）进了妖界，让这些神仙次（吃）不了抖（兜）着粥（走）！"

一旁身着白衣的川音南平心静气地坐在山龟背上，翘着兰花指打坐调息，连眼睛都没睁开，一看就是歹毒的做派："你有工夫吹牛，还不如现下就杀进妖界，连话都说不清，别在这里舞刀弄枪地耍猴戏了。"

虎头刹当即在他面前挥起了大刀："你这黄鼠狼，胳膊细得扛不起我的大刀，被打得落花牛随（流水），哭爹叫凉（娘），还敢给我充大爷！"

川音南身旁的术娘身姿纤弱，举止却非常粗鲁："你们有那闲工夫，还不如省点儿力气，老娘已经好几天没有吃东西了，别逼我吞了你们两个。"

"花雪月"三个人伤得不轻，静静地坐在一旁，看着这几大护法耍嘴皮子功夫，区区几日便已经见怪不怪。

这几个人是天生的冤家，偏偏又都是护法，平起平坐，自然是谁也不服谁。

就刚才打仗的工夫，他们还有时间较劲儿，不过也就是妖力高强，有能耐折腾，否则早就被削下海里去，入了妖鱼的肚子。

他们吵闹间，虎头刹刀也舞累了，将刀立在龟壳上，顿时想到了什么："这龟儿这么大，不如烤来次（吃）了，否则一会儿和那劳什子仙帝打起来，哪儿有力气？"

山龟嘴角邪魅地一勾，当即带着他们一道往海底沉去，过了许久，才慢吞吞地从海底浮上来。

一群妖浑身都湿了，瞬间打消了吃山龟的念头。

天边黑云密布，几大护法虽与锦瑟没什么交集，可一眼就认出了她："妖尊，属下恭候多时！"

锦瑟瞬间落下，浮在海面上，看着他们问："寂斐呢？"

术娘抹了一把泪："是属下无能，没能护住寂斐大人，如今他下落不明，九重天上那群神仙太狡诈，诡计百出，显然是筹谋已久。"

锦瑟心中一沉，怒火冲上头顶。她明明废了沈甫亭的仙力，没有想到他还能爬起来，真是百足之虫，死而不僵！

川音南站起身，妖娆的样子瞬间变得凝重："如今妖界被占，不知我们要如何行事？那仙帝委实狡诈，这一招釜底抽薪，叫我们乱了阵脚，如今他们在妖界里头，我们在外头，实在不利。"

身后的七煞排队行来，等得有些不耐烦，瞧见海里头有鱼，扑通一声，钻到了海里头逮鱼玩。

七煞一下海，海浪翻涌，山龟险些翻了。

几个人非常狼狈，瞧见七煞，皆大吃一惊。刚才一片漆黑，还以为是乌云密布，没想到竟是活物，来回数了一番，刚好是七个。

川音南正色道："这可是传说中的七煞祸物？！"

锦瑟看向海中黑影，眼神阴冷："不错，七煞在此，多少仙兵都不成问题，尔等随我杀进妖界，一个神仙都不准留！"

锦瑟一声令下，众妖与七煞当即浩浩荡荡地往妖界杀去。七煞既在，自然没有能与之抵抗的东西，他们胜算极高。

妖界戒备森严，仙兵重重把守，妖民纷纷被禁，出不得也进不得。

七煞黑压压一片，如同黑云压过来，妖界黑了大半。

锦瑟远远便看见了站在城头的沈甫亭，他衣冠齐整，依旧清贵不凡，除了唇瓣失了血色，再无先前伤重之相。

沈甫亭看了她一眼，视线慢慢落在她身旁的陶铈身上，神情淡漠，看不出喜怒。

陶铈见了沈甫亭，心中颇为难言，没想到二人这般势大，一个是仙帝，一个是妖尊……

沈甫亭苍白的玉面上露出一丝笑容："我记得我只给了你三炷香的时间。"

锦瑟眼中恨意毕现："将寂斐交出来，我饶你不死。"

沈甫亭嗤笑一声，微微垂下眼睫："也不知是谁饶谁不死？"

锦瑟见状，自不耐烦再与他多言，当即一声令下，众妖冲了上去。

妖界中把守的仙兵纷纷驾云迎了上来，打得不可开交。

沈甫亭却八风不动，如同叙旧一般平静地问道："还想做六道的主人？"

锦瑟心中悔极，当时没有一刀杀了这个祸害，如今弄成这般不利的局面。

她神色阴冷地说道："沈仙帝那奄奄一息的模样都叫我当了真，这一回若是被我抓着了，我既放了你一次，不会再放你第二次。"

沈甫亭连剑都没有祭出，面上是胜负已定的平静之色，视线落在她身后那七团黑乎乎的玩意儿身上，忽而笑起："你可真是煞费苦心，不过好像白替他人做了嫁衣……"

锦瑟见他看向身后，心中生疑，还未仔细琢磨，便觉身后有阴煞之色扑来。

她猛然转身，可是已经来不及，眼前一片黑暗东西扑面而来。

七煞不似先前那般听话温顺，猛然张口，一口将她吞了。

锦瑟眼前一片漆黑，还未动手，忽闻一缕气息，浑身传来一股麻意，意识渐渐模糊，所有的嘈杂声全消失了，瞬间陷入黑暗之中。

妖牢之中遍布潮湿阴冷的气息，一道光线透过高墙上的小方口照射进来。

一人躺在稻草上，光线照在她的脸上，越显脸颊白嫩，衣裙的颜色衬得模样如春花绽放，脆弱娇软。

她眼睫微微一颤，过了许久才慢慢睁开眼。

锦瑟只感觉自己浑身发麻，一阵无力，睁开眼睛都有些吃力。她缓了许久才微微抬手，挡去刺眼的光，看向周遭才发现这是妖牢，上头还垂落着先前捆过沈甫亭的铁链。

她微微一顿，想起先前被七煞吞进肚里的情形，神情慢慢凝重。

地牢的尽头传来了行走间衣衫的窸窣声，一人从幽深的黑暗中缓缓走近。

沈甫亭在不远处站定，透过铁栏看着她落败的模样，似在欣赏，半晌才推开牢门走进来："我为你准备的地方你可还满意？"

锦瑟暗咬牙根："七煞何时为你所用的？"

"你在业障海离去之后，凑巧让我碰到了那些玩意儿，我与它们订立了死契，我活多久它们活多久，它们永远为我所用。"

他竟然和七煞立了死契！死契一旦立成，永远无法被抹去，七煞有什么问题，本体也会出现同样的问题，反之亦然，双方生命紧紧相连。死契太过冒险，只有疯子才会订立这样的契约。

他必然疯了！锦瑟微微睁大眼睛，猛然直起身看着他："你从一开始就已经计划好了，为的就是夺取妖界，是不是？！"

沈甫亭俯身在她身旁坐下，伸手搂过她，极为体贴地扶她坐起身："天界是我的，妖界也是我的，你到现在还不明白？"

他说话间，伸手抚上她的面颊，掌心不及往日温热，而是带着些许凉意，比这地牢里阴森的气息还要冷。

锦瑟不自觉打了个寒战，他表现得太过温柔，反而让她不安。她侧头避开了他的手，眼神阴狠，显然是只要让她找到机会，她必然会狠狠反咬他一口。

如此明目张胆的动作，沈甫亭却没有太在意，微凉的指尖顺着她细嫩光滑的脸颊轻轻滑下，流连过纤细的脖颈，似要探进衣领。

锦瑟当即握住了他的手，眼中满是难以置信之色。

沈甫亭神情淡淡的，看着她不语，个中意思已经很明白地摆在她眼前了。

她抓着他的手，却根本挡不住他的动作，那冰凉的指尖抚过，带起莫名的凉意。

他眼神清明，完全没有意乱情迷的迹象，像是在羞辱她一般。

他慢慢俯身压来，锦瑟想要反抗，身子已然被缚上了困妖索，挣扎不得，恨恨地说道："你到底要干什么？！"

沈甫亭似笑非笑，微凉的吻落在她的面颊上，缓缓触碰："自然是要罚你。"

锦瑟感觉他的身子压上来，他明明受了重伤，可还是让她几欲窒息，后头更是让她喘不上气。

"沈甫亭……"她张口呼吸，声音有些发颤，极为艰难地吐出他的名字，却被他低头以唇封上，让她将破碎的声音全部吞了回去。

他明明很冷，却又那样热，让她一时间在冷热交替之中有些承受不住。

他的动作很慢，在静谧的妖牢里几乎没有一点儿声音，却没有一刻不带攻击性，清明的眼神里头带着无法掩饰的莫名意味，如以往那般紧紧盯着她。

她艰难呼吸间，才想起那是他先前一直看自己的眼神，原来是这样的意思，可她知晓得太晚！

地牢里的阴森冷意慢慢消散，取而代之的是旖旎气氛，如丝网一般编织而成，暧昧缠绕得让人喘不上气。

不知过了多久他才停下，锦瑟觉得自己的魂都要被他勾没了，这样一寸一寸肌肤缠磨，让她有种理智被一点点蚕食的感觉，慢慢陷入他编织的情网之中，心甘情愿沦为他的所有物。

沈甫亭餍足之后，抱着软绵绵的她亲昵了一番，那温热的唇瓣贴上她的面颊慢慢缠磨，叫她不自觉发喘，连推开他的力气都没有了。

磨了许久，沈甫亭才将她凌乱的衣裙微微整理一番，又用衣衫裹住她，将她一把抱起，往外头走去。

匹相、匹献在妖牢外头守了一整日，见沈甫亭抱着人出来，一时都愣住了。

君主怀里抱着的显然是锦瑟，用衣袍遮得严严实实的，连脚踝都没有露出来。她发丝凌乱，沾染了汗水，贴在面颊上，柔柔弱弱地待在沈甫亭的怀里，显然疲倦到了极点。

二人见了，也知晓这一整日他们做了什么，只是实在太过惊讶。先头君主可是面色阴沉地进去的，甚至拿了鞭子，那架势显然事情不好善了，没想到鞭子没使上，迷魂汤倒像是被灌了不少。

下

册

锦瑟靠在沈甫亭怀里，无力动弹，由着沈甫亭将她抱进了殿中。

沈甫亭将她放在床榻上，一声不吭地转身走了。

锦瑟困得连眼睛都睁不开，根本无暇再顾及其他，正睡得迷迷糊糊，便觉有人又回来了，片刻后，耳畔响起了水声。

她微微睁眼，是沈甫亭端一盆热水回来，他拧干了布，才走到床榻旁，解开她本就松散的裙子替她擦拭身体。

他衣衫不复先前齐整，乌发也微微凌乱，几缕发丝垂落额间，看上去不似往日那般疏离，加之刚才匆忙，只随意着了里衣，瞧着更显温和无害，仿佛体贴可靠的相公。如果没有先前地牢里那一番举动，她倒真会被迷惑了。

这一番折腾可叫她险些丢了半条命，亏她还以为他这样的神仙和无欲无求的人没什么区别，如今想来，委实想得太多。他即便受了伤还能这般折腾，若是没伤着，她可真不敢想象自己会是怎样的光景。

他擦拭得太过细致，让她很不适应，恢复了点儿力气，便慢慢地屈腿避开他的手。

沈甫亭握住她的脚踝，将她的腿拉直，不让她动弹，完全不顾女儿家的脸皮薄。

锦瑟先前被他翻来覆去地折腾了一遍，腰酸腿麻，连抬根手指的力气都没有，现下只能由着他擦拭。待他慢条斯理地整理完后，她才钻进了被窝。

一切都是在默然无声中进行的，明明刚才二人那般亲密无间，现下却跟陌生人一般连句话都没有。

沈甫亭将布随意扔回了水盆里，在她身旁坐下，将她连人带被子抱进怀里，显然比刚才要好相处了许多。

锦瑟也懒得挣扎，微微别过头去，闭目养神。可即便如此也忽视不了他的存在感，刚才的情事留下的气息实在太过浓烈，萦绕在她周围，叫她思绪乱得一塌糊涂。

她正愣神，沈甫亭忽而开口："我们明日成亲。"

锦瑟心中一震，猛然抬头看向他，根本无法理解他的想法。他究竟是如何想的？他们二人如今这般势不两立，怎的在他眼里就是可以成亲的关系了？

沈甫亭认真地对上她的视线，这句话显然不是与她商量，而是在通知她。

锦瑟顿时脸色阴沉，冷笑出声："两次了，难道你还没看出来，我是不喜欢你才不愿意嫁给你？"她想起刚才的事，一时连牙都咬碎了，看着他，阴恻恻地说道，"我就算嫁鸡嫁狗，也不会嫁你，你死了这条心吧。"

沈甫亭慢慢地松开了她，玉面上没有什么表情，可那静静看着她的模样就是叫人背脊发凉。

殿中的气氛剑拔弩张，让人完全想象不到他们先前那样亲密无间，身上甚至连对方的气息都没完全散去，便已然要闹翻了。

锦瑟自然不怕。她若不是被折腾得没了力气，早就亮出自己的爪子，哪儿会坐着好好跟他说。

沈甫亭眼中的神情淡漠到了极点，他一言不发地看了她许久，才缓缓站起身，往外头走去。

锦瑟看着他离去，轻哼一声，放松些许，终是耐不住疲惫，陷入了昏睡之中。

她这一觉睡得天昏地暗，天光刚刚大亮，锦瑟便被慌乱行来的妖侍唤醒："妖……妖尊，仙帝要我们现下……"

"滚出去。"锦瑟听到沈甫亭的名号就头痛，翻过身去，不想理睬妖侍。

妖侍吓得后退几步，颤颤巍巍地说道："妖尊，您若是不去，寂斐大人恐怕凶多吉少……"

锦瑟惊坐而起，一时满心恼怒，他这番不按常理出牌的做派真是居心叵测，叫她方寸大乱，彻底忘了大事。锦瑟一时间匆忙起身下床，一下地便险些往前扑去，好在妖侍手疾眼快，扶住了她。

锦瑟心中郁郁，这个畜生竟然敢这般对她，往后她一定双倍奉还！

她心中虽然不满，可身子绵软无力，只能由着她们扶着她去了城楼。

她到了城楼上，果然见半空中高高悬挂着一个巨大的铁笼子，遮住大半天际，里头一条白龙遍体鳞伤，冷风呼啸而过，白龙不知生死。

铁笼子下头聚集着妖民，上头盘旋的黑云则是她带回来的七煞，一个个不复纯良温顺模样，看上去凶残邪恶，死死地盯着铁笼子里头的白龙，仿佛只等一声令下，便要张口将其吞下。

沈甫亭正站在城楼之上，双手撑着城墙，神情莫辨地看着铁笼里头的白龙。他身旁站着众多仙者，不敢太过靠近，见锦瑟过来，皆噤若寒蝉，不敢多言多看。

兼橦没想到当初引起仙妖大战的妖尊，竟然是这样一个天真娇嫩的小姑娘，心生好奇，多看了几眼，可见她发丝凌乱、眼含春水、站立不稳的疲倦模样，心中又多了一丝疑惑。兼橦知道君主夺下妖界，抓了妖尊关进妖牢，甚至听说君主对此人恨之入骨，亲自严刑伺候，现下看来，妖尊实在不像被重刑加身……

兼橦想到一种可能，面色微变，忙摇头甩开了这个念头。

这不可能，他这样的人早已没有俗欲，不可能做这样的事！

锦瑟几步走来，颇为吃力，抬眼看向沈甫亭。一夜过去，他已经换了一身衣衫，绣着繁复纹路的玉带束腰，衬得腿长腰窄，乌发束玉冠，发丝一丝不苟地垂落在身后，越显帝王威仪。

城楼之高，带起的风极大，微微拂起他的衣摆，他俊朗翩然，高高在上，便是静静站着的背影都叫人生出无法触及的感觉。

锦瑟看着都有些恍惚，仿佛那个在地牢里肆意妄为的人不是他。

沈甫亭听见动静，转身看过来，眼中没有多余的情绪，极为平静地吩咐："主人家既然来了，我们也该开始了……"

锦瑟见到笼子里的寂斐，大怒道："沈甫亭，你要是敢伤我妖界之人一分，往后我会不惜一切代价让你后悔今日所为！"

沈甫亭平静默然，七煞已经开始动作，其中一个突然从天际冲下，撞上了铁笼子。

里头的白龙被猛然一击，痛得发出一声嘶吼！

铁笼快速摇晃着，七煞一个接一个地飞速冲下，去撞铁笼子，似要破坏铁笼子，吃掉里头的白龙。

下头的妖民想要躲避，却又无处可躲，尖厉的兽叫声破空而起，妖心大乱。

铁笼子上头粗如树干的铁链已经承受不住七煞的撞击，铁笼摇摇欲坠。

这么巨大的铁笼掉落下去，寂斐和下头的妖民谁都逃不了"死"字，整个妖界俨然要成为炼狱。

嘈杂的尖叫声，夹杂着龙啸，叫锦瑟彻底乱了，她忙上前抓住了他的胳膊："你叫它们停下来！你既想要妖界，就应该要立威信，屠戮了妖界，你得到的只会是空壳！"

"我要的不是妖界，屠戮又能怎样？"沈甫亭看着她，说得轻描淡写，根本不在乎她说的东西。

锦瑟瞬间面色苍白，眼前的人软硬不吃。她猛地瘫坐在地，尖叫哀求声传进她的耳里。她是妖尊，如今却无能为力，君王的悲哀莫过于此！

"你究竟要什么？你究竟要我怎么做，才肯放过妖界？"

"我要什么，你到如今都不明白吗？你已经是第二次犯错，是不是我往日待你太过温和，才叫你彻底忘记了我的脾气？！"沈甫亭突然扬声喝道，压抑极久的怒火终于爆发。

锦瑟第一次见他这般愤怒，生生愣在了当场。

沈甫亭的情绪瞬间牵动了七煞，七煞发出了极为刺耳的尖厉声。

道行低一些的妖怪已经受不住，妖魂快散了，余下的妖怪无论怎么逃，都逃不出这个炼狱！

七煞的攻势越发激烈，铁链几近断裂，铁笼里的寂斐只有半口气了，巨大的龙眼遥遥看来，似乎带着诀别之意。

沈甫亭收敛了些，伸手捏住她的下巴，高高抬起："锦瑟，我再问你最后一遍，嫁还是不嫁？"

锦瑟被逼得几近崩溃，歇斯底里地喊道："嫁，我嫁！沈甫亭，只要你不杀他，随便你如何！"

众仙臣皆大吃一惊，完全没有想到君主这样冷性淡漠之人，会强娶一个女子，这女子还是妖界的妖尊！

如今妖界虽说已经被攻下，但仙妖还是有别，仙帝娶妖尊，那可是大大不妥！

仙臣面面相觑，现下是昔日的君主归位，他本就积威已久，他们这些人说不好听的就是忠心不再，若是要被追究罪责，一个都逃不脱，一时间皆不敢多言，唯恐惹了君主，君主算起旧账。

唯有兼樘难以置信地看着这一幕场景，仿佛没听明白他们说了什么。

天上的七煞已经收了攻势，眼巴巴地望着铁笼子里头的白龙。沈甫亭扫了一眼，七煞当即收回视线，如乌云一般退去，瞬间消失在妖界的天际。

下头的妖民见七煞退去，皆松了一口气，声音也渐渐弱了下来。

铁笼里头的寂斐听见锦瑟的话，心酸难言，喉头微微发出低吼，奈何只剩半口气，只能被困在铁笼里看着她，眼中泛起了泪花："王……"

沈甫亭眸色渐沉，根本不给她和寂斐对视的机会，松开了她的下巴，淡淡吩咐道："送妖尊回去，安心待嫁。"

一旁的妖侍当即上前，锦瑟却不放心，微微稳定情绪后，伸手拉着他的衣袖，坚持道："你先放了他。"

沈甫亭垂眼淡淡地看来，语调冷漠地说："你以为你有资格和我谈条件？"

锦瑟见他眼神冰冷，手微微一顿，眼前这个人完全不像地牢里和她耳鬓厮磨的男人，冷得让人无法接近。

她拉着他的袖子，不知自己该说些什么。这可真是兵败如山倒，她堂堂妖尊，现下连说句话的权利都没有了。

果然是美色惹的祸，有道是"红颜"祸水，一个君王哪儿能贪色？都是这张

面皮叫她一而再，再而三地失了本心！

锦瑟神情阴森，后悔到了极点！

沈甫亭见她垂着头，一脸自责的表情，面色勉强温和了几分，收回视线，抬手从她手中抽回了衣袖。

妖侍上前小心翼翼地扶着她。

锦瑟只能姑且先收回手，看了一眼笼子里的寂斐："希望仙帝遵守诺言，不要出尔反尔。"她勉力起身，由着妖侍扶下城楼。

兼橦看着锦瑟离开时的艰难模样，心中五味杂陈，又暗自看向沈甫亭的背影。她永远在仰望他，而他的眼中永远没有她，即便她守了四万年，也没能让他多看她一眼。

牢笼里的寂斐盯着沈甫亭，眼中满是挑衅之色，显然不会轻易放手。

沈甫亭眉头微微一皱，神情莫辨，许久才道："关起来，大婚之后再做打算。"

他处理完寂斐，还有其他的人要处理，比如"风花雪月"，比如陶铈。

偌大的殿中站着三大护法和妖臣，皆是落败的模样。

前头是负伤的"风花雪月"，还有被一道抓来的陶铈，这五个人皆模样出挑，站在众妖中也是鹤立鸡群一般的存在。

大殿上静默了许久，这九重天上的仙帝占领了妖界，虽说他的皮相赏心悦目，可心思实在有些难辨，这般一言不发地看着他们已经有半炷香的时间了，连一个字都没吐过，着实叫人心中忐忑。尤其是"风花雪月"四个人，当初在地宫里就已然见识了沈甫亭的可怕，留下了极深的心理阴影。

男皇那死相可不是一般惨，余下的人各有各的死法，皆惨不忍睹。他们虽恨地宫众人入骨，可也想不到这般狠厉可怕的手段，那场面深刻到现下还历历在目，他们回想一下都觉毛骨悚然。

沈甫亭看向"风花雪月"，神情淡得让人看不出他心中的想法："你们何时开始跟着她的？"

这个"她"不言而喻，自然是锦瑟。

四人闻言，面色微微泛白，支支吾吾地开口："地宫轰塌之后我们兄弟四个无处可去，便……便跟着妖尊了……"

陶铈没想到锦瑟有这么多桃花债，一来就是四个，上头还坐着一个，外头还有个寂斐。

他这位置实在微妙，他也算体会了一下往日家中后院之人的感受，且锦瑟明媒正娶的"正室"还是别人，他充其量是个"妾侍"……

他看了一眼座上的沈甫亭，只觉自己做妖做糊涂了，竟想这些，这位可不好相与，指不定连活路都给他们掐断了，怎么可能还让他们在眼前晃荡？

他心中腹诽，但到底不甘心。他不是锦瑟的唯一，那么她给了自己五百年的寿数又是为什么？

他等了四万年，什么答案都能接受，唯独不能接受她不爱自己。可他已经没有多少信心，毕竟她好像没有心。

陶铈心中苦笑，没有想到自己万花丛中过，还会有这样的感慨。

沈甫亭闻言，面上依旧没有表情，可语气莫名叫人发冷："我记得我当初说过，让你们自寻出路。"

既是狐狸天生便聪明，四个人闻言，纷纷跪倒，不敢开口说是他们自己找上锦瑟的，低声说道："原本我们兄弟四个人是要另谋出路的，只是离山的时候碰到了妖尊，她见我们雪白可爱，便将我们收下，当个宠物养着逗趣。"

不想沈甫亭的面色非但没有缓和，反而越发冷了，眼中戾气渐深。殿中一时间杀意四散。

匹相、匹献听闻此言，也是捏了一把汗。先前她在乱葬岗可不就是说要养着自家君主，养着养着便养出事了，更何况如今这四个妖即便是狐狸，也是男的。

"风花雪月"面色惨白，冷汗直冒，不知该如何撇清关系。

风慌忙开口："仙帝放心，妖尊断没有别的意思，奴才们也是跟着妖尊绣绣花，旁的事再没有做了。我们四万年前拜了妖尊为主人，其中也不过见了两三次，再多便没有了……"

沈甫亭显然被锦瑟养的这些宠物气得不轻，不耐烦再听他的话，沉着脸起身离开了，余下的事皆由匹相、匹献二人处置。

一连数十日，锦瑟都被困在殿中，沈甫亭说让她安心待嫁，其实就是借口将她幽禁于此，而这期间他一次都没出现过。

她得不到外面的消息，心中越发不耐烦，即便有困妖索，也终究困不住她的脾气。

几番作妖下来，她终是得了行动自由，不过身后跟着的人一大堆，只要她迈出这个大殿，每一步都在旁人的视线里头。

妖界也渐渐变成了另一个仙界，戒备森严，规矩太多，来往虽有妖，可更多的是神仙。

沈甫亭那日大发雷霆之后，便再也没有出现在她面前，无论她怎么闹，得到

下
册

的永远是"安心待嫁"这四个字。

她恨得牙痒，见不到他，也没地方发泄。日子过得慢悠悠的，她也从刚开始的暴躁到现下被磨平了不少棱角。

身旁的嬷嬷见锦瑟百无聊赖，上前劝道："姑娘，今日可要去园里逛逛？花开得极好，比往日还要好看，那花香，数里外都能闻见。"

这嬷嬷是和仙侍一道被派来的，很是体贴，会伺候人，每日都会劝她去大园子里走走，免得闷坏了。

锦瑟也觉得烦闷，慢悠悠地起身出去，身后自然又跟着一大群"尾巴"。

妖界的妖花不同仙界那般雅致，一般都是争奇斗艳，奇形怪状，扭着纤细的花枝，搔首弄姿，什么样的都有。

妖花上头飞着采花蜜的小妖精，妖界的动荡对这些芝麻绿豆大的小妖来说不是什么大事，毕竟神仙不会闲着没事来这处把花全铲了。

是以谁接管妖界，于他们来说并没有什么关系，只有锦瑟这样的上位者才知道落败的滋味。

她不仅被软禁在宫中，还失去了统一六道的机会，心中如何不恨？卷土重来的机会是有，可惜她连沈甫亭的面都见不到，根本无从下手，甚至连找七煞寻仇都是难题。她一时面色越发阴沉！

嬷嬷扶着她在远处坐下，锦瑟黛眉微蹙："怎的总是这几个地方？我都看腻了，去前头瞧瞧。"

嬷嬷神色为难，勉强笑道："这处视线开阔，什么都能看见，是个好位置，去了别处，恐叫日头晒着。"

锦瑟也不耐烦多走，慢悠悠地在石椅上坐下。

嬷嬷倒了果茶递到她面前，锦瑟随手接过，便听花园里头传来窃窃私语声，是翩翩而来的采花仙子。

"听说了吗？君主要与那妖尊成亲了。"

"这事早已传遍了，我也实在没想到君主会娶那个女人。"

"这有什么想不到的，如今君主虽收了妖界，可下头的妖臣不是一朝一夕就能被降伏的，君主娶了妖尊，那么仙妖便成了一家人，不费一兵一卒便能彻底得了妖界的心，何乐而不为？只是委实可惜了兼橦仙子，匹献大人都说了，君主闭关那四万年，仙子可是守了整整四万年，不知多少仙子的倾慕者被拒之门外，到如今却又因为君主要娶别人，仙子只能做个身后人。"

"你这么一说，仙子可真是可怜，明明是天生的鸳鸯相配，却没想到被那个女人抢了先。听说妖尊性子很不好，如同毒妇一般，任性蛮横，行事阴毒，仙子这么好的人，往后必定会被欺负。"

锦瑟眼眸微黯，慢慢坐起了身，嬷嬷见状，当即便要喝止这群仙子。

锦瑟抬手阻止了嬷嬷的话，伸手掀开挡在眼前搔首弄姿的妖花，看向她们。

众仙子见到她，手中的花瞬间撒了满地，纷纷跪下："婢子妄言，还请娘娘恕罪。"

锦瑟听闻"娘娘"二字，更是不痛快，冷笑一声，唇角微微勾起："不知你们说的是哪个兼橦仙子？叫过来给本尊瞧一眼，看看什么样子叫天生的鸳鸯相配。"

嬷嬷捏了一把汗，知道这祖宗又要闹腾了，这回还牵扯了兼橦仙子，只怕不好善了，一时不知该如何是好，下意识地转头看了一眼不远处的楼阁，一脸为难之色。

锦瑟既开口要见兼橦，仙子自然是要去请的，却不想等了片刻，那兼橦并未出现，倒是身旁伺候的嬷嬷来了。

这寻嬷嬷一看就是见过场面的，在锦瑟面前也是长辈做派，不卑不亢，完全没有将锦瑟这个妖尊看在眼里，只是敷衍地行了个礼："老身给娘娘请安，仙子身子有恙，无法来见娘娘，托老身来与娘娘说一声，还望娘娘恕罪，改日仙子必然登门赔礼。"

寻嬷嬷说得认真，仿佛这是真事，可天下哪儿有这么巧的事？锦瑟要见她，她便病了，可不就是明摆着不想来见嘛。

这事若是放在寻常人身上，自然就罢了，毕竟凡事留一线，日后好相见，可她遇到的偏偏是锦瑟，锦瑟哪里会管这么多。日子本就无趣，难得送来一个玩意儿，锦瑟哪儿能不收下？更何况若是这玩意儿将事情闹得大些，说不准沈甫亭还能出来见自己。

锦瑟盈盈一笑："还真是巧，偏偏找她的时候她病了……"

寻嬷嬷见惯了场面，在这些事上可是出了名的老油子，说的理由是身子有恙，便是妖尊娘娘也不能强行要人来见。闻言，寻嬷嬷如同没有听懂一般，顺着她的话说道："娘娘说得是，可是赶巧了，仙子正好病着了，才没能来见娘娘。"

锦瑟瞬间脸色阴沉，鲜艳的唇瓣微动，轻飘飘地说道："你觉得我信吗？"

寻嬷嬷没料到她竟这般直白地说出来，完全不顾及旁人会给她安恶名，一时有些摸不清路数。

站在一旁的嬷嬷见锦瑟要作妖，连忙俯身，低声对锦瑟说道："娘娘，这事已然如此，再叫人来不妥。兼橦仙子是九重天上凤凰一族留下的贵重血脉，地

下
册

· 351 ·

位很高，你若是得罪了她，往后在九重天上可难办，在君主那里也没法说，倒不如……"

这九重天来九重天去的，每一个字眼都在刺锦瑟的心。

她如今就像是个断送江山的废物，还要被关在这里做人质，处处受制于人，脾气又怎么好得了？

她自然不耐烦听这些话，又是横惯了的，即便身上缚着困妖索，也不可能服软。

她慢悠悠地睨了嬷嬷一眼："这是妖界，不是天界，我现下要见她，她便是要见阎王爷，也得推后，先见了我才是。"

"娘娘，仙子确是身子有恙，无法来见娘娘。您便是说到君主那里去，这理也是一样。"寻嬷嬷一副软硬不吃的做派，显然不将妖界和锦瑟放在眼里。

锦瑟见状，越觉有趣，幽幽地笑道："我就喜欢骨头硬的人，玩起来才脆。"她说着，靠在石案上，"既然说的是一个理字，那就按照你们仙界的规矩来。听说你们仙界的规矩很多，不知这背后嚼舌根、妄议主子的事要如何罚？"

嬷嬷神色为难，又无法给寻嬷嬷通气，这小祖宗作起来，可是不管不顾的，可能连性命都要折进去了！

锦瑟见寻嬷嬷不说话，便又说："看来是不知晓，那便按我们妖界的规矩来。在我们妖界，妄议主子，要被拔掉舌头，刚才既然是一人一句话，那就把每个人的舌头都拔掉。"她慢悠悠地伸出了纤细的食指，看向那群跪在地上的仙子，神色天真。

仙子们闻言，瞬间面色惨白，还未来得及开口求饶，锦瑟又道："这事你们可不能怪我，谁叫你们口中奉承的仙子这般无情，不过是身子微恙，却连你们的舌头都不愿意救一救。"

仙子们闻言，当即跪向寻嬷嬷："嬷嬷，求您让仙子救救我们，我们往后再也不敢了！"

寻嬷嬷差点儿咬碎了一口银牙，何曾想到会遇到这么一个不讲理的妖，自己做了恶事，还将罪过推到仙子身上，实在太不讲道理！

如今她左右为难，毕竟若是放任锦瑟去罚这些仙子，兼橦仙子必会被人埋怨，失了人心，不知该如何是好。

锦瑟可不耐烦等她想好，随口说道："开始。"

"慢着。"寻嬷嬷开口笑道，"这个惩罚未免太重，能否卖老身一个面子？……"

锦瑟不想再听她说话，端起果茶轻轻地抿了一口，垂着眼睛，百无聊赖地说道："本尊喝完这杯茶之前，要见到人。"

老嬷嬷可算是被落尽了脸面，再无法说什么，匆匆忙忙地回去了。

这番话传过，兼橦便出现了，显然没有病着，一步步行来，确实是仙女之姿，轻纱飘扬到了面前，一举一动皆是神女做派，美得不能用言语形容。

兼橦连表面功夫都没有做，开口道："还请娘娘放过诸位仙子，此事由我一力承担。"

锦瑟抬眼看着她，却没有说话，视线在她身上流转，仿佛她是一件待价而沽的物件："既然是来求我，怎么不跪下？"

兼橦是神女，自有神女的高傲："娘娘莫说还未嫁入天家，即便是嫁了天家，我也不需要给你下跪行礼，反倒是娘娘要遵从礼节，拜我一拜。"

锦瑟闻言，笑出了声，声音清甜，如同一个小姑娘："那你见到沈甫亭跪不跪？"

她见了君主自然是要跪的，这九重天上下有哪个仙敢不跪沈甫亭？

兼橦自然知道这是个陷阱，索性不接话了。

锦瑟啧了一声："沈甫亭要娶我做妻子，夫妻同根，你见了他的妻子却不跪，那岂不是不敬他？"

"娘娘还没有嫁，一切都还没有定数。"兼橦见她这般得意扬扬便觉不悦，冷冷地回道。

"这么说，你是贼心不死啦？"

兼橦听闻此言，不悦至极，却没有否认。

"有道是不怕贼偷，就怕贼惦记。你们九重天上的仙子说得倒是冠冕堂皇，还不是惦记别人的夫君？真是有脸面。"她任性地说道，又轻轻地笑了，话语满怀恶意，"我这个人不大度，不想要什么姐姐妹妹，恐怕此事要叫你失望了。莫说你等了他四万年，便是等了他四十万年，他也是我的，别人肖想不得。"

寻嬷嬷见她这番嚣张的做派，恨不得君主就在当场，能听到她这大逆不道的话！

兼橦被刺得难堪至极，没想到她这般善妒，义正词严地说道："君主是天，开枝散叶乃是大事，自然不可能只娶一妻，往后会广纳后宫，娘娘还是慎言为好。"

"我就不是个慎重的人，对于觊觎我的东西的人，更不会有好脸色。"锦瑟的笑瞬间消失，她随手一挥袖子，一股凛冽的劲风带着衣袖中的绣花线飞去，绕过兼橦的膝盖，猛然一扯，迫使兼橦下跪，"我让你跪你就得跪，管你是山鸡还是凤凰，见了本尊就该守本尊的礼！"

下册

353

兼橦猛地跪倒在地，膝盖生疼。她受了奇耻大辱，脸色都变了："你！"

寻嬷嬷大怒，上前道："娘娘此举未免欺人太甚，此事我们恐怕要到君主面前说道说道，还我们仙子一个公道！"

锦瑟觉得这二人你一言我一语，都不需要她特意去勾，便将她想要的话说了出来。

她笑盈盈地拦住了一旁欲劝说的嬷嬷："看来确实该听他说一说，往后要不要广纳后宫，迎你进来，也免得你一直惦记。"

君主怎么可能只娶一人？这等无理要求，于君王来说简直荒谬至极。

沈甫亭于兼橦来说是高不可攀的，她心中对他有意许久，如今箭在弦上不得不发，她也迫切地想要一个结果。即便只能做一个小小的天妃，她也愿意，只要这个人是他。她等了他四万年，他也知晓，这深情拿到哪里去说都不会有男人拒绝。

她打定了主意："那请娘娘问一问君主。"

兼橦由嬷嬷扶起来，要与锦瑟一道见沈甫亭，没想到锦瑟根本没有起身的意思，随手招了招身旁的嬷嬷："去把沈甫亭找来，他今日要是不给我个说法，我可是不依的。"

这可真是胆大妄为，她竟然如同召唤家中长工一般召君主，放肆到了极点！

兼橦也不揭穿她，就站在原地等着。

嬷嬷表情愁苦地去了，不过片刻便回来了，简直让锦瑟以为沈甫亭就在附近，可后头过来的只有匹相一人，她一时心情便不痛快了。

"给娘娘请安。"匹相到了面前，冲着锦瑟恭敬地说道，完全忽略了一旁的兼橦。

君主若真是在意兼橦仙子，匹相哪儿会对她视而不见？

众人见状，心中有了些许猜测，纷纷看向兼橦，兼橦的面色顿时有些不好看。

"沈甫亭呢？"

"君主有政务要处理，对这些琐碎之事就不过问了，只是着属下来给娘娘传一句话。"

兼橦面上露出一丝期待之色，眼眸都亮了。

锦瑟微微扬眉，看向他："什么话？"

匹相微微咳嗽了一声，有些难以启齿，酝酿了一番，终是开口模仿道："成亲在即，不要成日整那些幺蛾子，得空把喜被上的并蒂莲绣出来，绣好了我自会去检查。"这话如同教训一只不听话的奶猫儿，君主虽是管教，却透着纵容之意。

这话说得明明白白，只字不提兼橦。她如同一个不相干的人。场中的人心中有数了，锦瑟娘娘的位置恐怕是坐实了。

兼橦面上瞬间失了血色，退后一步，眼睛湿润。

锦瑟瞬间面色一沉，沈甫亭的心恐怕是莲藕做的，里头尽是孔！

她这一番折腾，竟是无用功，心思被猜了个干净，还被当众落了面子，她一时心中恼怒，再也不想看跪了满地的人，阴沉着脸起身离去。

　

锦瑟回了殿中，身后的人也不敢再跟。

里头懒洋洋窝着的小妖怪，见锦瑟进来，连忙围在锦瑟的脚边嘘寒问暖："姑娘，外头的花儿好看吗？心情可好些了？要不要小的们去将'坐骑'找来，背着你去山里头玩？"

他们不提"坐骑"还好，一提"坐骑"，锦瑟便想到了沈甫亭说的并蒂莲，神色阴森，走到床榻旁，便将被子掀到了地上，狠踩了几脚泄愤。

她发泄过后，才低头看向躲在一旁眼巴巴地瞅着她的小妖怪："你们去探探寂斐的消息。"

小妖怪们当即应声，一个个你追我赶地往外跑去，争抢头功。

外头这些人从来都是跟着她，小妖怪们却很容易被忽视。虽说未必能探到要紧的消息，但这一个个小妖怪聪明得很，寻常人可抓不着，多少能找到些蛛丝马迹。

锦瑟漫不经心地伸手逗弄水缸里没了牙的鱼儿，等着消息，不想外头又传来了小妖怪的动静。

她黛眉微蹙，抬头便见沈甫亭走了进来，手中抓着两个慌乱挣扎的小妖怪。

刚才出去的数个小妖怪也被尽数赶了进来，吓得往里头躲，眼睛时不时瞅瞅沈甫亭，唯恐自己跑慢了被逮着。

沈甫亭身上的伤显然已经好了。一身简单衣衫，腰系玉带，玉带下坠了一块青玉，不复先前的虚弱样子，步步行来，越显腿长腰窄，风姿翩然，仿佛行走山间，骤见眼前青竹千万，随风轻轻摇晃，清新的气息扑面而来，让人心旷神怡。气度、举止都这般蛊惑人，难怪那只凤凰念念不忘，苦等他四万年。

沈甫亭见了她，心情竟难得很好，随手放下两个扑腾着的小妖怪，小妖怪当即躲到了角落，他开口时语气也是温和的："想查什么，怎么不来问我？"

锦瑟冷哼一声，他还真说得出口。往日寻他都找不见踪影，现下倒是来说这样的话了。想来是她得罪了那个等他四万年的神女，惹得他心头不悦，找上门来

下册

算账了吧？

锦瑟冷冷一笑，懒得计较他这般明显的心思，开门见山地问道："你将寂斐放了没有？"

沈甫亭面上的笑瞬间淡了，和刚才进来时的模样简直判若两人。

这人倒是惯有两副面孔，一眨眼便冷了脸！

"此事等我们成亲以后再说。"沈甫亭不欲多提，行至桌案旁坐下，伸手替自己倒了一杯茶，抿了一口，不由得敛眉，似乎觉得太甜了。

锦瑟除了性子不像个小姑娘，旁的都像，爱吃甜食，果茶自然也非常甜腻。

锦瑟几步走到沈甫亭面前："我既然已经答应了你，就不会反悔，你放了他便是。"

沈甫亭冷笑一声，眼帘轻抬："谎话说多了没人会信，或许连你自己都未必相信自己说的话。"

锦瑟确有几分理亏，先头可是逃了两次，若不是这两次将他惹恼了，也不会有后头那样的事。

她一想起他在地牢里做的那些事，脚指头都缩了起来。而眼前坐着的人还浑然不觉。

锦瑟看了他一眼，见他没有伤害寂斐的意思，心放下了些，想要窥探他的心思，视线却不由自主地在他面上流转。

他的面容依旧蛊惑人，长睫微微垂下，遮掩了眼中的神情，眼神看过来的时候难免有几分冷，加之他本身就性子淡漠，看上去便更遥不可及。

他明明是一个冷淡的人，没想到会做出那样的事，连行那事的时候也面容冷淡，只动作满具攻击性，叫人受不住，以至锦瑟现下看到他，腿都有些发软。

她这般看着他的样子，如何不落进沈甫亭的眼里？

他眼眸微微一弯，眼中透出一丝意味深长的笑，莫名显出几分风流之意，和那日在地牢里给她的感觉一模一样。

锦瑟当即和他拉开些许距离，警惕地看着他。

他修长的手指托着茶盏，薄唇上沾染了水光，越显容色潋滟，如一幅画般赏心悦目："难怪总觉得你唇齿之间满是清甜味道，原来是常常喝这果茶。"

锦瑟纤细的眼睫微微一颤，低沉好听的声音入耳，叫她手心冒了汗，视线不自觉移开。

那次他伤重，动作并不粗鲁，甚至缓慢，可也慢得可怕，一次次地让她有种被慢慢蚕食的感觉，消磨她最后的一丝理智，就像他这个人一般，她真的会被其蛊惑。

锦瑟意识微微飘远，只感觉一只手覆上了她的手背，掌心的温热触感惊着了她，她一抬头便见沈甫亭半蹲在她面前，笑看着她。

锦瑟如同遇到毒蛇猛兽一般收回了手，声音尖厉起来："你做什么？！"

沈甫亭没有不悦，如同寻常一般问道："今日可喝果茶了？"

锦瑟被他这般没头没尾地问得愣了神，转念一想，便如有神助般想到了那日吃汤圆，他可不就是这般状似无意的做派吗？

她暗自咬唇，视线飞快地扫了一眼他的薄唇，想起那些缠磨，便觉心都开始发颤。

她抽回了手，他的手还搭在她的腿上，带着男子的温热体温，透过薄薄的衣裳传到她的肌肤上，她只觉烫得受不住。

她当作没听见一般，难得有女儿家的扭捏，微微挪腿，却没能避开他的手。

沈甫亭玉面上露出一丝意味深长的笑，低声说着，声音暧昧："你怕什么，又不是没有过？"

锦瑟欲起身，沈甫亭却按着她的腿，不让她动弹，眼中的坏意叫人心惊。

锦瑟呼吸乱了，可不愿意再来一回，一时不敢乱动，只能戒备着，任由暧昧的气氛蔓延。

好在外头嬷嬷领着人端着菜肴进来，锦瑟当即收回了自己的腿，勉强挽回几分颜面。

沈甫亭将分寸拿捏得好，如此也不再逼她，起身回了原位坐下。

仙侍将菜一一摆上，又退在一旁候着。

菜香扑鼻而来，惹人垂涎欲滴。不得不说，九重天上的厨子做菜那是一把好手。当初在凡间的时候，他便常常从天上带吃食下来，每每都是她喜欢的。

锦瑟难得不与他剑拔弩张，拿起筷子夹菜，一口口地吃着，看上去特别乖巧。

沈甫亭多是看着她吃，自己只偶尔吃一口，殿中只余碗筷碰撞的细微声响。

他将视线落在她的面上许久，忽而开口，言辞之间有几分试探和藏得极深的期许之意："你很讨厌兼橦仙子？"

兼橦仙子，他叫得可真是亲热，今天他过来，果然就是为了这个兼橦。不过也是，人家一个神女苦苦等了他四万年，他哪儿能不怜惜？

锦瑟随手放下筷子，笑盈盈地看向他："我一点儿都不讨厌她，你想让她进来也可以，但是要先答应我一件事。"

沈甫亭的脸色肉眼可见地沉了下来，他显然没有了刚才的好心情，忽然轻嗤

一声："妖尊倒是大方，和我先前听到的话可不太一样。"

"那些话是提点旁人的，叫那些人知道我不是好惹的。你若要纳妃子，也无事，多几个人伺候你也不是什么坏事……"她说着，细白的手指在桌案上轻点，慢悠悠地继续说道，"只是凡事都要讲公平。"

"哦？"沈甫亭眉眼间尽是淡漠之色，整个人看上去都冷冰冰的，视线落在她身上，让她感到发冷，"不知是怎样的公平？"

锦瑟无视他身上散发的冷意，以手托腮，笑看着他："我既然不反对你广纳后宫，你也不能管我。你是仙帝，我是妖尊，你有人伺候，我自然也要人伺候，如此才叫公平……"她唇瓣微动，像个不谙世事的小姑娘，理所应当地提着条件，"你把寂斐还有'风花雪月'还给我。哦，对了，陶铈也是个有趣的人，这些日子都没有看见他，不知你将他弄到何处去啦？"

沈甫亭一言不发地看着她，玉面上没有表情，看上去莫名瘆人。

殿里头的气压骤然下降，让人心头如压巨石一般，无法大口喘气。

嬷嬷一脸呆滞地看着锦瑟，身旁的仙侍恨不得自己聋了，竟然听到了这番天家秘辛，也不知道还有没有命活着出去！

锦瑟见他不说话，唇角微微一勾，故意笑道："怎么样啊，沈仙帝，此事公平吗？"

确实很公平，非常公平！

"放肆！"沈甫亭猛地一拍桌子，薄唇抿成了一条线，似恨不得将她一口吞了。

桌案上的碗碟被他拍得一抖，众人皆吓了一跳。

锦瑟漫不经心地收回手，笑盈盈地看着他："好端端的，又怎么了？你我这不是各取所需吗？"

沈甫亭忽而俯身过来，捏住了她的下巴，强迫她抬起头，眼睛微微眯起，言辞颇带几分狠戾之意："趁早把你这些心思收一收，不要总是挑战我的耐心！"

"哈哈哈……"他越生气，锦瑟就越开心，生生笑弯了眼。

她笑起来的样子，看上去格外讨人喜欢，让人恨不得将天上的星星摘给她，可偏偏说出来的话让人恨得牙痒："你若是不愿意，可以不成亲呀！何必难为自己呢？我做妖尊做惯了，可做不来娘娘。"

沈甫亭听着她说出来的话，神色越发冷淡："可惜你已经不是妖尊了，只能做本帝的娘娘，不会做就给我学！"

锦瑟眼露不服之色，沈甫亭显然是气狠了，松了手转身就出了殿，饭也不吃了。

锦瑟轻笑出声，慢悠悠地伸手摸向自己的下巴。

一旁躲着的小妖怪瞅见，当即去梳妆台取了小铜镜，乖巧地递上来。

锦瑟从镜子里看向自己的下巴，细白的肌肤上果然被捏出了红痕，瞬间神色阴狠，气得将镜子反手拍在了桌面上。

嬷嬷一把老骨头都快被吓散了，一旁的仙侍也觉得在这处当差吃不消，这三天两头的，简直是危机四伏。

嬷嬷待沈甫亭走远，才缓过来，连忙上前苦口婆心地劝道："娘娘怎么与君主说这样的话？你往日不都是盼着见他吗？如今他好不容易来了，你怎么又把他气走了？"

锦瑟闻言不以为意："谁让他惹我不高兴？我不高兴，他也别想高兴。"这般一闹，她也没了食欲，冷着脸起身进了内殿。

嬷嬷忙跟在后头："娘娘心头不痛快，老身心中明白，只是如此不就将君主推到了外头吗？今日君主可都是顺着你的，先来了你这里，显然是心中有你的，你怎么好伤了君主的心？"

沈甫亭夺了她的位子，难道还要她跪着求宠不成？若不是她顾忌良多，受制于沈甫亭，早早便闹翻了，哪儿会这般轻描淡写？

"谁要他心中有我了？"锦瑟在靠榻旁坐下，随手抓过了一个跟在脚边的小妖怪，慢悠悠地揉着小妖怪柔软的毛发，想起他的所作所为就恨得牙痒。

嬷嬷还待开口再说，锦瑟却不耐烦听了："不必说了，我的法子很公平，他要几个，我就要几个，是他自己蛮不讲理，如何怪得了我？"她说完便揭过此事不提了，随手拿起绣到一半的帕子继续绣，显然没将这事放在心上。

嬷嬷见状不敢再多说什么，默默退下，出了殿往沈甫亭那里走去。

玉宵殿外仙侍静立，神情肃然，让本来华丽的宫殿多了几分庄重威严感，嬷嬷进了殿中，便觉里头气氛极其压抑。

匹相、匹献二人站在殿中，噤若寒蝉，连呼吸都压得极低，心中疑惑重重，本还不知谁惹君主生了这么大的气，此时见了嬷嬷，心中便有数了：君主十有八九是在锦瑟那里受了气。

他们一时间佩服起锦瑟。自家君主那个性子，凡事如过眼浮云，他轻易不放在眼里，一般对不顺不服的人，一灭了之，如何会像现下这般放在心上，任由其蹦跶？

下
册

嬷嬷看见沈甫亭一言不发地坐在书案前，显然还在气头上。

她不由得暗叹一声，还真是造了孽，那位还饶有兴致地在绣花，和这处真是鲜明的对比，还真是一个萝卜一个坑，兼橦仙子想来是半点儿强求不得。

沈甫亭见嬷嬷过来，终是开口说话了："她怎么说？"

嬷嬷表情为难。虽说她每日都要来汇报，可现下总不能将锦瑟刚才说的那番忤逆之言全部传给君主吧？那不是成心给君主找不痛快吗？那位又是没心肝的，必然是不会来哄君主的，反倒惹了君主白气一场。

嬷嬷想着连忙开口："娘娘让老身来看看君主，希望君主莫要太过生气，她只是还没法接受身份的转换，才会那样口不择言。"

四万年了，她都没能琢磨出一丝一毫，分明就是块打不醒的顽石，怎么可能转眼之间就想明白了？

沈甫亭嗤笑一声："她心中恐怕都没我这个人，还会让你来说这话？"话虽如此，可言辞之间显然还是有几分期许之意。

嬷嬷哪儿看得出他的心思，闻言吓得不轻，连忙开口说了实话："娘娘说了，她……她那个法子公平得很，是您蛮不讲理，怪不得她。"

这可是往火堆上浇油，匹献忍不住牙关打战，妖尊这分明就是没有将君主放在心上，君主都气到这个份上了，竟怪不得她？

她的胆子实在大得很！

沈甫亭闻言，本就淡得看不出来的笑，瞬间消失得无影无踪，神情莫测。虽说没什么大变化，可殿中的气氛委实太过压抑，叫人闷得无法呼吸。

匹相、匹献眼光鼻，鼻观心，立在一旁当木桩子，殿中静得仿佛没有人一般。

静默了许久，沈甫亭才重新拿起折子继续批阅："下去吧。"那平静的模样仿佛没有听见这话，可显然是气着了，短短几行的折子许久都没看完。

匹相开口想劝："君主，娘娘她……"

"不准提她！"沈甫亭猛地将折子摔到了书案上，打倒了前头的笔架，咣当一声笔掉了一地，笔上的墨迹甩了一地。

众人吓得眼皮一抖，不敢停留片刻，连忙俯身，悄无声息地快速退了出去。

嬷嬷从外头回来，看着锦瑟欲言又止。

锦瑟瞧着便知晓她去了何处，恐怕自己刚才说的话已经被传到了沈甫亭的耳朵里。

锦瑟唇角微微上扬，心情越发痛快，她要的就是这样的效果，气死他！

她垂眼笑盈盈地绣着帕子，上头绣的繁花也慢慢盛开，那栩栩如生的模样，似能让人闻见花香。

直到天色慢慢暗下，她才放下绣好的帕子，慢悠悠地去了净室。

嬷嬷忙进去伺候她，摆好换洗的衣物才退了出去，想要开口提点，却又不知如何说，瞧她这模样也是不怕死的，到时候自己说了她反倒更加作起来，这日子可就没法消停了。

锦瑟褪了衣衫，步下玉池，缓缓流动的温泉水拂过肌肤，四肢都舒展开了。她舒服地靠在背后温暖的玉石上，闭眼休憩。

净室极为宽大，那流动的水声在里头回响，如谱清乐。条条纱帘垂落，朦胧的雾气浮起遮掩了视线，连纱帘被轻轻撩动她也未曾察觉。

锦瑟泡了大半个时辰才心满意足地起身，慢悠悠地出了玉池，去到一旁山水画的屏风旁，才发现挂在上头的衣物不翼而飞。

"找衣裳吗？"低沉的声音似被水汽浸湿，温润悦耳。

她一愣，只觉一道极为强烈的视线落在身上，抬眼便见沈甫亭站在屏风旁看着她，重重叠叠垂下的纱帘遮住了他的面容，却遮掩不住他的视线。

锦瑟一惊，当即抬手遮住自己，居高临下地命令道："谁让你进来的？出去！"

沈甫亭静静地看着她，手上拿着她的衣裳，即便眼中没有其他意思，可这般看着她，多少也叫人面热。

锦瑟心中极慌，可惜周遭根本没有可躲的地方，他站的位置正好是出口，若是她过去，铁定是羊入虎口！

她心念一转，急匆匆地往花瓣池跑去，岂料沈甫亭缓缓上前，正好挡在了玉池的方向，语气淡淡地问："不是洗好了吗？"

他分明就是故意戏弄她！

锦瑟气得发抖，难堪至极，只得快速扯下一旁的纱帘，随意往身上一裹，强装镇定："沈仙帝还真是不要脸面了，偷看姑娘家洗澡的事都做得出来，还不把衣裳放下，立刻给我滚出去？！"

她说得极其大声，可惜现下这般模样实在太没有杀伤力，那薄如蝉翼的轻纱裹在身上，越添朦胧感，细白修长的腿在雾气中若隐若现，更像是欲盖弥彰。

沈甫亭面无表情地看着她，淡漠的视线落在她白嫩的面上，慢慢下移，一寸一寸，放肆至极。

锦瑟莫名出了汗，不自觉地缩着脚趾往后退，那怯生生的小模样很是招人

喜欢。

沈甫亭忽而一笑，明明是端方君子的做派，骨子里却坏得一塌糊涂。

锦瑟捂着轻纱，不安全到了极点，完全不知该如何是好。

沈甫亭已经将她的衣裳随手一抛，扔进了玉池里，轻薄的衣裳落入池水之中，瞬间被浸湿，摆明了不让她穿。

他缓缓往她这边走来，眼神晦暗不明，叫她心头一惊，吓得连忙转身往后逃去。可惜她光着脚，地上又湿又滑，跑起来一不留神就会倒下，那时可更不好看了。

她只能极为别扭地小步跑着，比往日走得还慢。

沈甫亭唇角微扬，露出一丝莫名的笑意，缓缓跟在她后面。她快一点儿，他便快一点儿，她慢一点儿，他便慢一点儿，每每都让她觉得快要被抓到，逗猫似的，坏得很。

锦瑟恼得不行，急得额间冒了汗珠，一会儿工夫便气喘吁吁，险些脚下一滑摔倒。身后突然没了动静，她转头看去，沈甫亭果然不知去向，叫她心中越发不安。

她下意识地扯过一旁的纱帘喘气，身后忽然有人靠近，低沉的声音在她耳畔响起，温热的气息落在她的耳朵上，叫她忍不住一缩。

他语气暧昧宠溺地说："跑得这么慢，叫我都舍不得抓你。"

锦瑟被吓了一跳，肌肤感觉到他的衣衫纹路，还有他腰带上坠着的青玉的凉意，一个激灵，喉间发出了一声微弱的尖叫，急急往前跑去，匆忙之间竟然跑入了死角。

锦瑟急得当即转身往另一处走去，却一脑门撞上了沈甫亭的胸膛，踉踉跄跄地往后退了几步，像个被逼到绝境的小可怜。

沈甫亭神情淡淡地看着她，玉面看似平静，可眼底有掩不住的莫名的意味，太有攻击性，让她瞬间想到了地牢里那日的情形，他也是这样！

她正惊着，他已经往她这处走近。这里是角落，他本就高，这般一逼近，压迫感更大。

锦瑟一时间心肝发颤，不由自主地往后退去，不一会儿便抵到了墙上。

沈甫亭一下靠近，一把搂过她的细腰，将她搂进怀里，淡淡的檀香混着酒香，瞬间扑面而来。

锦瑟连声音都开始发颤："沈甫亭！"

他突然低头吻上来，动作热切而缠绵，轻易便夺去了她的呼吸，极烈的酒气，和他的人一样烈得叫她受不住。

　　不过几息之间，锦瑟便有些站不住，往后避着、躲着。

　　沈甫亭突然压着她往墙上一抵，锦瑟刚感到背后一片冰凉，他的手便越发搂紧，紧得她快要无法呼吸。

　　他的唇瓣在她的面容上轻磨，声音似浸了清酒，渐透情欲。

第十五章
很好看，我的新娘

这话传来，叫锦瑟瞬间清醒过来，她连忙推他，不想他突然俯身，伸手绕过她的腿弯，一下将她打横抱起。

她这般一起，身上的薄纱哪儿还遮得住什么？她连忙伸手去拉，勉强遮住了些许，腿却无法遮住，明晃晃地在眼前晃悠。

沈甫亭抱起她就往外走去，锦瑟唯恐他醉了走不稳，将自己摔着，连忙伸手搂上他的脖子，挣扎道："你放我下来，我自己能走！"

她的挣扎在沈甫亭这处就是猫劲，根本不起作用，见她闹得厉害，他垂眼看向她，宠溺地说道："全看见了……"

锦瑟瞬间石化了，僵硬着手去拉身上的轻纱，缩着身子不敢动弹，极为憋屈。

所幸他们去了外头，并没有人在，殿门紧闭，只余他们二人。

锦瑟一想到一会儿可能发生的事情，心口就一阵阵发紧，连忙用起了拖字诀："你一定要做这样的事情吗？就不能等到成亲以后再说？"

"成不成亲你都是我的，为什么不能？"他将她抱到床榻上，居高临下地看着她，理所应当地说道，"我们在一起这么久了，若不是先前你惹事，只怕孩子都已经满地跑了，我们现下本就该多弥补往日的缺失。"

他像是在讨论什么正经的大事一般，若不是气氛太过暧昧，她说不准还真就信了他的话。

锦瑟当即拉过被子盖在身上，眼眸微转，娇娇弱弱地说道："我刚才泡了好久，口渴得紧，你总得先给我倒杯水吧。"

沈甫亭神情莫辨地看了她半晌，忽而露出一丝笑来，一副极为好说话的温和模样："果茶吗？"

锦瑟连忙点点头，只要他肯离开这里，什么都好办！

沈甫亭极为配合地起身往外走去。

锦瑟见他出了内殿，连忙起身，却不想连床榻都下不去，仿佛被设了结界，有什么力拽着她，不让她离开。

卑鄙！她心头大恼，暗自咒骂，这玩意儿真是难搞，喝醉了酒还这般不好糊弄，实在是叫人生气！

沈甫亭倒了果茶回来，见她动作古怪，心中了然，笑道："这么迫不及待？"

锦瑟收回了腿，只能软的不行来硬的，开口激他道："沈仙帝还真是毫无廉耻之心，你有本事就解了我身上的困妖索，我们比试一番，谁输谁赢还没有定数呢！"

沈甫亭在她身旁坐下，俯身靠向她："不解开我们也可以比试一番，你若是想赢，也不是不可以……"

锦瑟听得耳根发烫，闹了个大红脸，气得一掌击出去，却被沈甫亭抓住了手腕，动弹不得。

沈甫亭将手中的果茶递过来："喝吧，喝完了好办事。"

他轻描淡写的样子就像是秉公办事一般。

锦瑟恼得推开果茶，他手中的杯盏一晃，他的衣衫上洒了些许果茶。

她放肆无礼，他纵容不得！沈甫亭面色一沉，伸手捏住她的下巴，将她抓近，如同教训一只奶猫："弄干净。"

锦瑟见他衣衫齐整，自己却衣不蔽体，便一肚子火，冷笑一声："做梦！"

沈甫亭一言不发地看了她半晌，伸手将剩下的果茶递到她的唇边："喝不喝？"

锦瑟表情轻视地看着他，认定他拿自己没办法，神情颇为挑衅。

"不喝，那就别喝了。"沈甫亭一把推倒了她，那仅剩的半盏果茶全洒在了她的身上。

锦瑟被按到被窝里还没来得及挣扎，便被他炙热的吻烫得身体微微发颤，一个劲儿地推拒他，却引得他越发靠近，如同被按在砧板上的鱼，任人宰割。

　　沈甫亭这般凶狠的架势，叫她心头慌乱，她觉得自己可能会被他拆了，知晓逃不过去，连忙软着声音求道："沈甫亭，你不要像上回那样……"

　　锦瑟也不知怎么形容，觉得难以启齿。

　　沈甫亭顺着她的脖子亲了上来，吻上她的唇瓣，轻轻吸吮，语气危险得像布了个陷阱："好，一定不会那样。"

　　锦瑟隐约觉得不对，可沈甫亭的热情叫她根本无法招架，连稍微分神都不许。

　　那唇齿间的果茶清香带着清冽的酒香，叫她手脚都无力伸展，软绵绵地任由他摆布。

　　可惜沈甫亭说不会那样，却不是锦瑟想的那样。

　　他太凶了！那个狠劲几乎要把她生吞了一般。上回虽说在蚕食她的理智，可他到底还是温柔的，这一回他几乎理智不存，她完完全全被他掌控，在其间浮沉。

　　待激烈的情事退去，她才发现自己的声音都哑了，根本吐不出一个字，哽咽着钻出被窝，从他怀里往外头爬去，才到床榻旁，脚踝就被人一下抓住。

　　"去哪儿？"

　　锦瑟心肝一颤，还没来得及转头，便被生生地往回拖去，沈甫亭覆了上来，神情淡漠地说："还有力气？"

　　锦瑟挣扎着往外钻，却没有作用，哑着声音说道："没了，真的没力气了。"

　　沈甫亭根本不理会她的话，低头咬了上来，准备再来几回。

　　最后，锦瑟被生生榨干了，连抬眼皮的力气都没有，无力地窝在他的怀里，任由他抱着。

　　沈甫亭低头看过来，显然很满意她现下这副模样，搂着她亲亲摸摸了许久，锦瑟都软绵绵地受着。

　　沈甫亭低头吻上她的面颊，声音沙哑得一塌糊涂。他显然醉了，到现下都没有清醒，言行举止都难掩荒唐之意："真乖，送上门这么多回，都叫我心疼得不忍心下手。"

　　他还不忍心下手，根本就没有良心！

　　锦瑟眼角含着泪花，迷迷糊糊地睡去，一觉醒来，天光已经大亮，屋门紧闭，光线透过五彩的琉璃窗子照射进来，不似外头那般亮，看上去依旧暧昧。

　　锦瑟见床榻上没了人，极为艰难地坐起身，低头一看，身上全是细细密密的痕迹，一时恨得牙痒，咬牙切齿地下了床，便见沈甫亭坐在殿内看着她。

　　锦瑟一惊，当即拉过被子裹着自己，难得如同惊弓之鸟一般说道："你怎么还在？！”

沈甫亭神情淡淡地看着她，酒已经醒了，显然也没有忘记昨日之事，不过面上没有丝毫愧疚之色。

锦瑟见他不说话，不想理他，转身走到落地镜前，破罐子破摔地拉开被子仔细瞧了一眼，已经不能看了，浑身上下全是暧昧的痕迹，连脚上都有，不知晓的还以为她被人揍了一顿……

她紧咬牙关，从镜子里瞪着看着她的沈甫亭。

沈甫亭欣赏了一遍自己的杰作，依旧没有愧疚感，拿过摆在桌案上的喜服，起身往她这边走来：“喜服做好了，穿上给我看看。”

“你自己穿。”锦瑟冷冷地说道，朝衣柜走去。

沈甫亭拉住她的手腕，一把将他拉回镜子前：“不穿也得穿。”那冷淡严肃的模样，仿佛昨日里跟她耳鬓厮磨的人不是他。

锦瑟心中越发不爽，睨了他一眼，站着不动。

沈甫亭拉着她裹在身上的薄被，见她不松开，神色越发冷淡：“穿不穿？”

他的言辞之中带着危险之意，让她忍不住心肝一颤。昨日被欺负得实在有些狠了，就像被猛兽逮着脖子咬着，怎么也逃不脱。

锦瑟权衡利弊，终是松开了被子，光溜溜地站在他面前，不仔细看还以为是个受了委屈的小姑娘。

沈甫亭将喜服展开，伸手环过了她，将喜服从她背后拉上：“抬手。”

锦瑟不情不愿地抬手伸进袖子，任由他将喜服一层一层地给她穿上。

沈甫亭显然没替人穿过衣裳，手生得很，过了许久才替她穿好。

这是在凡间画出来的喜服，这些时日才赶出来，是锦瑟最喜欢的那套，样子比画上的更美，层层叠叠的朱红色裙摆铺展开来，腰掐得极细，不堪一握，上头绣着繁复的花纹，栩栩如生，仿佛要在眼前盛开。

锦瑟看了一眼，确实好看，不过穿衣服的好心情显然只能维持一刻，因为这好看的衣裳是喜服，喜服做好了，离他们成亲也不远了……

沈甫亭替她系好衣带，一眼不错地看着镜子里的她，专注到根本看不出他在想什么。

锦瑟琢磨着差不多了，准备脱下礼服。

沈甫亭却俯身过来，在她的面颊上轻轻落下一吻：“很好看，我的新娘，一会儿成亲的时候，你得笑。”

锦瑟闻言一惊：“今日成亲？！”

"对，今日是个宜嫁娶的好日子。"

锦瑟这才发现他穿得格外耀眼，正是朱红色的喜服，与她身上这身衣服正好相配。他其少穿这样颜色鲜艳的衣服，没想到竟然这般出挑，叫人都移不开眼。

她收回视线，心中千回百转，自然是不愿意的，任性地开口道："我腿疼走不得路。"

"走不动就爬着去。"沈甫亭冷冷地扫了她一眼，转身往外头走去，准备成亲的事情。

锦瑟看着他离去的背影，气得一掌拍上面前的镜子。巨大的镜子砰的一声摔在地上，碎了一地，殿中的景象在镜子里碎成了千万片，碎片也映出了她眼中的阴狠之色。

早晚有一天，她要将沈甫亭的獠牙全部拔光，将他关起来随意逗弄！

沈甫亭说到做到，今日便是今日，多一刻都不成。

他离开之后，锦瑟还未收拾好心情，嬷嬷便带着人进来替她梳妆。光是梳头就用了一个时辰，凤冠霞帔一样都没有缺，她盖上红盖头，喜婆便扶着她往外头走去。

锦瑟昨日被折腾了一夜，根本没有睡多少觉，双腿发软，头上戴的凤冠又重，压得她几乎抬不起头，便是连说句话的力气都没有，更别说作妖了。

她心中越发怀疑沈甫亭昨日是故意的，将她榨干之后，将她往陷阱里拽。

她出了殿门，外头非常热闹，喜服是按凡间的样式做的，那婚事自然也是凡间流程。

沈甫亭说过，这亲事要按照凡间流程来，因为他们二人相识于凡间。

她那时可没有想起往事，以为是他们那里的习俗，便应了，只有一个要求，便是要坐坐那话本里的八抬大轿，现下想起，心情难免有一丝起伏。

当初她年少轻狂不懂事，招惹了这么一个大祸害，将妖界搭进去，连自己都搭了进去，真是赔本买卖，亏得一塌糊涂。

她这江山若是祖宗传下来的，可能她归天之时会被祖宗按在地上揍。

既然成亲礼随了凡间，那自然是不能用法力的，她出了殿门，便听见外头很热闹，吹吹打打倒真像那么一回事。

锦瑟头一回有这样新鲜的感觉，莫名被冲淡了些许不悦心情，只可惜腿软得一塌糊涂，走路都有些别扭。好在沈甫亭没有将大礼定在天界举行，否则妖界去天界这段路，必然要折腾掉她那剩下的半条命。

她磨磨蹭蹭地走到殿外，前面有人迎面走来，身旁响起一阵嬉闹声，是妖界的护法，带头的是虎头刹，左一句"恭喜君主"，右一句"君主大喜"，声音那叫一个嘹亮，叛变得毫无自尊。

锦瑟面色一沉，在心中狠狠记上了一笔。

从红盖头下递来了红绸，白皙修长的手衬得红绸越发鲜艳夺目，那手一看就颇为有力，观其手便觉其人应该是个温文尔雅的沉稳君子。可惜事实全不是那样，昨日这双手可是肆意妄为到极点，叫她恨不得咬下。

一旁的喜婆见锦瑟不动，连忙说了句："娘娘，君主来接你了。"

锦瑟感觉到沈甫亭冷冷的视线透过红盖头传来，嗤笑一声，慢悠悠地接过了红绸，跟着他往前走。

外头人声鼎沸，熙熙攘攘，极为热闹。

她不用看也知道是什么样的场景。所谓仙妖不两立，她和沈甫亭成亲，简直就是油锅里泼进了水，噼里啪啦，叫人惊愕。

六道中混进来看这场婚礼的人显然不少，最起码仙妖二界的就能将整个妖界挤塌，也不知沈甫亭使了什么雷霆手段，叫这些人这般捧场，都是遇到天大喜事的做派。

锦瑟由喜婆扶上轿子。这八抬大轿确实舒服，一上去她便睡着了，待到了地方都没能醒过来。

沈甫亭在外头面无表情地等着，一旁的喜婆吓得不轻，一个劲儿地拍门："娘娘，君主要踢轿门啦，娘娘？"

锦瑟迷迷糊糊的，还未反应过来，外头的人便一脚端开了轿门，她便看见了沈甫亭的脸。这张脸再好看，昨日那般折腾也叫她恨极了，一时坐在轿子里没动弹。

沈甫亭见她这般困，眉头一皱，训斥道："你就不能忍一忍，这个时候睡觉，成什么样子？"

锦瑟气得恨不得挠花他的脸，阴恻恻地反问："你昨夜为什么不忍一忍，非要折腾我？"

花轿旁的声音瞬间静了下来。

沈甫亭面色微微一僵，自知理亏，直接进了轿子，伸手揽过她的腰，连拖带抱地将她从轿子里头拽了出来。

锦瑟被他半揽半抱地扶着走，耳边响起了仙乐，上头似有仙鹤飞舞，袅袅仙音不绝于耳，底下有风吹上来，掀起了她的裙摆，不似在地上。

她低头一看，才发现他们走的是浮在空中的石阶，下头飘过稀疏的白云，云却是悬空的。

这不是妖界！她微微一怔，伸手掀开了盖头，入眼的是巨大的玉石台，上头的仙臣分立两侧，恭敬相迎，神色庄重威严，再往远处望去，缥缈的白云之上全是玉宫，这分明是九重天！可她还能听见妖界的声音，一时间疑惑地转头，一望无际的琉璃妖宫也在眼前，天地相叠……

沈甫亭知晓她心中的疑惑，在一旁解释道："我掉转了天地空间，你我成亲是仙妖二界的大事，不能马虎。"

锦瑟心头大震，看向他，他面上神色平平，仿佛在说一件小事。

这事他说得倒是轻巧，可是用法力掉转空间是逆天之事，若是出了细微的差错，反噬的后果极为严重，他万万年的修为都可能瞬间化为乌有。他的道行究竟有多深，竟然能够做出这种逆天之事？！

四万年前他们明明旗鼓相当，即便他这四万年日练夜练，也不可能到这种程度！

她心中不信，可事实摆在眼前，若说今日之前她还有自信能将妖界夺回来，现下却一丝侥幸心理都没了。

他可以逆天改地，让仙妖并存，她又有什么机会再夺回妖界？

远处传来龙啸声，锦瑟抬眼看去，天际正悬浮着一个巨大的铁笼，里头关着一条白龙，鳞片上泛着血，看上去伤得很重。

这些时日，沈甫亭身上的伤已经好全了，寂斐却还没有好。那时他们交战究竟让寂斐伤得多重，才会到现下他都无力逃脱？

寂斐愤怒到了极点，见锦瑟看过来，龙眼当即湿润了，片刻间化成了人形："锦儿，不要嫁给他！"

他冲到铁笼旁，却被结界打回，天边盘旋的七煞轻轻顶了一下铁笼，他重心不稳，跌倒在笼中，嘴上还坚持着说道："锦儿，别嫁！"

锦瑟看在眼里，只觉兔死狐悲。帝王最怕的就是看着江山落入旁人的手中，自己手下的能臣变成了敌方的俘虏，再也没有可以为之一争的东西。而她就是话本里那个昏君，招惹了胭脂债，惹了祸水覆江山，落败得太过难看。

"你放了他，我说了嫁给你，就必然会嫁给你，绝对不会反悔。"

沈甫亭神情淡漠地看着远处的笼子，闻言没有异议，现下已经到了这步，放了寂斐也没关系，反正她也逃不出他的手掌心。

他微微颔首，远处的七煞当即上前，猛地咬上铁笼，那巨大无比的厚重铁笼瞬间被咬破。

里头的寂斐飞身而出，伴随着龙啸声直冲云霄，巨大的龙身在云中沉浮，搅乱了平静的白云。

顷刻之间，寂斐便到了锦瑟眼前："锦儿，跟我走，我今日便是豁出性命，也不会让你委屈自己嫁给他！"

沈甫亭高深莫测地看着寂斐，话却是对锦瑟说的："记得你刚才说的话，你应该知道我的脾气，事不过三，再有一次，可就没这么简单解决了。"

风扬起她朱红色的喜服，时刻提醒她沈甫亭的实力，她无力反驳。

"寂斐，你走吧，我是心甘情愿嫁给他的。你往日喜欢的便是平静的日子，如今照料了妖界这么久，也该还你自由了。你若有什么想要的东西，尽管和我说，我会赏你。"

沈甫亭看向她，眸色渐深。

寂斐摇头："我什么都不要，只想待在你身边。你想做六道之主，我可以帮你；你不想管这些琐事，我可以替你管。我只想你永远做一只无忧无虑的小野猫，你想去哪里我都可以驮着你去，就像我们初见时那样。"

万万年的相处，寂斐从来没有将她当成君王，在他眼里，她永远是那个长不大的任性小猫："我们相处了万万年，你该明白我的心。他才与你相处多久？如何抵得过我们朝夕相伴的感情？"

锦瑟闻言不语。

沈甫亭微微垂下眼睫，平静的面容莫名骇人。

匹相、匹献看着自家君主的神情，不自觉地打了个寒战。这妖界的妖果然胆大，当着他们君主的面就要诱拐君主的媳妇，简直是在自寻死路。

锦瑟只觉身旁的气压越来越低，完全没有办法忽视沈甫亭的存在，周遭安静得甚至让她觉得他下一刻就要出手抽了寂斐的龙筋，让寂斐彻底在六界消失。

锦瑟眼眸微垂，淡淡地说道："寂斐，我当初只是懒得走路而已。"

她懒得走路，做别的事难免失了她的威风，才抓了一条幼龙驮着自己到处玩，除此，再无其他。

寂斐闻言，再也说不出一句话来，悬在天际看着她，眼眶慢慢泛红。

沈甫亭面上看不出喜怒，淡淡地说道："听明白了吗？你该滚了。"

寂斐看着锦瑟，眼中的泪终于滑落下来。万万年来他如同影子一般跟在她身边，既害怕她看见自己的心思，又害怕她看不见。如今所有的念想终究成了泡影，一切都是妄想……

他虚弱一笑，语气难掩伤感："没关系，我依旧爱你，我永远是你的小白龙，你永远是我的小野猫，我会等你。只要你找我，我一定会出现。"

寂斐深深看了她一眼，翻身盘旋，不过几息之间便跃出千里，远远看去便像一条小小的龙悲伤离去，慢慢消失于天际，隐约还能听见龙啸声，像是哀曲。

沈甫亭笼在袖间的手瞬间握紧，眼中尽是戾气，他却不能动手。他若杀了寂斐，他和锦瑟只会成为陌路人。

寂斐也聪明，拿捏着这点，在御前放肆。沈甫亭若是动手，正合他的心意；不动手，那他就死命恶心沈甫亭，走之前都要摆一道，叫沈甫亭心里硌硬。

锦瑟眼中泛起了泪花，寂斐是她最得力的臣子，就像亲人一般，他就这么走了，实在可惜。

身旁的沈甫亭忽而一笑，轻轻说道："舍不得你的小白龙？"

锦瑟面皮微微一抖，只觉得他的笑已经有点儿不对劲了，瞧着就吓人。

沈甫亭猛地拿过她手中的红盖头，重新给她盖上，遮住了她微微泛红的眼眶。

锦瑟眼前一片红色，只听他的声音从上头传来，隐含怒意："继续！"

一场压抑的婚事终是成了，当然面色阴沉的人只有沈甫亭，连带着周遭仙官大气都不敢喘一声，着实有些可怜。

也难怪当初沈甫亭的名声传得这般凶，叫人闻之丧胆。那面色一沉的模样，确实叫人害怕，人站在他面前都莫名有些腿软，更别提和他朝夕相处了。

可惜锦瑟是他明媒正娶的娘娘，连夜里都要跟他待在一起，根本就没有喘息的机会。

新婚之夜还好，沈甫亭没有碰她，和衣与她睡了一夜，没有一点儿不规矩的行为。

锦瑟歇息了一夜，便觉得或许那日只是醉酒才惹得他兽性大发，现下他清醒了，自然也就变回了神仙的寡欲做派，毕竟这万万年修身养性的习惯，也不是一朝一夕就能改掉的。

可惜她还是想太多了，沈甫亭尝到了滋味，怎么可能放手？先前他便一直克制着，现下他们既是夫妻，又怎么可能不行那档子事，还颇有要将以往的份找补回来的意思。

他那架势跟饿虎扑食一般可怕，势头猛得叫她都有些恍惚了，连觉都睡不够，有些应付不了。

亏他往日还说不需要行这种事情，分明就是睁着眼睛说瞎话！

锦瑟越想越后悔。她若是早知晓与他成亲之后日子会这般难挨，管他覆灭妖界还是覆灭六道，打死都不会嫁给他，可惜现下想逃都逃不脱。

锦瑟眼角微微湿润，软绵绵地翻了个身，窝在被窝里，睡得昏昏沉沉，薄被微微遮住了白皙的美背，一片冰肌玉骨晃人眼，床榻上头是散不去的暧昧气息。

有人拉开了床帏，低声说道："起来用膳。"

锦瑟背过身去，根本不想理睬他。

沈甫亭见状，也不再多言，伸手到被子下搂过她光滑细腻的小腰，一把将她抱了出来。

锦瑟被他强行抱出被窝，恨得不轻，当即伸手抓去。

沈甫亭抓住了她的小手，波澜不惊地说道："脸上抓不得，叫人看见了成何体统？"

他做的就是不成体统的事，还怕人看见？

锦瑟的手被他抓着动弹不得，如同刚才一般，她恼得一口咬住了他的肩头。

或许是在床榻上习惯了，沈甫亭没有阻止她，任由她咬着，伸手拿过了小衣，欲替她穿上："既然这么喜欢咬我，夜里让你咬个够。"

锦瑟当即松了口。她常常会在他身上添些伤，不是抓就是咬。沈甫亭无所谓，她咬得越狠，他就越凶，锦瑟根本敌不过他，还可能将自己的命折进去。

她眼神阴毒地瞪向他："沈甫亭，你就不能给我放一天假吗？"

沈甫亭伸手搂过她，自带风流之气的眉眼含着莫名的意味，语气有些漫不经心："我愿意，可它不愿意。"

锦瑟被弄得面热，恼得不想与他说话。

沈甫亭已经将她的衣裳穿好，抱起她往外头走去。

桌案上已经摆好了吃食，就等着她了。

这个人天还没亮就扰醒了她，折腾完以后还不让她睡，简直是天怒人怨。

锦瑟越发不满，夺不回妖界，人还要被他肆意玩弄，她可真是落败之后最惨的君王！

锦瑟软绵绵地靠在他的怀里，安静的模样有几分古怪。

沈甫亭也不在乎她说不说话，拿了筷子欲喂她吃东西，外头的仙侍进来禀告："君主，梧桐宫的寻嬷嬷说有要事求见，已经在外头跪了一阵了。"

仙侍有些犹豫，这等小事本不该传到君主这里，可毕竟那是兼橦仙子的事，往后对方十有八九就是娘娘，更何况还苦等过君主四万年，有这情分在，说不准往后一朝得宠，便是凤飞九天，轻易得罪不得。

殿中候着的仙侍皆有此感，加之锦瑟这些日子任性作妖，君主早晚会厌弃她，他们还是早些跟对人才是要紧的事。

沈甫亭眼皮都没有抬，夹了一块菠萝包肉喂给锦瑟，随口吩咐道："让她进来。"

锦瑟吃了几口便觉得饱了，不愿意再吃，微微后仰，避开了他的筷子。

沈甫亭微微皱眉，轻轻啧了一声，问道："怎么回事？"

锦瑟扭头看着外头，如同大小姐使唤家中长工："饱了，不要了。"

沈甫亭见她这般心不在焉，一时眉心皱起。

这一会儿工夫，寻嬷嬷便已经到了殿中，跪下行了大礼："老身见过君主，见过娘娘。"

"何事要禀？"

寻嬷嬷也不起身，一下红了眼眶，也顾不得锦瑟在旁边，开口求道："君主，仙子她病了，自从那日与娘娘起了争执，便一直闷闷不乐，您能否过去看她一眼？"

她说是争执，明眼人都知道是锦瑟任性无理，故意找梧桐宫主子的麻烦，她这么说也是顾及锦瑟的面子。

锦瑟想不到这梧桐宫里的人连表面功夫都不做，当着她的面就敢这样明目张胆地挑拨离间。不过她也不在乎，如今巴不得和沈甫亭两两生厌，好叫她得些时间喘息。

沈甫亭根本不上心，开口回绝道："病了便去找仙医，连这么简单的事情都需要我来教吗？"

嬷嬷面皮一僵，她自然已经找了仙医，可是心病还须心药医，没有君主，仙子又怎么好得了？

她只得硬着头皮继续求道："君主，仙子自幼身子便弱，如今郁结在心，这样下去，小病都要熬成大病，您可否去看一眼，只一眼就好？好歹……好歹我们仙子也等了您这么久……"

此话就有些强求的意思了，说是看一眼，谁不知道后头要打多少感情牌？美人含情脉脉，哪个男子拒绝得了，少不得便答应了。

锦瑟听着这话就想冷笑。即便她不喜欢沈甫亭，可也不许别人来觊觎。

她眼眸微微一转，琢磨着如何使坏。

沈甫亭语气淡淡地说："我让她等了吗？"

锦瑟一怔，看向沈甫亭，心中的不爽快情绪瞬间消失干净。

寻嬷嬷一惊，显然没想到会得到这样的话："君主……"

"我与梧桐宫的仙子不过有几面之缘，在我的印象里，她好似不是这样不识礼数之人。没有经过我的允许她便自作主张地等我四万年，已经是大错，此事念在她是初犯，便饶过了她。若她还有什么不懂的，自去领罚。"沈甫亭显然没有耐心再听下去。

殿中仙侍听到这话后，皆是一脸惊讶。

寻嬷嬷难以置信，既心疼自家仙子，又愤怒得很，可面前的不是旁人，是沈甫亭。

她不敢再多嘴，只能默默地退出去，出了殿才长长地叹了一口气。没想到君主这般无情，仙子即便等了他四万年，也得不到他的怜惜，还白得了个不知礼数的名声。

虽说君主是帝王，妃嫔众多是寻常事，可若是君主不愿，旁人强行贴上去，那说起来可就不好听了。

梧桐宫主子又美名在外，这清傲之名也算是毁了，不过这皆是后话。

沈甫亭这样的处理方式，勉强让锦瑟满意，不过也只是勉强。

在锦瑟看来，这样的人就应该拔了凤凰毛，丢进山鸡群里头待个千千万万年，好生吃吃苦头，才会知道什么是她不该肖想的……

沈甫亭重新夹了一口菠萝包肉喂给她。

锦瑟微微皱眉："没胃口，你自己吃吧！"

她站起身，沈甫亭拉住她的手，坚持说道："还没吃完。"

他什么毛病，她不吃还不让走啦？！锦瑟的手扭来转去，在他手中挣扎："我不爱吃！"

沈甫亭沉默了一会儿才开口："这是我亲手做的，你得吃完。"

难怪他一直夹这道菜给她吃呢！锦瑟有些吃惊，看了一眼那道菜，卖相和味道都还不错。今日早间那一通折腾，他还跑去做了菜，一会儿还要去处理政务，这精力究竟是有多旺盛？！

锦瑟一想到天还没亮便被他闹醒，翻来覆去地折腾，便恼怒不已，故意笑道："你做的我就更不爱吃了，你还是留着自己吃吧！"

说话间，沈甫亭握着她的手腕越发收紧："那你爱吃谁做的菜？"

殿中仙侍心中一阵哀号：完了，又要开始了。自他们来当差，这二位就没有一日消停过，白日里闹得不可开交，夜里又缠得……不可开交，实在叫人琢磨

不透……

锦瑟不语，沈甫亭的语调越发冷了，似笑非笑地说道："你的小白龙吗？"

锦瑟黛眉微蹙，觉得沈甫亭提起寂斐的次数越来越多，竟无时无刻不念着他，叫她心中有几分异样。

她在乱葬岗可听了不少话本，仙妖恋、人妖恋、妖妖恋，只有说不出来的故事，没有她不知道的，可谓是"见多识广"，一时心中也生出疑惑。寂斐那模样确实招人喜欢。

"你总是提寂斐做什么？"

沈甫亭拉着她的手，猛然往他那边一拽。

锦瑟猝不及防，跌进他的怀里，他的胸膛硬邦邦的，撞得她生疼。

锦瑟抬眼看去，正对上沈甫亭的眼，他长睫掩下的眼眸如浩瀚星海一般深不可测。

沈甫亭伸手扶上她的后脑勺，薄唇轻启，言辞带着一股冷意："你已经嫁过来了，若是叫我知晓你心中还想着那个玩意儿，我必然不会放过他。"

一旁的仙侍恨不得缩成鹌鹑，想逃又不敢逃。

锦瑟被他按着脑袋不能动弹，被这般压制如何不叫她生恼？她语气阴森地说道："你可不要欺人太甚，惹急了我，鱼死网破我也不介意。"

其实只要说一句表达心意的话就可以，可惜锦瑟偏偏不说，反倒像是为了护着情郎而与他作对，他看着哪儿能不生怒？

沈甫亭显然是气得很，咬牙切齿地说道："好一个鱼死网破，晚上让我看看你究竟有什么样的能耐。"

他一提到晚上，气氛便有些不寻常了，晚上她又能去哪里与他过招，还不是输个彻底？

锦瑟一听便下意识地腿软，心中叫苦不迭。

沈甫亭显然也在气头上，冷冷地松开了她，那眼神清楚地告诉她，夜里必然对她一顿收拾。

锦瑟看着他出了大殿，心中越发憋屈。这日子实在有些难熬，他的性子越来越不好了，她没有吃完他做的菜他都能生气，往后可怎么过？

锦瑟心中不痛快，也不愿意再待在屋里头，随手挥了挥衣袖，将一群毛茸茸的小妖怪唤了出来。

小妖怪因为沈甫亭这些时日莫名其妙开始盘查他们的性别而畏畏缩缩，毕竟前头那四只公狐狸便不知被弄到哪里去了。如今他们好不容易出来，见了锦瑟便一窝蜂地围上来疯狂献殷勤，唯恐被沈甫亭抓去扔了。

锦瑟领着他们径直出了殿门，漫无目的地晃着。

仙侍连忙跟上，被锦瑟冷冷瞧了一眼，便缩了回去，不敢再跟，只能转而去唤嬷嬷。如今也只有嬷嬷那般资历深的人，才有胆子跟着这位娘娘。

锦瑟才出大殿，外头的三大护法已经等她许久了。

虎头刹见她身边没旁人，当即一个箭步迎上去，跪倒在她面前，声嘶力竭地说道："妖尊求您救救窝（我）们，窝（我）们实在是吃不消了！"

一群小妖怪本在前头开路，吓得惊散到锦瑟身后，探出脑袋瞅着这凶神恶煞的大汉。

锦瑟冷笑几声说道："你们不是去九重天上做神仙了吗？还来找我做什么？"

虎头刹当即热泪盈眶："这九重天不是妖待的地方，规矩森严也就罢了，吃饭的时候还不让跷二郎腿，不能大口吃肉喝酒，和他们吃饭简直无趣！"

川音南见他说不着重点，一抬脚踹开了他，扑通一声跪倒在锦瑟面前，警惕地看了一眼周围，苦道："仙帝委实不是人，将我们这些妖臣全部派到了九重天学这学那，各种规矩压身，他自己倒过得安稳，那些神仙几次三番请他上九重天，他不去，反倒逼着我们去，实在是要逼死妖。"

术娘叹息，说不出话。她这些时日学《三字经》，已经到了极限，就差拿刀抹脖子了。

虎头刹号道："求娘娘替我们在仙帝面前说说好话，让我们回妖界吧，那礼义廉耻和我们妖有什么关系？！"

锦瑟爱莫能助："你们以为待在妖界就好了吗？沈甫亭现下是不是人，我比你们更深有体会，我也没法子，你们还是自求多福吧！"

三个人闻言一惊，术娘惊道："娘娘难道就不想夺回妖界了吗？仙帝此举根本就是将妖界变成一个空壳，天长日久，妖界会成为仙界的领地，到时恐怕就再也没有妖界了。"

"你们说得倒是轻巧，他逆天改地的时候你们没看见吗？我即便有心也无力，便是我们妖界所有妖加起来，与他相比，也不过是以卵击石。"她心有不甘地说着。

三个人相视一眼，将心中想法说了出来。

川音南犹豫了片刻，开口建议："妖尊何不试试吹枕头风？"

"枕头风？"

虎头刹当即讨好道："对，就是枕头风，娘娘若使出这一招，仙帝又怎么可能

377

不接？"

锦瑟闻言一顿，自然知晓他们的意思。这种事会发生在昏君身上，祸水妖姬吹吹枕头风，便让君王神魂颠倒，不知不觉间答应她想要的东西，但这个前提是对方是昏君……

沈甫亭显然不好糊弄。

"沈甫亭这样的人，你们看着像昏君吗？"

三个人皆静默，那九重天上的仙帝显然不是昏君，那可是暴君，被惹急了，别说是枕头风了，说不准这一阵风便将自己吹去阎王殿了，枕头风对别的君王来说有用，对他未必有用。

可这也已经是最后的法子了，仙帝娶了妖尊，也没听说身旁有什么别的人伺候，且每日夜里都是往妖尊这处来的，说不准这法子会有用。

川音南一咬牙，依旧劝道："妖尊不试试又怎么知道不管用？这枕头风一吹，是男人都受不住。仙帝既然娶了您，自然是喜欢您的。到时候您说一句话，他少不得能听进去，您借机惑乱天界，将九重天搅塌，这六道之主还不是在您手中？"

锦瑟心中思索，沈甫亭若是不这么阴晴不定的话，还是很好说话的。往日他生气时，她说几句软话，他便原谅了她。这祸国妖姬，他说不准还真能做一做。

三个人见妖尊不语，便知此事成了，觉出有人往这处走来，当即开口表忠心："妖尊若有什么事，尽管吩咐属下，属下对妖尊、对妖界，必定赴汤蹈火，万死不辞。"

锦瑟得了这么个法子，便开始琢磨如何下手。往日在乱葬岗也听了许多昏君的话本，她自己就是其中之一，经验可不要太多。

这样的事情对她来说信手拈来，可难的就是沈甫亭并没有回来。

往日还没到用晚膳的时候，他便回来了，今日到了后半夜都没有见着人影，着实让锦瑟有些憋屈。她好不容易酝酿了些大招，这人又不来了，他每一次都不按常理出牌，叫她措手不及。

待到夜深人静，锦瑟睡得昏昏沉沉时，外头忽然传来一阵动静。嬷嬷连忙进来拉开了床帏，低声唤道："娘娘，君主醉得不轻，您赶紧去扶他进来吧，瞧着路都走不稳了。"

锦瑟翻了个身，不想理睬。

嬷嬷见状，连忙上前压低声音劝道："娘娘，您现下去扶君主回来，也就顺了他的心，否则他心头不痛快，夜里你如何得个好眠？"

锦瑟当即想起了白日里琢磨的枕头风，现下就是个好机会，可以试一试，说不准今日就能逃过一劫，争取给自己放一天假。

锦瑟起身去了外头，沈甫亭坐在殿外的石案旁，垂着眼，不知在想什么，一身湛蓝衣衫衬得他面如冠玉，格外惹眼。

一旁站着束手无策的匹相、匹献二人，神情肃穆，仿佛木头人一般不敢动弹。

锦瑟心中也是服气的，这么一点儿路他爬也爬得进去，竟然还要她来扶。

她见他这般静静地坐着，有些警惕，试探性地唤了一声："沈甫亭？"

沈甫亭抬眼看过来，对上了她的眼，许久才开口道了一句："我喝醉了。"

锦瑟见他是真醉了，便慢悠悠地上前扶过他的手："我扶你进去吧！"

沈甫亭见她走近，没有一分犹豫便伸手搂上了她的细腰，随着她站起身，靠着她往里头走去。

一旁的匹相、匹献二人闻言，觉得自己受到了极大的侮辱。刚才他们扶着劝着的时候，他可是一言不发吓死人，现下锦瑟一来，才两句话他便乖乖跟着进去了，真是同人不同命。

锦瑟扶着死沉的沈甫亭辛辛苦苦地进了殿，与他一道倒在了床榻上，累得直喘气。

嬷嬷打了一盆热水过来，又端了解酒茶搁在殿里头，便悄无声息地退了出去。

锦瑟休息片刻，终究起身将热水里的净布拧干，回转过来，却见沈甫亭已然睁开了眼睛静静地看着她。

锦瑟盈盈一笑，眼睛本就是笑眼，笑起来很讨人欢心："我替你擦把脸。"

沈甫亭依旧没说话。

锦瑟也不管他如何，在他身旁坐下，俯身过去，靠在他身旁，极为暧昧地替他擦着脸，为吹枕头风预热，看上去可比白日里那硬碰硬的模样要柔和许多。

沈甫亭却抓住她的手腕，眼神看起来莫名叫人心口一紧，沾染酒水的唇瓣显得有几分潋滟，低声喃喃地说道："我不喜欢你心里有那条白龙。"

人家寂斐明明有名字，在他这里不是白龙，就是玩意儿，仿佛根本没有资格被称为一个人。

锦瑟闻言一怔，很快反应过来，清甜的声音如同蘸了蜜一般："你都醉了，先好好睡一觉，这些事情明日再说。"她挣开了他的手，欲替他盖被子。虽说是顺着他，可到底有些敷衍。

沈甫亭突然伸手搂过她的腰，将她揽到自己身上，执着而又霸道地看着她："你得忘掉他。"

锦瑟闻言不语，这枕头风若是要吹成功，着实有些违心。

四万年过去，她头一个想起的就是寂斐，他于她来说就是长兄一般，她怎么可能会忘记呢？

她靠着沈甫亭的胸膛，不知如何回答。沈甫亭已然低声说道："他是你的小白龙，你是他的小野猫，那我呢？我是你的谁？"

他的声音很低，轻得她几乎听不见，喃喃自语中带着失落之意，话里的情绪很复杂，可也极为清楚地表达了他十分介意她和寂斐的关系。

他们二人青梅竹马，两小无猜，一起长大，寂斐和他在她心里终究不同。他出现得太晚，晚到让他害怕。如果先出现在她面前的人是他，该有多好。

锦瑟没想到他会这般介意，他从来没有在她面前这样过。

他这些日子也确实不开心，再也没有了那日与她放风筝时的欢喜模样，而她再也没有见到那样笑着的沈甫亭。

锦瑟也不知道自己对他是一种什么样的感情，说他是逗趣的玩意儿却又不完全是，说是敌人，也不完全对。

即便现下她与他如此敌对，可见他如此，她还是克制不住地心疼。她对宠物一向很好，若不是他这般难以控制，甚至反噬她，也不至于弄到如今这个局面。

锦瑟想着，也觉得不开心。她从来没有遇到过这样的玩具，让她又爱又恨，杀了舍不得，不杀又着实恨得牙痒。

她趴在他的胸口上，手指轻轻抚着他衣领上的繁复绣纹，终究还是决定吹吹枕头风。

先将江山夺回来才是一个君王最应该做的事，她有了江山，何愁不能将他握在手里，到时候要打要骂还不是都由着她来？

"寂斐在我心中是兄长，我若是真喜欢他，又怎么可能嫁给你？你不是最知道我的性子吗？我要是真的对你无意，你便是杀了我，我也不会嫁你。"

殿中气氛一瞬间有些凝滞，沈甫亭揽着她的腰的手突然收紧，话语似含有几分欣喜之意："真的？"

"自然是真的，我骗你做什么？"锦瑟抬起头看向她，甜美的笑眼里全是他，那天真单纯的模样，哪儿还有人舍得不相信她的话？

沈甫亭看了她许久，见她不像说谎，忽而笑起，俊朗的眉眼染上笑意。本就是风流的好皮相，这般笑起来实在太过出挑，叫锦瑟心头一紧。

这些日子他实在太过冷漠严肃，即便是在床榻之上，也少有这样的笑容，她已经许久没见他这般笑了，一时便看愣了。

沈甫亭抱着她，一个翻身压上了她，低声道："那我是你的谁？"

锦瑟眼眸一转，自然知道他想听的答案。她若是这么容易就让他听到，那枕头风可就失了往日的威力。

现下她即便不能在一朝一夕之间夺回江山，好歹也能帮她先逃过一劫。只要能放一天假，她都心满意足了。

她轻轻一笑，拉着他的衣衫，故意不说："你这么聪明，怎么会想不到？"那娇娇软软的模样，很是磨人。

"我猜不到，要你亲口跟我说。"沈甫亭将声音都放轻了，像是在诱哄她。

他靠得太近，唇齿之间的酒香让她一瞬间有些恍惚。他每一次喝的都是烈酒，让她不知不觉醉倒其中。

沈甫亭见她故意不说，一眼不错地看了她许久，低头靠近，薄唇慢慢地碰上她的唇瓣，轻轻吸吮，慢慢缠磨。

锦瑟不自觉地呼吸发紧，那唇齿间的柔软碰触太过亲密，气息缓缓交缠着，仿佛慢慢陷入了一个陷阱之中，无力挣扎。

他缠磨一下便要离开，勾得她心猿意马，想要更多的亲昵。

他不那么凶狠的时候，还是招人喜欢的，与他亲吻也很舒服，那一下下的触碰可以让人感受到剧烈的心跳。可惜沈甫亭另有目的，就是想勾着她说出他想要的答案。

她一回应他便躲开了，一时心中不满，颇为不乐意："不亲了吗？"

沈甫亭将视线落在她的脸上，轻轻笑了，在她的眉心处落下一吻，声音带着几分沙哑："你先告诉我，我是你的谁？"

锦瑟现下真是切身体会到了昏君的感受，要想心智坚定，不被美色蛊惑，确实是件很难的事。

锦瑟自然不愿落下风，勉力清醒了一下，压着心跳回道："说了让你猜，便要你猜，你自己想吧！"

她微微挪了挪身子，想起身，沈甫亭却压着她，不许她动弹，摆明了不让她睡觉。

锦瑟心中一恼，终究是理智占了上风。既然是吹枕头风，她又怎么能不得好处？

她伸手搂上了他的脖颈，在他耳旁道了一句："夫君。"这一声甜甜腻腻的，落在耳里，叫人心都化了。

沈甫亭眼眸微微一亮，一下笑弯了眼，眼眸深远得如坠入星海一般，叫人收

不回视线。

锦瑟伸手碰上他的眼，指尖仔细地描绘他的眉眼，感觉到他长长的眼睫，抬头在他的眼上落下一吻。

这是她对喜爱的宠物最直白的表达方式，很少有宠物有这样的荣幸，得到她这般亲昵的碰触。

这一吻叫沈甫亭微微顿住，心中早有异动，若不是为了从她口中套出话来，他哪儿还需要这般煎熬？

如今他套出了她的心意，一时间便不再克制，俯身压了上去，用力亲上她的唇瓣，完全不给她反应的机会。

刚才的温柔仿佛都是假象，该来的狂风骤雨还是会来，不会因为什么枕头风减少半点儿，反而更加猛烈了⋯⋯

锦瑟一觉醒转，外头天光大亮，她连说句话的力气都没有，嗓子都似要冒烟，这一劫终究没有逃过，于她来说，反而更加劳累。

也不知沈甫亭是不是醉了的缘故，叫她忍不住开口求他，她越求，他反倒越过分，完全没有脸皮，什么事都做得出来！

锦瑟裹着被子靠在他的怀里，面颊绯红，如同打了薄薄的胭脂一般，再没有了往日阴沉的模样，娇娇软软的，像一只没有爪子的奶猫，没有攻击性。

沈甫亭将她搂在怀里，带着薄茧的手轻轻抚着她的胳膊："累不累？"

锦瑟想起昨日那般荒唐的场景就浑身一阵发烫，伸手去推他："你怎么还不去看折子，不需要政务处理吗？"

沈甫亭如今可悠闲，自从四万年前那九重天的事务由旁人打理之后，他再回来便乐得自在，只偶尔掌控一下大局，批阅折子，旁的琐碎之事根本不耐烦管。

匹相、匹献二人累得如同陀螺一样，根本就没有停下的工夫。

沈甫亭伸手摸上锦瑟的面颊，指腹在她细嫩的面容上仔细摩挲，对忙碌的匹家二兄弟毫无愧疚之心："今日没什么事，全留着陪你。"

锦瑟闻言，腿一阵发麻，这枕头风仿佛吹偏了，竟还吹来了他一整日作陪，还不如往日与他冷眼相待来得好。

她心中一阵懊恼，可也知晓现下若是再闹，必然又讨不了好。

她拉着被子从他怀里坐起来，开口使唤道："那我们起来吧，我饿了，你去给我弄吃的东西。"

沈甫亭见她一副怕极了的模样，轻笑出声，倒也不急于一时，反正日头终究是会落下的，她躲得过初一，躲不过十五。

二人起身洗漱，终于人模人样地出现在了殿中。

彼时，已经快到中午，桌案上摆满了菜肴，锦瑟将一群毛茸茸的小妖怪唤出来，习以为常地拿起桌案上甜腻腻的兔子包摆在他们面前。

几只毛茸茸的小妖怪一出来，看见锦瑟，忙要缠上去献殷勤，然后瞧见了一旁坐着的沈甫亭。

小妖怪吓得不轻，小身板一抖，收回了迈向锦瑟的脚，颤巍巍地拿起兔子包，垂头坐在地上乖巧地啃着，吃得极为斯文有规矩，不争不抢，乖得不像话。

锦瑟微微一顿，抬头看向沈甫亭，果然见他表情高深莫测地看着小妖怪："你吓到他们了。"

沈甫亭这才收回视线："过来吃饭，你不是饿了吗？"他说着，拿起筷子替她夹了她最喜欢的菜。

小妖怪们顿时松了口气，往角落挪去，尽可能减少自己的存在感。

锦瑟慢悠悠地走到他身旁坐下，想到了先头那四只毛发透亮的白毛狐狸，往日摸着毛发很舒服，一时只觉得有些可惜："你将'风花雪月'弄到哪儿去了？"

沈甫亭眼皮都没有抬，语气很淡："在九重天上学规矩，堂堂男子汉，每日搔首弄姿，成何体统？"

锦瑟一怔，疑惑地问道："他们哪里搔首弄姿过？"

沈甫亭夹了一个梨花卷，漫不经心地说道："长得'搔首弄姿'。"

锦瑟："……"

锦瑟见他说得认真，便也不好多说，倒没觉得"风花雪月"长得"搔首弄姿"，明明是正常男子的模样，除了风偶尔会抛个媚眼，旁的倒还好。不过狐狸都是用来逗趣的，若是学得规规矩矩的，那还有什么意思？

"那可不行，你把他们还给我，狐狸长得'搔首弄姿'不是寻常事吗？你若是看不惯，我养着便好。"

沈甫亭看了她一眼，倒也没有拒绝："你若是要养，也可以，过几日我让人处理了他们，就让人送过来。"

锦瑟试探地问道："处理什么？"

沈甫亭看向她，淡淡地吐了两个字："阉掉。"

小妖怪们闻言，一个个呆住了，手中咬了一半的兔子包瞬间掉落，他们皆惊恐地看着沈甫亭。

锦瑟闻言不解，还未开口，沈甫亭已经看向了躲在角落里的小妖怪，如同说

着寻常小事一般说道："春日已至，小妖怪也到了发情的时候，我上次瞧你这里有几个公的，也一并送过去着人阉了。"

这几个小妖怪虽然凶恶，可是在沈甫亭面前简直不值一提。

他们瞬间掉起了金豆子，小身板颤巍巍的，瞧着好不可怜，眼神可怜巴巴地往锦瑟身上瞅，一副敢怒不敢言的模样。

锦瑟到底还是护短的，若是将这几个宠物阉了，只怕第二天他们就得寻死觅活："不必了，他们还小。那四只狐狸毛发摸着舒服，长得又这般漂亮讨喜，可不准阉，你将他们送过来还给我。"

沈甫亭沉默了一会儿，看了她一眼，很是好脾气地一笑："好。"

锦瑟有些意外，他当初可是为了这件事大发脾气，没想到现在这般轻易就答应了她。

锦瑟还以为是枕头风起作用了，才使得他这般好说话，不想还是没能摸准沈甫亭的想法。

几日后，沈甫亭如她所愿，领着四只狐狸进来，可惜狐狸已经没了毛发，光秃秃的，瞧着一言难尽。

锦瑟辨别了许久，才认出是"风花雪月"："你怎的将他们的毛全剃了？"

沈甫亭拿出了一件白狐狸毛做成的垫子："狐狸毛发多，摸着又舒服，我见你真喜欢他们的毛发，便剃下来给你做了垫子。他们不再受热，你也得了狐狸毛，正好一举两得。"

周围毛茸茸的小妖怪吓得毛都竖起来了，急得四下躲藏，根本不敢在这殿中多待一刻。

匹献连忙上前附和道："娘娘，君主自从知道了娘娘喜欢狐狸毛，就想着将毛剃下来，做一件漂亮的衣裳给娘娘穿，可衣裳难免不合适，便做了垫子。如今九重天上甚是流行羊毛垫，那织女的手艺格外好，做出来的垫子花样也好看，君主便想着用狐狸毛给你做，全是为了娘娘您开心。"

匹相不怎么会讲话，只能连连点头表示情况属实，君主绝对没有半点儿私心。

四只光秃秃的狐狸闻言，一脸沮丧表情，眼中透出了绝望之色，显然是被沈甫亭折磨得不轻。

这冬日刚过去，妖界也不似凡间四季分明，根本不会用到这般暖和的垫子，做出来也只能搁置。

锦瑟看着垫子，说不出话来。这四只狐狸就是一身毛发好看，如今被剃得这般参差不齐，那剃毛之人很有手段，怎么丑怎么来，实在没法看，让她满心嫌弃。

沈甫亭见她没有欣喜的模样，伸手搂过了她的肩："怎么了，可是不喜欢？我还以为……你会感觉惊喜。"他语气失落，似有些难过。

锦瑟也不知说什么好，这手心手背都是肉，还真不知该护着哪一方，不过对沈甫亭显然是要好生安抚的，毕竟他的面皮生得好看。

锦瑟伸手摸了摸他手中的垫子，依旧是舒服松软的毛发，可惜不在狐狸身上，摸起来便没有意思了。

她想着，还是认真地吹起了枕头风："很好看，难为夫君这般贴心。"

沈甫亭眉眼一弯，露出了一丝和善的笑容。"风花雪月"闻言，皮子一抖，一时闹不清殿里还有没有狐狸……

嬷嬷忙上前将垫子收了起来，藏得严严实实，几乎很难再找到。

沈甫亭上前抓过秃狐狸风，递到了她的眼前："我本是留着他们四个有事要做，既然你喜欢，便好生养着吧！"

锦瑟见着了秃狐狸，不自觉地往后一退，有些难以接受。

风沮丧地看着她，完全没有了往日的可爱讨喜样子。

锦瑟黛眉微蹙，他们没了毛真是怎么看怎么不顺眼。她不由得推开他的手，将他手中的秃狐狸风也一并推开："罢了，我有小妖怪就可以了，你既然要他们做事，便给你了。"

沈甫亭似极为意外，没有想到她会这般为他着想，不由得放下了手中的秃狐狸，伸手搂过她，低头看过来，在她的小嘴上亲了一下："还是夫人待我好，知道为夫君着想。"

四只秃狐狸瞬间松了一口气，好在妖尊如今没有再想养他们。

她头一次养他们，便让他们丢了一身毛发，如今若是还要养他们，恐怕这条狐狸命都要被仙帝生生夺去。

"风花雪月"想起刚才那可怕的剃毛经历就一阵发寒，仙帝手中的剑时不时地往他们的脖颈处滑，稍不留神他们可就一命呜呼了！

"风花雪月"退出殿门，相视一眼，眼中泛起了泪花，也算是转祸为福了。往后他们可能要时不时剃剃毛，丑就丑点儿吧，至少不会引起妖尊、仙帝这两尊煞神的注意，白白成了二人打情骂俏的牺牲品。

锦瑟软绵绵地靠在沈甫亭怀里，正是午间，便有些昏昏欲睡。

沈甫亭本还有政务要处理，可见锦瑟这般乖巧地躺在他怀里，便有些舍不得

下
册

起身。

匹相见状，心头一紧，这折子再不处理，一会儿的工夫可就堆积如山了。他连忙开口提醒道："君主，时辰不早了，九重天的折子已经送过来了，正等着您批阅。"

锦瑟慢悠悠地从沈甫亭的怀里坐起身："你去吧！"

沈甫亭显然不甘心就这样离开，从她身后搂过来："不如你跟我一道去书房，反正你也闲着，和我一道学学怎么处理政务也好。"

锦瑟自然不乐意。她若是愿意处理政务，哪儿还需要寂斐替她做表面上的妖尊？

不过她转念一想，瞬间想到了关键所在。她这些日子的枕头风倒是没有白吹，沈甫亭如今竟要她习学处理政务，这可是难得的机会，加之这些日子他常常有大把的时间来陪她，隐隐也有做昏君的架势了。

她再加把劲，何愁夺不回江山？

她想着，当即转头搂上了他的脖颈，靠在他怀里："好吧，我闲着也无聊，就跟你一起去，免得你不在我面前又有什么凤凰、山鸡想靠近你。"

这话可是让沈甫亭极为受用，锦瑟的枕头风吹得很准确，她专挑沈甫亭爱听的话讲。

沈甫亭瞬间笑弯了眼，匹相、匹献二人头一次觉得自家君主有点儿做昏君的架势了，为了博美人一笑，竟然连政务都要拿出来。

然而，锦瑟说出这番话便后悔了，沈甫亭在正事上极为严厉，她即便是吹枕头风也没用。往日她在他耳旁吹吹风，他那耳根子便软得一塌糊涂，她想要什么他都会答应，很是好说话。可是她一到书房他就跟变了一个人似的，严苛又可怕，若不是锦瑟夜里总和他腻在一起，必然如那些大臣一般见着他都不敢直视。

她又不是坐得住的性子，往日喜欢绣花也只是因为那一根根色彩斑斓的线惹她喜欢，她玩腻了毛球，慢慢转而绣花。看奏折实在不是她喜欢的活儿，事务繁杂不说，还有这个中的处理之道也是学问，她根本没有耐心学。

在她眼里，事情根本不需要这般复杂，瞧得顺眼就赏，惹了不快就杀，再多的便没有了。

而锦瑟这样的处理方法，显然就是一个暴君的手段，长此以往，哪儿还有忠心的臣子？

她要是没有寂斐，妖界还真未必能像现下这般有秩序。

沈甫亭一时气极反笑："你还真是厉害，也不知怎么就想当六道之主了，嗯？"

锦瑟闻言，当即便要从沈甫亭的腿上起身，耍起了脾气："我不学了。"

沈甫亭却将她扣在怀里，低头看着她阴恻恻的表情，训道："你做错了，还要耍脾气？这折子明明是忠言，你却只觉得逆耳，往后还能成什么大事？"

锦瑟听着，也不愿意再吹什么枕头风了，冷哼一声，在他身上挣扎着想要起来："你给本尊放开，本尊做事岂由他人置喙？处理政务哪有这般繁杂？随心所欲才是大道，否则本尊做什么六道之主？！"

沈甫亭气极："你这般为祸苍生，就永远别做什么六道之主！"

锦瑟气狠了，挣扎着想要起来挠死他。

沈甫亭严肃的神色便有些变了，呼吸也开始不顺畅。他们本就是夫妻，终日耳鬓厮磨，难免会起意。

锦瑟突然动作一顿，瞬间察觉不对劲，转头看向他。

沈甫亭已经低头靠近，吻上她的颈窝，手慢慢收紧，紧得她有些无法呼吸。

锦瑟颤着声音唤道："沈甫亭，这里是书房，是处理正事的地方，该有规矩……这是你自己亲口说的。"

沈甫亭已然抱着她站起身，随手扫开了折子，将她压上了书案，低头吻上她的后颈："夫人不是说该随心所欲吗？为夫觉得说得很对。"

混账！锦瑟被压在桌案上动弹不得，恼道："回殿里！"

"不行，一会儿还要看折子，我们快一些。"沈甫亭脑海中还残留着一丝理智，这话不知是对她说的，还是对自己说的。

只可惜这话，显然连他自己都不相信。

这一开始自然便没完没了，二人一通折腾下来，已经过去了大半日，明明是一大早来书房里头看折子，没想到大半天的光景全搭了进去。

锦瑟觉得坐在他腿上看折子显然不是明智之举，只要稍不留神便看到了榻上，实在得不偿失。他还说一会儿工夫就好，根本就是胡说八道。

锦瑟靠在沈甫亭的怀里，感受到他的衣衫上极淡的檀木气息萦绕在她周身，熟悉的气息让她有些昏昏欲睡。

沈甫亭似乎意犹未尽，搂着光溜溜的她时不时缠磨。锦瑟回应不了，她的精力显然没有沈甫亭这般旺盛。

沈甫亭搂了一会儿，视线落在她白皙的脸上，她的唇瓣因为亲吻还泛着不正

下册

常的鲜红色泽，衬得整个人娇娇嫩嫩的，眼眶红红的，瞧着还有些可怜。

沈甫亭低头在她的唇瓣上亲了几下，有些心疼，却不愧疚，再来一回他依旧不会手软。见她实在困了，他才微微起身，准备去处理政务。

锦瑟感觉他的手臂在缓缓抽离，往他怀里靠近了些，贴着天然的暖炉，迷迷糊糊地说道："你要去哪里？"她这般软绵绵地缠人，哪叫人受得住？沈甫亭伸手拉过衣袍，盖住她慢慢露出的香肩，低声说道："我去处理政务，你乖乖睡觉。"

锦瑟很不乐意，这可是个自动生暖的窝，还能摸摸揉揉，自己躺着，哪儿有窝在他怀里舒服？

她慢悠悠地往他怀里钻，不让他动弹："不要走，你可以躺着处理政务。"温柔乡就是磨人，更何况是这般软软糯糯的声音，他听在耳里连骨头都酥了。

沈甫亭笑弯了眼，越发将她搂进怀里，低头靠近她的耳旁轻语："躺在你身旁，我哪儿还有心思看折子？"

他这般低沉轻语，那唇齿间的热气喷在她的耳旁，烫得她微微一缩，连心口都有些发紧。但即便听懂了他话间的意思，若是再来一回，她可就要散架了。

沈甫亭精力太过旺盛，也不知是不是往日禁欲太过，现下放纵，实在让人受不住，她只得狠心舍弃这个天然暖炉："那你去吧！"

沈甫亭一把将她抱上身，低沉的声音带有磁性："你这般缠着，也不知是不是不想让我走？"

锦瑟这才意识到自己的腿还钩着他的腿，连忙收回了自己的腿，急着推他出去，如同驱赶家中长工一般："你去看折子，本尊不需要你了。"

沈甫亭一个翻身压上了她，语气带着揶揄之意："妖尊未免太没有良心，用完就丢，嗯？"

锦瑟见他这架势，腿不自觉发颤，没想到做祸国妖姬是这般辛苦的体力活，放不了假，偶尔还得加些工时……

不过她今日这一遭做工，显然让沈甫亭心情极好，现下正是吹枕头风的好时候。

她眼眸微转，当即伸手搂上他的脖颈，神色天真："夫君，你给我解开困妖索。"

沈甫亭有一丝犹豫，显然不信她，一次两次的事，叫他现下想起来，都忍不住在床笫之间狠"揍"她几顿。

锦瑟察觉他的心思，慢悠悠地往他怀里蹭了蹭："咱们都已经成了夫妻，你还这样防备着我，叫我心中如何受得住？"

果然，床榻之上吹枕头风就是有用，她这般一开口，沈甫亭的态度便软化了，他似乎还有几分心疼。

他低头吻上她的额间："都是我不好，不该对你发这么大的脾气，你往后若是乖乖听话，我就将困妖索解了。"

锦瑟暗自反驳，乖乖听话的恐怕是他，等她夺回江山，他若是再不听话，可就不会是抽一顿鞭子这么简单了……

她幽幽一笑，点头："自然都听夫君的。"

沈甫亭也不含糊，当即给她解了困妖索。这索一解，二人更是如胶似漆，缠磨了好一阵，锦瑟架不住困意，靠在他怀里不知不觉睡着了。

迷迷糊糊之间，她听见有人在叫自己："锦娘，锦娘，你快醒醒！"

锦瑟当即睁开了眼，发现前头一片迷雾，不似在刚才的书房。

她从迷雾重重的木梯上走下去，这似乎是一处凡间的戏楼，烟雾缭绕，缓缓散开，敲锣打鼓声传来，戏台上的角儿咿咿呀呀唱着戏。

台下看客拍手叫绝，热闹至极。

"锦娘！"锦瑟一回头，便见陶铈匆忙朝她走来，"锦娘，你总算入梦了！"

锦瑟这才发现，此处是陶铈的梦境，引她入梦已是难事，还要不让沈甫亭发现，是要花费极大的法力维持的，陶铈可是下了血本，四万年的修为可是要从头再来："你怎么会在这里？"

陶铈已经来不及道明前因后果，神情带着惊惧，焦急地说道："锦娘，我散尽修为引你入梦，就是为了告诉你一定要小心沈甫亭！"

锦瑟没有惊慌，沈甫亭这些时日对她极为温和，让她根本没有威胁感，即便要夺回江山，也断没有怕他的想法："为何要小心他？"

"锦娘，你相信我，我虽是半妖，但这四万年来到处游历，见过的东西也有万千，沈甫亭那一日将我赶出妖界，便是我想再见你一面都不许。我心中不服，便寻到他那处，想要找他理论清楚，却不想……"

他微微一顿，语气中有极深的忌惮之意："我去的时候还未来得及靠近，便觉出他不对劲，他的模样不似往日那般沉稳有礼，眼中是极深的黑色东西，没有人的情绪，如同怪物一般。我从没有见过这般可怕的眼神，若是晚走一步，这世间恐怕就没有我了！"

锦瑟一瞬间有些呆滞，当即想到了四万年前，他亲自下凡去寻玲珑心。十世善人何其难寻？便是人心中有一丝一毫的邪念，也会染了那颗心，称不得善。

下
册

这样的玲珑心万万年都难见，出现一颗已是难得，自然没有办法再寻第二颗。

而那颗玲珑心已经被她捏碎了，沈甫亭自然没有办法去除体内的邪气。若是他没找到别的方法，那就意味着他如今已经无法控制体内的邪气，只能任由它在体内游走壮大，慢慢吞噬他。

天长日久，他就不再是沈甫亭了，而是仙不仙、魔不魔的怪物……

陶铈见她似不信，心中越发焦急，他的时间不多，再拖下去，沈甫亭必然会发现！

"难道你就没有怀疑过他为何法力如此高强？即便是上上阶的神仙，也不可能逆天改地，他借的是哪里的力，你还不知道吗？锦娘，我的命既是你给的，我自然不会骗你，你千万要小心沈甫亭！"

锦瑟眼前的热闹景象，慢慢被一片烟雾吞噬，陶铈急切的声音慢慢消失，周围归于寂静。

眼睫微微一颤，她缓缓睁开了眼，入眼是熟悉的书房，而一旁的沈甫亭已经不见了踪影。

她看向书案那里，也是空空荡荡的，不知他去了何处……

锦瑟眼眸微垂。这些时日沈甫亭的举动确实古怪，她偶尔夜间醒来，原本躺在身侧的他却不见踪影，等到白日再醒来的时候，他又在她身旁，似乎从来没有离开过。

她那时没有放在心上，只以为他事务繁忙，现下却对上了。

她眼眸微转，没有打草惊蛇，重新闭上眼睛，平稳气息，按下心事缓缓入睡，仿佛从来没有醒过。

锦瑟再悠悠转醒时，屋里已经有了他的气息。

锦瑟抬眼看去，便见沈甫亭穿着白色里衣坐在书案前批阅折子，薄光透过灯笼纸轻轻落在他身上，极为和煦。他面如冠玉，看上去平静柔和，没有一点儿不对劲之处。

沈甫亭见她醒了，冲她一笑，起身缓缓走来，俯身亲了她一下，眼中带着温和宠溺之色，声音轻得仿佛怕惊醒了她："醒了，饿不饿？"

锦瑟眨了眨眼："你刚才走了吗？"

沈甫亭闻言一笑，摸了摸她白皙的面颊："我一直在这儿，哪儿也没去。"

他的目光清澈干净，不掺半点儿杂质，看上去和陶铈说的完全不一样，似乎他根本不知道自己的情况。

锦瑟没有回答，静静地看着他，说不清自己心中的滋味。

平静的日子总是过得极快，日子过得久了，叫锦瑟都忘记了陶钰和她说过的事，可底下暗藏的东西还是会一点点浮上来。

沈甫亭从偶尔消失一两个小时，到后头会有一整日时间她都见不到他的人影，甚至有时候后半夜醒来都看不见他。

锦瑟没想明白，离了妖殿，在妖街上漫无目的地闲逛，身旁却突然靠近一个人。她抬头一看，是寂斐。

他掩饰得极好，变了一张苍老的脸，佝偻着身子，像个年迈的老妖怪，可她还是认出了他。

她心中一惊，黛眉微蹙，不知道沈甫亭会不会杀了他："你怎么回来啦？"

寂斐如寻常路过一般走着，与她保持距离，隔着中间来来往往的妖，传来密音："放心，沈甫亭大祸临头，根本没工夫发现我的踪迹。"

锦瑟微微一顿，没有开口说话。

寂斐又开口："锦儿，我知道你嫁给他是为了保全我和妖界。现下沈甫亭已经快要走火入魔，等他变成没有意识的怪物，法力这样高，六道必然群起而攻之，届时他的法力会被所有人分食，根本不需要我们花多少力气。只要我们在其中加一把劲，就可以神不知鬼不觉地夺回妖界，甚至将天界握在手中。"

锦瑟沉默许久才开口道："你又怎么知道他是真的走火入魔？"

"千真万确！"寂斐靠近一步，神情十分郑重，"当日在业障海上他根本没有胜算，却不想天地骤暗，所有的一切都看不见了，我思来想去，那是只有入了魔道的神仙才有可能做到的事。他如今的仙力已经压不住体内的邪气，除非有玲珑心，否则即便他不死，那也是仙不仙、魔不魔的怪物。"

怪物吗？……锦瑟猛地抬眼看向寂斐，眼中闪过一丝古怪的情绪，快得她自己都抓不住。

寂斐心中一沉，说道："锦儿，这是你当六道之主的最好机会！"

寂斐回了妖界，打定主意要将妖界夺回来。他没有逼锦瑟，而是让她自己想明白，这实在是个不费吹灰之力的大好机会，根本无须他多说。

这个机会对每一个亲手将江山断送的帝王来说，就像徒步行走在沙漠中，又渴又热，面前却突然出现了水车，抢还是不抢，这是一个很容易就能得出答案的问题。

下
册

　　锦瑟却犹豫了。她需要时间考虑，而不是像以往那样随心所欲，不管他人死活。可容不得她再考虑，沈甫亭时不时消失，已然让身旁伺候的人注意。

　　匹相、匹献一早又没见到沈甫亭，察觉不对，急急寻来，见沈甫亭不在殿中。

　　匹献乱了阵脚："娘娘可知君主现下在何处？"

　　锦瑟端起果茶，慢悠悠地抿了一口，不慌不忙地说道："他来无影去无踪的，我怎么知道他去了何处？"

　　二人一阵静默，面色极为难看。

　　锦瑟放下了茶盏，安抚道："你们这是什么表情，弄得他怎么了一般？若是真有什么要紧事，你们等他回来再说便是。"

　　匹相终究不敢再隐瞒："娘娘，君主恐怕有些不妥，他这些日子时常不见踪影。昨日吩咐我们要去九重天处理几件要事，我们早间左等右等都没有等来君主，起初以为他是在娘娘这里，没想到连您也不知他去了何处。这般已不是一次两次了，君主时常不见踪影，这种情况在往日鲜少发生，恐怕是……"他还未说完，身后就有了动静。

　　沈甫亭缓缓走来，见二人在此，神色微微一敛："你们二人怎么在这里，不是吩咐你们将折子拿上去吗？"

　　二人一惊，转头看去，果然见找了许久都不见踪影的沈甫亭正看着他们。

　　锦瑟慢慢站起身，看向沈甫亭。他衣衫齐整，和昨日睡下时身着的白色里衣不一样，也不知衣衫是在什么样的情况下穿上的。

　　他如今平静得似乎完全没有意识到自己时常失踪的情况。

　　匹相、匹献二人欲言又止，满脸为难之色。

　　这是大事，大到他们甚至不敢轻易告诉君主。以他的性子，他根本不可能接受自己毫无意识地活着，万一有什么事，后果不堪设想！

　　锦瑟倒是先开了口："他们二人记错了你说的地方，没寻着你，便来这里找了。如今你们碰上了便先去处理正事吧，晚间早些回来。"

　　沈甫亭眼眸一弯，笑得很好看，几步进了殿中，俯身在她白皙的面颊上落下一吻："记得等我回来和你一道用晚膳。"

　　锦瑟的心一下沉了下去，她看了他一眼，勉强笑着回道："嗯，我等你。"

　　匹相二人自然只能先拖一拖，毕竟锦瑟的实力他们往日都看在眼里，虽说她性子不太好，但如今二人已是夫妻，锦瑟身为妖尊，必然扛得住这么大的事。

　　主仆三人走后，锦瑟慢悠悠地坐回桌案旁，安静得不像是担心自家夫君的夫人。

六道之位终是太过诱惑人，鱼和熊掌从来不可兼得。有些事情就是这样，你想要什么，相应就要舍弃什么。天下从来没有十全十美的好事，异想天开只是徒增烦恼……

她心念一动，寂斐便出现在了殿中，极为欣慰地说："你已经想好了，对吗？"

锦瑟微微点了点头："这件事情我们还需要从长计议。沈甫亭如今没有发现自己的异样，这样最好，我们拖着不让他发现便好。他身旁已经有人知晓，我会想办法拖着，如果拖不得就将人除掉。"

她想到要除掉他身旁的人，却没有想过除掉沈甫亭吗？

寂斐面色微微一变，局势瞬息万变，沈甫亭又实力可怕，拖得越久，变数就越大，她不可能不知晓……

以她往日的性子她绝不会这般心慈手软，从来都是比他还要狠绝的那一个。

如今这个夺了妖界的仙帝若不是沈甫亭，她早就杀之而后快，绝不会这样柔和。

寂斐太了解锦瑟，比她自己还要了解她，自然不会让她意识到她心中真正的想法，只能委婉地开口建议："若是在一旁干等，恐会有变数，我们最好引他体内的邪气暴涨，好让他彻底走火入魔。"

寂斐说着，拿出一个琉璃瓶，里头的幽蓝色烟气如流水一般流淌，平添几分诡异感。

他其实早猜到锦瑟会有这样的决定，如今拿这东西出来，正合时机："这是我发现沈甫亭的异样之后，特意在外头搜集的引子，邪魔外道的东西相生相克，只要让沈甫亭吃下这东西，必然能引得他体内邪气暴涨。"

锦瑟见了他手中的琉璃瓶，静默许久才开口："你忘了他是谁吗？他若是没有一点儿警惕心，又怎么可能坐上仙帝之位？况且他心思这般敏锐，哪儿有这么容易就能让他吃下这东西？"

"如果那个人是你，就没有问题。"寂斐走到她身旁，将手中的琉璃瓶放在桌案上，"锦瑟，你一直想做六道之主，如今机会就摆在你面前，你是天生为王的人，这是天意！"

玉漏滴滴落下，显得殿中越发静谧，寂斐的虚影在殿中消失了。

锦瑟看着桌案上的琉璃瓶许久，才拿起放进衣袖中，起身欲往里头走去，身后传来一声急唤。

"娘娘！"

锦瑟转头看去，是去而复返的匹相。这事太大，他显然不敢轻易做决定，脱开了身又往她这里来了。

"娘娘，您应当知晓君主当年体内的邪气未曾被压制，四万年过去，虽然没有发生什么，可那邪气也存了四万年，如今醒来，只怕会比往日还要危险。现在看来，君主的情况已大不好！"

锦瑟思索一番，不见惊慌之色："虽说邪气棘手，也不是没有法子。此事除了我们三个，我不希望再有第四个人知道。你们想办法好生遮掩，再着人去寻玲珑心。我这里也一并想着法子，先不要自乱阵脚，你们也不准告诉他，免得惹他体内的邪气生了大动静。"

匹相也知只能如此，毕竟邪气与君主同生，万一出事，那才是真正回天乏术。

他应了一声，又冲着她跪下，言辞恳切："君主在凡间曾经说过，不喜欢娘娘这样的人……"

锦瑟瞬间眼神一沉，一张小脸上写满了不开心之意。

匹相完全没注意到，继续开口："如今属下才知晓，君主若是真不喜欢，根本不会提及，只怕很久以前就已经将娘娘放在了心上。当年君主还曾回九重天，亲自去了织女宫，大费周折地挑了一件红衣服，娘娘应该还记得那件衣裳吧？此事明明可以吩咐我们去办，可君主没有，或许那时连他自己都不知道他为何要这么做。他从来不是在这上面浪费时间的人……我们这些做属下的看得出来，君主对娘娘的心意，娘娘必然也知晓，也望娘娘不要辜负君主。"

锦瑟闻言未语，莫名觉得衣袖中的琉璃瓶有些烫手，不自觉地收紧了手，明明应该宽匹相的心，却连一个简单的"好"字都说不出来。

匹相说完，也不再多停留，连忙告退，抓紧去办要事。他对锦瑟自然不会再有疑心，毕竟那是他们君主选的妻子……既然君主选了，就不会错。

锦瑟站在殿中，只觉气恼。沈甫亭早早将她记在心里，与她有什么干系？他大费周折地去挑选衣裳，与她又有什么干系？

他夺了妖界就要还回来，成王败寇才是天经地义的事情！

她知道自己不该听匹相说的话，可偏偏就听进去了。

果然是沈甫亭带出来的人，真是会谋算，早不说晚不说，偏偏挑在这个紧要关头说出来，以为如此，她就会心软吗？！夺了她的江山的人，她怎么可能会心软！

锦瑟想得理所应当，却越发恼怒，猛地打落了桌案上的果茶。杯盏碎了一地，惊得进来的嬷嬷吓了一跳，也不知哪个不要命的人惹得这小祖宗心头不快。

一日的工夫很快过去，到了进晚膳的时候，沈甫亭如约回来。

嬷嬷守在外头和石柱老妖婆斗嘴，见沈甫亭回来，连忙迎上去："君主，今日娘娘也不知怎么了，胃口不济，连午膳都没有用，似乎心情不大好。"

沈甫亭看了一眼殿中，微微颔首："我知道了，你着人将晚膳送过来。"

嬷嬷连忙领了吩咐离去。

沈甫亭进了殿中，果然见锦瑟面无表情地坐着，似乎是在和自己生闷气。

沈甫亭一进来，锦瑟便瞧见了。她收回视线，不想看见他。

沈甫亭几步走来，在她面前蹲下，含笑看着她："是谁惹了我的夫人不高兴？"

锦瑟不知怎么便有些见不得他这般笑，宁愿他对她冷淡一点儿，也不要对她这样好。

她胸口一下下抽搐得难受，她回答不出，身子一倾，伸手搂上他的脖颈，整个人缠到他身上，低声道了一句："没有。"

沈甫亭揽过她的腿环上自己，一把将她抱起，显然很喜欢她这样亲近他，声音都温和了许多："那你今日的午膳怎么没吃？"

锦瑟靠在他的颈窝里，慢吞吞地道了一句："天气热，没有胃口。"

沈甫亭抱着软绵绵的她，在她软嫩的小耳朵上亲了一下："一会儿让厨子给你准备些清淡的东西，你总吃甜腻的吃食也不好。"

锦瑟闻言不语，沈甫亭已经抱着她，往外头走去，随口吩咐道："去膳房吩咐一声，晚膳准备得清淡些，少放些糖，兔子包也不用上了。"反正那些小妖怪饿一顿也没事……

沈甫亭对小妖怪的怨念显然颇深，每一回用膳，这群玩意儿就没有不出现的，每每都是窝在锦瑟脚边，瑟瑟发抖地装可怜博同情。

锦瑟靠在他的颈窝里，听着他低沉的声音清晰地传进耳里，温暖而又有安全感，慢慢地转头看了他一眼，不知怎么心头就有些堵。

他若是成了没有意识的怪物，可不就白瞎了这张面皮吗？

锦瑟心中苦闷至极，只觉可惜到心疼，白日里的愤怒情绪慢慢退去，透不过气的难受缓缓浮了上来，叫她非常陌生。可她没有想到，若仅仅是一张面皮的事，又怎么会难得倒她？

皮囊是可以留下来的，可她没有一刻想到这一点……

他们用晚膳的时候，锦瑟的胃口显然还是不好，心不在焉地吃了一小碗饭，这还是沈甫亭盯着她才吃完的。

沈甫亭见她百无聊赖，用完膳便拉着她去外头逛逛。

晚间的妖宫外很热闹，灯火通明，不像人间只有集市灯会才会这般热闹，也许是因为妖怪成日里没事干，夜里出来晃荡的自然不少。

妖界的灯笼不是寻常的灯笼，而是一只只飘浮在空中，鼓得跟气泡一般的小妖怪。每每夜里都会成群结队地来做工，当个灯笼赚点儿灵石，高兴的时候发出耀眼的光芒，不高兴的时候缩得小小的，比萤火虫的光还要微弱。他们盘旋在街上，浮浮沉沉，很是好看。

沈甫亭一身简单衣衫，与她一道在外头闲逛。二人隐去了面容，没叫身旁来来往往的妖认出来，就像寻常人家的夫妻一般自在。

长街上卖什么的都有，皆是稀奇古怪的东西。

熬汤的老婆子阴阳怪气地吆喝着："买汤你买不了吃亏，买不了上当，地府有孟婆汤，妖界有鬼婆汤，两块灵石一碗汤，包你忘了想忘的人。"

别说，还真有许多妖围在老婆子前头跃跃欲试，不过，这等三无产品的味道实在不是很诱人，大家多少有些迟疑。

锦瑟被吸引了注意力，停下脚步看去。

沈甫亭见她有兴趣，跟着停下脚步。不过一眼就看出来，这汤并没有孟婆汤的奇效，里头随便加了点儿作料，时效并不长，大抵三日就能恢复记忆，来骗骗没事干的妖还是可以的。

果不其然，围在老婆子前头的狼妖拿出了两块灵石："先给我来一碗。"

鬼婆收了灵石，拿着长勺将刚刚熬好的汤往碗里倒去。汤里不知掺杂了什么，倾倒而下时伴随细碎光芒，似星河入海般炫目。

狼妖是书生打扮，瞧着倒是文气，尾巴也没隐去，耷拉在身后，看着颇为失意。

他伸手端过那碗汤，一口干下，狠呸了几口，一脸苦意："您这汤未免太苦，太难喝了！"

一旁的妖闻言，瞬间散开。妖嗜甜，最讨厌吃苦的玩意儿了，这分明就是丧尽天良！

鬼婆老神在在，拿着长勺，继续搅拌着锅里的汤，苍老的声音说道："吃药哪儿能不苦啊？良药苦口利于病，不苦一苦，怎么叫你忘掉那个人呢？！这点儿苦，比你想要忘记的那个人可甜多了。”

狼书生微微一怔："若是真能忘记，那便谢谢您的汤。"他放下了手中的空碗，离了人群，似乎也是一个伤情之人。

沈甫亭笑着看过来："想喝？"

锦瑟摇了摇头，往前走去："这么苦的汤我才不喝，况且，也没有什么需要让我忘记的人，时间一久都会淡去的，何须用汤？"她说着，看向他，心中不免好奇，"如果是你，你会想喝这种汤，忘掉我吗？"

沈甫亭捏了捏她软嫩嫩的手，说道："为何要忘记你？"

"那个卖汤的婆子说了，忘记的都是比这汤还要苦涩的人。若是我让你感到苦涩，你难道不想要忘记，就像那个书生一样？"

沈甫亭看着她，神情认真地说："我自来怕苦，不会喝汤的。"

他哪儿怕苦？便是黑浓的苦药，他都能一口喝下，又怎么会怕这汤中的苦味？这只是托词，却比直白的情话还要招人欢喜，他怕的恐怕不是苦味，而是怕忘记她。

锦瑟不自觉地笑起，满心甜意。

沈甫亭见她笑了，跟着笑了，低头欲亲她一下，周遭却飘来了一群当灯笼的小妖怪，小眼睛睁得大大的，似乎很是好奇。

被这么一大群没有眼力见儿的天真电灯泡看着，更何况他们还这么亮，跟聚光灯似的，沈甫亭难得有几分尴尬。

锦瑟少见他这般尴尬，忍不住大笑起来。

沈甫亭不由得伸手捏了捏她的面颊，语气带着宠溺："还笑。"

二人花了些许工夫，甩开了一群好奇心旺盛的缠人小灯泡，才慢悠悠地逛完了长街，就近择了一家客栈安顿下来。

这家客栈是一个千年老树妖造的，房屋错落分布在树干上，特色经营，十代相传，在这儿可是极受欢迎的。

屋子很难找，再多灵石也不换，全因老树妖的恶趣味，他就是要让妖看得到，住不到，白白眼馋。但这规矩在沈甫亭眼里，显然是不存在的，他神情淡漠地瞧了一眼树干。

那莫辨的神情叫人心头发慌，千年老树妖忙抖着腿，恭恭敬敬地将他们二人请上了楼。他好歹在妖界做了这么多年的生意，一看沈甫亭的做派便知晓这不是个好拿捏的主儿，眼馋了说不准就要毁了他祖上传下来的营生。

锦瑟一进屋里，便倒在了床榻上，懒得动弹。

沈甫亭走到床榻旁，伸手捏了捏她软嫩的脸颊："不去泡个澡？"

这个邀请可太直白了。

锦瑟闭着眼睛，翻了个身，背对着他："你自己去泡吧，我要歇一歇。"

沈甫亭闻言一笑，低头在她的后脑勺上落下一吻，自己起身去了净室。

待里头水声响起，锦瑟才慢悠悠地坐起身，从衣袖中拿出琉璃瓶子，面无表情地看着。

过了许久，她终是打开了盖子，琉璃瓶里头幽蓝色的烟气慢慢飘荡出来，似乎没有一丝威胁性，往她的鼻尖钻去，缓缓进了喉中蓄着。

手中的瓶子消失无影，里头的水声不一会儿就停了。

沈甫亭穿着白色里衣走出来，面容白皙如玉，眉眼被水汽浸湿，一举一动皆赏心悦目。

锦瑟直勾勾地看着他，仿佛看一眼少一眼。

沈甫亭察觉她的视线，眉眼微微一弯，几步走到她面前，蹲下："不累了？"他总是这样与她讲话，让她无端少了威胁感。

那眉眼笑着看过来的时候，眼中就只有她一个人。

锦瑟摇了摇头，伸手摸上了他的眉眼，有些不舍。

孤男寡女共处一室，气氛轻易就会变得暧昧。

她细白的指尖堪堪碰上他的面颊，轻轻抚摸着，沈甫亭含笑的眼神便慢慢变得晦暗，温和宠溺中又带了一丝男子独有的危险和攻击性。

锦瑟触及他的视线，心口一颤，不自觉放下手，却被他一下抓住，握在手里轻轻揉捏，滚烫的掌心让她有些受不住。

他慢慢靠近，炙热的呼吸轻轻地喷在她的面上。她眨了眨眼睛，妄图挥散他温热的气息，想要保持一刻清醒。

沈甫亭已经吻了过来，温软的唇瓣轻轻触碰着她的，动作极为细致温柔。

他已经上钩，只差一步了，只要她张口就能让他万劫不复。可是她没有，甚至连身子都变得僵硬，放在身侧的手慢慢收紧，指甲都快要嵌进肉里，极为挣扎和犹豫。

沈甫亭极有耐心地缠磨着她，可终究是男子，在心爱之人面前很难保持理智。得不到回应，他贴着她的唇瓣轻声喃喃："怎么啦？"

锦瑟被他微微带起的尾音勾得腿莫名一软，嘴却越发张不开。

沈甫亭见她没有说话，慢慢地亲着她，极有耐心。

可到这个关头了，哪儿有停下来的道理，他终究有些管不住自己，力道慢慢变大，那唇瓣缠磨得人颇为意动。

锦瑟被他一点点往后压着，险些就要倒在床榻上。在这样的攻势之下，她依旧没有张口，反而在他想要探进来的时候，搂上他的脖子，猛地侧头避开他的唇瓣，紧紧抱住他。

锦瑟心中一时为难，紧咬牙根，终是不想为难自己。好歹这贴心的玩意儿也伺候自己这么久了，没有功劳也有苦劳，哪儿能这般弄死？

她眼睫一眨，张开嘴，吐出了口中幽蓝色的烟气，烟气一出，便消失无踪，没有媒介，也不过和空气一般没有效用。

沈甫亭见她骤然停下，转头看向她，神情疑惑，眉眼间还有未散去的情欲，勾缠人心：“怎么了，是不是哪里不舒服？”

他的声音沙哑到了极点，落在她的耳里，让她耳根发烫。

锦瑟不自觉地垂眼道：“我还没洗漱。”她这话说得颇认真，似乎很是在意自己没有洗漱这件事。

沈甫亭闻言笑了笑：“我还以为你怎么了，原是在想这些事。”他说着，抱着她一道倒在了床榻上，拿鼻尖蹭了蹭她娇小的鼻子，“小花猫原来还会难为情，你的什么样子我没看过，嗯？”

锦瑟被说得有些恼羞成怒，也不知是被他的话羞的，还是因为自己竟然舍不得伤他而恼的，翻身推他：“不给你亲了，走开！”

沈甫亭越发压上来：“一会儿我给你洗，好不好？”他的声音都有些压不住地微颤，似乎极为难受，唇齿间吐出的气息烫得人无法抗拒。

锦瑟自然没了拒绝的心思，便由了他，可这一由着他，自然没完没了。他还说要帮她洗漱，简直就是胡说八道，这一番折腾下来，意犹未尽地想再来，气得锦瑟在他背上挠出了一朵花。

如此说来，沈甫亭也是白受冤枉，本是解了馋之后抱着她去洗漱的，却被她又挠又扭，勾起了火，理智一散，便没了洗漱的心思，餍足之后，天都亮了……

天光照得树屋里头大为敞亮。

锦瑟一觉醒来，身侧已经空了，只从一团皱巴巴的薄被，瞧出了昨日他们有多荒唐。

屋子里有些许动静，显然沈甫亭在。

她又气又羞，当即拉开了窗帘，准备开口使唤人，却见沈甫亭静静地站在窗

旁，面无表情地看着外头。

　　她看过去，只隐约看到他如玉的侧脸，可通身的冷漠气息一下透过来，让人看着就觉得通身发寒。

　　他慢慢转头看过来，眼眸没有了温柔之色，是极深的黑色，黑得瘆人，没有感情，不通人性！

第十六章
锦瑟，不要太快忘了华年

锦瑟一瞬间有些愣怔，根本没反应过来，他的眼里什么都看不到，几乎没有一丝生气，她甚至看不出来他究竟是不是还活着。

锦瑟没有动弹，他一动不动地看了她许久，才慢慢转回了头，一步步往外头走去。

气氛安静到诡异，旁的没有一丝异样，他甚至关上了门。

锦瑟呆滞了许久，才真正意识到陶铈为何这般恐惧。沈甫亭的眼神实在太可怕，根本不像一个人该有的，便是连她都有些受不住。

昨夜还百般亲近的人，突然这样冷漠，她又怎么接受得了？

待锦瑟稍微缓过神来，沈甫亭早已没了影。她连忙掀开了薄被，随意施法，衣裳便齐齐整整地穿到了身上。

她快步上前打开房门，一出门便碰上了迎面而来的千年老树妖。

他神情惊惧，连话都说不利索："姑……姑娘，你那相公是怎么回事？那模样瞧着实在瘆得慌，你们二人莫不是吵架啦？"他说着，便看见了锦瑟脖颈上遮不住的红痕，一看就是受虐极深，这一整夜恐怕没舒坦过。

他一时也不知是该同情她，还是该害怕，看人果然不能只看表象，瞧着表面沉稳端正的人，没想到背地里竟然做出这样的事。

锦瑟几步下楼，已然不见沈甫亭的踪影，甚至感觉不到他的一丝气息。她面色一沉，拉过一旁颤颤巍巍的老树妖："他人去了何处？"

"小……小的也不知晓，小的刚才上来，想要问问你们早间吃什么，正巧碰到了你家相公，那眼神吓得小的当即变成了树桩，哪儿还敢跟上去看他去哪儿呀？！"

老树妖吓得险些现出原形，难怪这对夫妻能凑到一起，瞧着都不是省油的灯。

锦瑟心烦意乱，当即出了客栈，去外头寻找，皆找不到人影，回了妖宫也是无迹可寻。

匹相、匹献二人更是不知其去向，得知沈甫亭这么快又没了意识，一时阵脚大乱，可此事又不可声张，三个人只能四处去找。

锦瑟实在没了法子，又回了客栈。

客栈空空荡荡的，老树妖不知躲到了哪儿，早间连妖鸟都还没起，里头安静得有些诡异。

锦瑟上了木梯，走到房门前，便感觉到了沈甫亭的气息。

她微微一顿，颇为不想看见那样的沈甫亭，站了半晌，才慢慢推开了门，果然见沈甫亭就坐在里头。

他已经没了之前那般的眼神，听见动静抬眼看来，眼中一片清明，看着她的时候还带着笑。

锦瑟不知怎么的，心中有些委屈，他往日从来没有用那样的眼神看自己，如今反差太过强烈，即便知道他不是故意的，她还是不开心。

沈甫亭起身往她这处走来，拉过她的手："一大早去了哪里，也不与我说一声？"

他想来是又将之前的事忘了干净，这样下去，天长日久，他还没来得及发现，意识就已经被蚕食得差不多了。

锦瑟心中极沉："我瞧着下头有卖甜糕的，见你还睡着，便自己下去瞧一瞧。"

沈甫亭伸手轻轻捏了捏她软嫩嫩的小脸，语气带着几分宠溺的责备："你如今胃口不好，还吃这些甜腻的东西，往后若是什么都不吃，可就一点儿甜食都不许你碰了。"

若是往日她听了这话，必然是要闹脾气的，可现下心事太重，便只是点了点头，没再反驳什么。

沈甫亭心思何其敏锐，又怎么会察觉不到她的情绪？可她不愿意说，他自然也猜不出来，便放在了心上，过后多观察："饿了吧？我们先回去用膳，外头的厨子做的饭你必然吃不惯。"

沈甫亭说着，转身往回走，却发现挂在衣架上的衣衫已经穿在了自己身上。他脚下一顿，竟想不起来这衣衫是什么时候穿上的。

锦瑟见他顿在原地，上前搂住他的胳膊："走吧，我已经累了，下去的时候顺道买点儿甜糕给小妖怪们吃。"

她这可真是打蛇打七寸，掐得准。

这句话当即便转移了"醋缸"的注意力，他本来就是个爱喝醋的人，那些个小妖怪在他眼中做什么都不对，如今锦瑟心中还这般记挂着他们，出来散心还要给他们带点儿甜糕，他心中哪儿能不起波澜？

"小妖怪牙齿不好，总吃甜食，会掉牙，不必带了。"他严肃地说道。

如今若不是现下这个情况，锦瑟恐怕早早就笑出声来了。可惜她总会想，是不是再过几日，这样贴心的玩意儿就不存在啦？

她想着，便有些提不起劲，可并不意味着要帮他。他们如今这样的敌对之势，她没有害他已是仁至义尽，若是再帮他，那可是连她都要嘲笑自己。

二人一道回了妖宫，匹相、匹献见沈甫亭回来了，满眼的焦急之色无法掩饰。

锦瑟当即使了一个眼色，二人才稍微收敛，却还是被沈甫亭瞧见了。

"你们二人这般匆忙做什么？"

匹相二人被问得神情慌张，显然是没有在沈甫亭面前撒谎的胆子，被这样一问便快要露出马脚。

锦瑟当即笑盈盈地说道："我想让他们二人给我搜集五颜六色的小妖怪，想来他们是还没有搜集到，见了我便心虚了。"

"是，属下并未找到娘娘想要的小妖怪，心中颇为惭愧。"二人当即应声，一脸没找到小妖怪的心虚之感，看起来倒是极为符合现下这个情形。

沈甫亭不疑有他，锦瑟确实时常使唤人给她搜集小妖怪，他便也由着他们去了。

匹相、匹献心惊肉跳，正欲退下，沈甫亭忽而又肃然道："等等。"

二人猛地顿在原地，身上冒了一层冷汗，看起来越发紧张，面色都有些白了。

锦瑟黛眉微蹙。

沈甫亭的视线扫过他们，似乎没有看见他们的慌张样子，他只是平静地吩咐道："挑几只母的。"

二人瞬间松了一口气，当即应声退下："属下明白。"

锦瑟见状，放下了心，原以为沈甫亭并没有起疑，可终究想得太多，这般敏

锐的人，怎么可能察觉不到他们的变化？

沈甫亭进了殿中，平静地在桌案旁坐下，端起茶壶倒了一杯清茶。自从他知道她胃口不好，殿中甜腻的果茶一律被撤掉，特地上了些味道清淡的清茶。

日头高高照下，光线透过琉璃窗照射进来，映得宫殿里头色彩斑斓，如同幻境。

几个小妖怪窝在角落睡得头都扁了，瞧见沈甫亭，吓得躲了起来。日头照在沈甫亭的身上，极为和煦，他身姿如玉，清俊干净。

锦瑟一瞬间觉得如果能一直这样看着他，也不是什么坏事。

沈甫亭倒好茶，抬眼看过来："过来。"

锦瑟心一提，沉默了一会儿，终究还是走到他面前站定，若无其事地问道："怎么啦？"

沈甫亭拉着她坐在他的腿上，端起桌案上的茶盏，递到她的唇旁："早上起来都没有喝水，不知道渴吗？"

锦瑟这才意识到自己很是口干，本来那样折腾了一夜，她必然是要喝水的，只是太过急切便忘了这件事，现下连唇瓣都干了，自然是渴坏了。

锦瑟微微低头，就着他的手喝着杯盏中的茶水，很是乖巧。

沈甫亭看着她像只小奶猫般一点点地乖乖喝水，眼里的笑藏也藏不住。

"不要了。"锦瑟喝完两杯水便摇了摇头，很是疲倦。

沈甫亭伸手撩过她微微垂落在耳旁的头发，抱着软绵绵的，有些心疼："累了就去睡一觉，昨日都是我不好，没怎么让你休息。"

这话本是惹人羞恼的，可是过了一夜，锦瑟便觉得情绪也淡了些许。

锦瑟搂着他的窄腰，闻着他身上淡淡的檀木清香，有些不愿意起身。可待在他身旁虽然舒服，心中仍是憋屈。她竟然为了一个夺自己江山的人而难受，实在有种被牢牢掌控的不甘之感！

锦瑟在他怀里窝了一会儿，越发心烦意乱，神情复杂地看了他一眼："我去睡了。"

沈甫亭温和地笑了笑："好。"

锦瑟这才起身往殿里走去。

直到人消失在视线中，沈甫亭面上的笑才慢慢消失，想起刚才，他只觉得三个人有事瞒着他，且还是大事。

他眉头微皱，抬手沏了一杯茶，就着锦瑟喝过的茶盏浅酌，可惜味道太淡了，不如酒有滋味。

他随意喝了一口，正欲起身，却见自己的衣袖内侧沾染了些东西，细看之下是泥土……可他根本没有接触过土，怎么可能会沾上？

他看了许久，终究想不起来是怎么回事，微感疑惑。这些日子他的记忆一直有些模糊，他总记不清一些细节，甚至时常出神，回过神来也记不得自己想了什么。

他思绪有些乱，忽而脑中闪过一丝念头，眼眸微微一颤，慢慢伸开了手，掌心里的黑色纹路已经消失，仿佛从来没有出现过。

出现这样的情况只有两种可能：一是邪气已经完全消失，不再威胁他；二是邪气已经完全化于他体内，与他同生……

他可以不在九重天，照样把握着命门，天界、妖界没有能与他匹敌的对手，他是天，没有人能翻出天……但如果这个人是他自己呢？

内殿里头十分安静，朦胧的光线落在殿中，很是温和。

锦瑟即便很累，可睡得还是很浅，迷迷糊糊的，在梦中似又看见了沈甫亭，他明明是温和含笑地看来，却突然之间变了一副样子。

她猛地惊醒，翻来覆去再也睡不着，索性不睡了，起身慢吞吞地往外走去，本还坐在殿中的沈甫亭已经不见踪影，想来他是去书房处理政务了。

也不知他的精力怎么这般好，还是这般神采奕奕，她却连觉都睡不好，着实是同人不同命。

她百无聊赖，又想起了之前的事，思来想去还是觉得太巧合。他发作的时间与以往的间隔越来越短，叫她不得不怀疑寂斐给的东西有问题。

寂斐从来不会骗她，可若是这次骗了她呢？

她面色微微一冷，生出一股被欺骗的恼怒情绪，当即便要去寻寂斐问个清楚。

她出了妖宫，沈甫亭已经将匹相、匹献叫到跟前。

二人哪儿有胆子在沈甫亭面前撒谎？没了锦瑟在一旁指点，沈甫亭一个眼神便吓得他们一字不落地全吐了出来。

"此事已经有些时日了，属下一直不敢告诉君主。"匹相、匹献非常担心，也不知这般说出来，情况会不会更加糟糕。

沈甫亭这才知晓自己已经如此严重，而他竟然这么久都没有察觉，这是显而易见的输局……

自己和自己斗，又怎么斗得过？

他面色微微一沉，慢慢闭上了眼，眉头紧皱，只觉棘手，自己没有了意识就

等于那些地宫的尸人，即便活着也等于死了。

这是他绝不允许发生的事……

"君主，娘娘怒气冲冲地离了宫，可是与君主吵架，闹了脾气？"嬷嬷匆匆忙忙而来，正巧见锦瑟面带怒气地离开，也不敢跟上，连忙往这里赶来。

哪儿有吵什么架，二人刚从外头回来，可甜着呢。

妖界锦瑟早就走腻了，平时最多就是在妖宫里头晃一圈，如今要出去，除了要见人，还有何事？

沈甫亭慢慢睁开眼，眉间的痕迹皱得越发重了。

锦瑟一路出了妖宫，轻而易举就找到了寂斐。二人相识这么多年，早就有了默契，轻易就能找到对方。

寂斐正坐在一处古亭前等着，不再易容，一身黑袍与周遭的青山格格不入。他如今堂而皇之地出现在妖界，更加证明了锦瑟的想法，那东西显然就是有问题。

锦瑟面色阴冷，走进了亭子。寂斐见了她，并没惊讶，依旧拉过她的手，给她行了最高的礼。

"你来了，我的王。"

"你给我的东西，恐怕不是他喝下才可以吧？"锦瑟收回了手，开门见山地问道。

"不错，并非只有这一种法子。"寂斐神情泰然，笼在袖间的手却不自觉地握紧，要极为费力才能压制自己心中的妒意，"动情动心才能牵动其本质，邪魔外道的东西从来无孔不入，他心智不坚，就避免不了……"

男人什么时候意志最薄弱，不用她猜她也知道。

他们是夫妻，自然会做夫妻应该做的事……

那烟气无色无味，这个时候乘虚而入，根本叫人防不胜防。

锦瑟眼神阴冷，恼怒之余却是失望。即便往日他们争吵过、敌对过，她也没有放在心上，因为他自始至终没有骗自己，没想到这一次，他竟然骗得这么彻底。

"寂斐，你竟然骗我，你太让我失望了。"

"我是在帮你修正你的路！"寂斐心中一痛，再也遏制不住心中的情绪，猛地站起身，少了往日的冷静，"锦儿，我没有想到你会放过这么好的机会。害你的人就站在悬崖边上，你连推一把都做不到，你才是让我失望的那一个！你陷得太深了，沈甫亭夺去妖界，你都可以不管不顾地留在他身边，你是不是将所有赌注都押在了他身上，你甘愿成为他的傀儡吗？！"

锦瑟黛眉微蹙，伸手挥袖，猛地打断了他的话："我的事情，你不准管！"

寂斐见她要走，有些受不住，声音低到无力，却还是一击毙命："我们这么多年的情谊，到如今也是陌路，你又怎么知道你们会相爱一辈子？"

一辈子太长，变数太多，以她和沈甫亭的性子，或许稍有挫折他们便会被打散。

锦瑟再自信，也不可能保证他们会相爱一辈子，可她无法否认，她对沈甫亭确实不同。

"一辈子这种虚无缥缈的东西于我来说无用，若是我想让他留在我身边，他就哪里都别想去，你不用费心，我爱不爱他，与你骗不骗我是两回事。寂斐，你辜负了我对你的信任，从今往后……我不想再见到你。"

寂斐几步上前，握住她的肩膀："怎么没有关系？！我们一起长大，你为了一个男人和我决裂，对得起我们的情谊吗？！我陪在你身边这么多年，一直爱你，从你第一次扬着小爪子威胁我、挠我的时候就爱你，你一直看不见，沈甫亭却轻而易举就得到了你，你叫我如何甘心？！"

锦瑟听着，觉得说不出的古怪，明明是感人肺腑的场面，她心中却生出了一丝异样，总觉得寂斐哪里出了点儿问题。

他若说对她一见钟情倒也罢了，偏偏还说是她威胁他动手的时候才喜欢上她的，这实在让人无言以对……

难道她的魅力就只是威胁、威逼和武力压制吗？

这让她不得不怀疑沈甫亭究竟是因何喜欢上她的，因为这些招数，她在沈甫亭身上皆用了一遍……

锦瑟还未想明白，身后传来一阵冷意，站在她面前的寂斐已经不再开口，看向她身后，神情恨之入骨。

锦瑟只觉背后被人看穿了一般，转头看去，果然见沈甫亭面无表情地站在不远处，静静地看着她。

锦瑟的心一瞬间收紧，她对上他这眼神，生出一种心虚之感。

她不知他是从何处听起的，也不知他究竟听了多少。

沈甫亭身后的匹相、匹献，那神情比沈甫亭可丰富多了，不知道的还以为他们二人是来捉奸的。

"过来。"沈甫亭神色淡淡地开口。

锦瑟虽不乐意他这般使唤她，可若是现下不立刻过去，后头必是腥风血雨。

她刚迈出脚，寂斐便拉住了她的手："沈仙帝如今自身难保，不想法子摆脱邪

气，还要亲近女色，难道就不怕往后落得尸骨无存的下场吗？"

"你纠缠我的妻子，其罪该诛，我放过你一次，不会再放过你第二次。"沈甫亭神色平静，看不出喜怒，却让人更加忐忑不安。

"妻子？这是你强行夺去的妻子！你怎么不问问锦儿，她当初是心甘情愿地嫁给你的吗？"寂斐惯会戳人痛处。

他们的开始确实不体面，即便如今好得蜜里调油，也终究改不了二人当初那相互撕咬的开始。

锦瑟见沈甫亭面色难看，心中的不安越发明显，语气阴冷："寂斐，这是我和他之间的事情，我不希望你插手，你可以走了，往后再不要让我见到你。"

寂斐紧紧地握着她的手腕，眼眶微红："小猫，给我一次机会，别让我这样被淘汰出局……"

他说得太认真，锦瑟一时难言。

"既然你没有再见他的打算，那我就帮你杀了他，反正你我都不想见到他！"沈甫亭眉头一皱，妒意像藤蔓一般疯狂生长，眼中肃杀之意毕现。

他话音刚落，身影已经出现在他们面前，一掌袭向寂斐拉着她的手。

寂斐拉着锦瑟往一旁闪去，就是不肯松手，惹得沈甫亭怒意滔天，那凛冽的杀意让锦瑟都感到不寒而栗。

一旁的匹相、匹献不敢轻举妄动，稍有不慎，便是帮倒忙。更何况锦瑟还在那里，他们若是不小心伤着了君主的心头肉，人头落地也不过是一瞬之间的事。

"沈甫亭，你先不要动手，我可以跟你解释。"锦瑟伸手挡着他，却被二人挡在外面。

沈甫亭杀意已起，自然不会手下留情，看到他们二人在一起的时候，就已经理智尽失，今日必然是要解决寂斐这眼中钉、肉中刺的。

二人过招越发狠绝，几乎都是虚影，叫人看不清楚，斗法倒成了争抢锦瑟。

寂斐硬生生扛下一击，在沈甫亭拉过锦瑟前搂过她的腰，不让她走。

沈甫亭大怒，眼眸瞬间黑沉，里面再无一丝情绪，死寂得可怕。

天色骤然黑沉，狂风怒号，几欲摧山。

寂斐的嘴角慢慢溢出血迹："沈甫亭，你不妨再来一次业障海上的场面，我很乐意看见你的意识被自己彻底蚕食，变成一个可笑的怪物。"

"君主！"匹相、匹献大惊失色，当即上前，却快不过沈甫亭的速度。

他完全变了一副做派，和锦瑟梦中的情形相差无二，她心中一惊："沈甫亭！"

寂斐甚至没有躲闪的意思，仿佛这般同归于尽他也愿意，只要沈甫亭万劫不复！

锦瑟心中大惊，当即祭出了手中的绣花线，丝线千条万缕，形成了一堵坚硬的墙，挡在寂斐的周围。

沈甫亭已经一击而来，却突然改了方向，一把将她拽进了怀里，远离了寂斐。

锦瑟一头撞进他的怀里，觉得自己的骨头都要被他撞散架了，一抬头便对上他暴戾的眼神。靠得这般近，可怕的感觉便越发明显，她甚至下意识地心颤了一下。

锦瑟还没反应过来，便被怒不可遏的沈甫亭拉着离开，说是拉，更像是拎着。

寂斐却被锦瑟的绣花墙挡住。锦瑟用了十成的法力，外头的人进不来，他自然也出不去，无论迈哪只脚，绣花线都缠绕而来，短时间内他根本出不了这堵墙。

他心中暗道一声沈甫亭卑鄙，刚才根本就是故意诈他们，恐怕一开始就打定主意拐走锦瑟！

他怒急攻心，见锦瑟跟着沈甫亭离去，心中越发焦急："锦儿，你乱了心，我会替你整理，你往后要如何我都可以接受，只沈甫亭不行。他的邪气已经开始占领他的意志，往后他走火入魔，第一个杀的就是你这个枕边人。锦儿，我求求你，不要拿自己的性命开玩笑！"

这话显然传进了沈甫亭的耳里，他拉着她越走越快，一路回了妖宫。宫中妖侍见了，皆吓得不轻，跪倒一片。

沈甫亭步上台阶，如一阵风般将她携进了殿中。锦瑟还未来得及说话，便被他的力道猛然一带，扑向了前头的靠榻。

"沈甫亭！"她心中一恼，猛然转头。

沈甫亭已经俯身压了上来，话语带着凛冽的怒气："你去见他干什么？"

锦瑟被压得险些背过气去，连头都抬不起来，那气势弱了可不是一点儿半点儿。

她勉力地一手撑着靠榻，想要支起身，却动弹不得。她被压得喘不过气，终究平静了一些："沈甫亭，你先起来，你这样叫我如何说话？"

沈甫亭像完全没有听见一般，默然不语，压着她许久，那视线落在她的脸上，黑沉的眼眸里神情莫辨，不知在想些什么。

殿中的气氛一瞬间有些静默，只听见二人的呼吸声。沈甫亭显然是气极了，连气息都有些紊乱。

锦瑟见他不理睬，也不再说话，二人僵持了许久，他终是将听到的问出了口：

"你要和他一起害我……是吗？"沈甫亭说到最后，发出的几乎是气音，甚至听不出来心中是怎样愤怒。

"我没有……"锦瑟没来由地一阵心虚，即便她没有做什么，可此事还是因她而起，也等同于她害了他。

可自己的慌乱否认，又让她很是难言，她竟然害怕沈甫亭知道真相，实在是被他掌控得彻底。

她想着，语气冷了几分："你无须多想，我确实想夺回妖界，你这样对我，我没有杀了你已经是仁至义尽，你不要再强求别的。"

"仁至义尽？你我二人夫妻做到这个份儿上，你跟我说仁至义尽，那你和他是什么？"沈甫亭闻言怒极，将她如一只没用的奶猫一般随意翻了个身，居高临下地按着她，额角青筋暴起。

"本尊的事情何须一一与你交代？你夺了本尊的妖界，难道还要本尊真与你和和美美地做夫妻？简直是异想天开！"锦瑟见他这般凶，恼得抬脚去踹他，可惜他纹丝不动，她一时气急败坏，拿膝盖去顶他的胸膛。

沈甫亭的神色又阴沉几分，他捏着她的下巴："不和我做夫妻，那你要与谁做夫妻？"他说着，似乎越发怒上心头，按住她的腿，俯身压上来，"不是夫妻，那你和我这些日子在做什么？你就这么喜欢被当成玩物吗？"

锦瑟何曾受过这样的羞辱？眼神狠戾，仿佛浑身的毛都竖起来一般："我才不是你的妻子，是你强迫我嫁给你的！"

殿中一瞬间有些静谧，如同一块巨石悬在头顶，一旦压下来，便让人粉身碎骨，绝无生还的余地。

周遭的气氛一下子变得极冷，沈甫亭死死地盯着她，手都开始微微发颤："你再说一次。"他似乎极为难受，说话都有些艰难，甚至压制不住体内的东西。

锦瑟从来没有见过这样的他，抬眼看去时，心中一惊，他的眼眸黑沉一片，她再也觉察不出一丝人的情绪。

他握着她的下巴的手慢慢收紧，痛得锦瑟伸手去抓他的手："沈甫亭，你弄疼我了！"

"你不明白，我的妻子，生是我的人，死了也是我的鬼。你生不愿变成我的人，那就只能变成我的鬼。"他语气阴狠，一瞬间仿佛变了一个人。

她心中一沉，还未反应，沈甫亭已经一掌袭来。她忙扭头避过，掌风带着凛冽的力道从她耳旁擦过，砰的一声巨响传来，身后的靠榻已然塌了一块。

锦瑟一惊，他的手又掐向她的脖颈。

锦瑟只觉脖间一紧，呼吸艰难，当即伸手祭出绣花线，缠上了上头的房梁，一手劈向他的手腕，趁他不备，快速从他身下移出。

即便如此，脖颈处已然留下了极深的红痕，若是她再晚一刻，脖颈轻易就会被掐断。

沈甫亭如今更像一头伺机而动的猛兽，何处有动静，他就会袭向何处。

锦瑟被追了几次，险些落入他的手中，察觉他的习惯，当即祭出绣花线击向四周，将殿中的屏风案几纷纷打倒。

巨大的声响果然转移了沈甫亭的注意力，锦瑟趁机飞身跃出了殿门，将殿门牢牢带上，手中的绣花线绕成粗如腰身的绣花绳层层往上，将整个宫殿围得密不透风。

匹相、匹献见寂斐遁去，只能回来，见状急忙上前："娘娘这是做什么？！"

"不想死就滚远一点儿！"她一挥袖子便将二人击飞老远。

绣花绳根本拖不了多少时候，一声轰隆巨响后，殿门连带着绣花线被一剑劈开，凛冽的剑气直冲过来，击得锦瑟被迫退后，五脏六腑一番震荡，喉头一甜，嘴角慢慢溢出血迹。

眨眼之间沈甫亭便出现在她面前，提剑劈来，已然六亲不认。

匹相、匹献见状大惊，上前拦阻："君主！"

可沈甫亭根本听不见，剑带着凛冽的剑风劈下，扬起锦瑟的发丝。电光石火之间，寂斐突然闪身一把抓过她，将她携到了数十米之外的地方。

沈甫亭一击不中，袭向了匹相、匹献，那一剑劈去，二人哪儿还有生还的余地！

锦瑟顾不得许多，衣袖中的绣花线急急飞去，挡在了沈甫亭面前："走！"

二人当即逃离，避开了杀招。

沈甫亭根本不给他们逃生的机会，如此下去，只怕四个人都要葬身于此。

寂斐上前一掌拍向地面，引龙诀起，底下传来幽幽龙啸，地面大动，扭曲变幻后猛然跃出了无数条妖龙，奇形怪状，面色凶残。

无数妖龙片刻之间淹没了沈甫亭的身影，锦瑟站在原地，还无法接受这样的他。

他忽而抬眼看过来，唇角微微勾起，眼中满是邪意，精致的眉眼不复清俊。

锦瑟对上了他的眼，心中一片悚然，前所未有地迷茫、慌乱。

刹那之间，沈甫亭已经提剑袭向周遭群起攻之的妖龙，势不可当，这恐怕拦不住他多少时候。

下
册

寂斐速速退离，厉声喝道："快走！"

四个人再也顾不了许多，以肉眼不可见的速度逃出千里，匆匆忙忙到了妖宫一处幽静的空地上。

匹献到此已经力竭，一朝惊醒，腿一软跪坐在地，看着锦瑟，心中大乱："君主可是已经……？"

"不错，他与怪物差不离了。你们若是聪明，还是趁早离去，免得白白送死……"寂斐事不关己，高高挂起。

匹献一听，心头大怒，看向锦瑟和寂斐，只觉蹊跷："你们……是不是你们二人暗中勾结，害我们君主？"

"何须暗害？沈甫亭邪气入体，早晚都会被蚕食，如今我们不过是推他一把，也让他早早脱离苦海，免得他看到自己的意识被一点点蚕食却无能为力，岂不更绝望？"

"你……我要杀了你们！"匹献大急，提剑就要冲过来。

匹相一把拉住匹献，如今根本不是追究此事的时候，君主的邪气才是源头！

锦瑟是他们唯一的救命稻草，此外，再无人能帮君主。

匹相自是聪明，看得也明白，深知锦瑟若不是向着自家君主，根本不会从君主手下救他们："不知娘娘有何打算？您与君主是夫妻，难道要眼睁睁地看着他变成现在这个样子吗？"

锦瑟闻言不语。

匹相心中有了打算，跪下再逼之："娘娘，君主体内的邪气还未作祟之前，早知会有不测，心中已有意安排您的后路。他教您处理朝政，调妖界之人上九重天学习，皆是为您往后打理天界做打算，只是没料到事情会来得这般快。我不知娘娘在殿中做了什么，让君主失了理智，娘娘应该心知肚明，君主一向将您当妻子看待，您想要什么，他从来没有不许的。"

锦瑟眼睫微微一颤，她根本没想过沈甫亭竟是这样打算的，难怪他总是要她处理政务，总是要她学这学那，总是被她气得不轻，可还是耐着性子继续教。

她那时心中还埋怨，恨不得挠死他，现下却感到一阵酸涩，想起刚才的话，越发难受。恐怕他是真的伤了心，自己都无法控制自己，轻易便被邪气占了心……

"什么失了理智，不要把事情说得这般轻巧，沈甫亭如今就是一个怪物，谁靠近他，都是死。"寂斐心中一紧，上前一步，言辞认真，"锦儿，你莫要拿你的性命开玩笑！"

"不是玩笑！"匹相掷地有声地说，"娘娘与君主已向穹苍立盟约，夫妻同生，娘娘若是有难，君主必然不会离弃，那么娘娘呢？！"

这"夫妻"二字砸在锦瑟的心上，她想起沈甫亭那毫无感情的眼神，心中就莫名一抽，细微的疼痛蔓延，叫她无法忽略。

"娘娘，我们君主是真心喜欢您的，求您不要这个时候放弃他，他只是一时失了理智！"匹献的声音都带了哭腔，他跪行向前，欲求之。

匹相却拉着匹献，不让他上前："娘娘若是不愿，我等自不会为难，往后君主如此，想来也不会再去叨扰娘娘……"

好一个沈甫亭，倒是会留牌，便是没了他，还有一个善攻人心的匹相！

寂斐心生杀意，猛地出手袭向匹相。

"住手！"锦瑟喝止。

寂斐闻言一顿，心中生起了不好的预感，慢慢收回手看向她："锦儿？"

"你们不必再争执，沈甫亭到如今这般地步，和我脱不了干系，我自然不会放任不管。"

匹相当即狠狠地磕了一个响头："多谢娘娘。"

寂斐心中骤然一疼，心绪百转，复杂至极，终是担心太盛，大怒道："你疯了吗？你怎么管？！他什么样子你没有看见吗，你想死在他剑下是不是？！"

"你便当我疯了吧！"她无所谓地说道，语气却难得带了几分认真，"这是我欠沈甫亭的，寂斐，我惯来随心所欲，这一次你也依了我……"她说完，不再停留，转身离去，一如往昔，似去游玩，而他自始至终都看着她离去。

她心意已决，他根本拦不住她……

他兜兜转转，竟将她赔了进去，这一去她必死无疑，又要他如何办？

寂斐眼眶一红，视线一片模糊，哽咽着喃喃道："你让我如何依了你？……"

妖宫震荡，宫里头的众妖见到锦瑟、寂斐二人逃离，吓得再也顾不了什么，倾巢而出，四处躲避。

锦瑟等了一夜，回来时妖宫已经空了。

妖界人心惶惶，不知妖宫究竟出了何事，只知妖龙被屠杀殆尽，里头似有可怕之人，叫众妖不敢靠近妖宫半步。

殿前空地上全是血迹，那些妖龙已经看不出原来的模样。

匹相上前一步，神情凝重："娘娘，容属下先去探一探究竟。"

"不必了，若是碰着了他，我能逃，你们可逃不了，进去只会给我添乱。"锦

瑟随意扔下一句话，踩进血泊中，缓缓踏进宫门。

二人也无法再跟着，毕竟他们过去确实是累赘。

锦瑟一步步靠近先前离开的地方，入目几乎没有看到生还的妖龙，这些妖龙死状很惨，下手之人不留一丝余地，如同一个屠杀机器。

殿前的石柱老妖婆早已经化成了石头，闭了自己的神识，将气息藏得严严实实，周遭安静得诡异，没有一丝生气。

遍地的血映得天际分外灰暗，往日祥和热闹的宫殿，如今死气沉沉，锦瑟还未踏入便觉不寒而栗。

越往宫殿里头走，锦瑟便越发警惕，一步一步走得缓慢。她明明不怕死，却走得极为艰难，也不知自己究竟在怕什么。

殿里头一片狼藉，几乎没有落脚的地方。

锦瑟一眼便看见了坐在靠榻上的沈甫亭，星星点点的鲜血沾衣，却没有削弱他如玉的风姿。

他一个人静静地坐着，额前垂落着几缕发丝，看不清他的面容，只让人觉出有几分落寞。

锦瑟顿在原地，竟再也迈不动脚。她才知道自己在怕什么。

她怕看见的他，眼里没有人的情绪。

细微的动静惊动了他，他慢慢抬头看过来，眼里布满了血丝，显然是一夜没有睡。他见了她，黯然的眼中有很多情绪，极为复杂，看起来有了一点儿生气。

他唇瓣微动，似想开口唤她，却终是没有开口。

锦瑟心中一喜，几步上前，扑进了他怀里，伸手搂上他的脖颈，难掩心中酸涩："你回来啦？"

沈甫亭当即搂住她，将她紧紧地抱在怀里，在她耳旁低低嗯了一声。

她刚才什么情绪也没有，如今仅仅是一个拥抱、轻轻一个字，她便觉得委屈了。

他竟然想杀自己，即便不是他的本意，也终究让她心中难受，她靠在他的颈窝里闷闷不乐。

二人默默地抱了许久，皆默契地不提先前的争吵。

沈甫亭的手一下下轻抚她的后背，让她极为放松舒服，心中的烦闷情绪也像是慢慢被他抚平了。

他似乎想了许久，忽而低声问道："我可对你做了什么？"

锦瑟正准备说出他如何凶自己，话到喉头却停住了，这事自然不能告诉他，

414

若是叫他知晓他已经到了那般六亲不认的地步，岂不是心生难过？

"你没有对我做什么，只是寂斐召了妖龙过来，惹你不欢喜罢了。你一个人砍了一整夜，我实在看累了便去歇息了。"她靠在他的怀里，拽了拽他垂落额间的发丝，他少见的凌乱样子让她只觉有趣，"你也不想想，你若是真对我做了什么，我又怎么会回来找你？"

"真的吗？"沈甫亭低头看过来，轻声问道，那语气显然是不相信。

"自然是真的，我骗你做什么？"锦瑟说着，越发搂紧他的脖颈，软绵绵的身子依偎着他，没有半点儿心虚的表情。

可她忘了自己脖颈上的一抹红痕，一看就是掐出来的。

沈甫亭伸手抚上了她白皙的脸颊，眼里有复杂的情绪，叫她看不懂，她只隐约能感觉到一丝心疼，这眼神看得她心口发闷。

她不想看到他这样的神情，锦瑟直起身，抬头吻上他微微失了血色的薄唇。

他身上依旧有一丝淡淡的檀木气息，掩盖了外头的血腥味，那唇瓣却不似往日那样温热，带着淡淡的凉意，他整个人显得近乎绝望。

往日她只要稍微表现得热情一些，便会彻底将沈甫亭的火点燃，根本没有她表现的机会。

如今她这样送上门，他都没有动静，着实奇怪。

锦瑟微微睁开眼，见他正极为认真地看着自己，似乎是怕看一眼少一眼。

她微微一怔，心口像是被捏紧了一般疼。她亲过他的唇瓣，慢慢往上移，轻轻吻上他的眉眼，一下一下，细细密密地亲着他，如同对待珍宝一般，小心而又笨拙地安慰着他。

这般笨拙亲昵的缠磨，很快就牵动了沈甫亭的心弦。

她轻碰他的面庞的时候，他微微一侧，唇对上了她的唇瓣，一碰上便极为用力地亲吻，手慢慢收紧，根本不想与她分离。

不过一瞬间，锦瑟口中的气息便被他掠夺干净，他几乎不给她反应的时间，极为蛮横霸道。

锦瑟被他牢牢地困在怀里，动弹不得，那用力的亲吻惹得她心口发紧，都不知什么时候往靠榻倒去。

周围的空气中弥漫着丝丝凉意，却抵不过他的热情，温度升得极快，呼吸之间是让她招架不住的气息。

一场事毕，沈甫亭的热情叫她精疲力竭，她似乎无力再承受他的热情，累得窝在他怀里陷入昏睡之中。

沈甫亭却没有半点儿睡意，看着毫无戒备地在他怀里睡过去的锦瑟，因为锦瑟的主动靠近而满心欢喜，忍不住紧紧搂着她，一下下地亲着她，惹得她一声声轻哼，像只熟睡的小奶猫，娇嫩可爱。

他坏心一笑，乐此不疲地亲着她，可视线在触及她纤细的脖子时瞬间顿住了，那一抹明显的红痕太过刺眼，下手的人一定没有留情。

除了他，谁还有这样的机会……下手杀她？

他眼里的笑慢慢消失，即便他记不清楚之后的事情，之前的争吵是记得的，如今自己满身是血，外头殿中一片狼藉，他又怎么可能猜不到自己是什么样的状态？

先前他们就是在靠榻上争吵，靠榻塌了这么大一块，那个地方之前只能是锦瑟的脑袋所在处。

他一时间力气尽失，心头发凉，无法控制地后怕。

锦瑟一觉醒来，依旧躺在沈甫亭的怀里，他们二人已到了床榻上，身上盖着薄被。

光透过琉璃窗子照进来，极为温暖，宫殿已经恢复了原来的模样，不再一片狼藉，外头也没了血腥味，这收拾的速度太快，叫她恍惚间以为昨日发生的事只是一场梦。可身上的酸麻感，提醒她那根本不是梦，她微微动了动身子，搂着她的沈甫亭便醒了。

他微微支起身子看过来，清俊的脸沐浴在阳光下，极为干净温和，越显白皙：
"醒啦？"

锦瑟嗯了一声，见他总算没有将昨日的事情放在心上，心中便也定了下来，可取而代之的是更深的担心。

他是仙帝，不知多少只眼睛盯着他，昨日的屠杀显然不可能瞒过人。他如今神志清醒，倒是无人敢冒犯他，但倘若一朝意识全失，又有谁会怕他？

就像那个无缘无故疯掉的仙帝，如今已下落不明，无人知晓，只怕早早便被居心不良的邪仙分而食之，夺尽他的修为。

沈甫亭若是如此，也难逃这样的下场，她要快快找到法子压制他体内的邪气。不过她自来有信心，根本不担心其艰难性，"宠物"的事，从来没有她搞不定的。

她想着，伸手费力地拉过他的手，按在自己的腰上，颐指气使道："给我揉揉，腰都快折了。"

沈甫亭眉眼一弯，脸上露出一丝笑，伸手替她轻轻按起来，不过笑容慢慢淡了下来，似乎心不在焉。

锦瑟伸手点了点他的眉间，宽慰"宠物"："你不必担心邪气的事情，既然是我捏碎了你的玲珑心，我自然会替你想法子，你只需好好待在我身边便好。"

沈甫亭看了她许久，忽而一笑，那笑容比透过琉璃窗的阳光还要耀眼。

他伸手将她搂进怀里，低低地道了一声："好。"

沈甫亭答应下来以后，确实做到了。也不知他用了什么法子，暂时压制了邪气，没再操心邪气的事情，甚至连寂斐在妖界他都没有再去寻。若是往日以他的性子，他恐怕早就动手了，哪儿还会任由寂斐光明正大地出现在妖界？

有时候，锦瑟甚至能看见寂斐进大殿里议事。

锦瑟本还好奇，可没有这么多时间在这些事情上耽误，毕竟也不知沈甫亭什么时候又会发作，发作起来确实没人能拦住他，委实可怕。

她每日搜寻六道古籍，总是隐约中记得在什么地方看过关于邪气的记载，其中零零散散讲了很多信息。

可惜她看过的东西太多，往日又爱四处游玩，便会时不时清一清脑子里的东西，免得挤得多了压得难受。如今她却懊恼，因为无论如何都想不起来究竟在哪里看过！

锦瑟苦恼至极，恨不得撕烂摆在眼前的古籍，对身后传来的脚步声，也不想理。

沈甫亭站在她身后，看了半晌，只觉得在看一只炸了毛的小奶猫，在跟自己发脾气。

他一笑，在她身后坐下，伸手搂过她的腰，将她抱进怀里，温和地给她顺毛："你这些日子怎么总是烦躁，是不是来了小日子？"

锦瑟一阵苦恼，往后靠在他怀里，憋屈懊恼的小表情很惹人疼："我看过一本书，好像叫《邪仙笔录》，上头有关于邪气的东西，可惜我记不清具体名字，不知要从何找起。"

沈甫亭闻言一顿，看向她眼底的青黑痕迹，只觉得心疼。

他低头贴向她的面颊，轻轻摩挲着："你说的笔录我看过，讲到了邪气，可是并没有根本的解决方法。那个走火入魔的邪仙，我往日也见过，如今他早已寂灭了……"

那岂不是没法子了？！

锦瑟闻言一顿，猛然从他怀里坐起身："你的意思是只有玲珑心才能救你？"

可是玲珑心早已不在，四万年前被她亲手捏碎的，如今她又怎么可能再找

回来？

沈甫亭没有正面回答，而是将她重新搂进怀里，低声安抚道："没有玲珑心也没有关系，我有别的法子。"

"你有什么法子？"锦瑟不信，以他的性子，若有别的法子，他又怎么可能亲自从九重天到凡间，费尽周折地去取这颗玲珑心？

沈甫亭闻言不语，伸手点了点她眼下的一片青黑痕迹，轻轻笑了："你看看自己眼下的青黑痕迹，像极了一种黑白毛球，它的眼圈就是黑的，看起来像是被人打过一般。你若是成了这样，可就不好看了。"

锦瑟摸了摸自己的眼，也不知怎么，听他这样说，心中便有些不悦，也不愿意让他看了，伸手去推他的胸膛："你出去，不要待在我这儿，耽误我的事情。"

沈甫亭如今很虚弱，被她轻轻一推，便退开了。

锦瑟见他这般容易被推开，又有些不忍心。他这些日子很累，面容苍白，想来是因用法力强行压制体内的邪气，这般损耗，便是拿命数在补。

她颇为心疼，心中越发堵得慌，那笔录没用，她又要怎么办？

邪气与他并生，根本不可能被去除，她想要在不伤及他的情况下除去邪气，根本不可能。

锦瑟想着，越发恨往日的自己，怎么就这般狠绝，捏碎了那颗玲珑心，也不留一条后路？她若是好好保存着那心，哪儿用得着这般烦恼？

沈甫亭被她微微推开却没有离开，依旧轻轻抱上来，将她揽进怀里，对她浅笑："你先好好睡一觉，等醒了，我就告诉你法子。"

锦瑟如同抓住了一根救命稻草："你可不要骗我，你现下可是连一刻都不敢耽误。"

沈甫亭抬手捏了捏她软嫩的脸颊，轻笑道："我什么时候骗过你？"

在她的印象之中，沈甫亭确实没有骗过她。

锦瑟一时便也放宽了心，靠在他的怀里闭目养神。

连着几日这样查找古籍实在太劳累，她几乎没有好好睡一觉。如今沈甫亭已然有了法子，她的心弦便也松了下来，靠在他怀里，没有多久她便陷入了沉睡之中。

沈甫亭垂眼静静地看着她，她睡觉的模样乖巧娇软，鲜红的唇瓣微微张开，轻轻呼吸，会传来极细微的呼吸声，听着很是可爱。

沈甫亭最喜欢看她软绵绵地靠在自己怀里、毫无戒备的模样，可惜如今是看一眼少一眼。

他不舍得松手，可惜时间不等人。他根本没有办法压制体内的邪气，他的意识已经一点点被蚕食，拖不了多久了……

若是往日，根本无须害怕，如今却着实怕了，他怕自己会伤了她。

那些妖龙的尸首就已经证明他一旦入魔，就是个彻头彻尾的疯子，乐此不疲地进行着杀戮的游戏，残忍而血腥。

他赌不起，也不敢赌，怕万一哪天手上沾的是她的血……

他甚至不敢想这样的场景……

沈甫亭轻轻抱着她，没有太用力，怕吵醒了她，看了许久，忍不住微微低头在她的额间轻轻落下一吻，声音低到暗哑："锦瑟，不要太快忘了华年。"不要太快忘记，至少心中有一点点他的位置。

寂斐在外头等了许久，才见沈甫亭从殿中出来。

沈甫亭见到他，自然没有好脸色，一言不发地走到石案旁坐下。

二人坐着，皆静默。

寂斐不急，有大把的时间可以陪锦瑟，而沈甫亭没有。如今九重天上看似平和，其实底下波涛汹涌，若不是大家看沈甫亭这些日子依旧在处理朝政，恐怕早早就掀翻了天。

神仙是最难管的，时时清心寡欲，就代表着有欲，被压得深不代表没有，谁又不想做九重天上的主子？

"如今万事俱备，只欠东风，不知仙帝打算何日离开？你要知晓此事拖得越久就越棘手。"

沈甫亭当他是空气，看不见，也听不见。

寂斐见状也不急，反正沈甫亭迟早要走。

沈甫亭静静地坐了许久，忽而开口："她这些日子胃口不好，你不要总惯着她，让她吃那些甜腻的东西；她睡觉喜欢睡在左边，抱她的时候不要太紧，要松一些……"

他再也说不出口，不舍得也不甘心，唇齿之间全是苦涩味道。

一想到往后在她身边的人不是他，他就忌妒得快要疯掉，一开口就让他的心痛不欲生。

寂斐也不愿意听他们的甜蜜相处，更不愿知晓他们之间的习惯！

"仙帝不必和我说这些，我比你了解她。"

沈甫亭坐了许久，终是不再开口，起身安静离去，身影慢慢消失在偌大的琉

下
册

璃宫中。

阳光照在琉璃窗上，细碎的尘埃在阳光下安静地飘着，离去的人再无踪影。明明是日光好的时候，却让人心头难受。

锦瑟一觉睡得香甜，睡眼惺忪地醒来，沈甫亭已经不在殿中。她心中牵挂着他说的那个法子，当即从床榻上起身。

嬷嬷见她起来，欲言又止片刻，开口道："妖尊，您醒啦？"

锦瑟听到这个称呼，微微一怔，好像已经许久没有听到旁人这般唤自己了，还真有些不习惯。

"沈甫亭呢？"

嬷嬷没有回答，似乎不知该如何开口。

锦瑟觉得她今日有些不对劲，感觉到外头气息也不对，不再等她开口，当即一挥袖子，带起一股气流冲出了殿门。

寂斐领着众妖跪在外头，见她出来，当即行礼："臣等见过妖尊。"

锦瑟看着浩浩荡荡地跪在殿外的妖，却不见沈甫亭的踪影，心中生出了不祥的预感。

她看向跪在一旁的匹相、匹献。

二人表情平静，冲着她一拜："属下见过妖尊。"

锦瑟心中咯噔一下，当即意识到了什么，难以置信地转身进了殿中，里头果然没了沈甫亭的气息。

寂斐跟着进来："沈甫亭虽说把仙界留给了你，可是他如今已离开，那些神仙未必压得住，你要好好收拾情绪，早做打算。"

锦瑟现下心烦意乱，又如何听得进去这话，抬眼看向一道进来的匹相、匹献，语气阴森地问："他人呢？！"

二人再也支撑不住，当即跪倒在地，一个抹起了眼泪，一个红了眼眶。

"君主恐怕……恐怕是要没了……"

锦瑟心口一刺，尖锐的疼痛感让她几乎无法呼吸："我不要听什么恐怕，我要知道他现下去了何处！"

匹献泪流满面，哽咽道："属下不知晓，君主根本不让我们跟着。"

他既然只能走，那么压制邪气的法子只有一个，那便是死。

他明明说过不会骗她的，她才信了他第一次，便被他骗了！如今她便是去找他都不知去何处！

锦瑟心中恼怒至极，一脚踢翻了前头的矮几，上头的古籍纷纷掉落："谁让他

420

这样自作主张的？！"

嬷嬷与一众妖侍连忙跪倒在地，殿中一时间静得可怕。

寂斐开口劝道："他已经替你安排好了，我们妖界中的人也排进了九重天里，与仙官并列。天界还没有乱，现下正是你收复天界的最好时机。"

明眼人都知道这是个千载难逢的好机会，傻子才会放弃这个机会。

锦瑟恼恨至极，不住磨牙，气他不与她商量，气他自作主张，还替她做了决定！

"锦儿，得了天界，六道之主的位子就是囊中之物。这是最好的机会。你若是分心，往后想要再拿回来根本不可能。"

锦瑟闻言不语，也不知有没有听进这话。

寂斐见她情绪不好，也不好再逼她。他知道，她一定不会放弃六道之主这个位子的，这是她一直想要的东西："如今还有时间，你再好好想一想。"

他后退几步，看了一旁的匹相、匹献一眼，准备开口退离。

锦瑟忽而开了口，情绪似乎已经稳定，语气轻飘："不必想了，好好的六道之主的位子摆在眼前，我为什么不要？明日一早我就去天界，让他们看看谁才是真正的王！"

匹相、匹献闻言一顿，即便知道如今只有这样做，才是不辜负君主的最好做法，可听到锦瑟此言，心中还是难免替他们君主失望……

他离去之时还在为她打算，可她呢，一转眼就将他抛诸脑后。

他此去可能无声无息地寂灭于六道之中，她却连找一找的想法都没有。

或许有些东西根本就比不上权势的魅力，成仙成妖者，也脱离不了"欲"之一字。

锦瑟说了这样的话，却没心情再开口。

寂斐自然不会在这个时候打扰她。沈甫亭已走，他以后有大把的时间陪她，如今必须给她时间缓一缓。

所有人都退下了，殿中空得有些可怕，特别是往日与她亲昵的那个人不在，便越显荒凉，让她不自觉去想他。

锦瑟心中很是难受，她明明恼恨到那种地步，还是想他，甚至觉得委屈。明明刚才他还温声细语地让她好好睡一觉，现下连人影都没了。他说走便走，也不与她商量。

她眼眶微微泛红，眼里难得如一个小姑娘般有了些许湿意，看着满地狼藉的

场景，情绪越发来势汹汹，让她难以承受。

眼中忽然有什么东西掉落下来，吧嗒一声砸在了鲜艳夺目的衣裙上，慢慢染成了一抹深色痕迹。

锦瑟下意识地去抹，一滴水又砸落在了她的手背上，那声音似乎在梦里听过……

有人低声对她说，让她不要忘记华年……

那声音很轻，带着苦意，似乎害怕惊醒她，她还未仔细听清楚，便觉一滴水砸落在她的唇角上，慢慢滑下，有些苦涩。

她抬手摸了摸唇角，那感觉太过清晰，似乎还能触到那一滴泪的温度，心口一时闷闷的，透不上气来。

嬷嬷带着仙侍布了晚膳，依旧要伺候她用膳，一切按部就班，全是因为沈甫亭这些日子的安排。他事无巨细，将路全给她铺好了，不可谓不体贴。

嬷嬷心中感慨，从来没有想过君主会在一个女儿家身上这般费心思。她以为以君主淡漠的性子，往后他娶的妻子一定会是个识大体、懂分寸、会处事的，绝不会是锦瑟这般任性的女儿家，却没想到很多事情并不能按常理推断……

如今见锦瑟这般，她心中也感到些许安慰："妖尊可是在担心君主？"

锦瑟如今可听不得与他有关的事，倘若这个人现下在她面前，她少不得气得要上前将他撕碎，闻言，更是不愿说一句软话："谁担心他了？既然他要走，那就有多远走多远，不要再出现在我的面前！"

嬷嬷心中难免叹息，到她这个岁数，她又怎么看不出锦瑟是正话反说？不过主子的事也不是她能管的："妖尊，晚膳已经备好了，您可要用一些？"

锦瑟哪儿有心情吃饭，起身往内殿走去："不吃。"

这自然是不可的，沈甫亭离开前就已经交代，无论如何，她一日三餐必须吃。

嬷嬷没有法子，只能硬着头皮进了内殿："您已经一整日没有用膳，这样下去如何受得了？君主走之前千叮咛万嘱咐，无论如何都要您用膳，否则……"

"否则什么？我不吃，他能拿我怎么样，难不成还会回来教训我？"锦瑟这才开了口，直勾勾地看向嬷嬷。

可嬷嬷终究是要叫她失望的，因为沈甫亭自己也不知道她若是不吃，他又该如何。

因为即便她不吃，那个时候他也无能为力，是以这个"否则"下面便没了话，嬷嬷自然也说不出个所以然来。

锦瑟见状，哪儿还不知晓，心中越发闷疼，甩袖气道："不吃，不吃！都出去，我什么都不想吃！"

嬷嬷再不敢多言，连忙退了下去。

锦瑟坐立难安，即便是躺在床榻上，也感觉有石子硌着一般躺不住。她缩着身子躺着，身旁也没有那个会抱住她的人了，留给她的只是冰冷。

她默默地躺了一会儿，又爬下了床榻，光着脚走到窗户旁，微微推开了窗，直勾勾地看着外头，也不知在等什么。

外头站着的仙侍无聊，少不得相互扯起了话头。

"听上头下来的仙侍说了，君主离开的消息传上去后，上头也不敢乱，都以为君主又去闭关了，毕竟匹相、匹献二位大人还在，他们可是警惕得很。"

"君主积威甚久，又早有安排，天界自然不会乱到哪里去，这就等于将天界拱手送给了妖尊。我若是妖尊，恐怕做梦都要笑醒了，这可都是白白得来的。"

"还是莫要多想了，哪个仙者会像君主这般大方？这天界说送就送，若是轮到别的仙者身上，恐怕即便要死，也要死死扒着不肯放手呢！"

"唉，可惜妖尊是个无情的人，你看到过她掉一滴眼泪吗？君主离开，她连一点儿反应也没有，也不知君主为何对她这般好？"

"君主这不是不知道吗？若是知道了，他又怎会喜欢她？"

锦瑟微怔，眼中满是迷茫之色，甚至有一丝慌乱和害怕。

此时，外头安静下来，她们像是离远了一些，才继续开口说闲话。可惜即便她们离得再远，锦瑟也还是能听得一清二楚。

"我刚才可是听到消息，兼橦仙子听到君主离去的消息，已经离开了梧桐宫去寻君主，听寻嬷嬷的意思，兼橦仙子恐怕是要找到君主，往后留在他身旁伺候他。"

另外一个仙侍闻言，很是惊讶："兼橦仙子莫不是中了什么邪？上一回君主可是大大地落了她的颜面，没想到这一回她竟还要去找他？"

"仙子痴情，先前就等了君主四万年，那才是真爱君主。如今君主出了这么大的事，又有哪个人有勇气去寻他？便是明媒正娶的妻子，还不是无动于衷，不放在心上？"

"我琢磨着这一次仙子做得对，若是叫仙子找到了君主，君主必然会动摇。仙子这般生死不弃，哪里是殿里头那位比得上的？"

"真若是这样，那也是有情人终成眷属。凡间不是有句话说，只羡鸳鸯不羡仙？我若是有这神仙眷侣，也不愿做仙的。"

锦瑟越听神情越发阴冷，笼在袖中的手握得极紧，须臾，一阵风去，似有什

下册

么东西蹿出了窗子，片刻工夫，殿中便归于平静。

寂斐站在大殿外一夜没睡，锦瑟答应得太快，让他有些不安。

早间天还未亮他就来寻锦瑟，不想还未进去，便见嬷嬷神情惊慌地匆忙出来。

寂斐心中已经明了，锦瑟必然已经走了。他顿在原地，完全没回过神来。他想过她会挣扎，会在二者之间徘徊，但相信她最终会选择六道之主。

可他没有想到，她竟然会放弃这个唾手可得的机会！

寂斐默立了许久，周围的嘈杂声皆不入寂斐的耳，他只是羡慕沈甫亭，即便会被害死，即便心心念念的东西就在眼前，她也愿意放弃这些东西去寻他。

或许有些东西终究强求不来，即便他们相识这么久，也比不上"缘分"二字的牵扯。

他和她终究是无缘的……

天尽头一片星海浮沉。

虎头刹三个人准备在天界大闹一场，将那群仙者好生教训一顿，叫他们知道吃饭是可以抖腿的，喝酒是必须吹牛的，没有想到半路碰着了自家妖尊，当即被拎出了妖界。妖尊在这个关键时刻离开，除了为那劳什子情啊爱啊，还能为什么？

三个人心知肚明，皆敢怒不敢言。当初他们提议让妖尊去吹枕头风，却不想风吹回来了，如今妖尊竟然傻到白白放弃了天妖二界，去寻那天家的对头？！

这枕头风恐怕是相互的，两个人吹来吹去，谁也没赢。

川音南静默了一阵，自然不敢嫌命长地去唱反调："如今天地茫茫，仙帝不知去向，妖尊要从何处找起？吾等也好想出法子配合。"

"不必跟我卖关子，我知晓你们三个当初在六道中厮混了很久，成日打架斗殴，挑衅他人。我记得你们当初拜在妖界的时候，说过最后折在了一名邪仙身上，对不对？"

这也是踏破铁鞋无觅处，得来全不费工夫，锦瑟被那仙侍一语惊醒了，便再也顾不得其他，火急火燎地想要找到沈甫亭。

她正毫无头绪，不知该去何处找，便碰上了这三个人，当即便想到了这件事。

沈甫亭如今无处可去，既然认识那个邪仙，极有可能就是去了当年那个邪仙所在的地方。

三个人静默不语。这妖界的三大护法，若是要比实力，根本不可能屈尊为护法，只不过生性好斗，三个人谁也不服谁，相互制约，便也没了别人什么事。

锦瑟站在山龟上，看着一望无际的海面，神情平静，语调却极其阴冷："还不说吗？你们三个人藏了这么久，又都是一把老骨头了，不知海里的鱼愿不愿意吃？"

虎头刹闻言，连忙上前表忠心："窝（我）们既为妖界的护法，自然不敢隐瞒妖尊。当初窝（我）们确实与一位邪仙交过朽（手），那位邪仙一直在莫古深渊，走火入魔被邪气控制，仙不仙，鬼不鬼，窝（我）们打不过他，只能败走妖界。如今万万年过去，他老人家已然寂灭于六道之中，没有音信，倘若窝（我）们有一个字隐瞒妖尊，便叫窝（我）们三个人永远分不出胜负！"

这话一说，可把另外两个人气着了，若不是惧于锦瑟的脸色，恐怕早就打得不可开交。

术娘语气害怕，难得有了女子的柔软之意："莫古深渊是极北的苦寒之地，非常凶险，我等也是拼了命才从那里逃出来的，还请妖尊三思而后行。沈仙帝的仙力深不可测，不知胜过那位邪仙多少。这一去可是艰难重重，更何况仙帝未必去了那里……"

三个人一道跪下："还请妖尊三思而后行，珍重己命。"

"我要如何，不需要你们来教我。"锦瑟眼眸微转，看了虎头刹和川音南一眼，"你们二人带我去莫古深渊，你……"她话语一顿，看向术娘，眼中满是冷意，"去抓那个兼橦仙子，无论你用什么方法，我不许那只山鸡比我先找到沈甫亭！"

极北之地不是轻易就能找到的，莫古深渊位于天的尽头，就像沙漠中的海市蜃楼，出现在北面，其实在南面，变幻无常，永远不会在固定的地方。若不是这二人当初去过，光靠她自己根本不可能找到。

极北之地非常凶险，远非言语所能形容，虎头刹和川音南自从知晓要来这苦寒之地，面色就一片灰白，显然是对此地心有余悸。

不过他们便是想逃，锦瑟也是不许的，他们只能认命领路，在极北之地花了些许工夫才找到入口，那是一个极大的峡谷。

过了峡谷，白茫茫的雪覆盖而下，几乎看不见任何东西，另外一边却是无边的沙漠，烈日如火焰。再远处是重峦叠嶂，郁郁葱葱，仿佛春日刚至，可一半是腐朽的落叶，满目苍黄景致。

春夏秋冬竟在同一个空间里出现，互不搅扰，看着就诡异。

虎头刹和川音南瞬间面色凝重，处于极端戒备之中。

"妖尊，这一处陷阱重重，到处布满了危险，我们一定要小心谨慎，否则还未到莫古深渊，就有可能疲于应付，出不了这里。"川音南将声音压得极低，显然是忌惮颇深。

当初他们年少轻狂，闯进了这里，拼了命才逃出来的，如今重回鬼门关，哪儿能不胆寒？

锦瑟也知晓这地方诡异，这里看似美不胜收，可凶险就藏在这美丽景色之中，叫人不知不觉地迷失，就比如眼前这洁白纯净的雪……

锦瑟一脚踏出，寒冷之意当即袭来，与刚才的寻常气温完全不同。若是凡夫俗子到了这里，别说是进去，便是迈出头一步就可能被冻死在原地。

身后二人谁也不敢先往前迈一步，仿佛连体婴一般，从没有哪一刻如现下这般动作一致。

锦瑟非常谨慎，一踏入雪地就施法隔绝了脚与雪地的接触，果然周围有了变化，仿佛有什么东西被牵动了一般。

天际慢慢地飘下了雪花，片片打着旋儿落下，在日光下甚至能看清它的纹路，非常精致。

一片片雪花飘来，堪堪就要落在锦瑟的发上。

虎头刹手中的刀忽而发出一声轻吟，他当即一惊，喝道："这雪花不对劲儿！"

川音南心头一震，这雪避无可避，化在身上若是有个什么不好，他们都不知晓是怎么死的！

锦瑟当即一挥袖子，袖中的绣花线瞬间编织成一块长长的布，挡在了他们上头，纷纷扬扬飘落下来的雪花，落在色彩艳丽的绣花布上，慢慢融化，悄无声息。

片刻后，绣花线微微扭曲膨胀，似乎被什么东西慢慢腐蚀，散发出了烟气。

这雪若是落在人身上，伤筋动骨，在所难免。

锦瑟眼眸微黯，缓慢地说道："不要接触任何一片雪花。"

二人自然知晓这可怕之处，更是非常警惕。

落下的雪花越来越密集，叫人避无可避，锦瑟只能无限扩大绣花布，周遭的寒风吹得他们寸步难行，即便有法力护体，他们也不过才走了一小段路。

锦瑟不耐烦在这里耽误，一挥袖子瞬移出去，却没能离开，周遭的雪花渐渐停了，脚下的雪极为烫脚，所有的感觉都古怪至极。

周遭十分安静，三个人心头不好的预感越发明显。

突然，雪地里有了动静，雪以肉眼可见的速度快速滚成了一个极大的雪球，

· 426 ·

遮天蔽日而来，滚动的速度极快，几乎不给他们反应的时间。

虎头刹瞳孔骤然一缩，他当即说道："不能再往前走了，水火相克，窝（我）们得去沙漠！"

川音南也急白了脸："不可妄动，这里与我们当初来时已经完全不同，未必能按照我们往日的法子办！"

话音刚落，周围无数巨大的雪球迅速滚来，相互碰撞，他们速度极快地躲过雪球。雪球和雪球碰撞之下，形成了极大的雪堆，倾覆而下，他们若不是速度快，早就被淹没在了雪堆之下！

这般倒像是逼着他们去沙漠！

锦瑟心中顿生警惕，手中的绣花线缠成绳，如同灵蛇飞快离去，绕上了远处青山上的树木，另一只手将另外二人绑住，三个人一道飞落在青山之上，与危险攻击堪堪擦肩而过！

可他们还未来得及松一口气，脚下的青山便挪动起来，山下发出嘶吼之声，遥遥传去，震耳欲聋，山瞬间升高，带着他们几乎顶上了天。

锦瑟这才发现脚下站的是一个巨人的脑袋，巨人以山群为躯，巨大无比。

巨人猛然一掌拍来，手掌如山峦般大小，带着极为可怕的劲风，让他们无法动弹。

锦瑟伸手为掌，猛然击出，硬生生地顶住了那只手掌："你们先出去！"

巨人一掌未曾击中，猛然一甩头，带起了狂风，卷得锦瑟根本无法站立，轻易便被掀飞出去。

她被卷入风中，趁机甩出绣花线，直冲那巨人的眼睛，虎头刹、川音南二人连忙下山，与她一道攻击巨人。

不想周遭一望无际的山峦都动了起来，竟全是巨人！

一个巨人就已经极难对付，这无数个巨人围攻他们，他们根本没有逃离的可能！

地动山摇的动静惊动了一切，身旁怪物连声嘶吼，天际飞来了密密麻麻的不明生物，发出的声音让人毛骨悚然，一听便知道对方是吃人不吐骨头的玩意儿。

虎头刹的刀已经砍卷了，川音南的箫声也被这令人头皮发麻的叫声掩盖，没了威力。

锦瑟自然成了这些怪物争相抢夺的食物，一时间吃力至极。

突然间，远处传来剧烈的震荡，似有什么东西在地下大动。一阵地动山摇，便是他们浮在空中也感受到了那股气劲的可怕，胸腔被挤压得极为难受，几乎要

被撕裂。

周遭的怪物一瞬间有些僵硬，然后发出尖锐的叫声，极为害怕地开始躲藏，有的显然还不知如何隐藏自己，只能趴着装死。

刚才的乱象一瞬间恢复平静，危险不再。

一场恶战下来，虎头刹和川音南已力竭，受了重伤。

锦瑟缓缓落下，没有伤着，冷眼看着周遭的情况："弄清楚刚才的动静是从何处来的了吗？"

川音南捂着胸口，极为吃力地点了点头："必然是莫古深渊那边的动静，才会叫精怪这般害怕。"

锦瑟还算满意，慢悠悠地说道："前头带路。"

二人也不敢多言，连忙带路，不过一步步走得极为艰难，毕竟这路可是通往鬼门关，稍有不慎他们就会送命。

那震荡的动静显然吓到了这极北之地的凶狠灵怪，三个人过了春夏秋冬四处所在，前头是干枯裂开的大地，一眼望去寸草不生，没有一丝生机。

远处有一条巨大的裂缝，仿佛将地劈成两块。

锦瑟见状，心中一喜，当即快步移去，虚影连连，几息之间便到了那道裂缝的边缘。

裂缝直通下头，深不见底，底下一片漆黑，极大的风吹上来，带着阴寒之气，掀得锦瑟的裙摆、乌发胡乱飞舞。

川音南走来，看着深渊："这里便是莫古深渊，当初我们就是在这里与邪仙大战三百回合，无法敌之，拼了命才逃出来，里头可有不少古怪的玩意儿。如今年岁久远，那些古怪玩意儿必然更可怕。"

锦瑟站在裂缝边缘，看着下头，踢了一颗碎石子下去，咚咚咚传来了回声，细听之下，久久不绝于耳，显然裂缝极深。

虎头刹见状，颇为胆寒，开口劝道："妖尊，您真的要下去吗？这丝（深）渊是只能进不能粗（出），那邪仙挑了这么一个地方，就是为了走火入魔之时无法闯粗（出）这里，这可不是闹着玩的，更何况沈仙帝也未必真的就在这里。他若是没有来这里，您岂不是得不偿失？"

"我既然到了这里，便一定要看个明白。"锦瑟转头看向他们，二人显然已经没有余力，"你们在这里等着，待我下去探个究竟。"

她说着，不再耽误，纵身跳进了深渊里。狭长的深渊入口极窄，只容一人通过，她一进里头，便有什么禁锢着法力一般。

锦瑟无法施展法力，只能顺着光滑的石壁迅速往下滑。她下落的速度极快，周遭石壁尖锐突起，危险重重，稍有不慎，她就有可能被撞得粉身碎骨。

　　锦瑟当即祭出绣花线，色彩鲜艳的线瞬间将她围成了一个茧。绣花线围成的茧，外头坚硬无比，里头却非常柔软，几番撞击下来，没有让她受伤。

　　她滑了大半日的光景，失重的感觉才消失，猛然一下撞击，将她连人带绣花茧摔落在地，她这才到达了底部，动静不小。

　　她将绣花线收起，慢慢站起了身。

　　这是一处巨大无比的洞穴，前后直通，皆没有尽头，她抬头已然看不见上头的天。

　　石壁上突然出现一点儿光亮，接着光一点点亮起，片刻之间，整个深渊里如星辰坠落一般，泛起了星星点点的光芒，无数只萤火虫飞舞着，在这伸手不见五指的深渊之中极为耀眼好看。

　　锦瑟还未来得及收回视线，便察觉黑暗处一道视线落在她的身上，存在感极为强烈，不容忽视！

第十七章
你若成魔，我就陪你成魔

　　洞穴里的气氛有些凝滞，她这般看去，黑暗之中隐约站着一个人，那熟悉的感觉越发强烈。

　　锦瑟不自觉地闭气，心中含着些许期待。只要能找到"宠物"，无论他是什么样子，只要他能好好地站在自己面前。

　　黑暗中那个人慢慢地走出来，幽深的洞穴里，星星点点的萤火虫往上飞去，如同闪烁星辰缀满黑夜。

　　幽幽的光亮映得他眉眼如画，隐在黑暗中的轮廓依旧叫人心头一跳地惊艳耀眼。可他眼中没有半点儿人味，眼眸比这幽静的洞穴还要深沉，几乎没沾染半点儿光亮。

　　往日他看自己，从来都是眼带笑意，表情温和宠溺，如今却是无情的样子……

　　锦瑟见了他这眼神，心中难免有一丝不欢喜。

　　黑暗中的他忽而唇角一勾，那笑容带着几分邪恶的意味，通身清隽气度早已不见，一看就是邪魔外道。

　　萤火虫似乎感受到了什么，以极快的速度迅速往上飞去，如一片悬在空中的星海猛然往上翻腾，留下无尽的黑暗。

　　锦瑟心中骤然警惕起来，还未来得及反应，他瞬间靠近，人到面前，身子突然一变，巨大的黑影在昏暗之中笼罩下来，带着极大的劲风，几乎要压穿耳膜，引得深渊两侧的石壁都开始震动。

锦瑟敛气，猛然往后退，下一刻那龙爪便拍在了她的脚前，地面猛然一震，往四处裂开。

锦瑟还未得及反应，沈甫亭已经接连攻来，根本不给她喘息的机会。

她猛然转身逃去，沈甫亭一击过后，紧追不舍，那龙息几乎要贴上她的后背，让她感觉格外清晰。

他速度很快，是天生的捕猎者，锦瑟的速度自然比不过他。感觉到身后气息更近，她当即甩出手中的绣花线，钩上前头凸起的石头，飞檐走壁，差一点儿就被他抓到。

龙爪堪堪钩住了她的裙摆，瞬间撕去一大块布料。

锦瑟不过几息便招架不住，落回了地上，虽然逃过一劫，可她目标太大，被他抓到只是时间问题。

她暗自咬牙，猛然往前一跃，瞬间变成了一只花皮小猫，身姿轻盈地落地，快速往前跑去，那速度如飞驰的电光，引得沈甫亭追得越发紧迫。

前头黑暗中的萤火虫被惊扰，瞬间亮了一大片，轻飘飘地往上飞去，如同被惊散的蒲公英，随风扬起，散在幽深的洞穴之中。

锦瑟飞速往前蹿，和他拉开了些许距离，回头看了他一眼。

萤火虫微弱的光芒下是一条黑龙，龙身极为巨大，她的大小连他的爪子都比不过，双方实力悬殊。

锦瑟从来没有见过他的原身，没想到竟是一条这么好看的龙。

他的鳞片不是那种暗淡无光的黑色，而是一种闪耀光芒的黑色，鳞片在漫天的萤火虫下发出的光芒下闪耀着光晕，偶尔闪过五颜六色的光芒，极为炫目。

难怪他面皮生得那般好看，这原身都这般出挑，化了人形能不好看？

可惜他就是太凶了，龙眼里看不到半点儿情意，仿佛铁了心要抓到她。

锦瑟这回头一耽误，显然慢了些许。

他见她分了心，当即一下扑来，龙尾摇摆，猛然砸在周围的石墙上，引得深渊震荡不休。想来刚才的动静是他弄出来的，难怪会惹得那些精怪这般害怕，力量确实可怕。

他猛然扑来，锦瑟险些被他拍死在爪下。她猛然往前一扑，翻了个跟头，团成球一般往前滚去，摔得极为狼狈，才脱离了他的魔爪。

一起身见前头有一条缝隙，她当即往前一蹿，钻过了狭小的缝隙，后头砸的

一声巨响传来，是他过不了缝隙，狠狠地撞上了石壁。

锦瑟一朝脱离了他的魔爪，见他不能再冲过来，不由得喘着气，转身看向他，只能看见他偌大的龙眼，透过缝隙死死地盯着她，那眼神极为暴戾。

她一阵委屈，忍不住对他叫了一声，可惜即便她再凶残，也架不住声音太娇、模样太软，这么一叫，反而引得人想欺负她。

这一声可不得了，他龙眼一眯，目光骤黯，越发猛烈地往这处撞来，龙啸声不休，叫她耳朵都有些难以承受。

深渊之中传来了尖厉的叫声，全是兽类的鬼哭狼嚎，显然野兽深受其害。

锦瑟见他撞得厉害，这一处缝隙微微被撞大，再也顾不得许多，当即转身迈着小碎步往前跑去。

身后震耳欲聋的龙啸声一直持续，整个深渊之中都是回音，无论锦瑟走得多远都能听见。

她跑了许久，见他没有再追来，便随意找到一处凹陷的地方，团着身子窝了起来。这一朝见面没有想象中的亲亲抱抱，反而被他追杀得这般狼狈，她心中自然极为委屈。

瞧他那模样是完全认不出自己了，锦瑟越发闷闷不乐，闭上了眼，趴着不想动弹。

她的原身也是让人看一眼便忍不住喜欢的模样。那娇小柔软的身躯毛茸茸的，还有湿漉漉的小眼睛，叫声柔软，轻易就能叫人心化掉，很容易被当成宠物。

是以她几乎不在人前现出原身，如今这处一片漆黑，倒也罢了。

深渊那边的大动静闹了小半日才稍稍停歇，那些躲在黑暗深处的东西早被吓破了胆，根本不敢吱声。

深渊里头便越发安静了，那些萤火虫早不知逃到了何处，只剩下几只浮浮沉沉。有一只轻轻地落下，像是难得在深渊底下见到锦瑟这般毛茸茸的可爱小生物，忍不住落在了她的鼻尖上，偷偷瞧她。

锦瑟感觉到了动静，微微睁眼，也没有心情驱赶萤火虫，转头看向深渊另一头，想看他一眼显然是极难的，稍不留神就有可能被他吞进肚里。

深渊里头的时间过得极慢，锦瑟有气无力地趴了一会儿，终究是耐不住想看看他的心思，起身慢悠悠地往他那边走去，小心警惕地走了小半个时辰，才回到原来的地方。

原本只能容许她通过的狭窄缝隙，现下变得极为宽大，像是被人生生撞开了些许，不过还不能容一条龙或一个人通过。

锦瑟站在原地看了半晌，察觉对面有细微的动静，迈着爪子小心谨慎地上前，便透过巨大的缝隙看见了守在远处的黑龙。

他真是有耐心，过不来还要守在这里等着，倒是一如既往地难缠。他背对着她，黑色鳞片隐隐闪烁着绚丽的光芒，那长长的尾巴在她眼前轻轻晃动。

这可是要了命，锦瑟根本控制不住自己的本能想去玩他的尾巴。

这个念头刚起，身子已经不顾她的大脑，身姿柔软地穿过了缝隙，轻巧地落了地，伸出爪子去钩他的尾巴。

沈甫亭似乎睡着了，尾巴被她轻轻一碰，微微一偏，避开了她的爪子。

锦瑟的小眼里闪烁着渴望的光芒，她忍不住跟上去，继续钩他好看的尾巴，那小奶爪轻轻搭上耀眼的尾巴，叫她颇为心痒。

尾巴又微微一动，锦瑟忍不住挺着柔软的小身板上前，伸爪去抱，刚抱上龙尾尖，便感觉上头的气流不对。

她抬头看去，果然见沈甫亭居高临下地看着他。

她一时愣住，他突然张口，似要将她一口吞下。

锦瑟反应极为迅速，当即顺着他的尾巴，一溜烟蹿到了他的身上。

沈甫亭猛然站起身，似要将她掀下，那尾巴猛然撞上一旁的石壁，又是一阵不小的震荡。他的鳞片极为光滑坚硬，锦瑟有些抓不住，险些被他甩下去。她一咬牙，爬上了他的脑袋。

龙头岂能被人踩踏？这个举动彻底惹恼了沈甫亭。

他发出一声龙啸，震得锦瑟掉了下去，好在爪子死死地钩着他的龙角，身子绕着他的龙角甩了一圈，又回到了原位。

她紧紧地抓着他的龙角，见他又凶又不认人，心中越发委屈。当初他还说过一定不会忘记她，现下还不是照样抛诸脑后！

骗子！大骗子，话本上说得果然没错，"男人的嘴，骗人的鬼"，男人的话就是没一句真的！

锦瑟气得流泪，再也忍不住心头的委屈，体内怒火一阵翻涌，猛然挥着小爪子，往他头上连番猛捶，凶得一塌糊涂。

沈甫亭显然被这一阵小拳头捶得愣了神，动作竟停止一瞬。

他的头比石头还硬，锦瑟几拳砸下去，爪子极疼，一时间越发恼他，张嘴咬上了他的龙角，喉间只发出咕噜噜的嘶吼声。

一声龙啸骤然响起，他一甩龙角，猛然将她甩落在地，力道极大。

锦瑟被狠狠地摔在了地上，彻底没了力气，只瘫软在地。见沈甫亭快速朝她

袭来，她也不耐烦再跑，心灰意懒地闭上了眼睛。

也不知是不是嫌弃她一动不动，如死物一般，沈甫亭没有一口将她吞下，而是停在半路看着她。

沉默了一会儿，他拿嘴碰了碰她软绵绵的小身板。锦瑟还在气头上，自然不会理他，任由他推翻了身子，连看他一眼都不愿意。

他见她一动不动地装死，似乎极为不悦，猛然冲她一吼，这一声龙啸可不得了，震得锦瑟的耳朵都险些聋了。

她心头一阵暴怒，猛然睁开眼瞪向他，极为凶狠地冲着他吼，喵——

那爪子蓄势待发，似要将他挠得稀巴烂。

沈甫亭满意地一口将她叼起，慢慢地往黑暗深处走去。

锦瑟身上的毛都竖了起来，小爪拼命地去挠他，可惜她根本够不着他，被他叼着后颈往前走去。

他叼东西的动作不是很熟练，弄得她的皮毛很不舒服。

锦瑟挣扎不过，恼得一声声直叫，那小声音在幽静的深渊里回荡，听上去莫名有些可怜，不知道的还以为她被怎么了呢！

这般可怜的叫声，沈甫亭完全没有听进去，叼着她走过阴暗狭长的通道，一路飘着的萤火虫，像星辰缀满了上空，前头一片敞亮。

锦瑟被他叼着，身体来回摇晃，一抬眼，入目竟是绝美的风景。

洞穴中绕着一汪水，清澈透明，极为干净，里头不知是什么东西，泛着幽幽的光，一眼看去，如同宝石被雕磨得剔透温润，嵌入了石壁之中。

没想到深渊底下还有这般好看的地方，叫人心醉神迷。

沈甫亭叼着她往前走去，一路蹚过了湖水，那水极浅，堪堪过了膝盖，锦瑟低头看去，才发现湖水里竟是一条条泛着蓝色幽光的小鱼，那颜色极为好看。小鱼在湖水中轻轻游着，散发出耀眼的光芒。

锦瑟一时有些看呆了，垂着脑袋，小眼睛里都是游来游去的小鱼。她控制不住本能，轻轻喵了一声，渴望地探着爪。

小鱼被沈甫亭这般大的动静吓到了，纷纷往一旁躲去，那灵活的动作惹得锦瑟有些眼馋，小爪微微一钩，却因为距离太远，钩了一爪空气。

沈甫亭显然没有往日的温和宠溺样子，见她乱动，有些不悦，蹚过湖水，便将她随意扔到了地上。

锦瑟被骤然一抛，滚了一圈，一时有些愣神，坐在原地，抬头茫然地看向他。

沈甫亭刚才似乎还没有好好看过她，现在居高临下地看来，眼里没有一丝情绪，叫人觉得他下一刻就要咬上来。

锦瑟看到他清澈透亮的大眼里是一个小小的自己，这般一比，似乎自己连给他塞牙缝都不够。

一时间刚才摔着的痛感也袭了上来，她冲他叫了一声，可是刚才叫得有些狠了，现下声音便有些嘶哑，叫起来没有这么响，听上去极为娇弱可怜，再配上这小模样，真是叫人忍不住想欺负她。

沈甫亭紧紧地盯着她，微微一怔，似乎起了几分兴趣，当即冲着这么小小一只猫发出一声龙啸。

声音震得锦瑟都有些恍惚了，她难以置信地看着他，心中委屈到了极点，这都是他今日第几次吼她了？！

她一恼，身上的毛瞬间竖了起来，起身微微退后几步，喉咙里发出咕噜咕噜的嘶吼声。

沈甫亭伸出龙爪，推了推她的小身板，即便动作很轻，但在锦瑟这里还是极为用力的，她一下被他推倒了，一时间越发气恼地冲着他叫了好几声，眉头狠狠皱起，样子瞧着非常凶。

沈甫亭完全没有将她的小情绪放在眼中，饶有兴致地又推了推她，硬生生将她推着往前走了几步。

锦瑟弄不清楚他究竟要干什么，顺着他的力道往前走了几步，扭头看了他一眼，却见他静静地看着她走。

他见她停下脚步，龙眼瞬间一眯，眼神极为暴戾，似乎她不往前走，就是触怒他。

锦瑟只得迈着小碎步往前走去，可还没有走几步，身后便传来了巨大的动静，沈甫亭突然往她这边扑来！

好在她惯来敏捷，飞快闪身避开了他，否则必然被压成肉饼。

沈甫亭一爪拍下，震得地面裂开，见她躲闪得快，眼中更是起了兴奋的血腥之意，又往她这边扑来，可力道比刚才小了很多，角度也没有那么精准，显然是故意逗着她玩。

锦瑟惊险避过他，这才发现他不想当场拍死自己，就是想跟她玩你追我赶的游戏，还由不得她不玩。

锦瑟极为苦恼地被他追得上蹿下跳，唯一赢在了身姿灵活和娇小上，可这样下去也不是办法，他依旧精力旺盛，而且越追越兴奋。

两个时辰下来，锦瑟便有些脱力了，也不耐烦再跟他玩下去，随意寻了一处

下
册

435

角落趴下，便不再理他了。

沈甫亭见她趴下不动，显然不悦，龙爪猛然拍到她身旁，惊得她小身板微微一震，都离开了地面些许。

锦瑟连眼皮都不耐烦抬一下。

沈甫亭不悦至极，对她又发出一声龙啸，吐出的龙息将锦瑟身上的毛发都吹乱了，露出了里头细嫩的小肚皮。

锦瑟早有心理准备，微微翻了个身，藏住了小肚皮，扬了扬耳朵，一脸爱搭不理的样子。

沈甫亭见状，眼神骤冷，伸出龙爪按上这小小的一只猫，正准备将她按死，没想到按上去后感觉柔软至极，像是在按摩爪子。

锦瑟见他将爪子按上来，心里的委屈情绪越发重了，索性也犯起了倔，由着他踩死自己好了，叫他往后伤心死！

她想着，小小的眼眶里瞬间一片湿意，那按在身上的龙爪已经开始发力，按着她来回揉着。

她小小的身板受不住他的力道，被按得在地上来回摩擦，不由得起了恼意，伸出爪子狠抓了他一下，可这般微不足道的力道，就像是在给他挠痒痒一般。

沈甫亭收回龙爪，看了她一眼，继续在她的身板上揉着，将她当成球儿般玩弄。

"喵喵喵！"

他手上没轻没重，锦瑟被揉出了脾气，伸着爪子去推，却半点儿推不动他。

刚才一番折腾叫她筋疲力尽，现下被这般揉，她自然也没有多少力气反击，不由得彻底松了爪，瘫在地上，冷冷地瞪着他。

沈甫亭可不理睬她的眼神，正揉得起劲，外头突然传来了声响，似有什么东西往这处走来，沙哑的嘶吼声在洞穴中回荡着，听上去让人毛骨悚然。

他龙爪微微一顿，气场瞬间一变，眼眸中闪过一丝血腥之色，临走之前也没有忘记一口叼起锦瑟，龙尾往墙上一甩，凿出了一个大坑，将她随意往里扔去。

锦瑟猝不及防地被甩到了里头，当即站起身要往外冲，便见前头一片漆黑，是一块石头被塞了进来，堵住了她出去的路。

锦瑟愣了一阵，沈甫亭这是将她藏起来了？她忍不住通过小小的缝隙钻出脑袋，却正对上沈甫亭的眼睛。

他见她毛茸茸的小脑袋钻出来，当即冲着她发出低吼，神情极为暴戾，一如既往地霸道。

锦瑟看了一眼他大大的龙头和小小的自己，心有不甘，到底缩回了脑袋。

他才收敛了声音，转身离去。

锦瑟在里头不动，透过缝隙看到了极远处钻进来的东西，果然是生在深渊里的，怎么恐怖就怎么长，专往恶心的方向发展，那一眼看过去，便是残忍血腥的代表。

锦瑟微微皱眉，小毛爪搭上一旁的石头，探过身子仔细看着外头。

这些东西敢来挑战沈甫亭，实力必然非同一般，不能掉以轻心。

果然刚进来，那些怪物便察觉锦瑟的存在，一眼看来，直对上了她的眼睛，古怪的嘶吼声越发响亮，里头透着血腥的兴奋感。

这般举动显然激怒了沈甫亭，他一扫龙尾，整个洞穴猛烈一震，连带锦瑟这里都微微一歪，她从左边摔到了右边。

外头的打斗十分激烈，便是她在洞穴之中都能察觉到那可怕的肃杀之意，这些东西的实力极为恐怖，即便在深渊中受了压制，力量还是这般可怕，实在叫人不得不怀疑这深渊里究竟还有多少东西藏着这样可怕的实力。

龙啸声和怪物尖厉的嘶吼声传来，震耳欲聋，那一下下震荡让锦瑟有一种深渊马上就要塌掉的感觉。

她躲在洞穴里等了很久，时刻看着沈甫亭的动静。他是很凶的一条龙，一出手就没有不沾血的，想来刚才是真的闲得无聊，才和她玩躲猫猫游戏……

外头的动静渐渐小了下来，那血腥的气味引人作呕。

沈甫亭重新走进来时，已经化成了人形，阴煞之气还未尽数散去，模样看上去极为可怕，加上衣衫上溅的几道血痕，让人越发不敢轻举妄动。

他进来后完全忘记了锦瑟的存在，面无表情地走到石床旁安静地躺下，闭眼休息。

这么长时间折腾，他旺盛的精力总算消耗干净了，现下他还知道休息！

锦瑟在心中轻轻一哼，视线落在他的脸上，那里被划伤了一道口子，鲜红的血痕显得面容越发白皙如玉，他这般闭眼睡觉的模样颇为安静无害，甚至有些招人心疼。

锦瑟当即钻出缝隙，从石墙上一跃而下，变回人形后拿出帕子，准备替他擦拭面上的血迹，可手还未靠近他，便被他突然伸手抓住！

他猛地睁开了眼，眼眸里没有半点儿光芒，瞧着毫无人的情绪。

锦瑟一惊，猛然收手，却被他牢牢拽着不放。

他的手劲很大，几乎要捏碎她的手腕，锦瑟挣脱不开，见他越来越用力，痛

得直皱眉，心中的委屈挡也挡不住，恨不得挠花他的脸："我只是替你擦一下脸上的血迹！"

沈甫亭闻言，也不知有没有听见，视线落在她的脸上，毫无情绪地盯着。

如今他这个模样，根本不晓事，锦瑟只得按住心思，不与他一般计较。她不再与他对视，尽量放松，让自己没有一点儿攻击性。

沈甫亭这才松开了她，缓缓坐起身，依旧是一言不发的模样，看上去陌生而又熟悉。

锦瑟感觉他的视线已经不在自己身上，便开始尝试着靠近他，尽量放低声音："我替你擦一下脸上的血。"

沈甫亭也不知有没有听见，只静静地躺着，不答话。

锦瑟拿着手中的帕子，轻轻地贴上他沾染血迹的脸庞，见他没有太大的反应，便拿着手帕轻轻给他擦拭，待触及他的伤口，动作前所未有地轻柔，视线全集中在他的伤口上，表情难得认真。

沈甫亭眼帘微微一抬，看过来的时候，那眼中邪魔外道的神色莫名叫人心口发颤。她有些怔然，反应过来，才发现他们二人靠得这般近，近得连呼吸都有些许纠缠，隐约之间她又闻到了他身上淡淡的檀木气息，那感觉极为熟悉。

锦瑟心中一暖，说不出地高兴，"宠物"失而复得，她哪儿能不欢喜？

她正准备继续擦，他突然一把抓过她的肩膀，将她按倒在石床上。

锦瑟猝不及防地被他按倒，心中惊讶，还未来得及起身，他的手已经下移，按在她软绵绵的肚皮上揉着。

她微微愣神，才反应过来他又将自己当成了球，一时间面色猛地红了，变回原身倒也罢了，现下成了人形，这般被揉来揉去，便有些变味了。

锦瑟只觉浑身不自在，也顾不得别的，伸手去推他的手："不要这样……"

沈甫亭自然不会理会她，手上越发用力，也没个轻重，叫锦瑟觉得肚皮要青了。

即便是这样，沈甫亭还是不满意，手上触感虽然也是柔软的，却没有了刚才毛茸茸的感觉，他神色一敛，没有情绪地开口道："变回去。"

锦瑟微微一顿，有些没明白他的意思，转念一想，才意识到他是要自己变回原身。

她心中有些不乐意，不过，若是能让他不再与自己敌对，这倒也是个好选择。更何况她如今这般喜欢他，自然是要宠他的。

她想着，变回了娇娇小小的一只，迈着爪子，极为依赖地靠近他，仰起小脑袋靠在他的手边，很是可爱。

沈甫亭见状，唇角勾出了一丝笑，模样瞧着颇有邪意，用力将她整只揉了一番，龙尾一甩，瞬间变回了龙身，将她搂进爪子里，靠在石床上休息。

锦瑟被他搂进爪子里，有些不适应，见他气息微微平稳，不由得在他手里微微转了一圈，软软地趴在他的手上看着他，心中再也没有了那般空空的感觉。只要他能好好地陪在她身边，无论变成什么样子，她都不在乎。

这一觉是锦瑟这几日睡得最沉的一次，醒来后她神采奕奕，见他还睡着，有些待不住，便悄悄地从他手里钻出来，跃下了石床，摸到湖水旁。

澄澈的湖水里是游来游去的荧光小鱼，锦瑟惦记了很久，观望了一会儿，当即伸爪捞鱼，那速度又快又准，可这深渊里的鱼很灵活，不知比外头的鱼聪明多少。

她毛茸茸的爪子刚一靠近，它们便已经察觉，瞬间四下散开，叫她一无所获。

她一时间越发认真起来，那小表情阴狠至极，那些小鱼根本不是她的对手。

很快她就逮着一条小鱼，正兴致勃勃地往岸上捞，突然被什么按住了身板，往回一拉。

她爪子一松，到手的小鱼瞬间溜走了，锦瑟抬头一看，果然是沈甫亭。

她好不容易到手的小鱼没了！她心头窝火，冲着他嘶叫一声，沈甫亭根本不理她，伸爪按着她揉。

锦瑟幽怨地看着他，他对她倒是没了敌意，时不时会揉一揉她，却不会让她玩他的尾巴，只要她一碰就会凶她，极不公平。

沈甫亭被困在这里，出不了深渊，显然让他很不悦，大多数时候是去外头与深渊里的东西打斗，生性极为嗜血。

若不是锦瑟有一个可以揉按的功能，恐怕早就被他塞了牙缝。

这日，沈甫亭回来，依旧受了伤，虽说是皮肉伤，也让她心中发恼。毕竟他是挂在心尖上的"宠物"，受了伤叫她如何舒坦？可她又拦不住他那好斗的性子。

不过几日，他又抓来了几只和她的模样相仿的软毛玩意儿，长得虽不如她讨喜，可到底比她新鲜，锦瑟便彻底失去了独宠的待遇。

她这才发现不对劲，他们之间的距离好像越来越远，可以相伴，却永不可即。

他时常一个人站着，看着深渊上头，不知在想什么，或者闭目休息，明明在她身边，却又仿佛离她很远。

锦瑟才发现自己很在乎他，她要的不是沈甫亭的躯壳，她要他这个人，一个

有血有肉、能对她笑的沈甫亭。

她当即变回了人形，闷闷不乐，想与他说说话："沈甫亭……"

本来还静静坐着的沈甫亭，猛然睁开眼睛，似乎受到了什么刺激，又见她突然靠近，当即掐上了她的脖子，将她压在了石床上，眼中神情如同兽类，只知防备攻击，不通半点儿人性。

锦瑟猝不及防地被他掐了个正着，见他这神情，心中一下刺痛："你真的不认识我了吗？你说过不会忘记我的！"

沈甫亭没有半点儿反应，见她开口，神情阴鸷至极，黑沉的眼眸里甚至没有她的影子。

她在他眼里显然就是可有可无的玩意儿，只要她惹了他不高兴，弄死她也不过是瞬间的事，他还可以找更多更好玩的玩意儿。

锦瑟一想到这种可能，心中的难受情绪彻底爆发，挣扎着想起身："给我放手！"

沈甫亭见她这般挣扎，手下越发用力。

锦瑟见他油盐不进，心头暴怒，恼得伸手去挠他的脸。她现下看到他这张没有表情的脸，就气不打一处来，手脚并用，不管不顾地去踢他。

她这般胡乱踢踹，沈甫亭自然被她踢着了，他瞬间神情一凛，按住她的腿猛然压了上来，似要将她的腿生生折断，那面无表情的模样可是残忍至极。

锦瑟察觉他的意图，挣扎得越发剧烈，这般扭来动去，难免便变了味。

即便沈甫亭失了往日的清明，终究是个男人，还是个精力旺盛、无处发泄的男人。

沈甫亭神情变得不对劲，按着她的动作越发敷衍，他不过是将她禁锢在怀里，不让她逃离自己半步。

锦瑟不小心碰着了什么，瞬间一顿，察觉他的变化之后，心口蓦然一跳，没有想到他还会有这样的反应……

这般算起来，他们已经许久没有亲昵了，现下的情形倒叫她对他有了几分熟悉感。

沈甫亭似乎极为难受，眼尾都微微泛红，呼吸开始紊乱，似乎弄不明白为什么会有这种感觉。

锦瑟被他压得有些不舒服，微微挪了挪身子，他却不许，越发用力地按着她，带着原始的本能，极具攻击和侵略性。那满是邪气的视线落在她的脸上，不似以往那般带着情欲的味道，却更叫人心口发慌。

那种冷然的眼神和动作的反差，叫她不知所措。

她有些受不住，别开了视线，那白皙纤细的脖颈，线条极为优美，连带着娇软小巧的耳垂呈现在沈甫亭面前，莫名可口。

他心念一起，低头咬上了她的耳垂，唇瓣一碰触，觉得极为柔软。

锦瑟感觉他灼热的气息喷在耳畔，不自觉地缩了一下，极轻地叫了一声。

沈甫亭一顿，呼吸乱了不少，动作极为粗鲁地顺着她纤细的脖子一路往下。

他显然没有忘记那种感觉，完全凭着本能牵引，只是没了自己的理智和意识，一时不得入门，越发急迫，气息乱得一塌糊涂，喷在她白皙的面上，叫她都有些乱了，不知该如何反应："沈甫亭，你现下不太适合这样……"

沈甫亭自然听不进去，难受得额间布满了细密的汗珠，呼吸极重，到了后头终是被他凭着本能摸索出来，却磨得锦瑟险些去了半条命。

往日他若是有意识的时候，自然会怜惜她几分，多少有一些分寸，可是现下他毫无节制。

锦瑟被他一朝缠上，就像被什么东西咬住不放一般，怎么打骂他都不松口，到后头她终是受不住他缠磨的劲头，哭出了声。可他不但没有消停，反而越来越兴奋，精力好像耗不完。

锦瑟哭得声音都哑了，觉得自己是疯了才会变回人形靠近他。

不知过了多久，锦瑟眼睛都哭肿了，瞧着格外可怜，沈甫亭也不知是因为她哭得太凶了才结束，还是因为已经吃饱了才结束。

这般过后，沈甫亭看她的眼神就不太对了，那眼眸里隐带兴奋之意，和以往完事之后的柔情蜜意完全不同，虎视眈眈，仿佛想将她拆吃入腹。

锦瑟累得几乎撑不起眼皮，见他神采奕奕，半点儿不觉得疲惫，一时心头怒火起，忍不住闹起了小脾气，猛地推开他："我叫你停，你为何不停？你是不是装聋作哑，故意折腾我？"可惜这质问没有半点儿威胁性，她的声音哑了，软弱无力得像在撒娇。

沈甫亭见她推开自己，眼神一凛，猛然搂过她一把禁锢在怀里，似乎怕她跑了一般。

锦瑟的腰被他掐得极紧，她险些没透过气来，这般光溜溜地被他抱着，难免叫锦瑟不敢在他怀里扭动挣扎，只得慢慢地放松身子："我累了，想休息。"

沈甫亭依旧不松手，不让她离开他的领地。

锦瑟见他不松手，只得靠在他的肩膀处，就着诡异的姿势休息，这一顿折腾

让她太累了，不过刚刚闭眼，就沉入了梦乡，不知今夕何夕。

沈甫亭一动不动地抱了她许久，察觉她呼吸平稳，才放松了警惕，由着她靠在他的胳膊上。

她睡得很香，眼眶红红的，眼睫被眼泪润湿，还有泪意，衬得面容越发娇嫩，细嫩的肌肤上全是痕迹，看上去有一点儿可怜。

他静静地看着她，忽而唇角微微一勾，露出一丝邪笑，那眼神不通半点儿人情，直白露骨的莫名意味与皮相的清俊模样反差极大，莫名叫人心慌意乱不敢看。

锦瑟一觉醒来，沈甫亭难得没有出去，抱着她躺在石床上，抱她的姿势与往日一模一样。若不是他现下这个状态，她还真以为他已经恢复了，毕竟那床笫之间的劲头依旧没有改变，反而变本加厉。

锦瑟想到这里，便觉得浑身酸疼不已，腿也废掉了一般。

她一个动作，沈甫亭便醒了，揽在她腰上的手微微一紧。他显然是防着她跑，毕竟她先前也不是没有跑过，还给逃了。

锦瑟一见他这般，就气不打一处来，猛地推开他坐起身，在一片狼藉的石床之上找自己的衣裳，衣裳已经皱得不能看。

所幸先前她没有让他动手解衣裳，否则那衣裳早就被他撕成了破布条，无法再穿。

锦瑟拿起皱成一团的衣裳准备将就着穿，沈甫亭却伸手拉过她的衣裳。

锦瑟用力拽着衣裳，看着他如同敌人一般，语气不善地问："你又想干什么？"

"不穿好看。"沈甫亭抬眼看过来，视线毫无遮掩，似乎比较喜欢她如今这个样子。

不要脸面的玩意儿，这种话他都说得出口！

锦瑟见他的视线落在自己身上，一时全身泛红，继续拽衣裳，他却不松手，反而完全扯去了她的衣裳。

锦瑟手软、腿软，自然不敌他，担心他将自己的衣裳给扯坏，当即变回了原身，窝在衣裳里不再理他。

沈甫亭见状，眉头紧紧一皱，果然放下了手中的衣裳，一把抓住她的小身板："变回来！"

锦瑟闭着眼睛，极为舒服地窝着，自然不打算再变回人形。

沈甫亭见她不理不睬，显然不悦到了极点，捏着她的后颈，将她高高抬起，眼神极为可怕："我让你变回来。"

锦瑟垂着小脑袋，小身板随着他的手微微晃动，权当没听见，油盐不进的样子如同刚才的他一般，很是可恶。

这可算是捏住了沈甫亭的软肋，他如今尝了滋味，自然不舍得将她弄死，一时竟也拿她没有办法，只能一直盯着她。那眼神极有压迫感，让人背脊泛起凉意。

这样一来，锦瑟便更不可能变回人形了。

沈甫亭初时还好，毕竟一次性吃饱了，可惜饿了以后就难受了。后头见她一直不变回来，他越发躁动，凶她、逼她、威胁她，什么手段都使了。

锦瑟依旧顶着原身在他面前晃荡，偶尔被逼急了，便睁着湿漉漉的小眼睛看着他，似乎听不懂他的意思，叫人想揍他又不忍心揍。

沈甫亭只能看着，不能吃，一时性子越发可怕，做派阴狠入骨，锦瑟这么小小一只猫自然不能磕着、伤着。

深渊里头的东西就不一样了，本就长得抽象，路过也能惹了沈甫亭，那惨绝人寰的哀号声，时常听得锦瑟都起了恻隐之心。

不过她也没办法，谁叫它们非要挑这个时候路过……

沈甫亭捡来的几只长毛玩意儿啥也不懂，本就胆子小，这些日子更是被吓得不轻，缩在角落里瑟瑟发抖。

是以深渊里只有锦瑟一个人过得舒服，外头腥风血雨，她却两只爪子窝在身下，八风不动，趴在石床上休养。

空气中弥漫着血腥的味道，几只长毛玩意儿越发害怕起来，窝在一起，不停地哭泣，与外头的惨叫声相得益彰。

锦瑟慢悠悠地睁眼看向它们，虽然说这些玩意儿长得不是很讨喜，但是毛发松软至极，比石床要舒服许多。

她当即起了意，一跃而下，跑到长毛玩意儿那里，挺着小身板，挤进了它们里头窝着，小小一只完全淹没在了里头。

没过多久，沈甫亭便从外头回来了，打斗显然没有往日那般吸引他，让他兴致缺缺，回来后依旧很躁，欲求不满，又见石床上没了锦瑟的踪影，顿时大怒，仿佛被欺骗了一般四下寻找。

锦瑟瞧见他这般，没有半点儿反应，也没有出声让他发现的意思，换了个姿势继续睡觉。

她不将他放心上，沈甫亭却急了，越找越急，待看见了窝在长毛玩意儿里头睡觉的她，眼中的黑沉之意极深，长腿一迈，几步过来一把揪起她，扔在了石床上。

　　锦瑟在睡梦中猛地翻了几个跟头，一醒来便见沈甫亭站在她面前，哪儿还不知晓他刚才干了什么。一时她仰起毛茸茸的小脑袋，冲着他嘶吼起来。

　　沈甫亭忍无可忍，猛然按住她的脑袋："变回来，听懂了吗？"

　　锦瑟一听到这话，当即闭上了小眼睛，身子一软，趴在了石床上，仿佛什么也没听见。

　　沈甫亭死死地盯着她，似恨不得一口将她吞了。

　　过了好一会儿，笼罩在她身上的黑影消失了，显然是他离开了。

　　锦瑟乐得耳根清净，也正好琢磨琢磨怎么离开这里，否则他永远都没有办法恢复，可莫古深渊显然比她想象中还要复杂。

　　这几日，她趁着他出去的时候，在这附近溜达了一圈，发现这个地方无穷无尽，她走了许久都没有摸到底。掉下来的时候都用了大半日，往上去显然也是不可能的，她一时颇为苦恼。

　　她正琢磨着，鼻间便闻到了湖水的清香，似乎还伴随着小鱼的香味。

　　锦瑟睁开眼睛看去，便见前头的人手中兜着水，水里是几条惊慌失措地游着的幽蓝色的小鱼。

　　锦瑟一喜，当即伸爪攀上那只白皙修长的手，小脑袋往前一探，才意识到是沈甫亭的手。

　　她抬眼一看，他正一眼不错地看着她，眸色依旧黑沉，让人看不到一丝情绪。可这样的举动让锦瑟心中一暖，仰起小脑袋贴上他的手，轻轻磨蹭，满脸依恋之色："喵——"

　　沈甫亭由着她轻轻地蹭着，却直勾勾地盯着她，眼里头没有一丝光，也不带任何宠溺的情绪，依旧是邪魔外道的做派，看上去让人口舌生燥。

　　锦瑟轻轻地蹭了一会儿，见他手里的小鱼游得欢，当即探出小爪去捞。

　　沈甫亭也由着她捞，待她玩得起劲，突然靠近她，话里全是冷冷的威胁之意："我给了你鱼，你就要变回来。"

　　锦瑟闻言，捞着小鱼的爪子瞬间收了回来，忍住了自己的心思，趴回原地窝着。

　　沈甫亭见她连小鱼都不要，神情越发阴鸷，让人不寒而栗。

　　他也确实难挨，刚刚尝了甜头，现下她却不给，叫他如何受得了？

　　洞穴里头越发静谧，气氛压得人胸口都透不过气来，这显然就是他要大发雷霆的前兆。

　　锦瑟伸了伸爪，做好了上蹿下跳的准备，不想一阵风吹过，一声低低的龙啸传来，似乎在唤她。

锦瑟微微一怔，抬眼看去，沈甫亭已经变回了龙身，巨大的龙眼看着她，依旧没有情绪，可好看的尾巴微微一晃。

锦瑟还没明白他的意思，那泛着绚丽光芒的尾巴已经到了她面前，在她面前轻轻晃动。

锦瑟的小眼睛不自觉跟着他的尾巴走，眼里尽是渴望之色，她当即伸爪去钩他的尾巴。

沈甫亭却在她快要钩着的时候，猛然收回了尾巴，不让她碰。

那意思表达得极为明白，显然他就是拿尾巴和她换，她变回人形，他就让她玩一玩尾巴。

锦瑟心中一阵气恼，他这哪儿是失去了意识，根本就是一样奸诈狡猾，为了达到目的，连往日不让她碰的尾巴都拿出来晃了，真是不择手段！

锦瑟强行按住自己的爪子，不被他勾引，可他的尾巴实在好看，泛着绚丽的光芒，微微晃过，仿佛有细碎的光芒掉下来，极为打眼。

她按不住自己的眼神，一眼不错地看着他的尾巴，很是喜欢。

沈甫亭即便失去了意识，可骨子里的东西还是不会改变，很懂得利用自己的长处得到自己想要的东西，见她盯着，好看的尾巴又在她面前晃了一下，勾引的意味极为明显。

"喵——"锦瑟再也控制不住，猛地扑了上去，对着尾巴又扑又抱。

沈甫亭微微一抬尾巴，居高临下地看着她。

锦瑟挺着小身板，伸着爪去钩尾巴，见状，迫不及待地点头，不管不顾地答应了这场黑暗的交易，才终于钩着了他的尾巴。

沈甫亭饶有兴致地逗着她玩了小半日，锦瑟很是欢喜，直跟着他转啊绕啊，到了后半日，自然被叼进了"狼窝"。

"交易"一旦开始就没法再停下了，有一有二就有三。

锦瑟控制不住自己的本能，常常想钩他的尾巴，少不得多"交易"几次。沈甫亭乐见其成，时不时拿尾巴逗她，她"交易"得越多，他就越欢喜。

一时间锦瑟仿佛被掏空了一般。

这之后，沈甫亭就越来越习惯抱着她睡觉，抱着抱着自然就又"交易"了，毕竟她这么香香软软地窝在他怀里，他哪儿能不起意？

锦瑟也不敢再在他怀里睡觉，每一次"交易"完毕，她就会挣扎着变回原身，

下
册

慢吞吞地爬下石床，费力地跑到长毛玩意儿里头挤着睡。

这几个小东西倒是叫沈甫亭抓得好，正好可以用来给她当软床，让她很满意。可在沈甫亭那里就不一样了，他看它们的眼神越来越不对劲，时常凉飕飕的。

不过，这也怪不了沈甫亭，由俭入奢易，由奢入俭难，他已经习惯抱着软绵绵的她睡觉，现下再让他一个人躺在冰冷的石床上，多少是不舒服的。夜里他时常翻来覆去，睡不着觉，便又是深渊里那些玩意儿遭了殃。

那几只长毛玩意儿反射弧极长，根本没有注意到沈甫亭对它们的不满越来越强烈，甚至动了杀机，若不是碍于锦瑟在一旁，恐怕早就动手了。

这日，锦瑟四处勘察了一番回来，沈甫亭已经回来了，地上尽是碎毛，几只长毛玩意儿已经变成了无毛的玩意儿，毛发被剃得干干净净，窝在角落里小声哭泣。

沈甫亭面无表情地看着它们哭，那平静的模样叫人以为这件事情与他根本没有关系。

锦瑟见自己的软床被毁了，气恼地上前："你又剃别人的毛？！"

沈甫亭自然想不起以往的事，冷着脸不说话，显然也是不开心。

锦瑟见状，也觉理亏，毕竟是她先缠着他抱着睡的，后头又非要分床，以他现下的性子他没有发脾气，已经很好了，她自然也没法闹脾气，只能暗自苦恼。

这些玩意儿本来长得就不讨喜，也就这一身软乎乎的毛发惹人注意，现下被剃了毛，比"风花雪月"还要丑，叫人不忍直视。

锦瑟非常苦恼，看着这群玩意儿，苦恼自己的处境。沈甫亭已经悄无声息地走到她身后："它们掉光了毛，太丑。"

呸，明明是他剃的，他还埋汰别人。

锦瑟闻言不语，沈甫亭已经伸手搂过她的腰，俯身将她打横抱起："晚上你要和我睡。"

锦瑟骤然被他抱起，看着他清俊的脸，对于他无师自通的公主抱举动显然很是惊喜，便使唤他抱着自己转圈。沈甫亭自然答应，转着转着，她便只能窝在沈甫亭的怀抱里睡了。

沈甫亭没什么情绪变化，可是紧紧搂着她的手，还是很明显地表达出了"欢喜"二字。锦瑟心中越发惊喜，他已经有血有肉，有了变化。

因为沈甫亭，深渊里再也没了路过他们这处的玩意儿，一般那些东西都是绕道走，这里也俨然成了深渊里的禁区。

往日除了那些不要命的凶狠玩意儿来找事，每每闹得深渊震三震，其余就没有什么大事了。

沈甫亭也很正常，除去偶尔显露残忍笑意和血腥眼神，也没有什么不对劲的地方，她甚至觉得他已经慢慢恢复成原来的样子。可惜天不从人愿，命数这种东西，从来不是她想当然就能改变的。

锦瑟在深渊里晃荡了几日都没找到出口，一时也有些烦躁。他确实给自己找了一条绝路，彻底困死了自己。

她连续几日都毫无头绪，静谧的深渊里竟然传来了悠悠的琴声。

琴声若是在山水间响起，那便是绕梁三日，余音不绝，可是在这暗无天日的深渊之中响起，那就有些瘆人了。

锦瑟心中一喜，既然有琴声，就说明深渊里还有其他人。她当即带着沈甫亭去寻找琴声。

可惜这琴声虽然听着近在咫尺，却怎么也找不到，他们找了整整三日，都没有找到那琴声的来源。

此事极其诡异，若是放在寻常人身上，只怕要被吓破胆子，锦瑟却格外好奇。

琴声在他们还没有找到之前又突然停了，锦瑟越发明白，弹琴的人就在附近。

这里的洞穴与前头完全不一样，水里没有生物，水面上飘着缕缕白烟，犹如秘境一般。

锦瑟站在山石之上，眺望着整个洞穴，里头是层层叠叠的石头，几乎望不到边："不知何方高人奏琴引我们来，如今我们到了，高人为何却不现身？"

她的声音在洞穴之中回荡，传来的回音依旧是她自己的，没有人回应。

锦瑟等了半晌，依旧无人回应，只能暂且作罢。

站在黑暗之中的沈甫亭安静冷然，三日的奔波让他眼中的黑沉之色越发深重，邪意让人越发不敢靠近他。

锦瑟微微一拂袖，扫开了水上的烟气，拿起帕子在清澈的水中沾湿。

这水阴寒刺骨，这里的洞穴比别的地方要寒冷许多，不是人能居住的。

锦瑟拧干了手中的帕子，转头看向沈甫亭。

原本站在黑暗里的沈甫亭见她看过来，当即长腿一迈，缓缓朝她走来，依旧是邪魔的做派，脸上、衣衫上沾染了血迹，如同当日屠龙一般，眼神叫人不寒而栗。

一路走来，他们遇上了不少难缠的怪物，皆血腥残忍，越到深处怪物越多，稍有动静就会攻击人，若不是沈甫亭一路跟着，锦瑟不知要耽误多少时间。

下册

　　锦瑟不喜欢他这般模样，那会让她感觉他们之间的距离越来越远，远得她无法靠近，是以她每每都会替他擦去血迹。

　　沈甫亭走到她面前，锦瑟伸手轻轻抓住他的手指，眼睛一弯："我替你擦一下脸上的血。"

　　沈甫亭缓缓地在她面前蹲下，一眼不错地盯着她，安静得古怪。

　　锦瑟倒也习以为常了，拿起沾湿的帕子，在他的脸颊上轻轻地擦拭，他清俊的眉眼依旧精致。她的手指不自觉地抚上他的眉眼，轻轻描绘，声音虽轻却很坚定："我一定会带你出去，你的方法不对，你该听我的。"

　　沈甫亭也不知有没有听进去，视线落在她的脸上，那眼神莫名叫人心口急跳。

　　锦瑟收回帕子，重新放在湖水里头清洗，沈甫亭却伸手搂过她，突然亲了过来。

　　他的长睫微微垂着，神情依旧冷漠，可动作带着莫名的意味，叫人无法忽略。

　　锦瑟感觉到他的热情，他的薄唇不如往日温软，泛着凉意，可唇齿间的热气叫她呼吸一急，心下猛跳。

　　她还没适应，沈甫亭已经吻过她白皙的脸颊，噙住了她的唇瓣，极为用力地缠磨，呼吸微重，叫她有些受不住。

　　早知道她先前就不应该饮鸩止渴，躺在他怀里的时候，时常与他亲吻，分散他的注意力，现下都叫他学会了，知道怎么来勾引自己了。

　　有时候她累得玩不动他的尾巴，他就开始亲她，一样能勾得她神魂颠倒地与他耳鬓厮磨。此后他便越发喜欢亲吻她，时不时就要亲一亲她。

　　现下显然不是回应他的好时候，锦瑟别过脸，避开他的唇瓣。

　　沈甫亭却没有停下的意思，吻着她的脸颊，顺着往下，微凉的唇瓣触到了她的脖颈。

　　锦瑟连忙开口阻止："现下不行，你先忍一忍。"

　　"好久没有了。"整整三日，他感觉太难熬了。

　　他的声音低哑，揽着她的手越发用力，将她抱到他的身上，不乐意松手。

　　锦瑟感受到他的难受，只得伸手搂上他的脖颈，细细密密地亲他，安抚他："给你亲一会儿。"

　　沈甫亭被她这样细细密密地吻着，情绪好了些。他很喜欢和她亲亲抱抱，那感觉不亚于与她一起睡觉。

　　他低头亲上她的唇瓣，用力缠磨，二人一阵亲昵。

　　琴声忽然又响了起来，这一次传来了女子的歌声，那声音远远传来，极为好听、空灵，可在这样寒冷的深渊里响起，凉气直从脚底钻了上来。

沈甫亭一顿，当即停了下来，眼眸瞬间一黯，一跃而起，往声音来处掠去，杀意顿起。

这个时候无论是声音还是人，擅闯他的领地，都是死路一条！

锦瑟唯恐他杀了那个人，急得追了上去："不要伤人，那是我们出去的机会！"

沈甫亭这个时候又怎么听得进去她的话？他如今就像一只伺机而动的兽，眼中有的只是血腥和杀意，没有人的思维和意识。

锦瑟心中一急，当即挥出绣花线，捆上了他的窄腰，费力地将他拉住，这种行为瞬间激怒了沈甫亭。

他猛然转身，一出手就是凛冽的杀招。锦瑟飞快避过，他带起的凛冽掌风刮得她面颊生疼，刚才的柔情蜜意就好像是梦一般，梦醒后都成了空，一切都是假象。

锦瑟来不及多想，沈甫亭已经化身为龙，不再是往日拿着尾巴逗她玩的模样，似乎完全不认识她，连连使出杀招。

锦瑟连连后退，脚下终是一绊，往后跌去，身后的石壁骤然一软，没有了实质。她猛地跌了进去，再抬眼，面前已经不是刚才那个秘境，沈甫亭也消失不见了。

眼前是幽深的黑暗场景，女子的歌声就在耳边响起。

锦瑟猛然转头一看，便见不远处的琴弦无人弹奏，却发出了琴声，而一旁飘着一个女子，一身白衣，不染纤尘，歌声便是从她口中出来的。

这人似一缕无处依附的魂魄。

锦瑟看了一眼周围环境，这个石洞比外头还要寒冷数倍，周遭一片漆黑，只有隐隐的光透进来，昏暗无比。

"是你引我过来的？"

"是我，深渊里已经许久没有人进来了，难得见到两个活人进来，也算是我们的缘分。"那女子转头看过来，模样生得并不可怕，比这深渊里的东西不知要清丽多少，眼中似含水雾，隐带一丝清愁，气韵却带着自成一派的高贵。

锦瑟站起身，心中自是不信此话："只是因为有缘才引我过来？"

"你我遭遇太过相似，我想救一救你。"

"哦？"锦瑟微微一笑，"不知你要救我什么？我现下可是好好地站在这里。"

"你是好好的，可外头那个人要不好了。"

下
册

锦瑟闻言一顿，没再说话。

"他是邪仙对吗，走火入魔的邪仙？"

锦瑟瞬间警惕起来，看向她的神情极为阴冷，这个女子能够在深渊之中不受压制，轻易拉她离开沈甫亭，法力显然十分高强。

沈甫亭如今这个状态，若是叫居心叵测的人瞧见，必然会生出争抢他的法力的想法，而眼前这个人也有争抢的实力……

女子看出锦瑟的顾虑："你不用担心，他法力虽高，于我无用，我这一辈子都会被关在这里，夺来也无济于事。"

锦瑟依旧没有放下警惕之心，沈甫亭如今不在她身边，她心中越发不安，琢磨着如何离开。

女子似乎没有在意她信不信，缓缓说道："那是你的夫君吗？"

锦瑟眼眸微转："是又如何？"

"我也有一个这样的夫君，"女子墨伊微微一顿，似乎回想起了往昔的场景，"他也是这般走火入魔，邪气吞噬了他所有的意识，他终究变得连我也不认识了……"

锦瑟心中惊讶，因为邪气而走火入魔的神仙，除去现下的沈甫亭，这万万年来也就出了一个。

那位仙者法力极为高强，性子更是温厚纯良，以良善著名，却因走火入魔之后的血腥残忍之举，反差过大，闻名六道。

难道当初那个邪仙下莫古深渊的时候并不是一个人，而是带了妻子？

"那位邪仙是你的夫君？"

"对，我心爱的夫君。"她说这话的时候，神情有一些古怪，不像是爱，也不像是不爱。

锦瑟没有注意，只是格外惊喜，这实在是踏破铁鞋无觅处，得来全不费工夫，没有想到她当初遍寻不到那本《邪仙笔录》，如今竟在这里见到了那人的妻子！

锦瑟当即上前："你既是他的妻子，有没有看过他写的笔录？"

墨伊露出一丝苍白的笑："看过……"她眼中瞬间泛起了水花，"可又有什么用？到头来他还不是疯了，连自己的妻儿都杀了。"

锦瑟微微一顿，总算明白她身上为何有这么重的怨气，原来她还有这么惨痛的过去，叫人遗憾："我很抱歉。"

"不必抱歉，有些事情都是命数，强求不得，我已经无法改变，你还有机会，所以我才想帮你。你和我太相似了，我不想看见悲剧重演。"

锦瑟看着她不语，心情自然不悦，毕竟谁也不想听到自己和夫君的结局是一场悲剧。

"你若是能帮我们夫妻二人出去，那我必然会好好感谢你；若是想要说别的，那就不必了。"

锦瑟转身往另一边走去，身后的墨伊却轻轻说道："你在害怕对不对？即便我不说，你也看见他刚才是什么样了，他已经不认人了，等到意识被完全蚕食，你就是他的盘中餐。"

这话说来未免太过直接和残忍！

锦瑟猛地转身看向她："你说什么？"

墨伊并没有太大的反应，只是轻轻一笑，笑间带着一丝无法散去的哀怨之意："你不必不信，我是现下的你我也不会信，可我说的都是实话，我们殊途同归罢了。"

锦瑟笼在袖间的手猛然收紧，她从来不会听不了什么话，到如今却受不了这话，或许她心里早已明白沈甫亭如今的状况确实不容乐观。

墨伊飘到琴弦那一处，伸手虚抚："我和他青梅竹马，从小一起长大，他说长大之后要娶我为妻，这琴便是他送我的聘礼，我陪他下深渊之时，就带着这把琴。我想，只要我们两个在一起，什么事情都不会改变我们的感情。他起初还是好的，只是偶尔会不认我，其余时候我们都是好好的。到了后来，他发作得越发厉害，我躺在他的旁边，每一日都要担心会不会在睡梦中被他杀死，会不会一觉醒来，又是对着一个没有人性的恶魔。"她微微一顿，似乎这一段过程太过煎熬，已经无法细细讲来，"到了后来，他自己也察觉吃力，在还有意识之时，将我藏了起来，用尽自己的修为，掩住了我的气息，以防他发作之时发现我。我那时已经怀了身孕，却无法亲口告诉他，我们明明在一处，却一日都不得见，他终日都在进行屠杀，凡是活物他都不会放过，我一边害怕，一边又想见他……"

这种情绪或许不亲身经历的人永远无法体会，自己最爱、最依赖的人就是危险本身，这又是何其难言的害怕情绪？

锦瑟眼神微沉，认真听着，沈甫亭与那个邪仙的行为确实很像，只是还没到那一步。

"那一日是孩子的诞辰，也是……孩子的忌日……"她说到这里，已哽咽起来，几乎是一字一顿才将这些话说出来，那美目之中的泪水滴落下来，瞬间化作了虚影。

锦瑟隐约察觉她后面要说什么，一时间不敢再听，因为怕听到的是自己想象

的场景。

可她已经自顾自地说了："他掩去了我的气息，却没有掩去孩子的，孩子刚刚出生，他就到了。他那时已经不认得我了，浑身是血，我永远忘不了他那时毫无情绪的眼神和饥饿的神态……"

"你说这些，目的究竟是什么？"锦瑟眼中尽是冷意。

"我不想看到悲剧重演，不想再看到另一个我出现。"

锦瑟到底是见的世面多了，又是阴毒的做派，瞬间平复了心绪："我和他不会是悲剧，有我在，不会让他变成那样。"

"没用的，你救不了他，走火入魔的神仙已经不是神仙，除非他死，否则他终究会变成怪物，如同深渊里头的那些东西一样。"

"我们和你们不一样。"锦瑟再也不想听她说话，转身往外走去。

墨伊没有再追上来，只是偌大的洞穴里依旧有她的声音，回荡在锦瑟的耳畔："你陪得了他一日，陪得了他一辈子吗？终日在他身边，看着他慢慢变得可怕丑陋，他的皮相会被毁掉，他的所有骄傲都会被自己踩在地下，如同畜生一般活着，你爱得再深又怎么样？他已经不是他了，你们往日的那些美好回忆都会被撕碎，还不如早早断干净，给自己留一丝美好的念想……"

锦瑟越走越快，似乎这样就听不见她的声音，就可以逃离这个事实。

身后的声音依旧哀怨，有些自言自语的疯癫模样："早点儿走，别像我一样，在没有意义的事上徒劳无功，你要是想走就来找我，我可以帮你……"

待她出去，沈甫亭已经不见了，深渊里到处都是厮杀之声，如同魔咒一般围绕着她，让她透不过气。

时间不知过了多久，或许只是一瞬间，但在她这里是度日如年，沈甫亭重新出现在她面前。

他的面容上又沾了血迹，见到她，眼中依旧没有情绪，他站在黑暗之中死死盯着她，锦瑟觉得他下一刻就要动手捏碎她的喉咙。

锦瑟站在原地看了他半晌，依旧对他一笑，如同往日一般，缓缓走向他。他的视线落在她的身上，一动不动，也不知他认不认得她。

锦瑟从衣袖中拿出了帕子，认真地替他擦去面上沾染的血迹。

沈甫亭到底是感觉到了熟悉的气息，由着她擦拭面上的血迹，还知晓微微低头配合着她的动作。

锦瑟静静地擦完他面上的血迹，伸手轻轻抚上他如玉的脸庞，他白皙的面容已经隐约可见黑色的纹路，沿着他的眉眼鼻梁蔓延，如同一道伤痕，衬得他清俊的面容越发邪气，他成魔已经有了征兆。

　　锦瑟眼眶一热，眼里泛起泪水，语气却是坚定的："我不是她，你也不是他，我们和他们不一样，我会永远陪在你身边，哪怕只能度过一天，我也会陪着你。你若成魔，我就陪你成魔。无论你变成什么样子，我永远都会在你身边。"

　　沈甫亭盯着她没动，似乎已经听不懂她的话。忽而一滴热泪吧嗒一声落在他的手背上，他心中莫名剧烈一疼，却不懂为何心疼。

第十八章
公子清俊，风度翩翩

沈甫亭的面上出现了一道黑色纹路后，身上的黑色纹路越来越多，已经慢慢开始侵蚀他的皮囊。她恨不得日子过得慢一些，可时间就像手中的流沙，她抓得越紧，就流逝得越快。

他的话越来越少，已经开始不会表达自己的意思，到后来他已经彻底听不懂她的话了。

只要有东西靠近他，他就会陷入极度戒备的状态，便是连她靠近都不行。两个人相处变得越来越难，她不能做一点儿具有攻击性的动作，否则必然会引起他的攻击。

那些无毛的玩意儿，还是她化成原身趁他不注意一只只赶出去的，否则恐怕早就被他弄死了。

他没了欲求，整个意识里只有厮杀，出去的次数也越来越多，周遭只要有活物，都逃不过他的魔爪。

墨伊无时无刻不在锦瑟耳边提醒，她明明没有出现，声音却像追魂的魔咒在锦瑟耳畔回响，仿佛她已经预知了未来，走才是锦瑟真正正确的选择。

现下的情形就像是头上悬着一把刀，刀上面捆着的绳子一点点被磨开，刀摇摇欲坠。

这一次他回来，唇角沾染了血迹，甚至已经不认识她，一动不动地盯着她，仿佛下一刻就要扑上来厮杀。

锦瑟看着他嘴角的血不动，不知在想什么。

耳畔的声音又开始响了，若是其他人听见前人时时告诫自己，如何是对的，如何是不对的，很难保证不动摇，此乃人之常情。而锦瑟听了这些话以后，依旧不动，似乎根本不怕他变成仙不仙、魔不魔的怪物。那耳畔的声音见她不在意，语气变得有些急切，似乎沈甫亭马上就要动手杀她一般。

"你不要再抱有幻想了，他已经尝到了血的滋味，就不会停下来，你再不走，他下一个吃的就是你。"

锦瑟面色骤然一冷，眼中闪过一丝血红的光。

沈甫亭猛然看向她，一眼不错，那神情就像伺机而动的野兽。

锦瑟却无所畏惧，看着他微微笑了："你放心，有我在，绝对不会留你一个人。"

沈甫亭自然听不懂，也不知哪个字激到了他，他猛然跃起，径直朝她攻来。

锦瑟似乎早已熟悉他的路数，当即祭出了绣花线，那线带着针直往他手间的经脉飞去。

沈甫亭被骤然一击，猛然往后一退，身后的石床上摆的绣花线阵如同藤蔓一般快速生长，猛然收起，包裹住他。

沈甫亭喉间发出含糊不清的嘶吼声，看着她的眼神带着愤怒的血腥之意，他挣扎得极为剧烈，仿佛下一刻就能挣开捆住他的绣花线。

锦瑟抓紧时间，手指牵动着绣花线，将针扎进他的脉里，里头一丝鲜血带着邪气沿着绣花线缓缓往她的手腕流来。

身后传来了阴寒之感，整个洞穴的温度骤然降低，寒冷如冰窖。

"哈哈哈，真的是愚不可及，你以为移宫换血他就能恢复正常吗？那邪气与他并生，你便是将他整个人换了，他也不可能恢复正常。"洞穴里回荡着尖厉的笑声，语气已经不再温柔轻缓，哀怨之中的刻薄之意更甚。

锦瑟的额间布满了细密的汗珠，她听到墨伊的声音，猛然睁开眼看向对方，似乎没有想到墨伊会在这个时候出现。她眼中闪过一丝慌乱之色，但很快就平静了下来，怒道："与你无关，立刻滚出去！"

墨伊却不在意："小姑娘果然是小姑娘，只会耍性子、闹脾气，分不清楚时局如何。你要弄清楚，你们如今这般移宫换血，轻易停不得，生死可是拿捏在旁人的手里。"

墨伊缓缓飘进来，那摆在外头的绣花陷阱拦得住深渊里头的怪物，却拦不住她。

锦瑟恍然大悟，一时极为愤怒："你果然居心叵测，想要骗我离开！"

墨伊眼含怨恨之色，面色死白。

她早就变了，不再如初见时美好，那个人去了，她的爱无处寄托，恨一样无处寄托！

"骗你又如何？我已经劝过你离开了，是你自己不走，非要守在这里找死，如今也怪不得我了。他的法力我要定了，我先吃了他，再吃了你，送你们夫妻二人一起上路！"

墨伊说着，已来到沈甫亭跟前，张开血盆大口，欲吞下沈甫亭！

沈甫亭无法动弹，只能坐以待毙！

那尖利的牙齿还未落下，捆在沈甫亭身上的绣花线猛然弹开，带着邪气蔓延开来，巨大的黑色烟气萦绕其中，吸食着周围的一切东西。

墨伊还未来得及逃离，便被吸了进去，当即施展法力，欲逃开。

锦瑟唇角微不可见地一勾，露出一丝阴冷的笑意，她手腕微转，血沿着绣花线洒了一地，触目惊心。

血滴到地上，铺在地上的绣花陷阱才真正开始启动。被捆绑在绣花线里头的沈甫亭瞬间消失，变成了一个由绣花线编织而成的傀儡娃娃，栩栩如生，几乎就是另一个沈甫亭。

不远处，一声龙啸传来，是沈甫亭在另一处厮杀，锦瑟将时间拿捏得刚刚好，用傀儡娃娃引开了沈甫亭，这里则方便诱墨伊入网。

墨伊瞬间明白："你……"她好大的耐心，竟然等了自己这么久！

锦瑟看她入了网，忽而哈哈笑了，笑声如银铃一般在这寂静的洞穴之中响起，越显诡异可怕："我等了你好久，你可真是谨慎，难怪能在这不见天日的鬼地方待这么久，毕竟缩头乌龟也不是谁都能当的。"

锦瑟一袭黛色衣裙，衬得她模样越发娇俏，纯真的笑容让她看上去像一个天真无邪的小姑娘。墨伊不解自己何处露了破绽："你早知我有所图？"

锦瑟冷笑一声："本尊见多了你这种人，区区攻心之术就以为能让本尊乱了心？哼，关公面前耍大刀，也不看看自己有几分本事。"

墨伊心中暗恼。她早该知道，敢下这深渊的，必然不是好拿捏的，她不应该因为锦瑟从来没出过手而掉以轻心！

如今机会就在眼前，她却功亏一篑，情绪瞬间崩溃："我没有骗你，你即便留在他身边也救不了他，这就是他的命数。与其让他这样苟延残喘，你倒不如让我吞了他的法力，也免得让他这样难堪地活着，还可以让我的孩子重生，你也可以脱离这个枷锁，另寻如意郎君。这是两全其美的好法子，你为什么不愿意？"

"我的就是我的，你错就错在不该将主意打到我的人头上。我喜欢的人，无论变成什么样，别人都没有资格拿去！"锦瑟缓缓地说道，到了话尾，语气骤然一变，眼神阴狠，眼眸中骤然闪过血红之色，如同修罗一般可怕。她伸手绕过自己的发梢，幽深的洞穴里头回荡着她甜美的声音："听说地狱有十八层，人进了里头，永世不得超生，世世都被烈火灼烧。你今日有幸，不用这般辛苦去地狱了，本尊便委屈些，当一回你的阎王爷。"

墨伊心中一惊，一股寒意从心头生出，周身沾染鲜血的绣花线带着邪气，骤然发出了滚烫的红光，如同烈焰灼烧，那种痛苦直击魂魄。

"啊——"痛苦尖厉的声音响彻整个深渊，远处的龙啸声骤然停止，厮杀的声音也停了下来。

沈甫亭巨大的龙眼中闪过嗜血的兴奋之色，他猛然冲过来，却一头狠狠撞上了石壁，险些昏厥，一时大怒，连番撞击石壁，可惜那窄窄的深渊，根本不允许一条龙通过，他只能震得地动山摇，引起旁的生物巨大的恐慌感。锦瑟不为所动地站在墨伊面前，安静至极，骨子里的狠劲儿却不像表面那样软嫩可欺。

墨伊终究受不住这种痛苦，开始求饶："姑娘，我求求你饶了我这个苦命的人吧！我只是想救我的孩子，我可怜的孩子！"

"你救谁都不关我的事，只是不该觊觎我的人……"锦瑟说话间，眼眸微微一黯，火焰才消了几分，"不过我也不是不讲道理的人，我可以给你一个将功补过的机会，你若是能叫我满意，本尊可以既往不咎，勉强原谅你。"

"只要姑娘说出来，我一定竭尽所能……"

"带我们离开这里。"

墨伊停顿了片刻，很快就恢复如常："姑娘，我先头骗了你，我其实也不知道要如何离开这个地方。这就是一个锁人的监牢，若是能出去，我早就出去了……"

墨伊这话不可信，先前她可是打着引自己离开的主意，再取沈甫亭的法力，现下却又说不知，倒是会装。

锦瑟可不想与她多言，这人不好对付，自己花了这么多工夫才捕到她，已经耗尽了耐心。

"我这个人就是有一点不好，只愿意听我想听的话，不喜欢听的就是错的答案。"锦瑟幽幽一笑，那眼眸中的阴森之意比走火入魔的沈甫亭还要可怕，毕竟后

者无意识，而她是有意识的。

她话音刚落，捆绑在身上的绣花线又是一红，这次的灼烧感比先头还要可怕，烫得墨伊周身冒出了丝丝白烟。

墨伊感觉自己隐约就要灭于六道之中，一时再不敢有半点儿隐瞒："我能带你们出去，我能！"

那声音带着尖厉的哭腔，难免叫人心生怜悯之情，可惜站在墨伊面前的人，眼中没有"怜悯"二字。

墨伊在前头飘着，身后这一龙一猫实在是极为难缠，她转头看去，这深渊路多，那猫妖不想走路，软绵绵地趴在了黑龙的脑袋上。

邪仙的意识已经荡然无存，没想到他还认得她，甚至纵容她趴在脑袋上。虽说一只猫没什么重量，但是龙又怎么可能任由别人将他当坐骑？

墨伊这般转头一看，沈甫亭眼神一凛，死死地盯着她，喉间发出了威胁的嘶吼声，似乎下一刻就要扑上去。

锦瑟看着墨伊说："已经走了这么久，还没有到吗？"她话里含着威胁之意，显然耐心已经不多了。

"这个深渊是九九八十一道轮回，每一处轮回就相当于一个巨大的迷宫，但这些石壁挡不住我，我才摸得了一两处的门路。您放心，我一定竭尽所能地带你们出去。"

他们本来就是穿行而过，自然会碰到不少怪物，不过沈甫亭在其中活动了许久，已经很少能见到不要命一般冲上来的怪物了，即便有，也是被他一道解决了。他的法力确实引人垂涎，出去以后她要将他藏好，再寻法子替他除去邪气。这深渊确实是个锁人的地方，若是没有墨伊引路，他们恐怕永远出不去。

他们竟然走了整整九日，其中的路线错综复杂，加之墨伊引路，锦瑟不得不全神贯注，整整九日都没有合眼。

沈甫亭的情况也越发不好，好在沿途有怪物冲上来，让他发泄心中的怒意，否则他不会这般平静。

等到第十日，他们才到了深渊尽头，刚到这一处，锦瑟便感觉自己被压制的法力慢慢恢复，果然已经接近了出口。

"到了……"巨大的洞穴里头，四处回荡着墨伊的声音，越显此处空寂诡异。

锦瑟看了一眼周遭情况，却没有出路："怎么出去？"

墨伊飘在前头，苍白的面容上露出一丝诡异的笑，根本不接她的话："到了送你们夫妻二人上路的时候。"

她猛然飘到了石洞中央，这一处洞穴极大，声音可以无限蔓延，久久停不下来。

"我守了万万年，好不容易才等来一个机遇，死也不会让你离开的，你是救我的孩子唯一的希望！"

她死死盯着沈甫亭，眼神几近疯狂！

锦瑟冷笑一声："想要动我的人，痴心妄想！"

墨伊阴狠的眼神骤然一变，头发暴涨数十倍，如同海草一般，一旦触到了人，就有可能将人缠死。

沈甫亭见状，眼中涌起嗜血的兴奋之色，当即飞身没入黑暗之中，瞬间消失。

"别去！"锦瑟拦不住他，只得飞身跃起。

那头发如同有眼睛一般追击而来，锦瑟在空中一个转身，飞快避过，头发猛然冲向她一旁的石壁，瞬间砸开一个窟窿，一大块石墙脱落，砸在地上，瞬间飘起滚滚烟尘。

不远处传来龙啸声，几乎震耳欲聋。

锦瑟循着声音掠去，却发现身后又传来了沈甫亭的声音，紧接着左右都有他的声音，她根本分辨不了他究竟在何处！

这个地方必然有蹊跷！

锦瑟挥出绣花线往石壁击去，一拽之下，里面猛然出现了密集的头发，她依旧看不见沈甫亭。

她越发担心，一个分神，脚踝便被蔓延过来的头发缠住。她勉力腾空，却敌不过头发的力道，甚至感觉那缕头发在快速吸她的法力。

锦瑟当即身子往后一弯，手中的血滴落下来，乌发当即消失无踪。可她疲惫到极点，只怕再晚一阵，就会变成干尸。

她心中大惊，沈甫亭如今意识不清，这东西若是绑上了他，他未必能够及时察觉。

这个念头刚起，耳旁已经传来了极为暴怒的龙啸声，打斗声极为激烈，整个洞穴连连震动，上头的石头滚落下来，发出阵阵巨响。

"沈甫亭！"

周遭却是一阵阵回音，她根本不见沈甫亭的身影，眼前全是密密麻麻的黑发，洞穴里头回荡着女子尖厉的笑声，凄婉恐怖。

锦瑟怒到极点："本念你可怜，想留你一命，如今是你自寻死路，与人

无尤！"

墨伊的笑声越发得意，这一团团黑发遮住了她的身影，她的声音无孔不入："我在这深渊之中待了万万年，早已成为深渊的一部分，你杀不了我！"

"自寻死路！"锦瑟瞬间双眼血红，法力当即汇聚，连带着衣裙乌发凌乱飞起，绣花线四下飞去，穿过了密密麻麻的黑发，如刀剑一般削落发丝。可这些头发并没有失去力量，越削越多，越来越密集，她根本无法抵抗。

锦瑟的绣花线被困在其中无法施展，周遭的一缕乌发瞬间汇聚成蟒蛇大小，从身后猛然击来。

锦瑟背后一阵剧痛，身体猛然撞上石壁，五脏六腑移位。

她喉头一甜，猛然吐了一口鲜血，鲜血溅落，那些乌发避开，露出的缝隙正好叫她看到了与头发缠斗的沈甫亭。

几根头发轻轻地缠上他身后的乌发，他根本没有察觉，那些头发正吸着他的法力！

锦瑟这才知晓，墨伊为何突然之间这么厉害，原来是吸了沈甫亭的法力！

若是再这样下去，他们二人更不可能离开深渊！

沈甫亭被吸了法力，一瞬间有些眩晕，周遭密集的发丝当即层层包围了他！

锦瑟大慌，法力尽数溢出，于整个深渊之中激荡，手中的绣花线当即泛起一道锋利的光芒，划破她的手掌，连带着她的血洒了一地。

那丝丝缕缕的绣花线沾染了她的血迹，瞬间四处散开，击中了藏在发丝里头的墨伊，发丝一松。

沈甫亭瞬间脱身，发出一声龙啸，喷出烈火，整个洞穴如同火山喷发，岩浆烈焰喷涌不休。

墨伊浑身一震，几近四分五裂，烈焰继续灼烧，她再也支撑不住，尖厉地惨叫起来："啊——"

惨叫声不绝于耳，锦瑟没有停手，手中的绣花线缠绕着墨伊的乌发击向了四处的石壁，无限延伸。

她骤然将绣花线一收，那丝线盘旋而回，几乎震裂了所有的石壁，深渊震动不休，巨石接连不断地砸下，这种力量太过可怕，引得深渊之中的东西鬼哭狼嚎。

锦瑟还在一层一层地摧毁石壁，仿佛要将整个深渊都击塌。

那种愤怒情绪是整个深渊的噩梦，甚至是极北之地的浩劫。

深渊不断塌落，上头的缝隙越来越大，沈甫亭飞身而上，龙飞九天，只在一夕。

锦瑟当即祭出绣花线绑住他的龙角，与他一道往外飞去。

墨伊的瞳孔微微收缩，她无法相信眼前发生的一切。她与深渊同生，无法逃生。

深渊轰隆一声坍塌了，极北之地都在震动，那声响惊动了上天。

她尖厉地叫了一声，那凄婉的声音几乎让周遭生物全部绝命，最后淹没在深渊之中。

深渊里的活物出不去，只能绝命于此，可出去的人也未必能有生路。

锦瑟与沈甫亭跃出深渊，莫古深渊已经被毁得七七八八，巨大的裂缝被塌陷的深渊填平，震得地面无一处平地。

她刚重见天日，还没来得及看清外头情形如何，便遭到了猛烈的攻击，一阵阵仙力激荡而来，似乎早有人在这里等着了。

锦瑟本就力竭，如今猝不及防地受了一记重击，当即脱力，彻底松开了沈甫亭，猛然从空中坠落。

沈甫亭一回头，看着她迅速掉落，显然不悦，当即飞身旋转，穿过接连袭来的攻击，欲将她重新抓回来。

可龙爪还未抓住她，那个巨大的水球便带着浩瀚的仙力击向了沈甫亭，水球砰的一声溅开，如同一张巨大的网将他困在其中。沈甫亭发出一声龙啸，骤然被困住，打落在山间，震得地面一阵动荡。

"不！"锦瑟只来得及吐出一个字，便猛然坠落，摔在山石之间，痛得几乎昏厥。

极北之地已经不是来时那般模样，这里所有的精怪已经荡然无存，如同被劫杀过一般。远处白云浩浩荡荡而来，上头站着无数仙者，这架势显然是冲着沈甫亭来的。

这些神仙有备而来，又怎么可能没有想好对付沈甫亭的法子？

"七煞大祸六道，生灵涂炭，昔日仙帝为邪气所染，已是罪魁祸首，为免往日惨剧重现，吾等应该替天行道，除去这等异类怪物！"

天际大半漆黑，盘旋在天上的七煞显然是跟着沈甫亭的，如今见他出来，当即黑压压地聚来守在他身边不动，只等他一声令下，大开杀戒。

仙界的人来了，六界中的翘楚自然不甘落后，谁不想得到沈甫亭的法力？那可是能将六道拿捏在手中的力量。

这一声号令，让所有人争先恐后地去袭击沈甫亭，唯恐被旁人得了先机，毕

竟他们已经在这里守了许久，这般蓄势待发，沈甫亭便是有再大的本事，也未必逃得出这层层罗网！

锦瑟怒急攻心，猛然吐了一口血，受伤太重，几乎连爬起来的力气都没有，一时间越发愤怒。

川音南和虎头刹见了她，当即飞来，术娘紧随其后，一落地便过来扶起了锦瑟。

"妖尊，寂斐大人已经来了，正四下寻你，一会儿察觉动静必然会来。现下六道混乱，您进了深渊之后，不过区区几日，七煞便疯了一般搅扰六道，残害无辜，最后逃到了这里。仙帝的邪气之事已经隐瞒不住，传遍了六道，如今敌众我寡，这潭浑水我们轻易蹚不得，还是先随寂斐大人回妖界，再商讨如何救仙帝的法子！"

沈甫亭若只是一个寻常仙者，走火入魔倒也不是撼动六界的大事，可他这样的法力和身份那便是怀璧其罪，叫人垂涎。

锦瑟作为他的妻子，少不了会被牵连，若不是沈甫亭还未被压制，那么早就已经轮到锦瑟被群攻，哪儿还有跑的机会？

这话说得好听，不过明白人都听得出来，他们这是给锦瑟一个离开的借口。

沈甫亭现下凶多吉少，哪儿还有再回去商讨救他的时间？她现下不救他，以后更不可能救到！

"住口！"锦瑟根本不想听这些话，一心牵挂着沈甫亭，可那边已经一片混乱，她根本弄不清楚他现下的情况。

她连忙往前奔去，忽然一声凤鸣响起，一只凤凰从人群中飞出，拦在了众仙面前，瞬间变成了一个秋水为神玉为骨的美人。

这样的美人出现在这血腥场景之中，总是能叫人心神安宁："各位少安毋躁，情况究竟如何还待定夺，怎能将所有的事情全推在君主身上？！"

美人是好看，可终究不及无边的法力诱人，即便是兼橦这样的仙子，与法力相比，也显得太过轻飘了。

"兼橦仙子思慕君主，六道谁人不知晓？可仙子看看如今你喜欢的人，就是一个可怕的怪物，七煞又与他订立了死契，若不是他暗中指使，我们六道又怎么会有这番浩劫？！"

兼橦自然受不了心中倾慕的人被说成怪物，还被这般唾弃！

"君主永远是君主，七煞所行与君主又有什么关系？你们口口声声叫他怪物，可知自己究竟在说谁？！"

话音还未落，沈甫亭那边的水球猛然炸裂开来，周遭生物几乎是被一击封喉。

天际一片漆黑，烟尘散去，那个人在滚滚烟尘中显出模样，面上布满了黑色的纹路，露在外面的皮肤几乎看不出一处好的，整个人已经完全看不出原来的如玉模样。

沈甫亭见这么多人虎视眈眈地站在一旁，一时间眼中的血腥之意更盛，嘶吼一声，如同野兽，眼眸中已经彻底没有了人的意识，看上去极为可怕，确实已经是一个怪物。

兼橦显然没有想到他会变成这般模样，以至心理落差太大，一时间看愣了，久久回不过神来。

沈甫亭积威已久，这种模样少不得叫周遭的人生出几分退意，既不敢失了先机，也不敢在这个时候冲上去送死！

众仙之中当即有人阴阳怪气地开口："这分明就是怪物，还有谁敢强词夺理，维护怪物，危害我六道存亡？"

"既然是怪物，就应该被彻底诛杀，免得为祸六道！"

"杀！"

一声声附和响起，天上盘旋的众神兽急冲下来，凶猛异常，七煞当即迎上与之相斗，震得天地动荡不休。

兼橦无法多置一词，远处的沈甫亭在众人之中不断砍杀，眼中的血腥残忍之色几乎叫人不敢相信这是曾经的仙帝。他的双手沾满了鲜血，原本是高高在上的人，如今却成了人人喊打喊杀的怪物，叫她也没勇气去救他！

因为她喜欢的一直是仙帝沈甫亭，而不是如今这个落魄狼狈的怪物。

锦瑟当即甩开了术娘的手，挣扎着爬上陡坡，眼前烟尘渐散，仙力暴涨，让人几欲窒息。

一群人围着沈甫亭，一人倒下，一人接着上，背地里暗算的人数不胜数，这般轮番攻击沈甫亭，又有谁能真正敌过这群人？

不过这么一会儿工夫，他身上已经满是伤痕。

锦瑟心中大急，当即又要上前，胸口却如裂开了一般，一时间力竭扑倒，只能勉力撑起往那边冲去。

身后的三个人根本不敢拦她。

一声龙啸响起，远处寂斐飞掠而来，落在了锦瑟身旁，一把拉住她："锦儿，太危险了，不要去！"

"放手！"

"君主！"匹相、匹献紧随着寂斐赶到，见状大急，当即飞跃过去，欲救人。

寂斐顾不得许多，拉着她往回走，神情焦急地说："锦儿，你冷静一些。你救不了他，现下过去就是白白送死。如今他已经被六道追杀，你救得了他一时，救不了一世！"

不过一瞬间，沈甫亭已经被暗算了好几次，腿弯处被人重重一击，当即跪倒在地。这种机会稍纵即逝，一时间所有人都冲了上去，围着沈甫亭打杀。

锦瑟心中大急，瞳孔瞬间变得血红："寂斐，你也要与我作对吗？"

那声音几乎撕心裂肺，寂斐一怔，瞬间松开手。他知道拉得住她的人，却拉不住她的心……

她想要做什么，他从来拦不住，以前如此，现下依旧如此。他不想她不开心，哪怕如今是去送死……

锦瑟当即飞扑上去，一击劈开了围着沈甫亭的人，人群中破了一个口子，里头的沈甫亭已经成了血人。

他面上布满了黑色纹路，她根本看不清他受了多重的伤，只是他眼中一丝青色的光芒，叫人看着便觉得毛骨悚然。

锦瑟一击而下，后头的人接连拥了上来，寂斐与三大护法自然不再袖手旁观，一时间场面极为混乱。里头有许多妖已经不认锦瑟这个妖尊，眼中只有沈甫亭的法力。

这般斗法，寂斐也有些吃力，毕竟敢追来极北之地的可不是寻常之辈，没有本事者，哪儿有胆子将主意打到沈甫亭的头上？不过锦瑟的实力极为蛮横，那丝丝缕缕的绣花线飞出，这些人根本碰不到沈甫亭的衣角。

沈甫亭有了喘息的机会，一瞬间邪气更盛，高高升起的七煞攻势越发猛烈，弄死了一大片仙妖，杀伤力极大。

可惜觊觎法力之人源源不绝，如同疯了一般，争抢杀沈甫亭的机会。

锦瑟一出现，他们即将到手的东西被生生夺去，这群人如何不被惹怒，便要诬蔑人。

"妖界果然不知好歹，连这种为害六道的怪物都要帮，居心何其险恶？现下我们正好趁此机会，将这些邪祟一道铲除，也免得往后再惹出事端！"

闻言，所有人都攻向了锦瑟，人多势众，锦瑟根本吃不消，已现力竭之势。

有几个邪仙暗中袭向沈甫亭，匹相、匹献二人根本挡不住对方的攻击。

兼橦见状，飞落而下，似要救沈甫亭，可是到了他面前又生生顿住。

沈甫亭的皮囊已经裂开，里头渗出了血，眼中有兽类的青绿色光芒，看上去极为瘆人，与她心中那个高不可攀的仙帝相差太远，远到她不认识这个人，甚至害怕这个人！

锦瑟本以为她要救沈甫亭，才微微松了心弦，没有想到她在关键时刻停住了。那邪仙的刀即将劈在沈甫亭身上，锦瑟一时心中大急，转身扑向沈甫亭，生生接下了那一刀。

刀入肉里，深可见骨！那洒出的血溅在了沈甫亭的脸上，烫得他微微一怔。

鲜红的血流进了他的眼里，他眼前一片血红，仿佛有什么画面出现在他面前，似曾相识。

他一时难受至极，脑袋似要炸裂开，可整个人已经被邪气侵蚀，根本不明白自己为何难受，只体内一阵拉扯，叫他生不如死。

锦瑟来不及顾及这些，怒不可遏地拽过兼橦："你若是不想救他，就别给我添乱！"说话间，她口中的血已经无法控制地淌了出来。

兼橦看着她的血，说不出话来。

一旁的攻击接连袭来，锦瑟一把推开她，将沈甫亭护在身后。

兼橦骤然被推开，一时间心中难受至极。她对沈甫亭的爱没有人比得上，否则她也不可能等了他四万年，可饶是她这般倾慕于他，如今见到他这副模样，也还要多想想，她不信锦瑟是真不在乎他变成如今这可怕的怪物模样！

"他已经变成怪物了，你没有看见吗？他不是沈仙帝！"

周遭的攻势越来越猛烈，锦瑟自然没有工夫理睬"山鸡"。那仙力重重压下，如同天行九雷，她刚在深渊里消耗的法力还未恢复，一时已力竭："乘人之危的小人，不过是为了他的法力而起私心罢了。本尊今日若是离不开这极北之地，你们就一道给我陪葬！"

她瞳孔骤然妖化，整个人腾空而起，袖中丝丝缕缕的绣花线射出，巨大的法力比在深渊里还要可怕。

猫有九条命，以命换得无尽的法力，也不是不可以的事，一命不够，她有九条，没有失败的可能。

寂斐察觉她的心思，却被击中，无力抵之，一时心下大骇："锦儿，你会法力尽失而死的！"

可是来不及了，锦瑟已经以命换了法力，那巨大的法力让周遭的气流瞬间波动，横扫整个极北之地，惨叫声不绝于耳。

施法者必遭反噬，锦瑟亦然。

早早藏在暗处的邪仙见她被法力反噬，当即飞身跃出，联手施展仙力袭向她。

　　锦瑟力竭，无力防备，被法力击中，往后坠落，身后一声清越的剑吟响起，一人突然飞身而来，揽住了她，手中的剑一挥，凛冽的剑光带着邪气袭去。

　　前头的邪仙一族根本来不及反应，惨叫声被困在喉头里，下一刻一群邪仙尽数魂飞魄散，无力回天。

　　这个感觉太熟悉，她微微一怔，鼻间似闻到了檀木的清香。

　　她慢慢转头看去，是沈甫亭。

　　他面上的黑色纹路尽数退去，化成了诡异的花纹，眼中尽是温和的笑意，公子清俊，风度翩翩。

　　锦瑟完全顿住。她已经太久没有见到这样的他了，一时间竟不知该说什么，眼眶莫名有些涩涩的，心里突然委屈，既怨他怎么现下才回来，又庆幸他现下已经回来。

　　这一剑击出，带着浩瀚的仙气，众人大吃一惊，心中拿捏不准沈甫亭如今究竟是怎么回事。

　　盘旋于天上的七煞攻势越发猛烈，凶残嗜血，那些神兽已然不敌，一一被打落下来，砸在地上，引得地面震荡不休。

　　人群中自有起哄之人，胆大包天的有，不甘心的也有："这等冷血怪物，吾等若是不诛杀，岂不是任由邪祟怪物祸乱六道？与其等到那个时候任人宰割，我们倒不如与这怪物拼了……"

　　这话还未说完，沈甫亭随手抬剑扫去，人群中一人瞬间被击散了魂魄，连带着周遭的人也被祸及，如同蝼蚁一般瞬间灰飞烟灭，惊得众人魂飞魄散。

　　沈甫亭抱着锦瑟轻轻落地，面无表情地收回了剑，一旦视线离开了锦瑟，那眼中的神情便如雪山寒风袭来，冷意入骨："本帝倒要看看还有谁敢放肆妄言？"

　　所有人见他突然恢复正常，背脊一阵阵发凉，往日也不是没有见识过仙帝的雷霆手段，现下皆不敢妄动，不仅要护着自己，还要防着周遭谁不要命地说什么大逆不道的话，连累了自己，一时间噤若寒蝉。

　　这么大的地方，这么多的人，却静得连一根针落下都能听到。

　　兼樘见他恢复了原来的模样，想起自己刚才说的话，心中羞愧至极，没有脸面再出现在他面前。

　　锦瑟一夕之间丢了八条半的命，一落地便有些站不住，若不是沈甫亭扶着她，恐怕她早就倒下了。

　　她直勾勾地看着他面上的花纹，若不是他眼神温暖，或许连她也不确定他究竟有没有恢复："你既然已经回来了，那为什么这痕迹还没有消失？"

沈甫亭的视线落在她的脸上，眼中是压不住的温暖笑意，抱她抱得越发紧了，他却没有回答她："我一直没有离开，你说的每一句话我都听得到，每一句话都叫我欢喜。"

这话让锦瑟瞬间想起自己在深渊里和他说的话，一时便转移了注意力，难得有几分不好意思。

寂斐想要上前，见状也知晓锦瑟身边已然没了他的位置，他不过是局外人罢了。

可惜邪气与沈甫亭并生，又怎么可能轻易消失？

七煞本就是祸物，如今被他身上的邪气吸引，祸乱的心思越发深重，猛然从上掠下，压得天际宛如夜幕降临，黑成一团，话语中满是杀意："君主，吾等愿随您屠遍六道，留得一丝清净，也免得这些宵小之辈在您耳边叨扰。"

沈甫亭明显感觉自己体内的杀意蠢蠢欲动，若不是他强行夺回神志，恐怕如今这里已经没有一个活口。

他抱着怀里软绵绵的人，满心不舍之情。他们做夫妻的时间太少，少到让他不愿放手。他的视线落在她的脸上，那神情似乎看一眼少一眼，极为专注认真。

锦瑟见他又是这神情，当即惊醒，拉住他的衣袖，难得像个小姑娘一般慌道："你是不是又要走？不行，我不准你离开我！"

"我压不住了，若是再拖下去，必然会生灵涂炭。你拦不住我，也拦不住七煞，留着我就是祸端，苍生早晚会被毁于一旦。"他的声音低得让人听之绝望。

都说船到桥头自然直，可她现在根本没有法子可以救他！

锦瑟瞬间眼眶湿润，就是不愿意让他离开："我不管，苍生与我何干？我只要你活下去，只要你留在我身边！"

"我爱你。"沈甫亭低声说道，眼中有太多不舍和留恋之色，可是有些东西就是注定的，不能强求一分。

比起芸芸众生，个人微不足道，他既为仙帝，就该有仙帝要担负的责任。

锦瑟心中一窒，这才明白他恐怕是早已这般打算了。她一时间满心悲愤情绪，眼眶红了一片："我不要，我不在乎你变成什么样子，只要你留在我身边。沈甫亭，我不要你离开我！"

七煞已然等不及了，受邪气驱使，飞速落下，法力暴涨数倍，一口便吞下了无数仙者，一时间整个极北之地都是惨叫声。

一声声惨叫清晰地传进人的耳里，叫人心中越发绝望。

沈甫亭看过来，微微一笑，笑容隐带苦涩之意，让她觉得哀求都是徒劳。

"往后你会是六道之主。"沈甫亭温和地说道，话中尽是缱绻爱意。

锦瑟闻言一怔，心中越发忐忑，连呼吸都有些不畅。

七煞越来越凶残，神仙根本招架不了，场面越发混乱。

七煞都攻到了他们这里来，寂斐和三大护法苦苦支撑，匹相、匹献更是无处可逃，再拖下去所有人都要死。便是沈甫亭，也控制不了自己体内的嗜血之意，已经没有多少时间了！

沈甫亭不再耽误，猛然拉起了她。

"不要！"锦瑟惊叫，可惜自己用命换了法力，如今便是想挣脱也无力。

锦瑟的力气自然抵不过他，她被他硬生生拉起，心中越发明白他刚才那话中的意思。

"沈甫亭，我不要你的法力，我好好的，不要你多管闲事！"她声嘶力竭地喊道，可惜周遭狂风大起，风围着他们旋转，她的声音完全被淹没在了嘈杂的风声中，显得那样轻飘。

风沙迷乱了人眼，如同人行在沙漠之中骤然起了沙尘暴，叫人无法抵抗。

尘沙越来越多，将七煞一个个卷在了一起，风沙几经回转，七煞被绕得晕头转向。

沈甫亭手拿宝剑，轻挽剑花，凌空画出了一道大符，符字泛起凛冽的光芒，如同禁锢的大咒一般，幻化成无数字符，被卷进了风中，印进七煞厚实的皮囊里。

七煞发出一声接一声震动天地的怒吼，几番挣扎，皆无法脱离符咒，符咒如同禁锢的阵法一般，将它们一个个往下压去，死死压进深渊里。

七煞死命挣扎，引得地龙翻滚，地面裂开了无数道缝隙，极北之地几乎没有立足之处。

封印七煞本就是难事，沈甫亭却没有太多时间可以耽误，一边封印七煞，一边给锦瑟传去法力，一刻都不能缓。

周遭狂风大起，卷得他们衣摆飞扬，或许是九重天的仙帝即将寂灭，天色骤然变得黑沉，六界为之动荡不已，虫鸟蛇兽倾巢而出，顷刻间天地失色。

锦瑟感觉他的法力在往自己体内灌，一股巨大的引力压着她，叫她无法脱身，心中越发愤怒："沈甫亭，你停下，不要让我恨你！"

沈甫亭转头看来，眼中隐含水光，脸上满是伤感和不舍之色，让她心口窒息。

他的面容已经变得苍白，面上的黑色纹路渐渐淡去，如同他的生命渐渐被抽离，邪气连带着他的魂魄一道消散。邪气存，他存；邪气亡，他亡。

锦瑟感觉他慢慢幻化成虚影，眼中的泪珠大颗大颗地往下掉，心中越来越害怕，崩溃地大哭道："沈甫亭，不要这样，我会想办法，你不要离开我……"

可连她自己都知道，无论什么办法，他都等不了，否则他也不会这般急着安排后事。

他面上的笑苍白到几近透明，却依旧让人欢喜："万物皆有象，我虽归于无形，但终究不会彻底消失，我会永远陪在你身边，不会离开你……"

他的声音淹没在风声中，却清晰得让她听得见每一个字。

所有的法力在最后一瞬间全部给了她，她失去的命重新回来，而沈甫亭已然成了一个虚影，轻轻一碰，便散作耀眼的碎片，最后随风消散。

锦瑟想握紧他的手，却抓了个空："不！"

狂风慢慢停下，七煞被封印，再无动静，天光大亮，星辰泛起璀璨耀眼的光芒，星星点点落下，一切归于平静。

天尽头的大钟一声接一声地敲着，仿佛哀鸣回荡于天际，随后赶来的仙臣皆大惊大悲，难以置信。

老神仙大悲，扼腕不已："悲乎哀哉，仙帝寂灭，魂归九天，为六道换得生机，臣等拜别仙帝，星辰陨落，长此哀痛！"

匹相、匹献哀哭不已，那哭声传出去，瞬间引得一片悲鸣。沈甫亭作为九重天的君主，但凡是仙臣，无论如何惧他，都承认他的能力。九重天第一位仙帝的寂灭就如天际的星辰陨落，九重天的气数也差不多尽了，想要重回往日昌盛景象，恐怕无期。

大势所趋，余下的仙者不敢多行不善，皆跪拜仙帝归去。

兼橦看着漫天撒落的碎片，泪流满面："仙帝……"

寂斐缓缓走到锦瑟的身旁，看着她茫然的表情："锦儿……"

这一声好像唤醒了锦瑟，她的手微微一动，她只能触到自己的手，手间已经没有他掌心的温度。

他的音容笑貌明明还在，可人不在了。

她看着漫天坠落的碎片，伸手去接，可那碎片碰到了她的手，便消散殆尽，连一丝痕迹都不存在。

他还说他会永远陪在她身边，如今却连一丝气息都找不到了，分明就是在骗她！

她猛然收紧了手，紧紧抓着，唯恐放掉他刚才留着的触感，心口泛起一阵撕心裂肺般的疼痛，似乎有什么掐住了她的脖子，让她无法呼吸。

她一时悲痛不已，视线瞬间模糊一片，对着眼前的空气喊道："你骗我！你分

明就是骗我！你去哪里陪我？沈甫亭，你这个彻头彻尾的骗子！"

日暮沉下，宫中静悄悄的，只余微微风声，平添几分萧瑟之意。

石柱老妖婆年纪越大，胆子越小，自从那日受了惊吓，便很少再出来，剪指甲的声音没了，显得这里越发寂静，连带着趴在一旁的小奶猫也显得那么孤单，终日孤零零地趴在这里，也不知在等什么。

转眼便一年过去了，天界和妖界都恢复了往日的秩序。

锦瑟没有心思管六道，是以天界和妖界依旧分隔开来，井水不犯河水，有锦瑟在，也没有人敢犯上作乱。

关系六道存亡的大祸事渐渐淡去，沈甫亭也成了神仙口中的先帝。这茫茫六道中，再也没有沈甫亭这个人了，无论她怎么等，又或是等多久，都是一场空。

寂斐见她这么久都没有挪地方，一时忍不住开口劝道："已经过去一年了，他若是能回来，早就回来了，你也该忘掉过去，重新开始了。"

锦瑟依旧趴在原地，像是没有听见他的话一般，直勾勾地看着远处，仿佛下一刻她盼望的那个人就会出现在她面前。

时间在她这里过得飞快，她每一日都满心期盼，一日拖一日，似乎可以无穷无尽地等下去，因为他说过会陪着她。

"六界有很多地方你还没去过，不如我陪你去散散心，到处看看你还没有看过的景致。"寂斐伸手欲摸她的小脑袋。

"不用了，我怕他回来，第一时间看不到我。"锦瑟摇了摇头，迈着小碎步，往前避开了寂斐的手，继续趴着。

寂斐伸出的手顿在空中，半晌他才收回手，话语带着苦涩之意："好，如果这是你希望的，我会一直陪着你，无论你等多久，我都会像以前一样待在你身边。你等累了，一回头还是能看见我。"

锦瑟默然不语。

寂斐看了她许久，见她依旧没有反应，一时心中有几分失落。

"你相信有些东西是命中注定吗？"

寂斐微微一顿，抬眼看向她，她依旧是一只小猫的模样，视线停在远处，好像刚才说话的不是她一般。

"我往日从来不信命数，如今却信了。若是我当初没有任性妄为地捏碎他的玲珑心就好了。那时我以为这只是一件寻常小事，没想到会到这个地步。这就是命数，我也改变不了。"

寂斐颇为心疼："这不关你的事，你那时又怎么知道后来……与他的事？……"

锦瑟转头看向他，那晶莹剔透的眼眸里尽是荒凉之色："我想，很多东西是注定的，我害死了他，哪怕是一辈子等下去，这也是我的命数，是我心甘情愿的……寂斐，你不要再等了，也不必浪费时间陪我。"

寂斐既没有开口说好，也没有说不好，过了许久，他眼睛湿润，似有水滴落下。

他沉默了许久，苦笑连连。有些东西确实是命数，谁也没有办法逆天改命，便是神仙，亦是如此。

"你有你的命数，我也有我的，你等你的，我等我的，我亦是心甘情愿的……"

锦瑟似乎没有听见这话，寂斐也像什么都没有发生过一般陪着她。

锦瑟日复一日地等着，石柱老妖婆偶尔会在她身旁磨磨指甲，大多时候不敢出来，只有锦瑟一只猫蹲在原地，看着宫里的妖侍来来往往。

匹相、匹献时常来看她，连"风花雪月"都会偶尔来拜见她，可她始终见不到她想见的那个人。

也不知这人是怎么陪着自己的，连影子都不让她看见，坏透了。

平静的日子过得很快，悠悠一晃，便是十年过去，她竟又见到了一张熟悉的面孔。

陶铈离开妖界之后，便混迹在人间，四处游荡修炼，日子倒也过得快活。沈甫亭寂灭的事他听过，他也曾回来过，不过连妖界都没能进来。

锦瑟身边走了沈甫亭，还有寂斐，根本没有他存在的余地。

天上一天，地上一年，这些事情在他这里已然过去了许久，是以骤然见到那张熟悉的面容，他心中也是惊讶不已，费了千辛万苦才得以进入妖界。

不想刚一进来，他便见到一只小奶猫趴在殿外，瞧着软嫩嫩的模样，极为可爱。

他还是第一次瞧见锦瑟的真身，一时看傻了，这小模样若是出现在人间，恐怕是会叫人偷走的。

锦瑟懒洋洋地趴着，也不想变回人形，漫不经心地瞥了他一眼："你怎么来了？"

陶铈这才想起来意："你可知我在人间见到了谁？"

锦瑟兴致缺缺，如今谁都与她无关，她只想见沈甫亭。

她想着，眼睛一垂，趴在脑袋下的王八手帕上，上头还残留着他的气息，这是她从他那里硬生生抢来的。

他那时藏在腰带里，贴身带着，即便是在深渊里失去了意识，这帕子他可是宝贝着的，她费了好大工夫才从他手中夺来给他擦脸，那时还吃起了帕子的醋。

陶铈见她这般心灰意懒的模样，越发确信自己来得对，先前五百年的恩情，想来是能报了。

"我在人间见到了一个人，长得很像沈甫亭。我仔细观察了许久，那人的气度、做派与沈甫亭如同一个模子里刻出来的，就仿佛是另一个他。我特地打听了，那沈家公子原先不是这般如玉的模样，自小也貌不惊人，后来病了一场，不知怎的便如长开了一般，越长越好看。我不知晓那是不是沈甫亭，后来试探过，他也不识我，不过他既然是仙帝，或许能保留一二神识，落在了凡人身上。"

他其实还有些许顾虑，这人若不是沈甫亭，便是白白给了她希望，最后又让她希望落空，实在太过残忍。

可思来想去，他还是觉得应该与她说一说，万一这人真是沈甫亭呢？凡人年岁短，要是转世投胎，便是茫茫人海中难再寻到，她必然会错过。

锦瑟一瞬间有些愣怔，待反应过来，猛然站起了身："在哪里？！"

"在人间。"陶铈见这么小小一只猫瞪着圆乎乎的小眼看着自己，一时有些移不开眼，她实在太可爱了。

锦瑟当即一跃而下，迈着小碎步飞快往前跑去："带我去！"

陶铈连忙跟上，二人在夜色里急匆匆离去，完全没察觉角落里还站着另外三个人。

川音南看着锦瑟离去，转头看向寂斐："大人为何放这人进来？他必然会告诉妖尊，凡间有一个长得像沈仙帝的人。"

寂斐看着空荡荡的大殿许久，轻声说道："我想让她开心一些。"他说着，便出了神。他去看过凡间那个人，长得确实和沈甫亭一模一样，倘若那真的是沈甫亭，她必然能够高兴。

即便不是，那人也算一个很好的替身，也免得让她终日苦等，郁郁寡欢。

许是寂斐的神情太过落寞，以至这里的气氛越发低迷。

川音南也不知该怎么安慰寂斐，只能静默不语。

陶铈带着锦瑟一路到了人间。她一直没有变回人形，小小一只走在他的脚边，那速度却比他快了不少。

陶铈忍不住放慢了脚步，时不时看看她奔跑的小模样。

锦瑟迈着小碎步急匆匆往前跑着，见他慢了下来，转头看去："到了吗？"

陶铈看了她许久，终究伸手指向前方："就在前面，我就不送你了，那个人长得很像他，你一进去，随意找找就能看见他。"

锦瑟当即往前跑去，跑了几步，似想起什么，转头冲他点了点头，以示谢意，才继续往前跑去。

陶铈站在原地目送她离去，仿佛往日看着她与沈甫亭一道撑伞，缓缓离开自己的视线一般。他错过了一次，便是永远。

锦瑟迈着小碎步，一路往前跑去。这一处的府邸极大，外头有人守着，她没耐心耽误，毫无阻碍地穿墙而过，入眼便是亭台水榭，大气古朴，透着精致感。

她进来的这一处正好是花园，仆从往来，好在她原身娇小，也引不起府里头的人注意，可以畅通无阻地在其中行走。

她四处看了一眼，欲往最近的水榭走去。

正巧两个仆从端着药碗，掀开帘子走了出来，声音压得极低地说："公子的病恐怕是好不了了，神医不知来了多少，每每都束手无策，恐怕是……唉……"

"嘘，不可妄论主子，免得到时候被老太爷责罚。"

"咱们嘴上说说，也多是担心公子，族里的公子都成了亲，没道理我们长房嫡孙还没有着落。公子若不是因为这病拖着，早就已经金科及第，娶妻生子了。"

"你说这病怎么就落在我们公子身上了？真是造孽啊！"

锦瑟在石林旁，看着他们渐行渐远，眼眸微转，还未意识到他们说的是谁。微风轻轻拂过珠帘，传来悦耳的碰撞声，里头有人缓缓走来。

脚步声莫名熟悉，叫她微微一怔，以为自己出现幻听，她抬头看去，那垂落的珠帘挡在眼前，叫她看不清那人的模样，只能依稀看见衣摆处的花纹，精致风雅，听见行走间的窸窣声响。

这一路走来，她都没有想过什么，只想尽快见到这个人，可如今到了这里又情怯。她害怕看到的只是一个模样相似的人，而不是她心中盼着的他。

她的爪子不自觉地往后退去，她不敢看，那缓缓走来的人忽而咳嗽起来，低沉的咳嗽声夹杂着珠帘碰撞声传来，她瞬间顿在了原地，直勾勾看去。

那人已经压着咳嗽声，掀开珠帘，缓缓走下了木阶。

珠帘轻晃，碰撞出木质声响，他身着青衫，发束玉冠，本是寻常走下台阶，瞧见了她，便顿在了原地，面上神情似乎很意外。

　　锦瑟看着他，几乎无法移开自己的视线。难怪陶铈这般吃惊，这面皮真的如同一个模子里刻出来的，两个人便是连举止、神情都如出一辙。

　　时间仿佛静止了，过了许久，他忽而低声咳起，似乎极为难受，这一声咳似乎惊醒了什么，他长睫微垂，收回了一直落在她身上的视线，缓缓朝她走来。

　　锦瑟颇为僵硬，仰起小脑袋看着他。

　　他眼里含着温和的笑意，在她面前蹲下，伸手轻轻抚上了她的头，笑容莫名带着宠溺意味："哪儿来的小花猫，这般讨人欢喜？"

　　他的声音微微低沉，带着病重的虚弱感，沙哑得蛊惑人，和沈甫亭的声音如出一辙，就像那时他和她说，他会永远陪在她身边，永远都不会离开一样。

　　锦瑟瞬间湿了眼眶，心中莫名委屈。她一直在等他，也一直以为自己足够勇敢，哪怕毫无指望地等下去，也不怕。

　　可如今她骤然看见他，听见他的声音，情绪就涌了上来。她从来不觉得自己这般脆弱，不过是这样简单的一句话，就让她委屈得想哭。

　　她低下头，呜咽了一声，甚至没办法思考这个人究竟是不是他，感觉他已经回到了她身边。

　　那抚着她的脑袋的手微微一顿，又轻轻揉了揉她，声音越发温和，似乎怕惊着了她："迷路了吗？"

　　锦瑟心中越发酸涩，脑子里一片混乱，表情茫然地冲着他喵了一声，不由自主地朝他迈步，伸着爪子想要靠近他。

　　身后突然传来了匆忙的脚步声和惊讶声："呀，哪里来的野猫，还不快快着人赶出去？惊扰了公子，可如何是好？"

　　一个老嬷嬷领着仆从过来，见自家公子出来，连忙将手中的衣衫披在了他身上："公子怎么出来了？外头风大，若是公子染了风寒，可就不好了……"

　　"不必担心，我的身体我自己知道。"他收回了手，慢慢站起身。

　　锦瑟刚走到他脚边，伸出的爪子还没来得及钩上他的衣摆，他便已然站得高高的，那高度在她看来，高不可攀。

　　她上前几步，冲着他喵了一声，那圆乎乎的小眼睛里全是期盼之色，期盼他就是她等的那个人。

　　他低头看过来，眼中的神情极为认真，又似掺杂了许多情绪，让她有些看不懂。

　　老嬷嬷哪儿敢让野猫待在自家公子身边，若是有什么闪失，遭殃的可就是公子了，老太太那边也不好交代。

老嬷嬷见他一直看着猫，便知道他喜欢这小猫，话到嘴边，又将"赶"字改为了"送"，一边扶着他回屋，一边吩咐一旁的仆从："将这只小猫送出去，往后可要仔细些，不准再让这些玩意儿跑进来，免得惊扰了主子。"

"是。"仆从忙应了一声，上前去抓小猫。

锦瑟的注意力全在沈甫亭身上，她见他转身往回走，连忙追上去，忍不住喵了一声，声音甚至带着哭腔，极怕他走得没影了。

那人走上木阶的脚步微微一顿，他转头看过来，神情似不忍心，掺杂的东西太多，反而叫人看不明白。

锦瑟见他停下，连忙要追上去，却见他又收回了视线，掀开帘子进了廊下，仿佛她只是一只迷路的寻常小猫，对他来说只是一个过客。

锦瑟怔在原地，心中一痛。

他用这样陌生的眼神看着自己，就好像他们的往昔相处情形他都已经忘了，从来没有发生过一般，记得这些事的只有她自己……

她一下子似被抽干了力气，心里空落落的，突然后颈皮一紧，被人一下拎了起来，她也没心思挣扎。

那小厮许是看她软嫩可爱，小心翼翼地将她捧起来，往外头走去。

锦瑟看着沈甫亭越来越远，那一日的感觉重新出现在心头，眼眶瞬间湿润，眼前一片模糊，止不住地对着他的背影直叫唤："喵，喵……"

那微弱的声音，让人听着格外心疼，离去的那人脚下又是一顿。

锦瑟视线蒙眬中觉得他看了过来，那感觉一如既往地熟悉，她连忙眨了眨眼，眨出眼中的水花，再仔细看去，珠帘垂挂处已经没人了。

风微微晃着珠帘，那里空荡荡的，像是没有人出现过，一切仿佛是一个梦。

"府里看守这么森严，这小猫是怎么跑进来的？"

"许是爬树、翻墙闯进来的，瞧着公子很是喜欢，只可惜这带毛的玩意儿万一藏了什么瞧不见的脏东西过给我们公子可就不好了，还是快快丢出去的好。"

小厮闻言，连忙抱着她去了后门，将她送了出去。

锦瑟落了地，小眼睛还是水汪汪的，小小一只，瞧着格外惹人心疼。

小厮见了她这小模样，心都化了，小声叹息："小猫快走吧，你寻错了主子，我们家公子也不知能不能活过二十岁，他连自己的命都护不住，又哪儿能养活你？"

锦瑟心口莫名一紧，他看上去确实不大好，走几步就有些气息不稳，虚弱至极，没想到病得这般严重。

小厮见小猫的神情似乎是听懂了他的话，心中吃惊，都说猫通灵性，说不准这只还真能听懂，也不知能不能让神仙救救他们公子。

他想着也觉得荒谬，叹息道："快走吧，你选个命好的主人家，也免得往后主人去了，徒增伤心。"

锦瑟站在原地久久不动，朱红色的大门在她眼前慢慢关上。

她看着府门许久，想起他刚才看过来的眼神，爪子一迈，重新穿墙而过，急急进了里头。

屋里弥漫着一股药香，即便开着窗子也挥之不去。药香仿佛浸染在木头里，年岁长久，便与其融为一体了。

锦瑟从微微敞开的窗悄悄爬了进来。

屋里的摆设古朴大气，几乎没有一件物件不贵重，可见这府里头的人有多看重这位体弱多病的长房嫡子。

锦瑟悄无声息地进了屋，沿着桌案慢慢走去，前头摆着一个白瓷扁盆，里头似乎养了什么东西。

锦瑟探出毛茸茸的小脑袋凑上去一看，便看见里头是一只小王八。

那王八瞧见了她，头微微一缩，绿豆大的眼睛看着她，似乎极为好奇。

王八这一类带壳的玩意儿，自然是没有见过锦瑟这种毛茸茸、软乎乎的没壳生物，一时直朝她爬来。

锦瑟看着王八，只觉格外眼熟，想到了沈甫亭留下的那条王八手帕。这王八和她帕子上那只可是一模一样，叫她都以为是那帕子里头的王八爬出来了。

这种巧合让她莫名欢喜，他或许是记得她的，可是她转念一想，又觉得自己想多了。

他如今身子病弱，养只王八倒也没有什么奇怪的，王八好养活，命又长，寓意是极好的，说不准这府里头还养了许多王八呢……

锦瑟想到这种可能，心中有些失落，抑制不住本性，伸爪狠打了一下王八的头，恶狠狠地瞥了它一眼。

那王八吓得不轻，当即缩进了壳里，一动不敢动。

锦瑟迈着小碎步往前走了几步，小身板轻盈地一跃而起，正要往里头走去，便对上了他的眼。

他许是正要休息，如今靠在靠榻上，长腿微屈。周围也没有打发时间的玩意儿，他只是静静地靠着，见她进来便看着她，似乎已经看了她很久，那眼中的神情依旧复杂，似乎心事重重。

他看过来的时候，本身就带有一种压迫感，让她极为熟悉，只是因为他面容太过苍白，看上去很是虚弱，便削弱了压迫感，让他看起来格外温和无害。

锦瑟迈爪往他那边走去，轻轻一跃，极为轻巧地上了靠榻，见他没有排斥，便靠近他，仔细观察着他，依旧没有不同，无论是神情还是面容，都如他一般。

天下哪儿有一模一样的人，便是双生子都不可能一样。

他见这么小小一只猫看他看得认真，不由得轻轻一笑，伸手摸了摸她的小脑袋："小东西又迷路啦？"他说着，微微一顿，很是认真地看着她，声音莫名低了些，含着笑意，"你是认准了我吗？"

锦瑟心口莫名一跳，她看着他，久久不愿意错眼。他说这话的时候看着她的眼，似乎话里有话，那干净剔透的眼眸里似乎只有她。如果她不是一只猫，还真以为他是在对心爱的姑娘说话呢！

锦瑟彻底乱了，以为自己一眼就能认出他来，没有想到竟也不确定眼前之人是不是他。

她不知该怎么办，不知所措起来。

他已经伸出手，将她轻轻捧了起来，抱进了怀里。锦瑟许久没有被他这样抱着，一时委屈至极，只伸爪紧紧钩着他的衣衫，不敢松爪。

他伸手捧起她的小脑袋，一眼不错地看过来，那看一眼少一眼的神情像极了他以往看她的样子。

锦瑟一时眼眶湿润，窝在他怀里不愿离开，可依旧是缺了什么。他身上没有了淡淡的檀木清香，只有药味，甘甜之中带着苦涩……

她不得不承认，这不是她熟悉的气息，或许他也不是她苦等的那个人……

锦瑟想到这一点，情绪瞬间变得低落，微微垂着眼睛，趴在他的胸膛上，小模样看上去格外失落。

沈家公子见她这般落寞的神情，不由得一怔，淡色的薄唇微启，最终却没有说话，只轻轻揉着她的小脑袋，动作极为温柔。

锦瑟被他轻轻揉着，心中越发想念他的气息。她不知道要如何去辨别他，甚至开始害怕结果不是她所期许的那样。

她怯懦得只想一直趴着，这样他就是沈甫亭了，他们可以永远在一起，她还可以一直被他揉着，和他亲近。

可这个念头刚生出没多久，那手便慢慢停了下来，压得她脑袋微微一沉，有些抬不起来。

锦瑟微微疑惑，睁开眼看向他，他已然闭上眼睛，气息平稳地睡着了……

下
册

477

身子病弱又怎么可能撑这么久，他自然是容易睡着的。

锦瑟越发凑近了看他。他的长睫微微垂下，在眼下投出了一片阴影，显得眼睫越发长，如玉的面容过于苍白，看上去几近透明，连带着往日潋滟的薄唇都失了血色。即便是睡着的时候，那呼吸也是极轻缓的，她这般趴在他的胸口上，都有些害怕会压得他透不过气来。

锦瑟小心翼翼地支起小身板，从他的手掌下慢慢爬出去，趴在靠榻上，极为眷恋地看着他。十年了，她如今见了他，又怎么可能不欢喜？

她既疯狂地想确定他是不是沈甫亭，又害怕这只是一个与沈甫亭长得相像的人，若这个人只是相像，那又有什么用？

她盼了这么多年，要的从来都是沈甫亭一人，若这人不是他，即便再像，又与她有什么干系？

这个可能出现的结果，让她的心骤然一痛，她甚至不敢再在他身旁待下去，唯恐发现他不是沈甫亭的结果。

锦瑟没有再待下去，从靠榻上一跃而下，飞快地爬上案几，从窗户跑了出去，像是后面有什么可怕的东西追着她一般，不敢停留。

日落西山，屋子里睡着的人悠悠转醒，意识到自己刚才睡着了，醒来做的头一件事情便是看向胸口，那里却已经空了……

那原本软绵绵地趴在胸口上的小猫已经不知去向。

他当即掀开薄毯，站起身来，颇为慌乱地四下寻找着。

伺候的老嬷嬷领着仆从端着药膳进来，见自家向来沉稳的公子这般慌乱的神情，吓得不轻，连忙放下药膳："公子，您这是要找什么，老奴给您寻吧？"

沈家公子已经找遍了屋子，甚至连床底都找过了，却遍寻不到小猫的身影，想起刚才盖在身上的薄毯，显然是仆从进来过。

"刚才是谁进来了，可赶走什么了？"

府中下人很少见他这般严厉，一时吓得心肝发颤，一个婢女腿一软，吓得跪下回话："回公子的话，是奴婢见公子睡着了，才进来替公子盖上薄毯，再没有做别的事。奴婢万不敢动公子的东西。"

她不是被人赶跑的，就是自己跑的……

沈家公子神情微微一顿，似乎整个人都被掏空了一般。

嬷嬷见状慌了，自家公子这般模样可不常见，往日对什么事都如过眼云烟，从没有放在心上，如今这般严厉，恐怕是极重要的东西没了！

"公子是丢了什么贵重的东西吗？老奴这就替您找，您可莫要急坏了身子！"

他微微摇头："你们出去吧，我自己找。"他说着，也没有理会屋里的人，依旧在角落里寻找，即便心中早已有数，可依旧没有停下寻找的动作。

嬷嬷不知他究竟要找什么东西，瞧着动作，应该是比较小的玩意儿，便轻声吩咐屋里的下人，开始仔细翻找。

一屋子的人翻箱倒柜地找了一圈，那个不知去了何处的罪魁祸首才慢吞吞地迈着小碎步进了屋里。

她见屋里被翻得底朝天，那无辜的小模样却全不知晓此事因自己而起。

老嬷嬷瞧见这只小花猫又跑了进来，叫唤起来："怎的又跑来了？快抓起来，别让它进屋！"

锦瑟可不理会她，横冲直撞，跑进了里头，正见他在里头四处寻找什么，面色不太好看，就冲他喵了一声。

沈家公子听见这一声，拉着桌角的手微微一顿，他抬眼看来，那神情看上去竟有几分可怜，似乎以为自己被抛弃了一般。

锦瑟见这架势，才知晓他是在找自己，他这神情她往日见过的，与沈甫亭如出一辙。

她心疼坏了，迈着小碎步快步朝他跑去，冲着他叫了好几声，声音娇娇弱弱的，想要安慰他。

她还没走几步，便见他疾步走来，俯身将她一下抱起，声音都有了几分急切和紧张之意："去哪里了，也不与我说一声？"他瞧着虽然病弱，可这般开口说话还是严厉的。

可惜他就是病糊涂了，她现下是一只猫，要怎么和他说，难不成还要冲着他喵几声？

锦瑟轻哼了一声，却不自觉地缩起了爪子，心中发虚。她刚才去逗弄他池塘里的鱼了。

那一条条小鱼，一看就不是凡品，色彩格外艳丽，在清澈的池塘里游起来格外晃眼，叫她看着心头直痒痒。

她先前一进来就看见了那些鱼，不过一门心思想找他，便没顾上，刚才心情不好便去玩了一会儿，好生揍了几下那些无辜的鱼，郁闷的心情便好了许多。

老嬷嬷见猫跑进来，吓得追进来，瞧见自家公子抱着这小花猫不放手，哪儿还不知晓他刚才找的就是这只小野猫？

老嬷嬷连忙上前作势要抢猫："哎哟，我的公子爷呀，这野猫你可不能养呀，

下
册

479

万一藏了什么脏病，可怎么是好啊？"

沈家公子微微一侧身，抱着她避开了嬷嬷的手："无妨，这小花猫屡次来寻我，便是与我有缘分。我的身子自来如此，和这猫没关系，不会有事的。"

老嬷嬷闻言，也不敢再争辩。虽说她是奉了老太太的命前来照顾公子，这屋里的事都得听她的，但到底也不敢在他面前管什么。

大公子虽说年纪小，自小又体弱多病，却是有主意的人，一旦做了什么决定，便是老太爷也拦不住。她一时不敢多说，只得先请他将药喝了。

锦瑟见他要喝药，伸爪攀上了他的胳膊，准备一跃而下，放他去喝，却不想刚准备跳跃，小毛爪便被他的手轻轻握住。

他握着她湿漉漉的小爪子，神色忽然温和了不少，莫名带着温柔宠溺之意，声音都带着笑意："去玩外头的鱼了对不对？"

这人怕是成精了，这都能叫他猜到，不知晓的还以为他是神仙呢，掐指一算，就能知晓她干了什么。

锦瑟微微抬头看向他，神色有几分疑惑。

他看见她疑惑的小眼神，忍不住一笑，随手拿过一旁架上的净布，替她擦拭湿了的小爪子，那举止温柔得一塌糊涂。

屋里的下人都看傻了，没想到自家公子这般淡漠，却对一只花皮小猫这般温柔，实在是出人意料！

沈家公子替她擦好了爪子，便抱着她一道去了外间，桌案上正摆着药，还有些许清淡的菜肴，不见半点儿荤腥。

他见她探着小脑袋看得仔细，毫不介意地将她放在了桌案上，一旁的老嬷嬷见状，吓得不轻，唯恐锦瑟一脚踩进了药里或菜里，却又不敢说什么，只能在一旁紧紧地看着。

沈家公子习惯性地揉了揉她的小脑袋："我先喝药。"

一屋子的人彻底怔住，自家公子莫不是不好了，竟然跟一只猫讲话？更匪夷所思的是，这猫竟然还听懂了一般，收回了看着菜肴的视线，看向他面前的那碗药。

这药汤乌黑乌黑的，一看就极苦，里头有许多药。

锦瑟一看就知晓那都是吊命的药，都是千金难求的宝贝，看来这府中的人是极有本事的，这样的药都能寻来。

锦瑟见他要端药碗，控制不住好奇心，探着小脑袋凑了上去，也想尝一尝。

老嬷嬷见状，眼睛瞪得铜铃一般大，急得要上前去逮小猫，好在自家公子手疾眼快，伸手挡住了小猫的脑袋，可开口不是她想象中的严厉训斥，语气依旧宠溺："太苦了，你喝不得。"

这天下哪儿还有她喝不得的东西？苦又怎么了？她想喝，还没有喝不成的！

这"喝不得"三个字，深深激起了锦瑟的逆反心理，他越不让她喝，她就越要喝，当即凑着脑袋死命往前探，毛茸茸的小脑袋都挤得变形了，还一个劲儿地往前凑，奶声奶气的，就是爱闹腾。

"喵，喵，喵！"

沈家公子不由得一笑，将她拎起，抱进了怀里，伸手点了点她粉嫩的鼻尖："苦着了可不准耍小性子。"

锦瑟被他禁锢在怀里，动弹不得，眼巴巴地喵了一声，馋得不行。

话是如此，他却也不能依着她的性子让她喝。

他拿起一根筷子，在药里蘸了蘸，放进了她的小嘴里。

锦瑟当即张嘴咬住了筷子，模样凶猛如虎。

药汁入口，苦意瞬间在她的小嘴里蔓延，她瞬间僵住，苦得都有些恍惚起来……

锦瑟忍不住翻了个白眼，苦到作呕，小爪猛地一伸，打开了他的筷子，小模样颇为嫌弃。

沈家公子轻笑出声，那声音低沉温柔，带着磁性，格外好听。

下
册

481

第十九章
黏猫的男人

　　锦瑟苦得想闹小性子，可又是自己想喝的，少不得没了理，只埋在他的怀里，等着闹腾的机会。沈家公子可没给她这个机会，单手抱着她，喝完了一碗药。

　　锦瑟呜咽着叫唤，浑身都在抗拒。

　　沈家公子笑着揉了揉她的下巴，像宠小姑娘似的，拿起筷子亲自给她喂食。

　　锦瑟本不乐意吃东西，却架不住他喂的全是合她胃口的饭菜，她便张着小嘴一口一口地吃着。

　　老嬷嬷瞧着，心中也思索起来，公子也大了，族里这个年纪的公子，哪个没娶妻？

　　即便是没娶的公子，屋里也有人伺候，往日是怕公子晓事了没有节制，损伤身子，可想想自家公子这般冷淡，必然不会出现那样的事，如今她真要和老太太琢磨着安排起来了，也好过公子抱着一只猫百般宠爱。

　　有沈家公子宠着，锦瑟自然就住了下来，连夜里都是睡在他屋里的。她本是找了个软垫窝着睡的，早间起来，看见的却是他近在咫尺的脸，也不知是什么时候被他抱去的。

　　他睡着的样子很是安静无害，和往日的沈甫亭一样让人欢喜，锦瑟忍不住盯着他看，怎么看都看不够。这样的日子过了一两日，她便也习惯性地趴在他的枕头旁睡觉了。

因为他养了这猫，老太太还特地来说过，可惜终究拗不过自家孙儿，又见孙儿难得这般喜欢一个玩意儿，也不忍心，只得吩咐下人勤换洗，将猫弄得干净些。

可惜这小猫又凶又调皮，根本不让人碰，更别提洗澡了，公子也不舍得让旁人来碰它，凡事都亲力亲为。

府里的下人大多知晓大公子养了一只调皮的小猫，宠得跟宝贝似的，就是小猫性子野了些，公子屋里头的王八被欺负得不成样子，便是老嬷嬷也不敢凑近它，一不留神就可能被它的小爪子伤着。

不过这猫很有灵性，偶尔还会心事重重地蹲在池塘边小半日，那小模样也不知是不是在看鱼……

这日锦瑟睡得不是很安稳，淡淡的药香萦绕鼻间，让她瞬间清醒过来。她看了一眼旁边睡着的人，眼皮耷拉了下来，终究无法自欺欺人。

这个沈家公子究竟是不是沈甫亭？如果这人不是他，那自己这般又有什么意义？

她等的终究是沈甫亭这个人，而不是一张和他一样的面皮。她转身跃下了床榻，趁着天际刚泛起鱼肚白，迈着小碎步溜出屋子。

园子很大，她过了垂花门，这里非常隐蔽，早间无人来此，也不会有人看见她做的事。

锦瑟到了地方，"风花雪月"已经在这里等着了："见过妖尊。"

锦瑟变回人形，慢悠悠地走到他们面前："今日找你们过来，是为了让你们去办一件事。"

四个人连忙俯身恭敬地说道："静待妖尊吩咐。"

锦瑟看了一眼四个人，他们如今越发能扛事了，毕竟先头去天界、回妖界，来来回回地跑，学了不少东西，只是审美越发不行，毛发永远剃得参差不齐，不及往日圆润可爱。

长毛生物往往爱惜自己的毛发，他们也不知中了什么邪，对自己的毛这般残忍。

锦瑟瞧着他们只觉得伤眼，收回了视线："我如今离不开，你们去地府查一查这沈家公子的来历，顺道取了他的命簿给我。"

四个人闻言怔了怔。

去地府拿命簿可不是一件容易的事，事关天机，地府的命簿从来不对外人展示，不是地府里头的人，即便拿了命簿，看到的也是一片空白，根本看不见里头的字，加之地府难寻，那黄泉路、忘川河，即便是死去的魂魄，没有鬼差引路，也根本到不了。"风花雪月"是生者，生者要到冥界，比登天还难。

四个人闻言，面露难色，还未反应，远处便传来了脚步声。

锦瑟察觉声响，当即低声吩咐："快走，我给你们三日时间，三日之后我要看到命簿。"

"风花雪月"也不敢多言，当即化为原形，飞快跃进了花丛，嚓嚓嚓，如闪电般飞快蹿走，转眼便没了影子。

锦瑟重新变成一只小猫，往刚才的脚步声传来的方向走去，果然见沈家公子站在石林旁，玉树临风，只是长发未束，衣衫随意穿着，不像往日那般齐整，想来是早间醒来没见着宝贝宠物，着急寻来了。

往日她爱睡懒觉，都是他先醒，在一旁逗她，如今没见着，他自然要寻，真是一刻都离不开猫、黏猫的男人。

锦瑟仰着小脑袋，嘴角一勾，有种被需要的骄傲感，可走近一看，才发现他有些不对，那淡漠的神情都没有往日的笑模样了。

锦瑟怀疑他刚才看见了什么，可他这副表情，又不太对……

锦瑟琢磨不透，走到他脚边叫了一声。

沈家公子看了她许久，眉眼才微微一弯，俯身将她抱起："刚才去玩了什么？"

锦瑟这才觉得自己想多了，软绵绵地趴在他的胳膊上，随意喵了一声，反正他也听不懂。

沈家公子果然听不懂，抱着她就往回走。

锦瑟闻着他身上的药香，越发心绪不宁，走出这一步起，她的心中就没有一刻不害怕。

他就像唯一的救命稻草，若是假的，那于她来说，就是万劫不复的结果。她等了十年，也盼了十年，倘若根本等不来他，她又要怎么办？

从花园到屋里这一段路，不过一会儿工夫，锦瑟感觉沈家公子抱着自己的力道慢慢加重，这禁锢的力道让她很不舒服，她不由得抬起脑袋冲着他喵喵直叫，眼里尽是控诉之意。

沈家公子垂首看过来，才意识到自己的力道有些重，当即放轻了一些，伸手揉了揉她的小脑袋，似在安抚她。

锦瑟有些不解，昨日睡着时还好好的，怎么今日他瞧着这般古怪？

她正疑惑着，沈家公子已经抱着她进了书房。书香门第的公子也没什么好消遣的，他身子又弱，极少出去，只能在书房里看看书、赏赏字画。

锦瑟被他抱到了书案上，当即便转移了注意力，快速迈着小碎步走向砚台，伸爪蘸了蘸墨，迈爪在桌案的字画上走出一连串梅花小印，边走还边回头看那一串爪印，那阴沉的小表情颇得逞后的邪恶感。

突然，沈家公子抓了她的两只前爪，将她整个拖到了他面前。

锦瑟正玩得不亦乐乎，骤然被抓，全身都在抗拒："喵——"

往日沈家公子都是由着她的，随她怎么闹腾，可今日不让她玩了。他眼神极其严肃，即便是容色苍白的病弱模样，也颇为慑人。

锦瑟心中有些不乐意，往日他可都是宠着她的，今日连个笑脸都不给，不由得冲他嘶吼了一声，表情又凶又委屈。

沈家公子没理会她的小情绪，冷着一张脸，训道："往后不许去外头找公猫，听到了吗？"

公猫？"风花雪月"的动作可真是慢，他们竟叫凡人看见了原身。不过，沈家公子这态度和沈甫亭当初真是如出一辙，他一样不喜欢"风花雪月"，叫她都有些分不清了。

沈家公子见她出神，便知这小猫没认真听，神情越发严厉，修长的手指点了点她粉嫩的鼻尖，语气非常严肃："听见了吗？不许再见他们！"

他还真是一样霸道，连只小奶猫都管得这般严。

锦瑟想起沈甫亭，心事又重了一些，也不理会他，收起爪，慢吞吞地走到桌角蹲着，看上去心事重重，似乎是因为他的话而不开心。

沈家公子眉头微微一皱，面色越发不好看。

书房里头的气氛莫名有些压抑。

锦瑟心头郁闷，又打算跑到池塘边揍鱼发泄，正起身准备跳跃，小身板却被手掌一摁，往后拖去。

放肆！他拿她当块抹布吗？她在桌案上被拖来擦去，肚皮都凉飕飕的！

锦瑟微微收起小肚皮，眼神瞬间变得阴沉，从他手掌下钻出毛茸茸的小脑袋，气得想挠他。

他却忽而一笑，清俊的眉眼轻轻一弯，笑得很是好看，薄唇微启，声音莫名蛊惑人心："是我疏忽了，你来了这么几日，都没有名字，也难怪你想跑，不如……叫锦瑟吧！"

锦瑟闻言一怔，猛然抬眼看向他，心中极为震惊。

沈家公子面上的笑越发温和，修长白皙的手轻轻揉着她的小脑袋，仿佛只是给寻常小猫起名一般："我表字华年，你便叫锦瑟，正好相称，也算你我有缘。"

年少的公子静坐案前，面容如玉般剔透温润，一尘不染，一字一句皆万分认真，仿佛只是巧合。

锦瑟一瞬间有些不知今夕何夕，他的声音如同一道利剑刺进了她混沌的脑袋中，她只觉得眼前闪过一道白色光芒，脑子里一片空白。

她依稀想起往日那些场景，恍如隔世……

"锦瑟无端五十弦，一弦一柱思华年。你瞧这句诗多巧，咱们就是天定的缘分，连天意都是这样安排的，怎么能不好好利用这一段缘分？"

他说……他叫华年！

他们长得一样也就罢了，连名字都一样，怎么会这么巧？！

她心中一急，难言的喜悦压着她，她越发靠近他，眼里都冒起了亮光，几乎恨不得当即问他究竟是不是沈甫亭！

"大公子，萧公子和萧二小姐，还有齐家公子一道来看您了。"

沈家公子神色微微一敛，似乎不想见客，不过到底是世交，有客来访，他也没有将别人拒之门外的道理。

他轻轻地摸着小猫，也没有叫人收拾桌案上的梅花爪印的意思："请他们进来。"

小厮忙转身去请人。

未几，两个文气的世家子和一个清丽精致的小姑娘进了书房，那个姑娘长相很出挑，一身穿戴也不俗，衬得眉目极为出众。

三个人有说有笑，显然是相识已久，一进来就问道："华年，这些日子身子可好些了？许久不曾见你，今日我们特地来看看你。"

"多谢挂怀，已然好了许多。"

萧二小姐见桌案上趴着一只软嫩的小猫，又是沈哥哥养的，自然很喜欢。

她笑着上前："早就听说华年哥哥养了一只小猫，我原本不信，没想竟是真的。"她说着便要来摸锦瑟，锦瑟哪儿是任人摸的，眼里当即露出了凶狠之意，猛地伸爪警告。

"啊！"萧二小姐被挠了个正着，白皙的手背上出现了一道淡淡的爪痕，虽不严重，但在这细嫩的手背上格外显眼。

萧公子连忙上前，见没出血才松了一口气："好在没伤着，否则回去也不知怎么向母亲交代了。"

锦瑟慢悠悠地收回了小毛爪，抱上了沈家公子的手，小脑袋枕在他的手臂上，神情蔑视地看着他们，虽然只是一只小猫，气场却不小。

萧二小姐哪儿受过这样的委屈，对方还是一只不晓事的畜生，顿时气不打一处来。

沈家公子任由小奶猫搂着手，语调依旧平和："猫怕生，会使些小性子，我让下人请府里的大夫过来替二小姐上药。"

外头候着的小厮极有眼力见儿，都不用再吩咐，当即转身去寻府里的大夫。

萧公子觉得不是什么大事，开口客气地说道："华年不必麻烦，也没见血，不过划了一道爪痕罢了，并不碍事。"

"还是请大夫来看一看，毕竟是我沈家疏忽。"沈家公子说着，忽而咳嗽起来，似有些不适。

锦瑟这才注意到他现下衣着单薄，早上没来得及披上外袍就出来了，现下这般恐怕受不住风。

她忙起身从桌案上一跃而下，径自出了书房。

沈家公子倒也不在意，看着她蹿出门，忍不住眉眼一弯，只当她去外头玩鱼了。

萧二小姐见他没有训斥这只畜生，心中颇为委屈。她自小就是家中宠着长大的，很少被伤着，到了他这里竟连只不通人性的畜生都比不上……

她想着，越发不悦，不顾场合便摆起了脸色。

萧公子瞧着她的样子很是无奈，自家妹子太任性，不晓事，可他也不好多言。

齐公子瞧见了，自然也心疼萧家妹妹，虽不好说什么，但沈华年这般不处置，任由这花皮猫耍性子，未免不公平。

他性子直，加之萧家妹子这般天真活泼的小姑娘被猫伤了，自是不喜欢这猫："你怎的养起了野猫？若是真要养，便养些性子温驯的，这小猫长得确实可爱，不过性子太野，显然是养不熟的，远不如那些波斯猫名贵又讨人喜欢。你若实在喜欢，我替你去找找，这野猫，你拿它当心肝宝贝，它可未必将你当回事，回头再伤了人，又怎么是好？"

萧大公子倒没当回事，也没有要惩治猫的意思："那猫瞧着年幼，想来是害怕了。"他说着，看向自家妹妹："你也是，一上来就去摸，还好是只小猫，爪子没什么力气，若是大一些，指不定你就被抓破皮了，以后可得小心点儿。"

萧二小姐闻言，越发委屈："我怎知这猫这般野？华年哥哥还是不要养了，这

种猫合该被扔出去，免得往后再伤人！"

屋里的气氛忽而压得人有些胸闷气短。

沈家公子微微抬眼，看向萧二小姐，眼神淡漠至极。

"胡说什么？！"萧公子见沈华年这般，也急了，被自家妹妹气得不轻，"你胡言乱语什么？还不快道歉！"

"我不！"萧二小姐看着沈华年，就希望他表个态，不承想他根本没理睬她，叫她一时越发难堪。

萧公子见状，越发生气，齐公子忙开口缓和气氛："好了，别训你妹妹了，都是小事，华年不会怪罪的。"

沈家公子闻言不语，神情淡淡的，瞧着可不像是不怪罪的意思。

屋里气氛莫名压抑，三个人都有些如坐针毡。

片刻后，锦瑟又迈着小碎步回来了，一踏进屋里头，就冲着后头的人叫唤，有些使唤人的意思。

外头进来了一个拿着外袍的小厮。

他进来之后，有些疑惑："公子，刚才见小猫叼着您的衣袍，奴才瞧着，便拿着衣衫跟了过来，可是公子要衣衫？"

他说话间，锦瑟已经走到沈家公子身旁，站在他脚边冲他叫唤，那意思看着像是让他穿衣衫。

沈家公子眉眼一弯，伸手揉了揉她仰起的小脑袋，对小厮说道："拿来。"

锦瑟舔了舔他的手，安静地蹲在一旁看着他，打算亲自看着他将衣衫穿上。

沈家公子接过了外袍，随手披上，锦瑟才收回视线，舔了舔自己的小爪子，十分闲适地蹲在他的旁边。

萧公子瞪大了眼睛："你这野猫竟这般有灵性？！"

齐公子却不在意："有灵性又怎么样？这猫到底不如那些名贵的猫讨喜温驯，要我说，要养便养一只贵重的猫，你堂堂尚书府的公子，养一只野猫，传出去怎么好听？"

锦瑟舔爪的动作瞬间顿住，她表神阴沉地看向齐公子，身子迅速拱起，似要将他的脸挠花，却突然被人伸手抱了起来。

身子被抬起，她便对上了眼前一张放大的俊脸，如画的眉眼凑得这般近，冲击力可不是一般强。

"天下花猫千千万，我只喜欢我的小花猫。"他的眼神非常温和，淡淡的薄唇微动，尾音微微沉下，最后没在他的唇齿之间，似乎不舍得松口，那低沉沙哑的声音叫人颇为口干舌燥，语气温柔得叫人沉溺其中，无法自拔。

锦瑟不由得忘记了刚才想要干什么，直勾勾地盯着他。

沈家公子一笑，低头亲来，温润柔软的唇瓣碰上了她，叫她有些不知所措，小爪子不由自主地伸出来抵上了他的脸。

沈家公子见她小模样非常迷茫，小毛爪这般抵着他，那细微的力道有些多余，忽而低声笑起，连着那清冽的男子气息扑面而来，令人无从抗拒。

锦瑟一时间心口怦怦直跳，那速度快得她有些接受不了。

是你吗，沈甫亭？

萧二姑娘不知怎么，莫名羡慕起这只野猫。她若是这野猫就好了，那华年哥哥眼中就只有她了……

沈华年身子弱，也没有精力陪客人。三个人稍稍坐了一会儿，便起身走了，他们一道出去，自然少不了提起他。

三家是世交，他们自小便相识，却只有沈华年身子不好，每每在鬼门关前徘徊，多少有些令人唏嘘。

萧大公子见自家妹妹若有所思的模样，忍不住开口提醒："你的心思还是趁早收起来，母亲不会同意的，即便沈家的长辈要替华年择妻，也是为了冲喜，娶妻只是说得好听。"

萧二小姐自小便喜欢沈华年，哪儿愿意认命："大哥，你就帮帮我吧，华年哥哥只是如今身子弱，成亲以后指不定就能好了。"

萧大公子即便认沈华年是好友，也不可能拿自己妹妹的终身幸福来开玩笑："你莫要有这心思，他身子好了更轮不到你，你这样任性不晓事，他怎会喜欢你？你和他根本不合适，你若再有这个念头，我就告诉母亲，早早将你嫁出去，也免得你败坏了萧家的名声！"他说着，直直往前走去，显然是气着了。

"大哥！"萧二小姐心中自是气恼委屈，也没有哥哥想得那般长远，只知道自己喜欢沈华年，想要嫁给他。

他对一只猫都这般温柔，对自己的妻子岂不是更好？

齐公子见状，也开口劝道："萧妹妹莫哭，你哥哥也是为了你好。这京都谁不知晓华年……"他有些难以开口，末了，只没头没尾地道了一句，"远道寺的大师瞧病从来没有不准的，大师既然说了华年难以活过二十岁，十有八九就是如此。说句不好听的，冲喜能有什么用？嫁过去没多久就要守活寡，你往后可怎么办？你还是早早收了心，也免得往后伤心。"

"远道寺的大师也不是神仙，哪儿能什么都说准？华年哥哥现下好好的，怎么

可能活不过二十岁？！"

"那沈家公子命里活不过二十岁的消息传遍了京都，大师都没有否认，又怎么可能是假的？"

他们远离了院子，但锦瑟还能将对话听得一清二楚。

她心中不悦，只觉得这些话很不入耳，他不过是身子弱，补补便好了，哪儿有活不过二十岁这种说法？

她抬眼看去，沈家公子面上的笑已经不见踪影，他见她看来，又轻轻一笑，伸手轻轻地揉着她。

锦瑟看着，便觉得自己想多了，从这么远的地方传来的声音凡人怎么可能听得到？

到了晚间，锦瑟趴在桌案上，小口小口地乖乖喝汤。沈家公子喝了药，揉了揉她的小身板，才起身往净室走去。

锦瑟见他离开，当即停下喝汤的动作，起身跃下桌案，跟在沈家公子的脚边，小小一只，追得很紧。

沈家公子走了几步，见她跟着，微微一怔："我去洗澡，很快就回来。"

锦瑟没理会他，依旧迈着小碎步跟着他。

沈家公子心中疑惑："你也要洗？"

锦瑟闻言，爪下一顿，小脑袋一扭，瞬间收回了爪子，再没有跟着的打算，一看就是一只不爱洗澡的小花猫。

沈家公子见状一笑，拿着衣物缓缓去了净室。

锦瑟光明正大地蹲坐在净室外头，待里头的水声传来，才大摇大摆地走了进去。

今日这事实在太巧，他不只长得像沈甫亭，连字都一样，巧得让她怀疑他不仅是沈甫亭，而且还记得些什么东西。可惜也只是猜测，她根本找不到蛛丝马迹。

一个人可以伪装自己，但是他的小习惯不会轻易改变。

她看不出他究竟是不是在伪装，便只能一步不离地跟着他、观察他，从他的习惯里猜测他是不是沈甫亭。

净室里弥漫着白色的雾气，缥缈模糊如幻境。

锦瑟进了里头，四下观察着，他的衣衫已然褪下，齐整地放着，倒是和沈甫亭往日的习惯一样，不过这也说明不了什么，至多只能算巧合。

她迈爪绕过屏风，径直往里头走去，正对上浴池里头的他。

清澈的水面缓缓升起雾气，白皙的面容在雾气中若隐若现，有着无法掩盖的惊艳感。

他的眉眼覆上水滴，格外蛊惑人，比平日里苍白虚弱的模样有了些许气色。这一处是温泉水，不用烧也是温热的，于他的身子很有好处。

沈家公子见她进来，似有些疑惑："怎么了？"

锦瑟随意喵了一声敷衍他，迈着小碎步走到池边，找了一处视线好的地方坐着。那小眼神，颇像是大王巡视全场，气势十足。

沈家公子看着这只小花猫，神情疑惑。

洗澡的时候，无论是什么东西在一旁盯着，他多少会不自在，更何况这只猫这般直勾勾地盯着他，也不知在看什么。

池水又没撒花瓣，清澈见底……

沈家公子收回了视线，继续洗澡，动作有些僵硬，也不知是不是泡的时间太久了，白皙的面容似有些红。

锦瑟见他拿着净布擦拭身子，越发认真瞧着，往日沈甫亭洗漱总有一个习惯，都是先从左边身子擦到右边，往后转一圈再往下擦。

若是这个习惯都一样，那么她想他就是沈甫亭。

锦瑟瞧得认真，他的动作却被弥漫的雾气模糊，叫她有些看不清楚，只能迈着小碎步继续靠近。他却随手将布扔了过去，温热的布从头罩下，她眼前顿时一片漆黑。

锦瑟正观察着他，却被打断，一时心头气恼不已，忙从净布里探出头来。

他已经从池水那头走到了这边，居高临下地看着她，雾气模糊了他的神情，瞧着有些高深莫测。

眼看着就要到手的答案没了，她心中如何不气恼？她冲着他瞪了一眼："喵！"

"出去。"沈家公子淡淡地说道，是少有的命令语气。

这几日他都是百般宠着她，更何况她是宠物，跟他一起洗澡都是他的福泽，如今他却连洗澡都不让她看，未免太过生分，锦瑟如何会心甘情愿地离开？她后退几步，冲着他用力喵了几声，气到炸毛。

沈家公子直接伸手按住她，将她往外推："乖乖出去，一会儿我洗好了再陪你玩。"

锦瑟硬生生被推出一臂距离，越发生了恼意。他一松手，她便迈着小碎步冲上前，谁知爪子踩着了布，爪底一滑，径直冲进了池里。

下
册

　　锦瑟可不会游水，这一掉下去，当即四肢僵硬，沉到底下，这小小的浴池对她来说实在是汪洋大海，极其可怕！

　　一时间，她四肢并用地挣扎着，小小一只在池水里扑腾，看上去格外可怜。瞧见一旁是他的腿，她连忙伸爪去捞，却不想沈家公子没有半点儿良心地避开了。

　　锦瑟猝不及防，生生呛了好几口水，正琢磨着变成人形会不会吓死他，突然有人伸手一把将她捞起。

　　锦瑟离了水，筋疲力尽，趴在他的手掌心里吐着水，很是狼狈。

　　沈家公子看着小猫吐水泡，声音轻缓，似有责备之意："怎么还不会泅水？"

　　哪家猫会泅水的？猫都是怕水怕得要死，洗澡都怕被淹死，即便是她，也是好不容易才克服天性，学会给自己洗澡，已经算是一只有胆色的猫了！

　　锦瑟吐完了水，抬头怒瞪着他，恨不得伸爪挠他，那小毛爪有气无力地在他的手背上挠。

　　沈家公子面色有些不对劲儿，白皙的面容上似乎有一丝隐约的红痕。

　　锦瑟还没来得及细看，他已经将她放在了岸上，拿起岸上的布替她胡乱擦拭着，那手劲非常大，磨得她柔软的小身板都变形了。

　　锦瑟被擦得歪来倒去，连忙伸爪去推他的手："喵喵！"

　　沈家公子将她擦干净了，用布随手将她包了起来。

　　锦瑟瞬间被包成了粽子，连忙挣扎着，解开了布的束缚。沈家公子已经起身，出了水池去穿衣衫。

　　锦瑟连忙迈着小碎步跟过去，蹲在他的脚边，直勾勾地盯着他，认准了要黏在他身边。

　　沈家公子拿过衣衫，随意地披在了身上，可到底身子虚弱，动作没有猫快，衣下风光被瞧了个干净，一时面红耳赤。

　　他瞧这么小小一只猫跟得紧紧的，气得笑了，伸手拎起了她的后颈皮，抱在怀里，狠狠揉了揉她的小脑袋："你如今倒是黏人得紧！"

　　锦瑟扭着头，不愿意让他揉，忽然察觉了熟悉的淡淡檀木清香，连带着那凛冽的男子气息微微传来，即便被药香遮掩，极为轻微，她依旧能够闻到。

　　他们长得一样，声音一样，习惯一样，连带着身上的气息都一样！

　　他不是沈甫亭，那谁又是呢？！

　　锦瑟震惊之后狂喜，急得在他怀里挣扎起来。沈家公子忽而低声咳嗽，走了几步便有些气息不稳。

　　锦瑟连忙收回扑腾的小爪，看了他苍白的脸一眼，忙要下地自己走："喵。"

他却不松手，勉力压下咳嗽，开口道："乖，别乱动。"

锦瑟不敢再乱动，强行压着自己心头的狂喜情绪，尽量减轻自己的重量，唯恐一点儿重量都给他增加负担。

沈甫亭走到床榻旁才小心将她放下，缓了一阵才亲了亲她毛茸茸的小脑袋，声音虚弱地说："睡吧！"

他显然极为疲惫，刚刚红润的面色又变得苍白，看上去极为虚弱，可还是想要等她先睡。

锦瑟只得趴下，乖乖睡觉。

沈家公子这才收回视线，上了床榻，没过多久便陷入了睡梦中。

锦瑟察觉他气息平稳，才变成人形，坐在他的床榻旁看着她。

他似乎很难受，眉头微微皱着，额间布满了细密的汗水，便是在睡梦之中都不得安宁。

照往日的情况来看，他应当是一缕魂魄借着凡人的躯壳休养，肉体凡胎最是脆弱，她弄不清楚情况，也不敢轻易施法。尤其对他，她甚至连个小小的法术都不敢使，唯恐让他身体更不好。

外头忽而有人传来信息，却没有进来，锦瑟眼眸微微一转，瞬间消失。

花园里空空荡荡的，只余寂斐一个人等着她。

锦瑟在他面前现出身形，有些疑惑："你怎么来了？"

"你先前让'风花雪月'办的事，我替你去查了，如今已有了消息，特地来与你说一声。地府生者名册上没有沈家公子此人，十年前他便已经投胎转世，照理说这尚书府家中应该再没有沈家大公子，如今这人还好好地活着，地府也不知晓是为何，是以这一抹散魂……很有可能就是沈甫亭。"

锦瑟忍不住笑起来，可又极端害怕这是个梦，一下子又醒了，醒来后又是没有他的日子。

寂斐见她这神情，自是知晓她心中的想法，开口安慰："他既有本事做仙帝，自然也有本事留后路，想来确实就是他……"

这一番话倒叫锦瑟感到安慰不少，只是多少有些不安，不是她信不过寂斐，而是沈甫亭如今是肉体凡胎，寂斐想动手实在是太简单了。沈甫亭身子这般虚弱，轻易就能被除去，还能将原因归结于他身子不好。

"此事我不是交给了'风花雪月'吗？怎么是你来？"

寂斐闻言，也觉得奇怪："那四只丑狐狸终日躲在屋里头剃毛，也不知受了什么惊吓，此事还是我特意留心，才知晓是你嘱咐的。"

　　他们关键时刻掉链子，早知道当初她就该让他们在地宫里自生自灭，带出来纯粹就是一个摆设，还没有往日赏心悦目。

　　锦瑟想着，只觉得现下棘手，也不知该带沈甫亭避到何处去才好。

　　他们相识这么多年，寂斐又怎么可能不知晓她担心什么？

　　他沉默了许久，释然一笑，眼眶却是润湿的："你放心，你等了他这么久，我又怎么忍心毁了你的期待？"

　　锦瑟微怔，许久才低声开口："谢谢你，寂斐。"

　　寂斐压下心中的苦涩情绪，笑了笑，忽而看了一眼远处的屋子，认真地说道："锦儿，不必谢我，你往后若有什么事，还可以像以前那样吩咐我，我永远是你的小白龙，你永远是我的小野猫，这一点谁也改变不了。"

　　寂斐走后，锦瑟慢吞吞地回了屋。沈家公子已经醒了，睁着眼，平静地躺在床榻上，薄被半盖，难掩修长的身姿，玉面苍白却不显瘦弱，白色里衣着身，看着很温良无害。

　　他面上没什么表情，见小花猫踱步回来，他眉眼忽而一弯："又去玩鱼啦？"

　　锦瑟见他醒了，有些稀奇，明明刚才他睡熟了，这么一会儿工夫就醒了，往日可是睡得沉着呢！

　　锦瑟有些疑惑，不过还是欢喜地迈着小碎步走向他，身姿轻盈地上了床榻，爬进他的被窝，紧紧依偎在他的脖颈处，那架势显然是想黏着他睡了。

　　沈家公子见小猫这动作，不由得一顿，半晌才唇角一弯，侧脸贴上了她软绵绵的小身板。

　　锦瑟醒来后，便使唤小妖怪去搜寻仙草名药，法术不行，只能用凡间的法子帮他调养身子，可心中还是觉得哪里不对劲。

　　他既是一抹魂魄寄生在凡人体内，记忆自然不可能消失，可他的模样和做派与十年前大不相同，显然没有承载另一个人的记忆。

　　他给她起名锦瑟，实在太过巧合，让她不得不怀疑他根本就没有失去记忆。可他若是记得以前的事，种种表现却又分明是不认识她，叫人根本琢磨不透。

　　锦瑟百无聊赖地趴在靠榻上，还没来得及细想，老嬷嬷已然端着画册进来，行礼后，苦口婆心地说道："公子，老太太和夫人商量了，您身边缺个人照顾您，要替您择一位贤妻。这画册里都是老太太亲自挑选过的人选，说是由您自己来选。"

沈家公子闻言，像是习以为常了，并没有开口拒绝，甚至连头都没有抬："放着吧，我一会儿看。"

老嬷嬷见他答应得这般爽快，满心欢喜，原本以为要费好大工夫才能说服自家公子，没想到竟这般容易！

可惜她不知自己放下画册出去后，自家公子根本没有要看画册的意思，显然是打算过几日原封不动地送回去，说没有中意的人选，也免得府中长辈唠叨。

锦瑟不知道沈甫亭的打算，瞧他打算择妻，神情骤然一变，本来还软绵绵地趴着，现下浑身的毛都竖起来了。

她阴沉地看了一眼一旁看书的人，猛地跃上案几，伸爪一翻，瞧着册子上头的美人图，神情有几分不屑。

这沈家长辈确实有眼光，画册里的美人各有各的美，端庄温婉，面容清秀，一看就是温柔贤惠的好妻子，瞧着个个都与他相配！

她看了一页又一页，越看越生气，小爪摁得很是用力，刚翻到下一页，小毛爪却被身后伸过来的手轻轻握在手里，身后的人轻轻笑道："你要给我挑妻子吗？"

锦瑟听着这话，越发气恼，从他修长的手中抽回了自己的爪子，恶狠狠地瞥了他一眼：你的妻子就在你面前！

沈家公子见状，眼中笑意越发浓了，似乎完全会错了小花猫的意，垂眼看向画册，端详起画上的女子："你觉得这个适合我？"

他倒还认真看起来了？！他这分明就是自己看中了，觉得合适，还要赖在啥都不懂的猫身上！

锦瑟冷冷一瞥，当即伸爪挠向画册上的美人，那爪子锋利无比，瞬间便挠得画像看不出模样了，醋意不是一般大。

沈家公子见小猫咪这样，笑得眼睛都弯了起来，将她抱起，又翻过一页画像："不喜欢刚才那个人做我的妻子，那这个呢？"

锦瑟气得磨牙，扭着小身板想要从他的手掌里挣扎出来，将这本册子全撕碎，却动弹不得，一时气得喵喵叫。

沈家公子却像是来了兴致，慢条斯理地继续翻着册子，那挑媳妇的模样可是认真着呢！

以前她要和他谈情说爱他都不乐意，弄得好似她强迫他一般，现下他做了凡人，年纪轻轻就想娶媳妇！

锦瑟恼得想开口骂他，瞧他还看着画册，一时又气又恼，脑中灵光一闪，瞬

下
册

间想到了一个法子。

她微微一笑，眼眸微转，对着画册随意施了个法术。

沈家公子随手翻过一页画像，瞧见画上天真无邪的小姑娘，修长的手指瞬间停顿，似被其美貌吸引了。

锦瑟迫不及待地伸爪摁上画像，非常热情地推荐："喵，喵喵喵。"

沈家公子收回视线，看向她："你喜欢这个？"

"喵！"锦瑟当即应声。

他忽而俯身，如玉的下巴轻轻地靠在她的头上，这般近的距离她都能感觉到他唇齿间吐出的气息。

锦瑟有些僵硬。

沈家公子很认真地看着画上的姑娘，端详起来："这个姑娘年纪太小，一看就没长大，还是这个好些，看着沉稳，是个做妻子的好人选。"

锦瑟闻言，看向他说的那幅画像，上面果然是一个亭亭玉立的姑娘，看上去格外端庄温柔，一看就是好脾气。

锦瑟看了就知晓，这就是他中意的类型，端庄有礼、听话大方的大家闺秀！

他不记得往事，喜好自然按照往日的来，自然也不知晓自己已经娶了妻，妻子的性子还和他往日喜欢的类型大不相同。

锦瑟猝不及防地被狠灌了一口醋，自然迁怒他，一脚踹向他的胸膛，锋利的爪子将他看中的姑娘挠了个稀巴烂，这才算满意了。

沈家公子见这么小小一只猫毛都竖起来的小模样，忍不住轻轻笑了，眼中的笑意颇为宠溺纵容。

锦瑟将这一处弄得乱七八糟，路过盆子里的王八，气得将它也揍了一顿，才怒气冲冲地蹿去了外头，再也不想理会他。

沈家公子笑看着她气势汹汹地蹿出去，视线才慢慢落在画册上。

画册上头是一个着红色衣裳的小姑娘，那衣裳上镶嵌着五彩宝石，绣纹精致，颜色很是艳丽，看人的时候，表情天真烂漫，仿佛春花骤然绽放。

沈家公子伸手过去，却又似不好唐突佳人，修长的手指微微一顿，点在了画卷的空白处。

锦瑟虽然气恼，后头还是留了个小心眼儿。她一直跟着那老嬷嬷，瞧他到底选了哪个。反正他无论想娶哪个，她都要想法子把这事搅黄了！

却不想沈家公子递上去的是她的画像，虽说可能是她划了他中意的人的画像，他便只能退而求其次，但她还是舒服了一些，也不再使小性子，偶尔勉强让他抱一抱、揉一揉。

可此事弄得沈家老太太没了主意，毕竟这姑娘不知何时出现在画册里头的，根本无人知晓这人，又如何找得到人家？

不过，这沈家大公子难得有心仪的姑娘，老太太又心疼他，自然是要将他中意的人找出来，便花了好多时间，娶妻一事也就先搁置了。

锦瑟也没了机会捣乱，便开始试探他究竟有没有失忆，不过都没抓着什么有力的证据。

这一日她又想到了法子，便是那条王八手帕，他往日最是爱惜，从来都随身携带，便是失去意识也不容人碰，是以他一定是将这帕子当作信物收着，若他真的有记忆，必然见不得帕子被毁了。

锦瑟想着，便将那条王八帕子叼了出来，在他面前晃了晃。

沈家公子看了她一眼，似乎不太明白她要做什么。

锦瑟见他瞧见了，当即跃上了案几，小嘴一张，将口中的帕子扔到了屋里摆着的炉子上头，里头的火很快就要烧着垂落在炉上的帕子。

锦瑟连忙转头看向他。

他依旧拿着手中的书，静静坐着，面容平静，没有她想象中的举动，只是面色瞧着有些严肃。

暖炉里头的火快要烧上那块王八帕子，帕子一角已经被烧着了。

老嬷嬷端着药从外头进来，刚要开口请安，沈家公子突然站起来，疾步走来，拿起快要烧着的帕子。

锦瑟见他拿了帕子，瞬间愣住了。

"喵！"她眼中闪动着兴奋的光芒，准备扑向他。

沈家公子一把抓起了她："这些日子真是将你宠坏了，越发顽劣不听话，贪玩也就罢了，竟还玩起火苗，万一着了火，可如何是好？"

锦瑟见他没想起什么，欢喜的心情瞬间变得低落，她又被他这般抓着，一时很不舒服，小身板一个劲儿地挣扎，不停地叫唤。

沈家公子显然是被气着了，往日小猫不叫唤就让他心疼不已，那架势宠得跟宝贝似的，含在嘴里怕化了，捧在手里怕摔了，如今这般叫唤都不理睬了，抓着便进了里屋。

老嬷嬷头一次见公子发这么大的火，那面色阴沉的模样叫人看着都有些胆寒，一时吓得不敢说话。不过这小猫也确实顽皮，往日满屋子搞破坏也就罢了，如今还往火炉旁凑，合该被好生教训。

下

册

　　锦瑟被抓得紧，叫得越发嘹亮，见他不理睬，小毛爪正准备用力蹬，可还没来得及用力，便被沈家公子当球似的扔到了床榻上，瞬间淹没在被窝里。

　　锦瑟心中大怒，当即从被窝里爬出去，还没来得及冲他叫唤，沈家公子已经冷冷地说道："今日若是没想出自己的错处，就不准出来！"他说完，冷着一张脸往外头走去。

　　锦瑟连忙跃下床榻，小碎步迈得飞快，倔强地追上他的大长腿，半点儿没意识到自己的错处。

　　沈家公子连眼风都不曾给她，几步走出了里屋，砰的一声关上了门。

　　锦瑟虽然小碎步迈得快，可终究比不上他的大长腿，险些撞在门上。她连忙伸爪去推门，门却牢牢地关着，显然是他从外头给锁上了。

　　如今她在凡人眼里是一只奶猫，又不能穿门而过，便只能用爪子在门上划拉着，喵喵喵地叫个不停，声音越发嘹亮，听在人耳里颇有几分可怜巴巴的撒娇意味。

　　老嬷嬷听见它叫得凄惨，难免动了恻隐之心，毕竟这猫只有这么点儿大，叫唤起来还是惹人心疼的："公子，这……"

　　不想往日宠猫的沈家公子根本不理会，冷着脸往外走去："不准放出来。"

　　老嬷嬷连忙应是，也不敢多管，放下了药碗，去收拾靠榻上的线球。小猫调皮，将公子给的毛线球挠得到处都是，屋里就没干净过。

　　老嬷嬷收拾了五颜六色的毛线球，顺道收拾了公子随手放下的书，却见上面有明显的褶皱，仿佛是被用力捏过的痕迹。

　　公子性子这么静，偏生养了这么一只任性调皮的小猫，他哪儿能不被气着？

　　老嬷嬷一点儿也不意外，叹了一口气，即便是她，也时常恨得想揍这小坏蛋几次。

　　锦瑟挠了几下房门，见他真走了，也有些不明所以。

　　她往日揍他的鱼、打他的王八、将他的书画弄脏，他都没说什么，今日却因为玩火的小事这般生气，还将她丢下，自己走了！

　　她顿时气恼，眼神瞬间变得阴沉，转头就在屋里搞破坏，弄得屋里乱七八糟的才消了气，扭头爬上了床榻，没有半点儿反省的意思。

　　沈家公子夜里回屋，瞧见这一片狼藉的景象，唇抿成了一条线："这就是你反思的结果？！"

　　锦瑟本还不觉得自己有错，如今见他这般，多少有些心虚。毕竟那条手帕算他们的定情信物，他如今是不记得往事了，可往后若是想起来，自己要烧了信物，可不知要怎么收场呢！

她想着，爬出了被窝，冲着他喵了一声，打算就此揭过，可沈家公子没这么好打发。

接下来的一整日都没了亲亲抱抱，他那冷冷的眼神，叫锦瑟颇为不敢靠近。

锦瑟趴在案几上看着他，瞧着他面色越发苍白，还时不时咳嗽，有些担心，站起身冲着他轻轻叫唤了一声。

沈家公子似没听见，仿佛她不存在。

锦瑟跃下了案几，走到他脚边，又冲着他喵了一声，他连眼风都没有给她……

锦瑟在他的腿旁边站了一会儿，伸爪去攀他的腿，见他没有阻止，当即抓住机会爬上了他的腿，极为轻巧地顺着衣衫攀上他的肩膀，软绵绵地依靠着他，状态亲昵地喵喵叫唤着。

沈家公子铁了心将她当成透明的，她这般撒娇都没有半点儿反应。

锦瑟探过身子，毛茸茸的小脑袋凑上去，打算献吻安抚一番。

沈家公子却不领情，微微侧头，避开了她的小脑袋，不过脸上的淡漠神情缓和了许多，只是叫人看不出来。

锦瑟这才有些慌了，连往日他最喜欢的亲亲他都没有兴趣了，这可真是难办，一时依偎在他的颈窝旁，看着他，很是发愁。

沈家公子依旧看着手中的书，也不管她蹲在肩膀上究竟要做什么。

外头的老嬷嬷进了屋，轻声招呼道："大公子，老太太来看你了。"

锦瑟这才从他的肩膀上一跃而下，到了靠榻之上，看着那老太太进来。

沈家公子放下了手中的书，起身去迎："祖母今日怎么来了？理应是孙儿去请安才是。"

老太太握住他的手，在他的手背上拍了拍："你身子骨弱，要好好休养。我这一整日没什么事，走动走动也好，顺道过来看看你。"

话是这么说，可她来了这里必然是有事的，尤其自家孙儿的终身大事，哪儿能不好好说道说道？

老太太坐下，关切地问了几句话之后，便将心头大事说了出来："你先前挑的那画像是从哪里找来的，还是往日自己见过，特意画下来的？"

锦瑟闻言，支起了耳朵，很是认真地听着。这画册上的她可是子虚乌有的，若要追究起来，恐怕会出岔子。

沈家公子一怔，神情疑惑地问："孙儿是从画册里头挑的，难道不是祖母和母亲送来的？"

这下可叫老太太为难了，这画像不知从何而来也就罢了，有了画像却找不到人，也是奇："你先头中意的那姑娘，送画册的人也不知晓是谁。你母亲着人替你去寻，也没能寻到。"

沈家公子闻言，有些失望，不过还是开口安慰老人家："此事不急，慢慢来也好。"

锦瑟闻言，暗自松了一口气。

老太太一听这话，便知晓这又是推托之词，说到底还是因为身子，他不想拖累人家姑娘。可终身大事终究不是儿戏，做长辈的哪儿能看着他一个人生活？

老太太既然来了，自然是想到了应对的法子："成亲一事确实急不得，娶妻娶贤。你若是真中意这姑娘，祖母再着人去仔细寻，必然给你找到。只是现下你身旁还缺一个伺候的人，你母亲看中了一个，怕你不愿意留下，特意求祖母来做说客，对方是个好姑娘，又会医术，正好留在你身边好生照顾你，替你调养调养身子。"

老嬷嬷闻言，连忙配合着请了人进来。

外头医娘打扮的兼橦便进了屋，那模样确实是个讨长辈喜欢的人。

锦瑟一见，眉头一皱。兼橦真是阴魂不散，这么多年不见，又出现了！

兼橦见了原身的锦瑟，微微一怔，不过很快就恢复了寻常模样，当作没瞧见一般进来了："兼橦见过公子。"

老太太显然对兼橦很满意，虽说对方只是一个医娘，可到底也是白山医家出来的，模样与自家孙儿又相配，若是往后相处得好，岂不是又添一桩喜事？

沈家公子眉头微微一皱，似觉不妥："祖母，府中已有大夫，又何须多此一举？"

"李大夫到底是男子，这男子和女子哪儿能一样？光是心细这一块，就是天差地别。"老太太笑着伸手拉过兼橦的手，将她拉到了自家孙儿身旁，笑得越发慈祥，"好了，此事莫要说了，祖母和你母亲替你安排的，就是为你好，你可不能再拒了，否则可就伤了祖母的心了。"

锦瑟见兼橦站了过去，恼得当即拱起了小身板，喉间发出威胁的声音，瞧着颇为凶残，仿佛下一刻就要扑上去挠花她的脸。

兼橦唯恐她真的扑上来，微微退后一步，这般一来，倒像是被猫吓着了。

老太太本就觉得这野猫不干净，恐怕会让自家孙儿的身子更不好，如今见到锦瑟这副模样，便冷下脸来，铁了心想要弄走锦瑟："听嬷嬷说，这野猫总是惹你生气，不如不养了，祖母再给你找别的玩意儿。你祖父的百灵鸟就不错，毛色好看，叫起来像唱曲儿似的好听……"

沈家公子闻言，伸手摸了摸麦毛的锦瑟，语气带着宠溺："嬷嬷一定是弄错了，小花猫自来乖巧懂事，怎么会惹我生气？"

沈家公子既这样说，老太太也无法，不过却不急。他如今年纪还小，养些小东西来逗趣也是寻常的，等往后身旁有了贴心人，哪儿还会成日抱着只猫？

老太太惯来会把握分寸，将兼橦留下便走了，留下时间给两个年轻人好好相处。

锦瑟看着沈甫亭和兼橦送老太太出去，二人的背影瞧着可真是般配，神情越发阴沉。

沈家公子送了老太太出去，回头见小奶猫蹲在门旁看着他，可没了刚才说她听话乖巧时的好脸色，依旧把她当作透明猫一般视而不见，进了里屋。

锦瑟心中越发不乐意，皱起小眉头，冲着他喵了一声，可惜没有得到回应。

兼橦回来，准备进屋。

"滚！"锦瑟亮起锋利的爪子，那架势显然是她敢迈进来一步，锦瑟就挠花她的脸蛋。

"我们另寻地方谈谈吧！"兼橦看见她这小奶猫的模样，倒也不急，传了密语过来，便转身往外走去。

锦瑟冷笑一声，慢条斯理地迈出屋，等一人一猫到了没人的地方，她才变为人形，缓缓上前："你不在天界当你的仙子，跑到这里来做什么？"

"我要和你公平竞争。"兼橦转过身来，姿态优雅高傲。

"公平竞争？"锦瑟冷笑出声，"你可真是有趣，难道不知我和他已是夫妻？如今想要和我公平竞争，你是不是找死？"

兼橦面不改色地说道："那是以前的事情，先不说他是不是沈仙帝，即便是，他如今也只是凡人，一切都已经归零。既是在凡间，就应该用凡间的身份，他现下还没有娶亲，我为何不能争？"

"你连他是不是沈甫亭都不确定，就来争？"锦瑟听得想笑，语气讽刺地说。

兼橦铁了心要争，可不会轻易被激："你不是在吗？如果他不是沈甫亭，你会这般守着他？"

这么说，还是自己将她给引来的？

锦瑟脸上的笑意瞬间消散，她不耐烦再与这人多言，语气带着阴冷之意："你

想要争，也要看自己有没有那个命。"

兼橦显然早做好了准备，根本不怕："我如今是医女，与沈家大公子是宿命的姻缘。你若是动我分毫，牵连了他的命数，可就得不偿失了。"

命数一事确实玄，若是被牵动了，就有可能造成不可言说的后果。他如今身子这般弱，倘若有个好歹，她又如何自处？

兼橦见她顾虑颇深，心中自是得意："你若是没有别的话要说，我便进去了，他身旁需要人伺候。"她路过锦瑟身边时，似乎又想到了什么，"我想我们往后就不要单独见面了，反正也没什么好说的。"

兼橦说完，径自越过她去寻沈家公子，打算趁着他没了记忆好好表现，博得好感。

锦瑟笼在袖间的手越发握紧，她忽而唇角一扬，不能动兼橦的性命，可不代表不能干别的事情。

她面上露出了一抹古怪的笑意："敢觊觎我的人，真是不自量力，本尊不动你分毫，照样可以叫你生不如死。"

兼橦闻言一怔，猛然转身看去，一股劲风迎面袭来。

外头一声不易察觉的尖叫声响起，龙争虎斗，很是凶残，沈家公子却似没有听见，看着手中的书，稳坐不动。

老嬷嬷回来便见外头那调皮的小花猫上蹿下跳，追着一只掉毛的鸡跑得没了影，邪恶的小模样非常凶狠，那只鸡眼瞅着就秃了。

"公子，那小猫不知从哪里逮了一只鸡，折腾得一地鸡毛，要不要老奴命人将它抓回来？"

沈家公子连头都没有抬："随她去玩，免得成日气我。"

老嬷嬷只得吩咐人去清理，毕竟这满地鸡毛，起风后更不好收拾。

院子里下人正收拾着，那顽皮成性的小猫就迈着小碎步回来了，毛茸茸的小脑袋上还带着一根色彩鲜艳的毛。她几步进了屋，见沈家公子还是不理她，心中多少有些焦急。

若是没有兼橦也就罢了，可偏生她就在一旁虎视眈眈！

自己这副模样便是再讨沈甫亭喜欢，也终究是宠物，哪里及得上人在他心中有影响力？更何况他没有了记忆，又喜欢端庄大方、懂事的姑娘，兼橦正合他的喜好，还有姻缘牵绊，难保他不会被勾去了心。

她一时急得想使小性子，可惜沈家公子还在气头上，她也没了闹腾撒娇的机会。

兼樘逃得再快，还是被锦瑟咬掉了不少毛，还被狠狠抓了几道，却还挺得住，花时间收拾了一番，又光鲜靓丽地出现在沈家公子面前。

锦瑟阴恻恻地看着她，盘算着下回往死里挠她。

兼樘特地避开了锦瑟，端着药走到沈家公子身旁，微微垂落的发丝遮住了额间的抓痕，美貌无损："公子请喝药。"

沈家公子眼帘微抬，看了她一眼，却没有说话。

兼樘见他看过来，心中猛跳，有些紧张，微微垂首，面带娇羞之色。

这瞧着可实在是郎情妾意，锦瑟气得忍不住磨牙，连饭都吃不下，越发黏着他，一整晚他走到哪儿她跟到哪儿，时不时借机挠向兼樘，小小一只猫很会找机会给人使绊子。

无奈这小猫怎么顽皮胡闹，沈家公子都不在意，也没有管教的意思。

兼樘自然不能跟他养的奶猫计较，便只能全忍了，险些咬碎一口银牙。

老嬷嬷瞧着可是颇为不悦，这小猫瞧着养不熟，倒是爱吃醋，缠在公子身旁就是不让旁人靠近，眼看着兼樘姑娘都被挠出血了，两个人这还如何培养感情？

"公子，这小猫怕是想要出去玩，不如让老奴带着出去玩一会儿，免得待在屋里扰了公子的清净。"

沈家公子闻言，不说好，也没有不愿意的意思。

锦瑟当即去钩他的衣摆，委屈得喵喵直叫，他却当作没听见。

老嬷嬷见自家公子没有说什么，便当作默认，上前去抓黏在公子脚边的小猫。

锦瑟自然不可能让山鸡和他共处一室，便在屋子里躲藏起来，边跑边叫唤，眼神凶狠，可惜那细小微弱的声音听着格外惹人心疼。

沈家公子眉头微皱，忽而重重放下了筷子，那声音叫嬷嬷也不敢再抓，而是退到一旁。

兼樘连忙上前，开口道："公子……"

"撤了。"沈家公子没了胃口，随口吩咐了一句，起身往里屋走去。

老嬷嬷闻言，连忙吩咐人上前收拾桌面。

兼樘被这般无视，面上有些尴尬，只能随着老嬷嬷一道退出去。

锦瑟见状，哼了一声，笑盈盈地睨了她一眼，迈着小碎步跟着沈甫亭进了里屋。

这个时候做只小猫便有了好处，她可以肆无忌惮地跟他待在一个屋檐下，甚至可以跟他睡在一起，兼樘即便变回原形，也不可能有她这般好的机会！

锦瑟绕过屏风进了里屋，沈家公子正在脱外袍，然后将其挂在了衣架上。

锦瑟看到他这张冷脸就觉得棘手，外头的兼橦又蠢蠢欲动，若是自己今日不将他拿下，实在心中不安。

她正琢磨着法子，沈家公子已经缓缓行到床榻旁坐下，连眼神都没有给她，掀开了薄被自行躺下。

锦瑟连忙上前攀上床榻，爬到他的颈窝处，伸出小舌头轻轻舔着他的下巴，小模样颇为讨好，往日他都是忍不住笑的，今日却转过身去，不让她舔了。

锦瑟愣在原地，神情很是无辜。

她不过就是玩了一下火，他竟这么久都没有消气，也太难搞了。往日她还能吹吹枕头风，好生哄哄他，现下原身可如何吹得了枕头风？

她正发愁，脑中忽而灵光一闪，眼里露出了一丝笑意。

沈家公子半梦半醒间，忽然察觉身后一缕幽幽的香气袭来，一只手搂上了他的腰，有人轻轻靠上他。

他微微一怔，转头看去，便见一个眼睛弯弯的小姑娘躺在自己的枕头旁。

锦瑟见他看过来，眼中刚睡醒的迷离之色还未退去，瞧着越发温和无害，忍不住靠近，对他甜甜一笑："公子，你终于醒了，我盼了你好久，你怎么现下才醒？"

沈家公子似被她的出现吓到，视线落在她的脸上许久，淡色的薄唇微动："你……是谁？"那声音极轻，似乎是费了很大的力气才说出来的。

锦瑟见他这般虚弱无害，越发觉得好掌控，微微一笑，伸手碰上了他的脸，用指尖轻抚着："公子自己做梦，梦见了我，却又来问我是谁，哪儿有这般不知礼的？"

"梦？"他的目光落在她的脸上许久，"你是说，你是我梦里的人？"

锦瑟伸手抓过自己的发梢，轻轻一绕，眉眼一弯，声音轻缓而又蛊惑地说："是呀，你连做梦都梦见了我，难道还不知晓自己的意中人是谁吗？"

第二十章
沈甫亭，我爱你的龙尾巴

沈家公子似乎已经相信了她的话："姑娘是说我不仅梦到了你，你还是我梦里的意中人？"

锦瑟靠在他的枕旁，笑盈盈地说道："公子又何必明知故问？你对我朝思暮想、念念不忘，我便来你梦里见你了。"

"可我不认识你，又怎会将你当作意中人？"沈家公子收回了视线，掀开被子欲起身。

锦瑟当即搂住了他的窄腰，不让他离开："怎么会不认识？你偷藏了我的画像，还说要找我做媳妇，你自己做的事，都忘了吗？"

这般亲密的举动叫沈家公子有些不适，他的身子僵硬了许多，整个人似乎有些不知所措。

这般毫无攻击性的文弱公子模样，让她很是喜欢，她微微一笑，靠进他的怀里："沈公子，你说我好看吗？"

沈家公子没有说话，可看向她的神情已经告诉了她答案。

锦瑟心中欢喜，却不肯放过调戏他的机会，偏要他亲口说出来："你怎么不回答？"

沈家公子看着她，眼底似有情绪起伏，表面并没有太大的反应。

锦瑟见他不说，更是黏着他："快说我好不好看，否则我可就要生气了。我若是生气，往后再不来你的梦里看你。"

这般温香软玉娇娇软软地赖在怀里，又有哪个男人受得了？

沈家公子薄唇微动，终是低声道了两个字："好看。"

锦瑟闻言，笑得越发甜了，唇齿间清甜的气息轻轻吐出，极为勾人："那你喜欢吗？"

这般暧昧的问话叫沈家公子的薄唇微微抿起，他没有再开口，似乎在克制着什么情绪。

锦瑟觉得他这般嘴硬的模样好生有趣，往日他何曾有这样的时候？从来都是他欺负得自己说不出话来。

锦瑟抬头亲了亲他，眼睛弯弯的模样瞧着颇为勾人。

这一吻落下如蜻蜓点水，带来细微的痒意，如一个小钩子般轻轻勾着人。

沈家公子的眼睫微微一颤，视线不由自主地从她的眉眼上缓缓下移，顺着小巧精致的鼻子，落在她的唇瓣上。

锦瑟瞧着他不知掩饰的视线，心中越发得意，纤细白皙的手指轻轻点了点自己的唇瓣，又顺着他的面庞滑到了如玉的下巴上："我喜欢你，不过我要你心里只能有我一个，也只能喜欢我一个。你要是能做到，我就好好奖赏你。"

沈家公子气息微微一重，他却只看着她不说话。

锦瑟等了片刻，见他没有反应，有些急了，伸手搂上他的脖颈："沈公子，你可愿意？"

沈家公子抬眼对上她的眼，伸手抚来，指尖在她的脸上轻轻摩挲："你要做我的意中人，却不给我甜头，我又怎么甘心？"他的声音极轻，似乎引诱她一般，温和无害地表露了自己的目的。

"这可是你说的，你吃了甜头就要答应我，不许反悔。"

沈家公子的长睫遮掩了眼眸，神情晦暗不明："那就要看意中人的表现了。"

锦瑟连忙吻上他的唇瓣，一下一下，颇为卖力地给他甜头，却不知连亲吻都这般累人。

他做沈家公子想来是未经人事，不过对亲吻如同上了瘾一般，与她温存不休。

那唇齿间的亲昵缠磨几乎没有给她喘息的机会，锦瑟被亲得累极了，昏睡过去，一觉醒来，唇瓣和舌头都是麻的，连说话都有些难。

外头的天已经亮了，老嬷嬷再过一会儿便要来送药，她自然不能再待下去。

锦瑟微微一动，搂着她的手便是一紧，一抬头便对上了他的眼，薄唇因为昨日的缠磨变得鲜红，衬得面容极端蛊惑人。

外头突然传来了敲门声，老嬷嬷端着药，在外头轻声唤道："公子，该用早膳了。"

锦瑟闻言，心头一惊，连忙随手设了结界，抬眼见他神情平静，似没听见老嬷嬷的唤声，才松了口气。

可不能叫他知晓这不是梦，她连忙从他怀里起身。

沈家公子却越发搂紧了她，不让她起身，声音还带着刚睡醒的迷离和沙哑感，有些惑乱人心："再躺一会儿。"

锦瑟连忙去扒他的手，一边想法子怎么弄晕他，一边继续编瞎话："天都亮了，你都要醒了，我自然也要离开。"

沈家公子闻言一顿，力道倒是小了些。

结界外头的嬷嬷见没有声音，又敲了几下门："公子？"

锦瑟连忙起身，却被他抓住了手，她一低头便对上了他的眼。

沈家公子眉眼轻弯，表情温柔入骨，叫她心口微微急跳。

"你夜里还来吗？"

那声音低沉好听，话语里的情意叫人不忍心拒绝。他这番直白地说出来，让锦瑟面颊都微微发烫："你需要休息……"昨天他们亲亲抱抱了一夜，他怎的不累？

沈家公子不愿意松手："可我想见你。"

才吹这么一夜的枕头风就将他弄到手了，早知道她当初就用这个法子了，也不用被他冷言冷语地拒绝。

如今自然要趁热打铁，免得他被旁人勾了心思，锦瑟俯身献吻，如同神棍一般睁眼说瞎话："你若真的想见我，便去建安寺寻我，可要记得，心诚则灵。"

"好。"沈家公子伸手抚上她的后脑勺，薄唇在她的唇瓣上轻碰缠磨，动作极其温柔。

他可真是会抓机会迷惑人，锦瑟都不知是她勾了他，还是他迷惑了她，都有些不想离开了。

结界外头的老嬷嬷已经着急了，急声唤着公子，使唤人撞门。

锦瑟已不能再留，又舍不得打晕他，施法术又怕害了他，正着急不知该如何是好，沈甫亭已经闭上眼，累得睡去。

锦瑟看着睡着的他，忍不住一笑，低头在他的面上落下一吻，才彻底消失。

锦瑟出去之后，变回了原身，在外头慢悠悠地逛着，遇见了迎面走来的兼橦，

又追着她跑了几圈，挠了几根鸡毛才收爪。

待她回了屋，沈家公子已经起了，今日的心情显然是极好的，甚至原谅了她往日的玩火行为，一见她进来便俯身将她抱起，拿掉她脑袋上夹着的鸡毛，轻轻揉着她。

这枕头风的威力确实不凡，若是昨晚她没有来这一招，恐怕到现下都要继续看着他的冷脸，他哪儿会像现下这般温和？

沈家公子用了早膳，便吩咐人备马车去建安寺。

老嬷嬷可不敢让自家公子一个人去，出门这般急，什么都要准备，一时忙得不可开交。

锦瑟趁屋里人正忙乱着，悄悄跳出了窗子，往建安寺奔去。

建安寺在山中，入目青山苍翠，绿水相依，闻之尽是雨后清新的空气，令人心旷神怡。

锦瑟到了这里，瞧见路上一个村姑模样的姑娘，那打扮瞧着很是良善，被带回府中也比较容易。

她观察了那远远离去的姑娘一番，眼眸一转，寻着一处隐蔽的地方，再出来时已经换了一身素雅的布衣，头上裹着布，乌黑的头发轻垂身后，俨然一个干净的小村姑。

马车在山间缓缓走着，沈家公子靠在里头闭目养神，一身常服，玉冠束发，清俊悦目。

远处忽而传来了声响，似乎是一个小姑娘遇到了危险，正惊慌失措地求救。

沈家公子听见声音，睁开了眼，唇角微微扬起，眼中是藏不住的笑意。

马夫听见声响，连忙停下马车："公子，前头像是有人遇着了事。"

他起身掀开帘子，才出马车便眼前一黑，险些倒下，一旁的小厮吓得连忙扶住他。

老嬷嬷与兼樘吓得不轻，连忙上前去扶他："公子，您可有哪儿不舒服？"

沈家公子一阵眩晕，许久才缓过气来，身体的不适感让他有些吃力。

远处传来呼救声，沈家公子忙迈出一步，却忽而顿住，抬眼看向远处，视线落在空中一点上，似乎意识到了什么，面色忽而变得苍白。

众人听了远处的声音，也不敢妄动，等着自家公子的吩咐。

兼樘听到远处的呼救声就知道是锦瑟，连忙开口道："公子一定是太累了，昨夜没有休息好，今日才会不舒服，歇一歇便好了，远处那姑娘不如就交给兼樘去看看。"

沈家公子闻言，却伸手撩开帘子，重新进了马车："回府。"

锦瑟坐在树上，见许久都没有人过来，探出头去看了一眼，却在重重树叶中瞧见远处的马车掉转方向，往回驶去。

她微微一愣，有些不明白他怎么突然变卦了。

马车出了青山，在长街上缓缓地驶着，车轮轻轻轧过青石板路面，被街上的热闹掩盖，衬得马车里一片静谧。

车帘子随风扬起，隐约可以看见沈家公子的面容，即便他闭着眼，也能让人感觉他有很重的心事。

老嬷嬷走在马车一旁，也不敢开口问自家公子今日究竟是怎么一回事。

忽而前头人群里传来一阵惊呼声，一个小姑娘从屋檐之上跃下，身姿轻盈地落了地，不偏不倚，正拦在马车前。

马车走得不快，马夫一拉缰绳马便停了下来："这位小姑娘可否靠边一些？别拦了我家公子的车。"

兼樘见锦瑟追上来，面色极不好看，她变成猫黏人也就罢了，变成了人还要黏着，真是狐狸精投生的野猫，没脸没皮！

锦瑟一落地便看向马车，也不顾旁人的眼光，直言不讳："我拦的就是你家公子的车。"

马车里的人必然听到了她的声音，却没有动静。

锦瑟眼神微沉，心中不悦："沈华年，你昨日那样对我，今日想不认账吗？"

此话一出，周围人皆一脸惊叹表情，这沈华年可不就是那尚书府家的大公子沈玉吗？

沈玉在京都可是鼎鼎有名，书画一绝，得了圣上青眼，千金难求都不为过，听说还是个模样极好的玉面郎君，可惜天生就是病弱之人，多年足不出户地养病，怎的今日招惹上了一个小村姑，瞧着还像是做了负心薄幸的事？

周遭的路人一时间都聚了过来看热闹，纷纷好奇传闻是不是夸大其词。

老嬷嬷一听这话，气坏了，自家公子往日都待在府里，哪儿会认识这么一个不识礼数的乡间丫头？！

不过她到底见过的事多了，也不会自乱阵脚，这种红口白牙往上攀的事，在世家里也是常有的，哪儿能凑上来一个就接一个？更何况如今这姑娘的说辞，可是生生败坏了沈家和公子的清名，怎能轻轻揭过？！

老嬷嬷面色越发严厉："这位姑娘说的是哪里话，我们家公子昨日不曾出门，莫说是昨日，便是往日也没有出过门，又怎么会认识您？"

锦瑟可不耐烦多说，依旧拦在车前："认不认识我，你问他呀，昨日在床榻旁倒是情意温存，今朝一觉醒来就翻脸不认人，我给了一夜的甜头哪儿能白费？你家公子已经得了想要的东西，我想要的东西他还没给我呢！"

这三言两语惊得人群炸开了锅，众人听得面红耳赤，这等艳情八卦什么时候在大街上听过？更何况现下光天化日之下，茶馆里头的说书人都不敢说得这般露骨！

众人浮想联翩，脑子给雷劈过般愣了神，越发想见见这马车里头的薄情郎。

老嬷嬷还不曾见过这般不知羞耻的小姑娘，一时大怒："何处来的小娘？这般不要脸面，平白往我家公子身上泼脏水！来人，将她抓起来送到衙门里去，让官老爷好生评评理！"

"慢着。"马车里传出一个声音，低沉好听，莫名叫人对里头的人生出好感。

马车里探出一只手，修长白皙的手指拂过帘子，微微将其撩起，帘后的人风度翩翩，已见三分惊艳绝伦之相。

众人看愣了，这公子倒真是君子如玉的好模样，这般大家风范，实在不像是寡情薄幸的负心人。

锦瑟见他开口，那阴恻恻的小表情带了些许委屈之意，就如被半路丢弃的小野猫一般："你既来了，怎么又走了？"

沈家公子认真地看了她半晌，才低声开口："姑娘，你认错人了，我不认识你。"

锦瑟一怔，没想到他会不认这事，不认自己。

"你昨日夜里可没有这样说，你说我给了你甜头，你就将我当作意中人的，你忘记了吗？"

"我不明白姑娘在说什么，我与姑娘素未谋面，不知怎会有意中人这一说辞？"沈家公子平静地说道，似乎真的将昨日那个梦忘得一干二净。

可那分明是真实存在的，并不是梦，才过了一日，他怎么就忘了她呢？

锦瑟见他这般，心中一急，连忙上前："你为何不认我？昨日我们不是还好好的吗？你若是有什么事，与我说来便是，我们都可以好好商量。沈甫亭，我们……"

"姑娘，你真的认错人了，我名唤沈玉，不是沈甫亭。"沈家公子依旧温和有礼，一句话便将事情解释清楚了。

周遭的人见状，才知晓是闹了个大乌龙，笑道："小姑娘想来真的是认错人了，这名字都不一样，可是找错了情郎？"

看来他是打定主意不认昨日的梦了。

昨日他们那般亲密，锦瑟可不信他真的忘了，见他这般说，静下心来微微一思索，瞬间便意识到自己昨日太过心急了。

他如今是一个凡人，昨日那个香艳的梦，他必然是记得的，早间还没有清醒，等到了建安寺才意识到自己糊涂了，将梦当真了，醒来之后真见着了本该在梦里出现的她，他心中自是害怕的。

凡人最怕神鬼妖魔，他如今是肉体凡胎，身子又弱，才会急着与她撇清关系吧？

锦瑟知晓他心中的顾虑，当即开口安抚："你不用怕我，我是真心实意地喜欢你，绝对不会伤害你。你我既然两情相悦，你将我带回府中做你的娘子，以后也不必担心自己的身子，有我在，我会让你永远活下去。"

这话锦瑟说得极为认真，周遭人听着却觉得非常古怪。

按理说，沈家公子虽说身子弱，但这相貌和家世都是顶好的，再不济也不会跟一个小村姑混在一起。

虽说这个小村姑长得格外水灵，但若他真的喜欢，将人收进府里去也未尝不可，这尚书府的公子将美人挡在门外，想来是根本没有这回事。

众人纷纷窃窃私语，暗道这姑娘瞧着古怪，莫不是得了什么癔症，凭空想出一个情郎，非要赖在沈家公子身上？若真是如此，那这公子也是倒霉，摊上了这么一回事。

沈家公子看了她许久，似听不懂她的话，一字一句很是认真，像是警示，又像是叮嘱："我已有了意中人，姑娘往后不要再来找我了。"

锦瑟闻言，心中恼火，再也控制不住小性子。今日她是无论如何都要跟他回府的，由不得他做主！

"你胡说，昨日你还说要将我当作意中人的，你为何骗我？"

"这位姑娘，我们公子都说了不认识你，你还是不要再这般纠缠不休为好。"老嬷嬷气得不轻，不明白自家公子为什么要与这个小娘说这么多。

沈家公子收回视线，看向站在马车一旁的兼橦："姑娘不信，我也没有办法。橦儿，上来，我们要回府了。"

锦瑟见他看向兼橦，瞬间顿在了原地。

兼橦闻言，亦微微愣神，不过很快就反应过来，几步上前，微微欠身，极为

顺从："是，公子。"

锦瑟难以置信地看向沈甫亭，不明白怎么一日之间他就完全变了个样儿。

沈家公子再没有与她多言，放下了帘子，隔断了她的视线，仿佛真的不认识她。

老嬷嬷见公子这般，心中高兴，面上露出了笑容，当即吩咐一旁的侍女："还不快去将人拉开？莫挡了公子和姑娘回府的路。"

锦瑟盯着那放下的帘子，久久回不过神，侍女上前小心翼翼地将她拉到了一旁。

围着的人见没了热闹瞧便也让开了道，马车继续往前缓缓行驶，众人散去。

片刻工夫，热闹的长街上只剩下锦瑟站在原地。

她看着马车渐行渐远，不明白为何会变成这样，想起他刚才那般温和地唤兼橦回府，心中瞬间像空了一块，又是愤怒，又是幽怨，根本说不清楚究竟是什么滋味。不过她可不会轻易放手，这一次不行，还有下一次，沈甫亭如今想什么她不知晓，但现下回府看着兼橦才是大事！

只要人不被抢走，她自有办法弄到手！可她万万没想到，回了府中，形势与早间相比，也是天翻地覆的变化。

锦瑟迈着小碎步飞快地踏进沈家，前脚一进去，后脚便被沿路的小厮驱赶，不过这些人根本不是她的对手，她闪躲几下便进了院子。

老嬷嬷瞧见她回来，当即开口道："赶出去，别让这野猫进来，公子说不养了。"

锦瑟当即愣在了原地，表情一片迷茫。

一旁的小厮猛地扑了过来，她当即一猫腰，然后纵身一跃，快速跑进屋里，一眼便瞧见了沈甫亭。

他一个人坐在里头，也不知道在想什么，听见动静，微微抬眼看过来，眼中神情叫人琢磨不透。

锦瑟瞧见了他，心中的愤怒值瞬间登顶，委屈地迈着小碎步，骂骂咧咧地往他面前走去，喵喵喵个不停。大浑蛋，叫谁橦儿呢？！

可她到了他跟前，眼里就只剩下了委屈之色，瞧着水汪汪的，很是可怜。

锦瑟凑过去，小身板在他脚边蹭着，叫人心疼坏了。

老嬷嬷连忙带着人进来抓猫："公子，这……？"

锦瑟当即伸爪去钩他的衣摆，往他腿上爬。

沈家公子看了她半晌，伸手将她捧起。

锦瑟心中的气消了，她低头去舔他的手，以示安抚。

不想沈家公子看了她片刻，垂下眼睫，将她递了出去，淡淡地说道："送出去吧，我身子不适，没有精力养猫，往后不要再放它进来了。"

老嬷嬷连忙上前接过小猫，连声道是，赶忙抱着还没反应过来的锦瑟往外头走去，迎面便碰上了端着药过来的兼槿。

兼槿几步行来，视线落在她身上，露出一丝得意的笑。

锦瑟瞧见她的笑，心中一刺，难受得说不出话来，不知道究竟发生了什么。

老嬷嬷才抱着她出了屋，便听见屋里的兼槿温声细语地说道："公子，该喝药了。"

里头那人轻轻地嗯了一声，听着也是柔情蜜意，一想便知晓二人必是含情脉脉、情意绵绵！

锦瑟瞬间身子僵硬，猛然握紧爪子，眼神变得阴森。

锦瑟按住心思，打算到夜里再潜进他屋里盘问一遭，不想等到夜里，连他的房门都摸不着。

她在府里头兜兜转转了好几圈，明明近在咫尺，可以看见，却怎么也走不到他的屋子前。

沈府里头的人都是肉体凡胎，除了兼槿，还有谁能使出这样的把戏？

锦瑟非常气恼，没想到兼槿今日竟有这样的本事将她拦住，她越想面色越阴郁。

垂花门外，亭台之中，觥筹交错。

"齐家哥哥，听说沈玉今日会来，可是真的？"

"自然是真的，他昨日亲口答应了此事，我骗你做什么？"

"那实在是太好了，往日只听过他的大名，从来不曾见过，一会儿来了定要与他好生切磋。"这话音刚落，外头便来了人。

沈家公子由前头的领路人带着朝这里走来。

席间人不识沈玉，但见了这人，便也知晓他就是沈玉。

他确实气度不凡，让人一眼就能认出来，身后跟着的侍女亦是绝色。

众人想起几日前那流传于京都的艳情传闻，心中暗自琢磨了一番，这侍女这般好模样，也难怪是沈玉的意中人呢！

那个当街拦下马车的小村姑未免太过不自量力，这侍女这般天仙模样，又哪儿是一个小村姑能比的？

　　沈家公子今日带着人来了，可不就是为了证明谁才是自己真正的意中人？

　　萧家公子见他过来，连忙起身招呼："华年，这边来。"

　　沈家公子缓缓行来，席间莫名安静下来。众人看着他在萧家公子身旁坐下，一时间都觉得这古旧的庭院前所未有地好看。

　　这一身简朴衣衫穿在这人身上，竟别有一番韵味。

　　沈家公子沈玉确实让人惊艳，面色苍白，反倒越显斯文，周身气度委实叫人叹服，便是身旁这仙子般的绝色都比之不过，光彩硬生生被压了下去。

　　沈家公子坐下后，众人也纷纷收回了视线，不敢看得太过大胆，而将注意力都放到了他身后的侍女身上。

　　席间都是相识的人，少年公子说话便没了顾忌："小嫂子怎的这般拘谨？沈家哥哥既然已经坐下了，嫂嫂也一道坐下吧？"

　　兼葭闻言，下意识地看了一眼沈玉，根本不敢答应。

　　席间的人以为她羞得不接话，便也体贴地将话头转到了寒暄上，还行了酒令。

　　沈家公子饮不得酒，萧公子当即吩咐身后的侍女："去换茶来。"

　　"由奴婢去给公子端茶吧！"兼葭上前恭敬地道了一句，转身翩然离去。

　　众人心中暗暗羡慕，这沈家公子的后宅规矩真好，这美人一看就是心气高的，没想到竟这般服服帖帖。但凡男人，谁不想绝色美人体贴自己？

　　兼葭一路出去，直往廊下走去，刚到一处拐角，便察觉不对。她脚下微微一顿，转头看去，果然见身后站着一个模样天真的小姑娘。

　　兼葭不屑地说道："你还来做什么？公子已经做了选择，你我胜负已分，你还不服输吗？"

　　锦瑟忽而笑起，似乎听到了一个天大的笑话，那如同银铃般清脆的笑声毫不遮掩："他选了你又怎么样？我的人永远都是我的，谁也不要妄想抢走。"她说到最后，声音渐轻，神情越发阴郁，黝黑的眼眸中闪过一丝血红之色。

　　兼葭见状，心中大惊，还未来得及逃，一股力道便往她的命门击来！

　　风过后，春风和煦的廊下，肃杀之意依旧流转其中。

　　亭台那里的人毫无察觉，依旧侃侃而谈。

　　一人提着茶壶，在行酒令进行到最热闹的时候，翩然穿过廊下，分花拂柳，走到沈家公子身旁，伸手替他倒茶。

　　沈家公子虽来了，可心思全没在席面上，侍女回来替他倒茶，依旧没注意。

　　那素手提着茶壶，茶水倒进茶盏里，溅起细小的水珠，声音清脆悦耳。

　　添满茶水之后，倒茶之人忽而轻轻地说道："公子请用茶。"

姑娘的声音并不大，轻柔里头带着甜蜜的笑意，听之都像是蘸了蜜糖一般。

席间这一刻正好静下，声音清清楚楚地传来。

众人皆静了下来，抬眼瞧去端茶的人换成了一个貌美的小姑娘，皆不明所以。

齐家公子见了她，往外头看了一眼，不见刚才的兼樘姑娘，一时心中疑惑："你是何人，怎么进来的？"

锦瑟收回手中提着的茶壶，看着沈甫亭，眼睛弯弯地说道："自然是走进来，寻我的意中人的。"

沈家公子听见她的声音，视线微顿，慢慢抬眼看来："我与姑娘说过，我心中已有意中人，姑娘何必这般苦苦纠缠？"

锦瑟不以为意，看着他笑得天真烂漫："可你现下已经没有了。"

众人皆惊，顿时便想到了传言中的那个小村姑，难不成就是眼前这个小姑娘？

没想到这个小村姑生得这般绝色无双，站在沈家公子身旁竟半点儿不逊色，只可惜这阴冷的做派，瞧着有些诡异，与沈家公子实在不相配。

沈家公子神情疑惑，虽然不解，语气依旧温和："姑娘何出此言？"

锦瑟见他这般无害的模样，一时笑得越发甜了，微微俯身靠近他，唇瓣轻启："我性子不好，不小心弄'死了'公子的意中人，现下只能将自己换给公子了。"

沈家公子眼帘轻抬，视线落在她的脸上，神情依旧平静，完全没有自己心上人"被杀了"的着急、愤怒之意。

在座的人可就不同了，闻言吓了一大跳，又见刚才那侍女没有回来，惊得纷纷站起来。

场面一时有些混乱。

萧家公子见她这般软嫩的模样，心中不信："姑娘莫要开这样的玩笑，你究竟将兼樘姑娘弄到了哪里？"

锦瑟微微抬眼看向他，笑得天真："'死了'。你若是不信，亲自去看看便是。"

沈家公子神色平静地问："姑娘想要如何？"

锦瑟闻言笑了笑："我早说了，我喜欢你，你是我的，想要逃……门儿都没有！"她说着，面上的笑瞬间消失，眼神阴沉，看上去莫名瘆人。

齐家公子闻言，一拍桌子，猛然站起身："你好大的胆子，竟然敢闯进这里来生事？来人，还不快将这疯言疯语的小娘子拉出去！"

众人反应过来，皆觉得被一个小姑娘吓成这般模样颇为丢人，纷纷开口唤人。

廊下随行的仆从连忙冲进来。

下
册

515

锦瑟连眼风都没有扫过去，伸手拉过沈玉的衣领，随手将茶壶扔到了空中，一掌劈去，茶壶炸裂，茶水连同碎片砸在众人身上，竟生生将人击飞出去，摔落在亭台之外，有的人砸落在桌案之上，弄得桌椅翻飞。

众人摔得东倒西歪，惊惧不已，再看去时，沈家公子和那眼睛弯弯的女子已经凭空消失了。

"啊——！"

"救……救命，有妖怪啊！"一时间亭下的人奔逃喊叫，场面彻底陷入了混乱之中。

连绵的青山，不见半点儿烟火气息，山林深处平地起了宫殿，精致的琉璃窗在阳光下若隐若现。

"妖尊，凡间的事已经处理妥当了。"风顶着一头参差不齐的头发，万分警惕地保持着距离，严肃地回禀道。

锦瑟随手一挥袖子："知道了，退下。"

风连忙欣喜地告退，逃得飞快。

锦瑟只觉得无言，收回视线转身往殿里走去，妖侍连忙上前将锁着的殿门打开。

锦瑟慢悠悠地走进去，沈家公子正在里头闭目静坐。

一旁围着几只小妖怪，离他远远的，似乎好奇又不敢上前去看，见锦瑟进来，忙往她跟前凑，小眼里闪着讨好的光芒："姑娘，小的们都看着呢，这人半步都没有离开，一直坐在这里。"

"嗯。"锦瑟一笑，赞许道，"你们做得很好，出去吧！"

小妖怪们连忙你推我，我推你，冲出了殿门，不敢耽误一刻。

沈家公子睁眼看来，薄唇抿成了一条线，似乎没有和她说话的意愿。

锦瑟不以为意，笑着朝他走去："喜欢这里吗？我特地为你变的，比你的沈府如何？"

沈家公子依旧不语。

锦瑟见他这模样，哼笑一声，缓缓上前，坐到了他身旁："你不用担心，凡间的事我都已经处理好了，你家中的人都以为你被高人看中，选去修身养性，不会伤心的。你也不必怕我，往后就住在这里，安安心心地陪着我，我会对你很好的。"

沈家公子面上依旧没有表情，看不出他在想什么。

锦瑟见他不说话，自顾自地端起了桌案上的碗，里头是小妖怪辛苦找来的仙药。

"你身子不好，先把药喝了。"她伸手舀了一勺药，递到他的嘴边。

沈家公子却没有张口，神色疏离，一开口就是拒绝的话："姑娘何必执着于此？我说了，我对姑娘并无男女之情，即便使强硬手段，我也不会改变心意。"

锦瑟冷笑出声，用力放下了药碗，碗中的药溅出一大片。

"不会改变心意吗？"她说着，眼睛又忽而一弯，靠向他，指尖抚上他的面庞，唇瓣轻启，唇齿间的清甜气息微微透出，"那就让我看看你究竟有多坚定。"

沈家公子本是平静地坐着，闻言身子微微一僵，当即欲起身。

锦瑟却伸手搂住了他的腰，整个人依偎进他怀里："怎么，想跑呀？沈公子那日吃甜头的时候可不是这样的。"她话语暧昧，清甜的气息轻轻喷在他的脸上，带着刻意的引诱和暗示。

沈家公子垂眼看向她，呼吸有些乱，眼神有几分炙热，似乎有几分动摇。

锦瑟见他看着自己愣神，唇角微扬，抬头便吻上了他的唇瓣，慢慢悠悠地缠磨着，让他微凉的薄唇轻轻染上自己的气息。

沈家公子呼吸微乱，勉力想起身，却挣扎不过她。

锦瑟铁了心要将生米煮成熟饭，他如今身子弱，又是肉体凡胎，怎么可能是她的对手？

她微微一用力，便将他压倒在靠榻上："别怕，你会喜欢的。"

沈家公子笼在袖间的手骤然收紧，他似乎想推又舍不得推，白皙的额间出了一层细密的汗珠，气息乱得一塌糊涂，瞧着很是难受。

他们做了这么久的夫妻，锦瑟自然了解他，轻易便能撩拨到他。

沈家公子几番隐忍，衣衫都汗湿了，脑中紧绷的弦终是断了，瞬间化被动为主动反吻上来，那加重的力道叫锦瑟微微一怔，她还未回过神来，便一阵天旋地转，被他压在了靠榻上。

他神色晦暗，那模样如同往日一般极具侵略性。

锦瑟的心微微急跳，她莫名连呼吸都有些不稳，往日那种逃不开的感觉又慢慢缠绕上来……

她还未反应过来，他已经低头吻了上来，动作虽然温柔，可温柔之中带着无法克制的急切之意，似乎他已经忍耐了很久。

半晌，榻上的空气越发炙热，紧闭的殿门都没能将羞人的轻吟声隔断。

他虽然身子不好，可那劲头被挑起，多少也有些控制不住。虽不像往日那般激烈，可是慢慢缠磨，那热情如火的温存举动亦让人沉沦。他依旧能折腾掉她半条命。

最后一刻过后，沈家公子才回过神来，看着这一片狼藉的景象，似乎不敢相信自己竟然做出这样的事。

锦瑟累得连根手指都抬不起来，总有一种赔了夫人又折兵的感觉。不过，虽然身子疲惫，但瞧见他的这种神情，她心中非常得意。

她拖着软绵绵的身子往他怀里钻去，如同小妖精般依偎在他怀里，细白的手指在他身上慢悠悠地画圈："你若是真喜欢那只山鸡，又怎会受不住我的勾引？你喜欢的就是我，我才是你的意中人，瞧瞧你刚才都冷静不下来呢！"

"只是意外，代表不了什么。"沈家公子拉开了她不规矩的手，坐起身来，那平静的模样和刚才在床笫之间的热情可完全不同，不知道的还以为是两个人。

锦瑟冷笑一声，揽着胸口的衣裳，慢慢地坐起身："嘴硬可没有用，你若是有本事，往后就不要让这样的意外再出现呀！"

沈家公子闻言，不再开口说话，似乎铁了心要跟她保持距离。片刻工夫后，他连衣衫都穿齐整了，仿佛刚才的事没有发生过。

"姑娘已经得到了想要的东西，什么时候能放在下离开？"

这话说得倒像是她占了他的便宜一般，她刚才那般费心费力地给他甜头，不但没有拉近半分距离，反倒让他有了话说。

锦瑟的脾气瞬间被激起，面色阴沉不已，他倒是好本事，吃干抹净之后还能当作什么事都没发生，半点儿好脸色都不给她，实在过分！

锦瑟气得连衣裳都来不及穿，靠近他的脸，似乎恨不得挠死他。

"想得美，你吃干抹净了就想走，天下可没有这么便宜的事！"

沈家公子一本正经，毫不惭愧地说："不是姑娘吃干抹净了吗？在下这般卖力地伺候你，还不能让姑娘满意吗？"

卖力倒真是卖力，伺候上了他就不肯松手，她求着他也不愿意停！

亏她刚才还勉力强撑着，一个劲儿地配合他，没承想人家根本不想认账！瞧他这理直气壮的模样，这是铁了心要做小白脸呢！

锦瑟气得脸都红透，转念一想，却又不气了，人都被她弄到手了，她怎么可能弄不到他的心？

她伸手挑了挑他如玉的下巴："随你怎么样我都喜欢，要我放你走，绝对不可能，有本事你就不要被我引诱。"

沈家公子闻言，薄唇紧紧抿成了一条线，过于严肃冷淡的表情反倒说明了他要多费劲才能抵抗她的引诱。

此后，锦瑟越发卖力地学习怎么引诱他，往日在乱葬岗可是听过不少话本，话本里什么没有？这点儿夫妻情趣根本难不倒她。

她本来就是他的小猫咪，哪儿能不得他喜欢？她铆起劲儿来勾人，一勾一个准儿。

沈家公子逃又逃不得，避也避不了，费力抵住几次，已是有能耐，到了忍耐的极限，也就没能管住自己。有时候他被撩拨得狠了，那咬牙切齿的架势，似乎恨不得将她折腾废。

锦瑟每每都要养上好几日才敢再往他身旁凑，若不是他身子病弱，她还真不敢一次又一次地捋老虎须。

沈家公子每每被勾缠上了，事后一如既往地保持疏离的态度。锦瑟越发不信邪，三番五次地勾引他，二人倒也暂时达成了诡异的和谐状态。

殿中的琉璃窗子半敞着，窗外青山如绘，清风徐徐拂来，带着山间林木的清新气息。

锦瑟躺在他的怀里，柔荑轻轻剥开晶莹剔透的绿葡萄，往他唇边送去。

沈家公子任由她躺在怀里，葡萄到了唇旁，却没有张口，薄唇紧闭，当作没看见。

锦瑟已经习惯了他这淡漠的做派，他现下可是好本事，除了在床榻上热情一些，其余时候皆没有表情，榻上榻下分得极清。

锦瑟冷哼一声，转手便将葡萄送到了自己的小嘴里，盯着他，嘴里慢条斯理地轻嚼着葡萄，唇瓣沾染上果汁，显得水泽潋滟。

沈家公子平视前方，眼风半点儿不落在她身上，这坐怀不乱的模样，可完全看不出刚才那般热情劲儿。

锦瑟见他这般，笑盈盈地说道："你来这里也有好几日了，一直都和我在榻上厮混，怎么都不问问你的意中人呢？不想知道她的下落吗？"

沈家公子依旧不语，仿佛躺在怀里的是一只调皮的小猫咪，怎么闹都不用理会。

锦瑟心头一怒，猛地起身，搂上他的脖子："我和你说话呢，你不准装没听见！"

沈家公子倒没有推开她，只是别过头去，咳嗽起来，似乎有些不好。

锦瑟冷笑一声，只觉得他是装的："刚才你亲我的时候可不是这般模样呢，现下倒是咳得厉害。"

不过话是这般说，见他咳得太厉害，到底还是心疼，她便伸手去抚他的背："都说了，不舒服就停下。你怎么就是不听，现下知晓难受了吧？"

若是他能停下，又怎么可能三番五次地被她勾上？

沈家公子面色微微一僵，这些日子确实荒唐，只要一挨到她，他就管不住自己的心思，理智不存。

他眼神越发沉下，似乎有很深的顾虑，拉开了她的手："姑娘到底什么时候才肯放我走？"

他竟然还惦记着离开，根本就是好赖不分！

她猛地从他怀里坐起："你还是将心思放到别的地方吧，我绝对不会放你走的！"

沈家公子并没有抬头看她，一边压着咳嗽，一边费力地说道："我说了，我已经有意中人了，绝对不会喜欢你。"

"你的意中人只能是我！"锦瑟猛地拽上他的衣领怒道，那模样如同一只凶狠的小猫，毛都竖起来了！

只是她见他咳得厉害，终究不忍心对他发脾气，松了手往外头冲去，唯恐再待一会儿，自己便忍不住挠他。

妖侍将小妖怪寻来的仙药全摆了出来，都是续命的好药，还有几个胖乎乎的人参娃娃被关在笼子里，眼泪汪汪地瞅着锦瑟。

锦瑟正一样样地查看，意外碰到了两个偷偷过来的人，抬眼一看，正是匹相和匹献。

二人瞧见锦瑟，吓得险些从云头上跌下来，赶紧转身逃离。

锦瑟见状，眼眸微眯，随手祭出了绣花线，一把拉下了二人。

二人双双砸落在她面前。

"你们怎么会出现在这里？"

匹相强作镇定，恭敬地开口："属下听说有人和公子长得一模一样，便来看看。"

锦瑟可不信，视线落在他们拿着的仙药上："既是看看，你们又何必带着仙药？你们又是怎么知道他身子不好的？"

匹献当即收起了仙药，言辞苍白："属下……属下也是听说……"

锦瑟一笑，缓缓走近他们："听谁说的？我已经封了他的消息，知道的人可没有几个。"

二人脸色都有些白了，似乎害怕她发现什么。

锦瑟瞧他们这样，必然不是第一次来见沈甫亭。以这二人的性子，若不是沈甫亭，还真没有人能使唤他们，既然他们不是头一次来，那就说明他们和沈甫亭之间有过交流……

他如今一介凡人，若是没有记忆，又怎么驱使他们，还会毫无戒备地吃下他们带来的仙药？

锦瑟这般一想，前后的事就全通了，难怪他见了自己，不但不害怕，反而与她……

他分明就是什么都记得！锦瑟瞬间眸色一沉："你们的仙帝什么都记得，对不对？"

二人面色一僵，根本不敢多说："妖尊此话何意？恕属下听不明白。"

锦瑟眼眸微转，忽而一笑，试探道："你们知道他的存在，却没有跟在他身边，想来他确实不是沈甫亭……如此倒是白白浪费了我的时间，这人又这般不识抬举，白长得这般像，倒不如杀了他，叫我去了心头火气！"她说完，转身便往宫殿走去。

二人不知她怎么突然这样，她性子一向古怪，难以捉摸。闻言，他们来不及多想，连忙上前去拦她："还请妖尊三思，这人究竟是不是，还须仔细定夺！"

锦瑟可不听他们的废话，随手一挥袖子便将二人击飞出去，半点儿不留情面，那风雨欲来的架势，似乎真的要去杀沈甫亭。

二人摔了出去，见她来真的，吓得面色煞白，连滚带爬地拦到了锦瑟面前："妖尊千万手下留情，君主如今是一缕魂魄寄在凡胎之中，受不得半点儿攻击，倘若有个万一，可就全完了！"

这个浑蛋，果然在骗她！他可真是有扮猪吃老虎的好本事，将她骗得团团转！

锦瑟想起他这几日的淡漠和刻意疏远的态度，火冒三丈，更多的却是委屈："他为何骗我？既然记得我，他为何不来寻我，叫我生生等了十年？！"

话已经说到这里，匹相也不敢再有一丝隐瞒，眼眶尽湿："君主实非刻意隐瞒，本是一到凡人身上便要寻您，没想到侥幸留得一魂，却逃不脱仙帝命数，年至二十，必受天劫。这天雷劈下来实难逃脱，十有八九会魂飞魄散，君主不敢寻您，唯恐您白白欢喜一场，徒增伤心。吾等不敢言之，只能替君主探看您，到了后头君主怕您察觉，便连我们也不能去了。"

匹献泣不成声："还请妖尊不要太过苛责，如今君主离受二十岁天劫已没有多少时日了，君主……他……"

锦瑟愣在当场，往后退了几步，险些没站住。

原来他要受天劫，可他如今根本受不住啊！他一个凡人，怎么受这仙帝的天雷？一道天雷下来他就成了灰烬，哪儿还有活路可走？！

锦瑟呼吸一窒，眼前骤然一黑，一阵天旋地转，彻底失去了意识。

眼前一片漆黑，锦瑟几乎看不见光。

她一个人走了许久，直到眼前出现了光，模糊的视线终于清晰起来，远处站着一个人，笑得温和地等着她。

是沈甫亭！

"沈甫亭！"锦瑟心中一喜，连忙朝他跑过去，天边却骤然响起一声惊雷，黑云压顶而来，朝他袭去。

"不要！"锦瑟大惊失色，急急冲过去，却无法靠近他半分，只能眼睁睁地看着天雷落下，眼前瞬间变成废墟。

她心口一窒，脑中一片空白，从无法呼吸的痛苦之中猛然惊醒。

眼前是熟悉的榻顶，她才发现自己躺在床榻上，如同从水里爬起来一般，吓得浑身汗湿。

一旁的人见她醒来，当即靠近，却欲言又止，不敢将关切之心表达出来，只轻声说道："做噩梦啦？"

锦瑟抬眼看去，正对上沈甫亭看来的视线，见他好好地在自己眼前，欣喜若狂，猛地扑进他怀里："他们说你要受天劫，是骗我的，对不对？你现下这般，要怎么受雷劫？！"

沈甫亭知道瞒不下去，将她搂进怀里，舍不得放开："他们说的都是真的，当时情况太过紧急，我怕控制不住自己的理智，祸乱天下，只能从死里取生，尽力留下一丝魂魄，飘荡于六界之中。恰逢这沈家公子病逝，我便代替了他，调养生息，修炼仙身，可惜他身子太过虚弱，以他的命数，即便活过十岁，他也活不过二十岁，这是他的命。而我本该消失于六道轮回之中，却又苟且谋得一丝生机，亦是违反命数。逆天改命，自有惩戒，这惩戒是因我的命格来的……"沈甫亭停顿了许久，看着她，越发忧心忡忡，"你不该知道这些的……"

锦瑟闻言，一阵恍惚，害怕地抬起头看向他，眼眶瞬间湿了："没有别的办法可以挽救了吗？"

虽是这样问，但她知晓神仙都逃不过这天劫，他如今是凡人，可他的命格不会因为他的肉身而改变。

天劫他已注定要受，没有侥幸可言……

沈甫亭看着她不语，没有办法。

他在这凡人的身躯里休养，身子病弱，可以勤加修炼，但没有办法在这么短的时间内达到往日的修为。

当初历劫飞升仙帝，他花了大半修为才保住性命，如今这样的身子，根本不可能保全性命。

天劫就是他的终点，是穹苍定下的规矩，有什么样的命数就会受什么样的劫，没有人能够逃脱。

倘若他有一点儿办法，也不可能将她推拒在外。他花了不知多大的力气才克制住自己不去寻她。

整整十年，只要一想到以后陪着她的是别人，他就嫉妒得发疯，疯了一般想见她，告诉她自己还活着。可是他不能，比起这些，他更怕她伤心难过。如果他没有万全的法子活下来，终究会让她承受第二次绝望和痛苦。

可是他忍了这么久，还是功亏一篑，只要见到她，就忍不住多留她一阵，到如今还是让她知晓了真相……

锦瑟见他神情这般苍白，心痛如绞，可下一刻又想开了，如今能争得朝夕，已经是他们二人的幸运。

她不怕，只要能在他身边，就不怕，哪怕只是一瞬间。

锦瑟心中有了打算，便也定下心来，越发往他怀里靠去，满心依恋。她从没想到自己会这般喜欢一个人。

沈甫亭以为她害怕，神情越发担忧。匹相、匹献二人这般多嘴，自然少不了要受惩罚。

锦瑟抱了他许久，这些时日被冷落的委屈才涌上心头："你怎么能不认我？我盼了你这么久，你倒把我往外推？"

沈甫亭心口一痛，声音低沉下来："我怕给了你希望，又让你失望。"

他如今还没到二十岁，即便眉眼与往日一模一样，到底还是带着少年的青涩气息，说这话时小心翼翼，唯恐伤了她。

锦瑟舍不得凶他，却忍不住恼他自作主张："那你也该告诉我，怎么能替我做决定？你我是夫妻，当初去莫古深渊寻你的时候，我就不曾怕过，以后也不会怕。倘若你告诉我真相，我们之间又怎么会少了十年？！"

沈甫亭的心被填得满满的，他越发用力地搂紧她："嗯，往后我不会再自作主张。"

沈甫亭今年已经十九岁，再过几个月，就是他二十岁的生辰。

时间太少，叫她越发紧张起来，她紧紧地跟在他身旁，一眼不错地守着他，便是他洗澡时她也在一旁守着，可叫沈甫亭得了往日少有的便宜。

沈甫亭每日修炼心法，虽说身子弱，但魂魄日渐强盛，为天劫做准备，只要有一线希望他都不愿意放弃。

二人黏在一起，如胶似漆，时间也过得飞快，转眼间便到了他的二十岁生辰。

这一日，晴空万里，几乎没有一点儿下天雷的架势，越是这般平静，便越预示着暴风雨即将来临。

锦瑟心中越发忐忑，也不知周遭的引雷阵能不能挡住天雷，反正她是打定了主意要和他一道受劫。

猫记仇，沈甫亭自作主张地没有寻她，在她这里，已经彻底没有了威信。

是以理亏的某人，无论怎么说服自家娘子在殿里等他都无用。锦瑟甚至化成了原身，沈甫亭走到哪儿她跟到哪儿，就差绑在他的腿上了，很是黏人。

沈甫亭站在阵中，看向远处蹲着的花皮小猫，心中尽是担忧之情，可又有说不出的甜蜜。

他的小花猫也爱他。

匹相、匹献在一旁来回走动，几乎没有停下的时候，面色都是煞白的，如同惊弓之鸟，细微的动静都能吓着他们。

他们等了许久，远处晃晃悠悠地飘来了一片乌云，在这晴空万里间格外醒目，飘飘停停，似乎在找寻什么。

锦瑟一见，当即一溜烟跑到沈甫亭身旁，变回人形，拉住了他的手。

匹相、匹献吓得不轻："妖尊！"

沈甫亭没想到她会进来，急道："出去，你答应过我的！"

锦瑟哪儿会听他的话，小手将他抓得牢牢的。她想要做什么，还没人拦得住她呢！

"我不管，你在哪里我就在哪里。你要是不在，我也不要一个人活！"

沈甫亭气极，咳嗽起来，面色都白了，厉声喝道："马上出去！"他说着，便要甩开她的手，可如今的病弱之躯，哪儿推得开她？

说话间，远处慢慢悠悠地飘荡着的乌云发现了他们，猛地提速飘来。

沈甫亭大急，欲拉她出去，可是已经来不及，那片小乌云已经盯上了他，寸步不离地跟着他，很是谨慎，唯恐他跑了一般。

这天劫与往日不同，恐怕危险还在后头。

沈甫亭心情沉重，猛地拉过锦瑟搂在怀里，牢牢护住。

空气压抑得让人大气都不敢出。

锦瑟被他护得紧紧的，心中慌乱不已。死亡前夕，谁都做不到坦然。可是她不怕，只要和他在一起，她就已经心满意足。

轰隆一声，雷声响起，那细小的闪电从乌云之中分裂开来，猛然砸下，落在了他们的脚前，砸得前头的土地裂开了一道极细小的缝。

二人皆是一愣，有些没反应过来，小乌云蓄势待发，天雷轰隆而下，落在身上酥酥麻麻的，完全没有杀伤力，像是在按摩……

锦瑟看向那片乌云，上面依旧气势颇大地在打雷。

小乌云连续不断地劈了沈甫亭整整三日，才慢悠悠地收了雷，晃晃悠悠地飘走了。

四个人皆不明所以，沈甫亭逆天改命天地不容，绝对没有这么简单。可他们等了很久，都没有再等来别的动静。

沈甫亭似乎也有些明白了，坦然地拉过她的手："走吧！"

"可是……"锦瑟不敢出去，唯恐其中有什么不对。他们若真出去了，便连阵法都没了。

沈甫亭却伸手轻轻地捏了捏她的脸："我数了，这三日的天雷不多不少，三万道，已然结束了，不会再有。"

锦瑟不敢相信，觉得像在做梦："天雷怎么这般小？"

沈甫亭看了一眼天际："或许是穹苍改变了主意，走吧！"

锦瑟依旧忧心忡忡，搂着他的胳膊，几乎黏在他的身上，不肯离开半步。

二人走到阵外，沈甫亭便想起了三日前她的肆意妄为，一时后怕，神情瞬间变得严肃："天劫这么危险，你怎么能这般跑进来？！"

"我怎么能让你一个人受着？"锦瑟不以为意。老大就要罩着小弟，再来一次，她依旧会这么做。

沈甫亭见她这般顽固不化，又气又心疼，却舍不得真训她，只将她搂在怀里，眼眶都微微湿了："以后不准拿自己的性命开玩笑，听见了吗？"

锦瑟的心思还在天雷上，她随口应是，很是敷衍。

日子平静地过了几日，他二十岁的生辰已然过去，天尽头上的基石才慢慢淡

去了他的名字，却没抹去他的功绩。

或许穹苍根本舍不得他死，毕竟他也是穹苍的杰作，是自己最风流写意的一笔存在。

天劫过后，沈甫亭归隐仙界，不再过问天界琐事。九重天上没有人知道他回来过，皆以为他在莫古深渊寂灭了。

兼橦早早被她拔光了毛，让寂斐带去地府投了轮回道。

反正三千凡尘本就不好找，凤凰一族即便寻着了她，也早已轮回了好几遭，此事与沈玉自然不会再有牵连。

锦瑟嘴角一弯，露出一丝坏笑，慢悠悠地扇着手中的蒲扇，很是无聊。

天劫过后，沈甫亭要闭关修炼，才能彻底脱离肉体凡胎，便只剩她在天界百无聊赖。

殿门大开，她一眼望去，天际云卷云舒，变幻无常。

几只小妖怪软绵绵地趴在殿前，一只只睡得扁扁的，细微的呼噜声此起彼伏。

仙侍端着果盘翩然而来，将其摆在案几前。

锦瑟随手拿过一颗小果子塞进嘴里，细嚼慢咽间，看见远处的天慢慢阴沉下来，乌云密布，似乎要下一场大雨。

这夏日燥热，雨后倒也凉爽舒服。

锦瑟慢条斯理地吃着果子，看着天边慢慢下起的雨，暑热渐消，极为舒服。恍惚间，她看到了一朵乌黑的云，可不就是当日劈了他们整整三日的小乌云吗？

这小乌云看起来很是迷糊，仿佛是孕育出来没多久便出来营业。

一小朵乌云在偌大的天际飘飘停停，看见了这一处屋檐，当即飞快飘来，似乎想要避雨。

一会儿工夫小乌云就到了殿里头，一进来便开始轰隆轰隆地打雷，小雨珠噼里啪啦地落下，惊得睡在殿中的小妖怪们瞬间醒来，小眼里皆是惊吓和迷茫之色。

仙侍们瞧见了，连忙上前驱赶小乌云，唯恐它惊扰了锦瑟："出去，快出去。"

小乌云半点儿不搭理仙侍的驱赶，慢悠悠地往上飘，不慌不忙地下着雨，很是敷衍地完成了任务。

彼时殿中已经积了一摊水，小妖怪们纷纷往一旁躲去，舔着刚才被弄湿的毛发，盯着那朵小乌云，神情有几分凶狠。

穹苍倒是很重用这片小乌云，事情安排得满满当当，小乌云既要管天雷，还要管落雨。

锦瑟见状，忍不住一笑，随手拦住仙侍，起身缓缓走到小乌云旁边："这么点儿就要担这么多事，累吗？"

她这一句话可不得了，也不知怎么就惹了这片云，小乌云硬生生地在她这里下了大半日的雨，而且是一步不错地跟着她，怎么赶都赶不走。

即便她用法术驱赶，小乌云也是微微散开，然后又重新聚成一团，小小一朵，很是难缠。

锦瑟本还感谢它，毕竟那一日它给他们按摩了整整三日，可如今见到它这般模样，却气得不轻。

即便她再需要凉意，也不需它时刻跟在旁边下雨，瞧这架势，就像是个小娃娃哭个不停，让人头疼。

锦瑟又不愿对它动粗，当初若不是它来劈雷，哪儿能留下沈甫亭的命？于是她只是面色阴沉地坐在殿中看着它下雨。

周遭的仙侍可吓得不轻，没能力驱赶它，只能急急忙忙地往外舀水。

锦瑟看着它这般，才略略摸到了头绪："你莫不是因为我说你年纪小便不开心了？可你本来就个头儿小，恐怕是刚刚孕育出来，都还没满月吧？"

那小乌云的水珠微微一停，闻言，它觉得被欺负得狠了，当即飘到她身旁，哗啦啦地下起了小暴雨，哭得很是惨烈。

锦瑟飞快地起身避开："若是你弄湿了我的衣裳，我可就要动手揍你了。"

小乌云可不怕挨揍，依旧往她这边凑，哭得稀里哗啦，仿佛她欺负了它一般，还极为坏心眼地打了几道闪电，将殿里的摆设都劈焦了。

锦瑟忍不住磨牙，手中的绣花线蠢蠢欲动，仿佛一只要炸毛的小猫。

忽而一阵清风带着檀木淡香，从身后拂来，将那朵小乌云拂到了殿外。

"不准欺负我娘子。"那声音低沉悦耳，带着几分笑意，可不就是沈甫亭！

锦瑟心中一喜，连忙转身，扑向身后的沈甫亭："你可算回来了，我等得好辛苦！"

沈甫亭眉眼弯起，抱着扑进怀里的温香软玉，舍不得放手："嗯。"

小乌云就是看准了锦瑟不会对它怎么样才这般嚣张，如今见沈甫亭回来了，当即收了雨，晃晃悠悠地往外头飘去，一转眼就跑没影了。

锦瑟转头一瞧，心中气恼："现下它倒是跑得快，恐是将我当软柿子捏了。下一回再碰见它，我必然捏着它的痛处！"

沈甫亭轻笑出声，低头看过来："云生万状，孕育出来就不会再变。这朵恐怕就是因为生得小巧玲珑，才会从小白云变成了小乌云，天天阴着脸，你这般说它，

它自然会缠着你。"

许是他许久不曾见她，那眼中的温和笑意叫她心口一阵急跳。

天上一天，地上一年，他虽然闭关修炼已有一年，但于她来说，只有一日，时间并不长。

她虽然想念他，但还是担心他的身子："怎么这么快就回来了，不是说要两三年吗？"

沈甫亭伸手抚向她的脸，指腹在她的面颊上轻轻摩挲："我等不及了，好想见你。"

锦瑟只有一日不曾见到他，他却是整整一年没有见到她，这般想她，也是正常的。

本来她是想在凡间陪着他，可沈甫亭舍不得让她等，才送她先来仙宫，用天界和人间的维度来计时间，于她来说没那么难熬，他自己却度日如年。

是以他日夜苦修，成了仙便急忙上来，一刻也等不了。

沈甫亭不错眼地看着她，视线几乎黏在她的脸上，眼里只有一个小小的她。

锦瑟难免被看得不好意思，面上微红，忍不住轻轻推他："别这样盯着我，你将时间压得这么短，恐怕都没有好好休息，你先去睡一觉，我去给你剥水果。"

她转身离去，却被沈甫亭一把拉住手腕，拉了回去。

锦瑟猝不及防地扑进了他的怀里，不明所以地抬头看向他，却对上了他极为炙热的眼神。

"我确实饿了，但是不想吃水果……"

他们做了这么久的夫妻，她又如何不明白他是什么意思？

锦瑟的面颊微微发烫："怎的这般着急？"

沈甫亭的声音微微沙哑，他低头吻了过来，薄唇在她的唇瓣上缠磨："急得我都慌了，不知道我的小花猫学了什么新的招数来钩我的脚？"

锦瑟闻言，脑中轰隆一声变成了空白，面颊红了一片。先前因为他不认她，她铆足了劲儿去勾缠他，那些招数如今想起来，真是羞得人无地自容。

她一时间连话都说不出来了，看向周遭，才发现仙侍揪着几只小妖怪退了出去。

她松了一口气，喃喃地警告道："不许你再提那些事。"

"你敢做，却不让人提？"沈甫亭在她的唇瓣上用力地吻了一下，又轻轻地咬了咬她。

锦瑟可受不住他这般粗鲁对待，伸手推他。

他又从她的唇瓣上摩挲至她的面颊上，亲得她很舒服，弄得她有些云里雾里，迷迷糊糊间，只听见他说道："若是想要我不提，可要看你的表现。"

锦瑟软了身子靠在他的身上："什么表现？"

"一会儿你就知晓了。"沈甫亭吻着她的面颊低语，随后俯身将她拦腰抱起，快步往殿里走去。

锦瑟突然被他拦腰抱起，忙伸手搂住他的脖颈，见他走得这般快，一时间心里慌乱不已，有一种想逃的急迫感。

飘浮在大殿之上的薄云，微微散开，又缓缓聚拢。

整整一日过去，锦瑟才从沈甫亭的魔爪中逃出来。他只怕是真的饿慌了，才会这般往死里折腾她。

锦瑟筋疲力尽，想起自己那般苦求，他都当听不见，一时忍不住想要挠他，冲他使小性子。可转头看向他那温和清俊的眉眼，想起他刚才一直说想她的模样，便心软了。

他如今才二十一岁，年纪小，在此事上少不得入神，又闭关一年，实在怪不了他。可惜她这般为他着想，却完全忘了他往日在此事上也是这般霸道蛮横，根本不给她喘息的机会。这事和他的年纪大小没有关系，这根本就是刻在骨子里的性子。

可怜锦瑟一只小猫咪，被他刚才那般温声低语的诉苦骗了，见他如此操劳，几乎将精力全耗在她身上，竟然还有些心疼，变了原身去舔他，很是体贴。

沈甫亭感觉下巴有柔软的东西轻轻舔着，湿漉漉的，一下一下，很是亲昵。他慢慢睁开眼睛，便见毛茸茸的一小只猫趴在他的颈窝处，粉嫩的小舌头轻轻地舔着他。

沈甫亭笑弯了眼，大手摸向她的小脑袋，声音还带着几分刚睡醒的低哑："做什么？"

锦瑟正舔得起劲，见他醒了，变回人形在他怀里蹭："你辛苦了。"

沈甫亭闻言，忍不住笑出声："夫人这般体贴，倒叫为夫受宠若惊。"

锦瑟见他笑弯了眼，心头欢喜不已："你要是喜欢，以后我都好生犒劳你。"

沈甫亭一笑，翻身压上了她，唇瓣在她的脸上轻轻摩挲："那可就要辛苦夫人了，一会儿还要犒劳一番。"

锦瑟心头一慌，还未开口拒绝，沈甫亭已经先一步狠狠堵住了她的嘴。

沈甫亭再一次加餐之后，锦瑟连爬起来的力气都没了。

下
册

他这般如狼似虎，连喘息的机会都不给她。这闭关一年未免太可怕了，像是饿了好几年一般。虽说他确实整整一年没见她，但也没有必要这般凶残吧？

她瘫在床上，动弹不得，沈甫亭倒是精力充沛，折腾了她一番，还可以起身去给她端吃食。

锦瑟如今瞧见他就一肚子火，当即转过身去，整个人埋在了被窝里头，只露出光洁白皙的美背，上面的痕迹很多，一看就知晓某人有多热情。

沈甫亭难得有了愧疚之心，在床榻旁坐下，俯身轻轻说道："累了吧？起来喝点儿粥。"

锦瑟不理他，依旧闭着眼睛，自顾自地睡觉。

"什么都不吃怎么行？吃点儿东西再睡。"沈甫亭伸手将她抱进怀里。

她一睁开眼便对上了他这张可恨的俊脸。他还知道她累了，还知道她一昼夜没吃东西？！刚才她怎么求饶，他都不愿意放过她，现下倒是来赔小心了！

"你现下怎么会讲话了？刚才你可是根本听不见我说什么呢！"锦瑟一开口，声音都是嘶哑的，可见刚才被欺负得多狠。

锦瑟听见自己的声音，气得去挠他，他这般没脸没皮，倒不如做沈玉的时候规矩，还知道温和一些、节制一些！

沈甫亭一手端着粥，一手揽着她，低头附在她的耳旁，声音低沉，莫名蛊惑人："你不知道我有多想你。我在凡间日日夜夜都惦记着你，想着怎么折腾你……"

锦瑟听前半句话，心头还甜滋滋的，等听到后头就觉得不对劲了，他这哪儿是认错的态度，根本就是故意戏弄她。

锦瑟抬眼看向他，见他眼中的笑意有些坏，又羞又臊，不由得捶向他的胸口："你修炼不会就是为了这种事吧？沈甫亭，你可要记得庄重。你别忘了，你往日拒绝我的时候是怎样义正词严！"

"那是以前，你现下再勾我一次，我一定不会再拒绝。"

他摆明了就是哄骗她，看他那不怀好意的模样，她若是再勾他一次，又是羊入虎口！

锦瑟很聪明地闭上了嘴，不打算再与他说话。

沈甫亭却不愿意消停，见她不行动，似乎还有些不满，将她抱进怀里，唇瓣贴上她的面颊，低声说道："现下休息也可以，等你吃完好不好？"

锦瑟气歪了鼻子："你可不可以想一点儿别的东西？"

答案显然是否定的。沈甫亭这整整一年的闭关时间连带着前头十年欠下的夫妻亲昵行为，已经让他彻底不要脸面了。他还时常带她去凡间搜集画册，要她多多学习，冠冕堂皇地表示学习双修可以增进二人的修为。

锦瑟自然不会拒绝，又很心疼他，很是殷勤和上心。

沈甫亭对她这般亲昵的行为十分高兴。

是以直到真相被戳穿的那一天，他还被蒙在鼓里。

猫舔毛，都是以上对下，只有老大才会去舔小弟，表示老大的宠爱。

沈甫亭面无表情地拎下了搂着他的脖子舔得起劲的小猫咪，将关于猫咪的书册递到她面前，语气前所未有地严肃："说说看，这是怎么回事？"

锦瑟正舔到兴头上，被他阻止了，有些扫兴，看了一眼书上的内容，又见他这副表情，只觉气势弱了些，当即变回人形，似什么都不知晓一般："你看这些做什么？"

"在藏经阁里凑巧看见了，便拿过来看一看，这里头说的可是真的？"

锦瑟看着他指的那一页，合上了书册："你别信这些，都是胡说八道的。我只是瞧你辛苦，心疼你罢了。"

"是吗？"沈甫亭说着，随手在她面前变出了一排书册，内容全是关于猫的，各种有关猫的习性，还有如何让猫听话的训练手册，以及猫喜欢吃什么，喜欢听什么样的好话的书……

锦瑟："天界的藏经阁里就没别的书了吗？全是关于猫妖的？"

沈甫亭微微咳了一声，极为生硬地将话题转回了舔毛上。

他显然十分在意她将自己当作什么，神情严肃至极："这些书里说了，猫舔毛是对小辈的宠爱，你说说看，你把我当成了什么？"

既然有这么多的证据摆在面前，锦瑟也没有办法再骗他了。不过，她行得正，坐得直，此事也没有什么好遮掩的。

"你如今只是二十一岁的小男人，在我面前，难道不就是小弟吗？既然你年纪比我小，我自然要多多照看着你，也不是什么不好听的事，你不必放在心上。"

沈甫亭被这一番说辞气笑了，极为恶意地轻声说道："我是不是小男人，你到现下都没有领悟到吗？"

锦瑟被他这般不要脸面的做派闹了一个面红耳赤。

她确实领会得很深刻，他在床笫之间的做派实在不像一个二十一岁的小男人，也就是表面瞧着略带青涩，有时候弄得她无力招架，节节败退，每回清醒后都让她羞愧。

饶是如此，她依旧硬气，半点儿不服软："你再怎么样也改变不了你的年纪。

下
册

531

你如今就是二十一岁，多一点儿都没有了，何必这般在意？"她一笑，天真得像个小姑娘，"我以后会罩着你的，绝对不会让你被别人欺负。"

沈甫亭气得不轻，似乎想揍她，又舍不得，一时间进退两难。

锦瑟瞧他这般，便也不与他一般见识，变回了原身，迈着小碎步朝他走去，仰起小脑袋，居高临下地安抚道："好了，不要生气了，过来我再给你舔舔毛。"

这一句话可把沈甫亭气狠了，他当即拎起她的后颈皮，整只推了出去，不让她再靠近。

锦瑟见他不乐意，只躺在一旁舔着自己的爪子，不时看他一眼，那小眼神明晃晃就是在说他不识好歹。

沈甫亭又好气又好笑，高深莫测地看了她半晌，才起身去外头修炼，待到晚间他回来的时候，她可就没有这么好过了。

她说出去的话、招惹过的事，全一一回到她身上，这全是命，半点儿不由猫。

锦瑟被沈甫亭按在床榻上好生折腾了几番，一次又一次地叫夫君，折腾得她再也不敢说他年纪小。

日子晃晃悠悠地过了一阵，锦瑟本以为沈甫亭会收敛些，没想到他变本加厉，日日折腾她。

锦瑟本还体谅他一年闭关修炼，让他亲昵，现下这般没有尽头，少不得使起了小性子。

她看向坐在一旁看折子的沈甫亭，窗外的光照在他的脸上，越显得他眉眼清俊干净，玉冠束发，看起来颇为道貌岸然，谁知他夜里那般荒唐乱来？

锦瑟眼眸微转，想起了昨日便觉得不开心，不由得找起了事："你能变回龙身啦？"

沈甫亭应了个"嗯"字，倒没有去想她要做什么，实在是这小猫这些日子被他宠过头了，太会闹腾，晾一晾也好。

锦瑟见他不理睬自己，靠在桌案上，百无聊赖地说道："今日好生无趣，不如将你的龙尾巴显出来让我玩一玩？"

沈甫亭这才抬眼看向她："胡闹什么？"

他既是龙，尾巴自然不能轻易被碰，更何况叫一条威严的龙晃自己的尾巴，成什么样子？

锦瑟见他不乐意，心中不高兴又开始闹腾："你变了，你往日都愿意给我玩的，现下却不愿意让我碰。"

沈甫亭看着她委屈的小脸不由得语气和缓地说道："你要玩什么都可以，只这尾巴不行，晃来晃去的成何体统？"

"关起门来不就成了？你不说我不说，又有谁知道呢？"

这哪里是别人知道不知道的问题，这分明就是在玩弄一个前任仙帝的尊严。

沈甫亭不搭理她，垂眼继续翻看手中的折子："你说什么我都不会同意的，趁早将这个心思收起来。"

锦瑟是真的不开心了，往日即便他失了神志都自己送上尾巴哄着她玩，现下却说什么都不肯，根本不宠她了！

"那我去找别人玩了，你既然连尾巴都不愿意让我碰，晚间我们就分床睡吧，我也不准你碰我。"

这个别人沈甫亭不用猜都知晓是妖界那条白龙，她不仅要玩别人的尾巴，还说出分床睡这种话来！

沈甫亭当即摔了手中的折子："你再把刚才的话说一遍！"

他不给摸尾巴就算了，还凶她！锦瑟猛地起身："你既不给我尾巴玩，以后我也不陪你玩花样了！"

沈甫亭闻言，没有了声音。

锦瑟气极，转身往外走去，像一只炸了毛的小奶猫，又委屈又凶。

她才推开殿门，后头就有什么跟了过来，轻轻地揽上了她的细腰。锦瑟低头一看，是一条闪闪发光的龙尾巴。

她瞬间眼眸一亮，很是惊喜。

那条龙尾巴似有些不好意思，见她没有反应，微微抬起，在她面前轻轻地晃了晃。

锦瑟不错眼地看着龙尾巴，都忘记上手去摸了。

"不是要玩吗？"他的声音低低传来，带着难得的温柔之意。

锦瑟心中一喜，转身看去。

沈甫亭正看着她，见她看过来，面上难得有了几分难为情，毕竟拿尾巴求欢可不是一件好听的事。

锦瑟眼睛一弯，当即抱住了他的龙尾巴，很是欢喜。

沈甫亭见她笑了，又忍不住弯起唇角，舍不得移开视线。

那条龙尾巴时不时一抬，惹得锦瑟又抱又钩，玩得不亦乐乎。

他一下下逗着，锦瑟不知不觉便被他的尾巴诱拐到了他那边。

沈甫亭见小花猫被勾了过来，当即伸手将她搂进了怀里，在她的唇瓣上微微

一咬，语气颇为咬牙切齿："现下满意了吧！"

锦瑟瞧见他白皙的玉面微微透红，没有想到他还有不好意思的时候。

她忍不住轻轻地笑了，伸手搂上他的脖颈，心中有些不好意思，一字一顿地喃喃道："沈甫亭，我爱你的龙尾巴。"

沈甫亭笑弯了眼，紧紧地搂住她，声音低沉入耳，似乎要传到她心里一般："我也爱你。"

或许他从第一眼看见她起，就已经注定不同，只是他不知道，自己会这样爱一个人。

他怕走黄泉路，怕过奈何桥，皆是怕她无所依。

（全文完）

图书在版编目（CIP）数据

公子强娶 / 丹青手著.—武汉：长江出版社，
2022.7
ISBN 978-7-5492-8400-9

Ⅰ.①公… Ⅱ.①丹… Ⅲ.①长篇小说－中国－当代 Ⅳ.①I247.5

中国版本图书馆CIP数据核字（2022）第119563号

公子强娶 / 丹青手 著

出　　版	长江出版社	
	（武汉市解放大道1863号）	
选题策划	奔跑的小狐狸制作组	
市场发行	长江出版社发行部	
网　　址	http://www.cjpress.com.cn	
责任编辑	江　南	
特约编辑	奔跑的小狐狸制作组	
印　　刷	北京润田金辉印刷有限公司	
版　　次	2022年7月第1版	
印　　次	2023年2月第1次印刷	
开　　本	710mm×980mm　1/16	
印　　张	34	
字　　数	632 千字	
书　　号	ISBN 978-7-5492-8400-9	
定　　价	69.80元	

版权所有 盗版必究（举报电话：027-82926804）
（如发现印装质量问题，请寄本社调换，电话 027-82926804）